KB051079

The Three Body

삼체

三體 Ⅲ－死神永生

Death's
End

삼체

3부 사신의 영생

류츠신 지음 | 허유영 옮김

자음과모음

'초석' 앞에 쓰다

'초석.'

그리 특별할 것 없는 평범한 단어지만 중국 SF계를 개척하겠다는 우리의 신념과 열정을 이보다 더 정확하게 표현하는 말은 없을 것이기에 이 시리즈의 제목을 '초석'으로 정했다.

최근 10년간 중국 문학에서 SF계는 비약적인 발전을 이루었다. 왕진캉(王晉康), 류츠신(劉慈欣), 허훙웨이(何宏偉), 한쑹(韓松) 등 여러 작가들이 SF를 발표해 독자들에게 큰 사랑을 받았다. 그들이 발표한 작품 모두 SF계의 개척과 탐색이라는 중요한 의미를 지닌 수작들이다. SF계의 선봉에 선 잡지 『SF 세계』가 여러 독자층을 아우르는 시리즈 간행물로 확대되었고, 대형서점마다 SF 코너가 개설될 만큼 SF시장이 성장했다는 점도 고무적이다.

중국 SF가 미국 SF와는 여전히 큰 격차를 보인다고 지적하는 사람도 적지 않다. 하지만 분명히 말할 수 있는 것은 10년 전에 비하면 상황이 사뭇 달라졌다는 사실이다. 미국 SF와의 비교를 동서양 취향 차이로 논할 수 있을 만큼 커다란 진전을 이룬 작품이 많이 발표되었다(더 이상 문학적

기교와 색채, 상상력은 찾아볼 수 없는 유치한 소설뿐이라고 혹평할 수 없다). 물론 차이는 분명하게 존재하지만 우열을 가릴 수 있는 것이 아니라 취향의 차이라고 해야 더 정확할 것이다. 취향의 문제를 논한다는 것 자체가 중국 SF가 성숙해지고 있음을 의미한다.

미국 SF와의 격차란 궁극적으로 시장성의 차이다. 미국의 SF는 잡지에서 단행본, 영화, 게임, 완구에 이르기까지 완전한 산업을 형성하고 있다. 반면 중국에서는 단행본 출간조차 독자들은 독자들대로 만족하지 못하고 출판사는 출판사대로 수천 부밖에 안 되는 판매 부수에 한숨을 짓는 것이 현실이다. 결과적으로 낮은 인세도 감수한 채 그저 열정 하나로 창작에 매진하는 작가들만이 SF계에서 버티고 있다. 물론 출판사들도 이런 상황이 계속되는 것을 결코 바라지 않는다.

'SF세계'는 중국에서 가장 영향력 있는 SF 전문 출판사로서 중국 SF계의 발전을 위해 많은 노력을 기울여왔다. SF 출판도 그 사업의 중요한 일부분이다. 현재 중국 SF계에서 가장 시급한 일은 원대한 안목을 가지고 시장성을 높이기 위해 노력하는 것이다. 우리는 먼 미래를 내다보며 이 시작점에 '초석'들을 놓고자 한다.

특별히 밝혀두고 싶은 것은 초석의 종류든 형태든 그 무엇에도 제한을 두지 않았다는 점이다. 큰 건물을 짓기 위해서는 다양한 석재가 필요한 법이다. 우리는 언젠가 중국 문학계는 물론 전체 문화계에 우뚝 솟게 될 이 건물에 무한한 기대를 품고 있다.

야오하이쥔(姚海軍)
'SF세계' 편집장

차례

-
-
-

연대 대조표

일러두기

1. 이 책은 重京出版社에서 출간된 劉慈欣의 소설 三體 Ⅲ—死神永生(2010)을 한국어로 옮긴 것입니다.
2. 옮긴이의 주는 따로 표시하였고, 그 외 모든 주는 지은이의 것입니다.

1장

《시간 밖의 과거》발췌

서문

사실 이 이야기는 역사라고 불러야 하지만 필자가 기억에만 의지해 쓴 것이므로 엄밀히 말해 역사라고 할 수 없다.

과거의 일이라는 표현도 정확하지 않다. 이 모든 것이 과거에 발생한 것도 아니고, 현재에 발생한 것도 아니며, 미래에 발생할 것도 아니기 때문이다.

세부적인 내용은 생략하고 역사 또는 과거 일의 큰 틀만 쓸 것이다. 세부적인 내용들은 충분히 많이 남아 있을 것이기 때문이다. 그 정보들은 대부분 표류병 속에 담겨 있지만 그것이 새로운 우주에 도달해 보존될 수 있기를 바란다.

따라서 필자는 큰 틀만 쓸 것이며 훗날 모든 정보와 세부적인 내용이 채워질 것이다. 물론 그 일은 우리의 몫이 아니며, 언젠가 꼭 그런 날이 오기를 바란다.

유감스럽게도 그런 날은 과거에도 없었고, 현재에도 없으며, 미래에도 없을 것이다.

태양을 서쪽 하늘로 옮기면 햇빛의 각도 변화에 따라 들판의 볏잎에 매달린 이슬이 일제히 눈을 뜨듯이 영롱하게 반짝인다. 태양을 어둡게 해서 일찍 석양을 만든 뒤 지평선 위로 드리운 내 뒷모습을 바라본다. 내가 손을 흔들면 석양 앞에 있는 그림자도 손을 흔든다. 그 그림자를 보면 내가 아직 젊다는 생각이 든다.

옛일을 회상하기에 참 좋은 시간이다.

서기 1453년 5월, 마술사의 죽음

생각에 잠겼던 콘스탄티누스 11세가 앞에 쌓여 있는 성 방어지도를 밀어놓은 뒤 자줏빛 가운을 단단히 여미고 조용히 기다렸다.

그의 시간 감각은 정확했다. 정확한 시간에 진동이 울렸다. 마치 깊숙한 지구의 중심에서 타고 올라온 것처럼 묵직하고 강렬한 진동이었다. 은촛대가 웅웅 소리를 내며 흔들리자 먼지 한 줄기가 우수수 떨어졌다. 대궁전 지붕 위에서 1000년 넘게 기다리고 있던 먼지일 수도 있다. 떨어진 먼지가 촛불 위로 내려앉자 작은 불꽃이 튀었다. 그 진동은 544킬로그램짜리 화강암 공이 날아와 성벽을 타격하여 만들어낸 것이었다. 정확히 세 시간마다 하나씩 날아왔다. 오스만제국의 우르반 대포를 한 번 장전하는 데 필요한 시간이었다. 거대한 포탄의 목표물은 세계에서 가장 견고한 성벽이었다. 테오도시우스 2세가 5세기에 처음 만든 뒤 계속 확장되고 보강된 이 성벽은 비잔틴 사람들이 강적에게 대항하는 중요한 방어 무기였다. 하지만 거대한 석공이 날아와 부딪칠 때마다 성벽이 움푹 파였다. 마치 보이지 않는 거인이 성벽을 크게 한입 베어 먹은 것 같았다. 황제는 공중에서 부서진 돌 조각이 땅에 떨어지기도 전에 병사와 시민들이 용맹한 모기처럼 흙먼지를 뚫고 날아가 성벽의 부서진 틈을 향해 몸을 던지는 장면을 상상할 수 있었다. 그들은 건물에서 떨어진 벽돌, 나무토막, 모래 자루, 귀한 아라비아 카펫까지 닥치는 대로 가져다가 틈을 메울 것이다. 심지어 그는 석양에 황금빛으로 물든 흙먼지가 성 안으로 천천히 날아오는 모습까지 상상할 수 있었다. 콘스탄티노플을 덮는 금빛 염포(殮布)처럼 그렇게.

포위된 도시가 공격을 받은 5주 동안 이 진동은 매일 일곱 차례씩 일정한 간격으로 찾아왔다. 하늘을 향해 우뚝 선 거대한 종이 시간을 알리는 것 같았다. 이것은 또 다른 시계의 시간이자 이교도의 시간이었다. 그에 비하면 성벽 모퉁이에서 기독교 세계를 상징하며 서 있는 쌍두독수리 동종(銅鐘)이 울리는 소리는 희미하고 무기력하기만 했다.

진동이 잦아들고 한참이 지난 뒤에야 콘스탄티누스가 상상을 거두고 현실로 돌아왔다. 문 앞에 있는 호위병에게 밖에서 기다리고 있는 사람을 들여보내라고 손짓을 했다.

대신 프란체스가 야윈 여인을 데리고 들어왔다.

"폐하, 이 아낙이 바로 헬레나입니다."

프란체스가 뒤에 있는 여자를 가리키며 아뢴 뒤 자기 뒤에 숨어 있는 여자에게 앞으로 나오라는 눈짓을 했다.

황제는 그녀의 신분을 한눈에 알아챌 수 있었다. 비잔틴은 상류층 귀족과 하류층 평민의 옷차림이 확연히 달랐다. 보통 귀족 여자들은 화려한 장신구로 치장했지만 평민 여자들은 품이 넓고 긴 상의와 외투로 몸을 꽁꽁 감추고 다녔다. 헬레나의 옷차림은 상류층의 화려함과 평민의 보수적인 특징이 뒤섞여 있었다. 안에는 흰색 옷을 입고 겉에는 화려한 '팔라' 망토를 걸치고 있었다. 그 망토는 원래 금실로 자수를 놓은 '투니카' 위에 걸치는 것이다. 또 그녀의 팔라는 귀족을 상징하는 자주색과 붉은색이 아니라 노란색이었다. 음탕한 요염함이 흐르는 그녀의 얼굴은 조용히 시들어 버리느니 차라리 화려하게 썩어 문드러지길 바라는 꽃봉오리를 연상시켰다. 창녀. 너무 타락하지는 않은 창녀였다. 그녀는 가늘게 떨리는 몸으로 두 눈을 내리깐 채 서 있었다. 하지만 콘스탄티누스는 열병에 걸린 듯 형형하게 빛나는 그녀의 눈동자를 보았다. 그 눈빛에는 그런 계층에게서는 거의 볼 수 없는 흥분과 기대가 차올라 있었다.

황제가 헬레나에게 물었다.

"마술을 부릴 줄 안다고?"

그는 이 일을 서둘러 끝내고 싶다는 생각뿐이었다. 프란체스는 진중하고 착실한 사람이었다. 지금 성을 지키고 있는 병사 8000여 명 중 얼마 되지 않는 상비군과 제노바 용병 2000명을 제외하면 대부분은 10만 시민 가운데 긴급 소집된 이들이었고, 그걸 주도한 사람이 바로 유능한 대신인 프란체스였다. 황제는 그 여인이 부린다는 마술에 관심이 없었지만 프란체스의 체면을 봐서 어쩔 수 없이 응해주고 있었다.

"네, 폐하. 제가 술탄을 죽일 수 있습니다."

무릎을 꿇고 대답하는 헬레나의 목소리가 가늘게 떨렸다.

닷새 전, 헬레나는 황궁 문 앞에서 황제를 알현하게 해달라고 청했다. 앞을 가로막으려던 호위병들이 그녀가 갑자기 가슴 속에서 꺼내 높이 치켜든 물건을 보고 우뚝 멈추었다. 그게 무엇이고 또 어디서 왔는지는 모르지만 분명히 평범한 물건은 아니었다. 헬레나는 황제를 만나지 못하고 체포되어 치안관에게 보내졌다. 그 물건을 어디서 훔쳤느냐고 묻자 그녀가 자백했고 그 말이 사실임이 확인되었다. 그 후 그녀는 프란체스에게 보내졌다.

프란체스는 손에 들고 있던 자루를 열고 안에 든 물건을 꺼내 조심스럽게 황제의 탁자 위에 올려놓았다. 콘스탄티누스 11세의 눈빛이 닷새 전 그 물건을 처음 본 병사들의 눈빛처럼 변했다. 병사들과 다른 점이 있다면 그는 그 물건이 무엇인지 알고 있다는 것이었다. 순금으로 된 성배였다. 성배 위에 박힌 보석의 광채가 황금빛과 어우러져 마음을 사로잡았다. 성배는 916년 전 유스티니아누스 대제 시대에 두 개가 만들어졌는데 보석의 모양과 위치만 다를 뿐 모든 게 똑같았다. 그중 하나는 역대 황제들에게 전해지며 지금까지 보관되고 있지만 다른 하나는 서기 537년 성소피아대성당을 재건할 당시 다른 성물들과 함께 지하의 밀폐된 밀실에 보관되었다. 지금 그들 앞에 있는 성배는 후자일 것이다. 전자는 시간의 세계 속에서 빛이 바랬기 때문이다. 물론 눈앞에 있는 성배와 비교해야만 퇴색된 것을 알 수 있을 정도였다. 이 성배는 바로 어제 만든 것처럼 눈부시게 빛나고 있었다.

처음에는 아무도 헬레나의 말을 믿어주지 않았다. 사람들은 그녀가 물주로 잡은 어떤 부자에게서 훔쳤을 것이라고 생각했다. 성당 지하에 밀실이 있다는 것을 아는 사람은 많았지만 정확한 위치를 아는 사람은 거의 없었기 때문이다. 게다가 성당 아래 묻혀 있는 커다란 석조 밀실에는 문도 없고 통로도 없기 때문에 대대적인 공사를 하지 않으면 접근조차 할 수 없었다. 도시가 위험에 빠지자 나흘 전 황제는 귀한 문헌과 성물을 모두 챙겨 위급해지면 신속하게 옮길 수 있도록 짐을 싸놓게 했다. 하지만 육로와 해로가 모두 끊겨버려 도시가 함락되어도 피신할 곳이 없다는 걸 그도 알고 있었다. 장정 30명이 달라붙어 사흘 동안 파낸 끝에 겨우 밀실에 들어갈 수 있었다. 밀실을 둘러싸고 있는 돌은 기자의 피라미드만큼이나 거대했다. 성물은 모두 밀실에 있는 두꺼운 석관 안에 있었다. 석관에 커다란 쇠못 12개가 박혀 있어 석관을 여는 데만 또 한나절이 걸렸다. 쇠못을 모두 뽑아낸 뒤 장정 다섯 명이 병사들의 감시 속에서 무거운 석관 뚜껑을 열었을 때 제일 먼저 사람들의 시선을 끌어당긴 것은 1000년 동안 감춰져 있던 성물과 금은보화가 아니라 맨 위에 여전히 싱싱한 상태로 보존돼 있는 포도 한 송이였다. 헬레나는 자신이 닷새 전에 그 포도를 가져다 놓았다고 했다. 그녀의 말대로 절반쯤 먹고 포도알 일곱 개만 매달려 있었다. 동판으로 된 관 뚜껑에 새겨진 성물 목록과 대조해보니 없어진 것은 성배 하나뿐이었다. 만약 헬레나가 성배를 내놓으며 자백하지 않았더라면 현장에 있던 모든 사람이 석관을 열기 전에 파손된 흔적이 전혀 없었다고 증언하더라도 누구 한 사람은 죽음을 면하기 어려웠을 것이다.

황제가 성배를 가리켰다.

"그걸 어떻게 꺼냈느냐?"

헬레나의 몸이 심하게 떨렸다. 그녀가 정말 마술을 부릴 수 있다고 해도 황제 앞에서는 긴장하지 않을 수 없었다. 그녀가 겁에 질린 눈빛으로 황제를 쳐다보다가 한참 만에 입을 열었다.

그녀가 신중하게 단어를 골라 말했다.

"그곳이 제게는…… 제게는…… 모두 열려 있습니다."

"그렇다면 덮개를 열지 않고 그릇 속에 무엇이 담겼는지 맞혀볼 수 있겠느냐?"

헬레나는 고개를 저으며 아무 말도 하지 못했다. 그저 애처로운 눈빛으로 프란체스를 바라볼 뿐이었다.

프란체스가 그녀 대신 대답했다.

"특정한 장소에서만 마술을 부릴 수 있다고 합니다. 그곳이 어딘지 말해줄 수 없고 누구와 동행해서도 안 된다고 합니다. 그러면 마술의 효력이 사라진다고 합니다. 영원히."

헬레나가 고개를 돌려 황제를 보며 연방 고개를 끄덕였다.

황제가 코웃음을 쳤다.

"너 같은 계집들은 유럽에서 진즉에 불에 타 죽었지."

헬레나는 바닥에 엎드려 꼼짝도 하지 못했다. 야윈 체구가 잔뜩 오그라들어 어린아이 같았다.

황제가 그녀에게 물었다.

"사람을 죽일 수 있느냐?"

헬레나가 대답하지 못하고 떨고만 있다가 프란체스의 재촉에 고개를 끄덕였다.

황제가 프란체스에게 말했다.

"좋아. 시험해보게."

프란체스가 헬레나를 데리고 긴 계단을 내려갔다. 계단참마다 벽에 꽂혀 있는 횃불이 어둠 속에 작은 빛무리를 만들었다. 횃불 아래 무장한 병사 한두 명이 서 있고, 그들의 투구에 반사된 불빛이 깜깜한 벽 위에서 희미하게 어룽졌다. 두 사람이 어두운 지하창고에 도착했다. 싸늘한 기운에 헬레나가 망토 깃을 올려 세웠다. 이곳은 여름에 얼음을 보관해두던 지하창고지만 지금은 얼음 대신 한 사람이 횃불 아래 웅크리고 있었다. 전쟁포로였다. 해진 옷으로 볼 때 오스만제국의 주력군인 아나톨리아 군대의 장교인 것 같았다. 그는 매우 건장했고 붉은 불빛을 받으며 이리처럼 두 사람을 노려보고 있었다. 프란체스와 헬레나가 굳게 잠긴 쇠창살 문 앞에 멈춰 섰다.

프란체스가 전쟁포로를 가리키며 물었다.

"보이느냐?"

헬레나가 고개를 끄덕였다.

프란체스가 양피 자루를 그녀에게 건네며 계단 위를 가리켰다.

"가거라. 날이 밝기 전에 그의 머리를 가져와."

양피 자루 속을 더듬어보니 샴쉬르 한 자루가 들어 있었다. 날렵하게 구부러진 칼날이 어둠 속에서 서늘한 빛을 내는 초승달 같았다. 그녀가 프란체스에게 칼을 건넸다.

"필요 없습니다."

그녀가 망토 깃을 세워 얼굴을 반쯤 가린 뒤 몸을 돌려 발소리도 내지 않고 계단을 올라갔다. 드문드문 이어진 빛줄기를 두 갈래로 가르며 마치 변신술을 부리듯 고양이처럼 어둠 속으로 사라졌다.

프란체스는 헬레나가 보이지 않을 때까지 그녀의 뒷모습을 응시하다가 옆에 있는 호위장교에게 쇠창살 안에 있는 포로를 가리키며 말했다.

"방어를 강화하고, 저자를 한시도 놓치지 말고 감시해."

장교가 명령을 받고 돌아간 뒤 프란체스가 손짓하자 누군가 어둠 속에서 걸어 나왔다. 그가 걸친 짙은색 수사복이 어둠과 하나가 되어 보이지 않았던 것이다.

"멀리 떨어져서 미행해. 놓쳐도 상관없지만 들켜선 안 돼."

프란체스가 낮은 소리로 지시하자 그가 고개를 끄덕이고 조용히 떠났다.

전쟁이 시작된 후 매일 밤 그랬듯 콘스탄티누스 11세는 오늘도 잠들지 못했다. 적의 대포가 성벽을 부수는 진동에 놀라 잠에서 깨면 다시 잠이 오지 않았다. 뒤척이는 사이에 다음 진동이 또 울렸다. 아직 날이 밝지 않았지만 옷을 입고 서재로 향했다. 프란체스가 벌써 와서 기다리고 있었다. 황제는 그 마녀의 일을 거의 잊고 있었다. 부친인 마누엘 2세나 형 요안니스 8세와 달리 그는 매우 현실적이었다. 기적이 일어나길 바라는 사람은 결국 비명에 죽는다는 걸 알고 있었다.

프란체스가 문을 향해 손짓을 하자 헬레나가 조용히 들어왔다. 그녀는 처음 왔을 때와 달라진 게 별로 없었다. 여전히 겁에 질려 떨고 있었고 손에는 양피 자루가 들려 있었다. 황제는 자루를 보자마자 역시 시간 낭비였다는 걸 깨달았다. 자루가 납작하고 피가 배어 나온 자국이 없는 걸 보니 사람 머리가 들어 있지 않은 게 분명했다. 그러나 프란체스는 실패자의 얼굴이 아니었다. 그의 눈빛이 몽유병에 걸린 사람처럼 얼떨떨했다.

황제가 말했다.

"가져와야 할 걸 가져오지 못했군."

프란체스가 헬레나가 들고 있던 양피 자루를 책상 위에 펼치며 유령을 본 사람처럼 똑바로 황제를 응시했다.

"폐하, 가져왔습니다."

황제가 자루 속을 들여다보니 회색의 작은 물건이 들어 있었다. 오래된 양기름처럼 말랑말랑했다. 프란체스가 촛대를 가까이 가져다 놓자 황제도 그게 무엇인지 알 수 있었다.

"골입니다. 그 아나톨리아인의."

"저 여자가 두개골을 쪼갰다고?"

콘스탄티누스가 뒤에 있는 헬레나를 흘긋 쳐다보았다. 그녀는 놀란 생쥐 같은 눈으로 망토를 두른 채 몸을 떨고 있었다.

"아닙니다, 폐하. 아나톨리아인의 시신은 머리에 상처가 없었습니다. 몸 전체가 온전한 상태였습니다. 병사 20명을 시켜 다섯 명씩 교대로 각각 다른 위치에 서서 감시하게 하고 지하창고도 삼엄하게 경비했습니다. 모기 한 마리 날아 들어오지 못하도록⋯⋯."

프란체스가 말을 멈췄다. 자신의 기억에 충격을 받은 듯 몸이 굳어졌다가 황제의 재촉에 말을 이었다.

"저 여자가 떠난 지 두 시간이 채 안 돼서 아나톨리아인이 갑자기 경련을 일으키고 눈이 뒤집어지더니 그 자리에서 고꾸라져 죽었습니다. 감시자 중에 경험이 풍부한 그리스 의사도 있고 평생 전쟁터를 누빈 노병도 있었지만 그들 모두 사람이 이렇게 죽는 건 처음 보았다고 합니다. 한 시간 남짓 지나서 저 여자가 이걸 들고 돌아왔습니다. 의사가 시신의 머리를 열어보니 속이 텅 비어 있었습니다."

콘스탄티누스는 자루 속에 든 골을 자세히 들여다보았다. 아무 상처도 없이 깨끗했다. 인체 중 가장 약한 부위인 뇌가 이토록 온전하다는 건 아주 조심스럽게 꺼냈다는 뜻이다. 황제가 망토 밖으로 빠져나온 헬레나의 손을 보았다. 곱고 긴 손이었다. 그 두 손으로 사람의 뇌를 꺼냈을 광경을 상상했다. 수풀 사이에서 버섯을 따내듯, 가지에서 꽃봉오리를 따듯 조심스럽게 꺼냈을 것이다.

황제가 비스듬히 고개를 들어 맞은편 벽을 보았다. 벽 너머에서 지평선을 뚫고 서서히 올라오는 거대한 무언가를 쳐다보고 있는 듯했다. 대포의 진동이 또 한 번 울렸다. 그는 처음으로 그 진동을 느끼지 못했다.

만약 신의 기적이 있다면 지금이 바로 나타날 때였다.

콘스탄티노플은 절체절명의 위기에 내몰려 있었지만 아직 절망하기는 일렀다. 5주 넘게 계속된 혈전으로 적도 큰 타격을 입었다. 투르크인의 시체가 성벽만큼 높이 쌓여 있는 곳도 있었다. 며칠 전 용감한 제노바 함대가 적의 해협 봉쇄선을 돌파하고 골든혼으로 들어와 병사와 식량을 지원해주었다. 사람들은 그들을 서유럽에서 파견할 대규모 지원군의 선발대라고 믿었다. 오스만제국의 진지에서도 전쟁에 대한 회의감과 염증이 확산되고 있었다. 여러 장군들이 비잔틴제국에서 내놓은 최후 조건을 받아들이고 철군하자고 주장했다. 오스만제국의 패퇴가 아직 현실이 되지 못한 것은 오직 한 사람 때문이었다.

메흐메트 2세. 그는 라틴어에 능통하고 박학다식하며 예술과 과학에 조예가 깊은 사람이었다. 자신이 순조롭게 왕위를 물려받을 것임을 알면서도 단지 후환을 없애기 위해 친아우를 욕조에 빠뜨려 익사시킨 사람이었다. 자신이 여색을 밝히지 않는다는 걸 알리기 위해 군대 전체가 보는 앞에서 아름다운 여자 노예의 목을 벤 사람이었다. 그는 오스만제국이라는 거대하고 흉포한 전차의 바퀴축이었다. 이 바퀴축이 부러지면 전차는 땅으로 고꾸라질 것이다.

그런데 정말로 기적이 나타난 것이었다.

"왜 이런 임무를 스스로 짊어지려는 것이냐?"

황제가 비스듬히 향해 있는 시선을 벽에 고정시킨 채 묻자 헬레나가 이 질문을 기다리고 있었다는 듯 재빨리 대답했다.

"성녀가 되고 싶습니다."

콘스탄티누스가 가만히 고개를 끄덕였다. 그 이유라면 믿을 수 있었다. 돈이나 재물은 지금 그녀에게 중요치 않다. 마음만 먹는다면 세상 모든 금화를 다 손에 넣을 수 있으니까. 하지만 창녀는 성녀와 가장 거리가 먼 여인이었다. 창녀에게는 성녀가 가진 명예가 충분히 탐날 수 있었다.

"십자군의 후예인가?"

헬레나가 말을 멈추었다가 조심스럽게 덧붙였다.

"그렇습니다. 폐하, 제 조상이 마지막 원정에 참여했습니다. 네 번째는 아니었습니다."*

황제가 헬레나의 머리에 손을 얹자 그녀가 힘없이 무릎을 꿇고 엎드렸다.

"떠나라, 아이야. 메흐메트 2세를 죽이고 성을 구하면 성녀가 되어 만인의 경배를 받을 것이다."

황혼 무렵 프란체스가 성로마노스문이 있는 성벽으로 헬레나를 데리고 갔다. 전장이 한눈에 펼쳐졌다. 그리 멀지 않은 곳에 피로 물들어 흑갈색이 된 모래사장과 그 위에 널브러진 시체들이 있었다. 흡사 방금 살인비

* 1204년 십자군 제4차 원정 때 콘스탄티노플을 점령하고 약탈했다.

가 내린 것 같았다. 시선을 조금 멀리 옮기자 바로 전에 포탄을 발사한 대포에서 피어오른 하얀 연기가 전장을 향해 날아오고 있었다. 이곳에서 가벼운 것은 연기뿐이었다. 그보다 더 멀리 잿빛 하늘 아래로 오스만 군대의 막사가 육안으로 닿을 수 있는 한계까지 길게 펼쳐져 있었다. 빽빽이 꽂혀 있는 신월기(新月旗)가 습한 해풍을 맞아 파도처럼 펄럭였다. 그 옆으로 보스포루스해협을 가득 채운 오스만제국의 전함들은 바다가 바람에 출렁이지 못하도록 촘촘히 박아놓은 검은 못 같았다.

헬레나가 이 모든 광경을 바라보다가 도취된 듯 눈을 감았다. 이곳이 나의 전장이고, 이것이 나의 전쟁이다. 어릴 적 아버지에게 수없이 들었던 조상의 이야기가 다시 그녀의 머릿속에 떠올랐다. 해협 너머 유럽 프로방스의 한 농장에 어느 날 상서로운 구름이 모여들더니 구름 속에서 소년 군대가 내려왔다. 그들의 갑옷 위에서 십자가가 붉게 빛났다. 한 천사가 그들을 이끌고 있었고 그의 부름에 따라 그녀의 조상도 그 군대에 들어갔다. 그들은 지중해를 넘어 성지에 도착해 하느님을 위해 싸웠고, 그녀의 조상은 성전 기사가 되었다. 나중에 콘스탄티노플에서 아름다운 성녀 기사를 만나 사랑에 빠졌고 그렇게 해서 이 위대한 가족이 탄생하게 되었다…….

헬레나는 자라면서 점점 진실을 알게 되었다. 이야기의 큰 틀은 사실이었다. 그녀의 조상은 실제로 소년십자군에 들어갔었다. 당시 서유럽에 페스트가 퍼져 농장이 황폐해진 시절이지만 소년십자군에 들어가면 어쨌든 굶어 죽지 않을 수는 있었다. 하지만 그는 성전에 참전하지 않았다. 배에서 내리자마자 다른 1만여 명의 소년들과 함께 족쇄가 채워져 노예로 팔렸기 때문이다. 몇 년 뒤 운 좋게 도망쳐 떠돌다가 콘스탄티노플에서 성녀 기사단의 여자 병사를 만났다. 나이가 훨씬 많은 여자였지만 그녀의 운명도 그보다 나을 게 없었다. 서유럽 정예부대가 와서 이교도를 무찔러주기를 바랐던 비잔틴인들은 닭 모가지 비틀 힘도 없어 보이는 걸인 행색의 여자들이 찾아오자 화가 나서 모든 보급을 중단해버렸다. 결국 성녀들은 어쩔 수 없이 창녀로 전락했고 그중 한 사람이 헬레나의 할머니였다.

100여 년 동안 헬레나의 이 영광스러운 가족은 굶어 죽지 않을 정도로만 근근이 살았고 아버지 대에 와서는 더욱 가난해졌다. 굶주림을 견디지 못한 헬레나는 스스로 할머니와 같은 길을 걷기로 했다. 얼마 후 그 사실을 알게 된 아버지가 딸에게 매질을 하며 다시 한번 그런 짓을 하다가 들키면 죽여버리겠다고 했다. 단, 남자를 집으로 데려와 아버지가 직접 흥정하고 돈을 받는다면 허락하겠다는 조건을 걸었다. 헬레나는 그길로 가출해 혼자 힘으로 살길을 찾았다. 콘스탄티노플을 떠나 예루살렘과 트라브존을 떠돌아다니다가 배를 타고 베네치아까지 건너갔다. 더 이상 배를 곯지 않았고 좋은 옷도 입을 수 있었지만 그녀는 자신이 진창에 나뒹구는 풀이라는 걸 알고 있었다. 아무나 밟고 지나가 진흙과 한데 엉켜버린 풀이었다.

그런데 기적이 나타났다. 아니, 그녀가 기적 속으로 뛰어든 것일 수도 있다.

20여 년 전 유럽 전쟁 중에 성녀 하나가 홀연히 나타났다. 잔다르크였다. 하지만 헬레나는 그녀를 영웅으로 생각하지 않았다. 그녀는 그저 하늘이 내린 검을 얻었을 뿐이다. 하지만 하느님이 헬레나에게 내린 선물은 그녀를 성모마리아 다음가는 여자로 만들어줄 수 있는 것이었다.

"저길 봐. 저것이 파티흐*의 막사다."

프란체스가 성로마노스문과 정면으로 마주하는 방향을 가리켰다.

헬레나가 그쪽을 빠르게 훑어본 뒤 고개를 끄덕였다.

* 오스만제국의 술탄 메흐메트 2세의 별명. 정복자라는 뜻이다.

프란체스가 양피 자루를 건넸다.

"각각 다른 옷을 입고 다른 방향에서 그린 그의 초상화 세 장이 들어 있다. 검을 가져가라. 이번엔 그의 뇌뿐 아니라 머리까지 통째로 가져와야 해. 밤에 노리는 게 좋을 거다. 낮에는 막사를 비울 때가 많으니까."

헬레나가 양피 자루를 받았다.

"나리도 제 말을 잊지 마세요."

"물론이지. 걱정 마라."

헬레나가 한 경고를 두고 하는 말이었다. 미행하지 말고 그녀가 가는 곳에 들어오지 말라고 했다. 경고를 어기면 마술이 영원히 효력을 잃게 될 것이라면서.

지난번 미행했던 부하의 보고에 따르면, 헬레나가 지하창고를 나간 뒤 멀찌감치 따라가며 미행했는데 그녀가 조심스럽게 구불구불한 길을 돌아 테오도시우스 성벽 북쪽의 블라헤르네 지구로 갔다고 했다. 뜻밖의 장소였다. 그곳은 적의 포격이 가장 집중된 곳이기 때문에 군사 외에는 아무도 가지 않았다. 부하는 그녀가 절반쯤 부서진 탑 속으로 들어가는 것을 마지막으로 더 이상 미행하지 못했다. 그 탑은 모스크의 일부분이었던 것으로 콘스탄티누스가 성안에 있는 모스크를 전부 부술 것을 명령했지만 이 탑만 남겨두었다. 지난번 페스트가 창궐했을 때 환자 몇 명이 그 탑 안에서 죽는 바람에 누구도 가까이 가려 하지 않았다. 게다가 전쟁이 시작된 후 어디선가 날아온 포탄에 맞아 탑이 절반쯤 무너졌다. 부하는 그 탑에 들어가본 적이 있는 두 병사를 불러다 탑 안에 무엇이 있는지 물어보았다. 탑이 무너지기 전 그 위에 망루를 설치하려다가 고도가 충분하지 않아 그만둔 적이 있었다. 병사들의 말에 따르면 탑 안에는 거의 백골 상태의 시신 몇 구 외에는 아무것도 없다고 했다.

이번에는 프란체스도 그녀를 미행시키지 않았다. 그는 성벽을 내려가는 헬레나의 뒷모습을 지켜보았다. 그녀가 성벽 위 병사들 사이로 지나갈 때 먼지와 피로 범벅이 된 병사들의 투구 사이에서 그녀의 망토가 유난히 도드라져 보였지만 전투에 지친 병사 중 누구도 그녀에게 눈길을 주지 않았다. 그녀는 잰걸음으로 성벽을 내려가 두 번째 성벽 문을 통해 빠져나갔다. 혹시 있을지 모르는 미행자를 따돌리기 위해 길을 돌지 않고 이번에는 곧장 블라헤르네 지구로 향했다. 막 내려앉기 시작한 땅거미 속으로 그녀가 사라졌다.

콘스탄티누스 11세는 바닥에서 말라가고 있는 물 자국을 응시하며 사라지는 희망을 보는 것 같았다. 물 자국은 방금 떠난 12명의 해병이 남기고 간 것이었다. 지난주 그들은 오스만제국의 암적색 군복을 입고 머리에 무슬림 터번을 두른 차림으로 작은 배를 몰아 적의 해협 봉쇄선을 뚫고 먼바다로 나갔다. 비잔틴을 지원하러 온 유럽 함대를 맞이하고 그들에게 적의 동향을 알려주려는 것이었다. 하지만 그들이 맞이한 것은 텅 빈 에게 해였고 그들을 도우러 온다던 유럽 함대는 그림자도 보이지 않았다. 병사들은 실망했지만 임무를 잊지 않고 다시 적진을 넘어 돌아와 황제에게 이 비보를 알렸다. 콘스탄티누스는 이제야 알았다. 유럽이 지원군을 보낼 것이라는 생각은 그만의 착각이었고 냉혹한 기독교도들은 천년 성지인 비잔틴이 이교도의 손아귀에 들어가도록 방관하고 있다는 것을.
바깥이 술렁이며 시끄러워지더니 호위병이 들어와 월식이 일어났다고 알렸다. 명백한 흉조였다. 달이 밝게 빛나는 한 콘스탄티노플은 멸망하지 않을 것이라는 전설 같은 예언이 있었다. 창문 너머로 검게 구멍 뚫린 달을 보았다. 하늘의 무덤이었다. 그는 헬레나가 돌아오지 않을 것임을, 자신이 적의 머리를 손에 넣지 못할 것임을 예감했다.
하룻낮 하룻밤이 꼬박 지나고 다시 해가 떴지만 예감대로 헬레나에게서는 아무 소식도 없었다.

프란체스가 부하들을 데리고 블라헤르네의 탑으로 달려갔다. 그런데 탑이 시야에 들어온 순간 모두 놀라 입을 다물지 못했다. 방금 떠오른 달의 시린 달빛 아래에 탑이 온전한 모습으로 우뚝 서 있었다. 뾰족한 탑 꼭대기가 막 별이 나오기 시작한 밤하늘을 찌를 듯이 솟아 있었다. 그녀를 미행했던 부하가 지난번에는 분명히 탑이 절반쯤 무너져 있었다고 말했다. 이 지역 전투에 참가했던 장교와 병사들의 증언도 그의 말과 같았다. 프란체스가 부하를 싸늘하게 노려보았다. 아무리 많은 사람이 증언한다 해도 프란체스는 부하의 말이 거짓이라고 생각했다. 눈앞에 멀쩡하게 서 있는 탑이 모든 증언을 압도하는 확실한 증거였다. 하지만 프란체스는 부하를 처벌하고 싶지 않았다. 곧 도시의 종말이 닥치면 누구도 벌을 피할 수 없을 것이므로. 옆에 있던 한 병사도 하려던 말을 다시 삼켰다. 그는 이 탑의 윗부분이 포탄을 맞고 부서졌던 게 아니라는 걸 알고 있었다. 2주 전 어느 날, 밤사이 포격이 한 번도 없었는데 아침에 일어나 보니 첨탑이 보이지 않았다. 탑 주변에 부서진 벽돌 조각도 없었다. 이곳은 우르반 대포가 집중적으로 포격하는 곳이었다. 거대한 포탄이 언제든 성벽을 뚫고 이곳에 떨어질 수 있었다. 포탄 하나에 병사 십수 명이 죽은 적도 있었다. 남아 있는 탑의 반쪽도 언제든 무너질 수 있어 아무도 탑에 들어가려 하지 않았다. 그와 함께 탑이 무너진 것을 목격한 전우 두 명은 이미 전사했고 그도 괜한 일에 말려들고 싶지 않았다. 자신이 본 것을 그대로 얘기한들 아무도 믿어주지 않을 것이라고 생각했다.

프란체스가 부하들을 데리고 탑으로 들어갔다. 페스트로 죽은 백골이 들개에게 파헤쳐져 어지럽게 흩어져 있었다. 산 사람은 없었다. 벽에 매달아 만든 회전계단을 따라 2층으로 올라갔다. 희미한 불빛 사이로 창 아래 웅크리고 있는 헬레나가 보였다. 잠든 게 분명했지만 반쯤 뜬 눈꺼풀 사이로 보이는 눈동자에 불빛이 비쳤다. 그녀의 옷은 찢어져 있었고 흙투성이였으며 헝클어진 머리칼 사이로 보이는 얼굴에는 그녀 자신이 할퀸 것 같은 피 맺힌 상처가 두세 줄 나 있었다. 프란체스가 사방을 둘러보았다. 원뿔형 공간에는 아무것도 없었다. 곳곳에 두꺼운 흙먼지가 쌓여 있어 조금만 건드려도 자취가 남겠지만 주위에는 흔적이 전혀 없었다. 헬레나도 그들처럼 이곳에 처음 왔다는 걸 짐작할 수 있었다. 인기척에 놀라 깨어난 그녀가 허겁지겁 벽을 잡고 일어났다. 창으로 들어온 달빛이 그녀의 머리 위에 내려앉아 은빛 광륜을 만들었다. 그녀가 놀란 눈으로 한참을 응시하다가 현실로 돌아오는 듯하더니 다시 회상하듯 눈을 반쯤 감았다. 아직 꿈에서 빠져나오지 못한 것 같았다.

"여기서 뭘 하고 있느냐!"

프란체스의 고성이 허공을 울렸다.

"나리, 제가…… 제가 그곳에 갈 수가 없습니다!"

"그곳이라니?"

헬레나는 여전히 반쯤 감은 눈으로 기억을 더듬고 있었다. 마치 어른이 잡아끄는데도 마음에 드는 장난감 앞을 떠나지 못하는 아이 같았다.

"거긴 아주 넓고, 아주 좋아요. 참 아늑해요. 여긴…… 여긴 관 속처럼 좁아요. 바깥도…… 관처럼 좁아요. 거기로 가고 싶어요!"

그녀가 눈을 번쩍 뜨고 겁에 질린 눈동자로 사방을 둘러보았다.

프란체스가 물었다.

"너의 임무는?"

헬레나가 힘겹게 가슴 앞에 십자가를 그렸다.

"기다리세요. 더 기다리세요."

프란체스가 창밖을 가리켰다.

"더 이상 어떻게 기다려?"

우르릉우르릉하는 소리가 파도처럼 밀려오고 있었다. 자세히 들어보니 전혀 다른 두 개의 소리가 합쳐진 것 같았다.

하나는 성 밖에서 들리는 소리였다. 메흐메트 2세가 내일 콘스탄티노플에 대한 총공격을 개시하기로 결정했다. 젊은 술탄이 말을 타고 오스만 군대의 모든 막사를 살펴본 뒤 병사들에게 약속했다.

"내가 원하는 건 콘스탄티노플이다. 이 도시의 금은보화와 여자는 모두 너희에게 나눠 주겠다. 성을 함락시킨 뒤 사흘 동안 마음껏 약탈해도 좋다!"

군대 전체가 환호했다. 일제히 터져 나온 환호성 사이로 구호와 박수 소리가 섞였다. 군영 안에 피운 모닥불 연기와 불꽃을 따라 하늘로 올라간 소리가 광란의 살기가 되어 도시 상공에 자욱하게 모여들었다.

콘스탄티노플 성안에서 들리는 소리는 비통하고 침울했다. 모든 시민이 대주교를 따라 성소피아대성당까지 행진한 뒤 마지막 추도 미사를 올리고 있었다. 기독교 역사상 한 번도 보지 못했고, 다시는 보지 못할 장면이었다. 장엄한 찬송가가 울려 퍼지고 비잔틴 황제와 대주교, 동방정교회 신도, 이탈리아에서 온 천주교도, 무장한 도시방위군, 베네치아와 제노바의 상인과 선원, 수많은 시민이 어스름한 촛불 아래로 운집했다. 그들은 하느님 앞에 모여 목숨 건 최후의 혈전을 준비하고 있었다.

프란체스는 헬레나에게 기대할 수 없다는 걸 알았다. 아마도 그녀는 영리한 사기꾼이고 마술은 처음부터 없었을 수도 있다. 그렇다면 괜찮은 결과다. 하지만 그녀가 정말로 마술을 부릴 줄 알고 이미 적진에 가서 오스만인들에게 임무를 부여받고 돌아왔다면 그는 지금 위험에 처해 있을 수도 있었다. 망해가는 비잔틴이 그녀에게 무엇을 줄 수 있을까? 성녀라는 영예조차 부여하기 힘들 수 있다. 동방정교회와 천주교가 창녀이자 마녀를 성녀로 추앙하도록 절대로 내버려둘 리가 없다. 그녀가 돌아온 목표는 아마도 황제일 것이고, 어쩌면 프란체스까지 포함되어 있을지도 모른다. 이미 우르반*의 선례가 있었다.

프란체스가 부하에게 눈짓을 하자 부하가 검을 뽑아 헬레나를 향해 휘둘렀다. 칼끝이 그녀의 가슴을 관통해 등 뒤의 벽돌 틈에 박혔다. 검을 빼내려고 했지만 꿈쩍도 하지 않았다. 헬레나가 손을 뻗어 칼자루를 붙잡았다. 부하는 그녀의 손이 닿을까 봐 움찔하며 검을 놓고는 프란체스 일행을 따라 허둥지둥 도망쳤다. 그러는 동안 헬레나는 아무 소리도 내지 않았다. 그녀의 머리가 천천히 수그러졌다. 은빛 광륜이 달빛을 잃고 어둠 속에 묻혔다. 탑 안은 칠흑처럼 어두웠고 창백한 달빛이 바닥을 비추자 피가 검은 뱀처럼 꿈틀거리며 기어갔다.

프란체스가 탑을 빠져나올 때 성 안팎의 소리도 멎었다. 최후의 일전을 앞둔 고요함이 유럽과 아시아의 경계에 있는 이 대지와 바다를 뒤덮었다. 동로마제국의 마지막 여명이 밝아오고 있었다.

탑 2층에서 여자 마법사가 칼에 찔린 채 벽에 박혀 죽었다. 그녀는 인류 역사상 하나뿐인 진정한 마법사였을 것이다. 하지만 그녀가 죽기 약 열 시간 전에 짧은 마법의 시대도 끝이 났다. 마법의 시대는 고차원 파편이 처음 지구에 닿은 서기 1453년 5월 3일 16시에 시작되었고, 파편이 지구를 완전히 떠난 서기 1453년 5월 28일 21시에 끝났다. 25일 하고 다섯 시간이었다. 그 후 세상은 정상 궤도로 되돌아갔다.

---

* 헝가리 출신의 기술자. 콘스탄티노플에서 대포를 만들었지만 국고가 바닥난 비잔틴이 적은 돈조차 주지 못하자 메흐메트 2세를 찾아가 오스만에서 대포를 만들었다. 이 대포는 길이 8미터, 직경 약 95센티미터의 거대한 크기였으며 500킬로그램짜리 포탄의 사정거리가 1.5킬로미터 이상이었다. 우르반 대포라고 불리는 이 대포가 콘스탄티노플 공격 당시 엄청난 위력을 발휘했다. 콘스탄티노플의 견고한 성벽을 무너뜨릴 수 있는 유일한 무기였다.

29일 저녁, 콘스탄티노플은 함락되었다.

온종일 이어진 피비린내 나는 전투가 거의 막바지에 다다를 무렵 콘스탄티누스 11세가 벌 떼처럼 달려드는 오스만 군대를 보며 큰 소리로 외쳤다.

"내 목을 베어줄 기독교인이 한 사람도 없단 말인가?"

황제가 자줏빛 가운을 벗어 던진 뒤 검을 뽑아 들고 적진으로 몸을 던졌다. 그의 은색 투구가 암적색 염산에 던져진 은박지처럼 순식간에 흔적도 없이 사라졌다.

콘스탄티노플 함락의 역사적 의의는 오랜 세월이 흐른 뒤에야 나타났다. 일이 발생했을 때 사람들이 제일 먼저 떠올린 건 마침내 로마제국이 완전히 사라졌다는 것이다. 비잔틴은 고대 로마의 뒤꽁무니에 1000년 동안 길게 이어진 바큇자국이었다. 화려한 전성기도 있었지만 결국 작열하는 태양 아래 물 자국처럼 증발해버렸다. 당시 고대 로마인들은 호사스러운 목욕탕에 몸을 담그고 휘파람을 불며 자신의 제국이 화강암으로 만든 이 목욕탕처럼 영원히 지속될 것이라고 생각했다.

지금 사람들은 알고 있다. 끝나지 않는 축제는 없으며 모든 것에는 끝이 있다는 사실을.

위기의 세기 원년, 생명의 선택 항

양둥(楊冬)은 자신을 구하고 싶었지만 거의 불가능하다는 걸 알고 있었다.

그녀는 통제센터 맨 위층 발코니에서 운행을 멈춘 가속기를 내려다보았다. 둘레 20킬로미터의 가속기는 이 높이에 올라와야 전체를 볼 수 있었다. 그것은 관례를 깨고 지하터널이 아니라 지상의 콘크리트 관 속에 설치되었다. 마치 석양에 에워싸인 거대한 마침표처럼 보였다.

어떤 마침표일까? 물리학의 마침표이길 바랐다.

양둥에게는 기본적인 신념이 있었다. 삶과 세상은 추악할지 몰라도 미시적, 거시적 종극은 조화롭고 아름다우며 우리가 살아가는 일상의 세계는 이 아름다운 바다 위에 떠 있는 거품에 불과하다고 믿었다. 그런데 지금 일상의 세계는 아름다운 겉포장을 두르고, 그것이 품고 있는 미시적, 거시적 현실은 어지럽고 추악했다.

그녀는 무서웠다.

사실 이런 생각을 하지 않으면 그만이었다. 물리학 없이도 그녀는 살 수 있다. 이론물리학과 무관한 직업을 선택해 결혼하고 아이를 낳으며 여느 여자들처럼 평온하게 살 수도 있다. 물론 그렇게 산다면 그녀에게는 영혼의 반쪽만 가지고 사는 삶이 될 것이다.

그녀를 신경 쓰이게 하는 또 한 가지는 엄마였다. 그녀는 엄마의 컴퓨터로 수신된 정보들이 고도로 암호화되어 있다는 사실을 우연히 알고 호기심이 생겼다. 엄마는 암호를 풀고 난 정보를 완전히 파기하지 않고 간단히 삭제했다. 나이 많은 사람들이 으레 그렇듯 그녀의 엄마도 컴퓨터와 인터넷에 능숙하지 못했고 하드디스크를 포맷해도 데이터를 쉽게 복구할 수 있다는 사실을 알지 못했다. 양둥은 순전히 호기심으로 엄마가 삭제한 일부 파일을 복구했다. 태어나서 처음으로 엄마 몰래 저지른 일이었다. 용량이 큰 파일들을 며칠에 걸쳐 읽은 뒤 엄마와 삼체 세계의 비밀을 알게 되었다.

양둥은 이 사실에 엄청난 충격을 받았다. 단둘이 의지하며 살아온 엄마에게 완전히 다른 모습이 있었다니! 더욱이 세상에 그런 사람이 있을 거란 사실조차 믿어본 적이 없었다. 엄마에게 물어볼 수도 없었다. 아니, 영원히 물어볼 수 없을 것 같았다. 그걸 묻는 순간 엄마가 정말로 자기가 몰랐던 모습으로 변해버릴 것 같았다. 엄마의 비밀을 모른 척하고 아무 일도 없는 것처럼 엄마를 대하면 이대로 계속 살 수는 있다. 물론 그렇게 산다면 그녀에게는 역시 영혼의 반쪽만 가지고 사는 삶일 것이다.

반쪽 영혼으로 사는 건 별일 아니었다. 주위를 둘러보아도 그런 사람이 적지 않았다. 망각과 적응에 능하기만 하면 반쪽으로 살아도 평온하게, 심지어 행복하게 살 수 있었다.

하지만 이 둘을 합치면 온전한 하나의 영혼이 된다.

양둥은 발코니 난간을 짚고 건물 아래 심연을 응시했다. 처음에는 공포가, 그다음에는 유혹이 따라왔다. 그녀는 자신의 체중을 지탱하던 난간이 휘청이는 느낌에 감전된 사람처럼 뒤로 물러섰다. 그곳에 더 있을 수가 없어 터미널실로 들어갔다.

그곳에는 슈퍼컴퓨터의 터미널이 설치되어 있었다. 서버에 가속기가 연결된 것은 아니고 데이터를 오프라인으로 처리할 때만 사용했다. 며칠 전 작동을 완전히 중단시킨 터미널 중 몇 대에 불이 켜져 있는 것에 작은 위안을 받았다. 하지만 이곳은 이제 가속기와 아무 관련도 없었고, 서버가 다른 프로젝트에 사용되고 있다는 걸 그녀도 알고 있었다. 그녀가 들어오는 것을 보고 젊은 직원 하나가 일어났다. 그는 선명한 녹색 렌즈를 끼운 뿔테 안경을 쓰고 있었다. 양둥은 두고 간 물건을 가지러 온 것이라고 했다. 그녀가 누구인지 알고 나자 녹색 안경이 친절한 미소를 지으며 지금 슈퍼컴퓨터로 작업 중인 프로젝트에 대해 설명해주었다.

지구의 진화에 관한 수학모델이었다. 시뮬레이션으로 과거와 미래 지표면 형태의 변화를 예측하는 모델인데 종전의 비슷한 프로젝트와 다른 점은 생물, 지질, 대기, 해양, 천문 등 다양한 요인이 종합되어 있다는 것이다. 녹색 안경이 모니터 몇 개의 스위치를 켜서 보여주었다. 모니터 위에 예전 데이터그래프와는 완전히 다른 것이 나타났다. 하늘에서 내려다본 대륙과 바다처럼 선명한 색채의 도형들이었다. 녹색 안경이 능숙하게 마우스를 움직여 도형 속 몇 곳을 확대하자 숲과 강이 보였다. 추상적인 데이터와 이론이 점령했던 이곳에 대자연의 기운이 스며든 것을 보고 양둥은 모종의 해방감을 느꼈다.

녹색 안경의 설명이 끝난 뒤 그녀는 자기 물건을 찾아와 점잖게 인사를 했다. 터미널실 문을 나서려는데 자신을 뒤따르는 녹색 안경의 시선이 느껴졌다. 그녀는 문득 누군가와 대화하고 싶은 충동에 몸을 돌렸다.

"신이 있다고 믿나요?"

불쑥 입에서 튀어나온 말에 양둥 자신도 놀랐지만 이곳에서 작동되고 있는 모델을 생각하면 너무 뜬금없는 질문은 아닌 것 같아 조금 마음이 놓였다.

녹색 안경도 그녀의 질문에 말문이 막혔는지 입만 벌린 채 망설이다가 조심스럽게 물었다.

"어떤 신 말씀인가요?"

"그냥 신이요."

양둥이 짧게 대답했다. 모든 것을 압도하는 피로감이 다시 그녀를 덮쳐 길게 설명할 여력이 없었다.

"믿지 않습니다."

양둥은 대형 모니터 속 대륙과 바다를 가리켰다.

"하지만 생명체가 존재할 수 있는 환경은 물리적 매개변수가 너무 제한 적이에요. 예를 들어 액체 상태의 물은 아주 좁은 온도 범위 내에서만 존재하죠. 우주학의 관점에서 보면 더 분명해요. 빅뱅이 가능한 매개변수는 1경 분의 1의 오차만 있어도 중원소가 생겨나지 않고 생명체도 생겨날 수 없어요. 이 세상이 어떤 존재에 의해 지혜롭게 설계되었다는 증거가 아닐까요?"

녹색 안경이 고개를 저었다.

"빅뱅에 대해서는 잘 모르지만 지구의 환경은 그렇지 않아요. 지구에 생명이 출현하고 생명도 지구를 바꿨죠. 지금의 지구 환경은 지구와 생명이 상호작용한 결과라고 생각합니다."

그가 잠시 생각하다가 마우스를 잡았다.

"이 시뮬레이션을 보세요."

그가 대형 모니터에 설정 창을 띄웠다. 현기증이 날 만큼 복잡한 매개변수가 쓰여 있었지만 그가 제일 위에 있는 선택 항의 체크 표시를 지우자 모든 창이 사라졌다.

"생명이라는 선택 항을 삭제하고 지구에 생명이 없는 상태로 현재까지 진화했다면 어떤 모습인지 볼게요. 시간상 대략적으로 계산할게요."

서버가 전 출력으로 가동되기 시작했다. 전력 소비가 많은 슈퍼컴퓨터를 이렇게 작동시키면 소도시 하나와 맞먹는 전력이 소모되겠지만 양둥은 그를 말리지 않았다.

모니터에 갓 탄생한 행성이 나타났다. 난로에서 금방 꺼낸 숯처럼 표면이 새빨갛게 타오르고 있었다. 시간이 지질연대에 따라 흐르고 행성이 점점 냉각되자 표면의 색과 무늬가 느리게 변화했다. 가만히 보고 있으면 최면에 걸릴 것 같았다. 몇 분 뒤 모니터에 오렌지색 행성이 나타나더니 시뮬레이션이 완료되었음을 알렸다.

"대략적인 수준으로 계산한 거예요. 정밀하게 계산하려면 한 달은 걸리죠."

녹색 안경이 마우스를 움직여 우주에서 행성 표면으로 내려오며 보여주었다. 광활한 사막을 건너 거대한 돌기둥이 빽빽이 서 있는 것 같은 산 위를 지나친 뒤 깊고 넓은 열곡(裂谷)과 운석이 떨어져 생긴 듯한 분지를 지나갔다.

양둥이 이해할 수 없다는 듯 물었다.

"이게 어디죠?"

"지구예요. 생명체가 없는 상태로 지금까지 진화했다면 지구 표면은 이런 모습일 거예요."

"하지만…… 바다는요?"

"바다는 없어요. 강도 없고요. 다 말랐어요."

"생명체가 없으면 지구상에 액체 상태의 물이 존재하지 않는다는 뜻이에요?"

"실제로는 이것보다 훨씬 놀라울 거예요. 이건 대략적인 시뮬레이션이 니까. 하지만 생명체가 지구의 현재 모습에 큰 영향을 미쳤다는 건 알 수 있죠."

"그래도……."

"생명체는 지표면에 존재하는 아주 미세하고 부드럽고 연약한 존재라 고 생각하시나요?"

"그렇지 않나요?"

"시간의 힘을 간과하셨어요. 개미 한 무리가 쌀알만 한 돌멩이를 쉬지 않고 옮긴다고 가정할 때 10억 년이 지나면 태산을 옮길 수가 있어요. 시 간이 충분히 주어진다면 생명체는 암석이나 금속보다 더 강하고 태풍과 화산보다 훨씬 위력적이에요."

"하지만 조산운동은 지질의 힘에 의해 일어나잖아요."

"꼭 그런 건 아니에요. 생명체가 산을 만들어낼 수는 없지만 산맥의 분포 를 변화시킬 수는 있죠. 큰 산이 세 개 있는데 그중 두 개에서만 식물이 자 란다면 식물이 자라지 않는 산은 풍화되어 사라지죠. 산이 사라지기까지 빠르면 천만 년쯤 걸리겠지만 지구에게 천만 년은 긴 시간이 아니에요."

"그럼 바다는 왜 없어지죠?"

"그건 시뮬레이션 과정을 일일이 기록해야 알 수 있지만 추측할 수는 있어요. 식물, 동물, 세균 모두 대기층에서 중요한 작용을 하고 있어요. 생 명이 없으면 대기층 성분이 지금과 많이 다를 테고 자외선과 태양풍을 막 아내지 못해 바다가 증발하겠죠. 처음에는 지구의 대기가 금성처럼 수증 기로 가득 차겠지만 대기층의 최상층에 있는 수증기가 점점 우주로 증발 하면 수십억 년 뒤에는 지구가 모두 말라버릴 거예요."

양둥은 더 묻지 않고 말없이 메마른 황색 세상을 쳐다보았다.

"현재의 지구는 생명체가 자신을 위해 만든 터전이에요. 신과 무관하게요."

녹색 안경은 자신의 설명에 만족한 듯 두 팔을 벌려 대형 모니터를 안았다.

양둥은 지금의 심리 상태로는 자세한 얘기를 나누고 싶지 않았지만 방금 녹색 안경이 수학모델에서 생명 항목을 삭제하는 순간, 한 가지 생각이 그녀의 뇌리에 날아와 박혔다. 마침내 그 무서운 질문이 그녀의 입에서 흘러나왔다.

"그럼 우주는요?"

시뮬레이션 과정을 삭제하고 있던 녹색 안경이 의아한 표정으로 물었다.

"우주요? 우주가 뭐요?"

"이런 수학모델로 우주 전체를 시뮬레이션한다면, 그러니까 조금 전처럼 생명 항목을 삭제하고 시뮬레이션한다면 우주는 어떤 모습일까요?"

"물론 지금과 똑같겠죠. 결과값이 정확하다면요. 방금 보여드린 건 지구에 국한된 거예요. 우주라면 생명체가 너무 적어서 우주의 진화 과정에 거의 영향을 미치지 못할 것 같아요."

양둥은 하려던 말을 목구멍으로 다시 밀어 넣었다. 그녀는 녹색 안경에게 인사를 하고 애써 감사의 미소를 지어 보였다. 그리고 밖으로 나와 하늘의 희미한 별을 올려다보았다.

엄마의 컴퓨터에서 본 정보에 의하면 우주에는 생명체가 적지 않다. 아니, 우주는 생명체로 꽉 차 있다.

그렇다면 우주는 생명체로 인해 얼마나 많이 바뀌었을까? 그 변화가 얼마만큼 진행되었을까?

특히 이 두 번째 의문이 그녀를 섬뜩하게 했다.

그녀는 자신을 구하기엔 이미 늦었다는 걸 알고 있었다. 생각을 멈추고 머릿속을 깜깜한 허공처럼 비우려고 했지만 조금 전 마지막 의문이 그녀의 잠재의식 속에 끈질기게 달라붙어 떨어지지 않았다.

대자연은 정말 저절로 생겨났을까?

위기의 세기 4년, 윈톈밍

　오늘 회진 시간에 닥터 장(張)이 윈톈밍(雲天明)에게 신문을 건넸다. 입원 기간이 길었으니 바깥세상의 일도 알아야 하지 않겠느냐면서. 윈톈밍은 의아했다. 병실에도 텔레비전이 있었다. 닥터 장에게 다른 의도가 있는 것 같았다.

　신문을 펼치며 든 첫 느낌은 입원하기 전에 비해 삼체와 ETO(지구 삼체 조직)에 대한 기사가 훨씬 줄어들었다는 점이다. 입원하기 전만 해도 삼체와 ETO의 기사가 연일 신문의 모든 지면을 차지했다. 드디어 위기와 무관한 기사를 읽을 수 있었다. 어떤 환경에든 만족하고 안주하려는 인간의 본성이 발휘되었다. 세상은 지금 4세기 후의 미래였던 일이 점점 현실이 되고 있다. 하지만 이상할 건 없다. 4세기 전이면 중국에는 명나라가 있고 누르하치가 북방에서 후금을 건국했을 무렵이며, 서양에서는 중세의 암흑기가 막 끝난 때였다. 증기기관 발명은 아직 100년도 더 남았고, 사람들이 전기를 사용한 것도 그로부터 200여 년 뒤였다. 그때 누군가 400년 뒤에 일어날 일을 걱정했다면 사람들은 기우라며 그를 놀렸을 것이다.

사실 원텐밍의 현재 병세로 보면 바로 내년의 일도 걱정할 필요가 없었다.

기사 하나가 그의 눈길을 끌었다. 1면은 아니지만 눈에 띄는 헤드라인이었다.

"제3기 인민대표대회 상임위원회 특별회의 안락사법 통과."

이상하지 않은가? 인민대표대회 상임위원회 특별회의는 삼체 위기와 관련된 입법을 위해 소집되었다. 안락사법이 위기와 무슨 관련이 있단 말인가?

'닥터 장이 내게 이 소식을 알려주려는 걸까?'

하지만 길게 생각할 겨를도 없이 격렬한 기침이 시작되어 신문을 밀어놓고 고통스러운 잠을 청했다.

다음 날 텔레비전 뉴스에서 안락사법에 대해 보도하고 전문가들이 나와 토론을 벌였지만 큰 관심을 끌지 못했다. 사람들의 반응은 무덤덤했다.

그날 밤 기침과 고통스러운 호흡, 항암치료로 인한 메스꺼움, 무기력 때문에 원텐밍은 잠들지 못했다. 옆 침대의 리(李) 선생이 산소통을 가져다주며 그의 침대 발치에 앉았다. 다른 침대의 두 환자가 잠든 걸 확인한 뒤 그가 낮은 소리로 원텐밍에게 말했다.

"톈밍, 나 먼저 가려고."

"퇴원하세요?"

"아니. 안락."

사람들은 그 일을 이야기할 때 마지막 글자를 생략했다.

"왜 그런 생각을 하세요? 자식들도 효자인데……."

원텐밍이 상체를 일으켜 앉았다.

"그래서 그래. 이대로 더 있으면 자식들이 집을 팔아야 해. 그렇게 해도 병은 못 고칠 텐데. 자식들, 손주들한테 무책임한 짓을 할 순 없지."

리 선생은 원톈밍에게 이런 얘기를 하는 게 적절치 않은 것 같아 그의 팔을 한 번 주무르고 침대로 돌아갔다.

커튼 위로 흔들리는 나무 그림자를 보며 원톈밍도 잠이 들었다. 병에 걸린 뒤 처음으로 평화로운 꿈을 꾸었다. 꿈속에서 노가 없는 조각배를 타고 있었다. 흰 종이로 접은 조각배가 잔잔한 물 위에 떠 있고, 몽롱한 잿빛 하늘에서 선선한 부슬비가 내리고 있었다. 빗방울이 물 위로 떨어지지 않는 듯 수면이 거울처럼 매끈했다. 사방이 회색과 한 덩어리가 되어 기슭이 보이지 않고 수평선도 볼 수 없었다. 새벽에 일어나 꿈을 더듬어보는데 조금 이상했다. 꿈속에서 그는 부슬비가 그치지 않을 것이고 수면 위에도 영원히 잔물결이 일지 않을 것이며 그곳의 하늘은 영원히 잿빛 그대로일 것이라고 확신하고 있었다.

리 선생의 안락이 진행되었다. 뉴스에서 '진행'이라는 단어를 반복해서 강조했다. '집행'이라는 표현은 타당하지 않고, '실시'라고 해도 어울리지 않으며, '완성'이라고 하면 사람이 반드시 죽어야 한다는 뜻인데 안락 절차로 볼 때 그 역시 정확한 표현이 아니었다.

닥터 장이 원톈밍을 찾아와 그의 건강 상태가 허락한다면 리 선생의 안락식에 참석할 수 있는지 물었다. 닥터 장이 서둘러 설명했다.

"우리 도시의 첫 안락 사례라 각계 대표들이 참석할 거예요. 환자 대표도 참석하는 게 모양새가 좋을 것 같아서 그래요. 다른 뜻은 없어요."

원톈밍은 그의 요청 속에 다른 의미가 들어 있음을 은연중에 느꼈지만 닥터 장의 세심한 치료에 대한 보답인 셈치고 참석하기로 했다. 그런데 문득 닥터 장을 예전에 어디서 만났던 것 같았다. 그의 이름도 왠지 익숙했지만 어디서 보았는지 생각이 나지 않았다. 지금까지 그런 생각이 들지 않았던 것은 그들 사이의 대화가 병세와 치료에 국한되었기 때문일 것이다.

진료할 때는 다른 화제로 대화할 때와 분위기가 사뭇 달랐다.

리 선생의 안락식에 가족은 한 명도 참석하지 않았다. 그는 가족에게 이 사실을 알리지 않고 안락이 끝난 뒤 (병원이 아니라) 시(市) 민정국이 가족에게 통보해달라고 요청했다. 이는 안락사법으로 허용된 것이었다. 취재하러 온 기자가 많았지만 대부분 안으로 들어오지 못했다. 안락은 병원 응급실에서 진행되었다. 응급실 한쪽 벽이 특수한 통유리로 되어 있어 유리벽 밖에서만 안을 들여다볼 수 있고 안에 있는 환자는 밖을 볼 수 없었다.

원톈밍은 유리벽 앞에 모여 있는 각계 인사들 틈으로 비집고 들어갔다. 안락실 모습이 처음 그의 시야에 들어왔을 때 울컥 치미는 공포와 메스꺼움에 왈칵 구역질을 할 뻔했다. 병원 측의 원래 의도는 좋았다. 최대한 인간적인 분위기를 내기 위해 응급실에 화사한 커튼을 달고 꽃병으로 장식하고 벽에도 핑크색 하트를 잔뜩 붙여놓았다. 하지만 효과는 예상과 정반대였다. 마치 묘실을 신방으로 꾸민 것처럼 죽음의 공포 위에 괴이함이 덧입혀졌다.

정중앙에 있는 침대에 누운 리 선생은 평온해 보였다. 원톈밍은 아직 그와 작별 인사를 하지 못했다는 것이 생각나 마음이 더 무거워졌다. 공증인 두 명이 들어가 공증 절차를 마치고 리 선생이 공증서에 서명했다. 공증인이 나온 뒤 다른 사람이 들어가 마지막 절차를 설명해주었다. 흰 가운을 입고 있었지만 의사인지는 알 수 없었다. 그가 침대 앞에 있는 큰 모니터를 가리키며 리 선생에게 거기 쓰인 글을 읽을 수 있는지 물었다. 리 선생이 읽을 수 있다고 대답하자, 그는 또 오른손으로 침대 옆에 있는 마우스를 움직여 모니터 속 버튼을 누를 수 있는지 물었다. 이 방법이 불편하다면 다른 방법도 있다고 친절하게 말했다. 리 선생은 할 수 있다고 했다. 원톈밍은 리 선생이 했던 말이 생각났다. 그는 컴퓨터를 써본 적도 없고 통장에서 돈을 찾을 때도 직접 은행에 가야 한다고 했다. 그렇다면 그는 난생처음 마우스를 잡아보는 것이리라. 흰 가운을 입은 사람은 리 선생에게 모니터에 곧 질문이 나타날 것이고 같은 질문이 다섯 번 반복될 것이라고 말했다. 질문 아래 0부터 5까지 버튼 여섯 개가 있는데 그 질문에 대한 대답이 긍정이면 지시에 따라 버튼을 누르면 된다. 1부터 5 중에서 임의의 숫자가 나오게 되는데 '예' '아니요'가 아니라 숫자 버튼을 사용한 것은 환자가 무의식 상태에서 똑같은 버튼을 반복해서 누르는 것을 방지하기 위함이었다. 반대로 대답이 부정적이라면 0을 누르면 된다. 그러면 안락 절차가 즉시 중단된다. 간호사가 들어가 리 선생의 왼팔에 주삿바늘을 꽂았다. 주삿바늘은 관을 통해 노트북 크기의 자동주사기에 연결되어 있었다. 흰 가운을 입은 사람이 무언가를 꺼내 겹겹이 밀봉되어 있는 포장을 뜯자 작은 유리관이 나왔다. 그 안에 연노란색 액체가 들어 있었다. 그가 유리관을 조심스럽게 주사기에 넣은 뒤 간호사와 함께 밖으로 나왔다. 안락실에 리 선생 혼자 남았다. 안락 절차가 곧 시작되었다. 모니터에 질문이 뜨는 동시에 아름다운 여자 목소리로 읽어주었다.

　—삶을 끝내길 원하십니까? '예'라면 3을, '아니요'라면 0을 눌러주세요.
리 선생이 3을 눌렀다.
　—삶을 끝내길 원하십니까? '예'라면 5를, '아니요'라면 0을 눌러주세요.
리 선생이 5를 눌렀다.
　같은 질문이 두 번 더 나왔다. '예'라면 각각 1과 2를 누르라고 했고 리 선생은 그대로 눌렀다.
　—삶을 끝내길 원하십니까? 마지막 질문입니다. '예'라면 4를, '아니요'라면 0을 눌러주세요.

　그 순간 슬픔이 거센 파도처럼 원톈밍의 뇌리를 덮쳤다. 기절할 것 같았다. 어머니가 돌아가셨을 때도 이런 극도의 비통함을 느끼지는 않았다. 리 선생에게 0을 누르라고 소리치고 싶었다. 유리를 깨고 들어가 목소리가 예쁜 여자를 죽여버리고 싶었다.

하지만 리 선생은 4를 눌렀다.

주사기가 소리 없이 작동되었다. 유리관 속에 있는 연노란색 액체가 빠르게 줄어들더니 이내 사라졌다. 그러는 동안 리 선생은 미동도 없이 눈을 감은 채 편안히 누워 있었다.

모여 있던 사람들이 다 돌아갔지만 윈톈밍은 유리벽에 기댄 채 꼼짝도 하지 않았다. 그는 이미 생명이 사라진 유리 너머의 육신을 보지 않았다. 눈은 뜨고 있었지만 아무것도 보지 않았다.

"고통 없이 떠나셨어요."

닥터 장의 목소리가 귓가로 날아온 모기처럼 나직이 울리고 누군가의 손이 윈톈밍의 어깨에 얹혔다.

"다량의 바르비탈, 근이완제, 고농도 염화칼륨을 섞은 주사약이에요. 바르비탈이 제일 먼저 작용해 환자를 깊은 수면 상태로 진입시키면 근이완제가 호흡을 중단시키고 염화칼륨이 심장박동을 멎게 하죠. 20~30초밖에 걸리지 않아요."

윈톈밍의 어깨에 얹혀 있던 닥터 장의 팔이 내려간 뒤 멀어지는 그의 발걸음 소리가 들렸다. 윈톈밍은 돌아보지 않았지만 닥터 장의 얼굴을 떠올리다가 그를 어디서 보았는지 생각났다.

"장 선생님, 저희 누나 아시죠?"

윈톈밍이 작은 소리로 부르자 걸음 소리가 멎었지만 닥터 장은 고개를 돌리지 않았다.

한참 만에 대답이 돌아왔다.

"음, 고등학교 동창이에요. 어릴 때 톈밍 씨를 두어 번 본 적이 있어요."

원톈밍은 기계적인 걸음걸이로 병원 본관에서 나왔다. 이제 알았다. 닥터 장이 누나를 위해 한 일이라는 걸. 누나가 동생을 죽이고 싶어 하는 것이다. 물론, 안락으로 말이다.

원톈밍은 어릴 적 누나와 함께 놀던 행복했던 시절을 종종 회상했다. 하지만 나이가 들면서 남매 사이가 점점 멀어졌다. 싸운 것도 아니고 누가 상처를 준 것도 아니었지만 관계가 저절로 소원해졌다. 두 사람 모두 상대가 자신과 완전히 다른 부류라고 느꼈고, 상대에게 멸시당하는 기분이었다. 누나는 계산이 빠르지만 똑똑하지 못했고, 자신처럼 계산은 빠르지만 똑똑하지 못한 남자와 결혼하더니 아이들이 다 크도록 집 한 채 사지 못했다. 시댁도 집이 없기는 마찬가지여서 누나 가족이 아버지 집에 얹혀살고 있었다. 원톈밍도 성격이 괴팍해 남들과 잘 어울리지 못했고 일에서든 생활에서든 누나보다 크게 나을 것이 없었다. 그는 회사 기숙사에서 혼자 살면서 건강이 좋지 않은 아버지를 모시는 일은 전적으로 누나에게 미루었다.

원톈밍은 누나가 무슨 생각을 하는지 짐작할 수 있었다. 그가 아프기 시작한 후 보험금만으로는 병원비를 충당할 수 없는 데다가 갈수록 돈이 많이 드는 병이라 아버지가 저금해놓은 돈을 그의 치료비에 보태고 있었다. 하지만 누나가 집조차 없는 걸 알면서도 아버지는 누나에게 금전적인 도움을 준 적이 없었다. 누가 봐도 차별이었다. 그 때문에 지금 누나는 아버지의 돈을 쓰는 건 곧 자기 돈을 쓰는 것이라고 여기고 있었다. 더군다나 그 돈을 희망도 없는 치료에 쓰고 있으니, 동생이 안락을 한다면 자기 돈도 지키고 동생의 고통도 줄일 수 있다고 생각할 것이다.

하늘에 먹구름이 자욱했다. 그날 꿈에서 보았던 것 같은 하늘이었다. 끝없는 잿빛을 보며 원톈밍은 긴 한숨을 내쉬었다.

'좋아. 죽으라면 죽어줄게.'

카프카의 소설이 생각났다. 소설에서 주인공이 아버지와 말다툼을 하다가 아버지가 "죽어버려!"라고 욕하자 "알았어요. 죽으러 갈게요"라고 말한다. 마치 "알았어요. 쓰레기 버리러 갈게요" "알겠어요. 문 닫을게요"라고 말하듯이 아무렇지 않게 말하고는 그길로 집을 나가 길 건너편에 있는 다리 위로 올라가더니 곧바로 몸을 던진다. 훗날 카프카는 그 대목을 쓸 때 '사정의 쾌감'을 느꼈다고 회상했다. 지금 이 순간 원톈밍은 카프카를 이해할 수 있었다. 100년 전 중절모를 쓰고 서류가방을 든 채 프라하의 거리를 말없이 걷던, 자신처럼 괴팍했던 그 남자를 말이다.

병실로 돌아와보니 누군가 원톈밍을 기다리고 있었다. 대학 동창 후원(胡文)이었다. 대학 때 친구가 없었던 원톈밍이 그나마 제일 가깝게 지낸 동창이었다. 둘 사이에 우정이 존재하기 때문이 아니라 후원이 그와는 정반대로 누구와도 친하게 지내는 성격이었기 때문이다. 원톈밍은 아마 그의 인간관계에서 가장 바깥쪽에 있는 사람일 것이다. 졸업 후에는 한 번도 연락한 적이 없었다. 후원은 꽃바구니 대신 음료 한 상자를 들고 왔다.

후원이 짧게 탄식하더니 불쑥 물었다.

"대학교 1학년 때 그 엠티 기억나? 처음으로 다 같이 놀러 갔잖아."

물론 기억하고 있었다. 그때 청신(程心)이 처음으로 그의 옆에 앉았다. 그녀와 말한 것도 그때가 처음이었다. 사실 청신은 그 후 대학 4년 동안 원톈밍에게 무관심했다. 그렇다고 원톈밍이 먼저 그녀에게 말을 걸 용기도 없었다. 그날 그가 혼자 앉아 미윈(密雲)저수지를 바라보고 있을 때 청신이 다가와 뭘 좋아하느냐며 말을 걸었다. 그들은 저수지를 향해 작은 돌멩이를 던지며 처음 말을 튼 친구와 나눌 수 있는 가장 일반적인 화제로 대화를 나누었다. 하지만 원톈밍은 그때 나누었던 대화를 한 글자도 빼놓지 않고 기억하고 있었다. 청신이 작은 종이배를 접어 물에 띄우자 순백의 종이배가 미풍에 밀려 천천히 멀어지다가 작은 흰 점이 되었다. 그의 대학 생활에서 가장 찬란한 하루였다. 사실 구름이 잔뜩 끼고 부슬비가 내려 수면 위로 빗방울 자국이 가득했으며 그들이 던진 돌멩이도 축축했다. 하지만 그는 그날부터 부슬비가 오는 날과 축축한 땅, 젖은 돌멩이를 좋아하게 되었고 종이배를 접어 책상에 올려놓는 버릇이 생겼다.

그는 문득 생각했다. 자신이 그날 밤 꿈에서 본 빗속 피안의 세계가 그 기억에서 비롯되었을까?

하지만 그녀와 대화를 나눈 뒤에 있었던 일은 후원의 얘기를 듣고 어렴풋이 떠오를 정도였다. 청신이 그와 얘기를 나누다가 친구들이 불러 가고 난 뒤 후원이 다가와 옆에 앉으며 말했다.

"우쭐할 거 없어. 쟨 누구한테든 잘해주니까."

그건 원톈밍도 알고 있었다.

하지만 그 화제는 이어지지 않았다. 후원이 깜짝 놀라 원톈밍의 손에 들려 있는 생수병을 가리키며 뭘 마시고 있느냐고 물었다. 병 속에 찌꺼기 같은 것이 잔뜩 섞인 초록색 물이 들어 있었다. 원톈밍은 길가의 풀을 으깨서 넣은 것이라며 이게 바로 진정한 자연의 음료라고 했다. 기분이 좋아서인지 그날 원톈밍은 유난히 말이 많았다.

"나중에 기회가 되면 회사를 차려서 이런 음료를 만들 거야. 아주 잘 팔릴 거 같아."

후원이 말했다.

"세상에서 제일 맛없는 음료겠지."

그러자 원톈밍이 반문했다.

"술이 맛있어? 담배는 또 어떻고? 코카콜라도 처음 마시면 맛이 없어. 중독성이 있어서 사람들이 좋아하는 거지."

"바로 그때 네가 내 인생을 바꿨어!"

후원이 원톈밍의 어깨를 툭 치고는 가지고 온 상자를 열어 음료 한 병을 꺼냈다. 초록색 포장지에 드넓은 초원이 그려져 있고 '녹색폭풍'이라는 상표가 찍혀 있었다. 후원이 뚜껑을 열어 내밀자 원톈밍이 한 모금 마셨다. 시원하지만 쓰고 떫은맛이 혀를 감쌌다. 그가 눈을 감았다. 부슬비가 내리던 그 호숫가로 되돌아간 것 같았다. 청신이 곁에 앉아 있었다…….

후원이 말했다.

"이건 무가당이야. 시중에서 판매하는 건 이것보다 더 달아."

"이게, 잘 팔려?"

"잘 팔려. 문제는 생산원가야. 풀로 만들었다고 원가가 낮을 거라고 생각하면 오산이야. 어느 정도 규모가 되기 전에는 사과나 호두보다 더 비싸. 풀에 유해 성분이 많고 가공 과정도 복잡하지. 하지만 앞으로 전망이 밝아. 투자하겠다는 회사들이 줄을 섰어. 후이위안(匯源)*은 아예 회사를 인수하겠다나. 헛소리지."

원톈밍은 말없이 후원을 쳐다보았다. 항공우주학을 전공한 뒤 음료 회사를 차린 기업가였다. 그는 행동가였다. 원래 인생이란 그런 사람들의 것이다. 자신 같은 사람들은 인생에서 내팽개쳐질 뿐이라고 원톈밍은 생각했다.

"친구, 내가 너한테 빚을 졌어."

후원이 신용카드 세 장과 쪽지 한 장을 그의 손에 쥐여주고 주위를 두리번거린 뒤 그의 귓가에 대고 속삭였다.

"300만 위안 넣어놨어. 비밀번호도 적어놨고."

"내가 특허를 신청한 것도 아닌데."

원톈밍이 담담하게 말했다.

"그래도 아이디어는 네 것이잖아. 네가 없었으면 녹색폭풍도 없었어. 너만 괜찮다면 이 돈으로 법적인 빚을 정리하자. 물론 우정은 정리할 수 없지. 난 영원히 너한테 빚을 진 거야."

"법적으로도 빚지지 않았어."

"꼭 받아줘. 넌 지금 돈이 필요하잖아."

원톈밍은 더 이상 사양하지 않고 자신에게는 엄청난 거액을 받았다. 하지만 흥분되지는 않았다. 그 돈으로도 자신의 목숨을 살릴 수 없다는 걸 알고 있었기 때문이다. 하지만 아직 일말의 희망은 남아 있었다. 후원이 돌아간 뒤 병원 데스크로 달려갔다. 닥터 장이 아니라 유명한 종양 전문가인 부원장을 만나게 해달라고 했다. 원톈밍은 그를 만나자마자 단도직입적으로 물었다. 돈만 있으면 병을 고칠 수 있는 희망이 있는지.

나이가 지긋한 부원장은 컴퓨터로 원톈밍의 차트를 찾아본 뒤 가만히 고개를 저었다. 그의 암세포가 폐부터 온몸으로 전이되어 수술이 불가능하고 항암치료에 의존할 수밖에 없으므로 돈이 문제가 아니라고 했다.

"젊은이, 아무리 좋은 약도 죽을병을 고칠 수는 없고 부처도 인연이 없는 사람은 구도할 수 없다고 했어."

실낱같은 희망이 싸늘하게 식은 뒤 그는 놀라울 만큼 차분해졌다. 바로 그날 오후 안락사 신청서를 제출했다. 그의 주치의인 닥터 장에게 신청서를 건네자 닥터 장은 미안한 듯 그의 눈을 똑바로 보지 못하고 말했다.

"우선 항암치료를 중단하죠. 더 이상 고통받을 필요 없어요."

이제 한 가지 문제만 남았다. 이 돈을 어떻게 쓸 것인가. 아버지에게 드리고 나머지는 가족에게 나눠주는 것이 상례다. 물론 그의 가족이란 누나를 의미한다. 하지만 원톈밍은 그러고 싶지 않았다. 그는 이미 누나 뜻대로 죽음을 선택했으므로 누나에게 마음의 빚 따위는 없었다.

자신의 꿈이 무엇인지 생각해보았다. 엘리자베스호 같은 호화 유람선을 타고 여행하는 건 어떨까? 그 돈으로 충분할 것이다. 하지만 그의 건강 상태가 허락하지 않았다. 그에게 남은 시간이 그렇게 많지는 않을 것이다. 속이 상했다. 그럴 수만 있다면 햇빛 쏟아지는 갑판 위에서 바다를 바라보며 살아온 나날을 되짚어볼 수도 있고, 부슬비가 내리는 날 낯선 나라의 바닷가에 내려 작은 호수에 축축한 돌멩이를 던질 수도 있을 것이다…….

또 청신이 떠올랐다. 요즘 그녀를 생각하는 시간이 많아졌다.

그날 밤 텔레비전에 이런 뉴스가 나왔다.

UN 행성방위이사회 제12차 회의에서 제479호 의안이 통과됨에 따라 스타 프로젝트가 실행에 옮겨지게 되었습니다. 스타 프로젝트가 정식 궤도에 오르면 UN 개발 계획, 경제사회이사회 개발을 위한 에너지 자원위원회, 유네스코로 이루어진 스타프로젝트위원회가 전 세계에서 이 계획을 실행하게 됩니다.

오늘 오전 스타 프로젝트 중국 네트워크의 정식 개통과 함께 국내에서도 이 프로젝트가 개시되었습니다. UN 개발 계획 베이징(北京) 대표처 관계자는 중국 기업과 개인은 이 프로젝트에 참여할 수 있지만 사회 단체의 입찰은 받지 않을 것이라고 밝혔습니다.

원톈밍은 갑자기 무슨 생각이 난 듯 옷을 걸치고 병실 밖으로 나갔다. 간호사에게 산책을 하고 싶다고 했지만 소등 시간이 지나서 안 된다고 했다. 그는 불 꺼진 병실로 돌아가 커튼을 걷고 창문을 열었다. 리 선생의 병상에 새로 온 환자가 작은 소리로 구시렁거렸다. 원톈밍은 고개를 들고 도시의 스모그에 가려진 몽롱한 하늘을 올려다보았다. 희미하지만 밤하늘에서 은빛 점들이 반짝이고 있었다. 그 돈으로 할 일이 생겼다.

청신에게 별을 선물할 것이다.

《시간 밖의 과거》 발췌

스타 프로젝트 — 위기 초기의 유치증

위기의 세기가 시작되고 첫 20년 동안 인간 사회에 발생한 일련의 일들은 그 전과 후 사람들이 이해하기 어려운 것이었다. 역사학자들은 그것을 위기 유치증이라고 명명했다. 문명 전체를 위협하는 갑작스럽고 전례 없는 위기가 유치증을 유발했다는 것이 일반적인 견해지만, 개인으로 보면 그럴 수 있다고 해도 인간 사회 전체로 보면 그렇게 단순하지 않았다. 삼체 위기가 가져온 문화적 충격은 사람들의 당초 상상을 훨씬 뛰어넘었다. 생물학적으로는 포유류의 먼 조상이 바다에서 육지로 올라온 사건에 비견될 만하고, 종교적으로는 아담과 이브가 에덴동산에서 쫓겨났을 때의 충격과 맞먹는 것이었지만, 역사학적으로나 사회학적으로는 비슷한 사례를 찾을 수가 없었다. 인류 문명이 지금껏 경험한 모든 일을 다 합쳐도 이 사건에 비하면 아무것도 아니었다. 사실 이 일은 인류 사회의 문화, 정치, 종교, 경제를 뿌리부터 흔들어놓았다. 충격파가 문명의 가장 깊은 곳까지 파고들었다가 그 영향이 빠르게 표면으로 올라왔다. 인류 사회와의 거대한 관성과 상호작용이 유치증을 일으킨 근본 원인일 것이다.

유치증의 전형적인 사례는 면벽 프로젝트와 스타 프로젝트다. 두 가지 모두 당시 국제사회가 UN을 통해 창안해낸 것이지만 다른 시대 사람들의 관념으로는 불가사의한 행동이었다. 전자는 역사를 바꾸어 그 후의 문명사 전체에 지대한 영향을 미쳤다. 이에 대해서는 다른 장에서 따로 서술할 것이다. 후자는 시작된 지 얼마 되지 않아서 흐지부지 사라진 뒤 빠르게 잊혔다.

스타 프로젝트가 생겨난 원인은 두 가지다. 하나는 위기 초기에 나타난 UN 지위 격상의 필요성이고, 다른 하나는 도피주의의 출현과 유행이다.

삼체 위기의 출현으로 인류는 처음으로 공동의 적과 마주하게 되었고 UN에 거는 기대도 자연히 높아졌다. 보수파도 UN을 철저히 개혁하는 한편 더 높은 권력을 부여하고 더 많은 자원을 동원할 수 있게 해야 한다고 주장했다. 급진파와 이상주의자들은 한 걸음 더 나아가 지구 연합을 성립하고 UN이 세계 정부가 되어야 한다고 주장했다. 중소 국가들은 UN 지위 격상에 더욱 적극적으로 나섰다. 그들은 이 위기를 강대국으로부터 기술 및 경제적 지원을 얻을 기회로 여겼다. 반대로 강대국의 반응은 냉담했다. 처음 위기가 출현했을 때 강대국들은 각자 우주 방위의 기초 연구에 막대한 투자를 했다. 우주 방위가 미래 국제정치의 중요한 분야로 떠올라 국가의 우주 방위 능력이 국력과 정치적 지위를 결정짓는 중요한 요인이 될 것이라고 예상했기 때문이다. 또 한편으로는 대형 기초 연구를 진행하려는 열망을 오래전부터 가지고 있었지만 민생경제와 국제정치상의 제약 때문에 쉽게 뛰어들지 못하고 있을 뿐이었다. 강대국 정치가들에게 삼체 위기는 과거 케네디와의 냉전 관계만큼 중요하며 그때보다 백배는 더 큰 기회를 품고 있었다. 하지만 강대국들은 자신들의 이런 노력을 UN이라는 틀 안으로 편입시키는 걸 원치 않았다. 국제사회에서 '세계는 하나'라는 구호가 점점 거세지자 어쩔 수 없이 UN에 정치적인 공수표를 남발했지만 실제로 그들이 주도하는 우주 방위 체제에 대한 투자는 미미했다.

위기 초기의 UN 사무총장 세이가 결정적인 인물이었다. 그녀는 UN이 신기원을 창조할 수 있는 기회가 도래했다고 판단하고 강대국 연석회의나 국제 포럼에 불과한 UN을 개혁해 독립된 정치 실체로 만들고 태양계 방위 체계 구축에 있어서 실질적인 주도권을 가지려 했다. 이 목표를 실현하기 위해서는 우선 UN이 동원 가능한 충분한 자원을 확보해야 했지만 당시에는 이 선결 조건이 실현되지 못했다. 스타 프로젝트는 이 선결 조건을 충족시키기 위해 세이가 고안해낸 방법이었다. 결과가 어떻든 이런 프로젝트를 생각해냈다는 것만으로도 그녀의 정치적 지혜와 상상력은 증명된 셈이다.

스타 프로젝트 수립에 기초가 된 국제법은 우주법 협정이었다. 우주법 협정은 삼체 위기의 산물이 아니라 위기가 닥치기 전 해양법 협정과 남극 조약을 참고해 오랫동안 입안하고 협상이 진행되고 있었다. 하지만 당시의 우주법 협정은 카이퍼 벨트* 이내의 태양계 자원에 국한되어 있었다. 삼체 위기가 출현하자 외우주를 고려하지 않을 수 없었지만 화성에도 상륙하지 못한 인류의 기술 수준으로는 이 협정의 만료 시한(50년)이 지난다 해도 태양계 밖의 자원은 현실적으로 아무런 의미가 없었다. 강대국들은 그것이 UN에 제시할 공수표로 제격임을 알아차리고 이 조약에 태양계 밖의 자원에 대한 조항을 추가했다. 카이퍼 벨트 밖에 있는 천연자원(천연자원이라는 표현에 대한 장황한 정의도 덧붙였다. 간단히 말하면 인류 외의 문명에 점유되지 않은 자원을 의미한다는 것인데, 여기서 처음으로 '문명'이라는 단어를 국제법으로 정의했다)의 개발과 기타 경제적 행위는 반드시 UN의 틀 내에서 이뤄져야 한다는 내용이었다. 역사적으로 이 조항을 '위기 부가 조항'이라고 불렀다.

스타 프로젝트가 출현한 두 번째 원인은 도피주의였다. 도피주의가 막 등장해 뚜렷한 부작용이 나타나기 전이므로 도피가 위기에 대처하는 최후의 선택이라는 인식이 있었다. 이런 상황에서 태양계의 외행성, 특히 지구형행성을 가진 항성의 가치가 주목받기 시작했다.

스타 프로젝트가 처음 제안되었을 때는 UN이 태양계 밖의 일부 항성과 그 부속 행성의 소유권을 경매로 판매한다는 내용이었다. 국가, 기업, 사회단체, 개인 누구나 경매에 참여할 수 있고 판매 대금은 UN이 태양계 공동 방위 체계에 대한 기초 연구에 사용하기로 했다. 세이는 항성 자원이 풍부하다고 주장했다. 태양계에서 100광년 이내에 30만 개 넘는 항성이 있고, 1000광년 이내에 있는 항성은 헤아릴

* 옮긴이 주 : 해왕성 바깥에서 태양 주위를 도는 작은 천체들의 집합체.

수도 없이 많은데 적어도 그 항성 중 10분의 1은 부속 행성을 갖고 있을 것으로 추산된다. 그러므로 그중 극히 일부만 판매해도 우주 개발 자금을 충분히 조달할 수 있다는 게 그녀의 논리였다.

이 독특한 제안은 발표되자마자 큰 관심을 모았다. PDC(행성방위이사회) 각 상임이사국들은 그녀의 계획에 동조하는 것은 아니지만 예견할 수 있는 미래에 이 제안이 통과되어도 자국에 미치는 피해는 없을 것이라고 판단했다. 반대로 이 제안이 부결되면 당장 국제정치에 골치 아픈 문제가 발생할 것이 틀림없었다. 수차례 논쟁과 타협 끝에 항성 경매 범위가 카이퍼 벨트 밖 100광년으로 확대되었고 마침내 제안이 통과되었다.

스타 프로젝트는 시작되자마자 끝났다. 이유는 간단하다. 항성이 팔리지 않았던 것이다. 판매된 항성은 17개밖에 되지 않았고 그마저도 싼 가격에 팔렸다. UN은 이 경매로 4000만 달러밖에 벌지 못했고 구매자 명단은 공개되지 않았다. 사람들의 관심사는 구매자들이 쓸모없는 종잇장을 무엇에 쓰려고 그렇게 비싼 돈을 주고 샀는지였다. 비록 그 종이가 아무리 막강한 법률적 효력을 가지고 있다 해도 말이다. 아마도 다른 세계를 소유했다는 만족감 때문일 것이라고 추측했다. 비록 영원히 직접 가볼 수는 없지만 말이다. (심지어 육안으로 보이지 않는 것도 있었다.)

세이는 이 프로젝트가 실패했다고 생각하지 않았다. 그녀는 처음부터 그런 결과를 예상하고 있었다. 스타 프로젝트는 본질적으로 UN의 정치 선언이었다.

스타 프로젝트는 사람들에게 금세 잊혔다. 이 프로젝트의 출현은 위기 초기 인류 사회에서 나타난 비정상적인 행동 방식을 보여주는 전형적인 예다. 스타 프로젝트와 거의 동시에, 똑같은 요인으로 탄생한 것이 면벽 프로젝트다.

윈톈밍은 인터넷 사이트에 있는 주소를 보고 스타 프로젝트 중국 대표처에 전화를 걸어 통화한 뒤 후원에게 연락해 청신의 주소, 신분증 번호등 개인정보를 알아봐달라고 부탁했다. 그는 후원이 조롱, 연민, 감탄 등 여러 가지 반응을 보일 것으로 예상했지만 생각과 달리 후원은 긴 침묵 끝에 가벼운 탄식을 내뱉었다.

"좋아. 국내에 없을 수도 있지만."

"내가 물어봤다는 얘긴 하지 마."

"걱정 마. 본인에게 직접 물어보진 않을 거니까."

다음 날 원톈밍은 후원의 문자 메시지를 받았다. 그가 알려달라고 한 청신의 개인정보가 거의 다 적혀 있었지만 직장은 빠져 있었다. 항공기술연구원에 다니다가 작년에 다른 곳으로 옮긴 뒤 그녀가 어디서 일하는지 아는 사람이 없다고 했다. 대신 상하이(上海)와 뉴욕 두 곳의 주소가 적혀 있었다.

그날 오후 원톈밍은 볼일이 있다며 닥터 장에게 외출 허가를 신청했다. 닥터 장이 동행하겠다고 했지만 거절했다.

원톈밍은 택시를 잡아타고 유네스코 베이징 대표처로 향했다. 위기가 닥친 뒤 베이징 주재 UN 기구들의 규모가 급속도로 커져 유네스코 대표처도 쓰환(四環)* 밖 대형 오피스빌딩의 대부분을 사용하고 있었다. 그 오피스빌딩의 커다란 사무실이 스타 프로젝트 대표처였다. 대표처로 들어서자 커다란 별자리표가 그를 맞이했다. 검은 벨벳 같은 배경 위에 복잡하게 그려진 은색 선이 별자리를 연결하고 있었다. 다시 보니 컴퓨터와 연결된 대형 액정 모니터였다. 일부분을 확대하거나 검색할 수도 있었다. 사무실에는 일상적인 응대를 맡은 여직원 외에는 아무도 없었다. 원톈밍이 찾아온 용건을 말하자 여직원이 활짝 웃으며 나갔다가 금발의 여자를 데리고 돌아왔다. 여직원은 그녀가 유네스코 중국 대표처 주임이자 아시아·태

* 옮긴이 주: 베이징 중심부터 차례로 건설된 순환도로 중 4차 순환도로.

평양 지역 스타 프로젝트 책임자라고 소개했다. 주임도 반갑게 그에게 악수를 청하며 유창한 중국어로 인사했다. 그가 항성을 사겠다고 찾아온 첫 중국인이라고 했다. 기자들을 불러 축하 행사를 열어야 하지만 신분을 비밀로 하고 절차를 간소화해달라는 그의 요청을 존중하겠다고 했다. 그녀는 스타 프로젝트를 홍보할 수 있는 좋은 기회를 놓쳐서 무척 아쉽다는 말도 덧붙였다.

'걱정 마세요. 중국에 나 같은 바보가 또 있을 리는 없으니까.'

원톈밍은 속으로 생각하고 있던 말을 밖으로 내뱉을 뻔했다.

양복 차림에 안경을 쓴 중년 남자가 들어왔다. 주임은 항성 경매의 실무를 담당하는 베이징 천문대 연구원 허(何) 박사라고 그를 소개했다. 주임이 밖으로 나가자 허 박사가 원톈밍을 소파로 안내했다. 그가 여직원에게 차를 가져오라고 한 뒤 원톈밍에게 물었다.

"혹시 건강이 안 좋으신가요?"

원톈밍의 안색은 건강한 사람들과 다를 수밖에 없었다. 하지만 고문 같은 항암치료를 중단한 뒤에는 컨디션이 좋아져 새로 태어난 것 같은 착각마저 들었다. 원톈밍이 허 박사의 질문을 이해하지 못하고 전화로 했던 말을 반복했다.

"항성을 선물로 주려고 해요. 항성은 그 사람 명의로 할게요. 저의 개인정보는 아무것도 밝힐 수 없어요. 물론 선물받는 사람에게도 비밀로 해주시고요."

허 박사가 말했다.

"가능합니다. 어떤 종류의 항성을 원하시죠?"

"지구에서 최대한 가깝고 행성이 딸려 있는 걸로요. 지구형행성이면 제일 좋고요."

원톈밍이 별자리표를 가리키자 허 박사가 고개를 저었다.

"제시하신 금액으로는 불가능합니다. 그런 항성은 최저가로 따져도 그 것보다 훨씬 비쌉니다. 말씀하신 금액으로는 행성이 없는 항성만 가능해요. 거리도 그렇게 가까울 수는 없고요. 솔직히 말씀드릴게요. 사실 그 금액으로는 아주 먼 항성밖에는 살 수 없어요. 어제 전화를 받고 선생님이 국내 1호 입찰자라는 점을 고려해 한 곳의 가격을 특별히 깎아드리기로 했습니다."

그가 마우스를 움직여 별자리표의 한 곳을 확대했다.

"바로 이 항성입니다. 여러 번 유찰된 곳이죠. 이 항성을 구매하신다면 깎아드릴 수 있습니다."

"얼마나 멀리 있나요?"

"태양계에서 286.5광년 떨어져 있습니다."

"너무 멀군요."

허 박사가 웃으며 고개를 저었다.

"천문학에 대해 좀 아시는 것 같군요. 이렇게 생각해보세요. 286광년과 286억 광년이 우리에게 얼마나 큰 차이가 있을까요?"

윈텐밍은 침묵으로 대답을 대신했다. 사실 거의 차이가 없었다.

"이 별에는 아주 큰 장점이 있습니다. 볼 수 있다는 겁니다. 사실 항성을 살 때 겉모습이 중요하지 거리나 부속 행성의 유무는 중요하지 않다고 생각합니다. 가깝지만 보이지 않는 별보다 멀지만 육안으로 볼 수 있는 별이 훨씬 낫고, 행성은 있지만 보이지 않는 별보다 행성은 없지만 육안으로 볼 수 있는 별이 낫죠. 결국 별을 보려고 사는 거니까요."

윈텐밍이 고개를 끄덕였다. 청신이 그 별을 볼 수 있다면 참 좋을 것이다.

"이름이 뭔가요?"

"수백 년 전 티코 브라헤의 천체도에도 나오는 별이지만 이름은 없고 일련번호만 있습니다."

허 박사가 마우스 화살표를 그 빛나는 점 위로 옮기자 옆으로 글자가 나타났다.

'DX3906.'

허 박사가 그에게 이 번호의 뜻을 설명해주었다. 항성의 종류, 절대광도, 상대광도, 주계열성*의 위치 등등.

구매 절차가 신속하게 완료되고 공증인 두 명을 불러 공증 수속까지 마쳤다. 주임이 UN 개발 계획과 경제사회이사회 개발을 위한 에너지 자원 위원회의 두 직원을 데리고 오자 여직원이 샴페인을 가지고 왔다. 조촐한 축하 행사가 끝난 뒤 주임이 DX3906에 대한 청신의 소유권의 효력이 정식으로 발생되었음을 선언했다. 그녀가 검은 가죽으로 싼 고급스러운 파일을 윈톈밍에게 건넸다.

"선생님의 별입니다."

위원회 직원들이 돌아간 후 허 박사가 윈톈밍에게 물었다.

"개인적인 질문을 해도 될까요? 대답하지 않으셔도 괜찮아요. 이 별을 받을 분이 여자인가요?"

윈톈밍이 잠시 망설이다가 고개를 끄덕였다.

허 박사가 고개를 끄덕이며 감탄했다.

"누군지 몰라도 복이 많은 분이네요! 부자시군요. 부럽습니다."

거의 말이 없었던 여직원이 허 박사를 향해 혀를 쏙 내밀었다.

"그런 소리 마세요. 부자라서 그렇다고요? 박사님한테 300억 위안이 있으면 애인에게 별 하나 턱 사주실 수 있어요? 그저께 하셨던 말씀 잊지 마세요."

---

* 옮긴이 주: 별이 태어난 뒤 내부의 핵이 수소핵 융합 반응으로 안정적인 에너지를 발산하는 시기에 있는 별. 평범한 별의 일생에서 가장 긴 시간을 차지함.

허 박사는 자신이 했던 말을 여직원이 이 자리에서 말해버릴까 봐 긴장했다. 이틀 전 그는 UN의 이 프로젝트가 10년 전 사기꾼들이 써먹던 수법과 똑같다고 혹평했다. 다른 점이 있다면 그들은 별이 아니라 달과 화성을 팔아먹으려 했던 것뿐이라고 말이다. 이번에도 속는 사람이 있으면 그건 정말 기적일 거라는 말도 덧붙였다. 다행히 여직원은 그가 했던 말을 하지 않았다.

여직원이 말했다.

"돈 문제가 아니에요. 낭만이 있어야 할 수 있는 일이에요. 낭만! 아시겠어요?"

그녀는 아까부터 신화 속 인물을 우러러보는 눈빛으로 원톈밍을 흘금흘금 훔쳐보았다. 처음에는 호기심이었지만 곧 경외심과 존경심으로 바뀌었고, 나중에는 항성의 소유권 증서가 담긴 가죽 파일에서 시선을 떼지 못했다. 감추지 못한 질투심이 그녀의 얼굴 위를 스쳤다.

허 박사가 원톈밍에게 말했다.

"증서는 즉시 소유권자에게 배송될 겁니다. 발신 장소에 이곳 주소가 들어갈 거예요. 요청하신 대로 구매자에 대한 모든 정보는 비공개로 하겠습니다. 공개할 정보가 없기도 하고요. 실제로 저는 선생님에 대해 아는 게 하나도 없죠. 선생님의 성씨조차 모르지 않습니까?"

허 박사가 자리에서 일어나 창밖을 쳐다보았다. 벌써 날이 저물어 어둑어둑했다.

"선생님의 별을 보러 가실까요? ……아니, 여자분께 선물한 별이요."

"옥상에서 볼 수 있나요?"

"시내에서는 보이지 않고 교외로 나가야 해요. 불편하시면 다음에 가셔도 되고요."

"아니에요. 지금 가죠. 그 별을 정말 보고 싶으니까."

허 박사가 도시의 불빛을 멀리 따돌리고 두 시간 남짓 차를 몰았다. 지나가는 자동차 불빛에 방해받지 않도록 도로에서 멀리 떨어진 들판으로 향했다. 두 사람은 시동과 모든 불을 끈 뒤 차에서 내렸다. 깊은 가을 밤하늘 위로 별빛이 바다를 이루고 있었다.

"북두칠성 아시죠? 저 사각형의 대각선을 따라 시선을 옮겨보세요. 그 방향에 별 세 개가 둔각을 이루고 있는 게 보일 거예요. 그 둔각의 모서리에서 밑으로 수직선을 그으며 내려오세요. 제가 거길 가리키고 있어요. 보이세요? 그게 선생님의 별이에요. 여자분께 선물하신 별이요."

윈톈밍이 별 두 개를 가리키자 허 박사는 그 별이 아니라고 했다.

"두 별 중간에서 남쪽으로 조금 내려온 곳에 있는 별이요. 그 별의 시등급은 5.5예요. 일반인도 찾는 법을 배우면 관찰할 수 있어요. 오늘은 날씨가 좋아서 육안으로 보일 거예요. 자, 별을 똑바로 쳐다보지 말고 시선을 약간 비켜서 곁눈으로 보세요. 눈가 쪽이 약한 빛에 더 예민하니까 곁눈으로 보다가 별을 찾아내면 똑바로 보세요."

허 박사의 도움으로 윈톈밍도 DX3906을 찾아냈다. 있는 듯 없는 듯 아슴아슴하게 빛나는 작은 점일 뿐이어서 조금만 한눈을 팔아도 시야에서 사라졌다. 사람들은 별이 은색인 줄 알지만 자세히 보면 별마다 색이 다르다. DX3906은 암적색이었다. 허 박사는 이 별이 계절에 따라 위치가 바뀐다면서 계절별로 DX3906을 관찰할 수 있는 방법을 적어주겠다고 했다.

허 박사가 짙은 밤하늘을 바라보며 말했다.

"저 별을 받는 여자분처럼 선생님도 운이 좋으세요."

"난 운이 나빠요. 곧 죽을 거니까."

윈톈밍이 고개를 돌려 허 박사를 흘긋 쳐다본 뒤 다시 밤하늘로 시선을 던졌다. 이번에는 DX3906을 아주 쉽게 찾아낼 수 있었다.

허 박사가 그의 말에 놀라는 기색 없이 담배 한 개비를 꺼내 불을 붙였다. 이미 짐작하고 있던 것 같았다. 한참 동안 말없이 담배만 피우던 허 박사가 입을 열었다.

"그렇더라도 선생님은 운이 좋으세요. 세상 밖을 한 번도 보지 못하고 죽는 사람이 대부분이잖아요."

허 박사가 내뿜은 담배 연기가 윈톈밍의 시야를 가려 희미한 별이 가물거렸다. 윈톈밍은 청신이 그 별을 볼 때쯤이면 자신은 이미 세상에 없을 것이라 생각했다. 사실 그가 보고 있고 청신이 보게 될 별은 그 항성의 286년 전 모습이다. 이 희미한 광선이 3세기 가까이 우주를 지나 그들의 망막으로 들어온 것이다. 별이 지금 발산하는 빛은 286년 뒤에 지구에 닿을 것이고 그때는 청신도 이 세상에 없을 것이다.

그녀는 어떤 인생을 살게 될까? 윈톈밍은 그녀가 이 망망한 하늘에 자기 별이 하나 있다는 걸 기억해주길 바랐다.

윈톈밍의 마지막 날이 밝았다. 특별한 점을 발견하고 싶었지만 수많은 날 중 하루일 뿐이었다. 평소처럼 아침 7시에 눈을 뜨자 평소와 똑같은 햇빛이 맞은편 벽의 똑같은 자리를 비추고 있었다. 날씨는 나쁘지도 좋지도 않았고 하늘은 평소와 똑같은 남회색이었다. 창 앞의 참나무는 잎이 다 떨어져 마지막 잎조차 남아 있지 않았다. 심지어 오늘은 아침 메뉴도 평소와 똑같았다. 오늘은 이미 지나간 28년 11개월 6일처럼 특별한 게 하나도 없었다.

리 선생처럼 윈톈밍도 안락을 가족에게 알리지 않았다. 아버지에게 편지를 남기고 싶었지만 할 말이 없어서 그만두었다.

10시 정각, 정해진 시간에 혼자 안락실로 들어갔다. 매일 검사받으러 갈 때처럼 차분했다. 그는 이 도시의 네 번째 안락자였으므로 큰 관심을 받지 못했다. 안락실에는 다섯 명밖에 없었다. 공증인 두 명, 진행인, 간호사, 병원장이었다. 닥터 장은 오지 않았다. 윈톈밍은 조용히 떠날 수 있을 것 같다고 생각했다.

그의 요청에 따라 안락실에 있는 모든 장식을 떼어내고 일반 병실처럼 네 벽을 깨끗하게 남겨놓아 편안한 느낌이었다.

윈톈밍이 진행인에게 말했다.

"진행 절차는 알고 있으니 혼자 할 수 있어요."

진행인이 고개를 끄덕이고 유리벽 밖으로 나갔다. 공증인도 나가고 그와 간호사만 남았다. 간호사의 얼굴 표정에서는 처음 안락을 진행할 때의 두려움과 긴장은 찾아볼 수 없었다. 자동주사기의 바늘을 윈톈밍의 왼팔에 침착하게 꽂았다. 윈톈밍은 문득 간호사에게 알 수 없는 감정을 느꼈다. 어쨌든 그녀는 그의 마지막을 함께하는 사람이었다. 별안간 28년 전 자신이 태어날 때 받아준 사람이 누군지 궁금했다. 그 두 사람이 진정으로 자신을 도와준, 이 세상에 몇 안 되는 사람이라는 생각에 고마운 마음이 들었다. 그가 고맙다고 말하자 간호사가 미소를 지은 뒤 고양이처럼 소리 없이 밖으로 나갔다. 안락 절차가 시작되었다. 모니터에 질문이 나타났다.

— 삶을 끝내길 원하십니까? '예'라면 5를, '아니요'라면 0을 눌러주세요.

그는 지식인 가정에서 태어났지만 그의 부모는 사회적으로든 인맥으로든 무능한 사람들이라 변변한 인생을 살지 못했다. 부모는 귀족이 아니지만 아들에게만큼은 귀족 교육을 고집했다. 윈톈밍은 어려서부터 고전만 읽고 클래식만 들을 수 있었으며 부모가 보기에 교양 있고 수준 있는 친구와만 사귀어야 했다. 부모는 아들에게 주변 사람들과 그들 사이에서 일어나는 일이 얼마나 저속한지 얘기해주며 자신들은 보통 사람보다 정신 수준이 훨씬 높다고 누누이 강조했다. 초등학교 때는 그도 친구가 몇 명 있었지만 집에 데려오는 건 꿈도 꿀 수 없었다. 부모가 수준 낮은 아이들과 놀지 말라고 할 게 뻔했기 때문이다. 중학생이 된 뒤로는 귀족 교육이 더 심해져 친구 하나 없는 외톨이가 되었다. 그런데 그 무렵 부모가 이혼했다. 가정 파탄의 장본인인 아버지의 내연녀는 보험 영업 사원이었다. 어머니는 이혼 후 돈 많은 건축 하청업자와 결혼했다. 보험 영업 사원과 건축 하청업자는 부모가 아들에게 절대로 가까이하지 말라고 했던 부류였다. 부모는 더 이상 아들에게 귀족 교육을 시킬 자격이 없음을 깨달았지만 윈톈밍은 이미 귀족 교육의 굴레에서 빠져나올 수 없었다. 마치 태엽 달린 수갑처럼 빠져나가려고 발버둥 치면 칠수록 더 바짝 조여들었다. 그는 점점 괴팍하고 예민해져 사람들과 멀어졌다.

그의 청소년기와 유년기 기억은 온통 잿빛이었다.

5를 눌렀다.

—삶을 끝내길 원하십니까? '예'라면 2를, '아니요'라면 0을 눌러주세요.

그의 상상 속에서 대학은 불안한 곳이었다. 낯선 환경과 낯선 사람은 언제나 그를 긴장시켰다. 대학에 막 입학했을 때 모든 것이 그의 상상과 비슷했다. 청신을 만나기 전까지는 그랬다.

예전에도 여학생에게 끌린 적은 있지만 이런 감정은 처음이었다. 낯설고 냉랭했던 세상이 갑자기 화사하고 따뜻한 햇빛으로 가득 찼다. 처음에는 그 햇빛이 어디에서 오는지 알 수 없었다. 구름에 가려진 태양이 내뿜는 빛은 은은한 달빛처럼 원반의 형태밖에 만들 수 없지만, 빛이 사라지면 사람들은 낮을 환하게 밝히는 빛이 모두 태양에서 나왔다는 걸 깨닫게 된다. 윈톈밍의 태양은 긴 국경절* 연휴가 다가오면서 사라졌다. 청신이 집에 내려가자 사방이 어두워졌다.

* 옮긴이 주:중국의 건국 기념일.

물론 청신에게 그런 감정을 느낀 것이 윈톈밍만은 아니었고, 그는 다른 남학생들처럼 잠도 못 자고 밥도 못 먹을 만큼 괴롭지도 않았다. 작은 희망조차 품지 않았기 때문이다. 자기처럼 괴팍하고 예민한 남자를 좋아할 여자는 없다고 생각했다. 그가 할 수 있는 건 그녀를 멀리서 바라보고 그녀가 발산하는 햇살을 받으며 조용히 봄날의 아름다움을 누리는 게 전부였다.

청신은 윈톈밍이 말수가 적은 남자라고 생각했다. 그녀도 말수가 적었지만 차가운 미인은 아니었다. 그녀는 말을 많이 하지 않지만 남의 얘기를 듣는 건 좋아했다. 그녀가 맑은 눈동자를 깜빡이며 얘기를 들을 때면 상대는 자신이 그녀에게 중요한 사람이 된 것 같았다.

윈톈밍이 고등학생 시절에 끌렸던 예쁜 여학생들과 달리 청신은 그를 투명 인간 취급 하지 않았다. 만날 때마다 미소 지으며 인사하고, 단체 활동이 있을 때 다른 학생들이 고의나 실수로 윈톈밍을 빼놓으면 일부러 그에게 찾아가 알려주었다. 그녀는 같은 과 학생 중 처음으로 성을 빼고 그의 이름을 불러준 친구였다. 그녀와 많은 대화를 나눈 건 아니지만 윈톈밍은 그녀가 유일하게 자신의 여린 모습을 발견하고 자신이 상처받을까 봐 진심으로 걱정하고 있다고 느꼈다. 하지만 이성적인 윈톈밍은 그녀의 행동 속에 다른 의미가 들어 있지 않다는 것도 알고 있었다. 후원의 말처럼 그녀는 누구에게나 친절했다.

윈톈밍이 또렷이 기억하고 있는 일이 있었다. 바로 엠티 때였다. 다 같이 산을 오르고 있는데 청신이 멈추더니 돌계단 위에서 무언가를 조심스럽게 집어 들었다. 못생긴 벌레였다. 축축하고 물컹거리는 벌레가 그녀의 새하얀 손가락 사이를 기어다녔다. 옆에 있는 여학생이 그걸 보고 새된 비명을 질렀다.

"징그러워! 그건 왜 주워?"

청신이 벌레를 가만히 풀숲에 놓아주며 말했다.

"여기 있으면 밟혀 죽잖아."

사실 윈텐밍과 청신은 별로 교류가 없었다. 대학 4년을 통틀어 단둘이 대화한 건 두세 번밖에 되지 않았다.

선선한 여름밤 윈텐밍이 도서관 옥상에 올라갔다. 그가 제일 좋아하는 곳이었다. 그곳을 아는 사람이 별로 없어서 혼자 시간을 보낼 수 있었다. 비 갠 뒤 쾌청한 밤하늘에 평소에는 보이지 않는 은하수가 걸려 있었다.

"하늘에 우유를 뿌려놓은 것 같아!"

소리 나는 쪽으로 고개를 돌리자 언제 왔는지 청신이 옆에 서 있었다. 밤바람에 그녀의 머리칼이 흩날려 꿈속 같았다. 두 사람이 함께 은하수를 올려다보았다.

윈텐밍이 감탄했다.

"별이 참 많기도 하다. 안개가 낀 것 같네."

청신은 시선을 아래로 옮겨 그를 쳐다보며 발아래 교정과 도시를 가리켰다.

"저기 좀 봐. 얼마나 예쁜지 몰라. 우린 저 멀리 은하수가 아니라 여기에 살고 있어."

"하지만 우리 전공은 지구 밖으로 나가기 위한 거잖아?"

"그래도 여기서 더 잘 살려는 거지, 지구를 떠나려는 건 아니야."

청신의 말이 그의 괴팍하고 폐쇄적인 성격을 우회적으로 가리키고 있다는 걸 윈텐밍도 알고 있었지만 말없이 듣기만 했다. 그가 청신과 제일 가깝게 서서 대화를 나눈 것이 그때였다. 환상이겠지만 그녀의 체온까지 느껴지는 것 같았다. 풍향이 바뀌어 그녀의 긴 머리칼이 자기 얼굴에 스치기를 진심으로 바랐다.

4년의 대학 생활이 끝나고 윈텐밍은 대학원에 합격하지 못했지만 청신은 가뿐히 합격한 뒤 고향 집에 내려갔다. 윈텐밍은 학교에 가능한 한 오래

머물고 싶었다. 개강 후 청신을 다시 보고 싶었기 때문이다. 하지만 기숙사에서 계속 지낼 수 없어 학교 근처에 작은 집을 얻고 시내에서 직장을 구하기로 했다. 이력서를 수없이 냈지만 번번이 면접에서 탈락했다. 대학원이 개강한 뒤 학교에 가서 청신을 찾았지만 그녀를 볼 수가 없었다. 조심스레 수소문해보니 그녀가 담당 교수와 함께 상하이에 있는 항공기술연구원으로 옮겨갔으며 졸업할 때까지 계속 그곳에 있을 것이라고 했다. 공교롭게도 바로 그날 윈톈밍은 입사 통보를 받았다. 우주 기술을 민간 분야에 응용하는 회사인데 설립한 지 얼마 되지 않아 대규모 채용을 한 덕분이었다.

태양이 떠난 뒤 윈톈밍은 스산한 마음을 안고 사회에 진출했다.

2를 눌렀다.

— 삶을 끝내길 원하십니까? '예'라면 4를, '아니요'라면 0을 눌러주세요.

갓 입사했을 때는 예상보다 만족스러웠다. 같은 또래와 실력을 겨루어야 했던 학교에 비해 사회에서는 사람들과 어울리기가 훨씬 쉬웠다. 외롭고 폐쇄적인 성격을 바꿀 수 있을 거란 기대도 했다. 하지만 사람들에게 몇 번 이용당한 뒤 사회도 위험한 곳이라는 걸 알았다. 그는 다시 사람들을 멀리하고 학창 시절을 그리워하며 자신만의 껍데기 속으로 숨어들었다. 회사 생활도 삐걱거리기 시작했다. 신생 회사지만 경쟁이 치열해 분발하지 않으면 뒤처졌다. 한해 한해 지날수록 그의 입지는 점점 줄어들었다.

그사이 연애도 두 번 했지만 금세 헤어졌다. 청신이 그의 마음을 차지하고 있기 때문만은 아니었다. 그에게 청신은 언제나 구름 뒤에 있는 태양이었다. 그가 원하는 건 멀리서 그녀를 바라보며 그녀의 온화한 빛을 느끼는 것뿐이었다. 꿈속에서라도 그녀와 가까워지는 건 감히 용기 낼 수 없다. 청신의 소식을 수소문하지 않고 혼자 추측만 했다. 똑똑하니까 박사과정을 밟고 있을 것이라고. 그 외에 그녀의 생활에 대해서는 추측하고 싶지 않았다. 연애가 길게 가지 못한 주된 원인은 그의 괴팍한 성격이었다. 성격을 바꾸고 싶었지만 쉽지 않았다.

윈톈밍의 문제는 세상으로 뛰어들 수도 없고, 세상과 별개로 우뚝 설수도 없다는 것이었다. 그는 출세할 능력도 자본도 없이 고통스럽게 허공에 붕 떠 있었다. 자신의 인생이 어디로 어떻게 흘러갈지 알 수 없었다.

그런데 갑자기 그 길의 끝이 눈앞에 닥쳤다.

4를 눌렀다.

─삶을 끝내길 원하십니까? '예'라면 1을, '아니요'라면 0을 눌러주세요.

폐암이 너무 늦게 발견되었다. 한 번의 오진 때문에 시간이 지체된 것 같았다. 폐암은 전이가 빠른 암이다. 처음 암 판정을 받았을 때 이미 시간이 얼마 남지 않았다고 했다.

병원을 걸어 나오며 생각했지만 두렵지는 않았다. 유일하게 남은 감정은 외로움이었다. 긴 시간 외로움이 쌓이고 쌓였지만 보이지 않는 둑이 막아주어 견딜 수 있는 정적인 상태였다. 그런데 그 둑이 한순간에 무너지고 말았다. 켜켜이 쌓인 외로움이 검은 광풍처럼 하늘에서 덮쳐 그가 감당할 수 있는 한계를 넘어버렸다.

청신이 보고 싶었다.

그길로 공항으로 달려가 그날 오후 상하이에 도착했다. 비행기에서 내려 택시에 오르자 미친 듯이 폭주하던 마음이 차분하게 가라앉았다. 너는 곧 죽을 사람이니까 그녀를 혼란스럽게 해서는 안 된다고 자신을 타일렀다. 그녀에게 자신의 존재를 알리지 않고 그저 멀리서 볼 수 있다면 그걸로 족했다. 물에 빠진 사람이 물 위로 올라와 한 번 숨을 쉬면 다시 내려가 평온하게 숨을 거둘 수 있는 것처럼.

항공기술연구원 정문 앞에 도착하자 더 냉정해졌다. 자신이 몇 시간 동안 완전히 이성을 잃었다는 걸 깨달았다. 청신이 정말로 박사과정을 밟았더라도 이미 졸업했을 것이다. 지금도 이곳에 있을지 장담할 수 없었다. 정문 앞 수위실에 물어보니 이곳에서 근무하는 연구원이 2만 명도 넘어서 사람을 찾으려면 어느 부서에 있는지 알아야 한다고 했다. 그는 동창들의 연락처를 몰라 물어볼 사람도 없었다. 호흡이 가빠지고 기력이 없어 정문에서 그리 멀지 않은 곳에 가서 앉았다.

청신이 여기서 근무하고 있을 수도 있고, 퇴근 시간이 거의 다 되었으니 기다리면 어쩌면 그녀를 볼 수 있을 것도 같았다.

넓은 정문의 개폐형 울타리 옆 검고 낮은 담장에 연구소 명칭이 금색으로 커다랗게 새겨져 있었다. 처음 지어졌을 때와는 비교할 수 없을 만큼 규모가 확장되었다. 한 가지 생각이 그의 뇌리를 스쳤다. 이렇게 큰 연구소에 문이 하나밖에 없을까? 지친 몸을 추슬러 수위실에 가서 물어보니 여기 말고 문이 네 개나 더 있다고 했다.

있던 자리로 천천히 돌아가 다시 앉았다. 그곳에서 기다리는 수밖에 없을 것 같았다.

청신이 졸업한 후에도 여기에서 근무하고 있고, 오늘 외근을 나가지 않았으며, 퇴근할 때 다섯 개의 문 중 이 문으로 나온다면 그녀를 볼 수 있을 것이다.

막연한 희망에 모든 것을 건 이 순간이 마치 그의 인생 같았다.

퇴근 시간이 되자 사람들이 나오기 시작했다. 걸어 나오는 사람도 있고 자전거나 자동차를 타고 나오는 사람도 있었다. 사람이 점점 많아졌다가 다시 줄어들더니 한 시간 후에는 몇 사람만 드문드문 나왔다.

청신은 없었다.

청신이 이 문으로 나왔다면 그가 놓쳤을 리 없었다. 그녀가 차를 몰고 나왔더라도 마찬가지였다. 그렇다면 그녀가 이곳에서 일하지 않거나 이곳에서 일하지만 오늘은 출근하지 않았거나, 아니면 출근했지만 다른 문으로 나갔을 것이다.

서쪽으로 기운 태양이 건물과 나무의 그림자를 길게 늘였다. 마치 측은한 그를 품어주려 다가오는 팔 같았다. 땅거미가 짙게 깔릴 때까지 그곳에 앉아 있다가 택시를 타고 공항으로 가서 비행기를 타고 독신자 기숙사로 돌아왔다. 어떻게 택시를 잡아탔는지, 어떻게 비행기를 탔는지 하나도 기억나지 않았다.

그는 이미 죽은 것 같았다.

1을 눌렀다.

─삶을 끝내길 원하십니까? 마지막 질문입니다. '예'라면 3을, '아니요'라면 0을 눌러주세요.

나의 묘비명은 무엇일까? 그는 자신에게 무덤이 있을지조차 확신할 수 없었다. 베이징 외곽에 있는 묘지는 무척 비쌌다. 아버지가 사려고 해도 누나가 동의하지 않을 것이다. 산 사람이 살 집도 없는데, 죽은 사람에게 무슨 땅이냐고 할 것이다. 그의 유골은 바바오(八寶)산 공동묘지의 작은 틀 안에 보관될 가능성이 컸다. 그래도 만약 묘비가 있다면 이렇게 쓰고 싶었다.

'왔노라. 사랑했노라. 그녀에게 별을 선물했노라. 그리고 떠났노라.'

3을 눌렀다.

조금 전부터 유리벽 바깥이 술렁이더니 윈톈밍이 사망 버튼을 누름과 동시에 안락실 문이 꽈당 열리며 사람들이 들이닥쳤다. 제일 먼저 들어온 사람은 안락 진행인이었다. 그가 병상 앞으로 달려가 자동주사기의 전원을 껐다. 뒤이어 들어온 병원장은 아예 벽에 꽂힌 콘센트를 잡아 뽑았다. 마지막으로 들어온 건 간호사였다. 그녀는 황급히 주사 줄을 잡아당겨 기계에서 뽑고는 윈톈밍의 왼팔에 꽂힌 바늘을 확 뺐다. 주삿바늘이 뽑힌 통증 때문에 윈톈밍이 팔을 붙잡고 있는 사이에 사람들이 주사 줄을 확인하고는 천만다행이라는 듯 중얼거렸다. "다행히 주사약이 나오지 않았어요"라고 말하는 것 같았다. 간호사가 윈톈밍의 왼팔에 흐르는 피를 닦아주었다.

유리벽 바깥에 서 있는 한 사람이 윈톈밍의 세상을 밝혀주었다. 청신이었다.

윈톈밍은 그의 가슴에 떨어져 옷으로 스며든 청신의 눈물을 또렷하게 느꼈다. 그녀는 변한 게 거의 없었다. 어깨까지 내려오던 머리칼이 목에 닿는 단발로 바뀌어 예쁘게 고불거리고 있다는 걸 그제야 알았다. 하지만 그는 황홀한 그녀의 머리칼을 만질 용기가 없었다.

그는 정말 쓰레기였다. 하지만 지금 그는 천국에 있었다.

천국의 고요함처럼 긴 침묵이 이어졌다. 윈톈밍은 이 정적이 영원히 계속되기를 바랐다.

그가 마음속으로 청신에게 말했다.

'넌 날 구할 수 없어. 네가 말린다면 안락사를 포기하겠지만 결과는 달라지지 않아. 넌 내가 준 별을 가지고 행복을 찾아.'

그의 말을 들은 것처럼 청신이 천천히 고개를 들어 올렸다. 두 사람의 눈빛이 이렇게 가까이에서 마주친 건 처음이었다. 그의 꿈속보다 더 가까웠다. 눈물이 그렁그렁 맺혀 영롱하게 빛나는 그녀의 눈동자를 보자 그의 가슴이 찢어질 듯 아팠다.

하지만 청신의 입에서 나온 말은 그의 예상을 완전히 벗어났다.

"톈밍, 너 알아? 안락사법은 널 위해 통과됐어."

위기의 세기 1~4년, 청신

청신이 학업을 마치고 막 사회로 진출했을 때 삼체 위기가 닥쳤다. 그녀는 차세대 창정(長征) 로켓의 엔진 연구팀에 배치되었다. 남들은 핵심 연구팀에 배치된 그녀를 부러워했지만 그녀는 전공에 대한 열정이 식은 지 오래였다. 그녀는 화학 로켓이 산업혁명 초기의 대형 굴뚝과 비슷하다고 생각했다. 당시에 굴뚝은 산업 문명의 대명사였고, 시인들은 빽빽이 솟은 거대한 굴뚝을 숲에 비유하며 찬미했다. 오늘날에도 사람들은 옛날 사람들처럼 로켓을 찬미하며 그것이 우주 시대를 대표한다고 생각하고 있지만, 사실 화학 로켓으로는 진정한 우주 시대를 열 수 없었다. 삼체 위기의 출현으로 이 사실은 더 분명하게 증명되었다. 화학물질을 에너지로 태양계 방위 체계를 구축한다는 것은 헛된 망상이었다. 그녀는 학교에서 자기 전공 분야에만 국한하지 않고 핵에너지와 관련된 수업을 선택해서 수강했다. 위기가 닥친 뒤 우주 기술을 발전시키려는 노력이 다방면에서 이뤄지고, 오랫동안 미뤄온 1세대 우주 비행기 프로젝트도 시작되었다. 그녀가 속한 연구팀이 우주 비행기의 우주 구간 엔진 설계를 맡았다. 청신의 전공은 장래가 밝은 것처럼 보였고 그녀의 능력도 인정받았다. 하지만 우주 기술 분야의 수석 엔지니어들은 대부분 화학 엔진 전공자였다. 그녀는 화학 엔진이 사양 기술이며 그 분야의 연구가 오래 지속될 수 없다고 확신했다. 잘못된 연구를 중단하고 방향을 전환해야 한다고 생각했지만 그녀가 맡은 일은 그 잘못된 연구에 모든 걸 쏟아붓는 것이었다. 그녀의 고민이 점점 깊어졌다.

뜻밖에도 화학 엔진 연구에서 벗어날 수 있는 기회가 빠르게 찾아왔다. UN이 행성 방위와 관련된 기구들을 설립한 것이다. 그 기구들은 종전의 UN 기구와 달리 행정적으로는 PDC의 지휘를 받지만 전문 인력은 각국에서 파견했다. 각국의 우주 분야에서 인력이 차출되어 이 기구로 파견되었다. 상사가 그녀를 불러 PDC 전략정보국 기술계획센터 주임의 우주 기술 보조원으로 가지 않겠느냐고 물었다. 현재 적에 대한 첩보 업무는 ETO를 통해 삼체 세계의 정보를 알아내는 데 주력하고 있었다. 하지만 PDC 전략정보국, 즉 PIA는 삼체의 함대와 모성(母星)에 대한 직접적인 정찰을 목표로 삼은 정보기관으로 막강한 우주 기술을 기반으로 하고 있었다. 청신은 조금의 망설임도 없이 제안을 받아들였다.

PIA 본부는 UN 본부에서 멀지 않은 6층짜리 오래된 건물에 있었다. 18세기 말에 지어진 이 건물은 거대한 화강암 바위처럼 튼튼했다. 태평양을 건너간 청신은 처음 이 건물에 들어섰을 때 오래된 성에 들어간 듯한 음산함을 느꼈다. 그곳은 그녀가 상상했던 지구세계정보센터와는 완전히 달랐다. 비밀스러운 귓속말로 만들어진 비잔틴식 음모의 공간 같았다.

건물에는 아무도 없었다. 각국의 파견 직원 중 그녀가 제일 먼저 도착했다. 포장을 막 푼 사무기기와 종이 상자로 어수선한 사무실의 한가운데

서 PIA 기술계획센터 주임 미하일 바디모프를 만났다. 기골이 장대한 사십대 러시아인이었다. 강한 러시아 억양 때문에 그녀는 한참을 듣고 나서야 그가 영어로 말하고 있다는 걸 알았다. 그는 종이 상자에 걸터앉아 우주 분야에서 십수 년간 일한 자신에게 보조원 따위는 필요하지 않은데도 한사코 각국에서 PIA에 직원을 보내고, 그러면서 또 투자에는 인색하다고 툴툴거렸다. 그러다가 의기소침하게 서 있는 초면의 젊은 여자에게 미안했는지 훗날 이 기관이 역사를 창조하게 된다면—충분히 가능한 이야기다. 좋은 역사가 아닐 수도 있지만—자신과 청신이 그 역사의 첫 목격자가 될 것이라고 말했다.

동료와의 만남에 기분이 좋아진 청신은 그에게 전공 분야에서 어떤 일을 했었는지 물었다. 그는 지난 세기에 실패한 구소련의 부란 우주왕복선 설계에 참여했고, 그다음에는 화물 우주선의 부수석 설계사였다고 말했다. 하지만 그다음 경력에 대해서는 외교부에서 2년간 일한 뒤 "어떤 부서"에서 "우리가 앞으로 하게 될 일과 비슷한 일"을 했다고 두루뭉술하게 눙쳤다. 그리고 앞으로 도착할 동료들에게는 무슨 일을 하다 왔는지 묻지 않는 게 좋을 거라는 충고도 덧붙였다.

바디모프가 말했다.

"국장님도 오셨어요. 국장실은 위층이니까 가서 인사해요. 시간 오래 빼앗진 말고."

넓은 국장실로 들어가자 짙은 시가 냄새가 훅 끼쳤다. 제일 먼저 청신의 시선을 끈 건 벽에 걸린 커다란 유화였다. 먹구름 자욱한 하늘과 어둑어둑한 눈발이 캔버스의 대부분을 차지했다. 저 멀리 구름과 눈이 한 덩어리로 보이는 곳에 검은 물체가 있었다. 자세히 보니 낡은 건물들이었는데 대부분 단층짜리 판잣집이고, 그 사이에 이삼 층짜리 유럽식 건물이 섞여 있었다. 가까운 곳에 있는 강과 다른 지형으로 볼 때 18세기 초 뉴욕의 모습인 것 같았다. 청신은 첫눈에 그 그림이 차갑다고 느꼈지만 그림 앞에 앉아 있는 사람과는 잘 어울리는 것 같았다. 그 옆에 걸린 작은 유화에는 옛날 검이 그려져 있었다. 황금색 날밑 아래 예리한 날을 번뜩이는 검이 청동 갑옷이 걸쳐진 손에 들려 있고 팔뚝까지만 그려져 있었다. 그 손이 검을 든 채 파란 수면 위에서 붉은 꽃, 흰 꽃, 노란 꽃을 엮은 화관을 건져 올리고 있었다. 큰 그림과 달리 색조가 화려하고 선명했지만 뭔가 불길한 기운이 느껴졌다. 화관의 흰 꽃에 핏자국이 선명했다.

국장 토머스 웨이드는 예상보다 훨씬 젊었다. 바디모프보다도 젊고 잘생겼으며 고전적인 분위기가 있었다. 청신은 그에게서 흐르는 고전적인 분위기가 그의 무표정한 얼굴 때문이라는 걸 알았다. 마치 뒤에 있는 유화에서 꺼낸 차디찬 조각상 같았다. 그는 별로 바쁘지 않은 듯했고 책상은 컴퓨터도 서류도 없이 텅 비어 있었다. 그는 손에 든 시가의 불꽃을 감상하다가 청신이 들어오자 고개만 살짝 들어 곁눈으로 쳐다보고는 다시 시가 끝으로 시선을 옮겼다. 청신이 자기소개를 하고 앞으로 잘 부탁드린다고 말하자 그가 다시 고개를 들었다. 처음 본 그의 눈빛은 나른하고 심드렁했지만 깊은 곳에 그녀를 불안하게 하는 날카로움이 감춰져 있었다. 그의 입가에 엷은 미소가 번졌지만 청신은 조금도 따뜻함을 느낄 수 없었다. 마치 얼어붙은 강의 갈라진 틈으로 스며나온 차디찬 물이 얼음 위로 천천히 번지는 것 같았다. 그녀는 화답하듯 미소를 지으려고 했지만, 웨이드가 던진 첫마디에 미소와 함께 얼어붙었다.

"어머니를 매춘굴에 팔아넘길 수 있나?"

청신은 놀라 고개를 저었다. 어머니를 매춘굴에 팔지 않겠다는 뜻이 아니라 자신이 잘못 들은 게 아닌지 귀를 의심하는 행동이었다. 웨이드가 시가를 끼운 손을 흔들었다.

"고맙네. 가서 일 봐."

그녀에게 국장을 만나고 온 얘기를 들은 바디모프가 대수롭지 않다는 듯 웃었다.

"하하하! 그건 이 바닥에서 유행했던 말이에요. 제2차 세계대전 때 시작됐지, 아마. 상사가 새로운 부하를 놀릴 때 쓰는 말이죠. 속임수와 배신이 주요 업무인 곳은 지구상에서 여기뿐이라는 뜻이에요. 우리는 공인된 규칙에 대해서 적당히…… 뭐랄까…… 조금 유연하죠. PIA는 두 부류의 사람들로 구성되어 있어요. 청신 씨 같은 기술 전문가나 정보기관이나 군대의 정보 분야에서 온 사람들. 양쪽의 사고방식과 행동 양식이 아주 달라요. 다행히 나는 양쪽 다 잘 알고 있으니 여기 적응하는 데 도움을 줄 수 있을 거예요."

청신이 말했다.

"하지만 우린 기존과는 다른 정보 업무를 다루죠. 삼체 세계를 직접 대해야 하니까요."

"변하지 않는 것도 있어요."

각국에서 파견한 직원들이 속속 도착했다. 대부분 PDC 상임이사국에서 온 사람들이었고 서로 예의를 갖추었지만 경계와 의심을 늦추지 않았다. 기술 전문가들은 누가 자기 것을 훔쳐갈세라 주머니를 꽉 움켜쥐고 절대 교류하지 않겠다는 듯 보였고, 정보원들은 뭔가 훔치러 온 사람들처럼 과하다 싶을 정도로 쾌활하고 우호적이었다. 바디모프의 말처럼 그들은 삼체 세계를 정탐하는 것보다 서로 간의 정보 염탐에 더 관심이 있는 것 같았다.

이틀 뒤 PIA의 제1차 전체 회의가 열렸다. 이때도 전원 참석한 것은 아니었다. 웨이드 아래로 영국, 프랑스, 중국에서 온 부국장이 있었다. 중국에서 온 위웨이민(于維民) 부국장이 제일 먼저 발언했다. 청신은 그가 중국의 어떤 기관에서 온 사람인지 알지 못했다. 그는 최소한 세 번은 만나야 얼굴을 기억할 수 있는 평범한 외모의 소유자였다. 다행히도 그는 여느 중국 관료들처럼 장황하게 끌지 않고 짧게 말을 끝냈지만 그의 발언 내용은 역시 그런 기구가 설립될 때 으레 하는 고리타분한 단어의 나열이었다.

그는 말했다.

"이 자리에 있는 여러분은 본질적으로는 각국의 파견 직원으로 PIA 외에 본국의 지시도 받고 있습니다. 본국에서 맡은 책임보다 PIA에 대한 충성을 우선할 것을 요구하지도 기대하지도 않겠습니다. 하지만 PIA가 인류 문명을 지키는 위대한 임무를 수행하고 있다는 걸 잊지 말고 각자 두가지 신분 사이에서 균형을 유지하기를 바랍니다. PIA는 외계 침입자를 직접 상대해야 하므로 가장 단결된 단체가 되어야 합니다."

위웨이민의 발언이 시작되었을 때 청신은 웨이드가 한쪽 발로 탁자 다리를 밀어 몸을 탁자에서 천천히 떼는 것을 보았다. 회의에는 무관심한 듯했다. 그다음 사람이 발언한 후 웨이드에게 발언을 청하자 그가 손사래를 치며 사양했다. 다른 사람들이 차례로 발언하고 더 이상 발언할 사람이 없자 그가 입을 열었다.

웨이드가 아직 설치되지 못하고 회의실에 쌓여 있는 사무기기와 종이 상자들을 가리켰다. 기구 설립 초기에 해야 하는 잡다한 일을 의미하는 것이었다.

"이런 일들은 여러분이 각자 하길 바랍니다. 이런 것들로 내 시간을 빼앗지 말고 저 사람들의 시간도 빼앗지 마세요."

그가 바디모프를 가리키며 말했다.

"자, 참석해줘서 고맙습니다! 기술계획센터 우주 연구원들은 가지 말고 남으세요. 그럼, 회의는 이걸로 마칩니다."

모두 돌아간 뒤 10명 남짓 남은 회의실은 조용해졌다. 오래된 상수리나무 문이 닫히자마자 웨이드가 총알을 튕겨내듯 불쑥 말했다.

"PIA가 삼체 함대를 향해 탐사정을 발사할 계획입니다."

모두 어리둥절해 서로 얼굴만 쳐다보았다. 청신도 놀랐다. 물론 그녀도 어서 빨리 잡무에서 벗어나 전문적인 일을 하고 싶었지만 이렇게 빠르고 단도직입적으로 시작할 줄은 몰랐다. PIA는 이제 막 설립되어 각국에 대표처도 없고 정식 업무에 돌입할 조건을 갖추지 못한 상태였다. 그런데 청신이 가장 놀란 건 웨이드가 말한 방법 자체였다. 기술적으로든 다른 면에서 보든 그의 계획은 실현 가능성이 희박했다.

"그 계획을 성사시키기 위한 요건이 있습니까?"

바디모프가 물었다. 유일하게 그 혼자만 놀란 기색이 전혀 없었다.

"상임이사국 대표들에게는 이 제안을 얘기하고 상의했지만 PDC 회의에서 정식으로 제안하지는 않았습니다. 접촉해본 바로는 상임이사국들이 가장 관심을 갖는 요건이 있어요. 그들의 투자를 이끌어내려면 이 요건을 필수적으로 충족시켜야 합니다. 타협은 불가능해요. 탐사정의 속도를 광속의 1퍼센트까지 끌어올린다는 것. 다른 요건들은 나라마다 다르지만 정식 회의에서 협상할 수 있어요."

NASA에서 온 고문이 말했다.

"가속 단계만을 고려하고 감속을 고려하지 않는다는 전제하에 탐사정이 2~3세기 안에 오르트 구름에 도달해 감속을 시작한 삼체 함대와 접촉하고 정탐한다는 건가요? 그건 미래에나 가능할 텐데요."

웨이드가 말했다.

"미래에 기술이 얼마나 발전할지 불확실해요. 인류가 우주에서 계속 달팽이 같은 속도로 항해해야 한다면 최대한 일찍 출발하기라도 해야 해요."

청신은 정치적인 요인이 개입되었을 수 있다고 생각했다. 이것은 인류 최초로 외계 문명과 직접 접촉하려는 계획이고, PIA의 향후 지위에도 중요한 영향을 미쳤다.

"현재 인류의 우주 항해 속도로는 오르트 구름까지 가는 데 2만~3만 년이 걸립니다. 지금 탐사정을 발사해도 400년 후 적의 함대가 지구에 도착할 때까지 대문도 못 나가는 꼴이에요."

"그러니까 속도를 반드시 광속의 1퍼센트로 끌어올려야 합니다."

"항해 속도를 현재의 100배로 끌어올린다고요? 우주선이나 탐사정은 말할 것도 없고 엔진의 작업물질 분출 속도조차 그 속도보다 몇 자릿수나 낮습니다. 운동량 원리에 따르면 우주선의 속도를 광속의 1퍼센트까지 끌어올리려면 작업물질의 분출 속도가 그 속도를 넘어서야 해요. 게다가 빠르게 가속을 올리려면 작업물질의 속도가 광속의 1퍼센트보다 훨씬 높아야 하죠. 현재로서는 절대로 불가능해요. 단기간에 이렇게 엄청난 기술혁신을 기대할 수도 없어요. 이 계획은 기본적으로 실현 불가능합니다."

웨이드가 주먹으로 탁자를 세게 내리쳤다.

"우리에게 자원이 있다는 걸 잊지 마세요! 과거에는 항공 우주 분야가 비주류였지만 이제 주류가 되었어요. 그러니까 우리도 과거에는 상상도 못 했던 막대한 자원을 이용할 수 있습니다. 자원으로 원리를 바꾸면 됩니다. 모든 자원을 한곳에 집중시킬 수 있어요. 저돌적인 힘으로 광속의 1퍼센트까지 밀어붙일 겁니다!"

바디모프가 본능적으로 고개를 들어 주위를 둘러보자 웨이드가 눈치 빠르게 그의 생각을 간파했다.

"기자나 외부인은 없으니까 걱정 마세요."

바디모프가 웃으며 고개를 저었다.

"외람되지만 자원으로 원리를 바꾸겠다는 말씀이 밖으로 새어나가면 웃음거리가 될 거예요. 그러니 여기서만 얘기하시고 PDC 회의에서는 하지 마세요."

"모두 나를 비웃고 있다는 걸 알고 있어요."

모두 침묵했다. 이 토론을 어서 끝내고 싶다는 생각뿐이었다.

웨이드가 사람들을 둘러보며 말했다.

"아, 모두는 아니군. 날 비웃지 않는 사람이 한 명 있죠."

그가 손을 들어 청신을 가리켰다.

"청, 자네 의견은 어때?"

웨이드의 날카로운 시선이 청신에게 날아가 꽂혔다. 그녀는 웨이드가 손가락이 아닌 검으로 자신을 가리킨 것 같은 착각이 들었다. 청신은 조심스럽게 주위를 둘러보았다.

'내가 여기서 발언할 자격이 있을까?'

웨이드가 말했다.

"우리도 MD를 도입해야 해."

청신이 더 당황했다.

'MD라니? 맥도날드? 의학사(Doctor of medicine)?'

"자넨 중국인이면서 MD도 모르나?"

청신이 그 자리에 있는 다른 다섯 명의 중국인에게 도와달라는 시선을 보냈지만 그들도 어리둥절하기는 마찬가지였다.

"한국전쟁 때 미군에 포로로 잡힌 중국 병사들은 중국의 작전 전략에 대해 아주 많이 알고 있었지. 중국군이 일선 부대에 작전 전략을 알려주고 병사들과 토론해 더 좋은 방안을 수립하게 했거든. 그게 바로 MD야. 물론 나중에 자네가 포로로 잡혔을 때 너무 많은 걸 알고 있기를 바라지는 않지만."

웃음소리가 터져 나왔다. 청신은 MD가 'Military Democracy(군대 민주주의)'의 약자라는 걸 그제야 알았다. 참석자들도 이 점에는 동의했다. 비록 우주 기술 분야의 엘리트인 그들은 풋내기 기술 보조원에게서 대단한 의견이 나올 거라고 기대하지 않았지만, 절대다수가 남자인 그들은 적어도 토론 과정에서는 그녀를 존중했다. 청신은 최대한 엄숙하고 수수한 옷차림을 하고 있었지만 그녀의 매력을 반감시키지는 못했다.

청신이 말했다.

"제 생각에는……."

"자원으로 원리를 바꾼다?"

카미유라는 이름의 나이 많은 프랑스 여자가 경멸하는 투로 끼어들었다. 유럽 우주 기구의 수석 고문이었다. 그녀는 청신에게 쏠린 사람들의 시선이 편치 않았다.

청신이 카미유에게 예의 바르게 고개 숙여 인사를 하고 말했다.

"원리는 차치하고, 현재 이용 가능성이 가장 높은 자원은 핵무기입니다. 기술혁신을 이루지 못한 상황에서 핵무기는 인류가 우주로 발사할 수 있는 가장 강력한 에너지체입니다. 우주선이나 탐사정에 대형 복사세일을 다는 걸 상상해보세요. 솔라세일*과 비슷하게 에너지 복사를 통해 작동되는 박막(薄膜)이죠. 복사세일 뒤에서 일정한 간격으로 계속 핵폭발을 일으키면……."

또 웃음소리가 터져 나왔다. 카미유의 웃음소리가 제일 도드라졌다.

"오, 자기. 만화 같은 장면이야. 거대한 세일을 달고 핵탄두를 잔뜩 실은 우주선이라……. 아널드 슈왈제네거 같은 남자가 핵탄두를 우주선 끝으로 던져서 폭발시키는 건 어때? 아주 멋질 거 같지 않아?"

점점 커지는 웃음소리를 즐기며 카미유가 말했다.

---

* 옮긴이 주:우주선 추진 에너지를 얻기 위해 태양에서 복사되는 빛의 입자인 광자를 모으는 커다란 박막 거울.

"대학교 1학년 숙제를 다시 해보는 게 좋겠어. 추력 중량비* 계산 말이야."

"원리를 바꾸진 못했지만 저돌적인 힘은 낼 수 있겠어요. 그걸 이런 미인이 생각해낸 게 아쉽지만."

다른 고문이 뒤이어 얹은 한마디에 웃음소리가 최고조로 치솟았다. 하지만 청신은 차분했다.

"핵탄두를 우주선에 싣는 게 아니에요."

청신의 말에 웃음소리가 뚝 멈추었다. 요란한 징 위에 손바닥을 댄 것처럼 모든 울림이 사라졌다.

"우주선은 세일과 탐사정으로만 이루어져서 깃털처럼 가벼울 거예요. 핵폭발의 복사에 가속되기 쉽도록."

회의장에 정적이 감돌았다. 모두 핵탄두를 어디에 싣겠다는 얘기인지 궁금했지만 아무도 묻지 않았다. 사람들이 웃는 동안 서릿발 같은 표정으로 앉아 있던 웨이드의 얼굴에 차가운 미소가 서서히 번졌다.

청신이 뒤에 있는 정수기에서 종이컵을 한 뭉치 들고 와 탁자 위에 일정한 간격으로 줄지어놓았다. 그녀가 펜을 들고 종이컵을 따라 움직이며 말했다.

"핵탄두는 우주선의 초기 항해 구간에만 설치해요. 전통적인 추진 방식으로 미리 발사시켜놔요, 이렇게. 우주선이 핵탄두를 지나는 순간마다 세일 뒤에서 핵탄두를 폭발시키면 추진력이 생성될 거예요."

청신에게로 쏠렸던 사람들의 시선이 흩어졌다. 마침내 그들은 그녀가 한 말을 진지하게 생각하기 시작했다. 유일하게 카미유만이 청신에게서

---

* 엔진 무게에 대한 엔진의 추력 비율. 청신의 상상처럼 우주선에 다량의 핵탄두를 싣는다면 우주선이 무거워져 추력 중량비가 낮아지므로 빠른 속도로 항해할 수 없다.

시선을 떼지 않았다.

청신이 말을 이었다.

"이 방법을 항로 추진법이라고 하고, 이 구간의 항로를 추진 구간이라고 한다면, 추진 구간은 전체 항로 중 아주 짧은 일부예요. 핵탄두 1000개를 발사한다고 가정할 때 지구에서 목성에 이르는 5천문단위* 구간에서만 폭발시키면 가능해요. 그것보다 더 짧아도 되고요. 추진 구간을 화성 궤도 이내로 압축한다면 현재 기술로도 가능해요."

귀엣말로 속삭이는 소리가 침묵을 깨자, 한두 방울씩 떨어지던 빗방울이 장대비로 변하듯 웅성거리는 소리가 점점 번져 회의실을 채웠다.

"갑자기 떠오른 생각이 아닌 것 같은데?"

말없이 듣고 있던 웨이드가 묻자 청신이 웃으며 말했다.

"예전에 우주학계에서 이런 구상이 나온 적이 있어요. 핵펄스 추진 방식이라고 부르죠."

카미유가 끼어들었다.

"청 박사, 핵펄스 추진 구상은 우리도 알아요. 그건 추진 에너지를 우주선에 탑재하는 방식이었죠. 추진 에너지를 항로에 설치한다는 건 박사의 아이디어잖아요? 적어도 나는 그런 방식을 들어본 적이 없으니까."

분위기가 조금 차분해진 뒤 토론이 이어졌지만 또다시 열기가 차올랐다. 큼직한 고깃덩이를 발견한 굶주린 늑대들 같았다.

웨이드가 탁자를 두드렸다.

"중요하지 않은 얘기로 시간 끌지 맙시다. 우린 타당성 연구를 하는 사람들이 아니라 이 방법의 타당성 연구를 진행할 가능성이 있는지 탐구하는 사람들이에요. 일단 큰 줄기만 본다면 문제가 없습니다."

---

* 옮긴이 주: 태양계 내 천체의 거리를 나타내는 단위. 지구와 태양의 거리를 1천문단위로 한다.

짧은 침묵 후 바디모프가 말했다.

"이 방법에 큰 장점이 있습니다. 착수하기 쉽다는 겁니다."

똑똑한 사람만 모인 자리였으므로 다들 바디모프의 말 속에 담긴 뜻을 이해했다. 이 계획의 첫 단계는 다량의 핵탄두를 지구 궤도로 보내는 것인데 탑재 수단이 이미 만들어져 있었다. 바로 대륙 간 탄도미사일이다. 미국의 피스키퍼(Peacekeeper), 러시아의 토폴(Topol), 중국의 둥펑(東風)을 이용해 핵탄두를 지구 저궤도로 올려 보낼 수 있었다. 아니면, 중거리 탄도미사일에 추진 로켓을 달기만 해도 충분히 가능했다. 위기가 출현한 뒤 체결된 대규모 핵감축 협상에서 논의된 것처럼 미사일과 핵탄두를 지면에서 해체하는 방법에 비하면 훨씬 적은 비용으로 핵탄두를 처리할 수 있는 방법이기도 했다.

"좋습니다. 항로 추진법에 대한 토론은 여기까지 합시다. 다른 제안이 있나요?"

웨이드가 청신을 제외한 다른 사람들을 둘러보았다.

아무도 말하지 않았고 한 사람이 무슨 말을 하려다가 이내 그만두었다. 자신의 구상이 청신과 경쟁할 수 없다고 판단한 것이다. 사람들의 시선이 점점 청신에게로 모여들었다. 아까와는 사뭇 다른 눈빛이었다.

"이런 회의를 두 번 더 소집할 겁니다. 다음 회의에는 더 많은 제안이 나오길 바랍니다. 항로 추진법에 대해서는 즉시 타당성 연구를 진행합시다. 코드명을 뭐라고 할까요?"

바디모프가 말했다.

"핵탄두가 폭발할 때마다 우주선의 속도가 한 단계씩 올라가니까 계단 프로젝트가 어떨까요? 타당성 연구를 진행할 때 속도 외에도 중요하게 고려해야 할 것이 있습니다. 탐사정의 무게입니다."

"복사세일을 아주 얇고 가볍게 만들 수 있어요. 기존 재료와 기술로 50제곱킬로미터 면적의 세일 무게를 50킬로그램 이내로 제한할 수 있어요."

실패한 솔라세일 실험을 주도했던 러시아 전문가가 말했다.

"그럼 탐사정의 무게가 문제군."

이 말에 모두의 시선이 한곳으로 모였다. 카시니호*의 설계를 맡았던 수석 설계사였다.

"기본적인 정탐 장비와 오르트 구름에서 식별 가능한 신호를 지구로 전송하는 데 필요한 안테나 크기, 동위원소 전원의 무게를 고려하면 전체 무게가 2~3톤은 될 겁니다."

바디모프가 단호하게 고개를 저으며 말했다.

"안 돼요. 청의 말대로 깃털처럼 가벼워야 해요."

"정탐 기능을 최소한으로 낮추면 1톤 정도 되겠지만 너무 작아서 가능할지 모르겠어요."

웨이드가 말했다.

"세일을 포함해서 최대 1톤으로 줄여보세요. 전 인류의 힘으로 1톤짜리 물체를 추진시키는 건 가능할 테니까."

그 후 일주일 동안 청신은 거의 비행기 안에서 잠을 자야 했다. 그녀는 바디모프가 이끄는 팀에 소속되어 미국, 중국, 러시아, 유럽이라는 4개의 우주 기구 사이를 오가며 계단 프로젝트의 타당성 연구를 진행시켰다. 일생 동안 가볼 수 있을지 상상도 못 했던 곳들을 일주일 동안 수없이 돌아다녔지만 차창이나 회의실 창밖으로 보이는 풍경에 만족해야 했다. 원래는 강대국의 우주 기구가 모두 참여하는 타당성 연구팀을 조직하려고 했

---

* 옮긴이 주 : 미국과 유럽이 공동으로 개발한 무인 토성 탐사선이다. 1997년 10월 15일 발사되어 2004년 7월 1일 토성 궤도에 진입한 뒤 20년간 임무를 수행하고 2017년 9월 산화되었다.

지만 성사되지 못하고 각국 우주 기구에서 각자 타당성 연구를 진행하기로 했다. 이렇게 하면 각국의 결과를 비교해 더 정확한 결론을 내릴 수 있다는 장점은 있지만 PIA의 업무량이 너무 많아진다는 단점이 있었다. 청신은 지금까지 한 번도 경험하지 못한 열정을 일에 쏟아부었다. 무엇보다도 자신이 제안한 방안이었기 때문이다.

얼마 후 미국, 중국, 러시아, 유럽 우주 기구의 타당성 연구 보고서가 속속 PIA에 도착했다. 결과는 비슷했다. 좋은 소식은 복사세일의 면적을 25제곱킬로미터까지 축소할 수 있고, 재료를 개선해 무게를 20킬로그램까지 줄일 수 있다는 것이었다. 하지만 그것보다 훨씬 나쁜 소식이 있었다. PIA가 원하는 광속의 1퍼센트 속도를 내려면 탐사정의 무게를 당초 구상의 5분의 1, 즉 200킬로그램까지 줄여야 한다는 것이었다. 여기에서 세일의 무게를 제외하면 탐사 및 통신 장비의 무게가 최대 180킬로그램을 넘지 않아야 했다.

브리핑을 들은 뒤 웨이드가 태연하게 말했다.

"실망할 필요 없어요. 내가 더 나쁜 소식을 가져왔으니까. 최근 열린 PDC 회의에서 계단 프로젝트가 부결됐어요."

7개 상임이사국 가운데 4개국이 계단 프로젝트에 반대했다. 그들의 반대 이유는 놀랄 만큼 일치했다. PIA의 우주 전문가들과 달리 그들은 이 추진 방식 자체에는 관심이 없었고 탐사정의 정탐 효과가 제한적이라고 판단했던 것이다. 미국 대표는 정탐 효과가 "거의 0에 가깝다"고 잘라 말했다. 그들이 내세우는 이유는 이랬다. 탐사정은 감속 능력이 없지만 삼체 함대는 감속을 시작할 것이므로 이 둘은 최소한 광속의 5퍼센트 상대속도로 스쳐 지나갈 것으로 예상되지만(탐사정이 적의 함대에 포획되지 않는다는 가정하에) 정탐 창이 너무 작다. 탐사정의 무게 제한 때문에 레이더 등을 이용해 정탐할 수 없고 정보를 받기만 하는 수동적인 정탐에만 국한될 것이다. 게다가 수신할 수 있는 정보는 대부분 전자파인데 적의 통신 장비는 이미 전자파가 아닌 중성미자*나 중력파 같은, 현재 인류의 기술로는 결코 따라갈 수 없는 매개체를 사용할 가능성이 크다. 또 한 가지 중요한 반대 이유는 지자(智子)가 존재하기 때문에 탐사정에 관한 모든 계획이 적에게 투명하게 공개될 것이므로 성공 가능성이 더욱 희박하다는 것이었다. 요컨대 막대한 투자 금액에 비해 얻을 수 있는 것이 너무 적고, 상징적인 의의가 더 크기 때문에 그들의 관심을 끌지 못했다. 나머지 세 상임이사국이 찬성표를 던진 것은 강대국의 최대 관심사가 탐사정을 광속의 1퍼센트 속도로 추진시키는 기술이기 때문이다.

웨이드가 말했다.

"그들의 말이 맞아요."

모두 침묵하며 계단 프로젝트를 위해 묵념했다. 가장 실망한 사람은 역시 청신이었다. 하지만 그녀는 경력도 없는 젊은 나이에 거둔 첫 성과치고는 나쁘지 않다고 자위했다. 사실 이 정도만 해도 예상을 훨씬 뛰어넘은 것이었다.

웨이드가 청신을 보며 말했다.

"청, 표정이 안 좋군. 우리가 계단 프로젝트를 포기할 거라고 예상했겠지?"

사람들이 놀란 눈빛으로 웨이드를 바라봤다. 그들의 휘둥그레진 눈동자는 "포기하지 않으면 뭘 할 수 있죠?"라는 무언의 반문이었다.

웨이드가 일어나 탁자 주위를 돌며 말했다.

"포기하지 않아. 앞으로 계단 프로젝트든 다른 프로젝트든 내가 포기 명령을 내리지 않는 한 계속 추진하도록 해요."

---

* 옮긴이 주: 우주를 구성하는 가장 기본적인 입자로 전기적으로 중성이며 질량이 0에 가까움.

그의 차분하고 냉정했던 말투가 사라지고 광분한 야수가 포효하듯 외쳤다.

"전진! 전진! 수단과 방법을 가리지 말고 전진하라!"

마침 웨이드가 청신의 뒤를 지나고 있었다. 등 뒤에서 화산이 폭발하는 듯한 기세에 놀란 청신은 두 어깨를 바짝 움츠렸다. 하마터면 비명을 터뜨릴 뻔했다.

바디모프가 물었다.

"다음 단계로 뭘 해야 하죠?"

"사람을 보내야지."

웨이드의 말투가 다시 냉정해졌다. 이 짧은 말은 조금 전 포효 소리에 묻혀 주목받지 못했지만 시간이 흐르자 사람들은 가볍게 흘린 듯한 이 말 속에 중요한 의미가 담겨 있음을 알았다. 웨이드의 말은 바디모프가 물은 질문에 대한 대답이었다. 사람을 보내는 것이 계단 프로젝트의 다음 단계라면, 그를 PDC나 다른 어떤 가까운 곳이 아니라 태양계에서 1광년 떨어진 극한의 오르트 구름으로 보내 삼체 함대를 정탐하게 한다는 뜻이었다!

웨이드가 습관적인 동작을 반복했다. 탁자 다리를 발로 밀어 탁자에서 몸을 멀리 띄운 채 사람들이 토론하기를 기다렸다. 하지만 아무도 입을 열지 않았다. 일주일 전 그가 삼체 함대에 직접 탐사정을 발사하겠다는 계획을 처음 밝혔을 때처럼 사람들은 그의 말을 곱씹으며 그가 던져놓은 실타래를 조금씩 풀고 있었다. 시간이 얼마 지나지 않아 그들은 그의 말이 처음 생각했던 것처럼 황당하지만은 않다는 것을 깨달았다.

인체 동면 기술이 성숙 단계에 이르러 사람이 동면 상태로 항해하는 것이 가능했다. 사람의 체중이 70킬로그램이라고 가정할 때 나머지 110킬로그램은 동면 장비와 1인용 우주선(관처럼 단순하게 만들 수 있었다)으로 채울 것이다. 그다음 문제가 남아 있었다. 2세기 후 탐사정이 삼체 함대와 마주쳤을 때 누가 그(그녀)를 깨울 것인가? 깨어난 뒤에 그(그녀)가 무엇을 할 수 있을까?

열심히 궁리했지만 아무도 방법을 찾아내지 못했다. 회의실은 고요했다. 하지만 웨이드는 그 순간 모두의 생각을 읽고 있는 것 같았다. 사람들의 머릿속에 방법이 떠올랐을 때 그가 말했다.

"적의 심장부로 사람을 들여보내는 겁니다."

바디모프가 말했다.

"그러려면 삼체 함대가 탐사정을 포획하거나 그 사람을 체포해야 해요."

"그럴 가능성이 크지, 안 그래?"

웨이드가 "안 그래?"라는 말과 동시에 눈썹을 추어올려 위를 쳐다보았다. 마치 다른 누군가에게 묻는 것처럼. 회의실에 있는 사람들은 지금 이 순간에도 지자가 유령처럼 주변을 떠다니고 있다는 걸 알고 있었다. 4광년 밖 세계에 있는 '회의 참석자'들도 그들의 말을 듣고 있었다. 사람들은 자꾸만 그걸 잊고 있다가 문득 생각날 때면 공포감과 함께 자신이 아주 작은 존재가 된 것 같은 기묘한 기분에 사로잡혔다. 마치 어떤 아이가 돋보기를 가지고 들여다보고 있는 개미가 된 것 같았다. 어떤 계획을 생각해내든 적이 저 위에서 내려다보고 있다는 걸 생각하면 자신감이 완전히 사라졌다. 하지만 인류는 적에게 모든 것이 투명하게 공개된 이 전쟁에 적응해야만 했다.

웨이드는 이번에는 이런 상황을 바꿀 수 있을 것 같았다. 그의 구상으로는 우리의 계획이 적에게 투명하게 알려지는 것이 오히려 유리했다. 그들은 태양계 밖으로 발사된 사람의 궤도 매개변수를 정확히 계산해낼 수 있으므로 원한다면 아주 쉽게 포획할 수 있다. 지자의 존재 덕분에 그들이 인간 세상을 손바닥 들여다보듯 훤히 알고 있기는 하지만, 살아 있는 인간 표본을 직접 연구한 적은 없으므로 삼체 함대가 호기심에 그 동면자를 포획할 가능성이 다분하다.

인류의 전통적인 첩보전에서는 신분이 완전히 드러난 스파이를 적의 내부로 들여보내는 것이 무의미하지만, 그들이 수행하려는 건 전통적인 전쟁이 아니었다. 인간이 외계 함대 속으로 들어간다는 것 자체가 위대한 쾌거였다. 설령 그(그녀)의 신분과 임무가 낱낱이 드러난다고 해도 마찬가지다. 그(그녀)가 그곳에서 무엇을 할 수 있을지는 지금 고민할 필요가 없다. 그(그녀)가 그곳에 들어갈 수만 있다면 가능성은 무궁무진하다. 삼체인의 투명한 사고와 전략상의 허점 때문에 이런 가능성이 더욱 매력적이었다.

인간을 적의 심장부로 들여보낼 것이다.

《시간 밖의 과거》 발췌

인체 동면―인류가 시간 위에서 처음 직립보행을 하다

새롭게 출현한 기술을 사회학적 관점에서 바라보면 완전히 다른 면을 볼 수 있다. 하지만 개발 단계나 기술이 막 완성되었을 때는 사회학적 관점에서 바라보지 못한다. 컴퓨터도 처음 등장했을 때는 단순히 계산 속도를 높이기 위한 수단이었고 혹자는 전 세계에 다섯 대만 있어도 충분하다고 했다. 동면 기술도 마찬가지다. 이 기술이 현실이 되기 전, 사람들은 이것으로 불치병 환자에게 치료 기회를 제공할 수 있다고 생각했다. 조금 멀리 바라보더라도 장거리 행성 간 항해 수단으로 예상하는 것에 그쳤다. 하지만 동면 기술이 거의 현실이 된 뒤에는 사회학적 관점에서 조금만 생각해도 이 기술이 인류 문명을 완전히 바꿔놓으리라는 걸 예상할 수 있었다.

모든 건 한 가지 믿음에서 시작되었다.

내일은 더 나을 것이라는 믿음.

사실 사람들이 이런 믿음을 갖게 된 건 최근 2~3세기의 일이다. 그 전에는 이런 믿음이 우스운 헛소리로 치부되었다. 유럽 중세 시대는 1000년 전 고대 로마 시대보다 물질적으로 빈곤하고 정신적으로도 억압되어 있었고, 중국도 위진남북조가 과거 한나라보다, 원나라와 명나라가 과거 당나라나 송나라보다 가난했다. 산업혁명 이후 세상이 점점 발전하자 사람들도 미래에 대한 믿음을 갖기 시작했다. 이 믿음은 삼체 위기가 닥치기 전 최고조에 달했다. 냉전이 끝나고 평화가 찾아온 뒤 물질 생활이 빠르게 윤택해졌다. 환경문제 등이 있었지만 큰 위협은 아니었다. 사람들에게 10년 뒤를 상상해보라고 하면 각기 다를 수도 있겠지만 100년 뒤를 상상해보라고 하면 약속이나 한 듯 천국을 상상했다. 100년 전을 생각해보면 앞으로 100년 후 세상이 어떻게 변할지 예상할 수 있었다.

동면할 수만 있다면 현재에 머물러 있기를 바라는 사람은 거의 없을 것이다.

사람들은 동면 기술을 사회학적인 관점에서 바라본 뒤에야 동면에 심각한 부작용이 있음을 알았다. 그것과 비교하면 인간 복제의 부작용은 아무것도 아니었다. 인간 복제는 윤리적인 문제이고 기독교 문화와 충돌할 뿐이지만 동면의 부작용은 현실적이며 인류 전체에 영향을 미칠 수 있었다. 이 기술이 산업화되면 일부 사람들만 미래의 천국으로 떠나고 나머지 사람들은 암담한 현실 속에서 훗날 그들이 살게 될 천국을 만들어야 할 것이다. 하지만 무엇보다 큰 문제는 영생의 유혹이었다. 사람들은 1~2세기 후면 분자생물학이 더욱 발전해 사람이 죽지 않고 영원히 살 수 있을 것이라고 믿었다. 그렇다면 지금 동면하는 행운아들은 영생으로 가는 첫발을 내딛는 셈이다. 인류 역사상 처음으로 사신(死神)마저도 불공평해지고, 그로 인해 어떤 부작용이 생겨날지 감히 예측할 수 없었다.

이 상황이 위기 초기에 나타난 도피주의와 흡사해 훗날 역사학자들은 이를 초기 도피주의 또는 시간 도피주의라고 불렀다. 위기 이전에 각국 정부는 동면 기술을 인간 복제보다 더 엄격하게 규제했다.

하지만 삼체 위기가 모든 것을 바꿔놓았다. 하루아침에 미래가 천국에서 지옥으로 바뀌고, 불치병 환자들마저 미래에 대한 희망을 잃었다. 동면에서 깨어났을 때 세상이 불바다가 되어 있다면 진통제조차 먹지 못할 것이므로.

위기가 닥친 뒤 동면 기술에 대한 모든 규제가 풀리고 기술이 금세 실용 단계로 접어들었다. 이로써 인류는 처음으로 시간을 뛰어넘을 수 있는 능력을 갖게 되었다.

청신은 동면 기술에 대해 조사하기 위해 중국 하이난(海南) 싼야(三亞)로 향했다. 중국 의학과학원 부설 최대 동면기지가 이 무더운 휴양지에 건설되어 있었다. 다른 지역은 한겨울이지만 이곳은 봄처럼 포근했다. 동면센터는 푸른 숲에 둘러싸인 하얀 건물이었다. 현재 10여 명이 동면 상태로 이곳에 있었지만 모두 단기 체험자이고 진정으로 세기를 건너뛸 동면자는 없었다.

1인용 동면 장비의 무게를 100킬로그램 이하로 줄일 수 있는지 묻자 동면센터 직원이 황당하다는 듯 실소했다.

"100킬로그램이요? 1톤 이하도 어려워요!"

물론 그도 자기 말투가 다소 무례하다는 걸 알았다. 청신은 동면센터를 둘러보고 소개를 들으며 동면이 일반인이 상상하는 것처럼 사람을 완전히 냉각시키는 게 아니라는 걸 깨달았다. 동면 온도가 영하 약 50도로 그렇게 낮지 않으며, 동면 중인 인체 내의 혈액을 얼지 않는 액체로 대체하고 체외순환 시스템을 통해 주요 장기가 가장 약한 수준의 생리 활동을 유지하도록 해야 했다. 그 활동이 아주 미미하고 느릴 뿐 정지하는 것은 아니었다. 동면센터 직원은 이것을 "컴퓨터의 대기 모드와 같다"고 설명했다. 동면자 한 사람을 유지시키려면 동면 탱크, 체외생명유지 시스템,

냉각 설비가 필요한데 이것들을 다 합치면 무게가 약 3톤은 나갔다.

청신은 센터의 기술자들과 장비 소형화에 대해 논의하던 중 놀라운 사실을 발견했다. 외우주에서 동면 중인 인체의 온도를 영하 약 50도에서 유지시키기 위해 필요한 것은 냉각이 아니라 가열이었다. 특히 태양에서 멀리 떨어진 해왕성 궤도 밖으로 나가면 공간 온도가 절대영도*에 가깝기 때문에 영하 50도를 유지하려면 거의 난로를 피우듯 열을 가해야 했다. 1~2세기라는 긴 항해 시간을 고려할 때 동위원소 전지를 사용하는 것이 가장 타당한데, 그렇게 하려면 과장을 조금도 안 보태고 무게가 100톤은 나갈 것이라고 했다.

본부로 돌아와 조사 결과를 브리핑하자 사람들이 낙담했다. 지난번과 다른 점이 있다면 웨이드에게 한 가닥 기대를 걸고 있다는 것이었다.

웨이드가 사람들을 둘러보며 말했다.

"왜들 이렇게 날 쳐다보는 겁니까? 난 신이 아니에요! 각자 나라에서 여기로 파견된 이유가 뭔가요? 노후를 안락하게 보내라고 파견된 건 아니죠? 나쁜 소식만 보고하라고 파견된 건 아니죠? 나도 방법을 몰라요. 이 문제를 해결하는 게 여러분의 일이란 말입니다!"

그가 탁자 다리를 세게 밀자 요란한 소리와 함께 의자가 멀리 미끄러졌다. 그는 처음으로 회의실의 금연 규정을 위반하고 시가를 피웠다.

사람들의 시선이 새로 온 동면 기술 전문가들에게로 옮겨갔지만 그들도 침묵했다. 해결 방법을 고민하고 있는 것이 아니라 전문가의 존엄에서 나온 분노였다. 이 편집광들은 지금 불가능한 일을 요구하고 있었다.

"어쩌면……."

청신이 작은 목소리로 세 글자를 입 밖에 내고 주위를 둘러보았다. 그

---

* 옮긴이 주: 이론적으로 가능한 가장 낮은 온도.

녀는 아직 MD가 익숙하지 않았다.

웨이드는 곧장 그녀를 향해 시가 연기와 함께 말을 뱉었다.

"전진! 수단과 방법을 가리지 말고 전진!"

청신이 말했다.

"어쩌면…… 꼭 산 사람이 아니어도 될지 몰라요."

서로 얼굴만 쳐다보고 있던 사람들의 시선이 동면 전문가에게 모여들었다. 하지만 그들은 고개를 저었다. 산 사람이 아니어도 된다는 것이 무슨 뜻인지 모르겠다는 의미였다.

청신이 말했다.

"사람을 영하 200도 이하 초저온으로 급속 냉동시켜 발사하면 생명유지 시스템이나 가열 시스템이 필요 없어요. 1인용 우주선만 있으면 되니까 아주 가볍게 만들 수 있겠죠. 여기에 사람의 체중을 합쳐도 110킬로그램이면 충분할 거예요. 그 사람이 인간에게는 사망 상태지만 삼체인에게도 그럴까요?"

동면 전문가가 말했다.

"급속 냉동된 인체를 깨어나게 하려면 해동 과정에서 세포 구조가 파괴되는 걸 막아야 합니다. 두부를 얼렸다가 녹이면 스펀지처럼 변하는 것과 같아요. 아, 여기 계신 분들은 얼린 두부는 먹어보지 못하셨겠군요?"

중국인 전문가가 서양인들에게 묻자 모두 먹어본 적은 없으나 그의 말은 이해했다고 대답했다.

"삼체인에게는 세포 파괴를 막는 기술이 있을 겁니다. 아주 짧은 시간에, 예를 들면 1밀리초나 1마이크로초 안에 순간적으로 정상체온으로 해동시키는 거죠. 하지만 우리에겐 그런 기술이 없어요. 1밀리초 안에 해동시킬 수는 있지만 인체가 고온에 기화되겠죠."

청신은 그의 말을 주의 깊게 듣지 않았다. 과연 누구를 영하 200도 이하로 냉동시켜 우주로 보낼 것인지 골똘히 생각했다. 수단과 방법을 가리지 않고 전진하려고 했지만 내딛는 걸음이 가늘게 떨렸다.

웨이드가 청신을 보며 고개를 끄덕였다.

"아주 좋아."

이 말은 그녀의 기억 속에서 웨이드가 처음으로 부하에게 하는 칭찬이었다.

이번 PDC 상임이사국 회의에서 계단 프로젝트의 새로운 방안을 심의했다. 웨이드가 각국 대표와 물밑 접촉을 통해 협의한 결과 심의 통과는 낙관적이었다. 이 방안은 본질적으로 인류 최초로 지구 밖 문명과의 접촉을 의미했으므로 그 의의만으로도 탐사정의 가치가 한 단계 올라갔다. 특히 인간이 삼체 함대에 들어간다는 건 적의 심장부에 폭탄을 심는 것과 같아서 전략적으로 절대적인 우위를 차지할 수 있으므로 그(그녀)가 전쟁의 방향을 바꿔놓을 수 있었다.

UN 특별 총회가 오늘 밤 전 세계에 면벽 프로젝트를 공개하는 바람에 PDC 회의가 한 시간가량 늦춰져 PIA 사람들은 회의장 밖 로비에서 기다려야 했다. 지금까지 회의 때마다 웨이드와 바디모프만 PDC 회의장에 들어가고 다른 사람들은 밖에서 기다리다 전문적인 분야에 대해 질의할 때만 불려 들어갔다. 그런데 이번에는 웨이드가 청신을 함께 데리고 들어갔다. 말단 보조원에게는 흔치 않은 대우였다.

UN 특별 총회가 끝난 뒤 기자들이 한 사람에게 우르르 몰려들었다. 그는 막 발표된 면벽자였다. PIA 사람들은 계단 프로젝트의 운명을 초조하게 기다리느라 면벽자에겐 관심이 없었다. 한두 명쯤 호기심에 다가갔을 뿐이다. 충격적인 총격 사건이 발생했을 때도 회의장 안에 있는 사람들은 총성을 듣지 못했다. 유리문을 통해 밖에서 소란이 벌어진 것만 알 수 있었다. 청신도 다른 사람들과 함께 뛰어나갔지만 상공에 떠 있는 헬리콥터의 서치라이트에 눈이 부셔 앞을 볼 수 없었다.

그녀보다 먼저 달려 나왔던 동료가 외쳤다.

"맙소사! 면벽자 한 명이 제거당했어요! 총을 몇 발이나 맞고 머리가 터졌대요!"

웨이드가 냉랭하게 물었다.

"면벽자가 누구지?"

눈앞에서 벌어진 사건도 그의 흥미를 끌지 못하는 것 같았다.

동료가 청신을 가리키며 말했다.

"잘 모르지만 당신 나라 사람이래요. 기대를 모으고 있는 세 명과 달리, 살해당한 저 사람만 누군지 아무도 몰라요. 이름 없는 애송이라던데요."

웨이드가 말했다.

"비상시국에 이름 없는 애송이가 어디 있나? 평범한 사람이 중책을 맡을 수도 있고 유명한 사람도 언제든 교체될 수 있지."

웨이드는 뒤에 덧붙인 말 중 앞은 청신을 보며 말하고, 뒤는 바디모프를 보며 말한 다음 PDC 회의 비서가 부르자 그쪽으로 갔다.

바디모프가 옆에 있는 청신에게 낮은 소리로 말했다.

"나한테 하는 경고야. 어제 화를 내면서 청이 날 대신할 수도 있다고 하더군."

"저는……."

바디모프가 청신을 향해 손을 들자 서치라이트 불빛이 그의 손바닥을 핏줄까지 보이도록 환하게 비추었다. 그가 말했다.

"농담 아니야. 이 기구의 인사 배치는 상례를 따르지 않지. 청은 차분하고 성실하고 부지런하고 창의력도 있어. 특히 책임감이 강하지. 보통 젊은 여자들과는 달라. 진심이야. 청이 날 대신할 수 있어서 기뻐. 하지만 아직은 날 대신할 수 없어. 청은 어머니를 매춘굴에 팔아넘길 수 없으니까. 그런 점에선 아직 어린애야. 영원히 그랬으면 좋겠고."

바디모프가 고개를 들어 어수선한 주위를 살폈다.

그때 누군가 빠른 걸음으로 다가와 둘 사이로 끼어들었다. 카미유였다. 그녀의 손에 들려 있는 서류가 계단 프로젝트의 타당성 연구 보고서인 것 같았다. 카미유가 서류를 누구에게도 건네지 않고 몇 초 동안 허공에 들고 있다가 바닥으로 내동댕이쳤다.

"이런 젠장!"

카미유가 성난 욕설을 내뱉었다. 모든 것을 압도하는 헬리콥터 소음 속에서도 주변에 있던 몇 사람이 고개를 돌려 그녀를 쳐다보았다.

"돼지! 전부 돼지새끼들이야! 진흙탕에서 뒹굴기만 좋아하는 돼지새끼들!"

바디모프가 놀라며 물었다.

"누구 얘기예요?"

"전부 다! 전 인류요! 반세기 전에 달에 착륙했는데 아직 아무것도 내놓지 못하고 있잖아요! 할 수 있는 게 하나도 없어요!"

청신은 바닥에 떨어진 서류를 집어 들고 바디모프와 함께 펼쳐 보았다. 예상대로 타당성 연구 보고서였다. 전문적인 내용이라 대충 훑어봐서는 무슨 내용인지 알 수가 없었다. 그때 웨이드가 돌아오고 PDC 회의 비서가 15분 뒤 회의가 시작될 것이라고 알렸다. 국장을 보자 카미유도 조금 냉정을 되찾았다.

"NASA가 우주에서 소형 핵폭발 실험을 두 차례 실시했대요. 그 결과가 이 안에 들어 있어요. 필요 속도에 도달하기에는 비행체가 아직 너무 무겁다며 무게를 지금의 10분의 1로 줄이래요. 10분의 1로! 10킬로그램이어야 한다는 얘기예요. 희소식도 함께 알려주더군요. 복사세일의 무게를 10킬로그램까지 줄일 수 있다고요. 탑재량이요? 500그램까지는 봐주겠지만 그 이상은 안 된다고 자비롭게 말하더군요. 탑재량이 늘어나면 세일을 묶는 케이블을 더 굵은 걸로 써야 한대요. 탑재량이 1그램 늘어날 때마다 케이블 무게가 3그램씩 늘어나야 해서 광속의 10분의 1 속도를 낼 수 없다나. 그러니까 우리에게 허용된 건 500그램이라고요. 깔깔깔! 500그램! 우리 천사의 말대로 깃털처럼 가볍겠어요!"

웨이드가 빙긋 웃으며 고개를 끄덕였다.

"모니에는 태울 수 있겠군. 아, 우리 어머니가 기르는 고양이예요. 다이어트로 체중을 절반으로 줄인다면 가능하겠어."

웨이드는 남들이 즐겁게 일할 때는 어둡고, 모두 절망에 빠져 있을 때는 웃으며 농담을 던졌다. 늘 그런 식이었다. 청신은 이것이 리더의 풍모라고 생각했지만 바디모프는 그녀가 사람을 볼 줄 모른다고 했다. 그건 리더의 풍모나 사기 진작과는 관계없이 그저 남이 절망하는 걸 보면 신이 나는 웨이드의 성격이었다. 설령 그 절망 속에 자신이 포함되어 있더라도 말이다. 절망한 사람을 보면 그는 모종의 쾌감을 느꼈다. 충성심 강한 바디모프가 웨이드를 부정적으로 평가하자 청신은 조금 놀랐지만 어쨌든 지금 웨이드가 셋의 절망을 즐기고 있는 건 분명했다.

청신은 몸을 가누기가 힘들었다. 오랫동안 쌓인 피로가 한꺼번에 밀려온 탓에 다리가 풀려 풀밭에 털썩 주저앉았다.

웨이드가 말했다.

"일어나."

청신은 처음으로 명령에 따르지 않고 그대로 앉은 채 힘없이 말했다.

"너무 지쳤어요."

웨이드가 청신과 카미유를 가리켰다.

"당신 그리고 당신. 앞으로 이렇게 무의미한 감정 과잉은 허락하지 않을 겁니다. 멈추지 말고 전진해요. 수단과 방법을 가리지 말고 전진!"

바디모프가 간곡한 말투로 말했다.

"길이 보이지 않아요. 포기하시죠."

"수단과 방법을 가리지 않는 게 뭔지 모르는군요."

"회의는 어떻게 할까요? 취소할까요?"

"아니, 계획대로 진행해요. 자료가 준비되지 않았으니 구두로 발표합시다."

"구두로요? 500그램짜리 탐사정에 500그램짜리 고양이를 싣겠다고 말하실 건가요?"

"둘 다 틀렸어요."

웨이드의 마지막 말에 바디모프와 카미유의 눈이 번쩍 뜨였다. 청신도 풀밭에서 스프링처럼 튀어 일어났다.

총에 맞은 뤄지(羅輯)를 실은 구급차가 군용차와 헬리콥터의 호위를 받으며 병원으로 향했다. 뉴욕의 야경은 휘황한 빛을 되찾았다. 눈부신 배경을 뒤로하고 서 있는 웨이드는 마치 검은 유령 같았다. 두 눈동자에서 나오는 서늘한 빛만 가물거리며 반짝였다.

그가 말했다.

"뇌만 보냅시다."

《시간 밖의 과거》 발췌

화룡출수(火龍出水), 연발 쇠뇌, 계단 프로젝트

중국 명나라 때 이런 무기가 있었다. 작은 불화살 여러 개를 모체(화룡) 안에 넣고 모체에 추진용 화약통을 달아 만든 무기인데 바다에서 발사하면 수면에 가깝게 날아간 뒤에 모체에서 불화살이 발사되었다. 연발 쇠뇌도 있었다. 동서양 문헌에 모두 연발 쇠뇌가 있었다는 기록이 있는데 중국에서 가장 오래된 기록은 삼국 시대의 것이다. 이 두 가지 무기는 시대를 초월한 화력을 내기 위해 기존의 낙후된 무기를 새로운 방식으로 조합해서 제작한 것이다.

위기의 세기 초 계단 프로젝트도 당시의 낙후된 기술을 이용해 가벼운 탐사정을 광속의 100분의 1까지 추진시켰다. 이 정도 항해 속도는 반세기 이후의 기술로나 가능한 것이었다.

당시 인류의 탐사정이 태양계를 벗어나 해왕성의 위성에 착륙할 수 있었으므로 항로의 추진 구간에 핵탄두를 설치하는 기술은 이미 성숙 단계에 있었다. 다만 비행체의 항로와 핵탄두를 정확하게 교차시키고 핵탄두의 폭발 시점을 통제하기가 쉽지 않았다.

모든 핵탄두는 복사세일이 스쳐 지나간 직후에 폭발해야 했다. 거리가 3~10킬로미터 떨어졌을 때 폭발하는데 이 거리는 핵탄두의 폭발 당량에 따라 결정되었다. 세일의 속도가 빨라질수록 정밀도가 높아져야 하지만 세일의 속도가 광속의 100분의 1에 도달하고 정밀도가 나노초급 이상으로 높아지더라도 당시의 기술로 불가능한 일은 아니었다.

비행체 자체에 동력이 없으므로 핵탄두 폭발 위치로 항해 방향을 조절했다. 항로 위에 있는 모든 핵탄두에 위치 컨트롤 엔진을 달아 세일이 도착하기 전 정확하게 위치를 파악하고, 둘의 교차 거리가 수백 미터까지 좁혀졌을 때 그 거리를 조절해 세일과 다른 각도로 폭발의 추력을 발생시킴으로써 비행체의 항해 방향을 바꾸는 방식이다.

복사세일은 부드러운 필름 재질로 제작하고 케이블을 이용해 우주선 뒤로 끌어당겨 전체 비행체가 항해 방향에 따라 거꾸로 누운 거대한 낙하산 형태가 되어야 했다. 당량에 따라 낙하산에서 뒤로 3~10킬로미터 떨어진 지점에서 핵폭발이 일어나야 하며, 우주선이 핵복사에 영향받지 않도록 세일의 케이블을 길게 늘여 복사 세일과 우주선의 거리를 최대한 넓혔다. 이 거리가 500킬로미터였다. 우주선 표면은 증발하면서 온도가 내려가는 재료로 만들어 핵폭발 때마다 증발해 온도가 내려가는 동시에 우주선의 중량이 계속 줄어들게 했다.

이런 슈퍼 낙하산이 지구에 떨어진다면 낙하물이 지표면에 닿아도 낙하산 자체는 500킬로미터 상공에 떠 있을 것이다. 나노 재료로 만든 세일 케이블은 거미줄의 10분의 1 굵기로 육안으로 볼 수 없으며, 100킬로미터에 무게가 8그램밖에 되지 않지만 가속 시 우주선에 추력을 가할 수 있고 핵복사에도 끊어지지 않을 만큼 강했다.

(……) 화룡출수와 연발 쇠뇌가 2급 미사일과 기관총 역할을 해내지 못했듯 계단 프로젝트도 인류에게 새로운 우주 항해 시대를 열어주지 못했다. 계단 프로젝트는 당시의 기술을 모두 동원해 시도한 최후의 승부였던 셈이다.

피스키퍼 대륙 간 탄도미사일의 집단 발사가 시작된 지 30분이 흐르고 있었다. 발사된 미사일 여섯 개의 꼬리가 하나로 합쳐지며 달빛이 투과되어 천국으로 향하는 은빛 길처럼 보였다. 그 후 5분 간격으로 거대한 불덩이가 은빛 사다리를 따라 하늘로 올라갔다. 주위에 있는 나무와 사람들의 그림자가 붉은빛 속에서 가물거리며 초침처럼 움직였다. 우선 미사일 30발을 발사해 핵탄두 300개를 지구 궤도로 올려 보냈다. 핵탄두의 당량은 50만 톤부터 250만 톤까지 각기 달랐다. 러시아와 중국에서도 각각 미사일 토폴과 둥펑을 계속 발사하고 있었다. 세계 종말의 날이 온 것 같은 광경이었지만 청신은 천국으로 향하는 길 끝의 구부러진 각도를 보고 이것이 대륙 간 공격 궤도가 아니라 우주 발사 궤도라는 걸 알 수 있었다. 수억 명을 살상할 수 있는 무기를 우주로 날려 보내는 것이다. 이 거대한 에너지가 깃털을 광속의 100분의 1로 추진시킬 것이다.

하늘을 올려다보고 있는 청신의 눈가에서 흘러나온 뜨거운 눈물이 미사일이 발사될 때마다 영롱하게 반짝였다. 그녀는 속으로 되뇌었다. 설령 여기까지밖에 할 수 없을지라도 계단 프로젝트는 해볼 만한 가치가 있다고.

옆의 두 남자 웨이드와 바디모프는 이 장엄한 광경에도 심드렁해 보였다. 고개를 들어 올려다보지도 않고 담배를 피우며 이야기를 나누고 있었다. 청신은 그들의 대화 내용을 알고 있었다.

계단 프로젝트에 참여할 사람을 고르고 있는 중이었다.

지난 PDC 상임이사국 회의에서 명문화되지도 않은 제안이 통과되었다. PDC 설립 이후 처음 있는 일이었다. 청신도 과묵한 줄만 알았던 웨이드의 연설 능력을 처음 확인했다.

웨이드가 말했다.

"삼체인이 초저온으로 냉동된 인체를 부활시킬 수 있다면 인간의 뇌도 부활시킬 수 있을 겁니다. 부활시킨 뇌를 외부와 연결시켜 교류할 수도 있겠죠. 양자를 2차원으로 펼쳐 표면에 회로를 식각할 수 있는 문명에겐 어려운 일이 아닐 겁니다. 어떤 의미에서 보면 뇌만 있어도 온전한 육체가 있는 사람과 다를 게 없습니다. 그 사람의 의식, 정신, 기억, 특히 그의 전략이 모두 들어 있으니까요. 이 계획이 성공한다면 적의 심장부에 폭탄을 심는 것과 같습니다. 상임이사국들은 뇌가 사람과 동일하다는 데 동의하지 않겠지만 어쨌든 선택의 여지가 없습니다. 게다가 그들의 최대 관심사는 광속의 100분의 1로 추진시키는 기술이죠."

그의 제안이 찬성 다섯 표, 기권 두 표로 통과되었다.

계단 프로젝트가 본격적으로 시작되면서 누구를 실어 보낼 것인지의 문제가 대두되었다. 청신은 누가 좋을지 상상할 용기조차 없었다. 그(그녀)

의 뇌가 정말로 삼체인의 손에 들어가 부활한다 해도 그 후의 생활(생활이라고 부를 수 있다면)은 그(그녀)에게 악몽이 될 것이다. 이런 생각이 들 때마다 그녀의 마음도 영하 200도 이하 초저온에 들어간 것처럼 오그라들었다. 다른 사람들은 그녀만큼 괴롭지 않은 것 같았다. PIA가 한 국가에 속한 정보기관이라면 일이 빠르게 해결되겠지만, PIA는 실질적으로 PDC 상임이사국들이 구성한 정보 위원회에 불과하고 계단 프로젝트가 국제사회에 완전히 공개되어 있었기 때문에 매우 민감한 사안이었다.

관건은 그(그녀)를 우주로 보내기 전에 반드시 죽여야 한다는 것이다.

위기가 출현한 뒤 패닉에 빠졌던 세계가 서서히 진정되자 새로운 주장이 국제정치의 주류로 떠올랐다. 위기가 민주주의 정치를 붕괴시키는 무기로 이용되는 걸 막아야 한다는 것이었다. PIA 사람들은 모두 자국 정부로부터 계단 프로젝트의 인선 문제에 신중히 접근하고 절대로 남에게 휘둘리지 말 것을 지시받았다.

이 문제의 해결 방법은 역시 웨이드에게서 나왔다. PDC와 UN을 시작으로 가능한 한 많은 국가에서 안락사법을 제정하도록 유도하자는 제안이었다. 지금까지와 다르게 이 제안을 말하는 그의 말투에 자신감이 없었다.

얼마 후 PDC의 7개 상임이사국 중 3개국이 안락사법을 통과시켰다. 하지만 현재 의료 기술로 치료할 수 없는 불치병 환자에 한해서만 안락사를 허용한다고 법률에 명시했다. 계단 프로젝트가 원하는 것과는 거리가 먼 조항이었지만 여기서 더 나아가는 건 불가능했다.

불치병 환자 중에서 계단 프로젝트에 참여할 사람을 찾을 수밖에 없었다.

하늘을 울리는 진동과 불빛이 사라지고 1차 발사가 끝났다. 웨이드와 PDC의 참관인 몇 사람이 먼저 차를 타고 떠나고 바디모프와 청신만 남았다.

바디모프가 말했다.

"오늘은 자네 별을 볼 수 있겠지?"

청신은 나흘 전 DX3906 소유권 증서를 받았다. 말할 수 없이 기뻤다. 지금껏 느껴보지 못한 행복감에 머리가 어지러울 정도였다. 그녀는 온종일 속으로 되뇌었다.

'누가 내게 별을 선물했어. 누가 내게 별을 선물했어. 내가 별을 갖게 됐다고……'

그녀가 국장에게 업무 보고를 하러 갔을 때도 얼굴에 도는 화색을 감추지 못하는 것을 웨이드가 보고 무슨 일이냐고 묻자 그녀가 증서를 보여주었다.

웨이드가 심드렁하게 증서를 돌려주었다.

"휴지 조각이야. 늦기 전에 싼값에 파는 게 현명해."

그의 말도 청신의 기쁨에 찬물을 끼얹지 못했다. 예상했던 반응이다. 그녀가 웨이드에 대해 아는 건 CIA에서 일하다가 미국 국토안보부 차관을 거쳐 여기로 왔다는 것뿐이다. 그의 사생활에 대해서는 PDC 회의가 있던 날 어머니와 고양이가 있다고 얘기한 걸 제외하면 아는 게 하나도 없었고, 누가 그의 사생활에 대해 말하는 걸 들은 적도 없었다. 심지어 그가 어디에 사는지조차 몰랐다. 그는 마치 일 외의 다른 부분에서는 전원이 꺼져버리는 기계 같았다.

청신은 바디모프에게도 이 기쁜 소식을 알렸다. 바디모프는 그녀를 축하하며 전 세계 여자들이 질투할 것이라고 했다. 살아 있는 여자들과 이미 죽은 공주들까지 모두 말이다. 그녀는 인류 역사상 처음으로 별을 가진 여자이기 때문이다.

청신이 말했다.

"누굴까요?"

"생각해봐. 짐작 가는 사람이 있을 거야. 일단 억만장자인 건 분명해. 상징적인 의미뿐인 선물에 수백만 달러를 쓰는 걸 보면."

청신은 고개를 저었다. 학교 다닐 때부터 지금까지 그녀를 따라다닌 남자들은 있었지만 그렇게 돈 많은 남자는 없었다.

바디모프가 하늘을 올려다보고 감탄하며 말했다.

"학력도 높겠지. 정신적인 걸 추구하는 사람이니까. 로맨스 소설이나 영화에서도 이렇게 낭만적인 남자는 본 적이 없어."

감탄하긴 청신도 마찬가지였다. 사춘기 소녀 시절에는 그녀도 장밋빛 공상에 도취된 적이 있었지만 지금은 철없는 망상이라 생각하며 자조했다. 현실에서 갑자기 별이 날아올 줄은 꿈에도 몰랐다. 게다가 이건 소녀 시절 꾸었던 꿈보다 더 낭만적이고 신비로운 현실이었다.

자신이 아는 남자는 아니라고 장담했다. 멀리서 그녀를 짝사랑하는 남자가 즉흥적으로 떠오른 생각에 주체할 수 없을 만큼 많은 재산 중 아주 작은 일부를 썼을 수도 있다. 그녀가 영영 진실을 모르게 하고 싶다는 생각으로 말이다. 설령 그렇다 해도 그에게 고마웠다.

그날 밤 청신은 새로 지은 월드트레이드센터 꼭대기 층에 올라갔다. 자신의 별이 보고 싶었다. 증서와 동봉된 자료에서 별 찾는 방법을 자세히 읽어두었지만 뉴욕 하늘에는 먹구름이 자욱하게 끼어 있었다. 다음 날, 그다음 날도 날씨가 흐렸다. 구름이 거대한 손바닥처럼 그녀의 선물을 감추고 장난을 치는 것 같았다. 하지만 그녀는 실망하지 않았다. 자신이 받은 선물이 절대로 사라지지 않는다는 걸 알고 있었기 때문이다. DX3906은 저 우주에 있고 지구와 태양보다 수명이 길 것이므로 언젠가는 볼 수 있다고 생각했다.

그녀는 밤마다 아파트 발코니에 서서 밤하늘을 올려다보며 자신의 별을 상상했다. 도시의 불빛이 구름을 희부옇게 비추었지만 그녀는 그것이

DX3906에서 비치는 장밋빛 빛무리라고 상상했다. 꿈에서 그녀가 그 별 위를 날고 있었다. 장밋빛 별이었다. 작열하듯 뜨겁지 않고 봄바람처럼 선선했다. 투명한 바다가 항성 표면을 뒤덮고 바닷속에서 흔들리는 해초를 선명하게 볼 수 있었다…….

잠에서 깬 뒤 그녀가 피식 웃었다. 항공우주학을 전공한 그녀는 꿈에서도 DX3906에 행성이 없다는 걸 잊지 않았다.

별을 받은 지 나흘째 되던 날, 청신은 첫 미사일 발사를 참관하기 위해 PIA 관계자 몇 명과 케이프 커내버럴에 갔다(우주 발사 위치 때문에 대륙 간 탄도미사일을 원래 위치에서 발사하지 못하고 이곳에서 한꺼번에 발사해야 했다).

미사일이 남기고 간 꼬리가 구름 한 점 없이 맑은 밤하늘에 흩어지는 걸 보며 청신과 바디모프는 별 찾는 방법이 쓰인 종이를 펼쳤다. 두 사람 모두 천문학이 낯설지 않았으므로 금세 별의 위치를 찾을 수 있었다. 그런데 별이 보이지 않았다. 바디모프가 차에서 군용 망원경 두 개를 가져다가 그 방향을 살펴보자 DX3906을 쉽게 찾을 수 있었다. 일단 찾아놓은 뒤에는 망원경 없이 육안으로도 잘 보였다. 청신은 암적색 별빛에서 오랫동안 눈을 떼지 못했다. 헤아릴 수 없이 먼 곳을 상상하며 그 거리를 마음으로 더듬어보려 애썼다.

"제 뇌를 계단 프로젝트 비행체에 싣고 날아간다면 3만 년은 걸려야 저기에 도착하겠죠?"

대답이 돌아오지 않자 그녀가 고개를 돌렸다. 바디모프가 별을 보지 않고 차에 기대서서 전방을 응시하고 있었다. 어둠 속에서 우울한 그의 얼굴이 희미하게 보였다.

"왜 그러세요?"

청신의 물음에 바디모프가 한참 만에 입을 열었다.

"난 책임을 회피하고 있어."

"무슨 책임이요?"

"계단 프로젝트에 가장 적합한 사람은 바로 나야."

청신은 깜짝 놀랐다. 한 번도 그런 생각을 해보지 않았지만 그의 말을 듣고 보니 정말로 그랬다. 그는 우주에 관해 전문 지식을 가지고 있고 외교와 정보 분야에서 경험이 풍부하며 차분하고 성숙했다. 건강한 사람 중에 뽑는다면 그가 가장 적합했다.

"하지만 건강하시잖아요."

"그렇지. 그래도 회피하고 있다는 사실은 달라지지 않아."

"누가 은연중에 그런 얘길 했어요?"

청신은 제일 먼저 웨이드를 떠올렸다.

"아니. 어쨌든 책임에서 도피하고 있어. 3년 전 늦은 나이에 결혼해서 딸아이가 이제 겨우 한 살이야. 내겐 아내와 아이가 중요해. 죽는 게 두려워. 하지만 죽느니만 못하게 사는 나를 두 사람에게 보여주는 건 더 싫어."

"주임님에겐 아무 책임이 없어요. PIA도 러시아 정부도 그런 명령을 내리지 않았고 또 내릴 리도 없어요."

"그래. 그저 청에게 털어놓고 싶었어……. 실은 내가 제일 적합한 사람이라는 걸."

"인류는 추상적인 개념이 아니에요. 인류에 대한 사랑은 한 사람 한 사람의 사랑에서 시작돼요. 먼저 사랑하는 사람들에게 책임을 다하세요. 주임님은 아무 잘못도 없어요. 자책하지 마세요."

바디모프가 고개를 들어 청신의 별을 올려다보았다.

"위로 고마워. 청은 이런 선물 받을 자격이 있어. 나도 아내와 딸에게 별을 선물하고 싶군."

밤하늘에서 불빛 하나가 켜졌다. 잠시 후 또 하나가 켜지며 땅에 있는 사람의 얼굴을 비추었다. 우주에서 핵폭발 추진 실험이 진행되고 있었다.

계단 프로젝트에 참여할 사람을 찾는 일이 급해졌다. 청신은 몇 가지 사무적인 일에만 참여했기 때문에 큰 부담이 없었다. 탐사정 탑승 후보들의 우주학 지식 수준을 검증하는 것이 그녀의 주요 업무였다. 전문 지식은 가장 기본적인 자격 요건이었다. 안락사법이 통과된 3개 상임이사국의 불치병 환자 중에서 선택해야 했으므로 그들이 원하는 풍부한 우주학 지식을 가진 사람을 찾을 가능성은 희박했다. PIA가 여러 경로를 통해 가능한 한 많은 후보를 물색했다. 때마침 청신의 대학 동창이 뉴욕에 왔다가 그녀에게 연락했다. 오랜만에 만난 두 사람이 다른 동창들의 근황을 얘기하다가 윈톈밍의 이야기가 나왔다. 친구는 윈톈밍이 폐암 말기라는 걸 후원에게 들어 알고 있었다. 청신은 윈톈밍의 이야기를 듣고 길게 생각할 것도 없이 위웨이민 부국장을 찾아가 윈톈밍을 후보로 추천했다. 위웨이민이 계단 프로젝트 탑승자 선발을 책임지고 있었다.

청신은 훗날 그 순간을 수없이 회상하며 그때 자신이 너무 경솔했다는 걸 인정할 수밖에 없었다.

청신은 중국에 가기로 결정했다. 위웨이민이 동창인 그녀가 윈톈밍에게 직접 제안하는 게 좋겠다고 하자 그녀는 역시 길게 생각하지 않고 바로 받아들였다.

청신의 말을 다 듣고 난 뒤 윈톈밍은 병상에서 천천히 일어나 앉았다. 청신이 계속 누워 있으라고 하자 그가 무표정한 얼굴로 혼자 있고 싶다고 했다.

청신이 조용히 문을 닫고 나가자 그는 미친 사람처럼 히스테릭한 웃음을 터뜨렸다.

'이런 바보 천치! 윈톈밍! 너보다 더 멍청한 놈이 세상에 또 있겠어? 사랑하는 여자한테 별을 주면 그 여자가 널 사랑할 줄 알았어? 순진하게 눈

물 흘리며 태평양을 건너 널 구하러 올 줄 알았어? 동화 같은 소리! 청신은 널 죽이러 왔다고!'

뒤이어 떠오른 아주 쉬운 추측에 그는 숨이 넘어가게 웃었다.

청신이 도착한 시간으로 볼 때 그녀는 윈톈밍이 이미 안락을 선택했다는 것도 모르고 있었다. 다시 말해 윈톈밍이 안락을 선택하지 않았더라도 그를 꼬드겨 안락을 시켰을 것이란 얘기다.

아니, 그녀가 원하는 대로 죽는다면 그는 안락하게 죽을 수 없다.

그의 누나가 병원비 때문에 그를 안락시키려 한 것은 충분히 이해할 수 있다. 또 누나는 진심으로 그가 안락하게 죽길 바랐다. 하지만 청신은 그를 가장 비참하게 죽이려 하고 있었다. 그는 우주가 무서웠다. 항공우주학을 전공했으므로 우주가 위험하다는 걸 남들보다 더 잘 알고 있었다. 지옥이 땅 밑에 있는 게 아니라 하늘에 있다는 걸 알고 있었다. 그런데 청신은 그의 일부, 그것도 영혼이 담겨 있는 일부가 춥고 광활한 암흑의 심연 속에서 영원히 떠돌기를 바라고 있었다.

하지만 그럴 수 있다면 억세게 운이 좋은 편에 속했다.

청신의 바람대로 그의 뇌가 삼체인의 손에 들어가 부활한다면 그것이야말로 진정한 악몽일 것이다. 냉혹한 외계인들이 그의 뇌에 센서를 붙이고 각종 감각을 입력하는 실험을 할 것이다. 물론 그들이 가장 관심 있는 감각은 고통일 것이다. 그들은 그에게 굶주림, 갈증, 폭력, 화상, 질식 등의 감각을 차례로 체험하게 하고, 고문 의자, 전기 충격, 심지어 능지처참의 감각까지 주입할 것이다. 그의 기억을 검색해 그가 가장 두려워하는 고문이 무엇인지 찾아내고, 그것이 변태적인 시대의 역사 기록에 이미 등장했다는 사실도 알게 될 것이다. 먼저 사람을 살이 짓이기도록 두들겨 팬다음 전신을 붕대로 감고 하루가 지난 뒤에 붕대와 피딱지가 엉겨 붙으면 붕대를 가차 없이 풀어버리는 고문……. 그의 머릿속을 검색해 공포를 찾아낸 다음 붕대가 풀릴 때의 감각을 뇌에 주입할 것이다. 옛날에 실제로 그런 가혹한 형벌을 당한 사람은 금세 죽었지만 그는 죽지 않을 것이고 기껏해야 쇼크 상태에 그칠 것이다. 외계인들에게는 그 상태가 전원이 꺼진 것처럼 아무렇지도 않게 보여, 깨워서 또 해보고 또 한 번 해볼 것이다. 호기심 때문이거나 심심풀이로……. 손도 없고 몸도 없는 그는 벗어날 수도 없고 혀를 깨물고 죽지도 못한 채 배터리처럼 고통의 전류가 충전되고 방전되기를 영원히 반복할 것이다.

숨이 넘어갈 듯한 그의 웃음소리에 놀란 청신이 들어와 물었다.

"톈밍, 왜 그래?"

그가 웃음을 뚝 멈췄다.

"윈톈밍, UN PIA를 대표해서 물을게. 인류에 속한 한 인간으로서 책임을 다하기 위해 이 임무를 수행하겠니? 전적으로 네 선택에 따를게. 넌 거절할 수 있어."

윈톈밍이 그녀의 성스럽고 비장한 얼굴과 간곡한 기대가 담긴 눈동자를 쳐다보았다. 그녀는 인류 문명과 지구를 지키기 위해 싸우고 있었다. 그는 사방을 둘러보았다. 유리창으로 비껴 들어온 석양빛이 더러운 피처럼 새하얀 벽을 물들이고, 밖에 외롭게 서 있는 참나무는 무덤에서 뻗어나온 해골 같았다.

처연한 미소가 그의 입가에서부터 서서히 번졌다.

그가 말했다.

"좋아. 임무를 맡을게."

위기의 세기 5~7년, 계단 프로젝트

바디모프가 죽었다. 그의 차가 알렉산더해밀턴브리지의 난간을 뚫고 나가 할렘강으로 곤두박질쳤다. 차를 인양하는 데 하루가 걸렸다. 시신 부검 결과, 바디모프는 백혈병을 앓고 있었으며 그로 인한 망막 출혈로 갑작스러운 실명을 일으켜 교통사고가 난 것으로 밝혀졌다.

청신은 큰 슬픔에 빠졌다. 바디모프는 친오빠처럼 그녀를 보살펴주었고 타국 생활과 업무에 적응할 수 있도록 도와주었다. 청신은 특히 그의 넓은 아량에 감동했다. 청신은 항상 열정적으로 일하는 데다가 남달리 똑똑해 어딜 가나 주목받았다. 투철한 책임감 때문이라고는 해도 바디모프보다 더 두드러지는 건 어쩔 수 없었다. 하지만 그는 항상 너그러웠고 청신이 자신의 재능을 마음껏 발휘할 수 있도록 격려했다.

바디모프의 죽음에 대한 내부의 반응은 두 가지로 극명하게 나뉘었다. 전문 인력들은 청신처럼 상사의 죽음에 슬퍼한 반면, 냉정한 첩보요원들은 자기들끼리 있는 자리에서 바디모프의 시신이 물에 너무 오래 잠겨 있던 탓에 뇌를 쏠 수 없는 것을 아쉬워했다.

청신의 슬픔은 서서히 한 가지 의문으로 바뀌었다. 생각할수록 너무 공교로웠다. 처음 이런 생각이 들었을 때 그녀는 가슴이 선득했다. 이 사건의 배후에 어떤 음모가 있다면 그 어둠과 공포는 그녀가 감당할 수 없을 만큼 클 것이다.

기술계획센터의 의학 전문가에게 문의해보니, 인위적으로 백혈병을 일으키는 것이 가능했다. 그런데 방사능에 노출시킬 경우 백혈병을 일으킬 수는 있지만 피폭량과 노출 시간을 조절하기가 어렵다고 했다. 피폭량과 시간이 조금만 부족해도 발병하지 않고, 조금만 넘쳐도 피폭으로 급사할 수 있기 때문이다. 만약 바디모프가 PDC에서 안락사법 통과를 추진하고 있을 때 누군가 그에게 손을 썼다면 시간적으로 가능한 일이었다. 정말로 배후에 누군가 있다면 전문 지식을 가진 사람일 것이다.

고정밀 가이거계수기로 바디모프의 책상과 아파트를 검사했지만 이상한 점은 발견하지 못했다. 소량의 방사성 잔류물이 발견되었지만 모두 자연적으로 발생한 것임이 확인되었다. 바디모프의 베개 밑에 그의 아내 사진이 있었다. 아름다운 그녀는 그보다 열한 살 젊은 발레리나였다. 딸도 무척 귀여웠다. 바디모프가 직업적인 예민함 때문에 아내와 딸의 사진을 책상 위나 침대 머리맡에 두지 않는다고 말한 적이 있었다. 무의식중에 그렇게 하면 아내와 딸이 위험에 노출될 것 같아서 보고 싶을 때만 사진을 꺼내 본다고 했다. 청신은 그가 했던 말이 떠올라 가슴이 먹먹해졌다.

청신은 바디모프를 생각할 때마다 저절로 윈톈밍이 떠올랐다. 그는 후보 일곱 명과 함께 PIA 본부에서 그리 멀지 않은 비밀 장소에서 각종 테스트를 받고 있었다. 머지않아 그중 최종적으로 한 명이 선발될 것이다. 중국에서 윈톈밍을 만나고 온 뒤로 청신은 우울함을 떨칠 수가 없었다. 처음에는 보일 듯 말 듯 떠다니던 먹구름이 점점 짙어지더니 마음 전체를 뒤덮어버렸다.

처음 윈톈밍과 만났을 때를 회상했다. 대학교 1학년 초 같은 과 학생들이 차례로 자기소개를 하고 있을 때 조용히 구석에 앉아 있는 윈톈밍을 보았다. 보기만 했을 뿐인데 그의 내면을 가득 채운 고독감과 연약함을 느낄 수 있었다. 예전에도 외톨이인 남자를 본 적이 있지만 그런 감정을 느낀 적은 없었다. 그의 마음속을 몰래 훔쳐보는 기분이었다. 청신은 여자의 마음에 햇빛을 비출 수 있는 태양 같은 남자를 좋아했다. 윈톈밍은 그런 남자와는 정반대였지만 이상하게 그에게 마음이 끌렸다. 그와 얘기할 때도 행여 상처를 줄까 봐 조심스러웠다. 지금까지 어떤 남자에게도 그렇게 조심스러운 적이 없었다. 얼마 전 뉴욕에 온 동창에게 윈톈밍의 얘기를 들었을 때 그녀는 자신의 기억 속에서 그가 아주 깊은 곳으로 밀려나 있는 걸 알았다. 그의 얘기를 듣지 않았다면 기억나지 않을 만큼 깊숙이 처박혀 있었다. 그런데 그를 생각하자 깊은 곳에 파묻혔던 그가 아주 또렷하게 보였다.

그날 밤 청신은 악몽을 꾸었다. 자기 별의 바닷속 장밋빛 해초가 점점 검게 변하더니 이내 항성 전체가 오그라들어 블랙홀이 되었다. 우주가 푹 파인 것처럼 빛 한 점 없는 블랙홀이었다. 작은 형광 물체가 암흑의 인력에 붙들려 벗어나지 못하는 듯 블랙홀 주위를 돌고 있었다. 냉동된 뇌였다.

눈을 번쩍 떴다. 뉴욕의 야경 불빛이 스며든 커튼의 희미한 빛무리를 보며 불현듯 그녀는 자신이 무슨 짓을 했는지 깨달았다.

사실 그녀는 PIA의 요청을 윈톈밍에게 전달했을 뿐이고 그는 거절할 수 있었다. 그녀는 지구 문명 수호라는 숭고한 목적을 위해 그를 추천했다. 생명이 이미 막바지에 다다라 조금만 늦었어도 그는 세상을 떠났을 것이다. 그녀가 그를 구한 셈이기도 했다! 그녀는 양심에 부끄러운 일을 하지 않았다.

하지만 그녀는 이것이 바로 사람들이 말하던 '어머니를 매춘굴에 파는'

일이라는 걸 깨달았다.

동면 기술에 대해 생각했다. 이제 진정한 동면에 들어간 사람들이 있었다. 그중 대부분은 의료 기술의 발전을 기대하는 불치병 환자였다. 윈톈밍도 생존할 기회가 있었다. 그의 사회적 지위로는 동면 기회를 얻기가 어렵겠지만 그녀가 도와준다면 가능했을 것이다. 그녀가 그의 기회를 빼앗은 셈이었다.

다음 날 청신은 출근하자마자 웨이드를 찾아갔다. 처음에는 위웨이민을 찾아가려고 했지만 직접 국장에게 말하는 게 나을 것 같았다. 어차피 최종 결정을 내리는 건 그였으므로.

웨이드의 사무실에 갈 때마다 그는 손에 든 시가 불빛을 쳐다보고 있었다. 그가 전화 통화, 서류 검토, 대화, 회의 등 리더의 통상적인 업무를 수행하는 걸 거의 본 적이 없었다. 청신은 그가 언제 그런 일을 하는지도 알수가 없었다. 그녀가 볼 때마다 그는 말없이 깊은 생각에 빠져 있었다.

청신이 말했다.

"후보 5호는 자격 요건에 미치지 못하는 것 같습니다. 추천을 철회합니다. 후보 5호를 제명시켜주세요."

"왜지? 테스트에서 높은 성적을 받았는데."

청신은 속으로 놀랐지만 금세 냉정함을 되찾았다. 후보를 테스트할 때 먼저 특수 전신마취를 이용해 피검자의 신체 각 부위와 감각기관은 일시적으로 기능을 상실하고 의식만 또렷하게 유지되게 했다. 뇌가 신체에서 떨어져 독립적으로 존재하는 상태를 설정하는 것이다. 주로 심리검사로 외계 환경에 적응하는 능력을 확인하는 테스트였다. 하지만 검사자도 삼체 함대의 내부 환경을 모르기 때문에 추측으로 시뮬레이션할 수밖에 없다. 한마디로 냉혹한 테스트였다.

청신이 말했다.

"학력이 너무 낮아요."

"자넨 학력은 높지만 자네 뇌는 이 임무를 제대로 수행하지 못할 거야."

"성격도 괴팍해요. 그렇게 괴팍한 사람은 처음 봤어요. 환경에 적응할 능력이 전혀 없어요."

"그게 5호의 제일 큰 장점이지! 자네가 말하는 환경이란 인간의 환경이야. 환경에 잘 적응한다는 건 환경에 대한 의존도가 높다는 뜻이기도 해. 그런 사람은 인류의 환경과 관계를 끊고 낯선 외계 환경에 들어가면 심리적으로 버티지 못하고 무너질 확률이 높아. 자네가 바로 그 좋은 예지."

청신은 그의 말이 옳다는 걸 부인할 수 없었다. 그녀는 외계 환경은커녕 그런 테스트도 버텨내지 못할 것이다. 사실 PIA의 최고 책임자가 말단 부하 직원의 말을 듣고 계단 프로젝트의 후보를 제명시킬 가능성이 희박하다는 걸 그녀도 알고 있었다. 하지만 이대로 포기할 수는 없었다. 어떤 대가를 치르더라도 그를 돕고 싶었다.

"다른 건 차치하더라도 그는 오랫동안 외톨이로 지냈기 때문에 인류에 대한 책임감이 전혀 없어요. 누굴 사랑할 줄도 몰라요."

이 말이 사실인지는 청신 자신도 의심스러웠다.

"지구에서 그가 미련을 품고 있는 게 있지."

웨이드의 시선은 시가 끝에 고정돼 있었지만 청신은 그의 눈빛이 시가 끝에 반사되어 검붉은 불꽃의 에너지를 안고 자신을 향하고 있는 것 같았다. 다행히 웨이드는 이 화제에 관해 깊이 파고들지 않았다.

"5호가 가진 또 다른 장점은 창의성이야. 전문 지식은 부족하지만 창의성으로 보완하고도 남지. 그의 작은 아이디어 하나가 자네 동창을 억만장자로 만들었다는 걸 아나?"

청신도 방금 후보들의 자료를 보고 그 일을 알았다. 하지만 자신에게 별을 선물한 사람이 후원일 리 없다고 확신했다. 그는 그런 사람이 아니었다. 그가 만약 그녀에게 사랑을 표현하려고 했다면 비싼 자동차나 다이아몬드 목걸이를 주었으면 주었지, 결코 별을 선물할 사람이 아니었다.

"필요한 기준을 적용하면 모든 후보가 자격에 한참 미달이야. 하지만 어쩔 수 없지. 자네 덕분에 5호에 대한 믿음이 더 확고해졌어. 고맙군."

웨이드가 시가에서 시선을 들어 예의 그 엷은 냉소를 머금고 청신을 바라보았다. 그는 또다시 그녀의 절망과 고통을 즐기고 있었다.

하지만 청신은 희망을 완전히 버리지 않았다. 그녀는 계단 프로젝트 후보자 서약식에 참석했다. 위기가 출현한 뒤 개정된 우주 협약에 따르면, 경제 개발, 이민, 과학 연구 등을 위해 지구의 자원을 태양계 밖으로 가지고 나가려는 사람은 반드시 인류에게 충성하겠다는 서약을 해야 했다. 미래를 위해 만들어진 조약이었다.

서약식은 UN 총회장에서 열렸다. 몇 개월 전 발표한 면벽 프로젝트와 달리 이 서약식은 외부에 공개하지 않고 소수만 참석했다. 계단 프로젝트의 후보 일곱 명과 서약식을 주재할 UN 사무총장, PDC 의장이 참석했으며, 청중석의 맨 앞 두 줄에만 청신을 포함해 계단 프로젝트에 참여한 PIA 관계자가 앉았다.

서약 절차는 간단했다. 서약자가 UN 사무총장이 들고 있는 UN기 위에 손을 올려놓고 정해진 서약문을 읽었다. 인류 사회에 영원히 충성할 것이며 우주에서 인류에 해를 끼치는 일을 절대로 하지 않겠다는 내용이었다.

서약은 후보자의 일련번호에 따라 진행했다. 윈톈밍은 앞에서 다섯 번째였다. 그의 앞에 미국인 두 명과 러시아인 한 명, 영국인 한 명이 서고, 그의 뒤에는 미국인과 중국인이 섰다. 후보자 모두 병색이 역력하고 그중 둘은 휠체어를 타고 있었지만 정신은 또렷했다. 그들의 생명은 기름이 거의 바닥난 등불의 마지막 심지처럼 밝게 타오르고 있었다.

청신은 윈톈밍을 쳐다보았다. 지난번보다 더 초췌했지만 차분해 보였다. 윈톈밍은 청신이 있는 쪽으로 시선을 돌리지 않았다.

윈톈밍 앞에 있는 네 사람의 서약은 순조로웠다. 그중 휠체어를 타고 있는 미국인은 췌장암을 앓고 있는 오십대 물리학자였다. 그는 휠체어에서 비틀거리며 일어나 혼자 힘으로 사무총장 앞에 가서 서약했다. 가냘프지만 집념에 찬 그들의 목소리가 텅 빈 회의장에 희미하게 메아리쳤다. 영국인이 UN기 대신 성경에 서약할 수 있느냐고 물어보는 탓에 잠시 서약식이 중단되었지만 허락이 떨어지자 성경 위에 손을 얹고 서약한 다음 윈톈밍의 차례가 되었다.

청신은 비록 무신론자지만 방금 영국인이 손을 올렸던 성경을 품에 안고 간절히 기도하고 싶었다.

'톈밍, 서약해. 인류에 충성하겠다고 서약해. 넌 해야 해. 넌 책임감이 강하고 누굴 사랑할 줄도 아는 남자잖아. 웨이드 말처럼 이 지구에 네가 미련 품고 있는 게 있잖아.'

윈톈밍이 사무총장석으로 올라가 UN기를 들고 있는 세이 앞에 서는 것을 보고 초조해진 청신은 눈을 감았다.

그런데 윈톈밍의 서약이 들리지 않았다.

윈톈밍은 세이의 손에 있는 UN기를 가져다 연설대에 올려놓았다.

"저는 서약하지 않겠습니다. 저는 이 세계에서 아웃사이더입니다. 여기서 행복과 즐거움을 얻지 못했고 사랑도 얻지 못했습니다. 물론 다 제 탓이지만……."

마치 자신의 처량한 일생을 회상하듯 그의 두 눈은 살짝 감겨 있고 말투는 담담했다. 연단 아래 있는 청신은 최후의 심판을 듣는 것처럼 몸이 약하게 떨렸다.

윈톈밍이 차분한 말투로 말했다.

"서약하지 않겠습니다. 제가 인류에게 책임이 있다는 걸 인정하지 않겠습니다."

"그럼 어째서 계단 프로젝트에 참여했나요?"

세이가 물었다. 그녀의 목소리는 온화했고 윈톈밍을 바라보는 시선도 평온했다.

"다른 세계를 보고 싶습니다. 인류에 충성할 것인지 말 것인지는 삼체 문명을 본 뒤에 결정하겠습니다."

세이가 고개를 끄덕이며 담담하게 말했다.

"아무도 서약을 강요하지 않아요. 내려가세요. 자, 다음 분."

그 순간 청신은 얼음 동굴에 떨어진 듯 진저리를 쳤다. 아랫입술을 깨물고 흘러나오려는 눈물을 참았다.

윈톈밍이 마지막 테스트를 통과했다.

앞자리에 앉아 있던 웨이드가 고개를 돌려 청신을 보았다. 더 깊은 절망과 고통을 감상하던 그가 눈빛으로 말했다.

'그의 자질을 직접 봤지?'

청신이 되물었다.

'하지만…… 그의 말이 진심이라면요?'

'우리가 그렇게 믿으면 적도 그렇게 믿겠지.'

웨이드가 몸을 돌렸다가 무슨 생각이 난 듯 다시 고개를 돌려 청신을 흘긋 쳐다보았다.

'참 재밌는 게임이야, 그렇지?'

뜻밖의 일이 일어났다. 마지막 후보는 마흔세 살의 미국인 조이너였다. 그녀는 에이즈에 걸린 NASA 엔지니어였다. 그녀도 서약을 거부했다. 그녀는 억지로 떠밀려 이곳에 왔다고 했다. 거절하면 주변의 멸시를 받다가 가족에게 버림받은 뒤 병원에서 죽을 날만 기다리게 될 것 같아서. 조이너의 말이 사실인지도, 그녀가 윈톈밍의 영향을 받았는지도 알 수 없었다.

그런데 다음 날 밤늦게 조이너의 병세가 급격히 악화되었다. 감염에 의한 폐렴으로 호흡이 느려지더니 이른 새벽 숨을 거두고 말았다. 병사였기 때문에 정상적인 절차에 따라 그녀의 뇌를 산 채로 급속 냉동하지 못했다. 이미 산소 부족으로 사망했기 때문에 쓸 수가 없었다.

결국 윈톈밍이 계단 프로젝트의 임무를 수행할 사람으로 선발되었다.

마지막 순간이 왔다. 청신은 윈톈밍의 병세가 급격히 악화되어 뇌 절제 수술을 해야 한다는 통지를 받았다. 수술은 웨스트체스터병원 신경외과에서 진행되었다.

청신은 병원 밖에서 서성였다. 들어갈 수도 없고 돌아갈 수도 없어서 그 자리에 선 채로 고통을 곱씹었다. 함께 온 웨이드가 성큼성큼 병원으로 들어가다가 우뚝 멈춰 서더니 청신의 고통을 몇 초쯤 감상한 뒤 흡족한 표정으로 치명적인 일격을 날렸다.

"참, 자네가 기뻐할 소식이 있어. 자네의 그 별 말이야. 그걸 선물한 사람이 바로 윈톈밍이라더군."

청신이 그 자리에서 굳어졌다. 주위의 모든 것이 눈앞에서 빠르게 변하고 감정의 격랑이 그녀를 집어삼킬 듯 덮쳤다.

청신은 병원으로 달려 들어갔다. 정문을 지나 긴 복도를 미친 듯이 달리다가 신경외과 밖에서 보안요원 두 사람에게 저지당했다. 발버둥 쳤지만 붙들려 꼼짝도 할 수 없었다. 보안요원에게 직원증을 보여주고 풀려나 수술실로 달려갔다. 수술실 밖에 서 있던 사람들이 미친 듯이 달려오는 그녀를 보고 길을 터주자, 그녀가 붉은 등이 켜진 수술실 문을 밀치고 들어갔다.

모든 게 끝난 뒤였다.

흰옷을 입은 사람들이 일제히 그녀를 쳐다보았다. 시신은 이미 다른 문을 통해 옮겨지고 있었다. 정중앙의 선반 위에 약 1미터 높이의 원기둥형 스테인리스 단열 용기가 놓여 있었다. 방금 밀폐를 마친 용기에서 넘쳐나온 초저온 액체헬륨의 백색 증기도 다 사라지기 전이었다. 백색 증기가 용기 외벽을 따라 작은 폭포처럼 쏟아져 내리다가 선반 표면에 닿으면 사라졌다. 백색 증기에 에워싸인 용기가 이 세상 물건이 아닌 것 같았다.

선반으로 다가가자 그녀가 몰고 온 기류에 차가운 증기가 흩어졌다. 한기가 그녀를 감싸 안는 듯하다가 이내 사라졌다. 그녀는 자신을 따라온 어떤 것이 자기 곁을 떠나 다른 차원의 시공으로 날아가는 것 같았다. 영영 되찾을 수 없을 것이다. 청신이 액체헬륨 용기 앞에 엎드려 울음을 터뜨렸다. 그녀가 토해낸 슬픔이 수술실을 가득 채우고, 병원 전체로 퍼져나가 뉴욕 전체를 침잠시켰다. 비통한 바다가 차올라 그녀를 질식시켰다.

얼마나 시간이 흘렀을까. 청신은 누군가의 손이 어깨에 놓인 것을 느꼈다. 아까부터 놓여 있었지만 이제야 느낀 것이다. 그녀에게 말하는 목소리도 들렸다. 아까부터 말하고 있었지만 그녀가 이제야 들었을 것이다.

"희망이 있어요."

노쇠하고 느린 목소리가 되뇌었다.

"희망이 있어요."

청신은 숨도 쉬기 힘들 만큼 오열했지만 그 목소리가 점점 흐느낌 사이로 파고들었다. 예상했던 공허한 위로가 아니었다.

"생각해봐요. 뇌가 다시 깨어날 수 있다면 그걸 담는 가장 이상적인 용기는 뭘까요?"

청신은 눈물이 그렁그렁한 얼굴을 들어 올렸다. 눈물 때문에 말하는 이의 모습이 어룽져 보였다. 백발이 성성한 노인은 하버드 의과대학의 신경외과 권위자이자 뇌 절제 수술을 한 주집도의였다.

"뇌의 모든 세포에 이 뇌가 속했던 몸의 모든 유전자가 들어 있어요. 그들이 몸을 복제해서 뇌를 다시 이식할 수 있을 거예요. 그러면 다시 온전한 사람이 되겠죠."

청신은 앞에 있는 초저온 용기를 멍하니 쳐다보았다. 두 줄기 눈물이 뺨을 타고 흘러내렸다. 갑자기 생각난 듯 불쑥 던진 그녀의 물음에 모두가 놀랐다.

"그럼 그는 뭘 먹죠?"

그녀가 밖으로 뛰어나갔다. 들어올 때처럼 다급해 보였다.

다음 날 청신은 웨이드의 사무실을 찾아갔다. 그녀가 불치병에 걸린 후 보자들만큼이나 초췌한 얼굴로 편지봉투를 내밀었다.

"탐사정에 이 종자들을 실어주세요."

웨이드가 봉투를 거꾸로 쏟자 작은 비닐 10여 개가 우르르 쏟아졌다. 그가 흥미롭다는 듯 하나씩 들여다보았다.

"밀, 옥수수, 고구마. 그리고…… 채소 몇 가지군. 이건 고추인가?"

청신이 고개를 끄덕였다.

"톈밍이 고추를 좋아했어요."

웨이드가 그것들을 다시 봉투에 담아 그녀에게 내밀었다.

"안 돼."

"왜죠? 18그램밖에 안 된다고요!"

"0.18그램의 무게도 줄여야 해."

"그의 뇌가 18그램 더 나가는 셈 치면 되잖아요!"

"조금이라도 무거우면 최종 속도가 떨어지고 그러면 적의 함대를 만나는 것도 몇 년 늦어져. 게다가, 그건 뇌야. 입도 없고 위는 더더욱 없지. 이걸 어디다 쓰지? 복제 같은 터무니없는 얘긴 믿지 마. 그들은 뇌를 인큐베이터에 보관할 거야."

웨이드의 입가에 싸늘한 미소가 번졌다.

청신은 웨이드의 시가를 빼앗아 그의 얼굴에 던져버리고 싶은 충동을 애써 누르며 봉투를 받았다.

"국장님보다 높은 사람에게 부탁할 거예요."

"소용없을 거야. 그다음엔 어떻게 할 건가?"

"사표를 낼 거예요."

"그건 안 돼. PIA는 아직 자네가 필요해."

청신도 싸늘하게 웃었다.

"아무도 날 막지 못해요. 국장님을 진정한 상사로 생각한 적이 한 번도 없으니까."

"그건 나도 알아. 하지만 내 허락 없인 아무것도 못 해."

청신이 몸을 홱 돌려 밖으로 나가려는데 등 뒤에서 그의 목소리가 들렸다.

"계단 프로젝트가 성공하려면 윈톈밍을 잘 아는 사람이 미래로 가야 해."

청신은 걸음을 우뚝 멈추었다.

"PIA 사람이어야 하지. 자네가 가겠나? 자, 이제 사표를 내도 좋아."

청신은 문 쪽으로 아주 느리게 몇 걸음 더 내딛다가 이내 멈춰 섰다.

웨이드가 말했다.

"선택을 분명히 해."

"미래로 가겠어요."

청신은 문고리를 붙잡은 채 고개도 돌리지 않고 힘없이 말했다.

계단 프로젝트에 참여한 탐사정의 복사세일이 지구 정지궤도에서 펼쳐졌다. 청신은 그때 처음이자 마지막으로 탐사정을 보았다. 25제곱미터의 거대한 세일이 햇빛을 북반구로 반사했다. 청신은 상하이로 돌아와 있었다. 그녀는 깊은 밤 칠흑같이 어두운 하늘 위에 나타났다가 5분 뒤 서서히 사라지는 오렌지색 빛무리를 보았다. 우주에 어떤 눈 하나가 나타나 지구를 흘긋 쳐다본 뒤 눈을 감는 것 같았다. 그 후 가속 과정은 육안으로는 보이지 않았다.

청신에게 유일한 위안은 탐사정에 종자가 실려 있다는 것이었다. 그녀가 준 것이 아니라 우주 육종 전문가들이 엄격하게 고른 종자였다.

9.3킬로그램의 세일과 직경 45센티미터의 구형 탐사정이 500킬로미터 길이의 거미줄 케이블 네 개로 연결되었다. 탐사정의 표면은 증발하며 열을 분산시키는 재질로 뒤덮여 있어 발사 때 850그램이었던 무게가 가속 구간에서는 510그램으로 줄어들었다.

가속 구간은 지구에서 목성 궤도까지였으며 이 구간의 항로 위에 당량이 각기 다른 1004개의 핵탄두가 떠 있었다. 이 중 3분의 2는 핵탄두고 나머지는 수소폭탄이었다. 이 폭탄은 말하자면 우주 지뢰였다. 비행체가 핵지뢰의 폭발을 유도하며 가속이 이루어졌다. 이 밖에도 여러 대의 우주선이 가속 구간을 돌며 비행체의 항해 방향과 속도를 관측해 핵탄두의 위치를 조정했다. 핵폭발의 섬광이 박동하는 심장처럼 세일 뒤에서 일정한 간격으로 나타났다 사라지고 핵폭풍이 이 가벼운 깃털을 강하게 추진시켰다. 목성 궤도에 접근해 997번째 핵탄두가 폭발할 때 비행체가 예정 속도인 광속의 1퍼센트에 도달했는지 측정했다.

그런데 이때 고장이 발생했다. 감측 시스템으로 세일 반사광의 주파수 스펙트럼을 분석한 결과 세일이 구부러지고 있었다. 케이블 중 하나가 끊어진 것 같았다. 케이블 한 개가 끊어진 뒤 998번째 핵탄두가 폭발하면서 나머지 케이블 세 개가 잘못된 분속도*를 받아 예정된 항로를 벗어난 것

* 옮긴이 주: 특정 방향에 대한 속도 벡터의 성분.

이다. 세일이 구부러지면서 레이더를 반사하는 면적이 급격히 줄어들자, 감측 시스템이 비행체를 놓치고 비행체의 궤도 매개변수를 잃어버렸다. 인류는 영원히 그걸 되찾을 수 없었다. 처음에는 작은 차이지만 시간이 갈수록 점점 오차가 커졌다. 비행체의 예정된 항로에서 멀어질수록 삼체 함대에게 포획될 가능성도 줄어들었다. 마지막으로 포착된 비행체의 대략적인 방향에 따르면 6000여 년 뒤 어떤 항성을 지나고 500만 년 뒤 은하계 밖으로 나갈 것으로 예상되었다.

하지만 계단 프로젝트는 적어도 절반의 성공은 거둔 셈이었다. 인간이 비행체—비록 깃털만큼 가볍지만—를 상대론적 속도에 거의 근접한 속도로 추진하는 데 성공했기 때문이다.

청신도 미래로 갈 필요가 없어졌다. 그녀는 계단 프로젝트가 완전히 바꿔놓은 인생을 계속 살아야 할 것 같았다. 하지만 PIA는 그녀를 동면시켰다. 그녀의 신분이 계단 프로젝트의 미래 연락원으로 변경되었다. 2세기 뒤 인류에게 우주 항해에 관한 도움을 주기 위해서는 이 계획을 잘 아는 사람이 필요했다. 죽은 자료만으로는 부족했다. 어쩌면 그녀를 미래로 보낸 진정한 목적은 미래 사람들이 계단 프로젝트를 잊거나 오해하지 않도록 예방하려는 것일 수도 있다. 같은 시기에 다른 대형 프로젝트에서 미래로 연락원을 보낸 것도 모두 같은 목적이었다.

만약 오랜 세월이 흘러 미래의 누군가가 그들을 평가하게 된다면 세월이 만든 오해를 해명할 수 있는 사람을 보내두는 것이 안전했다.

냉기에 휘감긴 청신은 쇠미해지는 의식 속에서 한 가닥 위안을 느꼈다. 자신도 윈텐밍처럼 끝없는 어둠 속을 표류하게 되었다는 것을 말이다……

2장

위협의 세기 12년, 청동시대호

청동시대호에서 육안으로 지구를 볼 수 있었다. 감속 항해를 할 때 선미가 지구 쪽을 향하면 사람들은 선미 광장으로 모여들어 넓은 창문을 통해 지구를 바라보았다. 지구는 그저 작은 별이고 은은한 푸른빛만 볼 수 있었다. 마지막 감속이 시작되고 행성 간 항해 엔진이 켜지자 무중력상태로 광장에서 떠다니고 있던 사람들이 낙엽처럼 속속 모여들어 거대한 선창 유리에 바짝 붙었다. 인공중력이 서서히 강해지다가 지구중력인 1G에서 멈추면 선창이 지면이 되었다. 선창 위에 엎드린 사람들에게는 이 중력이 지구의 포옹처럼 느껴졌다. 선창 유리가 회음벽*처럼 사람들의 소리를 전달했다.

"집에 간다!"

---

* 옮긴이 주: 둥글게 곡선을 이루며 이어지는 벽으로 한쪽 끝에서 작은 소리로 말해도 다른 쪽 끝에서 잘 들을 수 있음.

"집에 간다!"

"아이를 볼 수 있어!"

"이제 아이를 가질 수 있어!"*

"그녀가 날 기다린다고 했어."

"돌아가면 눈에 차지 않을걸? 자넨 인류의 영웅이니까 여자들이 새 떼처럼 몰려들겠지."

"마지막으로 새 떼를 본 게 언제더라?"

"옛날 생각하면 꿈만 같아."

"지금이 차라리 꿈같지."

"우주가 무서워."

"나도 무서워. 돌아가자마자 전역할 거야. 작은 농장에서 일하면서 죽을 때까지 땅에서 살고 싶어."

지구 함대가 장렬하게 산화된 후 14년이 지났다. 태양계 양끝에서 벌어진 어둠의 전쟁에서 살아남았지만 함대와 지구의 교신이 끊겼다. 하지만 그 후 1년 반 동안 청동시대호는 지구에서 발사한 많은 신호를 받을 수 있었다. 대부분은 지구 표면의 방송과 통신 내용이 흘러나온 것이었지만 선명한 우주 통신도 있었다. 그런데 위기의 세기 208년 11월 초의 어느 이틀 동안, 지구에서 흘러나오던 전자파가 완전히 사라졌다. 툭 꺼져버린 전등처럼 지구의 모든 주파수대가 고요해졌다.

---

* 청동시대호가 태양계를 떠날 때 제정된 법에 따라 우주선에서 사망자가 있을 때만 새로 아이를 낳을 수 있다.

《시간 밖의 과거》 발췌

암흑의 숲 공포증

우주가 암흑의 숲이라는 사실을 인류가 알게 된 후 모닥불 옆에서 큰 소리로 외치던 아이는 허겁지겁 불을 끄고 어둠 속에서 몸을 떨었다. 아이에게는 화성마저 두려운 존재가 되었다.

처음 이틀 동안은 민간 이동통신까지 모두 금지되었고 지구상에 있는 대부분의 통신기지가 강제로 폐쇄되었다. 예전 같으면 대혼란이 일어났겠지만 이번에는 모두 이해하고 찬성했다. 비록 이성을 되찾고 이동통신도 회복되었지만 전자파 발사에 대한 통제는 과거 그 어느 때보다 엄격했다. 모든 무선통신이 아주 낮은 출력으로 제한되었고 이 출력을 초과하는 발사는 반인류죄로 처벌받을 수 있었다.

하지만 사람들은 이렇게 과도한 반응이 무의미하다는 것을 내심 알고 있었다. 지구의 전자기 신호가 우주로 가장 많이 새어나간 것은 아날로그 신호 시대였다. 수많은 텔레비전과 무선 라디오 신호가 높은 출력으로 발사되었다. 디지털통신 시대로 접어들어 광섬유와 케이블을 이용한 통신이 시작되면서 통신 출력이 아날로그통신보다 낮아지자 지구에서 우주로 나가는 전자기 신호가 급격히 줄어들었다. 삼체 위기가 닥치기 전 어떤 학자는 외계 친구들이 지구를 발견하기가 점점 힘들어지고 있다며 걱정하기도 했다.

사실 전자파는 우주에서 가장 원시적이고 출력이 낮은 정보 전달 수단이다. 우주에서 전자기 정보가 급감하고 기형적으로 바뀌어 달라지자 지구에서 새어 나오는 전자기 정보가 2광년 밖으로 나가지 못했다. 예원제(葉文潔)가 고안해낸 항성급 출력의 발사를 써야만 행성 간 감청자가 그 신호를 받을 수 있었다.

인류의 기술이 발달하면서 중성미자와 중력파라는 고효율의 우주 정보 전달

기술이 등장했다. 이 가운데 후자가 인류가 삼체 세계를 위협하는 주요 수단이 되었다.

암흑의 숲 이론은 인류 문명에 깊은 영향을 미쳤다. 모닥불의 타버린 재 옆에 있던 아이는 낙천적인 성격이 사라지고 점점 괴팍하고 폐쇄적인 성격으로 변해 갔다.

지구의 전자기 신호가 갑자기 사라진 원인에 대해 청동시대호 탑승자들은 대부분 태양계가 삼체인에게 점령되었을 것이라고 추측했다. 청동시대호는 속도를 높여 지구형행성을 가진 26광년 밖 항성을 향해 열심히 나아갔다.

그런데 열흘 뒤 갑자기 우주 함대 사령부가 보낸 전파 신호가 수신되었다. 청동시대호와 태양계의 다른 쪽 끝에 있는 블루스페이스호를 향해 동시에 발송된 이 신호는 지구에서 발생한 일에 대해 설명하고 인류가 삼체 세계를 위협하는 데 성공했으므로 지구로 귀환하라는 내용이었다. 마지막으로 이 신호가 위험을 무릅쓰고 발사된 것이므로 재발송되지 않을 것임을 강조했다.

청동시대호는 이 신호를 믿을 수가 없었다. 태양계 점령자들이 놓은 함정일 가능성도 있었다. 그들은 지구로의 귀환을 고려해 가속을 멈추고 지구를 향해 계속 질문을 보냈지만 지구는 아무런 대답 없이 전자기 침묵 상태를 유지했다.

청동시대호가 다시 가속하려 하자 신기한 일이 일어났다. 삼체 세계에서 온 한 지자가 우주선 안에서 저차원 펼침을 한 뒤 청동시대호와 태양계 사이에 양자 통신 채널을 구축해준 것이다. 이로써 지구에서 받은 신호가 사실임이 입증되었다.

청동시대호의 우주군 병사들은 최후의 전쟁에서 살아남은 자신들이 인류의 영웅이 되었고 지구 세계 전체가 자신들의 귀환을 손꼽아 기다리고 있다는 사실을 알았다. 함대 사령부는 청동시대호에 탑승한 군대 전체에 최고 영예의 훈장을 수여하겠다고 했다.

청동시대호는 즉시 지구로 방향을 틀었다. 청동시대호는 태양에서 2300천문단위 떨어진 카이퍼 벨트를 벗어나 있었지만 오르트 구름까지는 아직 멀고도 멀었다. 최고 항속에 가깝게 항해하고 있었으므로 다량의 열핵연료를 소모해 감속한 뒤에야 태양계 쪽으로 약간 낮은 속도로 항해할 수 있었고 지구까지는 11년이 걸렸다.

전방에 작고 하얀 점이 나타나더니 빠르게 또렷해졌다. 청동시대호를 마중 나온 전함 그래비티호였다.

그래비티호는 최후의 전쟁 이후 지구에서 건조된 첫 항성급 전함이었다. 행성급 우주선의 외형이 점점 다양해졌다. 일반적으로 대형 우주선은 몇 개의 모듈을 여러 가지 형태로 조합해서 만들었지만, 그래비티호는 군더더기 없는 백색 원기둥 형태였다. 매끈한 원기둥이 비현실적인 느낌을 주었다. 슈퍼모델링 프로그램이 우주를 모니터 삼아 그려낸 기본 도형 같기도 하고, 현실 속의 실체가 아니라 플라톤의 이상 세계에 나오는 하나의 원소 같기도 했다. 청동시대호 사람들이 지구의 중력파 안테나를 볼 수 있다면 이 우주선이 그 안테나의 거의 완벽한 복제품임을 알 수 있을 것이다. 사실 그래비티호의 함체가 중력파 안테나였다. 우주선 자체가 행성 간 항해가 가능한 중력파 발사기와 같아서 지구상에 있는 발사기처럼 우주의 여러 방향으로 중력파 신호를 보낼 수 있었다. 이 거대한 중력파 발사 장치가 바로 인류가 삼체 세계에 암흑의 숲 위협을 가하는 무기였다.

두 전함이 하루 동안 나란히 항해한 뒤 청동시대호가 그래비티호의 호위를 받으며 지구의 정지궤도로 들어갔다. 청동시대호가 서서히 우주선

기지로 진입하자 기지 내부의 넓은 생활 구역이 보였다. 올림픽 개막식이나 메카의 성지를 연상시킬 만큼 수많은 사람이 인산인해를 이루고 있었다. 화려한 색의 눈송이가 전함을 향해 날아왔다. 사람들이 전함을 향해 던진 꽃이었다. 전함에 탄 사람들은 양쪽을 가득 메운 인파 속에서 가족의 얼굴을 찾으려 빠르게 눈을 움직였다. 사람들이 뜨거운 눈물을 흘리며 환호하고 있었다.

청동시대호가 미세하게 진동하다가 완전히 멈추었다. 함장이 함대 본부에 상황을 보고하고 당직 인원을 전함 안에 남겨두겠다고 했지만 가족이 기다리고 있으니 전원 하선하라는 명령이 내려왔다. 대령 하나가 교대 인력을 데리고 전함에 올랐다. 그들은 전함에 타고 있던 군인들과 일일이 포옹하며 재회의 눈물을 흘렸다. 그들의 군복만 봐서는 어느 함대 소속인지 알 수가 없었다. 그들은 태양계 함대가 새로 창설되었으며 청동시대호 탑승자들을 포함해 최후의 전쟁에 참전했던 영웅들이 태양계 함대의 주력 부대가 될 것이라고 설명했다.

대령이 말했다.

"우리 생전에 삼체 세계를 정복하고 인류를 위해 두 번째 태양계를 개척할 겁니다!"

누군가 외우주는 너무 무섭다며 다시는 지구를 떠나고 싶지 않다고 하자 대령이 말했다.

"물론 여러분은 인류의 영웅이므로 앞으로의 생활을 선택할 권리가 있습니다. 하지만 조금 쉬고 나면 생각이 바뀔 겁니다. 이 위대한 전함이 다시 출발하는 것을 보고 싶군요."

청동시대호의 군인들이 전함을 빠져나오기 시작했다. 모든 군인이 긴 통로를 지나 우주선 기지의 생활 구역으로 들어갔다. 눈앞이 환해졌다. 전함 내부와 비교할 수도 없을 만큼 신선한 공기에서 비 갠 후의 달콤한 향기마저 느껴졌다. 푸른 지구를 배경으로 환영 인파의 환호성이 넓은 공간을 가득 채웠다.

대령의 요구에 따라 함장이 인원 점검을 했다. 대령은 탑승자의 이름을 두 번씩 호명해 전원이 내렸는지 확인해줄 것을 요구했다.

갑자기 정적이 감돌았다. 주위를 에워싼 인파는 그대로였지만 숨소리 하나 들리지 않았다. 대령의 목소리가 매우 크게 울렸다. 입가에는 아직 따뜻한 미소가 남아 있지만 기이한 정적 속에서 그의 목소리가 서슬 퍼런 검처럼 날카롭게 들렸다.

"이제 선포한다. 그대들은 이미 군적을 박탈당했다. 그대들은 더 이상 태양계 함대 소속이 아니지만 그대들이 함대에 안긴 치욕은 영원히 씻기지 않을 것이다. 그대들은 가족을 만날 수 없다. 가족이 만나기를 거부할 것이다. 그대들의 부모는 그대들을 부끄러워하고, 그대들의 배우자는 이미 떠났다. 그대들의 자식이 사회에서 차별받지는 않았지만 십수 년간 수치심을 안고 자랐으며 그대들을 증오하고 있다. 그대들은 함대 세계의 사법 시스템으로 넘겨졌다!"

대령이 말을 마친 뒤 수행장교 몇 명과 자리를 뜨자 광장을 메웠던 인파도 사라지고 주위가 컴컴해졌다. 서치라이트 몇 줄기가 광장을 훑고 지날 때마다 그들을 포위하고 있는 무장 헌병들이 보였다. 광장과 주위의 계단까지 가득 채웠고, 모든 총구가 중앙을 향했다. 누군가 고개를 돌려 청동시대호를 쳐다보았다. 전함 주위에 떨어져 있는 꽃다발은 모두 진짜였다. 흩날리는 꽃잎 속에서 타고 온 전함이 장례를 기다리고 있는 거대한 관처럼 보였다.

신고 있던 마그네틱 부츠의 자력이 사라져 몸이 허공으로 떠올랐다. 흔들리는 과녁처럼 허공에서 허우적거리고 있는 그들을 향해 어디선가 싸늘한 목소리가 날아왔다.

"가지고 있는 모든 무기를 내놓아라! 모두 협조해주기 바란다. 협조하지 않는 자는 생명의 안전을 보장받을 수 없다. 그대들을 일급 살인죄와 반인류죄로 체포한다."

위협의 세기 13년, 심판

청동시대호 사건의 재판은 태양계 함대의 군사 법정에서 진행되었다. 법정은 지구 정지궤도의 함대 기지에 있었다. 함대 세계의 본거지는 화성과 소행성대, 목성 궤도에 있었지만 지구 세계의 관심이 주목된 사건이기 때문에 지구에서 가까운 곳에 법정을 설치했다. 지구에서 온 방청객들을 배려해 기지를 회전시켜 중력을 발생시켰다. 법정의 커다란 선창으로 푸른 지구와 눈부신 태양, 은하수의 찬란한 별빛이 번갈아 나타났다. 변화무쌍한 배경 속에서 청동시대호 사건의 재판이 시작되었다. 재판은 한 달 동안 계속되었으며 다음은 재판 기록 중 일부다.

—닐 스콧, 남, 45세, 대령, 청동시대호의 함장

판사 : 양자호에 대한 공격을 결정하던 과정으로 다시 돌아가겠습니다.

스콧 : 아까 말한 그대로입니다. 공격 명령은 저의 단독 결정이었습니다. 청동시대호의 그 어떤 장교와도 논의하거나 소통하지 않았습니다.

판사 : 모든 책임을 혼자 지려고 하는군요. 그건 피고인에게도, 피고인이 비호하려는 대상에게도 모두 불리해요.

검사 : 공격하기 전 전함의 군대 전체가 투표했다는 걸 입증하는 증거들이 있습니다.

스콧 : 그 투표에 대해서는 이미 설명했습니다. 전함 탑승 인원 1775명 가운데 59명만이 공격에 찬성했습니다. 그러므로 공격의 원인과 근거가 될 수 없습니다.

판사 : 59명의 명단을 제출할 수 있나요?

스콧 : 무기명투표였습니다. 전함 내부 네트워크를 통해 실시했습니다. 항해 및 작전 일지에도 기록된 내용입니다.

검사 : 피고인은 사실을 숨기고 있습니다. 기명투표였고 투표 결과가 피고인의 말과 완전히 달랐다는 증거가 있습니다. 피고인이 일지 기록을 고쳤습니다.

판사 : 피고인은 실제 투표 결과를 제출하세요.

스콧 : 일지를 고치지 않았습니다. 현재 일지에 기록된 내용이 사실과 같습니다.

판사 : 닐 스콧, 분명히 말해두지만 법정 조사에 협조하지 않으면 당신의 무고한 부하들을 해치는 결과를 낳을 수 있소. 양자호 공격에 반대표를 던진 부하들 말이오. 당신 말을 입증할 증거를 제출하지 못하면 청동시대호의 모든 하급 장교와 병사들에게 동일한 형량을 구형할 수밖에 없어요.

스콧 : 어떻게 그럴 수가 있습니까? 법대로 하십시오! 당신이 판사입니까? 무죄추정의 원칙이 있잖습니까!

판사 : 반인류죄에는 무죄추정의 원칙이 적용되지 않아요. 인류의 반역자를 법적으로 처단하기 위해 위기의 세기에 수립된 국제법의 준칙입

니다.

　스콧 : 우리는 인류의 반역자가 아닙니다. 우리가 지구를 위해 싸울 때 당신들은 어디에 있었습니까?

　검사 : 당신들은 인류의 반역자가 맞소! 2세기 전 ETO가 인류의 이익을 배신했고 지금은 당신들이 인류의 가장 기본적인 도덕을 배신했소!

　스콧 : (침묵)

　판사 : 증거를 위조하면 어떤 대가를 치르게 되는지 알기 바랍니다. 피고인은 이 법정에서 본 사건의 모든 피고인을 대표해 양자호의 사망자 1847명과 그 가족에게 참회하는 성명을 발표했죠? 그렇다면 성의 있는 자세로 재판에 임하세요.

　스콧 : (한참 침묵한 뒤) 알겠습니다. 실제 결과를 제출하겠습니다. 청동시대호의 일지 데이터베이스 중 암호가 걸려 있는 파일 안에 전체 투표 기록이 보관되어 있습니다.

　검사 : 우선 대략적인 상황을 설명해줄 수 있습니까? 양자호 공격에 찬성한 사람이 몇 명이었습니까?

　스콧 : 1670명이었습니다. 전체 인원의 94퍼센트.

　판사 : 정숙하십시오!

　스콧 : 하지만 결과가 달랐더라도, 찬성률이 50퍼센트 이하였더라도 저는 공격했을 겁니다.

　검사 : 청동시대호는 자연선택호 같은 신형 전함과 달리 인공지능 시스템의 수준이 낮아서 부하들의 협조가 없으면 단독으로 공격할 수 없다는 걸 피고인도 알고 있겠죠.

　─서배스천 슈나이더, 남, 31세, 소령, 청동시대호의 무기 시스템 목표물 식별 및 공격 패턴 통제관

검사 : 피고인은 청동시대호에서 함장을 제외하고 유일하게 공격 시스템을 저지하거나 중단시킬 수 있는 권한을 가진 장교입니다. 맞습니까?

슈나이더 : 네.

판사 : 하지만 피고인은 그렇게 하지 않았습니다.

슈나이더 : 네.

판사 : 당시에 무슨 생각을 했나요?

슈나이더 : 그 순간, 아, 공격 순간이 아니라 청동시대호가 지구로 귀환할 수 없고, 다시는 전함 밖으로 나갈 수 없다는 걸 안 순간 말입니다. 그때 제가 변했습니다. 과정은 없습니다. 순식간에 돌변했습니다. 완전히 다른 사람이 됐습니다. 전설 속에서 어떤 낙인에 찍히자마자 완전히 다른 사람이 되는 것처럼.

판사 : 그게 가능하다고 생각하나요? 전함에 그런 낙인이 있었다는 말인가요?

슈나이더 : 아닙니다. 그저 비유입니다. 우주 자체가 낙인이죠……. 어쨌든 그때 저는 자아를 버리고 한 집단의 일부가 되었습니다. 집단에 속한 세포나 부품처럼. 집단이 생존해야 제가 생존하는 의미를 가질 수 있다고 생각했습니다. 이게 전부입니다. 정확하게 설명할 수도 없고 판사님이 제 말을 이해할 수 있을 거라 기대하지도 않습니다. 판사님이 청동시대호를 타고 태양계 밖으로 나가 우리의 항해 노선을 따라 수만 천문단위를 항해한다 해도, 아니 그보다 더 멀리 나아간다 해도 이해할 수 없을 겁니다. 다시 돌아갈 수 있다는 걸 알고 있을 테니까요. 판사님의 영혼은 지구에 있다는 것도요. 우주선 뒤에 있는 모든 것이 순식간에 사라지고 태양도 지구도 모두 사라져 허공이 되지 않는 한, 그때 저의 변화를 이해할 수 없을 겁니다.

저는 캘리포니아 출신입니다. 서기 1967년 제 고향에 이런 일이 있었습니다. 론 존스라는 고등학교 교사가(잠시 주제에서 벗어난 얘기를 해도 가로막지 말아주세요. 감사합니다) 학생들에게 나치즘과 전체주의를 이해시키기 위해 반 전체를 전체주의 사회로 만드는 실험을 했습니다. 존스는 불과 닷새 만에 성공했습니다. 그의 반이 작은 나치 독일로 변했죠. 모든 학생이 스스로 자아와 자유를 포기하고 전체를 최우선에 두었습니다. 광신도처럼 전체의 목표를 위해 달렸습니다. 게임처럼 시작된 실험은 결국 통제를 잃었죠. 나중에 독일인이 그 일을 소재로 영화를 만들었고 사건의 당사자 중 한 명은 책으로 썼습니다. 그 책이 바로『파도(The Wave)』*입니다. 청동시대호도 영원히 우주를 유랑해야 한다는 사실을 알게 된 후 전체주의 사회로 변했습니다. 그러기까지 얼마나 걸렸는지 아십니까? 5분입니다. 정말로 단 5분밖에 걸리지 않았습니다. 전체 회의가 5분 만에 끝났죠. 전체주의 사회의 기본적인 가치관이 절대다수의 동의를 얻었습니다. 인간이 진정으로 우주에서 외톨이가 된다면 전체주의로 변하는 데 단 5분밖에 걸리지 않습니다.

—보리스 로빈스키, 남, 36세, 중령, 청동시대호 부함장

판사 : 양자호를 공격한 뒤 피고인이 처음으로 분대를 이끌고 양자호로 들어갔죠?

로빈스키 : 네.

판사 : 생존자가 있었습니까?

로빈스키 : 없었습니다.

판사 : 시신들은 어떤 상태였습니까?

로빈스키 : 수소폭탄의 전자기펄스가 함체에 생성시킨 초저주파로 인

---

* 옮긴이 주 : 토드 스트라써(Todd Strasser)가 자전적 경험을 바탕으로 1981년에 쓴 장편소설.

해 사망했으므로 시신은 모두 온전했습니다.

판사 : 시신을 어떻게 처리했나요?

로빈스키 : 블루스페이스호처럼 기념비를 만들어주었습니다.

판사 : 기념비 안에 시신을 넣었나요?

로빈스키 : 아닙니다. 블루스페이스호의 기념비에도 아마 시신을 넣지 않았을 겁니다.

판사 : 그럼 시신을 어떻게 했죠?

로빈스키 : 전함의 식재료 창고를 채웠습니다.

판사 : 전부 다 말인가요?

로빈스키 : 네, 전부요.

판사 : 어떤 과정을 거쳐서 그런 결정을 내렸나요? 시신을 식용으로 하자고 제일 먼저 결정한 사람이 누군가요?

로빈스키 : 그건…… 정말 생각나지 않습니다. 당시에는 그게 자연스러운 일이라고 생각했으니까요. 제가 전함 전체의 보급을 책임지고 있었고 시신의 저장과 분배를 지휘했습니다.

판사 : 시신을 어떻게 식용으로 사용했죠?

로빈스키 : 특별한 건 없습니다. 대부분은 생태순환 시스템으로 재배한 채소나 육류와 섞어서 요리했습니다.

판사 : 그걸 누가 먹었죠?

로빈스키 : 모두요. 청동시대호에 탄 모든 사람이요. 전함에 있는 식당 네 곳 모두 같은 재료를 썼습니다.

판사 : 자신들이 먹고 있는 게 뭔지 알고 있었나요?

로빈스키 : 물론입니다.

판사 : 사람들이 어떻게 반응했죠?

로빈스키 : 일부는 적응하지 못했겠죠. 하지만 별다른 반응은 없었습

니다. 아, 어떤 장교가 식당에서 밥을 먹으면서 "고마워, 조이너"라고 말하는 걸 들었습니다.

판사 : 그게 무슨 뜻이죠?

로빈스키 : 양자호의 통신장교가 캐럴 조이너 중위였습니다. 그가 먹은 게 아마 그녀의 일부였겠죠.

판사 : 그게 누군지 어떻게 알죠?

로빈스키 : 신분 표시 캡슐이 뭔지 아시죠? 왼팔에 이식하는 쌀알 크기만 한 캡슐이요. 그게 고온에 잘 견디는 소재로 되어 있어서 가끔씩 요리할 때 골라내지 못한 것들이 음식에 섞여 들어가곤 했습니다. 음식을 먹다가 캡슐을 발견하면 휴대용 통신기로 정보를 읽을 수 있죠.

판사 : 조용! 조용! 기절한 두 여자분 밖으로 내보내세요. 그게 인류의 윤리적 마지노선을 넘는 행위라는 건 알고 있겠죠?

로빈스키 : 그때는 윤리적 마지노선이 바뀌었습니다. 청동시대호가 최후의 전쟁에서 최고 출력으로 가속할 때 동력 시스템에 과부하가 걸리는 바람에 생태순환 시스템이 두 시간가량 정전되었습니다. 그 때문에 생태순환 시스템이 파괴되었고 회복되기까지 오랜 시간이 걸렸습니다. 동면 시스템도 고장 나서 500여 명밖에는 수용할 수 없었습니다. 1000명 넘는 사람이 밥을 먹어야 하는데 식량을 구하지 못하면 절반이 굶어 죽게 되는 상황이었습니다. 급박한 상황이 아니더라도 앞으로의 기나긴 항해를 생각하면 소중한 단백질 공급원을 우주에 버려두고 이용하지 않는 게 오히려 윤리적 마지노선을 넘는 행동이겠죠. 물론 저는 자기변호를 하는 것도 아니고 청동시대호의 그 누구를 변호하는 것도 아닙니다. 지금은 지구인의 사고방식으로 돌아왔으므로 이런 얘기를 하는 것이 쉽지는 않습니다. 믿어주십시오. 정말입니다.

—닐 스콧 함장의 최후 변론

할 말이 별로 없습니다. 경고 한마디만 하겠습니다. 생명이 바다에서 육지로 올라온 것은 지구 생물의 진화사에서 이정표 같은 사건이었습니다. 하지만 육지로 올라온 물고기는 더 이상 물고기가 아니었습니다. 마찬가지로 우주로 나간 인간은 더 이상 인간이 아닙니다. 여러분, 외우주로 나가서 다시는 돌아오지 않을 생각을 하고 있다면 신중하십시오. 상상보다 훨씬 큰 대가를 치르게 될 겁니다.

—최종 판결

닐 스콧 함장과 고위 장교 여섯 명은 반인류죄와 살인죄로 무기징역을 선고받았으며, 나머지 1768명 가운데 138명만이 무죄 판결을 받고 나머지는 각각 징역 20~300년 형까지 선고받았다.

함대 세계의 교도소가 화성과 목성 궤도 사이의 황량한 소행성대에 있었으므로 죄인들은 다시 지구를 떠나야 했다. 청동시대호가 지구 정지궤도에 도착했지만 3500억 킬로미터의 지구 귀환 여정 가운데 마지막 3만 킬로미터는 끝까지 완수하지 못했다. 호송 우주선이 가속을 시작하자 그들은 지구로 돌아오는 전함에서 그랬던 것처럼 영원히 땅에 닿지 못하는 낙엽이 된 듯 선미의 창문으로 날아갔다. 그들은 숱한 밤 꿈에서 그리던 푸른 지구가 점점 멀어져 하늘색 별이 되는 것을 물끄러미 지켜볼 수밖에 없었다.

기지를 떠나기 전 부함장 로빈스키, 목표물 식별 장교 슈나이더 등 10여 명은 헌병과 함께 마지막으로 청동시대호에 들어가 이 전함에 배치된 부대와 세부적인 인수인계를 실시했다. 지난 10여 년 동안 이곳은 그들의 세계 전체였다. 곳곳에 풀밭, 숲, 해안의 파노라마 영상을 만들어놓고 화초를 길렀으며 분수와 연못까지 만들어 실제 집처럼 꾸몄다. 하지만 모든 게 사라졌다. 그들의 흔적은 깨끗이 지워지고 차가운 행성급 전함으로 변해 있었다. 전함에서 만난 군인은 모두 그들에게 싸늘한 시선을 던지거나 아예 그들이 없는 듯 무시했다. 특히 경례할 때 그들의 눈동자가 형형하게 빛났는데 그 경례는 그들을 압송한 헌병들을 향한 것이지 수의를 입은 이들을 향한 것은 아니었다.

헌병이 슈나이더를 둥근 형태의 선실로 데리고 들어가 장교 세 명에게 목표물 식별 시스템의 기술적 부분에 대해 설명해주도록 시켰다. 장교는 남자 둘, 여자 하나였지만 세 사람 모두 컴퓨터 검색창을 바라보듯 슈나이더를 대했다. 그들의 목소리는 질문을 입력하고 검색 결과를 기다리듯 싸늘했고 조금도 예의를 차리지 않았으며 불필요한 말은 한 마디도 하지 않았다.

설명할 것이 많지 않아 한 시간 뒤 모든 인수인계가 끝났다. 슈나이더가 허공에 떠 있는 조작 창을 몇 번 건드렸다. 그런데 떠나기 전 조작 창을 끄는 것처럼 가볍게 두드리는 척하다가 선실 벽을 발로 세게 차 둥근 선실의 다른 쪽 끝으로 솟구쳐 날아갔다. 그와 거의 동시에 선실이 두 개로 분리되며 장교 세 명과 헌병 한 명은 한쪽에 남고 슈나이더 혼자 다른 쪽으로 옮겨갔다.

슈나이더가 허공에 조작 창을 띄워 빠른 속도로 두드리기 시작했다. 통신 조작 창이었다. 그가 청동시대호의 행성 간 통신 시스템을 최대 출력으로 작동시켰다.

잠시 후 윙, 하는 소리와 함께 레이저빔이 선실 벽에 작은 구멍을 뚫었다. 선실 안이 금세 흰색 연기로 가득 찼다. 선실의 다른 쪽에 있던 헌병이 총을 꺼내 슈나이더를 겨누며 당장 조작을 멈추고 선실 문을 열라고 경고했지만 슈나이더는 그의 경고를 무시했다.

"청동시대가 블루스페이스를 호출한다! 청동시대가 블루스페이스를 호출한다!"

슈나이더의 음성은 높지 않았다. 신호 전송 거리는 소리의 크기와 무관하다는 것을 알고 있었다.

한 줄기 레이저빔이 슈나이더의 가슴을 관통하는 순간 뿜어져 나온 피가 붉은 수증기가 되어 흩어졌다. 핏빛 수증기에 에워싸인 그의 마지막 숨이 거친 쉿소리와 함께 터져 나왔다.

"귀환하지 말라. 이곳은 집이 아니다!"

지구로 귀환하라는 명령이 도착했을 때 블루스페이스호는 미끼를 덥석 물지 않고 의심하며 망설였다. 저출력으로 감속하며 고민하고 있던 그들은 청동시대호가 보낸 경고 신호를 받은 뒤 감속을 중단하고 최대 출력으로 가속해 태양계에서 도망쳤다.

삼체의 지자 정보를 통해 이 소식이 지구에 전해지자 지구와 삼체 두 문명에 처음으로 공동의 적이 생겼다.

그들이 위안으로 삼는 것은 블루스페이스호가 아직 두 세계를 상대로 암흑의 숲 위협을 보낼 능력이 없다는 사실이었다. 망망한 우주를 향해 최대 출력으로 두 항성계의 좌표를 발사한다 해도 제삼자가 그 좌표를 받을 가능성은 거의 없었다. 가장 가까운 항성 바너드에 도착해 항성급 출력으로 우주를 향해 좌표를 전송하려고 해도 블루스페이스호의 항해 능력으로는 바너드 항성에 도착하는 데만 300년이 걸렸다. 게다가 블루스페이스호는 바너드 쪽으로 방향을 틀지 않고 기존 목표인 NH558J2를 향하고 있으므로 목표에 도달하려면 2000년도 더 걸렸다.

블루스페이스호를 추격하기 위해 그래비티호가 출발했다. 그래비티호는 태양계에서 유일하게 항성 간 항해가 가능한 우주 전함이었다. 삼체 세계가 그보다 더 빠른 물방울(정식 명칭은 '강한 상호작용 우주 탐사정'이다)을 보내 목표를 궤멸시키자고 제안했지만 지구 세계는 인류 내부의 일이라며 단호하게 거절했다. 최후의 전쟁은 인류에게 가장 큰 상처를 남겼다. 10여 년 동안 상처가 아물기는커녕 점점 더 심해졌다. 물방울이 다시 인류를 공격하게 하는 건 정치적으로 절대로 용납할 수 없었다. 블루스페이스호는 이미 인류가 아니라고 주장하는 사람도 많았지만 법적인 처벌은 당연히 인간이 해야 한다는 확고한 신념이 있었다. 시간이 충분하기 때문인지 삼체 세계도 더 이상 강요하지 않았다. 그 대신 그래비티호가 중력파 발사 능력을 갖추고 있으므로 만약의 경우에 대비하고, 블루스페이스호를 상대로 압도적인 우위를 확보하기 위해 물방울이 동행하겠다고 했다.

그래비티호와 물방울 두 개가 편대 항해를 시작했다. 서로 수 킬로미터의 거리를 유지하며 항해했다. 크기가 워낙 차이가 나기 때문에 그래비티호의 전체 모습과 물방울을 함께 볼 수는 없었지만 물방울의 표면에 그래비티호의 모습이 선명하게 비쳤다.

그래비티호는 블루스페이스호보다 10년 늦게 건조되었지만 중력파 발사 능력 외에는 더 발전된 기술을 갖추지 못했다. 추진 능력도 블루스페이스호보다 조금 나은 정도였기 때문에 블루스페이스호를 따라잡기 위해서는 더 좋은 연료를 써야 했다. 가능한 모든 노력을 기울인다 해도 현재 두 전함의 속도와 가속도를 고려할 때 그래비티호가 블루스페이스호를 따라잡으려면 최소한 50년은 걸렸다.

위협의 세기 61년, 검잡이

커다란 목조건물의 옥상에서 청신이 자기 별을 올려다보고 있었다. 그 별이 바로 그녀가 깨어난 이유였다.

스타 프로젝트를 통틀어 총 15명이 17개 항성을 구매했다. 청신 외에 다른 14명은 이미 오래전 역사 속으로 사라져 법적인 상속자를 찾을 수가 없었다. 대협곡이라는 촘촘한 체가 너무 많은 것을 걸러냈고 이제 합법적인 항성 소유자는 청신뿐이었다.

인류는 아직도 태양계 바깥의 그 어떤 항성에도 닿은 적이 없었다. 기술이 빠르게 발전해 300광년 내에 있는 항성은 이제 상징적인 의미를 벗어났지만 태양계 밖은 아직 현실이 되지 못했다. 청신이 소유한 DX3906에서 얼마 전 두 개의 행성이 발견되었다. 그중 하나가 질량, 궤도, 대기 스펙트럼으로 추측할 때 지구와 비슷한 지구형행성일 수 있다는 사실 때문에 가치가 급격히 상승했다. 사람들은 그 머나먼 세계에 주인이 있다는 사실에 놀랐다. UN과 태양계 함대가 그 항성의 소유권을 되찾으려 했지만 주인이 동의하지 않으면 법적으로 불가능했다. 이것이 바로 264년 동안 동면하고 있던 청신을 소생시킨 이유였다.

청신이 동면에서 깨어나 제일 먼저 알게 된 사실은 예상대로 계단 프로젝트를 통해 발사한 탐사정으로부터 아무런 소식도 없다는 것이었다. 삼체 함대도 탐사정을 포획하지 못했고 그 존재조차 관측하지 못했다. 계단 프로젝트는 완전히 역사 속으로 사라진 뒤였다. 윈톈밍의 뇌가 끝없는 우주 공간으로 영원히 사라진 것이다. 그는 사라졌지만 그가 사랑하는 사람에게 선물한 현실 세계는 건재했다. 항성 하나와 행성 두 개로 이루어진 세계 말이다.

DX3906의 행성은 아이(艾)AA라는 이름의 박사과정 대학원생이 발견했다. 그녀는 박사논문을 쓰던 중 새로운 관측 방법을 고안해냈다. 항성을 중력렌즈로 사용해 다른 항성을 관측하는 것인데 바로 이 방법으로 DX3906의 행성을 발견했다.

청신의 눈에는 AA가 그녀 주위를 폴짝폴짝 뛰어다니는 어린 새 같았다. AA는 자신의 지도교수가 서기 시대의 물리학자이기 때문에 서기 시대 사람에게 익숙하다고 했다. 이것은 그녀가 박사과정을 졸업한 후 청신과 UN 우주개발사업단 사이의 연락 담당자로 채용된 이유이기도 했다.

UN과 함대의 요구가 청신을 난처하게 했다. 물론 그녀가 하나의 세계를 독차지할 수는 없지만 자신을 사랑하는 사람이 준 선물을 팔아버릴 수는 없었다. 그녀는 DX3906에 대한 소유권을 무상으로 포기하는 대신 소유 증서는 기념으로 가지고 있겠다고 했지만 그럴 수 없다는 답변이 돌아왔다. 현행 법률상 정부든 UN이든 함대든 이렇게 큰 개인 재산을 무상으로 받는 것은 불가능했다. 그들은 DX3906을 사겠다고 고집했지만 그건 청신이 절대로 받아들일 수 없었다. 고민 끝에 그녀는 두 행성의 소유권만 팔기로 했다. 단, 인류가 이 항성에서 생성되는 에너지를 무상으로 사용할 수 있다는 합의서를 UN 및 함대와 체결하겠다고 했다. 검토 끝에 그녀의 요구 조건이 법적으로 가능하다는 결론에 도달했다.

AA는 청신에게 행성만 매각한다면 UN에게 받는 금액이 훨씬 줄어들 겠지만 그 역시 거액의 재산이므로 자금을 관리할 회사를 설립하는 게 좋겠다고 제안했다. 또 회사를 설립한다면 자신을 채용해줄 수 있느냐고 물었다. 청신이 그러겠다고 하자 AA는 그 자리에서 UN 우주개발사업단에 전화를 걸어 사직을 통보했다.

AA는 전화를 끊자마자 이제부터 청신의 이익을 위해 일하겠다고 선언한 뒤 큰 소리로 외쳤다.

"왜 이렇게 바보 같으세요? 수많은 선택 중에 최악의 선택을 하셨잖아요! 항성까지 함께 매각했다면 선생님은 세계 최고의 부자가 되었을 거예요! 차라리 아무것도 팔지 않았더라도 마찬가지예요. 지금은 법률이 개인의 재산을 절대적으로 보호해주는 시대예요. 누구도 선생님의 세계를 빼앗을 수 없다고요! 소유권을 팔지 말고 다시 동면하셨다가 인류의 기술로 DX3906으로 갈 수 있게 되었을 때 깨어나면 선생님의 세계로 갈 수 있어요. 바다도 있고 대륙도 있는 거대한 세계예요. 하고 싶은 대로 뭐든 할 수 있다고요. 물론 저를 데리고 가신다면 제일 좋지만……."

청신이 그녀의 말을 잘랐다.

"결정은 끝났어. 우리 사이에 300년의 세월이 있으니 서로 이해할 수 없는 게 당연해."

AA가 한숨을 내쉬었다.

"네. 맞아요. 그래도 양심과 책임에 대해 다시 생각해보셔야 해요. 책임을 따르면 행성을 팔아야 하고, 양심을 따르면 항성을 팔지 않겠죠. 항성의 에너지를 포기한 것도 책임을 따른 결정이고요. 선생님은 과거의 개념에서 벗어나지 못했어요. 제 지도교수님도 그래요. 하지만 시대가 바뀌었어요. 양심과 책임은 가치가 없어요. 이제 그건 치료가 필요한 정신병이에요. 사회 인격 강박증이라고 부르죠."

도시의 불빛이 환하게 비춰도 DX3906을 쉽게 찾아낼 수 있었다. 청신이 살던 시대와 비교할 수 없을 만큼 대기권이 맑아졌다. 그녀는 밤하늘에서 시선을 거두고 놀라움의 연속인 현실로 돌아왔다. 청신과 AA는 크리스마스트리 위에 앉아 있는 두 마리 개미 같았다. 주위가 온통 크리스마스트리 숲이었다. 휘황찬란한 빌딩들이 잎사귀처럼 가지마다 매달려 있었다. 하지만 거대한 도시는 지상에 세워져 있었다. 위협을 통해 얻어낸 평화 덕분에 인류의 두 번째 동굴 시대도 끝이 났다.

두 사람이 나뭇가지를 따라 걸었다. 나뭇가지가 길이 되고 길 위를 떠다니는 수많은 디스플레이가 오색찬란한 강물처럼 보였다. 길 가운데 떠 있던 디스플레이 몇 개가 따라오다가 그녀들이 관심을 보이지 않자 있던 자리로 돌아갔다. 그 길에 속한 건물들은 모두 발밑에 걸려 있었다. 그녀들이 있는 곳은 가장 높은 나뭇가지였고 바로 위가 하늘이었다. 건물이 주렁주렁 매달린 아래쪽 나뭇가지를 따라 걸으면 자신이 작은 곤충으로 변해 나뭇잎과 열매가 영롱하게 반짝이는 꿈의 숲을 날아다니고 있는 듯한 착각이 들었다.

지나가는 사람들을 살펴보았다. 젊은 여자 하나, 젊은 여자 둘, 젊은 여자 한 무리, 또 젊은 여자들…… 모두 여자였고 하나같이 아름다웠으며 꿈의 숲에 사는 요정들처럼 빛이 반짝이는 옷을 입고 있었다. 나이가 조금 많아 보이는 여자를 겨우 발견했지만 미모가 나이를 가려버린 듯했다. 나뭇가지 끝에 서서 발밑에 펼쳐진 야경을 바라보던 청신은 동면에서 깨어난 후 줄곧 궁금했던 것을 물었다.

"남자들은 다 어디 있지?"

깨어난 지 나흘이 되도록 남자를 한 명도 보지 못했다.

AA가 주위를 가리켰다.

"곳곳에 있잖아요. 저기 난간에 기대서 있고, 저쪽에도 세 명 있고, 두 명은 이쪽으로 걸어오고 있고요. 전부 남자예요."

AA가 가리키는 쪽을 쳐다보았다. 그녀(그)들은 하얀 얼굴에 머리카락이 어깨까지 길게 내려와 있고 날씬했으며 바나나로 골격을 만든 것처럼 나긋나긋했다. 몸짓은 우아하고 바람에 실려온 목소리는 가늘고 달콤했다. 청신이 살던 시대였다면 여자 중에서도 가장 여성스러운 축에 속할 것 같았다.

사실 그녀가 살던 시대부터 이런 변화가 시작되고 있었다. 아마도 1980년대가 남성미를 숭상하던 마지막 시대였을 것이다. 그 후 남자가 멸종된 것은 아니지만 사회적으로든 트렌드로 보든 남성의 여성화가 시작되었다. 21세기 초 일본과 한국의 남자 스타들도 얼핏 보면 여자로 오해할 만큼 예뻤다. 대협곡이 인류의 여성화를 중단시켰지만 위협의 시대로 들어선 뒤 반세기 동안 이어진 평화롭고 안락한 분위기가 여성화를 가속시켰던 것이다.

AA가 말했다.

"서기 시대 사람들은 대부분 남자를 알아보지 못해요. 그래도 선생님은 비교적 쉽게 알아볼 수 있을 거예요. 선생님을 쳐다보는 눈빛을 보면 알수 있죠. 남자들은 고전적인 미인에게 끌리니까요."

청신이 경계의 눈초리로 AA를 흘긋 쳐다보았다.

"무슨 생각을 하시는 거예요? 저는 여자예요! 홍, 그 시대 남자들이 뭐가 좋아요? 억세고 무식하고 지저분하기나 했지. 진화가 덜된 종족처럼. 선생님도 이 아름다운 시대에 곧 익숙해지실 거예요."

3세기 전 동면에 들어갈 때 청신은 미래에 닥칠 곤란한 상황에 대해 여러 가지 가설을 세웠지만 이런 상황이 닥칠 줄은 전혀 예상치 못했다. 그녀는 이렇게 여성화된 세계에서 오랫동안 산다는 것이 어떤 모습일지 생각하다가 몸서리치고는 무의식중에 고개를 들어 밤하늘에서 자신의 별을 찾았다.

AA가 청신의 어깨에 두 손을 올리며 물었다.

"또 그분 생각하세요? 그 남자가 그때 우주로 떠나지 않고 선생님과 결혼했더라도 지금은 두 분의 손주의 손주조차도 무덤에 있을 거예요. 완전히 다른 시대고 생활도 달라졌어요. 과거와는 아무 관계도 없어요!"

청신도 그렇게 생각하려고 노력했다. 눈앞의 현실에 맞춰 생각하려고 했다. 그녀는 이 시대에 온 지 며칠밖에 되지 않았고 지난 3세기의 대략적인 역사밖에는 알지 못했다. 그녀가 가장 놀란 것은 인류가 암흑의 숲 위협으로 삼체 세계와 전략적인 균형을 유지하고 있다는 사실이었다. 한 가지 궁금증이 뇌리를 스쳤다.

'이렇게 부드럽고 여성적인 세계가 삼체 세계를 위협하고 있다고?'

두 사람은 왔던 길을 되돌아갔다. 길 위에 둥둥 떠서 따라오는 디스플레이 중 하나가 청신의 눈길을 끌었다. 디스플레이 속에 남자가 있었기 때문이다. 예전 시대의 남자였다. 초췌한 얼굴에 덥수룩한 머리를 하고 검은 묘비 옆에 서 있었다. 음습한 그림자 속에서 저 멀리 지평선에서 떠오르는 태양이 비친 듯 두 눈동자가 이글거리며 타오르고 있었다. 그 아래 이런 글귀가 쓰여 있었다.

……그의 시대에 살인자는 사형에 처했다.

청신은 그 남자가 왠지 낯익었다. 자세히 보려고 했지만 화면이 바뀌며 연설을 하고 있는 중년 여성이 나타났다(청신은 그가 여자라고 생각할 수밖에 없었다). 그녀의 옷은 빛이 나지 않고 점잖았다. 정치가처럼 보였다. 잠시 후 그녀가 하는 말이 자막에 떠올랐다. 디스플레이를 확대시키자 화면 속 여자가 연설하는 소리가 들렸다. 그녀의 음성은 달콤했지만 그 내용은 소름 끼치게 무서웠다.

"어째서 사형에 처할까요? 사람을 죽였기 때문입니다. 하지만 이건 정답 중 하나일 뿐이죠. 다른 정답도 있습니다. 죽인 사람이 너무 적어서, 딱 한 사람밖에 죽이지 않았기 때문에 사형에 처한다. 수십 명을 죽였다면 마땅히 사형에 처해야 합니다. 수천, 수만 명을 죽였다면 만 번 죽여도 부족할 겁니다. 그런데 그것보다 더 많이, 수십만 명을 죽였다면 어떨까요? 물론 사형에 처해야죠. 하지만 역사를 아는 사람이라면 이 말이 완전히 옳지는 않다는 걸 알 겁니다. 그럼 수백만 명을 죽였다면 어떨까요? 그 사람은 틀림없이 사형당하지 않을 겁니다. 아니, 법적인 처벌조차 받지 않겠죠. 못 믿겠으면 역사를 돌이켜보세요. 100만 명 넘게 죽인 사람은 위인이나 영웅으로 추앙받았습니다. 여기서 더 나아가 한 세계 전체를 멸망시키고 모든 생명을 죽인다면 그는 틀림없이 구세주가 될 겁니다!"

AA가 말했다.

"뭐지 얘기를 하는 거예요. 그를 심판하고 싶어 하죠."

"왜?"

"아주 복잡해요. 직접적인 이유는 그 항성계, 그러니까 뤄지가 우주에 좌표를 알려서 멸망시킨 항성계 속에 생명이 있었는지 없었는지 아무도 모르지만 존재했을 가능성은 있어요. 그래서 그가 세계 멸망죄를 지었다는 주장이에요. 그건 현대 법률에서 가장 무거운 죄예요."

"당신 청신이군요?"

불쑥 뛰어든 목소리에 청신이 깜짝 놀랐다. 길 위에 떠 있는 디스플레이에서 나온 소리였다. 화면 속 연설자가 옛 친구를 만난 듯 놀람과 반가

움이 뒤섞인 표정으로 청신을 가리켰다.

"머나먼 세계를 가지고 있는 사람이죠? 우아! 정말 훌륭해요. 그 시대의 아름다움을 우리에게 보여주다니. 당신은 유일하게 한 세계를 가진 사람이고, 이 세계를 구할 수 있는 사람이에요. 모두가 당신에게 큰 기대를 걸고 있어요! 나는……."

AA가 디스플레이를 발로 툭 차 꺼버렸다. 청신은 이 시대의 IT 기술이 정말 놀라웠다. 연설자가 어떻게 자신을 영상으로 볼 수 있는지 궁금했고, 수많은 시청자 가운데 어떻게 자신을 찾아냈는지 더더욱 궁금했다.

AA가 청신 앞으로 다가와 몸을 돌려 뒷걸음으로 가며 물었다.

"적을 위협하기 위해 세계 하나를 통째로 파괴할 수 있어요? 만약 적이 선생님의 위협을 두려워하지 않는다면 버튼 하나로 두 세계를 멸망시킬 수 있어요?"

"무의미한 질문이야. 내가 어떻게 그런 힘을 가질 수 있겠어?"

AA가 걸음을 멈추고 청신의 어깨를 두 손으로 잡으며 그녀의 눈을 똑바로 응시했다.

"정말 안 그럴 거예요?"

"당연하지. 실제로 그런 상황이 닥치면 죽는 것보다 더 두렵겠지. 그 외에는 아무 생각도 나지 않아."

AA의 진지한 질문에 청신은 내심 놀랐다.

AA가 고개를 끄덕였다.

"그렇다면 안심이에요……. 오늘은 일찍 쉬고 내일 다시 얘기해요. 아직은 체력이 다 회복되지 않으셨어요. 완전히 회복하려면 일주일은 걸린대요."

다음 날 아침 AA가 청신에게 전화를 걸어왔다. AA가 화면 속에서 생글 생글 웃으며 깜짝 놀랄 곳에 데려가겠다고 했다. 옥상에 차가 기다리고 있다는 말에 올라가보니 정말로 플라잉카 한 대가 문을 열고 그녀를 기다리고 있었다. 차에 탔지만 AA는 보이지 않았다. 차 문이 소리 없이 닫히고 의자가 그녀를 감싸 쥐듯 고정시켰다. 자동차가 가볍게 떠올라 날기 시작하더니 도시의 숲 사이를 가로지르는 자동차 행렬 속으로 들어갔다. 아직 이른 아침이라 도시로 파고들어온 햇살이 지면과 거의 평행을 이루고, 자동차가 그 빛줄기를 타고 미끄러지듯 도시를 가로질렀다. 나무 건축물이 점점 줄어들다가 완전히 사라졌다. 푸른 하늘 아래 드넓게 펼쳐진 대지가 숲과 초원으로 뒤덮여 있었다. 초록색이 그녀를 덮칠 듯이 다가왔다.

위협의 세기가 시작된 후 지구의 중공업이 우주 궤도로 옮겨가자 생태계 환경이 빠르게 회복되어 산업혁명 이전 수준으로 되돌아왔다. 인구가 감소하고 식량 생산이 공업화되면서 농지가 사라져 지구 전체가 거대한 공원이 되었다.

갑작스럽게 맞이한 아름다운 세계가 청신에게는 여전히 비현실적이었다. 동면에서 깨어난 뒤 줄곧 꿈을 꾸고 있는 것 같았다.

30분쯤 지나서 자동차가 땅으로 내려왔다. 자동차는 청신을 내려놓고 곧바로 날아올라 어디론가 사라졌다. 자동차가 일으킨 회오리바람이 잦아든 뒤 사방이 고요해지고 멀리서 새소리만 들려왔다. 주위를 둘러보니 버려진 건물들이 그녀를 에워싸고 있었다. 서기 시대의 주택인 듯한 건물마다 아랫부분이 넝쿨식물에 점령당해 있었다. 새로운 세기의 초록빛에 뒤덮인 과거를 보며 청신은 약간의 현실감을 찾았다.

AA를 불렀지만 들려온 건 한 남자의 목소리였다.

"오랜만이군!"

뒤에 있는 2층 건물의 발코니에서 나는 소리였다. 몸을 돌려 발코니에 서 있는 남자를 쳐다보았다. 이 시대의 여성화된 남자가 아니라 과거의 남자였다. 이건 꿈이 아니라 서기 시대 악몽의 연속이었다. 그는 토머스 웨이드였고 예전과 똑같은 검은 가죽재킷을 입고 있었다. 약간 나이가 든 것으로 보아 그녀보다 늦게 동면에 들어갔거나 그녀보다 조금 일찍 깨어난 것 같았다. 청신의 시선이 그의 오른손으로 옮겨갔다. 검은 가죽장갑을 낀 손에 권총이 들려 있었다. 서기 시대의 권총이었고 총구가 곧장 청신을 향하고 있었다.

"물속에서도 발사되는 특제 총알이야. 오래 보관할 수는 있지만 270년이나 지나서 아직 쓸 수 있는지 모르겠군."

예의 그 얼음물 같은 미소가 웨이드의 얼굴에 떠올랐다. 그가 타인의 절망을 감상할 때 짓는 특유의 미소였다.

총알은 건재했다. 귀를 찢는 총성과 함께 총구에서 불꽃이 튀었다. 왼쪽 어깨를 세게 얻어맞은 듯한 맹렬한 충격에 청신의 몸이 뒤의 부서진 벽까지 밀려났다. 총성은 넝쿨식물에 흡수된 듯 얼마 퍼져나가지 못했고 밖에서 새들의 지저귐이 계속되었다.

"요즘 총은 쓸 수가 없어. 쏠 때마다 자동으로 공공안전 데이터베이스에 등록되거든."

웨이드의 말투가 3세기 전 청신과 일상적인 대화를 나눌 때처럼 담담했다.

"이유가 뭐죠?"

청신이 3세기 후 그에게 처음 건넨 말이었다. 통증은 느껴지지 않았고 왼쪽 어깨가 마비된 것처럼 뭉근하게 아렸다.

"검잡이가 되기 위해서. 난 검잡이가 되고 싶어. 자네는 내 경쟁자가 될 거야. 그리고 날 이기겠지. 자네에게 악의는 없어. 자네가 믿을지 모르지만 나도 가슴이 아파."

"바디모프를 죽였죠?"

청신의 입에서 피가 흘러나왔다.

"그래. 계단 프로젝트에 그가 필요했으니까. 지금 내 새로운 계획엔 자네가 필요하지 않아. 유능한 인재들이지만 내 길을 막는다면 없애버릴 수밖에. 내겐 전진밖에 없어. 수단과 방법을 가리지 않고 전진!"

웨이드가 다시 총 한 발을 쐈다. 총알이 청신의 왼쪽 배를 관통했다. 역시 통증은 느껴지지 않았지만 온몸에 감각이 없어지고 힘이 풀려 벽에 기댄 채 미끄러졌다. 그녀의 등 뒤 넝쿨 잎사귀에 검붉은 핏자국이 남았다. 웨이드가 다시 방아쇠를 당겼다. 하지만 3세기 가까운 세월의 효력이 드디어 나타났다. 총성이 울리지 않자 웨이드가 재빨리 노리쇠를 잡아당겨 총알을 빼낸 뒤 다시 청신을 겨누었다. 바로 그때 총을 쥐고 있는 그의 오른손이 폭발하듯 뒤로 튕겨 나가며 흰 연기가 피어오르더니 팔꿈치 아래가 사라졌다. 까맣게 타버린 뼛조각이 나뭇잎으로 튀었지만 권총은 부서지지 않고 바닥으로 떨어졌다. 웨이드는 꼼짝도 하지 않았다. 이런 일을 예상했다는 듯 사라진 오른쪽 팔꿈치 아래를 내려다보다가 고개를 들었다. 그의 시선 끝에서 경찰차 한 대가 착륙하고 있었다. 경찰차가 땅에 내려앉기도 전에 총을 든 경찰 몇 명이 기류에 펄럭이는 잡초 사이로 뛰어내렸다. 날씬한 여자들 같았지만 동작이 꽤 민첩했다.

마지막으로 내린 건 AA였다. 눈물범벅이 된 그녀의 눈이 흐릿해진 청신의 시선 속에서 흔들렸다. AA가 울부짖는 소리도 들렸다. 누군가 자신의 목소리를 위조해 전화를 걸었다고 했다.

그제야 극심한 통증이 청신을 덮쳐 쇼크 상태에 빠뜨렸다. 눈을 떠보니 차 안에 눕혀져 있고 알 수 없는 소재로 된 얇은 천이 온몸에 감겨 있었다. 통증은 느껴지지 않았다. 심지어 온몸에 아무런 감각도 없었다. 의식이 다시 가무러졌다. 또다시 정신을 잃기 전 그녀는 자신만 들을 수 있는 목소리로 물었다.

"검잡이가 뭐지?"

《시간 밖의 과거》 발췌

면벽자의 망령―검잡이

뤄지가 암흑의 숲을 이용해 삼체 세계를 위협한 것은 위대한 공로였지만 이 공로를 만들어낸 면벽 프로젝트는 지극히 유치하고 황당한 계획으로 혹평받았다. 당시 인류는 처음 바깥세상에 나간 아이처럼 위험한 세계에 대한 막연한 공포로 가득 차 있었다. 면벽 프로젝트는 그런 정신적인 충격의 산물이었다. 뤄지가 UN과 태양계 함대에 위협 통제권을 넘긴 뒤 사람들은 면벽 프로젝트라는 전설적인 역사가 영원히 끝났다고 생각했다.

사람들은 위협이라는 개념 자체를 깊이 연구한 뒤 '위협 게임학'을 탄생시켰다.

위협이 억지력을 가지려면 몇 가지 요소가 필요하다. 첫째, 위협자와 피위협자(암흑의 숲에서는 인간이 전자이고 삼체 세계가 후자다), 둘째, 위협의 작동(삼체 세계의 좌표를 발사해 두 세계를 멸망시키는 것), 셋째, 위협 통제자(발사 스위치를 쥐고 있는 인간 또는 단체), 넷째, 위협 목표(삼체 세계가 침략을 포기하고 인간 세계에 기술을 전수해주는 것)이다.

위협자와 피위협자가 공멸하는 결과로 이어지는 위협을 '궁극의 위협'이라고 부른다.

다른 유형의 위협과 달리, 궁극의 위협은 위협이 한번 실패하면 위협자가 위협 작용을 다시 진행하는 것이 무의미하다는 특징이 있다.

궁극의 위협이 성공하기 위해서는 피위협자가 위협 목표를 받아들이지 않으면 위협 작용이 진행될 가능성이 크다고 믿게 만들어야 한다. 이 요소가 위협 게임학의 중요한 지표인데 이를 위협력이라고 불렀다. 위협력이 80퍼센트를 넘어야 궁극의 위협이 성공할 수 있다.

그런데 사람들은 얼마 안 가 절망적인 사실을 발견했다. 암흑의 숲 위협 통제권을 인류 집단이 가지고 있다면 위협력은 거의 0에 가까웠다.

우선 인류 집단은 두 세계를 멸망시킬 결정을 내릴 가능성이 희박하다. 이 결정은 인류 사회의 윤리와 가치관의 마지노선을 훨씬 뛰어넘는 것이기 때문이다. 암흑의 숲 위협의 가설도 이런 결정의 가능성을 더욱 낮추었다. 단지 삼체 세계에 대한 위협이 실패하는 데 그치면 인류가 적어도 한 세대의 시간 동안 생존할 수 있다. 어떤 의미에서 볼 때 이것은 현재 생존해 있는 사람들에게 전부와 같다. 그런데 위협이 실패한 뒤 실제로 위협을 작동시켜 우주를 향해 두 세계의 좌표를 알린다면 당장이라도 멸망할 수 있다. 전자보다 더 나쁜 결과다. 그러므로 삼체 세계에 대한 위협이 실패했을 때 인류 집단이 어떤 반응을 보일지 완벽히 예측할 수 있었다.

하지만 개체의 반응은 예측할 수 없다.

암흑의 숲 위협이 성공한 바탕에는 뤄지라는 개체의 예측 불가성이 있었다. 위협이 실패했을 때 그의 행위를 결정하는 건 그의 성격과 심리적 요인이다. 그가 아무리 이성적인 사람이라도 개인의 이익과 인류 전체의 이익이 반드시 일치한다는 보장은 없다. 위협의 세기 초에 두 세계가 뤄지의 성격을 상세하게 연구하고 이를 바탕으로 수학모델을 만들었다. 인류와 삼체의 위협 게임학자들이 도출해낸 결과가 거의 비슷했다. 위협에 실패했을 경우 예상되는 뤄지의 위협력이 91.9~98.4퍼센트에 달했다. 삼체 세계는 절대로 이런 위험한 모험을 할 수 없었다.

위협이 시작된 직후, 사람들은 자세한 연구를 해보지 않고도 이 사실을 직감했다. UN과 태양계 함대는 이 사실을 깨닫자마자 뜨거운 감자를 넘기듯 뤄지에게 위협 통제권을 돌려주었다. 그들이 위협 통제권을 가져갔다가 되돌려주기까지 약 열

여덟 시간밖에 걸리지 않았지만, 물방울이 태양을 둘러싸고 있는 원자폭탄 사슬을 파괴해 인류가 좌표를 발사하지 못하도록 저지하기에는 충분한 시간이었다. 하지만 삼체인은 그렇게 하지 않았다. 이것이 이 전쟁에서 삼체 세계가 저지른 가장 큰 실수였다. 인류는 이 사실을 알고 난 뒤 등줄기가 선득해지며 안도의 한숨을 내쉬었다.

그때부터 암흑의 숲 위협 통제권은 계속 뤄지가 가지고 있었다. 처음에는 태양을 둘러싼 원자폭탄을 폭파시키는 스위치를 가지고 있었고, 나중에는 중력파 발사 스위치로 바뀌었다. 두 세계의 전략적 균형이 뤄지라는 바늘 끝에 거꾸로 올라앉은 피라미드처럼 위태롭게 지탱되고 있었다.

암흑의 숲 위협은 두 세계의 머리 위에 매달린 다모클레스의 검이고, 뤄지는 검을 묶고 있는 머리카락이었다. 사람들은 뤄지를 검잡이라고 불렀다.

면벽 프로젝트는 역사 속으로 사라지지 않았고 인류는 면벽자의 망령에서 벗어날 수 없었다.

면벽 프로젝트는 인류 역사상 처음 출현한 괴물이지만 암흑의 숲 위협과 검잡이는 역사적으로 전례가 있었다. 20세기에 바르샤바조약기구와 북대서양조약기구라는 두 개의 군사 집단이 벌인 냉전이 바로 궁극의 위협과 유사하다. 냉전이 진행되던 1974년 소련이 페리미터 시스템(Perimeter System)을 개발했다. 훗날 데드핸드(Dead Hand)라고 불린 이 경보 시스템의 목적은 북대서양조약기구가 갑작스러운 핵 공격을 단행할 경우 정부 고위층과 군대 사령부가 모두 죽고 국가의 지휘 체계가 무너지더라도 핵 보복 공격을 할 수 있게 대비하는 것이었다. 소련 영토에서 핵폭발이 일어날 경우 핵폭발 감측 시스템을 통해 이를 감지한 다음, 모든 데이터를 중앙 컴퓨터에 집중시켜 컴퓨터 알고리즘을 통해 자동으로 핵 반격에 나설지 여부를 결정하는 것이다. 이 시스템의 핵심은 지하의 비밀 통제실이었다. 시스템이 반격 판단을 내리면 핵무기 발사 버튼을 누르는 건 통제실 당직자의 몫이었다. 2009년에 페리미터 통제실에 근무했던 한 장교가 기자에게 당시 자신이 프룬제군사학교를 막 졸업한 스물다섯 살의 소위였다고 고백했다. 시스템이 반격을 결정하면 그가 이 파멸의 마지막 단계가 되는 것이다. 소련과 동유럽이 불바다로 변하고 지상에 있는 그의 가족과 친구가 사망한 상황에서 그가 반격 버튼을 누르면 북미 대륙이 30분 만에 똑같은 지옥으로 변하고 그 후 지구 전체를 뒤덮는 방사능 분진과 핵겨울로 인해 인류는 종말을 맞이하게 된다. 인류 문명의 운명이 그의 손에 있었던 것이다. 훗날 사람들이 그에게 가장 많이 한 질문은 정말로 그 순간이 왔다면 버튼을 눌렀겠느냐는 것이다.

역사상 최초의 검잡이는 이 질문에 이렇게 대답했다.

"저도 모르겠습니다."

지금 사람들은 암흑의 숲 위협이 20세기의 핵억지처럼 아름다운 결과로 이어지길 염원하고 있다.

기이한 균형 속에서 세월이 흘러 60년 동안 위협 효과가 지속되었다. 위협 통제권은 여전히 100세를 넘긴 뤄지에게 있으며 그에 대한 사람들의 인식도 천천히 바뀌었다.

삼체 세계에 대한 강경책을 주장하는 급진파는 그를 좋아하지 않았다. 암흑의 숲 위협이 막 효과를 발휘했을 때 급진파는 삼체 세계를 완전히 무장해제시키고 더 많은 것을 요구해야 한다고 주장했다. 삼체인들을 모두 탈수시킨 뒤 화물 우주선에 실어 오르트 구름까지 운반해 온 다음 인류의 우주선에 옮겨 실어 태양계의 달이나 화성에 지은 창고에 보관해놓고 상황에 따라 조금씩 해동시키자는 황당한 주장도 있었다.

뤄지를 싫어하기는 온건파도 마찬가지였다. 그들의 최대 관심사는 뤄지에 의해 좌표가 공개된 187J3X1 항성계에 생명과 문명이 있었느냐는 것이다. 이 점에 대해 두 세계의 천문학자들 모두 뚜렷한 답을 내놓지 못했다. 생명과 문명이 있었는지 없었는지 아무런 증거도 없지만, 어쨌든 뤄지에게는 세계를 멸망시킨 혐의가 있었다. 온건파는 인류와 삼체 두 문명이 평화롭게 공존하는 세계를 건설하려면 범우주적인 인권 체계를 수립해야 한다고 생각했다. 다시 말해, 우주에서 문명을 가진 모든 생물이 완전히 평등한 인권을 가져야 한다는 것이다. 이런 범우주적 인권 체계를 현실화시키려면 우선 뤄지를 심판해야 했다.

뤄지는 양쪽의 주장에 어떤 대응도 하지 않고 중력파 발사 스위치를 손에 쥔 채 반세기 동안 검잡이 자리를 묵묵히 지켰다.

사람들은 인류가 삼체 세계에 대해 어떤 정책을 내놓든 검잡이를 피해 갈 수 없다는 것을 알았다. 검잡이의 허가를 받지 못하면 그 어떤 정책도 삼체 세계에 효력을 발휘할 수 없었다. 그러므로 검잡이도 면벽자처럼 막강한 권력을 가진 독재자가 되었다.

처음에는 뤄지를 구세주로 추앙하던 사람들이 세월이 흐를수록 그를 무엇과도 비교할 수 없는 괴물이자 세계를 파멸시키는 폭군으로 여기기 시작했다.

사람들은 위협의 세기가 기괴한 시대라는 사실을 알았다. 인류 사회의 문명이 과거 그 어느 때보다 발전하고 민주주의와 인권도 존중받았지만, 또 한편으로는 사회 전체가 독재자의 어두운 그늘에서 벗어나지 못했다. 어떤 학자는 한때는 과학기술이 전체주의를 소멸시키는 힘으로 작용했지만, 문명을 위협하는 위기가 출현한 뒤 과학기술이 도리어 새로운 전체주의를 탄생시키는 토양이 되었다고 분석했다. 과거의 전체주의에서는 독재자가 타인을 통해 통치를 실현했으므로 저효율과 수많은 불확실성이라는 단점을 극복하지 못해 인류 역사에서 완전한 독재 체제가 출현한 적이 없었다. 하지만 기술이 이런 슈퍼 독재의 실현을 가능하게 했다. 면벽자와 검잡이가 우려할 만한 사례였다. 강력한 기술과 심각한 위기가 결합하면서 인류 사회가 암흑 시대로 회귀할 가능성이 높아졌다.

하지만 대다수 사람들은 아직 위협을 중단할 때가 아니라고 생각했다. 지자가 쌓아놓은 장벽이 사라지고 삼체 세계의 지식이 유입되면서 인류의 과학이 비약적으로 발전했지만 삼체 세계에 비하면 아직도 두세 시대는 뒤져 있었다. 두 세계의 과학 수준이 비슷해진 뒤에라야 위협 중단을 고려해볼 수 있었다.

또 한 가지 선택 가능한 방법이 있었다. 위협 통제권을 AI에게 맡기는 것이다. 한때 이 방법을 진지하게 검토하고 연구와 실험을 진행한 적이 있었다. 이 방법은 위협력이 매우 높다는 장점이 있지만 최종적으로 부결되었다. 두 세계의 운명을 기계에게 맡기는 것이 두려웠기 때문이다. 실험 결과, 위협과 관련된 복잡한 상황이 닥쳤을 때 AI가 정확한 판단을 내릴 확률이 인간보다 훨씬 낮았다. 논리적 추리 능력만으로 판단할 수 있는 차원이 아니기 때문이다. 정치적으로 봐도 썩 유쾌한 상황은 아니었다. 인간의 독재에서 로봇의 독재로 바뀔 뿐 독재 자체는 달라지지 않았을 것이다. 하지만 무엇보다도 중요한 원인은 지자가 AI를 교란시킬 수 있다는 점이었다. 그런 상황이 발생한 적은 없지만 가능성이 존재한다는 사실만으로도 선택에서 배제되었다.

그렇게 해서 나온 절충안이 검잡이를 교체하는 것이었다. 위의 여러 가지 요인을 고려하지 않더라도 뤄지가 이미 100세를 넘긴 노인이었기 때문에 이성적으로든 심리적으로든 비정상적인 기복이 생길 수 있었다. 두 세계의 운명을 그의 손에 맡긴다는 것은 여러모로 마음이 놓이지 않았다.

청신은 빠르게 회복되었다. 의사들은 권총에 들어 있던 7밀리 총알 10개가 전부 그녀를 관통했더라도, 심지어 그녀의 심장이 갈기갈기 찢겼더라도 현대 의학으로 그녀를 정상인과 다름없는 상태로 회복시킬 수 있었을 것이라고 말했다. 유일하게 살릴 수 없는 것은 총알이 뇌를 뚫은 경우였다.

웨이드는 거의 성공할 뻔했다. 세계에서 마지막으로 살인사건이 발생한 것이 28년 전이었으므로 지금 경찰들은 살인사건을 예방하고 조사하는 일이 익숙지 않았다. 웨이드의 경쟁 상대인 또 다른 검잡이 후보가 그의 범죄 가능성을 경찰에 경고했지만 아무런 증거도 제시하지 못했다. 그저 이 시대에 없는 예민한 직감으로 웨이드의 의도를 간파한 것뿐이었다. 경찰이 반신반의하며 시간을 허비하다가 웨이드가 AA의 전화를 위조했다는 걸 알고 나서야 움직였던 것이다.

많은 사람이 청신을 병문안하러 왔다. 정부, UN, 함대의 관계자들과 각계각층의 인사들, 물론 AA와 그녀의 친구들도 있었다. 청신은 이제 현대인의 성별을 쉽게 구분할 수 있었고, 외모가 완전히 여성화된 남자들에게도 점점 익숙해졌다. 그들이 그녀가 살던 시대의 남자들에게 없던 우아함을 가지고 있다는 걸 알았지만 역시 이성으로서의 매력은 느낄 수 없었다.

낯설고 어색한 감정이 사라지자 이 시대에 대해 더 많이 알고 싶어졌다. 하지만 아직은 병실 신세를 져야 했다.

어느 날 AA가 병실에서 파노라마 영화를 틀어주었다. 올해 오스카상에서 작품상을 수상한 〈양쯔강 동화〉라는 작품인데 송나라 때 문인 이지의(李之儀)의 시 「복산자(卜算子)」에 나오는 "나는 장강 상류에 살고 그대는 장강 하류에 산다네……"라는 구절을 모티브로 한 것이다. 정확한 연대를 알 수 없는 오래전 전원 시대를 배경으로 양쯔강 하류와 상류에 떨어져 사는 연인의 사랑을 그린 영화였다. 영화를 보는 내내 남녀 주인공은 한 번도 만나지 못했다. 심지어 상상 속 만남의 장면조차 나오지 않았지만 서로를 그리는 애틋함과 처연함이 무척 감동적이었다. 양쯔강 하류의 우아함과 차분함, 양쯔강 상류 티벳 고원의 웅장함과 광활함이 대비를 이루는 영상미가 청신을 매료시켰다. 그녀가 살던 시대처럼 상업화된 과장은 찾아볼 수 없고 양쯔강처럼 잔잔한 이야기가 그녀를 몰입시켰다.

청신은 지금 자신이 시대라는 강의 하류에 있고 이 강의 상류는 텅 비어 있다고 생각했다.

영화를 보고 난 뒤 청신은 새로운 시대의 문화에 호기심이 생겼다. 움직일 수 있을 만큼 회복되자 AA가 그녀를 데리고 미술전람회와 음악회에

갔다. 청신은 서기 시대에 베이징 798예술구*와 상하이 현대예술 비엔날레에서 보았던 변태적이고 괴상한 작품들을 똑똑히 기억하고 있었다. 그때의 예술이 지금은 어떤 모습으로 변해 있을지 상상하기 어려웠다. 하지만 전시된 예술 작품들은 그녀의 예상과는 달리 온화하고 사실적이었으며 아름다운 색채 사이로 생기와 감성이 샘솟는 듯했다. 그림 한 점 한 점이 누군가의 마음인 것처럼 자연스럽고 인간적이었다. 음악도 클래식 교향곡처럼 감성적이었다. 영화에서 보았던 양쯔강이 떠올랐다. 굽이굽이 이어지는 순수한 선율이 웅장하면서도 차분하고 부드러워 마치 양쯔강 물결을 바라보는 것 같았다.

이 시대의 문화예술은 청신의 상상과 완전히 달랐지만 단순히 고전으로 돌아간 것은 아니었다. 그보다는 포스트모더니즘 이후 더 수준 높게 승화되며 새로운 미학의 기초 위에 세워진 것 같았다. 〈양쯔강 동화〉만 해도 우주의 시공에 대한 심오한 은유가 담겨 있었다. 청신을 가장 흥분하게 한 건 21세기 포스트모더니즘 예술을 지배했던 어둠, 절망, 기괴함, 소란스러움이 사라지고 지금껏 본 적 없는 아늑하고 편안하고 낙관적인 분위기가 그 자리를 대신 채우고 있다는 사실이었다.

청신이 말했다.

"이 시대를 사랑하게 됐어. 생각할수록 놀라워."

"그 영화, 그림, 음악을 만든 예술가들이 누군지 알면 더 놀라실 거예요. 모두 4광년 밖에 있는 삼체인이에요."

놀라서 할 말을 잃은 청신을 보며 AA가 웃음을 터뜨렸다.

---

* 옮긴이 주: 버려진 공장단지에 젊은 예술가들이 모여들어 작업실로 사용하면서 유명해진 예술거리.

《시간 밖의 과거》 발췌

문화 반사

　인류가 억지력을 갖게 된 후 삼체 세계가 지구에 전송하는 과학기술 정보를 수신하고 소화하기 위해 UN과 동급의 국제기구인 세계 과학원이 설립되었다. 사람들은 삼체 세계가 얼마 안 되는 정보를 치약 짜듯 보내줄 것이고 그마저도 인간을 오도하기 위해 의도적으로 오류를 뒤섞어놓은 것이어서 지구의 과학자들이 수수께끼 풀듯 그 속에서 새로운 지식을 골라내야 할 것이라고 예상했다. 하지만 모두의 예상은 완전히 빗나갔다. 삼체인들은 짧은 기간 동안 엄청난 분량의 지식 정보를 체계적으로 전송했다. 수학, 물리학, 우주학, 분자생물학(삼체 세계의 생명을 기초로 한) 등 정보 분야도 광범위했다. 각 분야마다 온전한 학문 체계를 이룰 수 있을 만큼 방대한 정보에 지구의 과학계도 어디서부터 손대야 할지 모를 정도였다. 게다가 일방적으로 정보를 주기만 하는 것이 아니라 지구인들을 열심히 가르쳤다. 지구 세계 전체가 대학이 되었다고 해도 과언이 아니었다. 가속기 기술에 대한 지자의 통제가 사라지고 삼체 물리학의 핵심 내용이 속속 실험으로 증명되자, 인간은 비로소 삼체의 진실성을 믿기 시작했다. 심지어 삼체 세계는 세계 과학원의 지식 흡수 속도가 너무 느리다고 나무라기도 했다. 그들은 인류의 과학기술이 자신들과 동등해지길 간절히 바라는 것 같았다. 적어도 기초과학 분야에서는 확실히 그랬다.

　이런 당혹스러운 현상에 대해 사람은 여러 가지 해석을 내놓았다. 그중 비교적 신빙성 있는 주장은 삼체 세계가 인류의 빠른 과학 발전 속도를 보고 인류를 통해 새로운 지식을 얻어내려 한다는 것이었다. 말하자면 지구라는 지식의 배터리를 완전히 충전시켜 더 강한 에너지를 얻으려 한다는 것이다.

　하지만 삼체 세계의 설명은 달랐다. 그들은 이처럼 통 크게 지식을 전수하는 것은 지구 문명에 대한 경의의 표현이라고 했다. 삼체 세계도 지구 문명에서 많은 것을 배웠다는 것이다. 삼체 세계는 인류 문화 덕분에 새로운 눈을 뜨고 생명과 문명의 더 심오한 의미를 깨달았으며, 과거에는 몰랐던 자연과 인간 본성의 아름다움을 직접 체험했다. 인류의 문화가 삼체 세계에 널리 전파되고 흡수되면서 삼체 세계의 모습은 빠르게 변화했고, 반세기 동안 수차례 혁명을 거쳐 삼체 세계의 사회 구조와 정치 체계가 점점 지구와 비슷해졌다. 인간의 가치관이 머나먼 사회에서 인정받고 삼체인이 인류의 문화에 매료되었다.

처음에는 인류가 삼체인들의 설명을 반신반의했지만 그 후 더욱 믿기 어려운 문화 반사의 물결이 나타나 이 모든 것이 사실임을 증명했다.

위협의 세기로 들어선 뒤 10년쯤 지나자 삼체 세계에서 전송되는 정보 속에 인류의 문화와 예술 작품을 모방한 것이 점점 많아졌다. 영화, 소설, 시, 음악, 그림 등 분야가 다양했을 뿐 아니라, 모방 수준이 걸음마 단계를 뛰어넘어 처음부터 수준급의 작품을 창작해냈다. 학자들은 이런 현상을 문화 반사라고 불렀다. 우주에 인류 문명의 거울이 생긴 것처럼 문화를 반사해낸다는 뜻이다. 그 덕분에 인류는 지금까지 볼 수 없었던 각도에서 자신을 새롭게 인식할 수 있었다. 그 후 10년간 삼체 세계에서 반사된 문화가 인류 세계에서 차츰 유행하기 시작하더니 활력을 잃어가던 지구 본토의 문화를 대신해 문화의 주류로 떠올랐다. 삼체인의 작품이 대중에게 인기를 끌고 학자들 사이에서 새로운 문화 사상과 미학 이론을 찾는 원천이 되었다.

미리 말해주지 않으면 영화나 소설의 작가가 인간인지 삼체인인지 분간할 수 없는 정도였다. 삼체 세계의 작품에도 지구의 인류만 등장하고 자연환경도 지구와 비슷했으며 다른 세계의 흔적을 찾을 수 없었다. 이것은 삼체 세계가 인류 문화를 받아들였음을 보여주는 가장 확실한 증거였다. 하지만 삼체 세계 자체는 여전히 신비한 베일 속에 가려져 있었다. 그 세계에 관한 세부적인 정보는 지구에 전송되지 않았다. 삼체인은 자신들의 비루한 문화는 인류에게 보여줄 가치가 없다고 생각했다. 특히 삼체의 생물적 특징과 자연환경이 인류와 워낙 달라서 인간에게 보여주면 어렵게 쌓아놓은 교류 관계에 예상치 못한 걸림돌이 될 수 있다고 생각했다.

사람들은 위기가 잘 해결되어 한 줄기 햇빛이 암흑의 숲 깊숙한 구석을 비추고 있다며 안도했다.

청신이 퇴원하는 날, 지자가 그녀를 보고 싶어 한다고 AA가 말했다.

지금은 지자라는 단어가 삼체 세계에서 온, 강력하고 기이한 지능을 가진 초소형 입자가 아니라 여자의 이름이라는 것을 청신도 알고 있었다.*
이 여자는 인간의 최첨단 AI와 바이오닉스 기술로 제작되었지만 예전에 지자라고 불리던 초소형 입자에 의해 통제되고 있었다. 말하자면, 지자라는 여자는 삼체 세계가 보낸 지구 주재 대사였다. 그녀의 등장으로 과거 저차원 펼침을 한 지자를 통해 소통할 때보다 두 세계의 교류가 훨씬 자연스럽고 원활해졌다.

지자의 집은 도시 경계에 있는 커다란 나무에 있었다. 플라잉카를 타고 멀리서 바라보니 늦가을의 낙엽이 진 나무처럼 나뭇잎이 듬성듬성 매달려 있었다. 지자의 집은 맨 꼭대기 나뭇가지에 있었다. 나뭇가지에 잎사귀가 하나만 달려 있었는데 작지만 대나무로 된 우아한 집이 흰 구름 사이로 나타났다 사라졌다 했다. 구름 한 점 없이 맑게 갠 날이므로 그 집에서 나온 구름일 것이다.

청신과 AA가 긴 나뭇가지 끝까지 걸어갔다. 길 위에 매끄러운 돌이 깔려 있고 양옆은 푸른 풀밭이었다. 회전계단을 따라 내려가면 나뭇가지에

* 옮긴이 주 : 지자(智子)는 일본어로 '도모코'라는 여자 이름이다.

매달린 집으로 들어갈 수 있었다. 지자가 집 앞에서 두 사람을 맞이했다. 아담한 키에 날씬한 몸을 화려한 기모노로 둘러 사람이 꽃밭 가운데 들어가 있는 것처럼 보였다. 하지만 그녀의 얼굴이 가까워질수록 꽃들은 빛을 잃었다. 이렇게 완벽한 얼굴이 있다는 걸 믿을 수가 없었다. 하지만 그녀의 미모에 진정한 생기를 불어넣은 것은 그녀를 통제하고 있는 영혼이었다. 지자가 엷게 미소 짓자 연못에 미풍이 불어와 잔잔한 물결이 이는 듯했다. 연못 속으로 부서져 들어간 햇빛이 가볍게 일렁이며 반짝였다. 지자가 두 사람에게 천천히 허리를 굽혀 인사했다. '유(柔)'라는 글자가 그녀 전체를 이루고 있는 것 같았다. 외모도 내면도 모두 그랬다.

"와주셔서 영광이에요. 제가 찾아갔어야 하는데 차를 정식으로 대접해드리고 싶어서 오시라고 했어요. 이해해주세요. 만나서 반가워요."

지자가 또 한 번 허리 굽혀 인사했다. 그녀의 목소리도 몸매처럼 가늘고 부드러웠으며 겨우 귀에 들릴 정도로 작았지만 마치 마법처럼 그녀가 입을 열면 주위의 모든 소리가 그녀를 위해 멈추는 듯한 착각이 들었다.

지자가 두 사람을 정원으로 안내했다. 동그랗게 말아 올린 머리에 꽂은 하얀 꽃이 두 사람 앞에서 가늘게 흔들렸다. 그녀도 가끔 뒤를 돌아보며 미소를 지었다. 그 순간 청신은 자기 앞에 있는 것이 외계 침략자라는 사실과 4광년 밖에서 그녀를 조종하고 있는 것이 거대하고 막강한 세계의 존재라는 것을 잊고 있었다. 눈앞에 보이는 건 아름답고 유순한 여인이었다. 지자는 더할 나위 없이 여성스러웠다. 그녀의 여성미가 진한 물감 같아서 그녀를 호수에 던지면 호수 전체가 여성스러운 색으로 물들 것 같았다.

정원의 오솔길 양쪽에는 푸른 대나무가 자라고 대나무 숲 사이에 만들어진 엷은 구름이 사람 키의 절반쯤 되는 수풀 속에서 천천히 떠다녔다. 맑은 시내가 흐르는 작은 나무다리를 건넌 뒤 지자가 한쪽으로 물러나 허리를 굽히며 두 사람을 거실 안으로 안내했다. 넓고 채광이 좋은 거실이

오리엔탈풍으로 꾸며져 있었다. 사방의 벽을 투조 기법으로 조각해놓아 커다란 정자에 들어와 있는 것 같았다. 밖에는 하늘과 구름만 보였다. 구름은 모두 가까운 곳에서 생겨나 빠르게 떠다녔다. 벽에 그리 크지 않은 크기의 우키요에(浮世絵)*와 중국 풍경화가 그려진 부채가 걸려 있었고, 전체적으로 단조롭지만 우아했으며 허전하지도 과하지도 않게 잘 꾸며져 있었다.

지자가 두 사람을 폭신한 다다미 위에 앉게 한 뒤 자신도 우아한 자세로 앞에 앉아 단아한 기품이 흐르는 다기들을 천천히 꺼냈다.

AA가 청신의 귓가에 대고 나직이 말했다.

"느긋하게 기다리세요. 두 시간은 기다려야 마실 수 있을 거예요."

지자가 기모노 안에서 흰 손수건을 꺼내 이미 깨끗한 다기를 가볍게 문질렀다. 우선 길고 가는 자루가 달린 대나무 국자와 백자, 구리 종지를 차례로 닦은 다음 대나무 국자로 그릇에 담긴 물을 떠서 자기 주전자에 붓고 역시 정교하게 만들어진 구리 화로 위에 올렸다. 물이 끓자 작은 통에서 고운 말차를 꺼내 종지에 담고는 대나무로 된 차선으로 천천히 차를 휘저었다. 이 모든 절차가 아주 느릿느릿 진행되었으며 어떤 과정은 반복하기도 했다. 다기를 닦는 데만 20분 가까이 걸렸다. 지자에게는 이런 동작들이 기능적인 의미가 아니라 어떤 의식 같은 것이었다.

하지만 청신은 조금도 지루하지 않았다. 지자의 편안하면서도 나긋나긋한 동작에 최면이 걸린 듯 빠져들었다. 간간이 밖에서 선선한 바람이 불어오면 지자의 가는 팔이 스스로 움직이는 것이 아니라 미풍에 흔들리는 듯한 착각이 들었다. 그녀의 섬섬옥수에 들린 것도 다기가 아니라 그보다 훨씬 가볍고 부드러운 물건인 것 같았다. 실크나 구름 또는 시간처럼…….

* 옮긴이 주 : 일본의 풍속화.

그렇다. 그녀는 시간을 쓰다듬고 있었다. 시간이 그녀의 손안에서 누긋하게 매만져진 뒤 대나무 숲속에 걸린 엷은 안개처럼 천천히 흐르는 듯했다. 이것은 또 다른 시간이었다. 이 시간 속에서 피와 불의 역사가 사라지고, 복잡한 속세도 아득하게 먼 곳으로 물러났다. 남은 건 구름, 대나무 숲, 차향뿐이었다. 이것이 바로 일본 다도에서 말하는 와케세자쿠(和敬清寂)*의 세계였다.

얼마나 흘렀을까. 차가 알맞게 우려지자 다시 복잡한 의식을 거쳐 청신과 AA 앞에 찻잔이 놓였다. 청신이 연녹색 차를 한 모금 마시자 쌉싸름한 향기가 온몸으로 퍼지고 머릿속이 맑아지는 기분이 들었다.

"여자끼리 있으니 세상이 아름답긴 하지만 너무 약하기도 해요. 우리가 이 세상을 아끼고 보호해야겠어요."

지자가 나긋한 목소리로 천천히 말한 뒤 허리를 깊이 숙이더니 상기된 말투로 말했다.

"잘 부탁드립니다. 잘 부탁드립니다!"

청신은 그 말 속에 숨은 뜻과 차에 담긴 심오한 뜻을 이해할 수 있었다.

하지만 다음 날의 만남이 청신을 무거운 현실 앞으로 되돌려놓았다.

지자와 만난 다음 날 서기인 여섯 명이 청신을 찾아왔다. 2대 검잡이 후보들이었다. 마흔다섯부터 예순여덟까지 나이는 다르지만 모두 남자였다. 위협의 세기 초기에 비하면 동면에서 깨어난 서기인이 많지 않지만 여전히 특정한 사회계층을 이루고 있었다. 그들은 위기의 세기 후반에 동면에서 깨어난 사람들보다 현대 사회에 더 적응하기 힘들었다. 서기인 남자들은 여성화된 사회에 적응하기 위해 의식적으로든 무의식적으로든 자신

* 옮긴이 주: 남에게는 온화하게 대하고 다실과 다구는 조심스럽고 깨끗하게 다룬다는 뜻.

의 외모와 성격을 점점 여성화시켰다. 하지만 청신을 찾아온 남자들은 예외였다. 그들은 남성적인 외모와 성격을 고집스럽게 지키고 있었다. 청신이 예전에 그들을 봤다면 자연스럽게 대했겠지만 지금은 어쩐지 어색하게 느껴졌다.

이 남자들의 눈동자에는 빛이 없었다. 그들은 진정한 자아를 두꺼운 가면 속에 숨기고 있었다. 청신은 차가운 바위 여섯 개로 쌓은 성벽에 가로막힌 기분이었다. 성벽은 세월에 담금질된 거친 강인함과 함께 묵직한 한기를 내뿜으며, 뒤로는 살기를 감추고 있었다.

청신은 우선 그녀의 위험을 경찰에게 제보해준 후보에게 고맙다고 인사했다. 진심이었다. 어쨌든 그가 그녀의 목숨을 구했다. 얼굴에 냉엄한 기운이 흐르는 그는 비윈펑(畢雲峰)이라는 이름의 마흔여덟 살 남자였다. 그는 동면하기 전, 당시 세계 최대 입자가속기 설계자였다. 청신과 마찬가지로 그도 대형 프로젝트의 미래 연락원 임무를 맡고 미래로 보내졌다. 언젠가 지자의 통제에서 벗어난다면 가속기를 다시 가동할 수 있으리라는 기대를 한 몸에 안고 있었지만, 그 시대에 만들어진 모든 가속기는 위협의 세기 이전에 폐기되었다.

비윈펑이 말했다.

"내가 실수한 게 아니길 바랍니다."

농담으로 던진 말인 것 같았지만 청신도 나머지 다섯 명도 모두 농담으로 느끼지 않았다.

다른 남자가 단도직입적으로 말했다.

"당신이 검잡이 경선에 참가하지 않길 바랍니다."

차오빈(曹彬)이라는 서른네 살의 이 남자는 가장 젊은 후보였으며 위기가 시작될 때 딩이(丁儀)의 동료 물리학자였다. 지자가 가속 기술을 통제하고 있다는 사실이 공개된 후, 그는 이론물리학이 헛된 수학 게임으로 전락했음을 가슴 아파하며 지자의 통제에서 벗어난 미래로 가기 위해 동면을 선택했다.

청신이 물었다.

"제가 경선에 참가한다면 선발될 가능성이 있다고 생각하세요?"

지자를 만나고 돌아온 뒤 줄곧 그녀의 머릿속을 맴돌던 의문이었다. 그녀는 어젯밤 이 의문 때문에 한숨도 자지 못했다.

"참가한다면 틀림없이 선발될 겁니다."

이번엔 이반 안토노프가 답했다. 준수한 외모의 마흔네 살 남자로 후보 중 차오빈 다음으로 젊었지만 남다른 경력을 가지고 있었다. 과거 러시아의 최연소 해군 중장이었으며 발틱 함대 부사령관까지 올라갔지만 불치병에 걸려 동면을 선택했다.

청신이 웃으며 물었다.

"제가 위협적인가요?"

"전혀 위협적이지 않은 건 아니에요. 당신은 PIA에서 근무한 경력이 있으니까요. 지난 2세기 동안 PIA가 삼체 세계를 상대로 다양한 정탐 활동을 했어요. 최후의 전쟁이 발발하기 전 태양계 함대에 물방울이 공격할 수 있다는 경고를 보내기도 했죠. 아쉽게도 받아들여지지 않았지만. PIA는 전설적인 기구가 되었어요. 이 점이 바로 당신에게 가산점을 줄 겁니다. 또 당신은 유일하게 다른 세계를 가지고 있는 사람이기도 하죠. 그건 당신이 이 세계를 구할 수도 있다는 뜻이에요. 이 판단이 논리적인지와 무관하게 현재 사람들은 그렇게 생각하고 있어요."

"핵심은 내가 설명하지."

나이가 지긋한 대머리 남자가 안토노프의 말을 자르고 끼어들었다. A. J. 홉킨스였다. 아니, 이건 그가 밝힌 자신의 이름이었다. 그가 깨어났을 때 그의 신분 자료가 모두 분실되어 찾을 수 없었고, 그 자신 역시 어떤 정보도 밝히기를 거부했다. 심지어 원하는 대로 지어서 말해달라고 해도 거부하는 바람에 새로운 도시의 시민 자격을 얻기까지 우여곡절을 겪어야 했다. 하지만 그 신비한 신분이 후보자 경선에서 그에게 적잖은 장점이 되었다. 그는 안토노프와 함께 위협력이 가장 높은 후보였다.

"사람들이 생각하는 이상적인 검잡이는 이런 모습이지. 삼체 세계를 두렵게 하면서도 인류에게는, 그러니까 여자들과 가짜 여자들에게는 두려운 존재가 아니어야 해. 그런 사람이 있을 턱이 있나? 그러니까 일차적으로 자기들한테 무섭지 않은 사람한테 끌릴 거야. 자넨 여자고 또 그들 눈에 예쁜 여자잖아. 그 게이 같은 놈들은 우리 때 어린애들보다도 더 순진해. 겉모습밖엔 못 보지…… 지금 저들은 일이 잘 해결된 줄 알지. 우주 평화가 곧 실현될 거라고 믿고 있어. 그러니 위협은 뒷전으로 밀려나고 검잡이는 안전한 사람을 최고로 쳐."

청신이 물었다.

"우주 평화가 실현되지 않을 거란 말씀인가요?"

홉킨스의 경박한 말투가 그녀에게 반감을 일으켰다.

여섯 남자 모두 대꾸하지 않고 그녀 모르게 시선을 교환했다. 그들의 눈빛이 더 음침해졌다. 남자들에게 에워싸인 청신은 컴컴하고 축축한 우물 바닥에 떨어진 듯한 기분이 들어 속으로 몸서리를 쳤다.

나이가 제일 많아 보이는 남자가 말했다.

"아가씬 검잡이에 어울리지 않아. 정치 경험도 없고 너무 어려. 상황 판단력도 부족하고 검잡이에게 필요한 심리적 요건도 갖추지 못했지. 내세울 건 착하고 책임감이 강하다는 것뿐이잖아."

예순여덟 살의 그는 한국 외교부 차관 출신으로 여섯 후보 중 동면에 들어갈 때 직위가 제일 높았던 사람이다.

아까부터 조용히 있던 남자도 거들었다. 그는 전직 베테랑 변호사였다.

"검잡이 생활에 대해 진지하게 생각해본 적 없죠? 그게 얼마나 큰 희생인지 당신은 모를 겁니다."

마지막 한마디가 청신의 입을 막았다. 그녀는 검잡이 뭐지가 위협의 세기에 어떤 일을 겪었는지 조금 전에 알았다.

후보들이 돌아간 뒤 AA가 청신에게 물었다.

"검잡이 생활은 삶이라고 할 수 없어요. 지옥도 그렇게 끔찍하진 않을 거예요. 저 서기인 남자들은 왜 검잡이가 되려는 걸까요?"

"자신의 손가락 하나로 전 인류와 또 다른 세계의 운명을 결정할 수 있잖아. 우리 시대 남자들에게는 매력 있는 일이지. 일생 최대 목표가 될 수도 있고, 그러다가 집착이 도를 넘어 미쳐버릴 수도 있어."

"설마 선생님도 검잡이가 되고 싶은 건 아니겠죠?"

청신은 대답하지 않았다. 그렇게 단순한 문제가 아니었다.

AA가 말했다.

"그 남자요. 그렇게 음침하고 광적인 변태가 있을 줄 몰랐어요."

웨이드를 두고 하는 말이었다.

"그보다 위험한 사람도 많아."

웨이드는 자신의 잔인함을 굳이 숨기지 않았다. 서기인들의 깊은 속내와 복잡한 인격은 AA나 다른 현대인들이 상상하기 어려운 것이었다. 그녀를 찾아왔던 여섯 남자의 차가운 가면 뒤에 도대체 무엇이 숨겨져 있을까? 그들 중에 예원제나 장베이하이(章北海)가 없다고 누가 장담할 수 있을까? 더 무서운 건 예원제나 장베이하이가 한 명이 아닐 수도 있다는 사실이었다.

이 세계는 청신의 약한 면을 고스란히 드러내 보였다. 그녀는 가시덤불 속에 날아 들어간 영롱한 비누 거품처럼 어딘가에 조금만 닿아도 한순간에 파멸될 것이다.

일주일 뒤 청신은 UN 본부에서 열리는 DX3906 항성계 행성 인도식에 참여했다.

인도식이 끝난 뒤 PDC 의장이 UN과 태양계 함대를 대표해 그녀가 검잡이 경선에 나가주기를 바란다고 정식으로 제안했다. 기존의 후보 여섯 명은 불확실성이 다분하기 때문에 그중 누가 선발되든 사람들의 불안을 불식시키지 못해 혼란이 벌어질 것이고 그 후 어떤 일이 일어날지 예상하기 어렵다는 것이 의장의 설명이었다. 또 한 가지 위험 요인은 여섯 후보 모두 삼체 세계에 대한 강한 불신과 공격 성향을 가지고 있다는 점이었다. 그들 중 2대 검잡이가 나온다면 지구 세계와 함대 세계의 급진파와 손잡고 강경책을 내놓은 다음 암흑의 숲 위협을 이용해 삼체 세계에 더 많은 것을 요구할 가능성이 컸다. 그렇게 된다면 두 세계가 쌓아온 평화와 과학 및 문화 교류 관계가 갑자기 깨질 것이고 엄청난 후폭풍이 닥칠지 모른다. 하지만 청신이 검잡이가 된다면 이런 일을 막을 수 있을 것이다.

동굴 시대가 끝난 뒤 UN 본부가 예전 건물로 돌아왔다. 청신은 그곳이 전혀 낯설지 않았다. 건물의 외관이 3세기 전과 거의 차이가 없고, 본부 앞 광장의 조각도 그대로였으며 풀밭도 예전처럼 관리되고 있었다. 그곳에 서자 270년 전의 혼란스러웠던 저녁이 생각났다. 면벽 프로젝트가 발표되고 뤄지가 총격을 당한 후 흔들리는 서치라이트 불빛 속에서 겁에 질린 사람들이 뛰어다녔다. 헬리콥터가 일으킨 기류에 그녀의 긴 머리카락이 나부끼고 구급차가 붉은빛을 번쩍이며 요란한 소리와 함께 멀어졌다. 모든 게 바로 어제 일처럼 느껴졌다. 웨이드가 뉴욕의 야경을 등지고 눈동자에 싸늘한 빛을 띄우며 그녀의 일생을 바꾼 말을 했었다.

"뇌만 보냅시다."

그 한마디가 없었다면 지금 이 모든 상황은 그녀와 무관할 것이다. 그녀는 그저 2세기 전에 이미 죽은 평범한 사람일 것이고, 그녀의 모든 것은 시간의 강에 휩쓸려 흔적 없이 사라져버렸을 것이다. 운이 아주 좋다면 그녀의 10대 자손이 2대 검잡이의 탄생을 손꼽아 기다리고 있을 수도 있다.

하지만 지금 그녀는 살아 숨 쉬며 광장을 메운 인파 앞에 서 있었다. 그녀의 모습이 담긴 홀로그램 영상이 사람들 사이에서 채색 구름처럼 떠다녔다. 아기를 안은 젊은 여자가 다가와 생후 몇 달 된 아기를 그녀에게 건넸다. 아기가 그녀를 향해 달콤한 미소를 지었다. 청신은 작고 따뜻한 아기를 품에 안고 보드라운 얼굴에 자기 얼굴을 가만히 가져다 댔다. 마음이 녹아내리듯 편안해졌다. 세상 전체를 안고 있는 것 같았다. 그 순간 이 새로운 세계가 품 안의 아기처럼 사랑스럽고 연약하게 느껴졌다.

"봐요! 성모마리아예요! 진짜 성모마리아예요!"

아기 엄마가 사람들을 향해 외치고는 눈물이 가득 차오른 눈으로 그녀를 우러러보며 두 손을 가슴 앞에 모았다.

"아름답고 선하신 성모님, 이 세상을 지켜주세요. 야만적이고 피를 좋아하는 남자가 이 아름다운 세상을 파괴하도록 내버려두지 마세요."

사람들의 환호성에 품에 있던 아기가 울음을 터뜨리자 청신이 서둘러 아기를 꼭 안았다. 그녀가 줄곧 품고 있던 의문이 다시 귓가에 맴돌았다.

'내게 다른 선택이 있을까?'

이 질문에 마침내 해답을 얻었다. 다른 선택은 없었다. 이유는 세 가지였다.

첫째, 구세주로 추앙받는 것과 단두대로 끌려가는 것은 한 가지 공통점이 있다. 그(그녀)에게 선택의 여지가 없다는 것이다. 예전에 뤄지가 그랬고 지금은 청신이 그렇다.

둘째, 아기 엄마의 말과 품에 있는 따뜻하고 보드라운 아기가 청신에게 한 가지 사실을 일깨워주었다. 그녀가 이 새로운 세계에 대해 품고 있는 감정이 모성이라는 것을 분명히 알았다. 그녀가 서기 시대에 경험해보지 못한 그 감정이 잠재의식 속에서 깨어나며 새로운 세계 사람들이 마치 품 안의 아기처럼 느껴졌다. 그들이 상처받는 걸 볼 수 없었다. 예전에는 이 것을 책임감으로 오해했지만 모성과 책임감은 다르다. 모성은 본능이므 로 벗어날 수 없다.

셋째, 또 하나의 사실이 결코 넘을 수 없는 벽처럼 그녀 앞에 우뚝 서 있 었다. 앞의 두 가지 이유가 성립되지 않더라도 이 벽은 흔들림 없이 그녀 앞에 있었다. 바로 윈텐밍이다.

지옥이든 심연이든 윈텐밍이 먼저 들어갔다. 그녀를 위해 기꺼이 들어 간 그가 있기에 그녀는 물러서지 못하고 이 복수를 받아들여야 했다.

청신은 엄마의 사랑을 듬뿍 받으며 유년기를 보냈다. 하지만 모정뿐이 었다. 아빠는 어디에 있느냐고 엄마에게 물어본 적도 있었다. 그녀의 엄마 는 다른 엄마들과 달리 그 질문에 차분하게 반응했다. 처음에는 평온한 말 투로 모른다고 대답했다가 조금 뒤 가볍게 한숨 지으며 "알 수 있다면 얼 마나 좋겠니?"라고 중얼거렸다. 내가 어디에서 왔느냐고 물었을 때 엄마 는 주워왔다고 했다. 다른 엄마들의 거짓말과 달리 엄마의 말은 사실이었 다. 청신은 정말로 주워 온 아이였다. 엄마는 결혼한 적이 없었다. 어느 날 저녁, 남자 친구와 데이트하다가 생후 석 달 된 청신이 강보에 싸여 공원 벤치 위에 버려져 있는 것을 보았다. 강보 안에 젖병 하나와 1000위안 그 리고 아이의 생일이 적힌 종이쪽지가 들어 있었다. 처음에는 아기를 파출 소에 데려다주려고 했다. 그러면 아기는 보육원으로 보내져 고아로 살게 될 것이다. 엄마는 엄마 예행연습을 하고 싶었던 것인지 아니면 다른 이유 때문인지, 아기를 좀 더 데리고 있다가 다음 날 아침에 파출소에 데려다주 기로 했다. 그런데 해가 떠오르자 아기를 보낼 수가 없었다. 이 작은 생명 이 세상을 떠돌아다닐 것을 생각하면 가슴이 욱신거렸다. 결국 그녀는 청 신의 엄마가 되기로 결심했다. 반대하는 남자 친구와도 헤어졌다. 그 후

10년 동안 엄마는 네댓 번의 연애를 했지만 모두 아이 문제 때문에 헤어졌다. 청신은 엄마가 만났던 모든 남자 친구들이 엄마가 자신을 기르는 걸 강하게 반대하진 않았다는 걸 나중에야 알았다. 결혼도 하지 않은 엄마가 버려진 아이를 키우는 걸 남자 친구가 조금이라도 이해하지 못하거나 짜증을 내면 엄마는 망설임 없이 이별을 선택했다. 청신에게 작은 상처도 주고 싶지 않았기 때문이다.

청신은 어릴 적에는 자기 집이 남들과 다르다는 걸 몰랐다. 가족은 모두 그런 건 줄 알았다. 엄마와 딸의 작은 세계는 사랑과 행복으로 가득 차 있었다. 심지어 그녀는 엄마와 자신 사이에 아빠가 생긴다면 거추장스럽지 않을까 생각하기도 했다. 하지만 자라면서 조금씩 부정의 결핍을 느끼기 시작했다. 처음에는 아빠가 없다는 게 그다지 아쉽지 않았지만 시간이 지날수록 점점 더 강렬해졌다. 바로 그때 엄마가 그녀에게 아빠를 만들어주었다. 사랑도 많고 책임감도 강한, 좋은 남자였다. 그가 엄마를 사랑하게 된 건 청신에 대한 엄마의 모정 때문이었다. 그때부터 청신의 하늘에 태양이 하나 더 생겼다. 청신은 이 작은 세계가 완전하다고 생각했고 여기서 한 명 더 늘어나는 건 불필요하다고 생각했다. 그래서 엄마와 아빠는 아이를 낳지 않았다.

청신은 대학에 입학하면서 처음으로 부모님 곁을 떠난 뒤 고삐 풀린 망아지처럼 점점 더 멀리 떠나갔다. 그리고 결국 그녀는 공간적으로 떠난 것도 모자라 시간적으로도 부모님을 떠나기로 했다. 먼 미래로.

영원히 작별을 고하던 그날 밤을 아직도 잊을 수가 없었다. 부모님에게 내일 오겠다고 말했지만 다시 돌아올 수 없다는 걸 그녀는 알고 있었다. 헤어짐의 순간을 감당할 수 없어서 아무 말도 하지 않고 떠났지만 부모님은 이상한 예감이 들었던 것 같다.

엄마가 그녀의 손을 덥석 잡고 말했다.

"우리 셋은 사랑으로 지금까지 왔단다……."

그날 밤 청신은 부모님 집 밖에서 날이 밝을 때까지 서 있었다. 밤바람이 불고 별이 반짝일 때마다 엄마의 마지막 말이 귓가에 맴돌았다.

3세기 뒤 그녀는 마침내 사랑을 위해 뭔가를 할 수 있는 기회가 생겼다.

청신이 아기 엄마에게 말했다.

"검잡이 경선에 참가하겠어요."

위협의 세기 62년, 오르트 구름 밖, 그래비티호

그래비티호가 블루스페이스호를 반세기 동안 추격한 끝에 차이를 좁히고 목표물에 거의 도달했다. 블루스페이스호와의 거리가 3천문단위밖에 되지 않았다. 두 전함이 비행한 1.5광년의 머나먼 여정에 비하면 지척이라 할 만한 거리였다.

그래비티호는 10년 전 오르트 구름을 지났다. 태양에서 1광년 떨어지고 혜성이 출몰하는 이 춥고 적막한 공간이 인류가 생각하는 태양계의 마지막 경계였다. 그래비티호와 블루스페이스호는 이 경계를 넘은 최초의 인류 우주선이었다. 당시에는 구름을 관통하고 있다는 걸 전혀 느낄 수 없었다. 가끔씩 꼬리 없는 차가운 혜성이 가까운 거리에서 스쳐 갔지만 수만, 수십만 킬로미터 떨어져 있었기 때문에 육안으로는 보이지 않았다.

오르트 구름을 벗어난 뒤 그래비티호가 진정한 의미의 외우주로 들어갔다. 이때 태양은 선미 쪽의 평범한 별이 되어 있었다. 다른 별과 다를 바 없는 작은 별이 되어 존재감이 사라지고 아득한 허공 속의 환각처럼 보였다. 어느 방향으로 가도 끝없는 심연이 펼쳐졌다. 유일하게 감각기관으로 실체를 확인할 수 있는 것은 그래비티호와 편대비행을 하고 있는 물방울이었다. 전함 양쪽으로 각각 5킬로미터 떨어진 곳에서 항해하는 물방울 두 개를 육안으로 볼 수 있었다. 그래비티호에 탄 사람들은 망원경으로 선창을 통해 물방울을 보곤 했다. 이 끝이 보이지 않는 허공에서 유일하게 위안이 되는 존재였다. 사실 물방울을 보는 것은 자신을 보는 것과 같았다. 물방울의 거울 같은 표면에 그래비티호가 선명하게 비쳐 보였다. 약간 변형된 모습이었지만 물방울 표면이 완벽하게 매끄러워 또렷하게 반사되었다. 고배율로 확대시키면 전함 선창 안에서 물방울을 관찰하는 사람들까지 똑똑히 볼 수 있을 것 같았다.

하지만 그래비티호에 탑승한 100여 명의 군인 대부분은 외로움을 느끼지 않았다. 그들은 지난 50년 중 거의 대부분을 동면 상태로 보냈다. 전함의 일상적인 항해에 필요한 당직 인력은 5~10명밖에 되지 않았다. 교대로 당직을 섰기 때문에 깨어 있던 시간을 다 합치면 3~5년밖에 되지 않았다.

전체 추격 과정은 그래비티호와 블루스페이스호 사이의 복잡한 가속 게임이었다. 우선 블루스페이스호는 무한정 가속할 수 없었다. 가속할 때 연료 소모량이 많았다. 설령 추격을 벗어난다 해도 연료를 다 써버린다는 건 끝없는 우주에서는 자살과도 같았다. 그래비티호도 전 출력으로 가속할 수 없었다. 블루스페이스호보다는 많은 연료를 비축했지만 귀환해야 하므로 특별한 상황이 아니면 연료 사용 계획을 지켜야 했다. 그들은 태양계에서 나가기 위한 가속기, 귀환 전의 감속기, 태양계로 귀환하기 위한 가속기, 지구에 도착하기 전의 감속기 이렇게 4단계로 나누어 동일한 양의 연료를 사용했다. 따라서 추격을 위해 가속할 때도 전체 연료의 4분의 1밖에 사용할 수 없었다. 다행히 그래비티호는 예전 항해 기록과 지자가 제공한 정보를 통해 블루스페이스호의 연료 비축량을 정확히 계산할 수 있었지만 블루스페이스호는 그래비티호의 연료 상황에 대해 전혀 알지 못했다. 말하자면 이 게임에서 그래비티호는 블루스페이스호가 쥔 패를 볼 수 있었지만 블루스페이스호는 그래비티호가 쥔 패를 볼 수 없었다. 그래비티호는 최고 가능 속도보다는 훨씬 느리지만 블루스페이스호보다는 빠른 속도로 항해했다. 추격이 시작된 지 25년이 되었을 때 블루스페이스호의 연료 비축량이 마지노선에 다다라 가속을 중단했다.

그래비티호는 추격하는 동안 계속 블루스페이스호에게 신호를 보냈다. 설령 그들이 지구의 추격 함대를 따돌리더라도 물방울이 그들을 따라잡아 궤멸시켜버릴 것이므로 도주는 무의미하다고 경고하는 한편, 즉각 지구로 귀환해 공정한 심판을 받을 것을 명령했다. 경고와 명령이 효과를 발휘했다면 추격 시간을 크게 단축할 수 있었겠지만 블루스페이스호는 아무런 대응도 하지 않았다.

1년 전, 그래비티호와 블루스페이스호의 거리가 30천문단위까지 축소되었을 때 어느 정도 예상했던 일이 발생했다. 그래비티호와 물방울 두 개가 지자의 사각지대로 진입하자 지구와의 실시간 통신이 중단되고 전자파와 중성미자를 이용한 통신만 가능해졌다. 그래비티호에서 발사한 정보가 지구에 닿으려면 1년 3개월이 걸리고 그에 대한 답변을 받을 때도 똑같은 시간을 기다려야 한다는 뜻이었다.

《시간 밖의 과거》 발췌

암흑의 숲의 또 다른 간접적 증거—지자의 사각지대

위기의 세기 초기에 삼체 세계는 지자 시스템을 이용해 지구를 정탐하는 한편,

은하계의 다른 방향으로 광속에 가까운 지자를 발사했다. 처음에 여섯 개를 발사했지만 얼마 못 가서 지자들이 모두 사각지대로 들어가버렸다. 제일 멀리까지 항해한 지자도 7광년밖에 비행하지 못했다. 그 후에 발사된 지자들도 마찬가지였다. 가장 가까운 사각지대는 그래비티호를 따라 비행한 지자가 만난 것으로 지구와의 거리가 1.3광년밖에 되지 않았다.

지자 사이의 양자 얽힘*은 일회성이기 때문에 한번 끊기면 회복되지 않는다. 그러므로 사각지대로 들어간 지자들은 영원히 우주 속으로 사라진다.

지자가 어떤 방해를 만났는지 삼체 세계는 전혀 알 수 없었다. 이런 방해가 자연적인 것일 수도 있고 '인'위적인 것일 수도 있지만 삼체와 지구의 과학자들은 후자에 더 무게를 두었다.

은하계로 날아간 지자가 사각지대로 들어가기 전까지 찾아낸 것은 서로 인접해 있으며 행성을 가진 두 개의 항성계뿐이었다. 두 곳 모두 생명과 문명이 없었지만 삼체와 지구의 과학자들은 그렇기 때문에 지자가 가까이 다가갈 수 있었던 것이라고 분석했다.

위협의 세기 후기에도 지구와 삼체 두 세계는 우주에 드리운 신비의 베일을 벗겨내지 못했다. 하지만 지자의 사각지대가 존재한다는 사실은 우주가 암흑의 숲 상태임을 증명하는 간접적인 증거였다. 암흑의 숲 상태가 유지되려면 우주가 투명해져서는 안 된다.

지자가 사각지대로 들어갔다고 해서 그래비티호의 임무에 치명적인 타격이 있는 것은 아니지만 임무가 꽤 복잡해진 것은 사실이었다. 지금까지는 블루스페이스호에 잠입한 지자를 통해 목표물의 내부 상황을 훤히 알 수 있었지만, 지자의 정보를 받을 수 없으므로 블루스페이스호는 검게 가려진 상자와도 같았다. 또 물방울이

---

* 옮긴이 주:두 입자가 서로 멀리 떨어져 있어도 마치 끈으로 연결된 듯한 입자의 상태가 확정되는 즉시 다른 입자의 상태도 변하는 현상.

삼체 세계로부터 실시간 통제를 받지 못하고 물방울 내부에 설치된 AI의 통제를 받았기 때문에 예상하지 못했던 뜻밖의 상황이 발생할 위험성이 있었다.

이런 상황을 알고 있는 그래비티호 함장은 임무 수행 기간을 단축하는 게 낫다고 판단하고 그래비티호를 가속시켜 목표물을 추격하기로 했다.

그래비티호가 빠르게 추격하자 블루스페이스호가 처음으로 그들에게 연락해 자신들의 제안을 내놓았다. 주요 용의자를 포함해 전함 탑승 인원 중 3분의 2를 우주 왕복선에 태워 그래비티호로 보내고 나머지 3분의 1은 계속 블루스페이스호에 탑승한 채 먼 우주에 있는 목표를 향해 항해하겠다는 것이다. 그렇게 하면 인류는 선발 부대와 인류의 씨앗을 먼 우주로 보낸 셈이고 새로운 세계를 탐색할 기회도 남겨둘 수 있었다.

그래비티호는 이 제안을 단호하게 거절했다. 블루스페이스호의 모든 탑승자가 살인 용의자이므로 반드시 전원이 재판을 받아야 하고, 인류 사회가 이미 그들을 인류로 인정하지 않으므로 그들이 인류를 대표해 우주를 탐색하게 될 가능성은 전혀 없다는 것이었다.

블루스페이스호는 도주와 저항 모두 무의미하다는 것을 그제야 깨달았다. 추격자가 태양계의 전함뿐이라면 배수진을 쳐볼 수도 있겠지만, 그들과 함께 온 물방울의 존재 때문에 양쪽의 실력 차이가 현격하게 벌어졌다. 블루스페이스호는 물방울에게 얇은 종이 과녁에 불과했으므로 도망칠 수 있는 가능성은 없었다. 양쪽이 15천문단위 떨어졌을 때 마침내 블루스페이스호가 그래비티호에 투항하고 도주를 포기했다. 블루스페이스호가 전 출력으로 감속하자 두 전함 사이의 거리가 빠르게 줄어들고 기나긴 추격이 머지않아 막을 내릴 예정이었다.

그래비티호 전체가 동면에서 깨어나 전투 상태로 돌입했다. 반세기 동안 조용했던 전함에 다시 생기가 돌기 시작했다.

동면에서 깨어난 사람들은 추격 목표가 눈앞에 와 있다는 사실 외에 지구와의 실시간 통신이 끊어진 현실도 함께 마주해야 했다. 후자는 정신적으로 그들과 블루스페이스호 사이의 거리를 가깝게 좁혀주지 못했다. 반대로 잠시 부모 손을 놓친 아이가 부모 없이 야생 들판에 사는 아이를 만난 공포와 불안이 그들을 엄습했다. 모두들 하루빨리 블루스페이스호를 법에 따라 처리한 뒤 지구로 돌아가기만을 바랐다. 두 전함이 똑같이 광막한 외우주에서 같은 방향을 향해 비슷한 속도로 항해하고 있었지만 정신적으로는 완전히 다른 항해를 하고 있었다. 그래비티호에는 정신적으로 의지할 수 있는 것이 있지만 블루스페이스호는 의지할 것 없이 표류하고 있었다.

승선원 전체가 동면에서 깨어난 지 98시간 되었을 때 그래비티호에 탑승한 정신과 의사 웨스트에게 첫 번째 상담자가 찾아왔다. 웨스트는 자신을 찾아온 상담자가 데번 중령이라는 사실에 놀랐다. 그가 가지고 있는 의료 기록에서 데번 중령은 전체 탑승자 중 심리적 안정도가 가장 높은 사람이었다. 데번은 그래비티호가 목표물을 체포한 후 블루스페이스호의 무장을 해제시키고 용의자들을 체포하는 임무를 맡은 헌병 지휘관이었다. 그래비티호가 출발할 때 지구상의 남자들은 인류 역사상 마지막으로 남은 남성적인 남자들이었고, 데번은 그중에서도 가장 남성적이었다. 강인해 보이는 외모 때문에 종종 서기인으로 오해받기도 했다. 그는 또 사형제도를 부활시켜 어둠의 전쟁을 일으킨 전범들을 엄격하게 처리해야 한다고 주장하는 강경론자였다.

"선생님은 모든 상담 내용에 대해 비밀을 지켜준다고 들었습니다. 나도 내 생각이 우습다는 걸 알고 있어요."

조심스럽게 말을 꺼내는 데번에게서 평소의 패기를 찾아볼 수 없었다.

"중령님, 정신의학에서는 그 어떤 생각도 정상적이에요. 우스운 생각이라는 건 없어요."

"어제 행성 간 시간 436950에 4호 회의실에서 나와 17호 복도를 따라 선실로 돌아가다가 정보센터 앞에서 어떤 사람을 만났습니다. 중위였어요. 아니, 더 정확하게는 우주군 중위의 군복을 입고 있었습니다. 당직 근무자 외에는 모두 자고 있을 시간이었지만 거기서 누군가를 마주친 게 이상하진 않았어요. 다만……."

중령이 고개를 저으며 꿈을 회상하듯 눈동자가 흔들리기 시작했다.

"뭐가 이상했나요?"

"그와 마주쳤는데 경례를 하길래 무심코 쳐다보았죠……."

중령이 다시 말을 멈추자 웨스트가 계속 말하라는 뜻으로 고개를 끄덕였다.

"그 사람은 블루스페이스호의 해병대 지휘관인 박의군 소령이었습니다."

웨스트가 놀란 기색 없이 평온한 말투로 물었다.

"블루스페이스호라고요?"

데번이 물음에 대답하지 않고 하던 말을 이어갔다.

"아시다시피 지자가 보내온 실시간 이미지를 통해 블루스페이스호 내부를 감시하는 게 내 임무입니다. 그래서 나는 블루스페이스호의 모든 탑승자를 잘 알고 있어요. 물론 박의군도 알고 있습니다. 북한 사람이에요."

"닮은 사람일 거예요."

"이 전함 탑승자들도 잘 알지만 그런 사람은 없습니다. 그리고…… 그가 경례를 하고 무표정하게 내 옆을 지나갔는데 몇 초쯤 멍했다가 고개를 돌려보니 복도에 아무도 없었어요."

"중령님, 동면에서 언제 깨어나셨죠?"

"3년 전입니다. 목표물의 내부 상황을 감시하기 위해서죠. 그 전에도 전체 탑승자 중에서 깨어 있던 기간이 제일 긴 사람이 나입니다."

"지자의 사각지대로 들어갔었던 것도 아시겠군요."

"물론 알고 있습니다."

"지자의 사각지대에 들어가기 전까지 오랫동안 목표물 내부의 실시간 이미지를 보셨잖아요. 그래비티호가 아니라 블루스페이스호에 타고 있는 듯한 착각이 들지 않으셨나요?"

"그래요. 자주 그런 기분이 들었어요."

"그러다가 갑자기 이미지 전송이 중단됐죠. 게다가 피로가 쌓였고요……. 그뿐이에요. 절 믿으세요. 아주 정상적인 현상이니까 걱정 마시고 충분히 휴식을 취하세요. 이제 일할 사람도 많으니 긴장 푸세요."

"난 최후의 전쟁에서 살아남은 생존자입니다. 폭발이 일어났을 때 이 책상만 한 구명선에 몸을 구겨 넣고 해왕성 궤도에서 한 달 동안 떠다니다가 죽기 직전에 구조됐어요. 하지만 그때도 정신적인 문제는 없었습니다. 환각 같은 것도 없었고……. 틀림없이 봤어요."

데번이 몸을 일으켜 밖으로 나가다가 문 앞에서 몸을 돌렸다.

"어디서든 그 개자식을 또 만나면 내 손으로 죽여버릴 겁니다."

3호 생활 구역에서 작은 사고가 발생했다. 배양액 파이프가 터진 것이다. 탄소섬유로 만든 튼튼한 파이프이기 때문에 압력을 견디지 못하고 파열될 가능성은 매우 낮았다. 수리 기술자 이반이 흙도 없이 열대우림처럼 빽빽이 자라고 있는 식물 사이로 비집고 들어갔다. 몇 사람이 이미 파이프의 구멍을 막고 흘러나온 노란 배양액을 닦고 있었다. 파이프의 터진 구멍을 보자마자 이반이 귀신을 본 듯 그 자리에서 얼어붙었다.

"이…… 이건 미소 유성체*에 맞아 뚫린 자국이야!"

그의 말에 옆에 있던 사람이 웃음을 터뜨렸다. 신중하고 노련한 기술자

---

* 옮긴이 주: 소행성과 혜성에서 떨어져 나와 우주를 떠다니는 작은 암석 입자.

인 이반의 입에서 이런 말이 나왔다는 사실이 더 우스웠다. 생활 구역은 전함의 중간 부분에 위치한 데다 3호 생활 구역과 가장 가까운 선체 외벽은 수십 미터나 떨어져 있었다.

"10년 넘게 전함 수리 작업을 했어. 이런 일은 눈 감고도 알 수 있다고! 이거 봐! 외부 충격에 생긴 파열이야. 가장자리가 고온에 녹았잖아. 전형적인 미소 유성체 충돌 흔적이야!"

이반이 파이프 파열 부위에 얼굴을 바짝 대고 맞은편 파이프 내벽을 자세히 살펴본 뒤 엔지니어에게 파이프 내벽을 동그랗게 잘라내 현미경으로 확대해달라고 했다. 1000배 확대한 이미지가 전송되었을 때 모두들 충격에 할 말을 잃었다. 몇 미크론 크기의 검은색 입자들이 파이프 내벽에 박힌 채 반짝이고 있었다. 호의적이지 않은 눈동자 몇 개가 그들을 주시하고 있는 것처럼. 물론 그들은 그게 무엇인지 알고 있었다. 직경 100미크론의 미소 유성체가 파이프 벽에 부딪쳐 산산조각 나며 그 파편이 맞은편 파이프 내벽에 박힌 것이다.

모두들 약속이나 한 듯 고개를 들어 파이프가 파열된 곳의 위쪽을 올려다보았다.

천장은 아무 흔적도 없이 깨끗했다. 사실 이 선실 천장에서 바깥 우주로 나가려면 수십 겹의 선실 벽을 지나가야 했다. 정확하게는 각기 다른 두께의 선실 벽을 100개 넘게 거쳐야 했다. 그중 어느 하나라도 그런 충격을 받았다면 최고 수준의 경보가 울렸을 것이다.

하지만 이 미소 유성체는 우주에서 날아온 것 같았다. 파열된 흔적으로 볼 때 미소 유성체와 파이프의 상대속도가 초속 30킬로미터는 될 것 같았다. 전함 내에서 이렇게 빠른 속도로 가속하는 것은 불가능하고 이 생활 구역 안에서는 더더욱 불가능했다.

"귀신이 곡할 노릇이군."

아이크라는 이름의 중위가 작게 뇌까리며 자리를 떴다. 그의 말에는 다른 뜻이 들어 있었다. 10여 시간 전 그는 이보다 더 말도 안 되는 공포를 경험했다.

아이크가 자기 선실의 침대에 누워 막 잠에 빠져들려고 할 때, 갑자기 맞은편 선실 벽에 지름 1미터 크기의 둥근 구멍이 뚫렸다. 벽에 걸린 하와이 풍경의 그림 일부가 사라졌다. 원래 전함 내부의 선실 벽은 변형이 가능해서 어떤 위치에서든 자동으로 선실 문이 나타날 수 있지만 이렇게 둥근 구멍이 뚫리는 경우는 없었다. 게다가 중간급 장교 숙소의 선실 벽은 모두 변형되지 않는 금속 벽이었다. 자세히 보니 구멍의 가장자리가 거울처럼 매끄러웠다. 괴상한 사건이지만 아이크가 간절히 바라던 일이기도 했다. 바로 옆이 베라 중위의 선실이었기 때문이다.

베라는 AI 시스템의 유지 보수를 책임지는 엔지니어였다. 아이크는 이 러시아 미녀를 흠모했지만 베라는 그에게 관심이 없었다. 이틀 전 근무를 마치고 베라와 함께 선실로 돌아오는 길에 아이크는 베라의 선실에서 좀 더 얘기를 나누고 싶었다. 하지만 베라는 언제나 그랬듯 문을 막고 선 채 그의 얘기를 들어주었다.

아이크가 말했다.

"잠깐 앉았다가 갈게. 이웃인데 네 방에 한 발짝도 들어가보지 못했어. 남자의 자존심을 생각해줄 순 없겠어?"

베라가 아이크에게 눈을 흘겼다.

"이 전함에서 자존심 있는 남자들은 모두 우울하던걸? 여자 방에 들어가려는 남자는 못 봤어."

"우울할 게 뭐가 있어? 우리가 그 살인자들을 추격하기 시작한 뒤로 세상에 모든 위협이 사라졌어. 곧 행복한 세상이 올 거야."

"그들은 살인자가 아니야! 그들이 위기에 처하지 않았더라면 블루스페이스호는 지금 인류의 종족 보존을 위한 유일한 희망일 거야. 그런데 우린 지금 인류의 적과 손잡고 그들을 추격하고 있어. 이 상황이 치욕적이지도 않아?"

아이크가 말했다.

"오, 그런 생각을 갖고 있으면서 어떻게……."

"어떻게 이 항해에 참여했느냐고? 정신과 군의관과 함장한테 날 고발해. 그러면 즉시 강제 동면됐다가 지구로 귀환한 뒤에 군대에서 쫓겨나겠지. 내가 바라는 바야!"

베라가 아이크의 코앞에서 문을 쾅 닫고 들어갔다.

지금 아이크는 벽에 뚫린 구멍을 통해 베라의 선실로 들어갈 수 있었다. 그는 무중력벨트를 풀고 침대에서 일어나 앉았지만 갑자기 멈추었다. 둥근 구멍의 아랫부분에 있는 캐비닛의 3분의 1이 사라져 있었다. 잘린 단면도 구멍의 가장자리와 마찬가지로 거울처럼 매끄러웠다. 보이지 않는 날카로운 칼로 도려낸 것 같았다. 캐비닛뿐 아니라 안에 들어 있는 물건들도 똑같이 잘려 있었다. 차곡차곡 넣어놓은 옷들이 가지런히 잘려 있고 역시 단면이 반짝였다. 캐비닛의 잘린 모양이 구멍의 가장자리와 정확하게 맞물려 구형을 이루고 있었다. 아이크는 침대 매트리스를 손으로 짚어 몸을 살짝 띄운 뒤 구멍 너머 선실로 시선을 옮겼다. 그 순간 그는 정신이 나갈 만큼 놀랐다. 자신이 악몽을 꾸고 있다고 확신했다. 구멍 너머로 선실 벽에 붙어 있는 베라의 싱글 침대가 일부 사라지고 침대에 누워 있는 베라의 종아리도 침대와 함께 사라져 있었다! 침대와 다리의 단면도 역시 거울처럼 매끄러웠다. 다리의 단면은 수은을 발라놓은 듯 깨끗했지만 잘린 근육과 뼈를 또렷하게 볼 수 있었다. 하지만 베라의 다른 부위는 아무 일도 없는 것처럼 멀쩡했고 심지어 그녀는 침대에 누워 깊이 잠들어 있었다. 풍만한 가슴이 그녀의 고른 숨소리를 따라 얕게 들썩였다. 평소였다면 그녀의 잠든 모습에 매료되었겠지만 지금은 초자연적인 공포만이 아이크를 뒤덮었다. 정신을 가다듬고 자세히 살펴보니 침대와 다리의 잘린 모양도 둥근 구멍의 가장자리와 완전히 일치했다.

마치 벽에 지름 1미터의 거품이 박혀 모든 것이 사라져버린 것 같았다.

아이크는 침대 머리맡에 있는 바이올린 활을 집어 들고 가늘게 떨리는 활을 그 무형의 공간을 향해 뻗었다. 역시 거품 속으로 들어간 활 끝이 사라졌지만 활 털은 팽팽하게 당겨진 그대로였다. 활을 빼자 사라졌던 부분이 아무렇지 않게 돌아왔다. 그래도 그는 자신이 그 구멍 속으로 뛰어들지 않았다는 사실에 가슴을 쓸어내렸다. 거품 속으로 뛰어들었다가 멀쩡하게 거품의 반대쪽으로 빠져나올 거라고 누가 장담할 수 있을까?

아이크는 애써 가슴을 진정시켰다. 이런 초자연적인 현상을 일으킬 만한 가능성들에 대해 생각하다가 가장 현명한 결정을 내렸다. 수면 모자를 쓰고 침대에 눕는 것이다. 무중력벨트를 허리에 단단히 묶은 뒤 수면모자를 쓰고 수면 시간을 30분으로 맞추었다.

정확하게 30분 뒤 잠에서 깼지만 둥근 구멍은 그대로였다.

다시 수면 시간을 한 시간으로 맞춘 뒤 자고 일어나 보니 구멍이 사라지고 선실 벽이 아무 일도 없었다는 듯 되돌아와 있었다. 풍경화가 온전하게 벽에 걸려 있고 모든 것이 원래대로였다.

그래도 베라가 걱정되어 밖으로 뛰쳐나갔다. 베라의 선실 문 앞에서 벨을 누를 겨를도 없이 미친 듯이 문을 두드렸다. 다리가 잘린 그녀가 침대에 누워 있던 끔찍한 장면이 머릿속을 가득 채웠다. 한참 만에 문이 열리고 베라가 잠이 덜 깬 얼굴로 문 앞에 서서 무슨 일이냐고 물었다.

"걱정돼서 왔어. 너…… 괜찮아?"

아이크가 시선을 내려 그녀의 다리를 살폈다. 베라의 잠옷 아래로 가늘고 긴 다리가 상처 하나 없이 바닥을 딛고 있었다.

"미쳤어!"

베라의 날카로운 외침과 함께 문이 쾅 닫혔다.

아이크는 선실로 돌아와 다시 수면 모자를 썼다. 이번에는 수면 시간을 여덟 시간으로 설정했다. 그날 겪은 일에 대처하는 가장 현명한 선택은 수많은 의문과 충격을 가슴속에 욱여넣고 혼자 삭이는 것이었다. 그래비티호의 특수성 때문에 승선원들, 특히 군인들의 심리 상태에 대한 감시가 엄격했다. 심리 감시 임무를 맡은 부대가 따로 있었으며, 군인 100명마다 10명씩 정신과 군의관이 배치되었다. 전함이 출발할 때 여기가 행성급 우주선인지 정신과 병동인지 모르겠다고 비아냥거린 사람도 있었다. 게다가 정신과 의사 웨스트는 가장 짜증 나는 인물이었다. 아주 사소한 일까지 사사건건 심리적 장애나 정신질환으로 귀결시켰다. 변기가 막혀도 심리학 이론으로 분석하려 들 기세였다. 승선원들에게 엄격한 기준을 적용시켜 아주 경미한 정신질환에도 가차 없이 동면시켰다. 동면은 아이크에게 두려운 일이었다. 자칫하면 두 전함이 도킹하는 역사적인 순간을 놓칠 수 있었다. 그렇게 된다면 반세기 후 지구로 돌아갔을 때 미래의 여자 친구들 앞에서 영웅이 될 수 없을 것이다.

하지만 지금은 웨스트와 정신과 군의관들에 대한 혐오감이 조금 줄어들었다. 그들이 아무것도 아닌 일에 호들갑을 떤다고 생각했지만, 사람이 정말로 이토록 사실적인 환각을 볼 수 있다는 걸 이제야 깨달았기 때문이다.

아이크의 환각에 비하면 류샤오밍(劉曉明) 중사가 본 초자연적인 현상은 가히 장관이라고 부를 만했다.

류샤오밍 중사가 소형 비행정을 타고 전함 밖에서 순찰 근무를 하고 있을 때였다. 전함에서 일정한 거리를 두고 비행하며 전함의 외부 표면에 운석 충돌 자국이 있는지 등을 살펴보는 일상적인 점검을 하고 있었다. 사실 이런 점검은 예전 방식이었다. 그래비티호는 선체 표면에 작은 이상이라도 생길 경우 실시간으로 감지할 수 있는 고성능의 센서 감측 시스템이 설치되어 있기 때문에 외부 순찰은 필수적인 것이 아니었고 아주 가끔씩만 시행했다. 또 이런 점검은 전함이 균일한 속도로 항해할 때만 시행할 수 있고 가속 구간에서는 시행하기가 어려웠다. 최근 블루스페이스호와 가까워지면서 전함이 가속과 감속을 빈번하게 반복하다가 오랜만에 가속을 멈추고 균일한 속도로 항해하고 있었다. 이 기회에 외부 점검을 실시하라는 명령을 받고 류샤오밍이 전함 밖으로 나온 것이었다.

류샤오밍을 태운 비행정이 그래비티호의 중간 부분에서 미끄러지듯 빠져나와 선체 전체를 한눈에 볼 수 있는 거리까지 날아갔다. 거대한 선체가 은하수 별빛을 듬뿍 받으며 빛나고 있었다. 동면 항해 때와 달리 모든 선창과 바깥쪽 복도에서 불빛이 새어 나와 선체 표면이 눈부시게 반짝이고 전함 전체가 더욱 웅장하게 보였다.

하지만 류샤오밍은 보고도 믿기지 않는 광경을 발견했다. 반듯한 원기둥 형태인 그래비티호의 꼬리 부분이 비스듬하게 변하고 선체의 길이가 5분의 1쯤 줄어들었던 것이다. 선체의 꼬리 부분을 보이지 않는 칼로 잘라낸 것 같았다!

몇 초 동안 눈을 감았다가 떴지만 눈앞에 있는 건 역시 꼬리가 잘린 그래비티호였다! 선득한 냉기가 등 뒤를 훅 덮쳤다. 두려움은 눈앞의 기이한 광경 때문이기도 했지만, 이 거대한 행성급 우주선이 유기적인 시스템이라는 이유가 더 컸다. 선체의 꼬리 부분이 사라지면 에너지순환 시스템이 완전히 파괴되어 전함의 대폭발이 일어나게 된다. 그런데 지금 전함은 아무 일 없이 항해하고 있었다. 절대 정지 상태로 우주에 매달린 것처럼 평온해 보였다. 이어폰에도 눈앞의 스크린에도 아주 작은 이상 경보조차 없었다.

류샤오밍이 통화 스위치를 켜고 상부에 보고하려다가 손을 우뚝 멈추더니 스위치를 껐다. 최후의 전쟁에 참전했던 늙은 우주인의 말이 별안간 뇌리를 스쳤다.

"우주에서의 직감은 믿을 수 없어. 직감에 의지해 행동할 수밖에 없다면 우선 1부터 100까지 세게. 그럴 시간이 없으면 최소한 10까지라도 센 뒤에 행동해."

그가 눈을 감고 숫자를 세기 시작했다. 10까지 센 뒤 눈을 번쩍 떴다. 그래비티호의 꼬리는 여전히 잘린 그대로였다. 다시 눈을 감고 숫자를 셌다. 호흡이 빨라졌지만 훈련받았던 것을 떠올리며 냉정을 되찾으려고 노력했다. 30까지 센 뒤 눈을 뜨자 온전한 원기둥의 전함이 눈앞에 떠 있었다. 류샤오밍은 눈을 감고 크게 한숨 쉬며 미친 듯이 요동치는 가슴을 애써 진정시키고 전함의 꼬리 쪽으로 다가갔다. 비행정의 방향을 틀어 원기둥 끝에 도착하자 핵융합 엔진의 거대한 노즐 세 개가 보였다. 엔진은 멈춰 있었고 최저 출력으로 가동되고 있는 핵융합로의 붉은빛이 노즐에서 희미하게 새어 나오고 있었다. 그는 지구의 노을을 떠올렸다.

중사는 조금 전 상황을 상부에 보고하지 않은 것을 다행스럽게 생각했다. 보고했더라면 심리치료를 받아야 했을 것이고, 하급 사관인 그는 정신질환을 이유로 강제로 동면될 가능성이 컸다. 아이크와 마찬가지로 류샤오밍도 폐물인 상태로 지구로 돌아가고 싶지는 않았다.

웨스트가 관이판(關一帆)을 찾아갔다. 관이판은 항해에 따라온 우주학자로 선미에 있는 우주학 관측 스테이션에서 근무하고 있었다. 중부 생활구역에 그의 선실이 있지만 그곳에는 거의 가지 않고 주로 관측 스테이션에서 생활했다. 밥을 먹을 때도 서빙 로봇에게 식사를 가져오라고 시키는 바람에 사람들은 그를 '선미의 은둔자'라고 불렀다.

관측 스테이션은 작고 좁은 구형 선실이었다. 그 좁은 공간에서 일과 생활을 모두 해결하는 관이판은 머리와 수염은 덥수룩하게 자라 있었지만 젊어 보였다. 웨스트가 찾아갔을 때 관이판은 구형 선실의 한가운데에서 불안정하게 떠다니고 있었다. 이마가 땀으로 푹 젖고 눈빛은 긴장되어 보였으며 숨이 가쁜 듯 활짝 젖혀진 옷깃을 손으로 연방 잡아당겼다.

"일이 바빠서 시간을 낼 수 없다고 전화로 말씀드렸잖아요."

그의 말투에 의사의 방문이 성가신 듯한 기색이 역력했다.

"전화 통화만으로도 정신질환이 있다는 걸 알 수 있었어요. 그래서 왔어요."

"난 군인이 아니에요. 전함이나 승선원의 안전을 위협하는 일이 아니라면 아무도 날 간섭할 수 없어요."

"맞아요. 규정상 누구의 간섭도 받지 않는다는 걸 알아요. 친해지고 싶어서 왔어요. 폐소공포증이 있는 사람이 이런 곳에서 정상적으로 일할 순 없죠."

웨스트가 돌아가려는데 관이판이 그를 불렀다. 웨스트가 못 들은 척 고개도 돌리지 않자 예상대로 관이판이 따라와 그를 붙잡았다.

"어떻게 알았어요? 당신 말대로 나한테…… 폐소공포증이 있어요. 밀폐됐다고 느끼는 순간 좁은 파이프 속에 처박힌 것처럼 답답해요. 가끔은 아주 커다란 두 철판 사이에 납작하게 짓눌려 있는 것 같기도 하고……."

"안 그렇다면 이상하죠. 당신이 지내는 곳을 봐요."

웨스트가 관측 스테이션 내부를 가리켰다. 그곳은 마치 종횡으로 복잡하게 교차된 파이프와 케이블 사이에 낀 작은 달걀 같았다.

"당신의 연구 대상은 아주 크지만 당신이 지내는 곳은 아주 작아요. 여기서 얼마 동안 있었는지 생각해봐요. 마지막으로 동면에서 깨어난 뒤에 벌써 4년 동안 동면하지 않았죠?"

"그래비티호의 임무가 우주 탐색이 아니라 법 집행이라는 건 불만이 없어요. 급하게 출발하면서 이 정도 관측 스테이션을 만든 것만 해도 훌륭해요. 핵심은 내 폐소공포증이 이곳과 무관하다는 거예요."

"1호 광장에 가서 산책이나 합시다. 도움이 될 거예요."

웨스트는 길게 말하지 않고 앞장서서 선수 쪽으로 향했다. 가속 상태였다면 선미에서 선수까지 1000미터 넘는 깊이의 우물을 기어오르는 것 같았겠지만 균일한 속도로 항해하고 있는 무중력상태였기 때문에 공중에 둥둥 떠서 쉽게 옮겨갈 수 있었다. 원주형 선체의 맨 앞에 위치한 1호 광장은 반구형 투명 덮개로 덮여 있었다. 광장에 서면 덮개의 존재를 잊고 우주 한가운데 선 듯한 기분이 들었다. 구형 선실에서 보는 우주의 홀로그램 영상과 비교하면 외우주 항해의 '탈물질 효과'를 더 분명히 체험할 수 있었다.

'탈물질 효과'란 우주 심리학의 한 개념이다. 사람이 지구 세계에 있을 때는 물질의 실체로 둘러싸여 있기 때문에 잠재의식 속 세계의 이미지가 물질과 실체로 이루어져 있다. 하지만 태양계에서 멀리 떨어진 외우주에서는 별은 멀리서 흐릿하게 반짝이는 점이고 은하계도 그저 희미한 빛을 내는 엷은 안개에 지나지 않는다. 그 때문에 감각기관으로든 심리적으로든 세계가 질량과 실체감을 상실하고 시간이 모든 것을 지배하게 된다. 우주인의 잠재의식 속 세계가 물질적인 세계에서 공허한 세계로 바뀌게 되는데 이런 멘털모델이 바로 우주 심리학의 기본 좌표다. 인간의 심리 속에서 전함이 우주의 유일한 물질적 실체가 되고 아광속*에서는 전함의 운동을 느끼지 못한다. 따라서 우주는 끝없이 넓은 전시장으로 변하고 별들은

* 옮긴이 주 : 빛의 속도에 근접한 속도.

환각으로 변하며 전함이 우주의 유일한 전시품이 된다. 이런 멘털모델은 거대한 고독감을 수반하게 되며, 잠재의식 속에서 '전시품'의 슈퍼 관찰자에 대한 환상이 생기고 더 나아가 자신을 완전히 들켜버렸다는 불안감과 수동성이 나타나기 쉽다.

외우주를 항해할 때 나타나는 부정적인 심리 현상은 대부분 외부 환경의 초개방성을 바탕으로 한다. 이런 환경에서 관이판에게 폐소공포증이 나타났다는 것은 베테랑 정신과 의사인 웨스트에게도 매우 드문 일이었다. 그런데 방금 더 이상한 일을 발견했다. 관이판이 광장에 들어가 탁 트인 우주 한가운데 서 있는데도 심리적 안정을 찾지 못했다는 사실이다. 막힌 공간으로 인해 생긴 그의 불안과 초조가 조금도 줄어들지 않은 듯했다. 자신의 폐소공포증이 좁은 관측 스테이션과 무관하다는 그의 말이 증명된 셈이었다. 그럴수록 웨스트는 관이판에 대한 관심이 더 커졌다.

웨스트가 물었다.

"기분이 좋아졌나요?"

"아뇨, 전혀. 아직도 밀폐되어 있어요. 여기, 이 모든 게 다 밀폐되어 있어요."

관이판이 하늘을 눈으로 휙 훑은 뒤 그래비티호의 전방으로 시선을 옮겼다. 그가 블루스페이스호를 보고 싶어 한다는 걸 웨스트는 알고 있었다. 현재 두 전함 간의 거리가 10만 킬로미터밖에 되지 않고 속도는 거의 비슷했으며 양쪽 모두 가속을 중단하고 평균 속도로 항해 중이었다. 외우주의 기준에서 보자면 두 전함이 편대비행을 하고 있었고 도킹의 세부 사항에 대한 마지막 협상이 진행 중이었다. 하지만 아직 육안으로는 상대를 볼 수 없는 거리였다. 물방울도 보이지 않았다. 반세기 전 그래비티호가 출발했을 때 삼체 세계와 체결한 협의에 따라 물방울 두 개 모두 전함에서 30만 킬로미터 떨어진 위치에 있었고, 이 세 개의 점이 길고 좁은 이등변

삼각형을 이루었다.

관이판이 우주에서 시선을 거두어 웨스트에게로 옮겼다.

"어제 꿈을 꿨어요. 아주 넓은 곳이었죠. 당신은 상상도 못 할 만큼. 꿈에서 깨고 나니 현실은 여전히 좁았어요. 폐쇄돼 있다는 사실이 미치도록 두려웠어요. 태어나면서부터 작은 상자에 갇혀 살았다면 괜찮겠지만 자유롭게 놓아줬다가 다시 집어넣으면 얘기가 달라지죠."

"꿈에서 본 곳에 대해 말해봐요."

관이판이 의미를 알 수 없는 미소를 지었다.

"전함에 탄 과학자들, 심지어 블루스페이스호에 탄 과학자들에게도 말할 수 있지만 당신에겐 말할 수 없어요. 당신에겐 선입견이 없지만 의사들의 공통적인 특징은 싫어해요. 의사들은 누구든 일단 정신병이 있다고 판단하고 나면 그가 하는 모든 말을 병적인 환각으로 단정해버리죠."

"방금 꿈을 꾸었다고 했잖아요."

관이판이 고개를 저으며 뭔가 회상하려는 듯했다.

"그게 꿈인지 생시인지 몰라요. 그때 내가 깨어 있었는지 자고 있었는지도 모르겠고. 이따금 꿈에서 깼다고 생각했는데 아직 꿈일 때도 있고, 처음부터 깨어 있었는데 꿈을 꾼 것 같을 때가 있잖아요."

"흔한 증상은 아니에요. 정신질환이 있다고 판단할 수 있어요. 참, 이런 말을 좋아하지 않겠군요."

"아뇨. 생각해보면 우린 비슷한 점이 있어요. 우린 둘 다 관찰 대상이 있어요. 당신은 정신병자를 관찰하고 나는 우주를 관찰하고. 내게도 당신처럼 관찰 대상이 정상적인지 판단하는 기준이 있어요. 수학적인 의미에서의 조화와 아름다움이죠."

"당신의 관찰 대상은 정상적인 것 같군요."

"틀렸어요, 의사 양반."

관이판이 시선을 웨스트에게 고정시킨 채 손가락으로 눈부신 은하를 가리켰다. 그가 갑자기 나타난 거대한 괴물을 보여주듯 말했다.

"내 관찰 대상은 전신마비 환자예요!"

"왜죠?"

관이판이 무릎을 당겨 안으며 몸을 둥글게 말았다. 그가 무중력상태에서 천천히 돌기 시작했다. 우주의 중심이 되어 자신을 둘러싼 은하계가 운행하는 것을 보는 것 같았다.

"광속 때문이에요. 우리가 알고 있는 우주의 지름은 160억 광년이고 지금도 계속 팽창하고 있어요. 광속은 초속 30만 킬로미터밖에 안 되죠. 느려터졌어요. 우주의 한쪽 끝에 있는 빛이 영원히 다른 쪽 끝에 도달할 수 없다는 뜻이에요. 광속보다 더 빠른 건 없으니까 이쪽의 정보와 작용력도 우주의 다른 쪽 끝까지 전달될 수 없죠. 영원히. 우주를 사람에 비유한다면 뇌에서 나온 신경신호가 온몸으로 전달되지 못해요. 그의 뇌는 팔다리의 존재를 모르고 팔다리는 뇌의 존재를 모르죠. 또 몸의 각 부위도 다른 부위의 존재를 몰라요. 이게 전신마비 환자가 아니고 뭐겠어요? 이것보다 더 끔찍한 비유도 할 수 있어요. 우주는 계속 팽창하고 있는 시체예요."*

"재미있군요, 관 박사. 아주 흥미로워요."

"초속 30만 킬로미터의 광속 외에 또 다른 '3'의 증상이 있어요."

"뭐죠?"

---

* 광속의 한계 때문에 우주의 높은 균일성을 해석하는 것은 불가능하다. 즉, 우주의 모든 방향에서 은하의 밀도가 동일하고 마이크로파 배경의 온도가 동일하다. 빅뱅 이후 우주가 서서히 팽창했다면 우주의 각 부분이 상호작용을 통해 균형을 유지하는 것이 불가능하기 때문에 급팽창 이론이 출현했다. 급팽창 이론이란 우주가 아주 짧은 시간 내에 작은 직경에서 현재의 크기로 팽창했다는 것이다.

"3차원이죠. 끈 이론*에서 시간을 계산에 넣지 않으면 우주는 10차원이에요. 하지만 그중 세 개 차원만이 거시 세계에서 우리 세계를 형성하고 나머지는 모두 미시 세계에 말려 있어요."

"끈 이론이 그에 대한 해석이 되겠군요."

"두 개의 끈이 만나 어떤 것을 서로 상쇄시켜야만 거시 세계로 차원을 펼칠 수 있고, 3차원 이상의 차원은 그렇게 만날 기회가 없다고 말하는 사람도 있어요……. 이건 너무 억지예요. 수학적으로 아름답지 않아요. 앞에서 말한 광속과 이걸 합쳐서 우주의 3과 30만 증후군이라고 부를 수 있겠군요."

"그 병의 원인이 뭐죠?"

관이판이 웨스트의 어깨를 잡고 큰 소리로 웃었다.

"위대한 질문이에요! 솔직히 말해서 아직 그렇게 멀리까지 생각한 사람은 없어요. 나도 병의 원인이 있다고 믿어요. 그건 과학이 밝혀내야 할 가장 무서운 진실이겠죠. 하지만…… 내가 뭐라도 된다고 생각해요? 난 그저 전함 꼬리에 웅크리고 있는 관찰자 나부랭이일 뿐이에요. 전함이 출발할 때는 애송이 보조 연구원이었고요."

그가 웨스트의 어깨에서 손을 내리고 시선을 은하로 옮기며 긴 한숨을 내뱉었다.

"난 이 전함에서 동면 시간이 제일 긴 사람이에요. 출발할 때 스물여섯이었는데 아직 서른한 살밖에 안 됐죠. 하지만 내 앞의 우주는 더 이상 아름다움의 원천이나 신앙의 대상이 아니에요. 팽창하는 시체로 변했어요……. 나도 늙었나 봐요. 더 이상 별에 매력을 느낄 수 없어요. 집에 가

---

* 옮긴이 주 : 우주가 시간 1차원, 공간 10차원의 11차원 세계이며, 만물의 최소 단위가 극소의 진동하는 끈이라는 이론.

고 싶은 생각뿐."

관이판과 달리 웨스트는 깨어 있는 시간이 길었다. 그는 타인의 심리적 안정을 유지시키기 위해서는 자신이 먼저 감정 통제력을 가져야 한다고 생각했다. 그런데 지금 그는 뭔가에 세게 얻어맞은 기분이었다. 처음으로 감정을 억누르지 않고 지난 반세기의 긴 항해를 돌이켜보니 저절로 눈가가 축축해졌다.

"친구, 나도 늙었어요."

그의 말에 대답하기라도 하듯 전투 경보가 요란하게 울리기 시작했다. 하늘 전체가 비명을 지르듯 왱왱거렸다. 채색 먹구름이 차례로 은하를 덮듯 대형 경보 화면이 광장 위 공중에 층층이 나타났다.

놀라서 어리둥절해하는 관이판을 향해 웨스트가 외쳤다.

"물방울 공격이에요! 물방울이 급가속을 하고 있어요. 하나는 블루스페이스호, 또 하나는 우리를 향하고 있어요!"

관이판이 사방을 둘러보았다. 전함의 갑작스러운 가속에 대비해 본능적으로 뭔가 잡으려고 했지만 아무것도 없자 웨스트를 붙잡았다.

웨스트가 그의 손을 잡았다.

"전함이 급하게 가속하지는 않을 거예요. 그럴 시간이 없어요. 시간이 10여 초밖에 없어요."

짧은 혼란이 지나간 뒤 두 사람 모두 기이한 안도감을 느꼈다. 공포에 떨 시간도 없을 만큼 급작스럽게 찾아온 죽음이 다행스러웠다. 조금 전 우주에 관한 대화는 죽음에 대한 가장 좋은 준비였을 것이다. 두 사람 모두 똑같은 한마디를 떠올렸다.

관이판이 먼저 말했다.

"우리 둘 다 관찰 대상들을 걱정할 필요가 없을 것 같군요."

위협의 세기 62년 11월 28일 16시~16시 17분, 위협통제센터

고속엘리베이터가 아래로 내려갔다. 점점 두꺼워지는 머리 위 지층이 청신의 가슴을 무겁게 짓눌렀다.

반년 전 UN과 태양계 함대 연합회의에서 청신이 제2대 중력파 위협 시스템 통제인, 즉 검잡이로 당선되었다. 그녀는 2위 후보보다 두 배 가까이 많은 표를 얻었다. 그녀가 향하는 곳은 위협통제센터였다. 그곳에서 위협 통제권 인수식이 열릴 예정이었다.

지하 45킬로미터에 있는 위협통제센터는 인류가 가장 깊은 곳에 지은 건축물로 지각을 뚫고 내려가 모호로비치치불연속면* 아래 맨틀 속에 위치해 있었다. 압력과 온도가 지각보다 훨씬 높고 지층의 주요 성분은 단단한 감람암이었다.

엘리베이터가 20분 가까이 내려간 뒤 멈추었다. 엘리베이터에서 내리

* 옮긴이 주 : 지각과 맨틀의 경계가 되는 불연속면.

자 검은 철문이 그녀를 맞이했다. 암흑의 숲 위협통제센터의 정식 명칭인 '중력파 우주 전송 시스템 0호 통제 스테이션'이라는 흰 글씨와 함께 UN과 태양계 함대의 휘장이 새겨져 있었다.

이 지하 건축물은 매우 복잡했다. 직접 대기와 통하지 않고 독립적이고 폐쇄적인 공기순환 시스템이 설치되어 있었다. 45킬로미터 깊이로 인한 고기압이 인체에 부담을 줄 수 있기 때문이다. 섭씨 500도 가까운 맨틀의 고온을 식히기 위한 강력 냉각 시스템도 설치되어 있었다. 하지만 청신의 눈에는 텅 빈 공간만 보였다. 로비의 하얀 벽은 디스플레이 기능이 있는 것 같지만 흰색 외에는 아무것도 보이지 않았다. 지은 지 얼마 안 되어 아직 정식으로 사용하지 않은 것처럼 휑뎅그렁했다. 반세기 전 통제센터를 설계하며 뤄지에게 의견을 구했을 때 그의 요구는 딱 하나였다.

무덤처럼 단순해야 한다는 것이다.

45킬로미터 위 지상에서 열린 위협 통제권 인수식은 성대하고 웅장했다. 지구 세계와 함대의 고위급 수뇌들이 모두 참석했다. 청신은 그들이 인류 전체를 대표해 지켜보고 있는 가운데 엘리베이터에 탔다. 마지막 인수 과정은 PDC 의장과 함대 참모총장만 참석한 가운데 진행될 예정이었다. 그들은 위협 시스템을 직접 관리하고 운영하는 두 기구의 대표였다.

PDC 의장이 텅 빈 로비를 가리키며 청신에게 말했다.

"청신 씨가 원하는 대로 새로 꾸밀 겁니다. 풀밭과 분수를 만들 수도 있고 나무도 심을 수 있어요. 원한다면 홀로그램 영상으로 지상의 광경을 똑같이 보여줄 수도 있고요."

참모총장이 말했다.

"청신 씨는 그 사람처럼 생활하지 않길 바랍니다. 진심으로."

군복을 입어서인지 그에게서 과거 시대의 남자 같은 분위기가 느껴졌다. 말투는 따뜻했지만 그녀의 가슴을 짓누르고 있는 무거운 기분을 몰아낼 수는 없었다. 말로 표현할 수 없는 무거움이 머리 위 지층처럼 45킬로미터 두께로 켜켜이 그녀를 덮었다.

《시간 밖의 과거》 발췌

검잡이의 선택—생존과 멸망의 10분

암흑의 숲 위협을 가능하게 한 첫 번째 시스템은 태양을 둘러싸고 있는 3000여 개의 원자폭탄이다. 이 원자폭탄들은 기름막 물질에 싸여 있으며 원자폭탄 폭발로 생성되는 먼지가 태양을 가려 깜빡이게 함으로써 우주에 삼체 세계의 좌표 정보를 전송하게 된다. 이 시스템은 거대하지만 몹시 불안정하다. 따라서 물방울이 태양의 전자기복사에 대한 봉쇄를 해제한 직후 태양을 향해 고출력 전파를 발사하는 시스템을 작동시켜 원자폭탄 사슬 위협 시스템과 상호보완 역할을 하도록 했다.

이 두 시스템은 가시광선을 포함한 전자파를 매개로 정보를 전송했다. 이것이 행성 간 통신의 가장 원시적인 수단인 '우주 봉화'다. 하지만 우주에서 빠르게 사라지고 왜곡되기 때문에 전송 범위가 제한적이다.

위협을 통한 억지력을 갖게 되었을 당시, 인류는 중력파와 중성미자를 수신하는 기술은 초보 단계였지만 발사하고 조절하는 기술은 갖추지 못한 상태였다. 인류가 삼체 세계에 전수해줄 것을 요구한 첫 번째가 바로 이 분야의 기술이었다. 이를 통해 지구 세계는 중성미자와 중력파 통신 기술을 갖게 되었다. 이 두 가지 기술이 양자 통신보다 뒤처진 기술이고 중력파와 중성미자 전송 속도가 광속 이하로 제한되어 있기는 하지만 전자파 통신에 비하면 한 단계 발전한 것이었다.

이 두 가지 전송 수단 모두 감쇠성(減衰性)이 매우 낮기 때문에 멀리까지 전송할 수 있다. 특히 중성미자는 다른 물질과의 사이에 거의 아무런 작용도 발생하지 않기 때문에 이론적으로는 중성미자를 이용한다면 이미 알려진 우주 끝까지 정보를 전달할 수 있다. 약간의 감쇠와 변형이 일어나기는 하지만 정보를 수신하는 데는 아무런 영향이 없다. 다만 중성미자는 일정한 방향으로만 발사할 수 있는 반면, 중력파는 우주의 모든 방향으로 방송하듯 광범위하게 전송할 수 있기 때문에 중력파가 암흑의 숲 위협의 주요 수단이 되었다.

중력파를 발사하는 기본 원리는 질량 밀도가 높은 긴 줄의 진동을 이용하는 것이다. 가장 이상적인 발사 안테나는 블랙홀이다. 작은 블랙홀을 길게 연결시켜 진동을 통해 중력파를 발사할 수 있다. 하지만 삼체 문명조차 이런 기술은 불가능했기 때문에 차선을 선택할 수밖에 없었다. 바로 축퇴* 물질을 사용해 진동 줄을 만드는 것이다. 이런 초고밀도 줄은 직경이 몇 나노미터밖에 되지 않아 안테나 전체 면적에서 아주 작은 비중을 차지한다. 안테나의 넓은 면적은 대부분 이런 초고밀도 재료를 지탱하고 감싸는 용도이기 때문에 안테나가 그리 무겁지는 않다.

진동 줄을 구성하는 축퇴 물질은 원래 백색왜성과 중성자별 안에 존재하는 것으로 일반적인 환경에서는 감쇠되어 보통 원소로 변한다. 현재 인류가 만들 수 있는 진동 줄의 반감기는 약 50년으로 반감기가 되면 안테나가 기능을 완전히 상실한다. 따라서 중력파 안테나의 수명은 50년이며 수명이 끝나면 교체해야 한다.

중력파 위협 제1단계의 주요 전략은 확실한 위협을 위해 각 대륙에 중력파 발사대 100대를 설치하는 것이다. 하지만 중력파 통신에도 단점이 있다. 발사 장치를 소형화할 수 없다는 점이다. 중력파 안테나의 거대한 크기, 복잡한 구조, 높은 건설 비용 때문에 결국 발사대를 23대밖에 설치하지 못했다. 하지만 '완벽한 위협'이 불가능하다는 사실을 사람들에게 인식시킨 건 다른 사건이었다.

---

* 고밀도의 물질 상태. 파울리의 배타 원리로 인해 두 개의 다른 전자가 동시에 원자 안의 같은 장소에 있을 수 없기 때문에 면적이 줄어들면 전자가 높은 에너지 준위에 있게 되고, 이로써 커다란 축퇴압이 생성된다. 축퇴 물질에는 전자 축퇴, 중성자 축퇴 등이 포함된다.

위협 체계가 구축된 후 ETO는 서서히 자취를 감추었지만 그와 상반된 극단적인 조직들이 등장했다. 인류 중심론을 신봉하며 삼체 세계를 완전히 멸망시켜야 한다고 주장하는 세력이었다. 그중 규모가 가장 큰 것이 '지구의 아들'이었다. 위협의 세기 6년, 지구의 아들이 남극대륙에 설치된 중력파 발사대를 습격한 사건이 발생했다. 발사기를 탈취해 위협 통제권을 손에 넣으려는 의도였다. 소형 초저주파 핵폭탄이 장착된 첨단 무기로 무장한 지구의 아들 조직원 300명이 내부에 잠입한 조직원의 협조로 쉽게 발사대를 점거했다. 수비대가 즉각적으로 발사대 안테나를 폭파시키지 않았더라면 어떤 일이 벌어졌을지 상상하기조차 힘들다.

지구의 아들 사건이 두 세계를 충격에 빠뜨렸다. 사람들은 중력파 발사기가 얼마나 위험한 물건인지 알았고, 삼체 세계도 중력파 기술의 전파를 엄격하게 통제하는 한편 이미 설치된 발사대 23대를 네 대로 축소해 그중 세 대를 아시아, 북미, 유럽에, 나머지 한 대를 우주에 있는 그래비티호에 설치하라고 강력하게 요구했다.

모든 발사기는 스위치를 눌러야 작동하게 되어 있었다. 태양을 둘러싼 원자폭탄 사슬처럼 움직임이 멈출 때 작동되는 방식은 이미 무의미했다. 뤄지 혼자 삼체 세계를 위협할 때와 달리, 검잡이가 사라져도 다른 사람이나 기관이 위협 통제권을 이어받을 수 있기 때문이다.

처음에는 거대한 중력파 안테나를 지면에만 설치할 수 있었지만 기술이 발전함에 따라 위협 체계가 구축된 지 12년 뒤 발사 안테나 세 대와 관련 장비를 모두 지하로 옮겼다. 그러나 수십 킬로미터 두께의 지층이 인류 내부에서 발생한 위협에 대해서는 보호 기능을 발휘할 수 있지만, 삼체 세계의 공격에는 그리 효과적이지 않다는 사실을 사람들도 알고 있었다.

강력한 상호작용력으로 이뤄진 물방울에게 수십 킬로미터의 지층은 거의 액체나 마찬가지였다.

위협 체계가 구축된 후, 태양계로 향하고 있던 삼체 함대가 모두 방향을 돌렸다는 것은 인류의 관측 기술로 확인할 수 있었다. 사람들의 최대 관심사는 이미 태양계에 도착해 있던 물방울, 즉 강한 상호작용 우주 탐사정 10개의 행방이었다. 삼체 세계는 태양계에 물방울 네 개를 남기겠다고 고집했다. 중력파 발사기가 인류의 극단 세력에게 탈취당할 수 있으므로, 돌발 상황이 발생할 경우 삼체 세계가 두 세계의 안전을 방어할 능력을 갖춰야 한다는 주장이었다. 지구 당국도 마지못해 동의했지만 물방울 네 개가 태양계 바깥 카이퍼 벨트 안으로 들어올 수 없으며, 각각의 물방울에 인류의 탐사정이 따라붙어 위치와 궤도를 실시간으로 감시해야 한다는 조건을 내걸었다. 이렇게 하면 돌발 상황이 발생해도 지구는 약 50시간의 여유를 가질 수 있었다. 나중에 이 물방울 네 개 가운데 두 개가 그래비티호를 따라 블루스페이스호를 추격하러 가고 카이퍼 벨트에는 물방울 두 개만 남았다.

그러나 나머지 물방울 여섯 개의 행방을 아는 사람은 없었다.

삼체 세계는 이 여섯 개의 물방울이 태양계를 벗어나 삼체 함대를 따라갔다고 했지만 아무도 그 말을 믿지 않았다.

삼체인은 예전처럼 생각이 투명한 생물이 아니었다. 과거 2세기 동안 그들은 인류로부터 기만과 계략을 빠르게 습득했다. 이것은 그들이 인류 문화를 통해 얻은 가장 큰 수확이었다.

사람들은 여섯 개의 물방울이 태양계 어딘가에 잠복해 있을 것이라고 예상했지만, 워낙 작고 빠른 데다가 기동성이 뛰어나고 전자파 레이더에도 잡히지 않기 때문에 그들을 찾아내고 추적하는 것은 불가능에 가까웠다. 지구가 기름막 물질을 살포하고 다른 첨단 우주 관측 수단을 이용하더라도 관측 범위가 반경 10분의 1천문단위, 즉 1500만 킬로미터를 넘지 않았다. 물방울이 이 범위 안으로 들어온다면 발견할 수 있겠지만 이 범위 밖에 있다면 어디로든 자유롭게 돌아다닐 수 있었다.

물방울이 최고 속도로 1500만 킬로미터를 뚫고 지나가는 데 걸리는 시간은 단 10분밖에 되지 않았다. 이것이 바로 최악의 상황이 닥쳤을 때 검잡이에게 허용된 결단의 시간이었다.

묵직한 소리와 함께 1미터 두께의 철문이 천천히 열렸다. 청신까지 네 명이 암흑의 숲 위협 시스템의 심장부로 들어갔다.

더 넓고 텅 빈 공간이 청신을 맞이했다. 반원형의 넓은 홀이었고 맞은편에 부채꼴의 하얀 벽이 감싸고 있었다. 표면은 얼음처럼 반투명했고 바닥과 천장은 모두 깨끗한 흰색이었다. 청신이 받은 첫인상은 눈동자 없는 안구 같은 서늘함과 아득함이었다.

곧 뤄지가 눈앞에 보였다.

뤄지는 온통 백색인 홀의 한가운데서 맞은편 벽을 향해 가부좌를 틀고 앉아 있었다. 머리와 수염은 새하얗고 길었지만 가지런히 빗질되어 있었다. 흰 벽과 하나가 된 듯한 머리카락과 수염이 단정하게 차려입은 검은 인민복과 선명한 대조를 이루었다. T자를 뒤집어놓은 듯 안정적인 그의 모습이 해변에 외롭게 서 있는 닻을 연상시켰다. 세월의 바람이 머리를 흩날리고 시간의 파도가 눈앞에서 포효하는데도 그는 미동도 없이 앉아 있었다. 불가사의할 정도로 차분하게 앉아 영원히 돌아오지 않는 배를 기다리고 있는 것 같았다. 그가 오른손에 쥔 붉은 막대가 바로 검잡이의 검자루, 즉 중력파 작동 스위치였다. 그의 존재가 이 텅 빈 안구 속 눈동자가 되었다. 넓은 홀에 비하면 비록 작은 점에 불과했지만 그 점으로 인해 서늘함과 아득함이 사라지고 생기가 돌았다. 하지만 청신은 뤄지의 눈을 볼 수가 없었다. 그는 사람의 기척에도 아무 반응 없이 벽에 시선을 고정시키고 있었다. 10년간의 면벽으로 벽을 무너뜨릴 수 있다면 그 벽은 이미 다섯 번 무너졌을 것이다.

PDC 의장이 청신과 참모총장을 가로막으며 작은 소리로 말했다.

"인수 시간까지 아직 10분 남았어요."

54년의 마지막 10분에도 뤄지는 스위치를 굳게 지키고 있었다.

위협 체계가 구축된 초기에는 뤄지도 행복한 시간을 보냈다. 좡옌(莊顔)

과 딸을 만나 2세기 전의 행복을 되찾은 것 같았다. 하지만 행복한 시간은 2년이 채 되지 않았다. 좡옌이 딸을 데리고 뤄지를 떠난 것이다. 이유에 대한 추측이 무성했지만 가장 널리 알려진 설은 사람들은 여전히 뤄지를 구세주로 여기고 있었지만 가족이 그를 바라보는 시선은 이미 조금씩 변했다는 것이었다. 자신과 함께 사는 남자가 한 세계를 멸망시키고 다른 두 세계의 운명을 손에 쥔 사람이라는 사실을 깨달은 뒤, 좡옌은 뤄지를 낯선 괴물처럼 두려워하게 되었고 결국 그를 떠났을 것이라고 사람들은 추측했다. 또 다른 설은 아내와 딸이 평범한 삶을 살 수 있도록 뤄지가 그들을 떠나보냈다는 것이다. 사람들은 좡옌과 딸의 행방을 알 수 없지만 어딘가에서 평범하게 살고 있을 것이라고 생각했다.

좡옌과 딸이 떠난 시기가 지구 중력파 발사기가 원자폭탄 사슬을 대신해 위협 무기가 된 시기와 일치했다. 그때부터 뤄지의 기나긴 검잡이 생활이 시작되었다.

뤄지는 우주의 결투장에 있는 것과 같았다. 그가 마주하고 있는 것은, 볼거리로 전락한 쿵푸도 현란한 기술의 펜싱도 아닌, 단 한 번으로 생명을 빼앗는 검도였다. 진정한 일본 검도에서는 격투로 맞붙는 시간이 1초도 안 될 만큼 짧다. 아무리 길어도 2초를 넘지 않는다. 날카로운 검이 서로 스치는 순간 이미 한쪽이 피를 뿜으며 쓰러진다. 하지만 전광석화 같은 결전이 이뤄지기 전 검객의 검은 그의 손이 아니라 마음에 있다. 마음의 검이 눈빛이 되어 적의 영혼 깊은 곳을 곧장 찌르고 들어간다. 진정한 결투는 바로 이 과정에서 완성된다. 두 검객 사이에 정적이 감도는 공간에서 영혼의 검이 소리 없는 번개처럼 상대의 폐부를 깊숙이 찌르고 들어가면 손에 쥔 검이 뻗어나가기도 전에 승부와 생사가 결정된다.

뤄지는 이런 눈빛으로 하얀 벽을 노려보며 4광년 밖 세계를 주시해왔다. 그는 지자가 적들에게 자신의 눈빛을 보여줄 수 있다는 것을 알고 있었다. 그 눈빛에 서린 지옥의 한기와 거대한 암석의 무게, 모든 것을 희생한 결연함이 적을 섬뜩하게 하고 적의 경솔한 생각을 밀어냈다.

검객의 응시에는 끝이 있다. 최후의 대결은 반드시 찾아온다. 그러나 뤄지와 그가 있는 이 우주의 결투장에는 검을 뽑는 순간이 영원히 오지 않을 수도 있다.

하지만 바로 다음 순간에 찾아올 수도 있다.

뤄지는 삼체 세계와 54년 동안 마주 보고 있었다. 염세주의자였던 그가 54년 동안 면벽한 진정한 면벽자이자 54년 동안 검을 들고 서 있는 지구 문명의 수호자로 변해 있었다.

이 54년을 채운 건 뤄지의 침묵이었다. 그는 단 한 마디도 하지 않았다. 누구든 10~15년 동안 침묵한다면 언어능력을 상실해 말을 알아들을 수는 있지만 말할 수는 없을 것이다. 뤄지도 말할 수 있는 능력을 잃어버렸을 것이다. 그가 하고 싶은 모든 말은 벽에 고정된 그의 형형한 눈빛 속에 담겨 있었다. 그는 자기 자신을 위협 기계로 만들었다. 반세기라는 긴 세월 동안 그의 전체가 일촉즉발의 지뢰가 되어 두 세계의 공포의 균형을 유지하고 있었다.

"중력파 우주 전송 시스템의 최고 통제권을 인수할 시간이 되었습니다."

PDC 의장의 선언이 정적을 깼지만 뤄지는 여전히 미동조차 없었다. 참모총장이 다가가 부축하려고 하자 그가 왼손을 들어 거절했다. 손을 드는 그의 동작이 빠르고 힘이 넘쳤다. 100세 노인의 둔함을 전혀 느낄 수 없었다. 뤄지가 누구의 도움도 없이 일어나 우뚝 섰다. 놀랍게도 가부좌를 풀고 일어나 똑바로 설 때까지 두 손이 바닥에 한 번도 닿지 않았다. 젊은 사람도 쉽지 않은 일이었다.

"뤄지 선생님, 이쪽은 중력파 우주 전송 시스템의 제2대 최고 통제권자 청신입니다. 전송 스위치를 인수해주십시오."

서 있는 뤄지의 자세가 무척 꼿꼿했다. 그는 반세기 동안 응시했던 흰 벽을 마지막으로 몇 초 응시하다가 벽을 향해 천천히 허리를 굽혔다.

적을 향한 인사였다. 4광년의 심연을 사이에 두고 반세기 동안 마주하고 있었으므로 이 역시 인연일 것이다.

그가 몸을 돌려 청신을 보았다. 두 검잡이가 묵묵히 마주 보았다. 그 순간 청신은 날카로운 빛줄기가 자기 영혼의 어두운 밤을 훑고 지나가는 것을 느꼈다. 그 눈빛 앞에서 그녀는 종이가 된 듯 얇고 가벼워졌으며 완전히 투명해진 것 같았다. 54년간의 면벽으로 이 노인이 무엇을 깨달았는지 청신은 상상조차 할 수 없었다. 어쩌면 그의 생각이 머리 위 지층만큼이나 켜켜이 쌓였을 수도 있고, 어쩌면 지층 위의 하늘처럼 텅 비었을 수도 있다. 그녀에게도 그런 날이 오지 않는 한 그를 진정으로 알 수 없을 것이다. 그녀는 그의 눈빛 속에서 끝이 보이지 않는 심오함 외에 아무것도 읽어낼 수 없었다.

뤄지가 두 손으로 스위치를 내밀자 청신도 지구 역사상 가장 무거운 물건을 두 손으로 받았다. 두 세계의 지지점이 101세 노인에서 29세 여자에게로 옮겨졌다.

스위치에 뤄지의 체온이 남아 있었다. 실제로 검자루처럼 생긴 막대 위에 버튼 네 개가 달려 있었다. 제일 위에 있는 버튼은 실수로 누르는 것을 방지하기 위해 세게 눌러야 할 뿐 아니라 정해진 순서에 따라 눌러야만 작동하도록 되어 있었다.

뤄지가 뒤로 두 걸음 물러나 세 사람에게 고개를 살짝 숙여 인사한 뒤 안정적인 걸음걸이로 밖으로 나갔다.

청신은 누구도 지난 54년간 뤄지의 노고에 대해 감사의 말조차 하지 않았다는 것을 알았다. PDC 의장과 함대 참모총장은 "뤄지가 없는 상태로 여러 번 예행연습을 했기 때문에 그 연습에 감사를 전하는 절차가 없었다"라는 변명조차 청신에게 하지 않았다.

어쨌든 인류는 뤄지에게 고마워하지 않았다.

문 앞에서 검은 양복을 입은 몇 사람이 뤄지 앞을 가로막았다. 그중 한 사람이 말했다.

"뤄지 선생님, 국제재판소 검사 자격으로 통보합니다. 선생님은 세계 멸망 혐의로 고발되었습니다. 국제재판소에 수감되어 조사받게 될 겁니다."

뤄지가 그들에게 눈길도 주지 않고 엘리베이터 쪽으로 계속 걸음을 옮기자 검사들이 얼떨결에 물러섰다. 사실 뤄지는 그들의 존재를 전혀 알아차리지 못했을 수도 있다. 그의 눈동자에서 뿜어져 나오던 날카로운 빛이 사라지고 저녁노을 같은 편안함이 떠올랐다. 기나긴 임무를 완수하고 이 세계에서 가장 무거운 책임이 마침내 그를 떠났다. 앞으로 그가 여성화된 인류의 눈에 어떤 악마나 괴물로 비춰지든 사람들은 문명사를 통틀어 그보다 더 위대한 승리자는 존재하지 않는다는 걸 인정할 수밖에 없을 것이다.

철문이 다 닫히기 전에 문 앞에 있는 사람들의 말소리가 들렸다. 청신은 달려 나가 뤄지에게 고맙다고 말하고 싶은 충동을 억누르며 엘리베이터 안으로 사라지는 그의 뒷모습을 말없이 바라보았다.

PDC 의장과 함대 참모총장도 조용히 돌아갔다.

철문이 둔중한 소리를 내며 닫힐 때 청신은 깔때기 안에 든 물처럼 지금까지의 삶이 점점 좁아지는 문틈으로 새어나가는 것 같았다. 철문이 완전히 닫히자 새로운 청신이 탄생했다.

그녀는 손에 든 붉은 스위치를 다시 내려다보았다. 스위치는 이제 그녀의 일부가 되었고 앞으로 절대 떨어질 수 없었다. 잘 때도 머리맡에 두고 자야 했다.

백색의 반원형 홀 안이 쥐 죽은 듯 고요했다. 시간도 꽁꽁 묶여 더 이상 흐르지 않는 것 같았다. 정말 무덤 같았다. 이제부터 이곳이 그녀의 세계 전체가 될 것이다. 그녀가 제일 먼저 해야 하는 일은 이곳에 생기를 부여하는 것이었다. 뭐지처럼 살고 싶지는 않았다. 그녀는 전사도 결투사도 아닌 여자였다. 이곳에서 얼마나 오래 지내야 할지 알 수 없었다. 10년이 될 수도 있고 50년이 될 수도 있다. 돌이켜보면 그녀는 일생을 바쳐 이 임무를 준비해온 셈이다. 기나긴 길의 출발선 위에 선 그녀는 차분했다.

그러나 운명은 그 기이하고 변덕스러운 실체를 가차 없이 드러냈다. 청신은 검잡이로 살기 위해 일생 동안 준비했지만 그녀의 검잡이 일생은 붉은 스위치를 넘겨받은 지 단 15분 만에 끝이 났다.

위협의 세기 마지막 10분, 62년 11월 28일 16시 17분 34초~16시 27분 58초, 위협통제센터

부채꼴의 하얀 벽이 갑자기 빨간색으로 변했다. 지옥의 마그마가 스며들어 벽을 삼킨 것 같았다. 이건 최고 수준의 경보를 의미하는 색이었다. 크고 하얀 글씨가 빨간 배경 위에 나타났다. 글자 하나하나가 겁에 질려 비명을 지르는 것 같았다.

강한 상호작용 우주 탐사정 발견! 총 6대. 1대는 지구와 태양의 라그랑주 점*을 향해 날아가고, 나머지 5대는 1대, 2대, 2대로 나누어 총 3개 편대가 초속 2500킬로미터 속도로 지구를 향해 날아오고 있음. 10분 후 지면 도착 예상!

* 옮긴이 주 : 케플러운동을 하고 있는 두 천체가 있을 때 그 주위에서 중력이 0이 되는 지점.

청신 옆에 1부터 5까지 다섯 개의 숫자가 나타나더니 은은한 초록 불빛이 켜졌다. 홀로그램으로 된 버튼 다섯 개였다. 버튼을 누르면 더 자세한 내용을 알려주는 정보 창이 공중에 나타났다. 모든 정보는 지구를 중심으로 반경 1500만 킬로미터 이내를 감시하는 예보 시스템에서 전송받은 것이었다. 태양계 함대 참모총장이 정보를 분석한 뒤 검잡이에게 전달했다.

　나중에 안 사실이지만 태양계로 진입한 물방울 여섯 개가 반경 1500만 킬로미터의 감시 구역에서 그리 멀지 않은 곳에 잠복하고 있었다. 지구에서 1800만~2000만 킬로미터 떨어진 우주 공간에서 그중 세 개는 태양을 배경으로 한 채 태양방해*를 이용해 자신을 감췄고, 다른 세 개는 이곳에 떠다니는 우주쓰레기 틈에 섞여 숨어 있었다. 이 쓰레기는 대부분 지구 궤도를 떠다니는 핵폐기물로 초기 원자력발전소의 원자로에서 나온 것들이었다. 사실 물방울이 이렇게 숨어 있지 않았더라도 인류의 감시 범위 밖에 있었다면 그들을 발견하기 어려웠을 것이다. 사람들은 그보다 더 멀리 있는 소행성대에 물방울이 잠복하고 있을 것이라고 예상했다.

　뤄지가 반세기 동안 기다렸던 청천벽력이 그가 떠난 지 5분 만에 청신의 머리 위로 떨어졌다.

　청신은 홀로그램 스위치 중 어떤 것도 건드리지 않았다. 그녀에게는 더 이상의 정보가 필요하지 않았다. 그녀에게 제일 먼저 든 생각은 자신이 완전히 틀렸다는 것이었다. 그렇다. 그녀는 틀렸다. 그녀가 무의식의 깊은 곳에 그려놓은 검잡이 임무는 완전히 틀린 그림이었다. 물론 그녀도 최악의 상황을 준비했다. 적어도 그렇게 하려고 노력하고 있었다. 함대와 PDC 전문가들의 도움을 받아 위협 시스템의 전체 사양을 자세히 익히고,

* 관측자, 관측 목표, 태양이 일직선상에 위치해 관측 목표가 태양을 배경으로 하게 되면 태양이 내뿜는 전자파로 인해 관측자가 강한 간섭을 받게 되는 현상.

함대의 고위급 지휘관 및 PDC의 전략가들과 밤새워 토론하며 발생 가능한 극단적인 시나리오를 가정하고 대응책을 연구했다. 지금보다 더 끔찍한 시나리오도 예상했다. 하지만 그녀는 자신이 알아차리지 못했고, 알아차릴 수도 없었던 치명적인 실수를 저질렀다. 사실 그녀가 제2대 검잡이로 당선된 것도 이 실수 때문이었다.

그녀는 무의식적으로 지금의 상황이 발생할 수 있다는 걸 믿지 않았다.

강한 상호작용 우주 탐사정 3개 편대와 지구의 평균 거리 1400만 킬로미터. 최단 거리 1350만 킬로미터. 9분 후 지면 도착!

청신의 무의식 속에서 그녀는 파괴자가 아니라 수호자였다. 또 그녀는 전사가 아니라 여자였다. 그녀는 자기 일생으로 두 세계의 균형을 지키고 삼체의 과학기술을 통해 지구를 더 강하게 하며, 지구의 문화를 통해 삼체를 더 문명 사회로 만들려 했다. 그런데 어느 날 어떤 목소리가 그녀에게 말했다.

"붉은 스위치를 내려놓고 지상으로 올라가세요. 이제 이 세상에 암흑의 숲 위협은 없습니다. 더 이상 검잡이가 필요하지 않습니다."

검잡이 신분으로 저 머나먼 세계와 마주했을 때, 그녀는 뤄지와 달랐다. 그녀는 이것이 생사의 결투라고 생각하지 않았다. 그저 체스판과 같아서 자신은 가만히 앉아 여러 가지 상황을 예상하고 상대가 말을 옮길 수 있는 경우의 수를 생각해 그에 대한 대응 방법을 준비하기만 하면 된다고 생각했다. 그녀는 이 체스에 일생을 바칠 준비가 되어 있었다.

하지만 상대는 말을 옮기지 않았다. 상대는 체스판을 들어 올려 그녀의 머리를 향해 내리치고 있었다.

바로 5분 전 청신이 뤄지의 손에서 스위치를 넘겨받던 그 순간, 물방울

여섯 개가 잠복 장소에서 지구를 향해 전력으로 가속을 시작했다. 적은 단 1초도 주저하지 않았다.

강한 상호작용 우주 탐사정 3개 편대와 지구의 평균 거리 1300만 킬로미터. 최단 거리 1200만 킬로미터. 8분 후 지면 도착!

공백.

강한 상호작용 우주 탐사정 3개 편대와 지구의 평균 거리 1150만 킬로미터. 최단 거리 1050만 킬로미터. 7분 후 지면 도착!

공백. 전부 공백이었다. 백색 홀, 백색 글씨, 바깥도 전부 공백이었다. 청신은 우유로 이루어진 우주에 떠 있는 듯한 착각이 들었다. 지름 160억 광년짜리 우유 덩어리였다. 이 광막한 공백 속에서 그녀가 기댈 것은 하나도 없었다.

강한 상호작용 우주 탐사정 3개 편대와 지구의 평균 거리 1000만 킬로미터. 최단 거리 900만 킬로미터. 6분 후 지면 도착!

어떻게 하지?

강한 상호작용 우주 탐사정 3개 편대와 지구의 평균 거리 900만 킬로미터. 최단 거리 750만 킬로미터. 5분 후 지면 도착!

공백이 흩어지고 머리 위 45킬로미터 지층이 다시 무거운 존재를 드러냈다. 층층이 퇴적된 시간이었다. 위협통제센터 위를 누르고 있는 제일 아래 지층은 40억 년 전에 퇴적되었을 것이다. 지구가 탄생한 지 갓 5억 년 되었을 때였다. 희뿌연 바다는 바다의 영아기였고 해수면에 간헐적으로 번개가 내리쳤다. 그때의 태양은 망망한 우주 속 솜털이 보송보송한 빛 덩어리였으며 바다 위로 작고 붉은 점 하나가 비쳤을 뿐이다. 잠시 후 하늘에서 또 다른 빛 덩어리가 나타나 불타는 긴 꼬리를 달고 바다 위로 첨벙 떨어졌다. 운석이 일으킨 해일이 맨틀이 흐르는 대륙을 향해 거대한 풍랑을 밀어내고, 물과 불이 만나 생성된 수증기가 하늘을 가려 태양을 어둡게 했다. 이 참혹한 지옥과 달리 혼탁한 바닷속에서 작은 이야기들이 조용히 잉태되었다. 번개와 우주방사선 속에서 유기 분자가 탄생해 충돌하고 융합하고 열분해되었다. 그것은 5억 년 동안 계속된 블록쌓기 놀이였다. 마침내 분자 사슬 하나가 진동 분열해 완전히 똑같은 분자 사슬로 복제되고, 그것들이 각각 주위의 작은 유기 분자를 흡수해 다시 자기복제를 했다. 블록쌓기 놀이에서 자기복제의 분자 사슬이 생겨날 확률은 아주 희박하다. 회오리바람에 휩쓸려 올라갔던 금속 쓰레기가 땅에 떨어지며 저절로 조립되어 벤츠 한 대가 탄생할 확률만큼이나 낮다.

하지만 그런 일이 발생했다. 35억 년 동안 이어질 장엄한 여정은 거기서부터 시작되었다.

강한 상호작용 우주 탐사정 3개 편대와 지구의 평균 거리 750만 킬로미터. 최단 거리 600만 킬로미터. 4분 후 지면 도착!

시생대 21억 년, 원생대의 에디아카라기 18억 3000만 년, 그 후 고생대의 캄브리아기 7000만 년, 오르도비스기 6000만 년, 실루리아기 4000만 년, 데본기 5000만 년, 석탄기 650만 년, 페름기 5500만 년, 그 후 중생

대가 시작되었다. 트라이아스기 3500만 년, 쥐라기 5800만 년, 백악기 7000만 년, 그 후 신생대 제3기 6450만 년, 제4기 250만 년. 그 후에 인류가 출현했다. 과거의 기나긴 세월에 비하면 눈 깜짝할 순간에 왕조와 시대가 불길처럼 일어났다 사라지기를 반복하고, 유인원이 하늘로 던진 뼈가 다시 땅에 닿기도 전에 우주선으로 변했다. 마침내 이 35억 년의 파란만장한 여정이 작디작은 개체인 인류 앞에서 멈추었다. 그녀는 그저 지구에서 살고 있는 1000억 명 중 하나일 뿐이다. 그녀의 손에 붉은 스위치가 들려 있었다.

강한 상호작용 우주 탐사정 3개 편대와 지구의 평균 거리 600만 킬로미터. 최단 거리 450만 킬로미터. 3분 후 지면 도착!

청신의 머리 위에 쌓여 있는 40억 년의 세월이 그녀를 질식하게 했다. 그녀의 잠재의식이 사력을 다해 위로 헤엄쳤다. 지면으로 올라가 숨을 쉬고 싶었다. 그녀의 잠재의식 속 지상에는 생물이 가득 차 있었다. 가장 눈에 띄는 것은 공룡을 포함한 대형 파충류였다. 시선이 닿는 지평선 끝까지 그들로 가득 차 있었다. 공룡들의 다리 사이와 배 밑에 인류를 비롯한 포유류가 있고, 그들의 무수히 많은 다리 아래에 있는 지면에서는 검은 물이 넘쳐흐르듯 삼엽충과 개미가 기어다녔다. 하늘에는 수천억 마리 새가 창공을 뒤덮은 먹구름처럼 떼 지어 날아다니고 익룡의 거대한 그림자가 그들 사이에 어렴풋이 섞여 있었다.

사방은 고요했고, 가장 무서운 것은 그들의 눈이었다. 공룡의 눈, 삼엽충과 개미의 눈, 새와 올챙이의 눈, 세균의 눈……. 인류의 눈만 해도 1000억 쌍으로 은하계 항성의 수와 맞먹었다. 그중에는 평범한 사람의 눈도 있고, 다빈치, 셰익스피어, 아인슈타인의 눈도 있었다.

강한 상호작용 우주 탐사정 3개 편대와 지구의 평균 거리 450만 킬로미터. 최단 거리 300만 킬로미터. 2분 후 지면 도착! 탐사정 2대로 이루어진 2개 편대는 각각 아시아와 북미 대륙으로 향하고, 1대로 이루어진 편대는 유럽 대륙을 향하고 있음.

스위치를 누르면 35억 년의 여정이 멈추고 모든 것이 우주의 기나긴 밤 속으로 사라질 것이다. 마치 한 번도 존재한 적 없었던 것처럼……

그 아기가 다시 그녀 품에 안긴 것 같았다. 보드랍고 따뜻한 아기가 촉촉한 두 볼을 볼록하게 내밀고 웃으며 그녀에게 엄마라고 불렀다.

강한 상호작용 우주 탐사정 3개 편대와 지구의 평균 거리 300만 킬로미터. 최단 거리 150만 킬로미터. 급감속 중. 1분 30초 후 지면 도착!

"안 돼!"

청신이 새된 비명을 지르며 스위치를 집어 던졌다. 그리고 악마를 본 사람처럼 멀리 떨어져 나뒹구는 스위치를 응시했다.

강한 상호작용 우주 탐사정 3개 편대 달의 궤도에 접근해 감속 중. 항로의 연장선으로 추측한 공격 목표는 북미, 유럽, 아시아의 중력파 발사대 및 중력파 우주 전송 시스템 0호 통제 스테이션. 30초 후 지면 도착 예상.

마지막 순간이 거미줄처럼 끝없이 늘어났지만 청신은 이제 망설이지 않았고 결정을 번복하지도 않았다. 그녀의 결정은 머리에서 나온 것이 아니라, 유전자 깊숙한 곳에서 나온 것이었다. 그 유전자의 시초는 40억 년 전으로 거슬러 올라갔다. 결정은 그때 이미 내려졌고 수십억 년의 세월 속에서 다져지고 굳어졌다. 이 결정이 맞든 틀리든 자신에겐 다른 선택이 없다는 걸 알고 있었다.

곧 고민이 끝날 것이라는 사실이 다행스러웠다.

강진이 발생했다. 물방울이 지층을 뚫으며 일으킨 것이었다. 청신은 똑바로 서 있지 못하고 바닥으로 넘어졌다. 주위의 단단한 암석층이 순식간에 사라지고 통제센터가 거대한 북 위에 올라간 것 같았다. 눈을 감고 물방울이 머리 위 지층을 뚫는 광경을 상상했다. 그 매끄럽고 반짝이는 악마가 우주의 속도로 이곳을 휘젓고 주위의 모든 것을 녹여 마그마로 만들어버리는 상상이었다. 몇 번의 격렬한 떨림 후 진동이 우뚝 멎었다. 마지막 순간 혼신을 다한 고수의 연주처럼.

대형 화면을 물들인 붉은색이 사라지고 원래의 흰색이 돌아오자 사방이 다시 텅 비었다. 그리고 백색 배경 위에 검은색 글자가 나타났다.

북미 중력파 발사대 파괴.
유럽 중력파 발사대 파괴.
아시아 중력파 발사대 파괴.
모든 주파수에서 태양전파 증폭 기능 억제.

다시 정적이 모든 것을 압도하고 졸졸 흐르는 물소리만 어렴풋이 들렸다. 지진으로 수도관이 터진 것이다.

조금 전 진동은 물방울이 아시아의 중력파 발사 안테나를 공격하면서 발생한 것이었다. 발사대는 그곳에서 불과 20킬로미터 떨어져 있었고 같은 깊이의 지하에 있었다.

물방울은 검잡이를 공격하지 않았다.

검은 글씨가 아득한 공백 속으로 사라졌다가 다시 나타났다.

중력파 우주 전송 시스템 회복 불능. 암흑의 숲 위협 무효화.

포스트위협의 세기 한 시간, 잃어버린 세계

청신이 엘리베이터를 타고 지상으로 올라왔다. 정문을 나서자 한 시간 전 위협 통제권 인수식이 열린 노천 광장이 눈앞에 펼쳐졌다. 인수식에 참여했던 사람들은 다 돌아가고 광장은 텅 비어 있었다. 나란히 늘어선 깃대들만 석양 속으로 그림자를 길게 늘이고 있었다. 제일 큰 깃대 두 개에 UN과 태양계 함대의 깃발이 걸려 있고 그 뒤로 각국의 국기가 깃대에 매달려 잔잔한 바람에 너울댔다. 시선을 더 앞으로 옮기면 끝없는 고비사막이 펼쳐져 있었다. 가까운 곳에 있는 위성류 숲에서 새 몇 마리가 울어대고 멀리 구불구불 이어진 치롄(祁連)산의 산등성이 위로 산 정상을 조금 덮은 만년설이 은빛을 발하고 있었다.

모든 것이 그대로였지만 이 세상은 더 이상 인류의 것이 아니었다.

청신은 무엇을 해야 할지 몰랐다. 위협이 끝난 뒤 그 어디서도 그녀에게 연락하지 않았다. 위협이 사라졌듯 검잡이도 이미 사라졌다.

발길 닿는 대로 걸었다. 기지 정문을 나가려는데 초병 두 명이 그녀에게 경례를 했다. 그녀는 사람들을 마주하기가 두려웠지만 두 초병의 눈동자 속에는 한 가닥 호기심 외에는 아무것도 들어 있지 않았다. 방금 무슨 일이 일어났는지 모르고 있는 것 같았다. 규정에 따르면 검잡이는 잠깐 지상으로 올라올 수 있었다. 그들은 그녀가 조금 전 발생한 지진 때문에 올라온 것으로 추측하고 있을 것이다. 정문 앞에 군용 플라잉카 한 대가 세워져 있고 그 옆에 군인 몇 명이 있었다. 심지어 그들은 그녀 쪽을 쳐다보지도 않았다. 그들의 시선은 그녀의 등 뒤를 향해 있었고 그중 한 명은 그쪽 방향을 손으로 가리키고 있었다.

청신이 몸을 돌려 그들의 시선이 향하는 곳을 쳐다보았다. 지평선 위로 뭉게뭉게 피어오른 버섯구름이 보였다. 땅 속에서 솟구쳐 나온 먼지가 마치 고체인 것처럼 자욱하게 하늘을 메웠다. 갑자기 툭 불거지듯 나온 버섯구름이 평온한 천지 사이에 버티고 있었다. 이미지 프로그램이 풍경화 속에 제멋대로 덧그려놓은 낙서 같았다. 더 자세히 보니 흉측한 두상이 석양 속에서 기괴한 표정을 짓고 있는 것 같았다. 물방울이 지층을 뚫고 들어간 위치에서 솟아나온 것이었다.

누군가 청신의 이름을 부르는 소리가 들렸다. 고개를 돌려보니 AA였다. 그녀가 흰색 트렌치코트를 입고 긴 머리칼을 휘날리며 숨 가쁘게 청신을 향해 달려오고 있었다. 하지만 군인들이 문 앞에서 막아섰다. AA가 멀리 세워놓은 자신의 차를 가리키며 청신의 새 숙소에 둘 화분을 가지고 왔다고 했다. 그러고는 멀리 피어오른 버섯구름을 가리키며 놀라서 물었다.

"화산이 폭발했어요? 조금 전 지진 때문인가요?"

청신은 AA를 끌어안고 마음껏 울고 싶었지만 꾹 참았다. 이 천진한 아가씨가 방금 있었던 일을 너무 일찍 알게 하고 싶지 않았다. 또 방금 종결된 아름다운 시대의 여운을 더 길게 붙잡고 싶었다.

《시간 밖의 과거》 발췌

암흑의 숲 위협의 실패에 대한 반성

가장 큰 실패 원인은 검잡이를 잘못 선택한 것이다. 이에 대한 내용은 다른 장에 자세히 쓰도록 하고 여기서는 기술적인 면에서 위협 체계 설계상의 잘못에 대해서만 논하도록 하겠다. 위협이 실패했을 때 사람들이 제일 먼저 생각한 것은 중력파 발사대가 너무 적었다는 것이다. 이미 설치한 발사대 23대 중 20대를 철거한 것이 큰 실책이라는 것이 중론이었다. 하지만 이런 생각은 문제의 핵심을 파악하지 못한 것이다. 관측 데이터에 의하면, 물방울이 지층을 뚫고 들어가 발사대 하나를 파괴하는 데 걸린 시간은 평균 10여 초밖에 되지 않았다. 계획했던 발사대 100대를 모두 설치했더라도 물방울은 순식간에 전체 시스템을 파괴했을 것이다. 문제의 핵심은 이 시스템의 파괴가 가능했다는 데 있다. 인류는 파괴가 불가능한 중력파 우주 전송 시스템을 건설할 기회가 있었다.

중요한 것은 중력파 발사대의 수가 아니라 설치한 위치였다.

만약 발사대 23대를 지면이 아닌 우주에 설치했다고 가정해보자. 다시 말해 그래비티호 23대를 건조해 일정한 간격으로 태양계 곳곳 띄워놓았다면 말이다. 그랬다면 물방울의 동시다발적인 습격이 있었어도 그것들을 모두 파괴할 수는 없었을 것이다. 최소한 한 대 이상의 우주선이 물방울의 추격을 벗어나 우주 깊숙한 곳으로 사라졌을 것이다.

그렇게 된다면 암흑의 숲 위협의 위협력이 훨씬 강해질 뿐 아니라 강해진 위협력은 검잡이와 무관하게 된다. 삼체 세계가 태양계의 힘으로는 위협 시스템을 완전히 파괴할 수 없다는 것을 알았다면 모험에 더욱 신중했을 것이다.

하지만 유감스럽게도 그래비티호는 한 대뿐이었다.

중력파 우주선을 여러 대 건조하지 않은 이유는 두 가지다. 첫째, 지구의 아들이 남극의 중력파 발사대를 습격한 사건이다. 만약 인류 내부에서 위협이 발생한다면 중력파 발사 우주선은 지구의 발사대에 비해 더 위험하고 불확실성이 더 크다. 둘째, 경제적인 원인이다. 중력파 발사 안테나의 크기가 커서 중력파 발사 우주선의 선체 자체가 안테나가 되어야 하는데 그러자면 안테나의 소재가 우주 항해에 적합해야 하기 때문에 건조 비용이 두 배로 증가한다. 그래비티호 한 대를 건조하는 데 드는 비용이 지면 발사대 23개를 만드는 비용을 모두 합친 것과 거의 맞먹었다. 또 우주 비행 중에는 우주선 선체를 교체할 수 없기 때문에 축퇴 물질로 된 선체 관통 진동 줄이 50년의 반감기가 지나 수명이 다하면 우주선의 발사 기능이 사라져 새로운 중력파 우주선을 건조해야 한다.

하지만 더 근본적인 원인은 사람들의 의식 깊숙한 곳에 숨어 있었다. 그것은 사람들이 한 번도 입 밖으로 꺼내어 말한 적 없고 어쩌면 스스로도 의식하지 못한 이유였다. 바로 중력파 우주선이 너무 막강해서 그걸 만든 사람조차 그 우주선이 두렵다는 사실이었다. 물방울의 습격이나 기타 원인으로 돌발 상황이 발생해 중력파 우주선이 우주 깊숙한 곳으로 날아가고, 태양계 내부의 위협 때문에 영원히 돌아올 수 없게 된다면 그 우주선이 제2의 블루스페이스호나 청동시대호 또는 그보다 더 불확실하고 무서운 존재로 변할 수 있었다. 그뿐 아니라 그들이 중력파 우주 전송 능력을 갖는다면(진동 줄의 반감기를 넘을 수는 없다 해도) 그들이 인류 세계의 운명을 쥐락펴락하게 되고 이 끔찍한 불확실성을 우주로 수없이 뿌리게 되는 셈이다.

이런 공포감의 바탕에는 암흑의 숲 위협 자체에 대한 두려움이 있었다. 위협자와 피위협자가 위협에 대해 동일한 공포를 갖는 것이 바로 궁극의 위협의 특징이다.

청신은 군인들에게 다가가 버섯구름이 솟아오른 분출 지점에 가보고 싶다고 했다. 그중 기지 경비를 책임지고 있는 중령이 즉시 그녀에게 플라잉카 두 대를 내주었다. 한 대는 그녀를 분출 지점까지 태워다 주기 위한 것이고 다른 한 대는 경호를 위해 사병 몇 명이 탔다. 청신은 AA에게 기다리라고 했지만 AA가 따라가겠다고 고집부리는 바람에 어쩔 수 없이 차에 태웠다.

플라잉카가 낮은 고도를 유지하며 먼지구름이 피어오르고 있는 방향으로 천천히 다가갔다.

"저 구름은 뭐예요?"

AA의 물음에 운전병이 대답했다.

"자세한 건 모르지만 저 화산이 몇 분 간격으로 두 번 분출했습니다. 중국에서 화산이 폭발한 건 아마 처음일 겁니다."

그는 그 화산 아래에 한때 이 세상을 지탱했던 전략적 지지점, 즉 중력파 발사 안테나가 있었다는 사실을 꿈에도 모르고 있었다. 첫 화산 폭발은 물방울이 지층을 뚫을 때 일어난 것이고 물방울이 안테나를 파괴한 뒤 다시 지층을 뚫고 나오면서 두 번째 폭발이 발생했다. 맨틀 속 물질이 분출한 것이 아니라 물방울이 지층에 가한 거대한 에너지로 인한 분출이었으므로 아주 짧게 끝났다. 지층을 뚫고 들어갈 때와 뚫고 나올 때 물방울의 속도는 눈에 보이지도 않을 만큼 빨랐다.

플라잉카에서 내려다보이는 고비사막에도 드문드문 나 있는 작은 구덩이에서 연기가 피어오르고 있었다. 분출구에서 튕겨 나온 마그마와 시뻘겋게 달궈진 돌덩이가 날아와 떨어진 자리였다. 분출 지점에 가까워질수록 구덩이가 점점 많아지고 시커먼 연기가 고비사막을 덮었다. 불에 탄 위성류 숲도 보였다. 인적이 드문 곳이지만 지진에 무너진 건물들도 보였다. 막 치열한 전투가 끝난 전쟁터 같았다.

바람에 흩어져 버섯 모양이 사라진 먼지구름이 마치 누군가의 헝클어진 머리 같았다. 구름 가장자리가 서쪽으로 지는 석양빛을 받아 핏빛으로 물들었다. 분출 지점에 거의 도착했지만 하늘의 안전선이 플라잉카의 접근을 막아 착륙할 수밖에 없었다. 거기서부터는 걸어서 가야 했다. 청신이 꼭 들어가야 한다고 버티자 지상의 안전선을 지키고 있던 군인들도 그녀를 통과시켜주었다. 그 군인들은 방금 세계가 함락되었다는 사실을 모르고 있었으므로 청신은 그들 앞에서 여전히 검잡이의 권위를 가지고 있었다. 하지만 AA는 아무리 발버둥 쳐도 들여보내주지 않았다.

청신이 다가가는 곳은 순풍이 부는 방향이라 먼지가 많이 떨어지지는 않았지만 먼지가 흩어지며 석양을 가려 어두워졌다 밝아지기를 반복했다. 그늘 속에서 100여 미터를 걸어가자 거대한 구덩이의 가장자리가 나타났다. 구덩이는 깔때기 모양이었고 중심의 깊이가 수십 미터나 되었다. 흰 연기가 피어오르고 있는 밑바닥은 검붉은색을 띠었다. 마그마일 것이다.

이 구덩이에서 45킬로미터 아래 지점에 중력파 안테나가 있었다. 지하 갱도에 자기부상 방식으로 떠 있던, 길이 500미터, 지름 50미터의 원기둥이 산산이 부서져 이글거리는 마그마에 집어삼켜졌다.

이 역시 그녀의 운명일 것이다. 위협 시스템 가동을 포기한 검잡이에게 이것은 가장 좋은 결말일 것이다.

구덩이 밑바닥에서 붉게 타오르는 빛이 청신을 강렬하게 유혹했다. 한 걸음만 내디디면 그녀는 자신의 갈망으로부터 해탈할 수 있다. 얼굴로 울컥울컥 끼치는 열기의 파도 속에서 그녀는 넋이 나간 눈빛으로 검붉은 마그마를 응시했다. 그때 등 뒤에서 다가온 은구슬처럼 또랑한 웃음소리가 그녀를 잡아채 현실로 데려왔다.

웃음소리를 따라 고개를 돌리자 석양에 투사된 연기의 너울거리는 윤무(輪舞) 사이로 날씬한 그림자 하나가 다가오고 있었다. 그림자가 바로 눈앞에 선 후에야 청신은 그녀가 지자임을 알아보았다.

여전히 희고 고운 얼굴을 제외하면 이 로봇은 지난번 청신을 만났던 날과 완전히 딴판이었다. 그녀는 사막 위장복을 입고 있었고 날렵하게 단발로 자른 머리에 생화가 달린 동그란 머리핀도 꽂혀 있지 않았다. 목에는 닌자의 검은 스카프를 두르고 긴 무사도를 등에 메고 있었다. 한눈에도 늠름해 보였다. 사실 극치에 다다른 여성스러움은 사라지지 않았고 몸짓도 여전히 물처럼 나긋나긋했지만 이것들이 모여서 만들어낸 것은 요염한 살기였다. 그녀 전체가 유연하지만 치명적인 밧줄이 된 것 같았다. 거대한 구덩이에서 솟구친 열기도 그녀가 안고 온 한기를 밀어내지는 못했다.

지자가 싸늘하게 웃었다.

"우리가 예상한 대로야. 자책할 거 없어. 사실 인간이 널 선택한 것 자체가 이런 결과를 자초한 거니까. 죄 없는 네가 책임을 뒤집어썼을 뿐."

지자의 말에 청신의 가슴이 철렁 내려앉았다. 그 말은 그녀에게 작은 위로조차 되지 못했지만, 이 아름다운 악마가 사람의 마음을 정확히 꿰뚫어 보고 있다는 걸 인정할 수밖에 없었다.

AA가 청신의 시야로 들어왔다. 무슨 일이 일어났는지 이제야 알게 된 듯 사나운 시선을 지자에게 고정시킨 채 걸어오던 그녀가 바닥에서 돌멩이를 주워 지자의 뒤통수를 향해 힘껏 던졌다. 그 순간 지자가 몸을 돌리며 팔을 휘둘러 모기 쫓아내듯 돌멩이를 쳐냈다. AA가 지자를 향해 자신이 생각해낼 수 있는 모든 욕을 다 퍼붓고는 또 돌멩이를 집어 들었다. 지자가 등에서 무사도를 뽑아 들고 자신을 저지하려는 청신을 다른 손으로 가뿐히 밀쳐낸 뒤 몸을 돌려 검을 휘둘렀다. 검날이 보이지 않는 선풍기처럼 허공에서 윙윙 소리를 냈다. 지자의 손이 멈추자 AA의 머리카락 몇 가닥이 팔락이며 바닥으로 떨어졌다. AA가 새파랗게 질린 얼굴로 목을 잔뜩 움츠린 채 얼어붙었다.

청신은 지자가 휘두른 무사도가 그녀의 집에서 본 검이라는 것을 알았다. 그때 무사도와 일본도라고 불리는 단도 두 자루가 탁자 위 받침대에

엏혀 있었다. 모두 칼집에 들어 있었기 때문에 별로 위험하게 보이지 않았다.

"이게 다 뭘 위한 거지?"

청신의 중얼거리는 듯한 물음은 자기 자신을 향한 것 같았다.

지자가 말했다.

"우주는 동화가 아니야."

물론 위협을 통한 균형이 이대로 계속된다면 인류에게는 아름다운 결말이겠지만 삼체 세계에는 그렇지 않다는 것을 청신도 이성적으로는 알고 있었다. 하지만 그녀의 무의식 속에서 우주는 사랑이 충만한 동화였다. 그녀의 가장 큰 잘못은 진정으로 적의 입장에 서서 문제를 바라보지 않았다는 것이었다.

청신은 지자의 눈빛에서 물방울이 자신을 공격하지 않은 이유를 알 수 있었다.

중력파 전송 시스템이 파괴되고 태양전파 증폭 기능이 억제된 상황에서는 청신이 살아 있어도 아무것도 할 수 없기 때문이다. 더 나아가 인류에게 삼체 세계가 모르는 다른 발사 수단이 있다면(그럴 가능성은 적지만) 검잡이가 없는 상황에서는 다른 사람이 그 스위치를 작동시키겠지만 검잡이가 존재한다면 그럴 가능성이 조금은 줄어들었다. 사람들이 의지하고 책임을 미룰 수 있는 대상이 있기 때문이다.

사람들은 무엇에 의지했을까? 청신은 위협자가 아니라 안전 장벽이었고 적들은 그녀를 꿰뚫어 보고 있었다.

그녀는 동화였다.

용기를 되찾은 AA가 외쳤다.

"네 멋대로는 안 될걸? 우리에겐 아직 그래비티호가 있어!"

지자가 검을 어깨에 얹으며 코웃음을 쳤다.

"이런 바보를 봤나. 그래비티호는 궤멸됐어. 한 시간 전 인수식이 끝났을 때 말이지. 사각지대가 없다면 1광년 밖에 떠 있는 잔해를 보여줄 수 있을 텐데 아쉽군."

오랫동안 준비해온 치밀한 계획이 실행에 옮겨졌다. 위협 통제권 인수식이 열리는 날짜와 시간이 결정된 5개월 전, 그래비티호와 함께 항해하고 있던 지자는 아직 사각지대로 들어가기 전이었고 두 개의 물방울 모두 검잡이의 인수인계가 끝난 직후 그래비티호를 파괴하라는 명령을 받은 후였다.

지자가 긴 검을 등 뒤로 휙 넘기자 등에 메고 있던 칼집에 정확히 꽂혔다.

"난 가볼게. 뤄지 박사에게 삼체 세계의 경의를 전해줘. 그는 강력한 위협자이자 위대한 전사였어. 기회가 있다면 토머스 웨이드 선생에게도 유감의 뜻을 전해주고."

마지막 말에 놀라 고개를 드는 청신을 보며 지자가 말을 이었다.

"그거 알아? 우리의 인격 분석 시스템에서 너의 위협력은 10퍼센트 선을 벗어나지 못하지. 기어다니는 지렁이처럼. 뤄지의 위협력 곡선은 사나운 코브라처럼 90퍼센트 선에서 요동치고. 하지만 웨이드는……."

지자가 연기 너머로 작은 조각만 남은 석양을 향해 시선을 던졌다. 선연한 공포가 눈동자를 스친 뒤 그녀가 머릿속에서 뭔가 쫓아내려는 듯 힘껏 고개를 저었다.

"그는 곡선이 없어. 외부 환경을 어떻게 바꾸든 그의 위협력은 100퍼센트에서 움직이지 않았어. 그는 악마야! 그가 검잡이가 됐다면 아무 일도 일어나지 않고 평화가 지속됐겠지. 우린 62년이나 기다렸지만 계속 기다려야 했을 거야. 반세기 또는 그보다 더 오랫동안. 그때는 삼체 세계가 실력이 비슷해진 지구 문명과 싸우거나 타협할 수밖에 없겠지……. 하지만 우린 알고 있었어. 인간이 널 선택하리라는 걸."

지자가 성큼성큼 걸어가다가 걸음을 멈추고는 말없이 마주 보고 있는 청신과 AA를 돌아보며 탄식하듯 외쳤다.

"한심한 벌레들, 호주로 갈 준비나 해!"

포스트위협의 세기 60일, 몰락한 세계

위협이 효력을 잃은 지 38일째 되는 날, 소행성대 밖에 있는 린저-피츠로이 관측소의 연구자들이 삼체 성계 부근 태양계 방향에 있는 우주 진운에서 우주선의 항적을 발견했다. 모두 415대였다. 삼체 세계가 태양계를 향해 두 번째 함대를 보낸 것이다.

이 함대는 5년 전 삼체 세계를 출발해 4년 전 성간 먼지를 통과했을 것이다. 삼체 세계로서는 상당한 모험이었다. 출발 후 5년 내에 인류의 암흑의 숲 위협 시스템을 파괴하지 못한 채 성간 먼지를 뚫고 나간 함대가 인류에게 발견된다면 인류가 위협 시스템을 작동시킬 수 있었다. 다시 말해 삼체 세계는 인류 세계에서 암흑의 숲 위협을 바라보는 인식에 변화가 생길 것이고 인류가 어떤 사람을 제2의 검잡이로 선택할지 이미 5년 전에 정확하게 예측하고 있었다는 뜻이다.

역사는 다시 출발점으로 돌아가고 새로운 윤회가 시작되었다.

위협이 효력을 잃은 뒤 인류 세계의 미래는 다시 암흑 속으로 빨려들어갔다. 하지만 2세기 전 처음 위기가 시작되었을 때와 마찬가지로 사람들은 이 암흑을 자신의 운명과 연결시키지 않았다. 우주 진운에 나타난 함대의 항적으로 볼 때 두 번째 삼체 함대의 속도도 첫 번째 삼체 함대와 큰 차이가 없었다. 나중에 가속한다 해도 이 함대가 태양계에 도달하려면 2~3세기는 걸릴 것으로 예상되므로 지금 지구에 살고 있는 사람들은 평온하게 일생을 마칠 수 있을 것이다. 대협곡에서 뼈저린 교훈을 얻은 인류 사회는 미래를 위해 현재를 희생하는 실수를 반복하지 않았다.

하지만 이번에도 인류는 운이 그리 좋지 못했다.

두 번째 삼체 함대가 우주 진운을 빠져나온 지 불과 사흘 만에 두 번째 우주 진운에서 또 다른 항적이 발견된 것이다. 마찬가지로 415대였다! 두 번째 삼체 함대보다 더 일찍 출발한 또 다른 함대일 가능성은 없었다. 그렇다면 며칠 전 관측된 함대와 동일한 함대일 것이다. 첫 번째 삼체 함대가 첫 번째 우주 진운을 거쳐 두 번째 우주 진운에 도착하기까지 5년이 걸렸지만 두 번째 함대는 단 엿새밖에 걸리지 않았다!

삼체 함대가 광속에 도달했다!

두 번째 우주 진운에 나타난 항적 데이터로도 이 사실이 증명되었다. 415개의 항적이 초속 30만 킬로미터의 광속으로 이어져 있고 광속 우주선의 충격으로 항적이 선명하게 도드라졌다.

시간상으로 보면 함대가 첫 번째 우주 진운을 통과하자마자 광속으로 진입한 것으로 추측되었다. 가속 과정을 거치지 않았다는 뜻이다.

그렇다면 삼체 제2함대는 이미 태양계에 거의 도착했을 것이다. 중형 천체망원경으로 태양에서 6000천문단위 떨어진 우주에서 그들을 찾을 수 있었다. 함께 모여 움직이고 있는 415개의 빛은 삼체 함대가 감속할 때 추진기에서 나오는 불꽃이었다. 재래식 추진기였고 함대의 속도가 광속의 15퍼센트로 급격히 떨어져 있었다. 그것이 태양계에 도달하기 전 재래식 추진기로 감속하면서 낼 수 있는 최고 속도일 것이다. 이 속도와 함대의 감속률로 계산할 때 삼체 제2함대가 태양계에 도착하는 데 1년 남짓한 시간이 걸릴 것으로 예상되었다.

이해할 수 없는 건 아주 짧은 시간에 광속에 도달할 수도 있고 감속할 수도 있는 삼체 함대가 삼체 성계나 태양계와 가까운 곳에서는 그렇게 하지 못하고 있다는 점이었다. 함대가 출발한 후 꼬박 1년 동안 보통 속도로 항해하다가 삼체 성계에서 6000천문단위 떨어진 곳에 이르러서야 광속에 진입했고, 태양계와 똑같은 거리만큼 떨어졌을 때 감속해 보통 속도로 항해했다. 이 거리를 광속으로 통과한다면 한 달밖에 걸리지 않는데도 굳이 1년의 시간을 들여 재래식 추진 방식을 사용해 항해하고 있었다. 이런 방식으로 항해하면 제2함대의 항해 시간이 광속으로 항해할 때보다 꼬박 2년이 더 걸리게 된다는 계산이다.

인류가 추측할 수 있는 이유는 하나뿐이었다. 전함 415대가 광속에 진입할 때 두 세계에 미칠 영향 때문이라는 것이다. 이 안전거리는 지구와 해왕성 간 거리의 200배였다. 만약 이 거리만큼 떨어져야 행성이 전함의 영향을 받지 않을 수 있다면 엔진에서 발생하는 에너지가 항성보다 두 자릿수나 높다는 뜻이다! 인류에게는 감히 상상조차 할 수 없는 일이었다.

《시간 밖의 과거》 발췌

삼체 세계의 폭발적인 기술혁신

삼체 세계의 기술 발전이 언제부터 완만한 상승에서 폭발적인 혁신으로 바뀌었는지는 오랫동안 풀지 못한 수수께끼였다. 위기의 세기 전에 이미 기술혁신이 나타났다고 주장하는 학자도 있고, 삼체 세계의 기술이 위협의 세기에 들어선 뒤 비로소 비약적으로 발전했다고 주장하는 사람도 있었다. 반면 삼체의 기술혁신을 일으킨 원동력에 대해서는 거의 두 가지 견해로 정리되었다.

첫째, 지구 문명이 삼체 세계에 지대한 영향을 끼쳤다는 삼체인들의 말이 사실일 것이다. 첫 번째 지자가 지구에 도착한 후 대거 유입되기 시작한 인류 문화가 삼체 세계를 크게 변화시키고 인류의 가치관 중 일부가 삼체 세계에서 공감을 받았다. 시대를 바꿔놓을 만큼 엄청난 재난으로 인해 탄생한 독재 체제가 과학 발전을 통제하자 이에 대한 반작용으로 사상의 자유를 추구하고 개체의 가치가 존중받아야 한다는 인식이 점점 높아졌다. 이런 것들이 그 머나먼 세계에서 르네상스와 비슷한 사상계몽운동을 일으키고 과학기술을 발전시켰을 것이다. 긴 역사의 한 단계로 보자면 찬란하지만 자세히 들어가보면 구체적인 과정이 어떠했을지 짐작할 수 있다.

둘째, 그저 추측일 수 있지만 우주의 다른 방향으로 날아간 지자들이 삼체인의 말처럼 아무 소득도 없이 사라진 것이 아니라 사각지대에 들어가기 전 적어도 하나 이상의 문명 세계를 정탐했을 수 있다. 만약 그랬다면 삼체 세계가 제삼의 문명으로부터 그저 기술과 지식만 얻은 것이 아니라 우주가 암흑의 숲 상태에 있다는 중요한 정보도 얻었을 것이고, 그렇다면 지금 삼체 세계는 모든 면에서 지구보다 훨씬 더 많이 알고 있을 것이다.

위협이 중단된 후 지자가 처음 공개석상에 나섰을 때 그녀는 위장복을 입고 무사도를 멘 차림으로 삼체 제2함대가 4년 뒤 태양계에 도착해 이 항성계를 완전히 점령할 것이라고 전 세계에 선포했다.

첫 번째 위기 때와 달리 삼체 세계의 정책에 중대한 변화가 생겼다. 지자는 삼체가 인류 문명을 파괴하지 않을 것이며 태양계에서 인류가 살 곳을 지정해주겠다고 했다. 바로 지구에 있는 호주 대륙이었다. 호주 대륙의 면적은 화성의 3분의 1이나 되므로 인류 문명이 생존할 수 있는 기본적인 공간은 보장해준 셈이라는 것이 삼체인의 생각이었다.

지자는 몇 가지 요구 사항을 제시했다. 첫째, 4년 뒤의 지구 점령에 대비해 전 인류가 지금 즉시 보호 지역으로 이주할 것. 둘째, 암흑의 숲 위협과 비슷한 위협이 재연되는 것을 원천 차단하기 위해 인류가 무장을 해제하고 '나체 이민'을 실시할 것. 나체 이민이란 그 어떤 대형 장비나 시설을 옮겨갈 수 없는 이민을 뜻한다. 셋째, 이민은 1년 내에 완료할 것.

현재 화성과 우주 사이에서 인류가 거주할 수 있는 공간은 최대 300만 명밖에 수용할 수 없으므로 이민의 주요 목적지는 호주였다.

그때까지도 사람들은 적어도 한 세대는 평온하게 살 수 있을 것이라는 환상에서 벗어나지 못하고 있었기 때문에 지자가 이 요구 사항을 발표했을 때 어느 한 나라도 이렇다 할 반응을 내놓지 않았고 이주를 시작하는 사람은 더더욱 없었다.

역사에 '보호 지역 성명'이라고 기록된 이 발언이 발표되고 닷새 뒤, 지구 대기층에 있던 물방울 다섯 개 중 하나가 북미, 유럽, 아시아의 대도시 세 곳을 공격했다. 공격의 목적은 도시 파괴가 아니라 위협이었다. 물방울이 거대한 나무가 빽빽하게 서 있는 도시의 숲을 곧장 관통하며 나뭇가지에 매달려 있는 건물을 차례로 들이받고 지나갔다. 공격을 받은 건물들은 삽시간에 불길에 휩싸인 채 썩은 열매처럼 수백 미터 아래로 추락했다. 이 공격으로 30만 명 넘게 사망했다. 최후의 전쟁 이후 가장 많은 사망자를 낳은 사건이었다.

사람들은 물방울 앞에서 인류 세계가 바위 밑에 깔린 달걀처럼 약하다는 사실을 그제야 깨달았다. 아무리 거대한 시설도 물방울의 공격을 막을 수 없었다. 삼체인은 마음만 먹으면 지구상의 모든 도시를 붕괴시키고 지구 전체를 폐허로 만들어버릴 수 있었다.

사실 인류는 이런 열세를 차츰 극복해가고 있었다. 사람들은 물방울의 공격을 막아내기 위해서는 강한 상호작용 소재(SIM)* 자체에 의존하는 수밖에 없다는 사실을 이미 오래전부터 알고 있었다. 위협이 중단되기 전 지구와 함대의 연구자들이 실험실에서 이런 슈퍼 소재를 소량 만들어내는 데 성공했다. 다만 대량 생산과 실용화 단계까지는 아직 많은 시간이 필요했다. SIM을 대량 생산할 수 있으려면 앞으로 10년은 걸릴 것이다. 물방울의 추진 시스템이 인류의 기술력보다 훨씬 우위에 있기는 하지만 SIM을 이용해 재래식 미사일을 대량 제작한다면 물방울을 파괴할 가능성이 있었다. 아니면 SIM을 이용해 방어벽을 만든다면 설령 물방울이 이 방어벽을 공격하더라도 일회성 폭탄처럼 한 번 공격을 끝으로 기능을 상실하게 될 것이다.

하지만 이제는 이 모든 것이 현실이 될 가능성이 사라졌다.

지자가 또다시 공개적으로 발언했다. 지자의 말에 따르면, 삼체 세계가 정책을 바꾸어 인류 문명을 멸망시키지 않기로 한 것은 전적으로 지구 문화에 대한 애정과 경의에서 나온 것이었다. 호주로의 이주가 완료되면 힘든 나날이 이어지겠지만 3~4년의 짧은 시간일 것이고, 삼체 함대가 지구에 도착하면 호주의 40억 인구를 안락하게 살게 해줄 것이다. 또한 인류가 화성과 우주에 삶의 터전을 건설할 수 있도록 적극적으로 도울 것이므로 함대가 도착하고 5년 뒤에는 화성과 우주로 대규모 이주가 가능해지고, 그 후 두 문명이 태양계에서 평화롭게 공존하며 살 수 있을 것이다. 하지만 이 모든 것은 첫 번째 이민이 순조롭게 완료된다는 전제를 바탕으로 하고 있었다. 지자는 인류가 호주로 즉시 이주하지 않는다면 물방울이 계

---

* 『삼체』2부에 등장하는 초강도 소재. 원자가 기본 입자 속의 강한 상호작용으로 연결되어 있다.

속 도시들을 공격할 것이라고 엄포를 놓았다. 1년의 기한이 끝나면 보호 지역 밖에 있는 인류는 삼체 영토의 침입자로 간주하고 소탕할 것이라고 했다. 물론 물방울 다섯 개만으로 각 대륙에 흩어져 살고 있는 사람들을 모두 제거할 수는 없겠지만 4년 뒤 태양계에 도착한 삼체 함대는 그렇게 할 수 있을 것이라고 했다.

지자가 마지막으로 덧붙였다.

"이것은 찬란한 지구 문화가 인류에게 선사한 생존 기회다. 이 기회를 소중히 여기길 바란다."

인류의 대이동이 시작되었다.

포스트위협의 세기 1년, 호주

청신이 프레스 노인의 집 앞에 서서 이글거리는 그레이트빅토리아사막을 응시하고 있었다. 시선이 닿는 곳마다 새로 지은 간이주택이 서 있었다. 합판과 얇은 금속 판으로 지은 집들이 정오의 햇빛을 받아 산뜻하게 반짝였지만 방금 사막에 떨어져 부서진 장난감처럼 약해 보였다.

5세기 전 호주 대륙을 발견한 제임스 쿡은 훗날 인류 전체가 이 텅 빈 대륙으로 모여들게 될 줄 꿈에도 몰랐을 것이다.

청신과 AA는 첫 번째 이민자들과 함께 호주로 갔다. 청신은 캔버라나 시드니 같은 대도시에서 안락한 생활을 할 수 있었지만 평범한 이민자로 살기를 고집하며 워버턴(Warburton) 근처 사막에 있는 이민자촌에 정착했다. 내륙에서 환경이 가장 열악한 곳이었다. 역시 대도시에 정착할 수 있었던 AA가 한사코 청신을 따라 이곳으로 와 그녀를 감동시켰다.

이민자촌의 생활은 녹록지 않았지만 초기에는 이민자가 많지 않아 그럭저럭 견딜 만했다. 물질적인 결핍보다 더 힘든 것이 사람으로 인한 스트레스였다. 처음에는 청신과 AA 단둘만 한집에 살았지만 이민자가 증가해 동거인이 여덟 명으로 늘어났다. 다른 여섯 명의 여자들은 천국처럼 안락했던 위협의 세기에 태어났기 때문에 이곳에서 접하는 모든 것이 낯설기만 했다. 음식과 물을 정해진 양만큼만 배급받고 정보를 검색할 수 있는 디스플레이 벽도 없었으며, 에어컨조차 없는 방에서 공동 화장실과 공동 욕실을 쓰고 2층 침대를 나누어 썼다. 절대적으로 평등한 사회였다. 화폐를 사용하지 않고 모든 사람이 완벽하게 동일한 양을 배급받았다. 예전에 역사 영화에서나 보았을 법한 일이 현실이 되었다. 이민자촌의 생활은 그들에게 지옥만큼 고통스러웠고 그럴수록 청신은 화풀이 대상이 되었다. 그들은 툭하면 청신을 쓸모없는 폐물이라고 욕하며 악다구니를 썼다. 삼체 세계를 위협하지 못한 건 그렇다 쳐도 공격 경보가 울리는데도 발사 스위치를 누르지 않은 건 도저히 용서할 수 없는 잘못이라고 비난했다. 스위치를 눌러 중력파 전송이 시작되었다면 삼체인이 겁을 먹고 도망쳤을 것이고, 그랬다면 인류는 적어도 몇십 년 동안 편하게 살 수 있었을 것이다. 중력파 전송이 시작된 직후 지구가 멸망했을 수도 있지만 그랬다면 적어도 자신들이 이런 빌어먹을 곳에서 고통받고 있지는 않을 것이라고 한탄했다. 처음에는 악담과 욕을 퍼붓는 데 그쳤지만 점점 신체적인 폭력으로 발전하더니 나중에는 청신의 배급품을 빼앗기까지 했다.

　AA가 안간힘을 다해 청신을 보호했다. 하루에도 몇 번씩 여섯 동거인과 거친 육탄전을 벌였다. 한번은 그중 제일 드센 여자의 머리채를 잡고 2층 침대의 기둥에 처박아 머리에서 피가 철철 흐르게 만들었다. 그 일이 있은 후로 여섯 여자는 청신과 AA를 함부로 건드리지 못했다.

　하지만 청신을 원망하는 사람은 그들만이 아니었다. 주위에 살고 있는 이민자들도 툭하면 찾아와 행패를 부렸다. 집에 돌을 던지고 여럿이 집을 에워싸고 고래고래 욕을 퍼붓기도 했다.

하지만 청신은 담담하게 받아들였다. 차라리 이런 수모를 겪는 것이 마음이 편했다. 실패한 검잡이는 이보다 더 큰 대가를 치러야 한다고 생각했다.

그때 프레스 노인이 찾아와 청신과 AA에게 자기 집에 와서 살 것을 제안했다. 호주 원주민인 그는 여든 살이 넘었지만 여전히 체구가 건장하고 검은 얼굴에 흰 수염을 기르고 있었다. 그는 현지인의 특권으로 자기 집을 지킬 수 있었다. 그는 동면했다가 깨어난 서기인으로 위기의 세기 이전에 원주민 문화 보호단체의 책임자였지만 미래로 가서 원주민 문화를 지키겠다며 위기의 세기 초기에 동면을 선택했다. 동면에서 깨어나 보니 그의 예상대로 호주 원주민과 그들의 문화가 거의 사라진 뒤였다.

프레스의 집은 숲의 가장자리에 있고 21세기에 지어졌지만 아직 튼튼했다. 이곳으로 이사한 후 청신과 AA의 생활은 안정을 찾았다. 물질적인 것보다도 정신적인 안정감이 훨씬 컸다. 대부분의 사람들이 삼체 세계를 향한 통렬한 분노와 뼈에 사무치는 원한을 품고 있는 것과 달리 프레스는 눈앞의 모든 것을 담담하게 받아들였다. 그는 위험한 시국에 관한 이야기를 거의 입에 올리지 않았고 이따금씩 짧게 한마디 했을 뿐이다.

"애야, 신은 사람이 한 짓을 다 기억하고 계신단다."

그렇다. 사람이 무슨 짓을 했는지 신은 말할 것도 없고 사람 자신도 기억하고 있었다. 5세기 전, 문명인이 이 대륙에 상륙했다(대부분은 유럽에서 온 죄수들이었다). 그들은 숲에서 원주민을 짐승으로 오인해 총으로 쏘아 죽였다. 자신들이 죽인 것이 짐승이 아닌 사람이라는 걸 알았지만 사냥을 멈추지 않았다. 호주 원주민은 이 광활한 땅에서 수만 년 동안 살고 있었다. 백인들이 상륙했을 때 호주에 원주민 50만 명이 살고 있었지만 얼마 못 가서 거의 백인의 손에 죽고 3만 명밖에 남지 않았다. 그들은 호주 서부의 황량한 사막으로 도망쳐 겨우 목숨을 부지할 수 있었다. 지자가 보호 지역을 발표할 때 사람들은 그녀가 'Reservation'*이라는 단어를 사용하고 있음에 주목했다. 이 단어는 오랜 옛날 인디언 보호 구역의 명칭이다. 또 다른 머나먼 대륙에 문명인이 상륙했을 때 그곳 인디언에게 닥친 운명은 호주 원주민보다 더 비참했다.

프레스의 집으로 막 이사했을 때 AA는 이 오래된 집의 모든 것이 신기했다. 그곳은 마치 호주 원주민 문화를 전시해놓은 박물관처럼 곳곳에 오래된 나무껍질 그림과 돌멩이 그림, 나무토막과 속이 빈 나무줄기로 만든 악기, 풀 치마, 부메랑, 긴 창 등이 놓여 있었다. 제일 눈길을 끄는 것은 흰 점토와 붉은색, 노란색 대자석으로 만든 물감이었다. AA는 그걸 보자마자 무엇에 쓰는 물감인지 알 것 같았다. 그녀가 물감을 손가락에 묻혀 자기 얼굴에 칠하더니 어디선가 보았던 원주민 춤을 추며 시원스러운 웃음을 터뜨렸다.

"이런 게 있는 줄 알았으면 그 못된 여자들을 겁줄 수 있었을 거예요!"

프레스가 웃으며 고개를 저었다.

"그건 호주 원주민이 아니라 마오리족의 춤이야. 사람들이 혼동하지만 둘은 전혀 달라. 호주 원주민은 온순하고 마오리족은 사나운 전사들이지. 마오리족이라고 해도 춤이 틀렸어. 정신을 집중해야지!"

프레스가 물감을 손가락에 묻혀 자기 얼굴에 칠한 뒤 상의를 벗자 검붉은 상체 위로 나이를 무색하게 하는 다부진 근육이 드러났다. 그가 구석에서 긴 창을 집어 들고 마오리 전사의 춤을 추기 시작했다. 그의 춤이 청신과 AA를 단숨에 매료시켰다. 평소의 자상하고 너그러운 모습이 순식간에 사라지고 흉맹한 악의 신으로 돌변했다. 저돌적이고 거친 공격력이 온몸에서 발산되었다. 그가 포효하듯 외치며 발을 구를 때마다 창유리가 부르

---

* 옮긴이 주: 미국의 인디언 보호 구역.

르 떨리는 소리에 소름이 돋았다. 가장 놀라운 것은 그의 눈이었다. 매섭게 부라리는 눈매에서 뜨거운 분노와 싸늘한 살기가 한꺼번에 뿜어져 나왔다. 대양주의 번개와 허리케인의 에너지로 똘똘 뭉친 눈동자가 하늘과 땅이 쩌렁쩌렁 울릴 만큼 외치는 것 같았다. 꼼짝 마! 널 죽일 테다! 널 잡아먹을 테다!

춤이 끝나자 프레스는 언제 그랬느냐는 듯 평소의 인자한 모습으로 돌아왔다.

"마오리 용사에게 제일 중요한 건 적의 눈동자를 노려보는 거야. 눈으로 상대를 제압한 뒤에 창으로 찔러 죽이지."

그가 청신 앞으로 한 걸음 다가서며 의미심장한 눈빛으로 그녀를 응시했다.

"애야, 넌 적의 눈을 주시하지 않았어."

그가 청신의 어깨를 가볍게 두드렸다.

"하지만 네 탓이 아니야. 정말로 네 탓이 아니야."

이튿날 청신은 자신도 이해할 수 없는 일을 했다. 웨이드를 찾아간 것이다. 웨이드는 그녀를 죽이려다가 미수에 그친 뒤 징역 3년 형을 선고받아 복역 중이었다. 그가 수감되어 있는 교도소는 얼마 전 호주 샤를빌 (Charleville)로 이전했다.

청신이 찾아갔을 때 웨이드는 창고로 쓰는 간이건물의 창문을 합판으로 막고 있었다. 그의 한쪽 소매통이 빈 채로 너풀거렸다. 정상적인 팔과 거의 똑같이 작동하는 의수를 쉽게 구할 수 있었지만 어떤 이유에선지 그는 그렇게 하지 않았다.

역시 서기인인 듯 보이는 남자 죄수가 청신을 향해 경박스러운 휘파람을 불다가 그녀가 누굴 찾아왔는지 알고는 얌전히 일에 열중했다.

웨이드에게 다가가던 청신은 속으로 깜짝 놀랐다. 교도소에 수감된 죄수인 데다가 환경이 이토록 열악한데도 그는 지난번에 보았을 때보다 훨씬 깨끗해 보였다. 말끔하게 면도된 얼굴에 머리도 잘 다듬어져 있었다. 이 시대에는 죄수도 수의를 입지 않았다. 그의 흰 셔츠가 이곳에서 제일 깨끗했다. 심지어 세 교도관보다도 깨끗했다. 그는 왼손으로 입에 물고 있던 못을 합판에 꽂은 뒤 노련한 망치질로 못을 박았다. 그도 청신을 흘긋 쳐다보았지만 아무런 변화도 없는 무덤덤한 표정으로 말없이 일을 계속했다.

청신은 그를 보자마자 알았다. 그가 포기하지 않았다는 것을. 그의 야심, 이상, 위험성 그리고 그녀가 알지 못하는 수많은 것을 그는 하나도 포기하지 않고 있었다.

청신이 웨이드에게 손을 내밀자 그가 빠른 시선으로 그녀를 훑은 뒤 망치를 내려놓고 입에 있는 못을 뱉어 그녀의 손바닥에 올려놓았다. 그녀가 못을 하나 건네면 그가 합판에 박고 또 하나 건네면 합판에 박았다. 못을 다 박고 난 뒤 그가 드디어 침묵을 깼다.

"가지."

웨이드가 공구함에서 못 한 줌을 집어 들었다. 이번에는 청신에게 주지 않고 입에 물지도 않고 바닥에 놓았다.

청신은 무슨 말을 해야 할지 몰라 말문이 막혔다.

"난, 난 그냥……."

웨이드가 낮게 뇌까렸다.

"호주를 떠나려거든 이민이 끝나기 전에 떠나."

입술은 거의 움직이지 않고 시선만 합판에 고정시키고 있어 남들에게는 열심히 일만 하는 것처럼 보였다.

3세기 전에 수없이 그랬듯 웨이드는 이번에도 짧은 말로 청신의 머릿속을 하얗게 비워냈다. 그는 매번 촘촘하게 엉킨 실타래를 그녀 앞으로 툭 던졌다. 그 실타래를 풀지 못하면 그 속에 담긴 복잡한 의미를 알 수 없을 거라는 듯이. 하지만 조금 전 웨이드의 말은 그녀를 소름 끼치게 했다. 그녀는 그 실타래를 풀 용기조차 없었다.

"가지."

웨이드는 청신에게 질문할 시간도 주지 않고 휙 몸을 돌려 그녀를 똑바로 응시했다. 특유의 얼음물 같은 미소가 입가에 짧게 스쳤다.

"자네한테 하는 말이야. 여길 떠나."

워버턴으로 돌아오는 길에 청신은 시야에 다 담지도 못할 만큼 많은 간이주택이 대지 위를 뒤덮고 있는 것을 보았다. 집 사이 좁은 공터는 분주하게 움직이는 사람들로 빽빽하게 채워져 있었다. 그녀는 문득 자신의 시각에 변화가 생겼음을 깨달았다. 세상 밖으로 나가 높은 곳에서 내려다보는 것처럼 이곳이 개미가 바글바글 뒤엉켜 있는 개미굴 같았다. 이 기이한 이미지에 알 수 없는 두려움이 엄습했다. 그 순간 호주의 대지 위로 쏟아지는 쾌청한 햇빛도 찬비처럼 음산하게 느껴졌다.

이민이 시작되고 석 달이 지나자 호주의 이민자가 10억을 넘어섰다. 각국 정부도 호주의 대도시로 속속 이전하고 UN 본부도 시드니로 옮겨졌다. 각국 정부가 지휘하고 UN 이민위원회가 협조하며 이민이 순조롭게 진행되었다. 호주에서는 이민자들이 국가별로 모여 살았다. 호주가 지구 세계의 축소판이 되었다. 대도시를 제외하면 원래의 지명도 사라지고 각국의 나라 이름과 대도시 이름으로 바뀌었다. 지금의 뉴욕, 도쿄, 상하이는 간이주택만 잔뜩 있는 난민수용소였다.

UN도 각국 정부도 이렇게 엄청난 규모의 인구 이동과 집단 거주를 경험한 적이 없었으므로 갖가지 문제와 위기가 수면 위로 떠올랐다.

우선 주택문제였다. 전 세계에 있는 모든 건축재를 호주로 옮겨와 집을 지어도 전체 이민자 수의 5분의 1밖에 수용할 수 없었다. 거주의 개념이 1인당 침대 하나씩 가지고 있는 상태로 바뀌었다. 이민자 수가 5억에 도달하자 간이주택을 지을 자재조차 없어서 체육관만 한 대형 천막을 세워놓고 1만 명 넘는 사람들이 한꺼번에 생활했다. 열악한 주거 환경과 위생 조건 때문에 수시로 전염병이 유행했다.

식량도 부족해졌다. 호주에 있는 기존의 농장과 식품 공장으로는 이민자들의 수요를 충족시킬 수 없어서 세계 각지에서 식량을 운반해왔다. 인구가 늘어날수록 식량 운송부터 이민자들에게 배급할 때까지의 과정이 점점 복잡해지고 시간도 길어졌다.

하지만 가장 위험한 것은 이민자 사회가 통제 불능의 상태에 빠졌다는 사실이었다. 초정보화 사회는 완전히 끝이 났다. 처음 이주한 사람들이 벽, 테이블, 침대, 자기 옷을 여기저기 눌러댔지만 모두 IT와는 거리가 먼 '죽은 물건'이었다. 기본적인 통신조차 보장되지 않아 극도로 제한된 경로를 통해서만 세상에서 무슨 일이 벌어지고 있는지 알 수 있었다. 초정보화 사회에 살던 사람들에게 이건 곧 실명과도 같았다. 상황이 이렇게 되자 각국 정부가 과거에 사용하던 통제 수단은 효력을 잃었다. 이 초밀집 사회를 어떻게 이끌어나가야 할지 아무도 알지 못했다.

인류의 대이동은 우주인에게도 예외가 아니었다.

위협이 중단되었을 당시 우주에 약 150만 명이 살고 있었다. 우주에서 장기간 생활하고 있는 사람들은 주로 두 부류였다. 지구 세계 소속 50만 명은 지구 궤도에 있는 우주 도시와 우주 스테이션, 달 기지에서 생활하고 있었고, 태양계 함대 소속 100만 명은 화성 기지, 목성 기지와 태양계를 순찰하고 있는 우주 전함에 흩어져 있었다.

지구 세계에 속한 우주인 중 절대다수는 달 궤도 안에 있었기 때문에 지구로 복귀해 지구인들과 함께 호주로 이주해야 했다.

태양계 함대 소속 100만 명은 모두 화성 기지로 이주했다. 그곳은 삼체 세계가 지정한 두 번째 보호 지역이었다.

최후의 전쟁이 끝난 후부터 태양계 함대는 예전의 방대한 규모를 회복하지 못했다. 위협이 중단되었을 때 함대가 보유한 전함은 항성급 전함 100여 대뿐이었다. 기술은 발전했지만 전함의 속도는 향상되지 않았다. 핵융합 추진으로는 이미 한계 속도에 다다른 것 같았다. 지금 삼체 함대의 압도적인 우세는 그들이 광속에 도달할 수 있기 때문이지만 그보다 더 무서운 것은 그들이 가속 과정을 거치지 않고 순간적으로 광속으로 도약할 수 있다는 점이었다. 반면 인류의 전함은 돌아올 때의 연료 소모를 고려할 경우 광속의 15퍼센트까지 가속하는 데 1년이 걸렸다. 삼체 함대와 비교하면 달팽이만큼이나 느렸다.

위협이 중단되었을 때 태양계 함대의 항성급 전함 100여 대가 외우주로 도주할 기회가 있었다. 모든 전함이 각기 다른 방향을 향해 전속력으로 도주했다면 태양계에 있는 물방울 여덟 개가 그들을 추격할 수 없었을 것이다. 하지만 단 한 대도 도망치지 않고 지자의 명령에 따라 화성 궤도로 복귀했다. 이유는 단순했다. 지구의 상황과 달리 100만 명이 화성에 모여 살아도 화성 기지라는 폐쇄적인 도시에서 안락한 생활을 계속할 수 있었기 때문이다. 처음 화성 기지를 설계할 때부터 그 정도의 인구가 장기간 생활할 수 있도록 만들어졌다. 그러므로 기약 없이 외우주를 떠도는 것보다 훨씬 좋은 선택이었다.

삼체 세계는 화성에 있는 인류를 몹시 경계했다. 카이퍼 벨트에서 돌아온 물방울 두 개가 오랫동안 화성의 도시 상공에서 선회하며 감시했다. 태양계 함대는 기본적인 무장해제를 완료했지만 화성 기지의 인류는 계속 현대 기술을 가지고 있었다. 기술이 없으면 도시 자체가 생존할 수 없기 때문이다. 하지만 화성 인류가 중력파 발사기를 직접 만드는 모험을 감행할 가능성은 전혀 없었다. 지자의 감시를 피해 그렇게 커다란 장비를 만들 수가 없기 때문이다. 사람들은 반세기 전 전쟁의 비극을 아직도 생생하게 기억하고 있었다. 화성 도시는 달걀 껍데기처럼 약하기 때문에 물방울의 작은 공격만으로도 심각한 감압 때문에 화성 인류 전체가 몰살할 수 있었다.

우주의 이민은 석 달 만에 완료되었다. 달 궤도 안에 있는 50만 명은 지구로 돌아가 호주에 정착하고, 태양계 함대의 100만 명은 화성으로 이주했다. 태양계 우주에 사람이 자취를 감추고 텅 빈 우주 도시와 전함만 지구, 화성, 목성의 궤도 위에 떠 있거나 황량한 소행성대 속을 떠돌아다녔다. 마치 인류의 영광과 이상을 묻어버린 적막한 금속 무덤처럼.

프레스 노인의 집에서 청신이 바깥세상의 상황을 알 수 있는 유일한 통로는 텔레비전이었다. 그날도 그녀는 텔레비전으로 식량 배급 현장의 생중계 영상을 보고 있었다. 홀로그램을 이용한 중계방송으로 직접 현장에 있는 듯 사실적이었다. 지금은 이렇게 초고속통신망이 필요한 텔레비전 방송이 점점 줄어들어 중요한 소식이 있을 때가 아니면 2D 화면밖에 시청할 수 없었다.

생중계되고 있는 곳은 사막 근처의 카네기였다. 홀로그램 화면에 대형 천막이 나타났다. 천막은 사막에 놓여 있는 반쪽짜리 거대한 달걀 같고, 그곳에서 쏟아져 나온 인파는 깨진 달걀에서 흘러나온 노른자 같았다. 사람들이 우르르 몰려나온 것은 식품 운반기가 도착했기 때문이다. 작지만 물건을 아주 높이 들어 올릴 수 있는 운반기에 식품 상자를 매달아 옮기는 방식으로 사람들에게 나눠 주었다. 이번에 온 운반기는 두 대였다. 첫번째 운반기가 매달고 온 식품 상자를 땅에 내려놓으면 사람들이 터진 둑 사이로 범람한 물처럼 몰려들어 식품 상자를 덮쳤다. 군인 수십 명이 질서 유지를 위해 짜놓은 저지선이 힘없이 뚫리고 식품 배급원이 겁에 질려 운반기 위로 기어 올라갔다. 그러면 식품이 탁한 물에 던져진 눈덩이처럼 순식간에 사라졌다. 확대한 화면 속에서 식품을 손에 넣은 사람이 그걸 빼앗으려는 사람들에게 둘러싸인 채 뒤엉켜 싸웠다. 식품 자루가 모기떼를 만난 쌀알처럼 찢어지고 짓뭉개지면 너도 나도 땅에 떨어진 식품을 주우려고 다투었다. 그때 다른 운반기가 두 번째 식품 상자를 조금 멀리 떨어진 공터에 내려놓았다. 그곳에는 질서를 유지시키는 군인도 없고 겁에 질린 배급원들이 운반기에서 내려오지도 못했다. 사람들이 자석에 들러붙는 쇳가루처럼 달려들어 식품 상자를 겹겹이 에워쌌다.

이때 녹색 그림자 하나가 운반기 안에서 날아왔다. 날씬하지만 탄탄해 보이는 체구의 누군가가 십수 미터 높이에서 식품 상자 위로 사뿐히 내려앉았다. 미친 듯이 달려들던 사람들이 우뚝 멈춰 섰다. 지자였다. 그녀는 역시 위장복을 입고 있었다. 뜨거운 바람에 너울거리는 검은 스카프 탓에 하얀 피부가 유난히 도드라져 보였다.

지자가 사람들을 향해 외쳤다.

"줄을 서!"

화면이 확대되자 사람들을 노려보는 지자의 눈을 볼 수 있었다. 선득한 노기가 차올라 있음에도 여전히 아름다웠다. 그녀의 목소리는 운반기의 굉음 사이로도 똑똑히 들릴 만큼 컸다. 그녀의 출현만으로도 얼어붙었던 사람들이 다시 소란스러워졌다. 식품 상자 옆에 있던 사람이 자루를 찢고 식품을 꺼내자 사람들이 또다시 흥분하기 시작했다. 몇몇 대담한 사람들은 지자가 지켜보고 있는데도 식품 더미를 향해 달려들었다.

"쓰레기들! 질서를 지켜!"

지자가 고개를 들어 위쪽 운반기를 향해 외쳤다.

"군대는 어디 있느냐? 경찰은? 너희에게 허용한 무기는? 네놈들의 책임은?"

UN 이민위원회 위원들이 하얗게 질린 얼굴로 운반기의 열린 문 앞에서 떨고 있었다. 그중에는 이민위원회 위원장도 끼어 있었다. 그는 한 손으로 문을 꼭 잡고 지자를 향해 다른 손을 펼치며 고개를 세게 저었다. 어쩔 도리가 없다는 뜻이었다.

지자가 등에서 무사도를 획 뽑아 보이지도 않을 만큼 빠르게 세 번 휘두르자 식품 상자 위로 기어오르던 세 사람이 순식간에 두 동강 났다. 세 사람 모두 완벽하게 똑같은 방식으로 베어졌다. 모두 검이 왼쪽 어깨로 들어가 비스듬히 내려오며 오른쪽 갈비뼈로 나왔다. 반신 여섯 토막이 식품 상자 밑으로 떨어지며 허공으로 흩어진 내장이 붉은 피와 함께 사람들 위로 후드득 떨어졌다. 지자가 겁에 질려 비명을 지르며 울고 있는 사람들 사이로 내려오더니 또다시 군중 사이로 번개처럼 검을 휘둘렀다. 눈깜짝할 사이에 십수 명이 바닥으로 고꾸라지고 사람들이 뒤로 물러섰다. 기름이 흥건한 접시 위로 세제 한 방울이 떨어진 것처럼 그녀 주위에 빈 공간이 생겼다. 10여 구의 시체도 조금 전 세 사람처럼 왼쪽 어깨부터 오른쪽 갈비뼈까지 정확하게 베어졌다. 피와 내장이 가장 빨리 흘러나오게 하는 방법이었다. 바닥에 번지는 검붉은 피웅덩이를 보고 몇몇 사람이 기절해 쓰러졌다. 지자가 앞으로 한 발 움직이자 사람들이 기겁하며 물러났다. 그녀의 몸이 보이지 않는 자기장을 뿜어내는 것처럼 사람들을 밀어냈다. 그녀가 몇 걸음 가다가 멈추자 사람들이 서로 끌어안고 몸을 잔뜩 움츠렸다.

"줄을 서."

지자의 목소리는 평소 그대로였다.

지자의 말과 거의 동시에 숫자 배열 프로그램을 작동시킨 것처럼 사람들이 길게 줄을 섰다. 줄이 멀리 천막이 있는 곳까지 이어진 다음 천막을 한 바퀴 돌았다.

지자가 훌쩍 솟구쳐 식품 상자 위로 올라가더니 핏방울이 떨어지는 날 끝으로 사람들을 가리키며 외쳤다.

"인류가 제멋대로 타락하는 시대는 끝났다. 여기서 살아남고 싶다면 전체주의를 다시 배우고 인간의 존엄을 되찾아!"

그날 밤 청신은 잠이 오지 않아 뒤척이다 밖으로 나왔다. 문 앞 계단에서 화성 하나가 가물가물 반짝이고 있었다. 프레스가 피우고 있는 담뱃불이었다. 그의 무릎 위에 디저리두(didjeridu)가 놓여 있었다. 호주 원주민 악기인 디저리두는 나뭇가지의 속을 파내 만든 것으로 길이가 1미터쯤 되었다. 그는 매일 저녁 이곳에 앉아 디저리두를 불었다. 디저리두는 음악이 아니라 대지가 코를 고는 소리처럼 우웅우웅 길게 울렸다. 청신과 AA는 매일 밤 그 소리를 들으며 잠들었다.

청신이 프레스 옆에 앉았다. 그녀는 프레스와 함께 있는 것이 좋았다. 이 고통스러운 현실에 초연한 그가 진통제처럼 그녀의 조각난 마음을 쓰다듬어주는 것 같았다. 프레스는 텔레비전을 보지 않았고 지구에서 일어나고 있는 그 어떤 일에도 관심이 없었다. 거의 매일 밤 방에 들어가지 않고 문 앞 나무 기둥에 기대앉은 채 잠이 들어 아침 해가 비스듬히 몸을 비출 때 일어났다. 폭우가 내리는 밤에도 마찬가지였다. 그는 침대보다 그곳이 편하다고 했다. 한번은 그가 이렇게 말했다.

"정부의 후레자식들이 이 집을 몰수해도 이민자촌으론 안 갈 거야. 난비를 가릴 풀 지붕 하나만 엮어놓으면 숲에서도 살 수 있어."

"그 연세에 그러시다가 큰일 나요."

AA의 말에 그가 고개를 저었다.

"조상들은 다 그렇게 살았어. 나도 괜찮아."

그의 조상들은 제4기 빙하기 때 아시아에서 카누를 타고 태평양을 건너 이곳에 도착했다. 4만 년 전 그때 그리스와 이집트는 그림자도 없었을 것이다. 21세기에 그는 멜버른에서 병원을 운영하는 부유한 의사였다. 위협의 세기에 동면에서 깨어난 뒤에도 도시에서 안락한 생활을 했다. 하지만 이민이 시작되자 그의 몸속에 잠들어 있던 무언가가 깨어났는지 문득 자신이 대지와 숲속의 동물이라는 생각이 들었다. 생존하는 데 그리 많은 것이 필요치 않다는 것도 깨달았다. 그때부터 지붕 없는 들판에서 자는 것이 편해졌다고 했다.

그가 말했다.

"무슨 일이 있으려고 이러는지 모르겠어."

청신이 멀리 있는 이민자촌을 가만히 응시했다. 밤이 깊어 그곳에도 불빛이 거의 보이지 않았다. 대낮의 왁자함은 가라앉고 끝없이 이어진 간이주택들이 별빛 아래에서 고요하게 잠들어 있었다. 청신은 별안간 이상한 느낌이 들었다. 자신이 다른 이민 시대에 와 있는 것 같았다. 5세기 전에도 호주에 대이민의 시대가 있었다. 카우보이와 목동들이 간이주택에서 잠들어 있는 상상을 했다. 말똥과 건초 냄새까지 나는 것 같았다. 청신이 이런 느낌을 이야기하자 프레스가 말했다.

"그땐 이렇게 복잡하지 않았어. 어떤 백인이 다른 백인에게 위스키 한 상자 값을 주고 땅을 샀는데, 해가 뜰 때 말을 타고 출발했다가 해가 질 때 돌아오면 말을 달린 만큼 울타리를 쳐놓고 그 땅을 가졌다더군."

청신이 호주에 대해 갖고 있는 인상은 대부분 이 나라 이름과 같은 제목의 영화에서 본 것이었다. 영화 속 남녀 주인공이 말 떼를 몰고 북호주의 장엄한 대륙을 누볐다. 다만 대이민의 시대가 아니라 제2차 세계대전 때였다. 그녀가 청춘을 보낸 시대에서 그리 멀지 않은 과거지만 지금은 아주 먼 역사가 되었다. 주인공이었던 휴 잭맨과 니콜 키드먼은 벌써 2세기도 전에 죽었다. 청신은 간이건물 앞에서 일하고 있던 웨이드가 생각났다. 그가 꼭 그 영화의 남자 주인공 같았다.

청신은 한 달 전 웨이드가 자신에게 했던 말을 프레스에게 들려주었다. 진즉부터 이야기하고 싶었지만 초연한 그를 괜히 심란하게 할까 봐 말을 꺼내지 못하고 있었다.

프레스가 말했다.

"나도 그를 알지. 나도 그의 말에 동의해. 하지만 어떻게 호주를 떠날 수 있겠어? 불가능한 일은 생각하지 마. 안 되는 걸 생각해봐야 뭐 해?"

프레스의 말은 사실이었다. 지금 호주를 빠져나가는 건 불가능에 가까웠다. 물방울뿐 아니라 지자가 거느리고 있는 지구 치안군도 호주 근해를 감시하고 있었다. 호주에서 각 대륙으로 돌아가는 비행기나 선박에 이민자가 숨어 있다가 발각되면 그 자리에서 사살했다. 또 이민 완료 시한이 다가올수록 돌아가길 원하는 사람들도 줄어들었다. 호주 생활이 힘들기는 하지만 돌아가려다가 죽임을 당하는 것보다는 훨씬 나았다. 어쩌다 한두 명씩 밀항에 성공할 수도 있지만 청신처럼 얼굴이 알려진 사람이 호주를 벗어나는 것은 불가능했다.

하지만 청신이 그 때문에 호주를 떠나지 않는 것은 아니었다. 설사 떠날 수 있다고 해도 그녀는 떠나지 않을 것이다.

프레스는 이 화제에 대해 이야기하고 싶지 않았지만 청신이 그가 말해주길 기다리며 어둠 속에서 조용히 기다리고 있는 것 같았다.

프레스가 말했다.

"난 정형외과 의사야. 너도 알겠지만 부러진 뼈가 붙고 나면 부러졌던 부위가 원래보다 더 두꺼워지지. 사람의 몸은 부족한 걸 채울 기회가 생기면 보통의 경우보다 더 많이 채워. (프레스가 하늘을 가리켰다.) 인류와 비교하면 저들은……. 저들에게 부족한 게 뭐였는지 너도 알겠지. 저들이 그 부족함을 얼마나 채웠을까? 그건 아무도 몰라."

그의 말에 청신의 가슴이 철렁 내려앉았다. 프레스는 이 화제를 계속 이어가고 싶지 않은 듯 밤하늘을 올려다보며 천천히 시를 읊조렸다.

마을이 사라지고
창은 부러졌네.
우리가 이슬을 마시고 꽃을 먹던 이곳,
그대들은 이곳에 자갈을 뿌리는구나.

프레스가 부는 디저리두 소리처럼 이 시가 청신의 마음을 흔들었다.
"잭 데이비스라고 20세기 호주 원주민 시인의 시란다."
프레스는 기둥에 머리를 기댔다. 잠시 후 가늘게 코 고는 소리가 들렸다. 청신은 깜깜한 어둠 속에 몸을 파묻고 앉아 있었다. 세계의 격변에도 아랑곳없는 뭇별 아래에서 동쪽 하늘이 밝아올 때까지 그렇게 앉아 있었다.

이민이 시작되고 반년 만에 세계 인구의 절반인 20억 명이 호주로 이주했다.

그러자 숨어 있던 위기들이 본격적으로 터져 나오기 시작했다. 이민이 시작되고 7개월째 되었을 때 캔버라에서 일어난 끔찍한 사건이 악몽의 시작을 알리는 신호탄이었다.

사실 지자가 인류에게 요구한 나체 이민은 위협의 세기에 지구 세계의 강경론자들이 삼체 세계를 태양계로 이주시키자고 주장하면서 내놓은 방법이었다. 지자는 건축재, 농업 공장 건설에 필요한 대형 부품, 필수적인 생활 설비 및 의료 장비 외에 그 어떤 대형 장비도 호주로 가지고 오지 못하게 했다. 이민자촌을 지키는 각국 군대도 질서 유지에 필요한 제한적인 무기만 보유할 수 있었다. 인류가 철저히 무장해제되었다.

하지만 호주 정부는 예외였다. 그들은 육해공군의 군사 장비 전체를 비롯해 모든 것을 그대로 보유하고 있었다. 이 때문에 건국 이래 줄곧 국제 사무에서 변두리로 밀려나 있던 나라가 하루아침에 인류 세계의 패권국가로 부상했다.

이민 초기에는 호주 정부도 협조적이었다. 정부와 전 국민이 힘을 모아 이민자의 정착을 위해 많은 노력을 기울였다. 하지만 각 대륙의 이민자들이 홍수처럼 호주로 쏟아져 들어오자 지구상에서 유일하게 한 대륙을 가지고 있던 나라의 심리 상태가 통제를 잃었다. 호주 국민의 분노가 하늘을 찌르자 새로 구성된 정부가 이민자에 대한 강경책을 쓰기 시작했다. 그들은 지금의 호주연방이 그 어떤 나라도 넘볼 수 없는 막강한 힘을 가지고 있다는 사실을 깨달았다. 그들의 격차가 삼체 세계와 지구 세계의 실력 차이만큼이나 컸다. 이민자들은 대부분 황량한 내륙으로 보내지고 뉴사우스웨일주처럼 부유한 해안 지역은 호주의 '보호 영토'로 지정해 이민자의 유입을 금지했다. 캔버라와 시드니도 이민자가 정착할 수 없는 '보호 도시'였다. 이민자가 장기간 거주할 수 있는 대도시는 멜버른뿐이었다. 호주 정부의 태도도 점점 고압적으로 변했다. 그들은 인류의 보호자를 자처하며 UN과 각국 정부 위에 군림하려고 했다.

뉴사우스웨일주에서 이민자의 정착을 금지하기는 했지만 다른 지역에 정착한 이민자들의 여행까지 금지하기는 힘들었다. 도시 생활에 향수를 느끼는 이민자들이 시드니로 몰려들었다. 정착할 수는 없지만 거리를 떠돌아도 이민자촌에서 사는 것보다는 나았다. 적어도 문명 세계에 속해 있다는 기분을 느낄 수 있었다. 노숙자가 도시의 심각한 문제가 되자 호주 정부는 이민자들을 시드니 밖으로 추방하고 그들이 도시에 들어오는 것조차 금지하기로 결정했다. 이 결정이 발표되자 도시에 체류하고 있던 이민자와 군경이 충돌하고 그 와중에 사망자가 발생했다.

시드니 사건을 계기로 호주 정부를 향한 이민자들의 오랜 분노가 폭발했다. 1억 명이 넘는 이민자들이 뉴사우스웨일주와 시드니로 몰려들었다. 성난 이민자들이 천지를 뒤덮을 듯 밀어닥치자 호주 군대는 제대로 막아보지도 못하고 도망쳤다. 수천만 이민자가 시드니를 습격해 닥치는 대로 약탈했다. 신선한 동물 사체를 발견한 거대한 모기떼처럼 도시 전체를 공격해 앙상한 뼈대만 남겨놓았다. 시드니 시내에 불길이 치솟고 범죄가 횡행했다. 도시 전체가 거대한 건축물로 이루어진 공포의 숲으로 변했다. 이민자촌보다도 더 끔찍한 생존 환경이었다.

이번에는 200여 킬로미터 떨어진 캔버라가 이민자들의 새로운 목표가 되었다. 호주의 수도인 캔버라는 이민이 시작된 후 전 세계 정부의 절반이 이곳으로 이전했다. UN도 얼마 전 시드니에서 이곳으로 옮겨왔다. 이번에는 군대가 도망칠 수 없었다. 이 충돌은 50만 명 넘는 사망자를 낳았는데 대부분 군대의 공격에 죽은 것이 아니라 수많은 군중이 혼란 속에서 뒤엉키다가 밟혀 죽거나 굶어 죽었다. 이 소요 사태가 열흘 넘게 이어지는 동안 수천만 명에게 식량과 식수 공급이 완전히 끊겼다.

이민자 사회에도 큰 변화가 생겼다. 사람들은 붐비고 먹을 것도 없는 대륙에서 민주주의가 독재보다 더 무섭게 변했음을 발견했다. 사람들은 질서 있고 강력한 정부를 갈망했고 기존의 사회 체제는 빠르게 와해되었다. 사람들은 또 정부가 살 곳을 제공해주길 바랐다. 먹을 것과 물, 몸을 뉠 수 있는 침대 하나면 족했다. 다른 건 아무래도 괜찮았다. 인류 사회가 한파가 몰아닥친 호수 표면처럼 한겹 한겹 얼어붙어 독재의 단단한 얼음 밑으로 들어갔다. 지자가 무사도로 사람을 베고 난 뒤 외쳤던 말이 구호가 되어 유행하고, 파시즘을 포함한 형형색색의 쓰레기가 깊게 파묻혀 있던 무덤 속에서 다시 떠올라 주류가 되었다. 종교의 힘이 빠르게 되살아나 민중이 각종 종교와 교회 아래로 모여들었다. 점차 독재 정치보다 더 오래된 좀비, 즉 정교일치의 국가정권이 출현하기 시작했다.

독재 정치의 필연적인 산물인 전쟁도 피할 수 없었다. 국가 간 충돌이 빈번해졌다. 처음에는 물과 식량을 빼앗기 위한 싸움이었지만 점차 생존 공간을 차지하기 위한 계획적인 전쟁으로 확대되었다. 캔버라 사건 이후 호주 군대가 강력한 억지력을 갖추게 되었다. UN의 요구에 따라 그들은 강력한 수단으로 국제질서를 유지하기 시작했다. 그렇게 하지 않았다면 호주판 세계대전이 벌어지고도 남았을 것이다. 더욱이 20세기 초 누군가의 예언처럼 돌멩이가 그 전쟁의 무기가 되었을 것이다. 호주를 제외한 다른 나라의 군대는 냉병기(冷兵器) 한 자루조차 갖고 있지 않았다. 제일 흔한 무기는 건축용 철근으로 만든 몽둥이였다. 박물관 고대 전시실에 전시되어 있던 검까지 가져다가 사용할 정도였다.

암흑의 시간이 이어졌다. 사람들은 아침에 눈을 뜰 때마다 다시 현실로 돌아왔다는 사실을 믿을 수가 없었다. 불과 반년 만에 인류 사회가 너무도 멀리 퇴보하고 말았다. 한 걸음에 중세까지 물러나버렸다.

전체 사회와 사람들이 무너지지 않도록 지탱하고 있는 것도 역시 군대였다. 바로 삼체 제2함대였다. 지금 이 함대는 카이퍼 벨트를 통과했다. 운이 좋으면 맑은 날 밤에는 육안으로도 함대가 감속하는 불꽃을 볼 수 있었다. 415개의 가물거리는 불빛이 인류의 희망을 담은 별이었다. 사람들은 지자의 약속을 가슴에 새기며 제2함대가 지구에 도착하면 이 대륙 위의 모든 사람이 안락한 생활을 할 수 있을 것이라고 기대했다. 과거의 악마가 구원의 천사이자 유일한 정신적 지주가 되었고 사람들은 그들이 어서 빨리 강림하기를 기도했다.

이민이 진행될수록 호주를 제외한 다른 대륙의 밤은 어둠이 모든 것을 압도했다. 텅 비고 적막한 도시만 남았다. 최후의 만찬이 끝난 뒤 호화로운 레스토랑을 밝히던 불빛이 차례로 꺼지는 것 같았다.

　이민이 시작된 지 9개월 만에 호주 인구가 34억이 되었다. 생존 환경이 극도로 악화되어 어쩔 수 없이 이민을 중단하자 물방울이 호주 외에도 다른 대륙의 도시를 습격하기 시작했다. 지자도 1년의 이민 시한이 끝나면 보호 지역 밖에 있는 모든 인간에 대한 청소 작업이 시작될 것이라고 위협했다. 지금 호주는 돌아오지 못할 길을 떠날 죄수 호송차 같았다. 차가 터질 듯이 죄수로 꽉 들어찼지만 아직도 더 타야 할 7억 명이 남아 있었다.

　지자가 해결 방법을 제시했다. 뉴질랜드와 오세아니아의 다른 섬나라를 이민 완충지대로 삼겠다는 것이었다. 이 조치가 효과를 발휘해 남은 두 달 반 사이에 6억 3000만 명이 완충지대를 거쳐 호주로 이주했다.

　마침내 최종 시한을 사흘 남겨놓고 마지막 이민자 300만 명을 실은 선박과 비행기가 속속 뉴질랜드를 떠나 호주로 향함으로써 인구 대이동이 완료되었다.

　전체 인구의 절대다수인 41억 6000만 명이 호주에 모여 있었다. 호주로 이주하지 않은 800만 명 중 100만 명은 화성 기지에 있었고, 나머지는 지구 치안군 500만 명, 지구 저항운동원 약 200만 명이었다. 여러 가지 이유로 이주하지 않고 각지에 흩어져 사는 사람들이 얼마나 되는지는 통계에 잡히지 않았다.

　지구 치안군은 지자가 지구의 이민자들을 감시하기 위해 모집한 인류 군대였다. 치안군 소속 군인은 호주로 이주하지 않아도 되며 앞으로 삼체인이 점령한 지구 세계에서 자유롭게 살게 해주겠다고 약속했다. 모집령이 발표되자 엄청난 인원이 몰렸다. 온라인으로 총 10억 명 넘게 입대 신청서를 냈고 이 중 2000만 명이 면접을 보았으며 최종적으로 500만 명이 선발되었다. 이 마지막 행운아들은 사람들의 비난과 멸시의 눈초리에 크게 신경 쓰지 않았다. 그들을 비난하고 멸시하는 사람들 중 상당수가 입대 신청서를 제출한 사람들이라는 걸 알고 있었기 때문이다.

지구 치안군이 3세기 전의 ETO와 비슷하다고 말하는 사람도 있었지만 두 조직은 성격이 완전히 달랐다. ETO의 구성원은 굳은 신념에 가득 찬 전사들이었지만 치안군에 지원한 사람들은 그저 이민을 피하고 편안하게 살고 싶은 사람들이었다.

지구 치안군은 아시아, 북미, 유럽 3개 군단으로 조직되었으며 강대국들이 이주하면서 가져가지 못한 군사 장비를 수거해 사용했다. 치안군들이 이민 초기부터 함부로 행동한 것은 아니었다. 초기에는 지자의 명령에 따라 각국의 이주를 독촉하고 사회기반시설을 보호하는 역할만 했다. 하지만 호주의 생존 환경이 점점 나빠지고 이주 속도가 지자의 요구에 미치지 못하자 지자의 명령과 위협 속에서 치안군은 점점 거칠어졌다. 그들은 이주를 독촉하기 위해 대규모 무력 사용도 서슴지 않았고 세계 각지에서 수백만 명이 그들에게 목숨을 잃었다. 마침내 이민 시한이 당도하고 지자가 이민자촌 밖에 남아 있는 모든 인류를 제거하라는 명령을 내리자 치안군은 철저히 악마로 변했다. 그들은 플라잉카를 타고 적막한 도시와 들판의 상공을 매처럼 선회하다가 사람이 보이면 즉시 레이저 저격소총으로 사살했다.

치안군과 반대로 지구 저항운동은 인류가 이 거센 불길 속에서 제련해 낸 순금이었다. 점조직으로 흩어져 있어서 전체 조직원이 얼마나 되는지 통계를 낼 수는 없지만 150만~200만 정도 될 것으로 추산되었다. 그들은 깊은 산속과 도시의 지하에 숨어 치안군과 게릴라전을 벌이며 지구에 상륙할 삼체 침입자들과의 최후의 일전을 기다리고 있었다. 인류 역사에서 진압된 모든 저항 조직 가운데 지구 저항운동 조직이 가장 큰 희생을 치렀다. 치안군이 물방울과 지자의 협조를 받았기 때문이다. 저항 조직의 행동은 거의 자살에 가까웠고 조직 전체가 대대적으로 집결하는 것도 불가능했다. 이것이 바로 치안군이 그들을 각개격파할 수 있었던 이유다.

지구 저항운동은 조직 구성이 복잡해서 각 계층의 사람들이 포함되어 있었는데 그중 가장 많은 비중을 차지하는 것이 서기인이었다. 검잡이 후보였던 여섯 명이 모두 저항운동의 지휘관이었다. 인류의 대이민이 완료되었을 때 그중 세 명이 전사하고 가속기 엔지니어 비원평과 물리학자 차오빈, 전 해군 중장 안토노프만 남아 있었다.

지구 저항운동이 실낱같은 희망조차 없는 전쟁이고 삼체 함대가 지구에 도착하는 날 저항운동 조직이 전멸하리라는 사실을 조직원 전체가 알고 있었다. 남루한 옷을 입고 굶주림을 참아가며 산골짜기와 도시의 하수관 속에 숨어 있는 전사들은 인류의 마지막 존엄을 위해 싸우고 있었다. 그들의 존재가 이 끔찍한 인류 역사에 남은 유일한 희망이었다.

이른 새벽 쿠릉쿠릉하는 굉음에 청신은 잠에서 깼다. 밖에서 나는 이민자들의 소리에 밤새 잠을 설친 뒤였다. 지금이 천둥번개가 치는 계절이 아니라는 사실이 뇌리를 스쳤다. 굉음이 잦아든 뒤 바깥의 모든 소음이 뚝 멈추었다. 청신은 자기도 모르게 뒷덜미가 선득했다. 침대에서 벌떡 일어나 옷을 걸치고 밖으로 뛰어나가다 현관 앞에 잠들어 있는 프레스에게 걸려 넘어질 뻔했다. 프레스가 부스스한 눈으로 고개를 들어 그녀를 보고는 다시 기둥에 기대어 잠이 들었다.

사람들이 희붐하게 밝아오는 동쪽 하늘을 긴장된 시선으로 쳐다보며 낮게 수군거리고 있었다. 그들의 시선을 따라가보니 지평선에서 검은 연기 기둥이 피어오르고 있었다. 시커멓고 자욱한 연기였다. 희푸른 새벽하늘을 검은 칼로 가늘게 찢은 것 같았다.

사람들이 하는 이야기를 들으니 한 시간 전 치안군이 호주에 대규모 공습을 개시했다고 했다. 주요 타격 목표는 전력 설비, 항구, 대형 운송 시설이었다. 그 연기 기둥은 5킬로미터 밖의 방금 폭격당한 원자력발전소에서 피어오르는 것이었다. 사람들이 일제히 고개를 들어 겁에 질린 눈빛으로 하늘을 올려다보았다. 검푸른 하늘에 하얀 항적 다섯 개가 그려져 있었다. 공습에 투입된 치안군의 폭격기였다.

집으로 들어가자 AA가 무슨 일이 일어났는지 걱정하며 텔레비전을 켜고 있었다. 청신은 텔레비전을 보지 않았다. 더 많은 정보가 필요하지 않았다. 최근 1년간 그녀는 이 순간이 찾아오지 않기를 기도하고 있었다. 신경이 예민해져 작은 조짐도 놓치지 않고 정확한 판단을 내릴 수 있었다. 잠결에 쿠릉거리는 소리를 들었을 때 그녀는 이미 무슨 일이 일어났는지 직감했다.

이번에도 웨이드가 옳았다.

청신은 자신이 오래전부터 이 순간을 준비하고 있었음을 알았다. 길게 생각할 것도 없이 자신이 지금 무엇을 해야 하는지 알았다. 시 정부에 가기 위해 AA와 함께 집을 나섰다. 앞뜰에 세워놓은 자전거를 끌고 출발했다. 지금 이민자촌에서 가장 빠르고 편리한 교통 수단이었다. 먹을 것과 물도 챙겼다. 이 일이 거의 성공할 가망이 없어서 더 먼 길을 가야 한다는 것을 알고 있었기 때문이다.

청신은 꽉 막힌 길을 헤치며 시 정부를 향해 페달을 밟았다. 각국이 자국의 행정 체계를 그대로 이민자촌으로 옮겨다 놓고 관리하고 있었다. 청신이 사는 곳의 이민자들은 대부분 중국 서북부의 중소도시에서 온 사람들이었다. 그래서 지금 이곳은 중국 도시의 이름으로 불리고 있고 원래 그 이름을 쓰던 시 정부에서 관리하고 있었다. 시 정부는 2킬로미터 떨어진 곳에 있는 대형 천막이었다. 여기서 하얀 천막의 뾰족한 꼭대기가 보였다.

이민 시한을 2주 남겨두고 이민자들이 쏟아져 들어왔다. 그들은 기존의 이민자들처럼 자국에서 살던 행정 구역에 배치되지 못하고 어디든 빈자리만 있으면 욱여넣듯 배치되었다. 다른 도시에서 온 사람들도 많고 심지어 나라가 다른 사람들까지 뒤섞였다. 최근 두 달간 7억 명이 호주로 유입되었으므로 이민자촌은 발 디딜 틈도 없었다.

사람들이 길 양쪽을 가득 채우고 각종 물건들이 바닥에 나뒹굴고 있었다. 새로 온 이민자들은 천막조차 없어서 노숙해야 했다. 조금 전 폭발음에 놀라 일어난 사람들이 연기 기둥이 피어오르는 쪽을 불안하게 응시하고 있었다. 검푸른 새벽빛이 이 모든 것을 음울하게 뒤덮고 어스름 속에서 사람들의 얼굴이 더 창백해 보였다. 청신은 또다시 높은 곳에서 개미굴을 내려다보는 것 같은 기이한 감정에 휩싸였다. 핏기 없는 얼굴들이 길을 가로질렀다. 그녀는 무의식중에 태양이 더 이상 뜨지 않을 것 같다고 생각했다. 갑자기 속이 울렁거리고 몸에 힘이 풀려 길가에 자전거를 세우고 구토했다. 눈물이 나올 만큼 게워내고 나서야 속이 편해졌다. 아기 우는 소리에 고개를 들어보니 아기를 담요로 싸서 안은 젊은 여자가 길가에 앉아 있었다. 헝클어진 머리에 핏기 한 점 없이 파리한 얼굴로 아기가 엄마를 주무르는 걸 아는지 모르는지 넋을 놓고 있었다. 그녀의 시선도 동쪽에 고정되어 있었다. 아침 해가 그녀의 눈동자 위로 비쳤지만 망연하고 무감각한 눈빛이었다.

청신은 또 다른 어머니를 떠올렸다. 그녀는 아름답고 건강했으며 생기가 넘쳤다. UN 본부 앞에서 사랑스러운 아기를 청신의 품에 안겨주며 성모라고 불렀던 그녀……. 그녀와 아기는 지금 어디에 있을까?

시 정부 천막에 거의 도착했지만 자전거에서 내려 인파 속을 비집고 들어가야 했다. 평소에도 살 곳과 먹을 것을 얻으러 오는 사람으로 붐비는 곳이지만 지금 모인 사람들은 아마도 무슨 일이 일어났는지 알아보러 왔을 것이다. 정문 폴리스라인 앞에서 그녀의 신분을 밝힌 뒤 통과를 허락받았다. 경비를 서고 있는 군인이 그녀의 신분증을 스캐닝해 어디론가 전송했다. 신분이 확인된 후 그녀는 자신을 쳐다보던 그의 눈빛을 잊을 수 없었다. 그의 눈빛이 말하고 있었다.

'그때 우리가 왜 당신을 선택했을까?'

시 정부 청사에 들어가자 초정보화 시대로 다시 돌아간 것 같았다. 대형 천막 내부의 넓은 공간에 수많은 홀로그램 창이 떠 있고 그 앞에서 공무원들이 일하고 있었다. 모두 밤샘한 듯 피곤해 보였지만 여전히 분주했다. 많은 부서가 모여 있어 정신없이 복잡했다. 서기 시대 월스트리트의 주식거래소를 연상시켰다. 사람들이 앞에 있는 창을 클릭하고 뭐라고 쓰면 창이 자동으로 다음에 처리해야 할 사람에게로 옮겨갔다. 환한 빛을 내며 떠다니는 창들이 사라진 시대에서 온 유령들이고 이곳이 그들의 마지막 집결지인 것 같았다.

합판으로 칸막이 벽을 세워 만든 작은 사무실에서 시장을 만났다. 젊고 여성화된 깔끔한 얼굴이지만 다른 사람들과 마찬가지로 무거운 피로가 깔려 있고 그 위로 갈피를 잡지 못해 당황한 감정이 스쳤다. 지금 눈앞에 놓인 막중한 책임은 그들처럼 나약한 세대가 감당할 수 있는 것이 아니었다. 벽에 있는 대형 화면에 도시 사진이 떠 있었다. 대부분 전통적인 지면형 건물이고 나무에 매달린 형태의 건물이 많지 않은 것을 보면 대도시는 아닌 것 같았다. 정지화면이 아니었다. 플라잉카가 간간이 허공을 가르고 시간상으로는 새벽에 사무실 창문으로 보이는 풍경 같았다. 아마도 그가 이주하기 전에 살던 도시일 것이다. 그에게서도 '우리가 왜 당신을 선택했을까?'라는 눈빛이 느껴졌지만 예의를 갖추어 그녀를 대했다.

"뭘 도와드릴까요?"

청신은 곧장 본론으로 들어갔다.

"지자와 연락하고 싶어요."

시장은 고개를 저었지만 예상치 못한 요구가 피로감을 얼마간 쫓아낸 듯 태도가 훨씬 진지해졌다.

"그건 불가능해요. 시 정부는 지자와 직접 연락할 자격이 없어요. 성(省) 정부도 마찬가지예요. 그녀가 어느 대륙에 있는지 아무도 몰라요. 지금은 외부와 연락하는 것 자체가 힘들기도 하고요. 조금 전에 성 내 연락이 중단됐어요. 얼마 못 가서 전기도 끊기겠죠."

"날 캔버라로 보내줄 수 있나요?"

"비행기를 제공할 순 없어요. 지면 차량으로 모셔다 드릴 순 있지만 걸어가는 게 더 빠를 수 있다는 건 아시겠죠. 하지만 이곳을 떠나지 않는 게 좋을 거예요. 어딜 가든 혼란하고 위험하니까. 모든 도시가 폭격당하고 있어요. 여긴 그나마 조용한 편이죠."

무선전기 공급 시스템이 없기 때문에 이민자촌에서는 플라잉카를 쓸 수가 없고 지면 차량과 비행기만 쓸 수 있었지만 인파가 도로를 가득 채워 지나다니기 힘들었다.

청신이 시 정부 정문을 나서자마자 폭발음이 들렸다. 또 다른 연기 기둥이 다른 방향에서 솟구쳤다. 사람들의 불안감이 공황으로 바뀌고 일대 소란이 벌어졌다. 그녀는 인파 속을 헤쳐 자신의 자전거를 찾았다. 자전거를 타고 50여 킬로미터 떨어져 있는 성 정부에 가서 지자에게 연락하기로 마음먹었다. 그래도 연락할 수 없다면 무슨 방법을 써서라도 캔버라로 갈 생각이었다.

어쨌든 이것이 그녀가 마지막으로 할 수 있는 일이었다. 결과가 어떻든 꼭 가야만 했다.

사람들이 갑자기 조용해졌다. 시 정부 위에 대형 디스플레이가 나타났다. 시 정부 천막과 맞먹는 너비의 대형 화면이었다. 예전에도 이런 화면을 본 적이 있었다. 시 정부가 중요한 소식을 알릴 때 사용하는 것이었다. 전압이 불안정해 화면이 조금 흔들렸지만 어스름한 새벽하늘을 배경으로 비교적 또렷하게 보였다.

화면 속에 캔버라의 국회의사당 건물이 나타났다. 1988년에 완공되었지만 사람들은 아직도 '신 국회의사당'이라고 부르고 있었다. 멀리서 보면 마치 산에 기대어 지어진 거대한 벙커 같았다. 건물 위에 서 있는 깃대는 아마도 지구상에서 제일 높을 것이다. 80미터가 넘는 깃대가 안정을 상징하는 네 개의 거대한 철근에 지탱되고 있었다. 지금 보니 대형 천막의 뼈대와 비슷했다. 깃대 위에서 펄럭이고 있는 것은 UN기였다. 시드니에서 소요 사태가 발생한 후 캔버라로 이전한 UN이 바로 그 건물을 본부로 사용하고 있었다.

청신은 커다란 손바닥이 심장을 바짝 쥐는 것 같았다. 최후의 심판일이 왔다는 걸 그녀는 알고 있었다.

화면이 바뀌어 카메라가 건물 내부의 회의장을 비추었다. 사람들이 회의장을 가득 채우고 있었다. 지구 세계와 함대 세계의 모든 지도자가 그곳에 모여 있었다. 지자가 긴급 소집한 UN 총회였다.

지자가 의장석에 서 있었다. 여전히 위장복에 검은 스카프를 두른 차림이었지만 무사도는 메고 있지 않았다. 1년 사이에 요염한 냉기는 사라지고 얼굴이 화사하게 빛나고 있었다. 그녀가 회의장을 향해 허리 굽혀 인사할 때 청신은 2년 전 차를 우리던 그 온화한 여인의 흔적을 볼 수 있었다.

"이민이 완료되었습니다. 여러분, 고맙습니다! 위대한 일을 해냈습니다. 원시인류가 수만 년 전 아프리카를 떠났을 때와 견줄 만한 사건입니다. 두 문명의 신기원이 열렸습니다!"

지자가 다시 허리를 숙였다.

회의장에 있는 모든 사람들이 긴장된 표정으로 고개를 들었다. 밖에서 폭발음이 들리고 회의장 천장에 매달린 샹들리에 세 개가 흔들리기 시작하더니 모든 그림자가 함께 흔들렸다. 건물 전체가 무너질 듯 진동하는 것 같았다.

지자의 말이 계속 이어졌다.

"위대한 삼체 함대가 여러분을 아름다운 생활로 인도할 것입니다. 하지만 그 전에 모두가 고통스러운 석 달을 보내야 합니다. 인류가 이번에도 훌륭하게 해내길 바랍니다! 선포합니다. 지금 이 시간부터 호주 보호 지역을 외부와 완전히 격리시키고 강한 상호작용 우주 탐사정 일곱 대와 지구 치안군이 이 대륙을 빈틈없이 봉쇄할 것입니다. 누구든 호주를 빠져나가려 한다면 삼체 세계의 영토 침입자로 간주하고 즉시 사살할 것입니다! 지구에 대한 위협 제거 작업을 계속 진행할 것입니다. 이 석 달 동안 보호 지역은 저기술 농업사회 상태에 머물러야 하며 전기를 포함한 모든 현대 기술의 사용을 금지합니다. 치안군이 호주의 모든 발전 설비를 체계적으로 파괴하고 있는 것은 모두 보셨겠지요."

청신 주위에서 화면을 보고 있는 사람들은 서로의 얼굴을 쳐다보기만 했다. 모두들 지자의 마지막 말에 담긴 뜻을 누군가 대신 해석해주길 바라고 있었다. 너무나 믿기 힘든 말이었기 때문이다.

"이건 학살이오!"

누군가의 성난 외침이 회의장을 울렸다. 그림자들이 교수대 위 시체처럼 계속 흔들리고 있었다.

이것은 학살이다.

42억 인구가 호주에 모여 사는 것은 상상하기 어려운 일은 아니었다. 이주가 완료된 후 호주의 인구밀도가 1제곱킬로미터당 500명 남짓으로 이주 전 일본의 인구밀도보다 조금 높은 정도였다.

인류는 호주에서 고효율의 농업 공장을 기반으로 생존하게 될 것으로 예상했다. 이민 기간 동안 농업 공장이 호주로 대거 이전하고 일부는 이미 다시 지어져 있었다. 농업 공장에서 유전자조작 농작물이 원래 농작물보다 수십 배나 빠른 속도로 자라지만 자연적인 햇볕으로는 이렇게 빠른 생장에 필요한 에너지를 충분히 공급할 수 없기 때문에 인공으로 만든 초강력 조명을 사용했다. 물론 이런 조명에는 대량의 전력이 필요했다.

농업 공장에서 재배하는 농작물은 자외선, 심지어 엑스선까지 흡수해 광합성작용을 할 수 있지만 전력 공급이 중단되면 하루 이틀 안에 완전히 썩어버릴 것이다.

현재 비축하고 있는 식량으로는 42억 명이 한 달밖에 버틸 수 없었다.

지자가 이해할 수 없다는 듯한 표정으로 소리친 사람을 쳐다보았다.

"그렇게 해석하는 걸 이해할 수가 없군요."

또 다른 사람이 외쳤다.

"그럼 뭘 먹고 삽니까? 먹을 걸 어디서 구하란 말이오?"

지자에 대한 두려움은 사라지고 그들에게 남은 건 극도의 절망뿐이었다.

지자가 회의장을 둘러보며 말했다.

"식량? 이게 다 식량이잖아요? 여러분 주위를 보세요. 전부 다 식량이에요. 살아 있는 식량."

지자의 말투는 평온했다. 정말로 사람들이 잊고 있는 식량 창고를 알려주듯이.

오래전부터 계획해온 멸종 계획이 마지막 단계에 도달했다는 걸 아무도 말하지 않았다. 지금 무슨 말을 한들 이미 늦은 뒤였다.

지자가 계속 말했다.

"곧 닥칠 생존경쟁에서 대다수 인간이 도태되겠지요. 석 달 뒤 함대가 도착할 때쯤엔 이 대륙의 인구가 3000만~5000만밖에 되지 않을 겁니다.

그 최후의 승리자들은 보호 지역에서 문명적이고 자유로운 생활을 하게 됩니다. 지구 문명의 불씨가 꺼지지는 않겠지만 작은 불씨 하나밖에는 남지 않을 겁니다. 무덤을 지키는 장명등*처럼."

호주연방 의회의 회의장은 영국 의회를 본떠서 지었는데 내부 배치가 조금 이상했다. 가장자리에 높은 방청석이 있고 가운데 있는 의원석은 커다란 구덩이 같았다. 그 순간 그곳에 앉아 있는 각국 정상들은 자신이 곧 파묻힐 무덤 안에 있는 기분이었을 것이다.

"생존 자체가 행운입니다. 과거에 지구에서 그랬듯이 지금 이 냉혹한 우주에서도 마찬가지입니다. 하지만 언제부턴지 모르게 인류가 환상을 품기 시작했습니다. 생존을 아주 당연한 일로 여겼지요. 이것이 바로 당신들이 실패한 근본적인 이유입니다. 이 세계에 다시 진화의 깃발이 올라가고 여러분은 생존을 위해 싸울 것입니다. 이 자리에 있는 여러분은 모두 마지막에 남은 5000만 명에 속하길 바랍니다. 식량에 잡아먹히지 말고 여러분이 식량을 잡아먹으십시오."

"아……."

청신에게서 그리 멀지 않은 곳에서 여자의 비명이 터져 나왔다. 하지만 예리한 칼날로 하늘을 가르듯 날카로운 비명 소리가 금세 적막에 매몰되었다.

청신의 눈앞에서 하늘이 빙글빙글 돌았다. 그녀는 자신이 바닥에 쓰러졌다는 것도 몰랐다. 하늘이 천막과 화면을 짓뭉개 그녀의 시야를 가득 채우고 땅이 벌떡 일어나려는 것처럼 그녀의 등을 밀어 올렸다. 새벽하늘은 검푸른 바다였고 태양에 붉게 물든 엷은 구름은 바다 위를 떠도는 핏물이었다. 그녀의 시야 한가운데 흑점이 나타나더니 빠르게 커졌다. 촛불 위에

---

* 옮긴이 주: 분묘 앞에 불을 밝힐 수 있도록 돌로 만들어 세운 등.

펼쳐진 종이가 까맣게 타버리는 것 같았다. 마침내 검은색이 모든 것을 뒤덮었다. 그녀는 아주 잠깐 정신을 잃었지만 두 손이 금세 지면을 찾아냈다. 무른 백사장이었다. 손으로 지면을 딛고 일어나 앉아 정신을 차렸다. 세상이 사라졌다. 남은 건 오직 어둠뿐이었다. 눈을 번쩍 떴지만 어둠 외에 아무것도 보이지 않았다.

청신은 실명했다.

갖가지 소음이 그녀를 에워쌌다. 어떤 것이 현실의 소리이고 어떤 것이 환청인지 분간할 수가 없었다. 파도처럼 밀려왔다가 쓸려가는 발자국 소리, 놀란 비명 소리, 울음소리, 광풍이 마른 숲을 휘젓듯 무슨 소리인지 알 수 없는 괴상한 울음소리 등등.

어디선가 달려온 사람에게 부딪혀 다시 바닥에 쓰러졌지만 그녀는 허우적거리며 또 일어나 앉았다. 암흑. 눈앞이 온통 암흑이었다. 어둠이 아스팔트처럼 끈끈했다. 동쪽이라고 생각하는 방향으로 몸을 돌렸지만 상상 속에서도 동쪽에서 떠오르는 태양을 볼 수가 없었다. 그곳에서 떠오르고 있는 것은 검고 거대한 바퀴였다. 그 검은 바퀴가 세상을 향해 검은 광채를 발산했다.

아득한 암흑 속에서 두 눈을 본 것 같았다. 검은 눈동자가 어둠과 하나가 되었지만 그녀는 그 존재를 느낄 수 있었고 그 눈이 자신을 주시하고 있음을 느낄 수 있었다. 윈톈밍의 눈일까? 자신이 심연에 떨어졌으므로 그를 볼 수 있을 것 같았다. 그녀의 이름을 부르는 윈톈밍의 목소리가 들렸다. 환각을 떨쳐내려고 발버둥 쳤지만 그 소리가 고집스럽게 귓가에 맴돌았다. 그녀는 그 소리가 현실에서 들려오는 것임을 깨달았다. 젊은 남자의 목소리, 이 시대의 여성화된 남자 목소리였다.

"청신 박사님이신가요?"

청신이 고개를 끄덕였다. 아니, 어쩌면 고개를 끄덕였다고 생각했을 수도 있다.

"눈이 왜 그러시죠? 안 보이세요?"

"누구시죠?"

"치안군 특수분대의 지휘관입니다. 지자께서 박사님을 모셔 오라고 우릴 보내셨어요."

"어디로 가나요?"

"원하신다면 어디든 갈 수 있습니다. 어떤 생활이든 누리실 수 있어요. 물론 박사님 스스로 원해야 한다고 하셨습니다."

이때 또 다른 소리가 청신의 귓속으로 파고들었다. 처음에는 환청이라고 생각했다. 헬리콥터 프로펠러 소리였다. 인류가 반중력 기술을 가지고 있기는 하지만 에너지 소모량이 많아 실제로 사용하지 못하고 있었다. 현재 대기층을 오가는 비행기 중 대다수는 여전히 과거의 프로펠러식이었다. 그녀는 얼굴을 훅 덮치는 기류를 느끼며 헬리콥터가 정말로 가까운 상공에 멈추어 있음을 알았다.

"지자와 통화할 수 있나요?"

누군가 그녀의 손에 무언가를 쥐여주었다. 휴대전화였다. 전화기를 귓가에 대자 지자의 목소리가 들렸다.

"여보세요, 검잡이?"

"청신이에요. 당신을 찾고 있었어요."

"날 왜? 아직도 자신이 구세주인 줄 아나?"

청신이 천천히 고개를 저었다.

"아뇨. 그렇게 생각한 적 없어요……. 두 사람을 구하고 싶어요. 그럴 수 있죠?"

"그게 누구지?"

"AA와 프레스예요."

"그 시끄러운 꼬마와 원주민 노인? 날 찾은 것도 그것 때문인가?"

"그래요. 두 사람이 호주를 떠나 자유롭게 살게 해주세요."

"좋아. 그럼 넌?"

"내 걱정은 할 필요 없어요."

"주변 상황이 어떤지 봤을 텐데?"

"아뇨. 아무것도 보이지 않아요."

"실명했다고? 영양부족은 아니겠지?"

이상한 일이었다. 지자가 어떻게 프레스를 알고 있을까? 그들 세 사람은 지난 1년 동안 충분한 배급을 받았고 프레스의 집도 다른 현지인의 집처럼 몰수당하지 않았다. 또 청신과 AA가 프레스의 집으로 이사한 후에는 아무도 그녀를 찾아와 귀찮게 하지 않았다. 청신은 그것이 현지 정부가 자신을 배려해주었기 때문이라고 생각했다. 그런데 이제 보니 지자가 지속적으로 그녀에게 관심을 쏟았기 때문이다. 물론 청신은 4광년 밖에서 지자를 통제하고 있는 것이 개인이 아닌 집단이라는 사실을 알고 있었지만 다른 사람들과 마찬가지로 지자를 그저 한 개체이자 한 여자로 여기고 있었다.

42억 명을 죽이고 있는 여자가 청신을 보살펴주고 있었던 것이다.

지자가 말했다.

"이곳에 있다간 사람들에게 잡아먹혀."

"알아요."

청신의 담담한 대답에 지자가 탄식하듯 말했다.

"좋아. 지자 하나를 붙여줄게. 생각이 바뀌거나 도움이 필요하면 소리 내서 말해. 내가 들을 수 있으니까."

청신은 침묵했다. 그녀는 끝까지 고맙다는 말은 하지 않았다.

누군가 청신의 팔을 붙잡았다. 치안군 지휘관이었다.

"부탁하신 두 분을 수행하라는 명령을 받았습니다. 걱정하지 마세요. 개인적으로 드리는 말씀이지만 청신 박사님도 여길 떠나시는 게 좋겠어요. 이곳은 곧 인간 지옥으로 바뀔 겁니다."

청신은 고개를 저었다.

"어서 가세요. 두 사람이 어디에 있는지는 알고 있죠? 고마워요."

청신은 헬리콥터 소리를 들었다. 실명 후 청각이 극도로 예민해져 제삼의 눈을 얻은 것 같았다. 날아오른 헬리콥터가 2킬로미터를 날아가 프레스의 집 앞에서 내려앉았다가 몇 분 뒤 다시 날아올라 점점 멀어졌다.

청신은 가만히 눈을 감았다. 눈을 뜨고 있어도 암흑뿐이었다. 그녀의 찢어진 마음이 흥건한 피웅덩이 속에서 약간의 평화를 찾았다. 어둠이 일종의 보호가 되었다. 어둠 밖은 더 무서웠다. 지금 어둠 밖에 떠 있는 무언가가 어둠보다 더 서늘하고 암울했다.

주위가 더 요란해졌다. 발소리, 부딪치는 소리, 총소리, 욕설, 비명, 흐느낌, 울음…… 벌써 사람을 잡아먹기 시작한 걸까? 이렇게 빨리 시작될 리는 없었다. 석 달 뒤 식량 배급이 완전히 끊긴 뒤에도 대부분은 인육을 먹지 못할 것이라고 청신은 믿고 있었다.

그 때문에 대부분의 사람들이 죽게 될 것이다.

살아남은 5000만 명이 그때도 역시 사람이든 아니면 다른 무언가로 변하든 그건 중요하지 않았다. 인류라는 개념이 사라지게 될 테니까.

인류의 역사를 한마디로 요약할 수 있었다.

'아프리카에서 나와 7만 년 동안 떠돌다가 마지막에 호주로 들어가다.'

인류는 호주에서 다시 출발점으로 돌아갔다. 하지만 다시 시작하는 것은 불가능하다. 여행은 끝이 났다.

아기 울음소리가 들렸다. 청신은 그 작은 생명을 품에 안고 싶었다. 2년 전 UN 본부 앞에서 안았던 아기가 생각났다. 보드랍고 따뜻했으며 웃음은 달콤했다. 모성애가 청신의 가슴을 갈가리 찢었다. 아이들이 굶주리는 것이 두려웠다.

위협의 세기 최후의 10분, 62년 11월 28일 16시 17분 34초~16시 27분 58초, 오르트 구름 밖 그래비티호와 블루스페이스호

물방울이 공격했다는 경보가 울린 뒤 그래비티호에서 유일하게 큰 짐을 내려놓은 듯 안도한 사람이 있었다. 제임스 헌터였다. 일흔여덟 살의 그는 이 전함의 최고 연장자였기 때문에 사람들은 그를 올드 헌터라고 불렀다.

반세기 전 목성 궤도의 함대 본부에서 스물일곱 살의 헌터가 참모총장으로부터 명령을 전달받았다.

참모총장이 말했다.

"자네를 그래비티호의 조리관리원으로 파견하겠네."

조리관리원이란 예전의 취사병이었다. 지금은 전함의 모든 요리를 인공지능이 대신하기 때문에 조리관리원은 매끼 식단을 조리 시스템에 입력하는 일만 했다. 원래 이 보직의 최고 계급은 중사지만 헌터는 방금 대령 계급장을 받았다. 그는 함대 내에서 제일 젊은 나이에 대령이 된 사람이었다. 하지만 헌터는 의아하게 여기지 않았다. 자신이 해야 하는 일이 무엇인지 알고 있었기 때문이다.

"자네의 실제 임무는 중력파 발사대를 감시하는 것이네. 전함의 지휘 시스템에 통제 불가능한 위험이 발생하면 발사 통제기를 파괴해. 비상 상황이 닥쳤을 때 필요하다고 판단된다면 그 어떤 수단을 동원해도 좋아."

그래비티호의 중력파 발사 시스템은 안테나와 발사 통제기로 이루어져 있었다. 선체 자체가 안테나이기 때문에 안테나를 파괴하는 것은 불가능하지만 발사 통제기를 무력화시키면 시스템 전체가 기능을 잃게 된다. 그래비티호와 블루스페이스호의 조건으로 볼 때 발사 통제기를 새로 만드는 것은 불가능하다.

헌터는 옛날 핵잠수함에도 자신과 같은 잠복자가 있었다는 것을 알고 있었다. 당시 소련이든 북대서양조약기구든 전략 핵잠수함에 탑승한 병사나 하급 장교 중에 이런 비밀 임무를 맡고 있는 사람들이 있었다. 대부분 그리 눈에 띄지 않는 보직에 있었지만, 누군가 잠수정과 대륙 간 탄도미사일 발사권을 장악하려고 하면 그들이 예상치 못한 방향에서 과감한 행동으로 이 시도를 저지했다.

"전함 내부의 모든 동향을 감시하게. 모든 근무조의 상황을 파악해야 하니까 자네는 동면할 수 없어."

"제가 100살 넘도록 살 수 있을지 모르겠습니다."

"일흔만 넘기면 돼. 그땐 선체 진동 줄의 반감기가 되니까 그래비티호의 중력파 발사 시스템이 작동할 수 없지. 그러면 자네 임무도 끝나. 전반기 항해에는 깨어 있는 상태로 지내겠지만 그 후에는 계속 동면할 수 있어. 하지만 투철한 희생정신이 필요해. 일생을 다 바쳐야 하는 일이지. 원치 않는다면 거절해도 좋아."

"하겠습니다."

참모총장이 예전 시대의 장군이라면 묻지 않을 질문을 했다.

"이유가 뭔가?"

"최후의 전쟁에서 저는 뉴턴호에 파견된 전략정보국 소속 정보 분석장교였습니다. 전함이 물방울에 격침되기 전 구명정을 타고 피신했습니다. 전함에서 제일 작은 구명정이지만 최대 다섯 명까지 탈 수 있었습니다. 수많은 사람이 구명정을 향해 달려갔지만 저는 그걸 혼자 타고 도망쳤습니다……."

"그 일은 나도 알아. 군사재판에서 자네의 과실이 아니라고 판결했지. 자네가 탄 구명정이 전함을 빠져나가고 10초도 안 돼서 전함이 폭발했어. 자넨 기다릴 시간이 없었어."

"하지만…… 그때 제가 뉴턴호와 함께했어야 한다고 생각합니다."

"뼈아픈 실패는 잊을 수 없는 법이지. 우린 모두 그때 살아남지 말았어야 한다는 생각을 품고 있어. 하지만 이번엔 자네가 수십억 인구를 구할 수 있어."

두 사람은 오랫동안 침묵했다. 창밖에서 목성의 대적점*이 거대한 눈처럼 그들을 주시하고 있었다.

"구체적인 임무를 전달하기 전에 미리 말해둘 게 있네. 극도로 예민한 판단이 필요해. 위험의 정도를 판단할 수 없을 때는 우선적으로 파괴 절차를 진행시키게. 오조작이 발생해도 자네 책임이 아니야. 추가적으로 따르는 손실까지 고려할 필요는 없어. 필요하다면 전함 전체를 폭파시켜도 무방해."

전함이 출발한 후 헌터는 첫 근무조에 배치되었다. 근무 기간은 5년이었다. 이 5년 동안 그는 남몰래 파란 약을 복용했다. 첫 근무조의 근무가

---

* 옮긴이 주: 목성 표면에 있는 타원형의 커다란 붉은 반점.

끝나고 동면하기 전 신체검사에서 그는 뇌혈관의 혈액응고장해가 있다는 판정을 받았다. 동면장애증이라고도 불리는 이 희귀병은 정상 생활에는 아무 영향이 없지만 동면은 불가능했다. 동면했다가 깨어날 때 심각한 대뇌 손상이 일어날 수 있기 때문이다. 지금까지 발견된 질병 중 유일하게 동면에 영향을 주는 병이었다. 헌터에게 확진 판정이 내려지자 주위 사람들이 장례식에 참석한 듯한 눈빛으로 그를 처다보았다.

그렇게 해서 헌터는 항해 내내 깨어 있었다. 전함 승무원들은 동면했다가 깨어날 때마다 조금씩 늙어 있는 그를 볼 수 있었다. 그는 깨어난 사람들에게 그들이 동면하고 있던 십수 년간 있었던 재미있는 일들을 얘기해주었기 때문에 전함에서 제일 인기가 많은 사람이었다. 장교든 병사든 모두 이 취사병을 좋아했다. 어느새 그는 기나긴 항해의 상징이 되었다. 이 순박하고 사교성 좋은 취사병이 함장과 같은 계급의 장교이고, 위기가 닥쳤을 때 함장 외에 유일하게 전함을 파괴할 권한과 능력을 가진 사람이라는 사실을 아무도 상상하지 못했다.

처음 30년 동안은 연애도 몇 번 했다. 그는 이 방면에서 남들이 질투할 만한 장점을 가지고 있었다. 근무조가 교체될 때마다 새로운 애인을 사귈 수 있다는 점이었다. 하지만 시간이 흐를수록 그는 계속 늙었지만 여자들은 여전히 젊고 예뻤다. 여자들은 늙은 그를 그저 친구나 재미있는 사람으로밖에는 생각하지 않았다.

반세기 동안 헌터가 유일하게 사랑한 여자는 아키하라 레이코였다. 하지만 대부분의 시간 동안 그와 그녀는 1000만 천문단위 이상 떨어져 있었다. 아키하라 레이코는 블루스페이스호에 승선한 항해사 상위*였다.

블루스페이스호 추격은 삼체와 지구 두 세계의 공동 목표였다. 깊은 우

* 옮긴이 주: 중위와 대위 사이의 계급.

주에서 항해하고 있는 이 외로운 우주선은 두 세계 모두에게 위협적이었다. 어둠의 전쟁에서 살아남은 두 전함을 지구로 귀환하도록 유인하는 과정에서 블루스페이스호는 우주가 암흑의 숲이라는 것을 알게 되었다. 만약 그들이 우주 전송 능력을 갖게 된다면 어떤 일이 벌어질지 상상조차 할 수 없었다. 지자의 사각지대에 들어가기 전까지는 지자가 블루스페이스호 내부의 실시간 영상을 그래비티호로 전송해주었다.

지난 수십 년간 헌터는 중사에서 상사로 승진한 후 다시 파격적으로 간부 장교로 발탁되어 준위에서 상위로 승진했다. 상위 계급도 지자에게 받은 블루스페이스호 내부 영상을 볼 수 있는 권한은 없었다. 하지만 그는 전함 내 거의 모든 시스템의 백도어 코드를 가지고 있었으므로 자신의 선실에서 블루스페이스호의 실시간 영상을 손바닥만 한 크기로 축소해서 보곤 했다. 그곳은 그래비티호와는 완전히 다른 사회였다. 막강한 군사 독재가 이루어졌으며 엄격하고 냉혹한 규율을 통해 사람들에게 전체주의를 주입했다. 레이코를 처음 본 것은 그래비티호가 출발하고 2년째 되는 해였다. 헌터는 이 아름다운 동양 아가씨에게 한눈에 반해 몇 시간씩 영상 속 그녀를 지켜보곤 했다. 그녀의 일거수일투족을 그녀와 함께 지내는 동료보다 더 잘 알았다. 하지만 1년 뒤 레이코가 동면에 들어갔다. 그녀가 깨어나 다시 근무를 시작했을 때는 30년이나 흐른 뒤였다. 그녀는 여전히 젊었지만 헌터는 청년에서 예순을 바라보는 나이가 되어 있었다. 그해 크리스마스이브 파티가 끝난 뒤 선실로 돌아온 헌터는 블루스페이스호의 실시간 영상을 재생시켰다. 화면에 제일 먼저 나타난 것은 전함의 복잡한 전체 구조도였다. 항해통제센터가 있는 위치를 두드리자 근무 중인 레이코의 모습이 나타났다. 그녀는 대형 홀로그램 성도(星圖)를 응시하고 있었다. 앞쪽에는 붉은 선으로 블루스페이스호의 항적이 그려져 있고 뒤쪽에 붉은 선과 거의 겹치게 그려진 흰 선은 그래비티호의 항적이었다. 그 흰

선은 그래비티호의 실제 항로와 약간의 오차가 있었다. 현재 두 전함이 수천 천문단위나 떨어져 있기 때문에 전함처럼 작은 목표물의 위치를 정확히 파악하는 것은 쉽지 않은 일이었다. 두 전함 사이의 거리는 거의 정확하게 계산되어 있었다. 헌터가 화면을 조금 확대시키자 영상 속 레이코가 갑자기 몸을 돌려 헌터를 바라보며 매력적인 미소로 인사를 건넸다.

"메리크리스마스!"

물론 자신에게 건넨 인사가 아니라는 걸 헌터는 알고 있었다. 그건 모든 추격자에게 보내는 축복의 인사였다. 그녀는 지금 지자가 자신을 감시하고 있다는 건 알고 있지만 화면 너머 헌터를 볼 수는 없었다. 어쨌든 그때가 헌터에게 가장 행복한 순간이었다. 블루스페이스호에는 승선원이 많아 레이코의 근무 시간은 길지 않았다. 그녀는 1년 뒤 다시 동면에 들어갈 예정이었다. 헌터는 레이코를 만나게 될 날을 기다렸다. 그래비티호가 블루스페이스호를 따라잡는 날이 바로 그녀를 만나는 날일 것이다. 하지만 모든 게 순조롭게 진행된다 해도 그때 자신은 여든 살을 눈앞에 두고 있을 것이라는 슬픈 예상을 했다. 그녀에게 "사랑해요"라고 고백한 뒤 법정으로 들어가는 그녀를 눈으로 배웅하는 것이 그가 바라는 꿈이었다.

지난 반세기 동안 헌터는 자기 임무를 충실히 수행했다. 전함에서 발생할 수 있는 이상 상황을 시시각각 관찰하고 각종 위기가 일어났을 때 대응 방법을 머릿속으로 수없이 연습했다. 하지만 임무 자체가 주는 스트레스는 없었다. 스스로 확고하게 선택한 일이고, 든든한 조력자가 시시각각 전함을 수행하고 있었기 때문이다. 다른 승선원들과 마찬가지로 그도 선창을 통해 멀리서 편대 항해하고 있는 물방울을 바라보곤 했다. 우주에서 보는 물방울은 그에게 남들은 알지 못하는 한 가지 의미를 더 품고 있었다. 그래비티호에 비상 상황이 발생하면, 특히 반란이나 중력파 발사 시스템 통제권을 탈취하려는 시도가 나타나면 물방울이 즉시 이 전함을 폭파하기로 되어 있었다. 지금은 수 킬로미터 밖에 있지만 그들이 목표물을 공격하는 데 걸리는 시간은 5초를 넘지 않았다.

지금 헌터는 임무 완수를 앞두고 있었다. 중력파 발사 안테나의 핵심 부품인 진동 줄이 곧 반감기에 도달하게 된다. 굵기가 10나노도 되지 않지만 1500미터의 선체를 관통하고 있는 강력한 줄이었다. 앞으로 두 달이 채 흐르지 않아서 진동 줄의 밀도가 중력파 발사가 가능한 마지노선 밑으로 떨어질 것이고 그러면 안테나가 완전히 기능을 상실하게 된다. 그때가 되면 그래비티호는 두 세계에 치명적인 위협이 되는 중력파 발사 스테이션으로서의 수명을 다하고 일반적인 행성급 우주선으로 돌아갈 것이며, 자동적으로 헌터의 임무도 완료된다. 헌터는 그때 자신의 신분을 밝힐 계획이었다. 신분을 밝혔을 때 쏟아질 반응이 경의와 감탄일지 질책과 비난일지 무척 궁금했다. 어쨌든 그가 파란 약 복용을 중단하면 뇌혈관 혈액응고장해가 사라져 동면이 가능해질 것이고, 푹 자고 일어난 뒤에 새 시대를 맞이한 지구에서 여생을 보내게 될 것이다. 물론 동면은 레이코를 만난 뒤의 일이지만 어쨌든 그날이 머지않아 찾아올 것이다.

그런데 편대가 지자의 사각지대로 들어가고 말았다. 지난 반세기 동안 100가지 넘는 위기 상황을 예상했지만 이건 그중에서도 심각한 위기 상황이었다. 지자가 기능을 상실해 물방울과 삼체 세계가 그래비티호 내부의 상황을 실시간으로 감시할 수 없었다. 돌발 상황이 발생할 경우 물방울이 즉각적으로 반응할 수 없다는 뜻이다. 헌터는 10배나 무거워진 부담이 온몸을 짓누르는 것을 느끼며 막 임무를 시작했을 때처럼 극도로 긴장했다.

헌터는 전함 내부의 동향을 더 예민하게 살폈다. 그래비티호의 전체 승선원이 깨어나 있기 때문에 감시하기가 훨씬 어려웠지만 다행히 헌터는 전함에서 유일하게 전체 승선원을 잘 알고 좋은 관계를 유지하고 있었다.

또 그가 보여준 유순한 성격과 변두리 보직 때문에 그를 경계하는 사람은 거의 없었다. 특히 사병과 하급 장교들은 상급 지휘관이나 정신과 군의관에게 하기 힘든 얘기를 그에게 솔직하게 털어놓곤 했다. 그 덕분에 헌터는 전함 내부의 상황을 비교적 정확하게 파악할 수 있었다.

지자의 사각지대로 들어간 후 상황이 점점 미묘해졌다. 반세기 동안 항해하면서 거의 없었던 이상 현상이 동시다발적으로 일어났다. 선체 중앙에 있는 생활 구역이 미소 유성체의 공격을 받고, 선실 벽에 갑자기 구멍이 뚫리는 걸 보았다는 사람들이 속속 나타났다. 어떤 물체의 일부 또는 전부가 사라졌다가 얼마 후에 원 상태로 돌아오기도 했다. 이런 모든 이상 현상 가운데 헌터가 가장 심각하게 받아들인 것은 데번 중령이 겪었다는 신비한 만남이었다. 전함의 고위 장교인 데번은 헌터와는 친분이 별로 없었다. 어느 날 헌터는 데번이 모두들 가급적 피하고 싶어 하는 심리학자를 자진해서 찾아가는 것을 보고 그를 주의 깊게 살피기 시작했다. 헌터는 오래된 위스키를 미끼로 데번에게 접근해 슬쩍 말을 걸었고 대화 중 이상한 일을 듣게 되었다. 물론 미소 유성체 사건을 제외하면 이 모든 것의 가장 합리적인 해석은 사람의 환각이라는 것이었다. 웨스트 박사와 정신과 군의관들은 지자가 사라졌다는 사실이 알 수 없는 방식으로 사람들의 정신 질환을 유발하고 있다고 분석했다. 하지만 비밀 임무를 수행하고 있는 헌터는 이런 분석을 받아들일 수 없었다. 정신질환과 환각이라는 두 가지 가능성을 배제한다면 이 모든 이상한 일은 '불가능'으로 귀결되지만, 헌터의 비밀 임무가 바로 혹시 출현할지도 모르는 불가능에 대응하는 것이었다.

거대한 안테나에 비하면 중력과 발사 시스템 컨트롤러는 아주 작았다. 선미의 작은 구형 선실 안에 있었으며 전함 내부의 어떤 부분과도 연결되어 있지 않은, 완벽한 독립 시스템이었다. 그 구형 선실은 단단히 잠가놓은 금고 같아서 함장을 포함해 그 누구도 이곳에 들어가는 비밀번호를 알지 못했다. 이 시스템을 작동시켜 중력파를 발사할 수 있는 사람은 지구에 있는 검잡이뿐이었다. 검잡이가 지구에서 전송 스위치를 누르면 중성미자 정보가 그래비티호로 전송되어 전함에서 중력파가 발사되었다. 물론 현재 이 신호가 지구에서 이곳까지 도착하는 데 1년이 걸렸다.

단, 그래비티호가 납치당한다면 이런 방어 체계가 큰 역할을 할 수 없을 것이다.

헌터의 손목시계에 있는 작은 버튼을 누르면 발사 컨트롤러가 있는 구형 선실 안에서 폭탄이 터지며 내부의 모든 장비가 고온에 녹아버리게 될 것이었다. 헌트가 하는 일은 단 하나였다. 어떤 종류의 위기가 출현하든 위험이 한계치를 넘어서면 이 버튼을 눌러 발사 컨트롤러를 파괴하는 것. 즉, 중력파 발사 시스템을 회복 불능 상태로 만들어버리는 것이었다. 위험이 한계치를 초월했는지의 여부는 그의 판단에 달려 있었다.

그런 점에서 볼 때 헌터는 사실 '반검잡이'였다.

그러나 헌터는 손목시계의 버튼과 컨트롤러 선실 속에 있는, 그가 한 번도 본 적 없는 폭탄을 신뢰하지 않았다. 자신이 밤낮으로 컨트롤러 선실 밖을 지키는 것이 최선이라고 여겼다. 의심을 살 수 있다는 문제가 있지만 그는 지금까지 자신의 신분을 훌륭하게 위장하고 있었다. 컨트롤러 선실에 최대한 가까이 다가가기 위해 역시 선미에 있는 우주학 관측 스테이션을 자주 찾아갔다. 남들의 의심을 피하면서 컨트롤러 선실을 감시할 수 있는 방법이었다. 전체 승선원이 깨어 있기 때문에 다른 조리 관리원이 주방을 맡고 있었다. 헌터는 한가했고 관이판 박사는 이 전함에서 유일하게 군대 규율에 구속받지 않는 민간학자였기 때문에 헌터가 그를 찾아가 술을 마시며 이야기를 나누는 것은 전혀 이상할 게 없었다. 관이판은 헌터가 특권을 이용해 가지고 오는 술을 기꺼이 즐기며 우주의 '3과 30만 증후군'에 대한 이야기를 들려주었다. 얼마 안 가서 헌터는 대부분의 시간을 관측 스테이션에서 보내기 시작했다. 관측 스테이션과 컨트롤러 선실은 복도를 통해 20미터 남짓 떨어져 있었다.

조금 전 헌터는 관측 스테이션으로 가던 중 관이판과 심리학자가 선수 쪽으로 가는 것을 보고 관측 스테이션을 지나쳐 컨트롤러 선실로 향했다. 컨트롤러 선실을 10미터도 남겨두지 않았을 때 물방울 공격 경보가 울렸다. 그는 계급이 낮아 공중에 뜬 조작 창으로 대략적인 내용밖에 알 수 없지만 지금 물방울이 편대 항해를 할 때보다 더 멀리 떨어져 있다는 것을 알았다. 아마 10여 초가 걸릴 것이다. 최후의 순간에 헌터가 느낀 것은 해탈과 안도였다. 앞으로 세계가 어떻게 되든 상관없이 그의 임무는 완수되는 것이다. 그를 기다리는 것은 죽음이 아니라 승리였다.

그 때문에 30초 후 경보가 해제되었을 때 헌터는 이 전함에서 유일하게 극도의 공포에 휩싸였다. 그의 임무로 본다면 물방울의 공격은 해탈이지만 경보 해제는 엄청난 위기였다. 이미 출현한 예측 불허의 상황에서도 중력파 발사 시스템이 건재하다는 뜻이기 때문이다. 그는 일말의 망설임도 없이 손목시계의 폭파 버튼을 눌렀다.

조용했다. 컨트롤러 선실이 아무리 밀폐되어 있어도 내부 폭발의 진동은 느껴져야 정상이었다. 손목시계의 작은 화면에 메시지 한 줄이 나타났다.

―폭파 조작을 완료할 수 없음. 폭파 모듈이 해체됨.

헌터는 놀라지 않았다. 이미 최악의 상황이 발생했음을 직감적으로 알고 있었다. 행운이 10여 초 차이로 그를 스쳐 지나갔다.

물방울 두 개 모두 목표를 명중시키지 못했다. 그들은 각각 그래비티호와 블루스페이스호를 간발의 차이로 스쳐 지나갔다. 두 전함과의 최단 거리가 수십 미터밖에 되지 않았다.

경보가 해제되고 3분이 지난 뒤 그래비티호의 함장 조세프 모로비치와 고위 지휘관들이 작전센터에 모였다. 공중에 커다란 상황도가 나타났다. 깜깜한 우주 배경 속 모든 별을 지우고 두 전함의 상대 위치와 물방울의 공격 노선만 표시되어 있었다. 30만 킬로미터 길이의 백색 선 두 가닥은 직선처럼 보였지만 세부 데이터를 분석해보면 포물선이었다. 곡률이 너무 작아서 느낄 수 없을 뿐이었다. 두 물방울이 가속을 시작하고 얼마 되지 않아 비행 방향이 계속 바뀌었다. 변화는 미세했지만 작은 변화가 쌓여 각각의 공격 목표와 수십 미터의 오차가 생기고 말았다. 지휘관들은 그것이 원래 물방울의 항로가 아니라는 것을 알았다. 그들 중 대부분이 최후의 전쟁에 참전했던 사람들이었다. 물방울이 초고속 운동을 하면서도 날카로운 예각을 그리며 방향을 틀던 광경은 지금 생각해도 가슴이 서늘했다. 지금의 이 항로는 항로와 수직을 이루는 외력이 연속적으로 작용해 물방울을 공격 항로에서 밀어내고 있는 것처럼 보였다.

함장이 말했다.

"가시광선 녹화 영상."

별과 은하가 나타났다. 실제 우주의 모습을 찍은 영상이었다. 한쪽 구석에서 깜빡거리며 시간을 나타내는 숫자가 몇 분 전의 공포를 상기시켰다. 그때 할 수 있는 건 죽음을 기다리는 것뿐이었다. 회피 기동도 방어 사격도 모두 무의미했다. 시간이 멈추었다. 물방울이 전함 옆을 스치고 있었지만 속도가 너무 빨라 육안으로 보이지 않았다.

다음은 고속촬영 영상이었다. 10여 초 동안 일어난 일을 모두 보려면 긴 시간이 걸렸기 때문에 마지막 부분만 재생했다. 화면을 스쳐 지나가는 물방울을 똑똑히 볼 수 있었다. 별이 총총히 떠 있는 배경 앞으로 어스름한 유성이 시야를 가르고 지나갔다. 다시 앞으로 돌려 재생했다. 물방울이 화면의 정중앙을 지날 때 영상을 정지시킨 뒤 화면을 확대했다. 물방울이 화면의 절반을 가득 채웠다. 반세기 동안의 편대 항해로 물방울의 모습을 잘 알고 있던 그들은 얼음물을 뒤집어쓴 듯 소름이 끼쳤다. 물방울의 형태는 그대로지만 표면은 완벽하게 매끄러운 거울이 아니라 어두침침한 구리색을 띠고 녹슨 흔적도 있었다. 젊음을 유지하는 마법이 갑자기 효력을 잃어버린 마녀의 얼굴처럼 3세기 동안 우주의 세월이 남긴 흔적이 한꺼번에 나타난 것 같았다. 더 이상 영롱한 요정이 아니라 우주를 떠도는 낡은 탄알이었다. 최근 지구와의 통신으로 그들도 SIM의 기본 원리를 알았다. 물방울 표면이 내부 장치에서 생성된 역장 안에 위치해 있어서 이 역장이 입자 간 전자력을 상쇄시킴으로써 강한 상호작용을 발생시키는 원리였다. 역장이 사라지면 SIM도 평범한 금속으로 변했다.

물방울이 죽은 것이다.

그다음은 모니터링 기록이었다. 시뮬레이션 분석 결과, 물방울이 그래비티호를 스쳐 지나간 뒤 비행 속도가 느려지며 직선의 균속 활주로 바뀌었다. 신비한 추력이 사라진 것이다. 이 상태가 몇 초간 지속되다가 물방울이 감속하기 시작했다. 전쟁 분석 시스템의 계산에 따르면 물방울을 감속시킨 추력과 물방울의 비행 방향을 변화시킨 추력이 거의 비슷했다. 어떤 동일한 힘이 비행 방향과 수직으로 있다가 물방울 정면으로 옮겨간 것 같았다.

고배율 망원경으로 촬영한 가시광선 영상에서 멀리 날아가고 있는 물방울의 뒷모습을 볼 수 있었다. 물방울 스스로 방향을 90도로 비튼 뒤에 비행 방향과 수직으로 감속을 시작했다. 바로 그때 신비한 일이 일어났다. 작전센터에 웨스트도 와 있었다. 자신의 눈으로 직접 보지 않았더라면 그는 길게 말할 것도 없이 심리적 환각이라고 단정했을 것이다. 어디선가 나타난 삼각형 물체가 물방울 앞을 막아섰다. 길이가 대략 물방울의 두 배였다. 블루스페이스호에 있는 우주왕복선이었다! 왕복선 외부에 추력을 높이기 위한 소형 핵융합 엔진이 여러 개 달려 있었다. 엔진 노즐이 화면 반대편을 향하고 있지만 전출력으로 내뿜고 있는 불꽃 기둥을 볼 수 있었다. 왕복선이 물방울과 맞서서 물방울을 감속시키고 비행 방향을 바꾼 것으로 추측할 수 있었다. 이 추력이 그래비티호를 구한 것이다. 물방울 너머 왕복선에서 우주복을 입은 두 사람이 나타났다. 두 사람의 몸이 감속 중인 물방울에 달라붙었다. 그중 손에 어떤 장비를 들고 있는 사람이 포획물을 연구하듯 물방울 위에서 무언가를 하기 시작했다. 지금까지 사람들은 물방울을 신비한 존재로 여기고 있었다. 마치 이 세계에 속하지 않는 듯 사람이 감히 다가갈 수 없는 존재였다. 최후의 전쟁 이전에 유일하게 물방울을 가까이에서 만져본 사람들은 모두 잿더미가 되었다. 그런데 화면 속 물방울은 이미 신비한 물체가 아니었다. 거울 같은 광택이 사라진 평범한 금속 덩어리였다. 심지어 우주인이 수집하는 골동품이나 폐품 같았다. 몇 초 뒤 우주인과 왕복선이 사라졌다. 죽은 물방울이 외롭게 둥둥 떠다녔지만 감속은 멈추지 않았다. 왕복선이 아직도 앞에서 물방울을 밀고 있다는 뜻이었다. 다만 보이지 않을 뿐.

누군가 소리쳤다.

"저들이 물방울을 파괴했다고?"

모로비치 함장은 한 가지 생각밖에 나지 않았다. 경보가 해제되었을 때 헌터와 마찬가지로 그 역시 조금의 망설임도 없이 손목시계의 버튼을 눌렀다. 헌터의 것과 동일한 손목시계였다. 이번에도 공중의 붉은 디스플레이에 오류 메시지가 나타났다.

—폭파 조작을 완료할 수 없음. 폭파 모듈이 해체됨.

함장이 작전센터를 뛰쳐나가 곧장 선미로 달려가자 다른 장교들도 그의 뒤를 따랐다.

그래비티호에서 중력파 발사 컨트롤러가 있는 선실에 제일 먼저 도착한 사람은 헌터였다. 선실에 들어갈 권한은 없지만 컨트롤러와 안테나 선체 사이의 연결을 차단할 생각이었다. 일시적으로 중력파 발사 시스템을 무력화시켜 시간을 벌어놓은 후에 선실 안에 있는 컨트롤러를 파괴할 방법을 찾으려고 했다.

그런데 이미 누군가 와 있었다.

헌터가 권총을 뽑아 들고 그를 겨누었다. 그는 그래비티호의 중위 군복을 입고 있었다. 그가 원래 입고 있어야 할 최후의 전쟁 당시 우주군 복장이 아닌 것으로 보아 전함에서 훔친 옷일 것이다. 상대가 컨트롤러 선실을 이리저리 보고 있었다. 헌터는 그의 뒷모습만 보고도 누구인지 알았다.

헌터가 말했다.

"데번 중령이 잘못 본 게 아니라는 걸 알고 있었지."

블루스페이스호의 해병대 지휘관 박의군 소령이 몸을 돌렸다. 서른 살도 채 되지 않은 듯 앳된 얼굴이었지만 그래비티호 사람들에게는 느낄 수 없는 신선함이 얼굴에 배어 있었다. 그도 다소 놀란 기색이었다. 이렇게 빨리 누군가 달려오리라고 예상하지 못했고, 또 그게 헌터라는 사실도 뜻밖인 것 같았다. 하지만 그가 차분함을 유지하며 양손을 반쯤 들었다.

"제 말을 들어주십시오."

헌터는 해명을 듣고 싶지 않았다. 그가 어떻게 그래비티호에 들어왔는지 알고 싶지 않았고, 그가 사람인지 귀신인지도 알고 싶지 않았다. 진실이 무엇이든 가장 위급한 상황이 닥쳤다는 사실에는 변함이 없었다. 그는 당장 중력파 발사 컨트롤러를 파괴해야 한다는 생각밖에 없었다. 이것은 그가 사는 목적의 전부였다. 자기 앞을 막는 자는 누구라도 없애야 했다. 그가 방아쇠를 당겼다.

총알이 박의군의 가슴에 박히며 그의 몸이 뒤로 밀려 선실 문에 부딪쳤다. 헌터의 권총에서 발사된 것은 선실 벽과 내부 장비에 손상을 입히지 않도록 만들어진 전함 내부용 총알로 레이저 건보다 살상력이 약했다. 총알이 박힌 자리에서 피가 울컥 쏟아졌지만 박의군은 무중력상태에서도 몸을 꼿꼿이 세운 채 피범벅이 된 군복 안으로 손을 집어넣어 오른쪽 갈비뼈 사이에 박힌 총알을 빼냈다. 헌터가 또 방아쇠를 당겼다. 총알이 상대의 가슴을 뚫고 들어갔다. 무중력상태라 출혈이 더 심했다. 헌터가 다시 상대의 머리를 조준했지만 세 번째 총알은 발사되지 못했다.

다급하게 달려온 함장과 장교들의 눈앞에 처참한 광경이 펼쳐졌다. 헌터의 권총은 멀리 날아가 있고 두 눈은 뒤집혀 흰자만 드러낸 채 뻣뻣해진 사지를 가늘게 떨고 있었다. 그의 입에서 분수처럼 뿜어져 나온 피가 무중력상태의 허공에서 크고 작은 구슬이 되어 사방으로 흩어졌다. 피구슬 사이에 검붉은 물체 하나가 섞여 있었다. 주먹만 한 크기에 꼬리 같은 튜브 두 개가 달려 있고 표면이 불투명해 피구슬과 쉽게 구분할 수 있었다. 규칙적으로 박동할 때마다 뒤에 달린 가는 튜브가 피를 뿜고 이것이 추진력이 되어 물체가 무중력상태에서 날아갔다. 물속에서 헤엄치고 있는 검붉은 해파리처럼.

헌터의 심장이었다.

조금 전 헌터는 몸부림 치며 오른손으로 가슴팍을 그러쥐고 사력을 다해 옷섶을 찢었다. 찢어진 옷섶 사이로 드러난 그의 가슴은 상처 하나 없이 깨끗했다.

"당장 수술하면 살릴 수 있을 겁니다."

박의군 소령이 쉰 목소리로 가늘게 말했다. 그의 가슴에 난 두 개의 총구멍도 계속 피를 게워내고 있었다.

"요즘 의사들은 가슴을 열지 않고 심장을 집어넣을 수 있다던데…….움직이지 마십시오. 움직였다가는 저들이 당신들 심장이나 뇌를 뽑아버릴 테니까. 나뭇가지에서 사과 따듯이……. 그래비티호는 점령됐습니다."

무장한 사람들이 다른 쪽 복도에서 쏟아져 나왔다. 최후의 전쟁 이전의 해병대복인 감색 간이 우주복을 입고 있었다. 블루스페이스호 사람들이었다. 그들은 막강한 살상력의 레이저 돌격소총을 들고 있었다.

함장이 주위 장교들에게 눈짓을 하자 모두 조용히 무기를 내려놓았다. 블루스페이스호의 승선원 수는 그래비티호의 10배였다. 해병대원만 해도 100명이 넘었으므로 그래비티호를 가뿐히 점령할 수 있었다.

이제 아무것도 믿을 수 없었다. 블루스페이스호는 초자연적인 마법 전함으로 변해 있었다. 최후의 전쟁 때의 끔찍했던 기억이 되살아났다.

블루스페이스호의 둥근 홀 중앙에 1400여 명이 떠 있었다. 그중 1200여 명은 블루스페이스호의 승선원이었다. 이곳은 60여 년 전 블루스페이스호의 군인들이 도열한 채 장베이하이의 지휘에 따르겠다고 선서했던 곳이었다. 지금 이곳에 있는 사람 대부분이 그때 그곳에도 있었다. 전함이 정상적인 항해를 할 때는 소수의 승선원만 남기고 동면했기 때문에 60년 넘게 흘렀지만 그들의 평균 연령은 3~5세 높아졌을 뿐이다. 대부분은 세월의 흔적을 느낄 수 없었고 어둠의 전쟁 당시 타오르던 화염과 우주에서의 적막한 장례식이 지금도 눈에 선했다. 나머지 100여 명은 그래비티호에서 온 사람들이었다. 다른 색 군복을 입은 두 전함의 승선원들이 서로 경계하며 멀리 거리를 두고 모여 있었다.

그들 앞에 있는 두 전함의 고위 지휘관들은 뒤섞여 있었다. 그중 가장 눈에 띄는 사람은 블루스페이스호의 함장인 추옌(褚巖) 대령이었다. 마흔세 살이지만 나이보다 더 젊어 보였고 수줍음을 타는 것처럼 보일 만큼 언행이 차분한 학자형 군인이었다. 지구 세계에서 그는 전기적인 인물이었다. 그가 어둠의 전쟁 직전에 블루스페이스호 내부를 진공상태로 만들어놓은 덕분에 초저주파 수소폭탄의 최초 공격에 전멸되지 않을 수 있었다. 어둠의 전쟁에서 블루스페이스호가 취한 행동이 정당방위였는지 살인이었는지에 대해서는 지구에서 여전히 논란이 있었다. 암흑의 숲 위협이 시작된 후에도 그는 주위의 반대와 향수병에 시달리는 승선원들의 염원을 무릅쓰고 지구로의 귀환을 거부했다. 그 덕분에 청동시대호가 보낸 경고 메시지를 받았을 때 도주를 위한 충분한 시간을 벌 수 있었다. 이 밖에도 추옌에 얽힌 소문이 많았다. 자연선택호가 배신하고 도주할 때도 그는 유일하게 추격을 주장한 함장이었다. 사실 그의 진짜 목적은 블루스페이스호를 탈취해 자연선택호와 함께 도주하는 것이었다는 말도 있지만 역시 소문일 뿐이다.

추옌이 말했다.

"두 전함의 승선원이 거의 다 모였습니다. 양측 사이에 이견이 존재하기는 하지만 우리는 서로를 같은 세계 사람으로 생각하고 있습니다. 블루스페이스호와 그래비티호가 함께 이룬 세계입니다. 하지만 이 세계의 미래를 계획하기 전에 우선적으로 해결해야 할 시급한 과제가 있습니다."

허공에 커다란 홀로그램 화면이 나타났다. 별이 드문드문 떠 있는 우주가 펼쳐져 있고 한가운데 얇은 안개가 모여 있었다. 안개 속에 브러시처럼 생긴 하얀 직선이 촘촘히 그려져 있었다. 평행선 수백 개가 모여 있는 형태였다. 눈에 잘 띄도록 그래픽 처리를 해놓은 것 같았다. 지난 2세기 동안 '안개 속 브러시'는 사람들에게 익숙한 도안이었다. 심지어 이 도안이 상표로 사용되기도 했다.

"삼체 성계 부근 성간 먼지에 나타난 항적입니다. 여드레 전에 관측됐습니다. 영상을 자세히 보시죠."

흰 선들이 육안으로 관찰할 수 있을 만큼 길어지고 있었다.

그래비티호의 한 장교가 물었다.

"몇 배속으로 빨리 돌린 겁니까?"

"빨리 돌린 게 아니라 원래 속도입니다."

사람들이 웅성이고 홀 전체가 소란스러워졌다. 갑자기 폭우가 쏟아진 밀림처럼 소음이 귓전을 때렸다.

"간단히 계산해도, 이건…… 광속에 가깝군."

그래비티호의 모로비치 함장이 말했다. 이틀간 믿을 수 없는 일을 너무 많이 겪은 탓인지 그의 목소리는 차분했다.

추옌이 말했다.

"그렇습니다. 삼체 제2함대가 광속으로 지구로 향하고 있습니다. 4년 후 도착할 겁니다."

추옌이 안쓰러운 눈빛으로 그래비티호 사람들을 응시했다. 그들에게 이런 소식을 알리는 것이 못내 안타까운 듯했다.

"여러분이 출발한 후 지구 세계가 태평성세의 헛된 꿈에 도취되어 상황을 완전히 오판한 결과죠. 기회를 엿보고 있던 삼체 세계에게 기회가 온 겁니다."

그래비티호 사람들 속에서 누군가 외쳤다.

"이걸 어떻게 믿습니까? 영상을 위조했을 수도 있잖아요!"

"내가 증명할 수 있어요!"

관이판이었다. 그는 앞에 있는 장교들 틈에서 유일하게 군복을 입지 않은 사람이었다.

"관측 스테이션에서도 똑같은 항적을 관측했어요. 나는 우주를 거시적으로 관측하기 때문에 유심히 살피지 않고 지나쳤죠. 이 사람들한테 얘기를 듣고 관측 데이터를 확인했어요. 우리와 삼체 성계, 태양계가 부등변삼각형을 이루고 있어요. 삼체 성계와 태양계를 잇는 선이 제일 긴 변이고 우리와 태양계를 잇는 선이 제일 짧은 변이죠. 우리와 삼체 성계를 잇는 선의 길이는 중간이에요. 한마디로 지금 우리가 태양계보다 삼체 성계와 더 가까운 위치에 있어요. 지구에서는 약 40일 후에 항적을 관측하게 될 거예요."

추옌이 말했다.

"우리는 지구에서 큰 사건이 발생했다고 판단하고 있습니다. 다섯 시간 전 물방울이 우리 두 전함을 습격한 바로 그 시간이죠. 그래비티호에서 얻은 정보에 따르면 지구에서 검잡이 인수식이 열리는 시간이었습니다. 그 인수식이 바로 삼체 세계가 반세기 동안 기다려온 기회입니다. 물방울 두 개는 사각지대로 들어가기 전에 명령을 받았을 겁니다. 아주 오랫동안 계획해온 일이죠. 암흑의 숲 위협이 무력화되었다고 확신합니다. 가능한 결과는 두 가지죠. 중력파가 발사되었거나 발사되지 않았거나. 우린⋯⋯."

추옌이 허공에 청신의 사진을 띄웠다. 방금 그래비티호에서 찾은 사진이었다. 청신이 UN 본부 앞에서 아기를 안고 있었다. 이 사진을 항적 화면만큼 크게 확대시키자 두 화면이 선명하게 대비되었다. 화면의 바탕을 이루는 검은색과 은색은 각각 우주의 심연과 차가운 별빛의 색이었고, 그 옆에서 아름다운 동방의 성모 청신과 그녀의 품에 안긴 아기가 온화한 황금빛 햇빛을 듬뿍 받고 있었다. 사람들은 반세기 동안 기다리던 태양에 가까이 간 듯한 착각이 들었다.

추옌이 말했다.

"⋯⋯우린 후자라고 믿고 있습니다."

블루스페이스호 승선원이 외쳤다.

"사람들이 어떻게 저런 검잡이를 선택할 수가 있죠?"

모로비치 함장이 대답했다.

"그래비티호가 지구를 떠난 지 60년이 넘었소. 우리가 항해한 지도 반세기가 됐고. 지구 사회의 모든 것이 변하고 있소. 위협은 안락한 요람이 되었고 인류는 그 요람 안에서 다시 아기가 되었소."

그래비티호 승선원 중 누군가 퉁명스럽게 외쳤다.

"지구에 남자가 사라졌다는 것도 몰라요?"

추옌이 말했다.

"지구의 인류는 암흑의 숲 위협을 유지할 능력을 상실했습니다. 우리가 그래비티호를 점령해 다시 위협을 작동시킬 계획이었습니다. 중력파 안테나에 반감기가 있다는 걸 방금 알았지만. 두 달 후면 우리도 중력파를 발사할 수 없게 됩니다. 그건 우리 모두에게 큰 타격이 될 겁니다. 한 가지 선택만 남았습니다. 지금 즉시 중력파를 발사하는 겁니다."

사람들이 다시 술렁였다. 삼체 함대의 광속 항적이 그려진 냉혹한 우주 옆에서 아기를 안은 청신이 사랑스러운 눈으로 그들을 응시하고 있었다. 강렬하게 대비되는 이 두 화면이 그들 앞에 놓인 두 가지 선택을 보여주는 듯했다.

모로비치 함장이 언성을 높였다.

"세계 멸망죄를 저지르겠다는 거요?"

소란한 가운데에서도 추옌은 평온함을 유지하고 있었다. 그는 모로비치 함장의 말을 받지 않고 승선원들을 향해 말했다.

"중력파 발사 시스템을 작동시키는 것이 우리에게는 아무 의미도 없습니다. 지금 우리는 지구와 삼체의 추격과 공격에서 벗어났습니다. 두 세계는 더 이상 우리에게 위협이 되지 못합니다."

모두가 알고 있는 사실이었다. 두 전함에 잠복해 있는 지자들은 사각지대로 들어간 뒤 기능을 완전히 상실했다. 그들과 삼체 세계의 연결이 끊기고 물방울도 파괴되었다. 지구 세계와 삼체 세계가 두 전함을 놓쳐버린 것이다. 삼체가 아무리 광속을 낼 수 있다고 해도 오르트 구름 밖 아득한 우주에서 티끌만큼 작은 전함을 다시 찾아내는 건 불가능했다.

그래비티호의 한 장교가 말했다.

"이건 복수입니다!"

"우리는 삼체 세계에 복수할 권리가 있습니다. 그들은 죗값을 치러야 합니다. 이건 전쟁입니다. 전쟁에서 적을 섬멸시키는 건 지극히 당연한 일이죠. 인류 세계에 있는 중력파 발사 시설이 파괴되고 지구는 완전히 통제당하고 있을 겁니다. 대대적인 인류 멸종 작업이 시작될 가능성이 큽니다. 중력파 발사는 지구에 남은 마지막 기회입니다. 태양계의 좌표가 알려지면 그곳은 언제든 멸망당할 수 있게 되므로 점령할 가치가 없어집니다. 그걸 이용해 태양계에 있는 삼체인들을 쫓아낼 수 있습니다. 그들의 광속 함대도 더 이상 태양계를 목표로 삼지 못할 겁니다. 이렇게 하면 적어도 당장 인류 앞에 놓인 멸종 위기는 피할 수 있습니다. 중력파를 이용해 삼체 성계의 좌표만 공개할 겁니다."

"그건 태양계의 좌표를 공개하는 것과 다름없습니다."

"맞는 말입니다. 하지만 지구에 시간을 벌어주고 싶습니다. 최대한 많은 인류가 태양계에서 도망칠 수 있도록. 도주할지 안 할지는 그들의 선택에 달려 있겠죠."

모로비치가 말했다.

"이건 두 세계를 멸종시키는 행위요. 게다가 그중 하나는 우리의 어머니 별이지. 최후의 심판일의 판결만큼이나 중요한 일이오. 이렇게 쉽게 결정할 일이 아니란 말이오!"

"동의합니다."

추옌의 말과 동시에 허공에 떠 있는 두 화면 사이에 다른 홀로그램 화면이 나타났다. 직사각형의 빨간 스위치였다. 길이는 1미터쯤 되고 아래쪽에 숫자가 있는데 지금 보이는 숫자는 '0'이었다.

"아까 말했듯이 우리는 완전한 세계입니다. 이 세계에 있는 모두는 평범한 사람들이지만 운명에 떠밀려 두 세계에 최후의 심판을 내릴 수 있는 위치에 오게 되었습니다. 최종 결정을 내려야 합니다. 하지만 누구 한 사람 또는 몇몇 사람이 결정할 수는 없습니다. 세계의 운명이 달린 결정이므로 전체 투표로 정할 겁니다. 삼체 성계의 좌표를 우주로 전송하는 데 동의하는 사람은 이 빨간 스위치를 누르십시오. 반대하거나 기권하는 사람은 아무것도 누를 필요가 없습니다. 여러분, 현재 블루스페이스호와 그래비티호의 총 승선 인원이 1415명입니다. 찬성표가 전체 인원의 3분의 2, 즉 944표를 넘는다면 즉시 발사 시스템을 가동시킬 것이고, 그렇지 않으면 안테나가 기능을 상실하도록 그대로 둘 것입니다. 지금부터 전체 투표를 실시하겠습니다."

추옌이 말을 끝낸 뒤 몸을 돌려 허공에 떠 있는 대형 스위치를 누르자 빨간빛이 깜빡이고 아래쪽에 있는 숫자가 '0'에서 '1'로 바뀌었다. 그다음 블루스페이스호 부함장 두 명이 차례로 스위치를 눌러 숫자가 '3'이 되었다. 블루스페이스호의 다른 고위 장교들이 투표한 뒤 중하급 장교와 병사들의 차례가 되었다. 스위치를 누르기 위한 줄이 길게 이어졌다.

스위치를 누를 때마다 빨간빛이 깜빡이고 그 아래 숫자가 올라갔다. 그것은 역사의 마지막 심장박동이자 종점으로 향하는 마지막 걸음이기에 모두 가슴을 졸이며 지켜보았다.

숫자가 '795'까지 올라갔을 때 관이판이 스위치를 눌렀다. 그는 그래비티호에서 첫 번째로 찬성표를 던진 사람이었다. 그 후 그래비티호의 장교와 병사 몇 명이 스위치를 눌렀다.

드디어 숫자가 '944'가 되자 스위치 위에 커다란 글씨가 나타났다.

—찬성 1표 추가 시 중력파 우주 발사 시스템 가동.

줄을 서서 기다리던 한 병사의 차례가 되었다. 그의 뒤에도 긴 줄이 있었다. 그는 스위치 위에 손을 올렸지만 누르지 않았다. 뒤에 서 있던 소위가 그의 손 위에 자기 손을 올리자 다른 사람들도 다가와 그 위에 두 손을 올렸다. 손이 차곡차곡 높이 쌓였다.

"잠깐!"

그때 모로비치 함장이 외치며 빠른 걸음으로 다가와 모두가 보고 있는 가운데 손 더미 맨 위에 자기 손을 올렸다.

잠시 후 수십 개의 손이 함께 스위치를 누르는 순간 마지막 빨간불이 깜빡였다.

예원제가 서기 20세기의 어느 새벽 붉은 스위치를 눌렀을 때로부터 315년이 흐른 뒤였다.

중력파 발사 시스템이 작동되었다. 그 자리에 있는 모든 사람이 강렬한 진동을 느꼈다. 외부에서 오는 진동이 아니라 자기 몸 안에서 나오는 떨림 같았다. 모든 사람이 악기의 현이 된 듯 울림이 퍼져나갔다. 이 죽음의 악기는 12초간 연주되다가 멈추었고 그 후 모든 것이 정적 속으로 빠져들었다.

전함 밖에서 중력파가 시공의 박막에 부딪치며 잔잔한 물결을 일으켰다. 깜깜한 밤 한 줄기 바람에 파문이 번지는 호수의 표면 같았다. 두 세계의 운명을 가를 죽음의 판결이 광속으로 우주 전체에 전송되었다.

포스트위협의 세기 1년, 대이민이 완료된 후 여섯 번째 아침, 호주

주위가 갑자기 조용해지고 멀리 시 정부 위에 떠 있는 화면에서 나오는 소리만 남았다. 지자와 다른 두 사람의 목소리가 들렸지만 너무 멀어서 뭐라고 하는지 자세히 알 수 없었다. 그들의 목소리가 저주의 주문이 된 것처럼 주위의 다른 소리가 점점 잦아들다가 완전히 사라졌다. 그들의 목소리가 잠시 끊기는 짧은 순간마다 세상이 얼어붙은 듯 적막했다.

갑작스러운 굉음이 청신을 덮쳤다. 그녀의 몸이 떨렸다. 시력을 잃은 후 그녀의 머릿속에 있던 현실 세상의 모습이 상상에 밀려 조금씩 사라지고 있었다. 그녀를 둘러싸고 있는 태평양이 일시에 솟구쳐 오르는 듯했다. 사방에서 일어난 거대한 파도가 요란한 소리와 함께 호주를 집어삼켰다. 그녀는 몇 초 뒤에야 그것이 환호성이라는 것을 알았다.

'환호성? 무슨 일이지? 집단 광기의 시작일까?'

환호의 물결이 오랫동안 잦아들지 않다가 차츰 외침으로 바뀌었다. 점점 더 많은 사람이 외치기 시작했다. 파도가 대륙을 삼킨 뒤 요동치는 바다 위로 폭우가 퍼붓는 듯했다. 폭우 같은 아우성에 휩싸인 청신은 사람들이 뭐라고 외치는지도 알아들을 수 없었다.

하지만 귓속으로 또렷하게 파고드는 단어 두 개가 있었다. '블루스페이스'와 '그래비티'였다.

청신은 서서히 예민한 청각을 되찾았다. 또 다른 작은 소리가 들렸다. 앞쪽에서 나는 발걸음 소리였다. 누군가 앞에서 그녀를 바라보고 있는 것 같았다. 예상대로 누군가의 목소리가 들렸다.

"청신 박사님, 왜 그러세요? 안 보이세요?"

공기의 미세한 흐름이 청신의 얼굴로 전해졌다. 누군가 앞에서 손을 흔들고 있는 것 같았다.

그가 말했다.

"시장님이 박사님을 모셔 오라고 하셨어요. 댁에 모셔다 드릴게요."

"난 집이 없어요."

청신이 힘없이 중얼거렸다. 집이라는 단어가 칼날이 되어 그녀의 가슴을 난도질했다. 이미 극도의 고통에 먹먹해진 그녀의 마음이 또다시 욱신거렸다. 그녀는 3세기 전 집을 떠난 그 겨울밤을 생각했다. 집 밖에서 맞이했던 그 여명을 떠올렸다…… 대협곡 이전에 세상을 떠난 부모님은 훗날 딸이 세월과 운명에 의해 어떤 곳으로 내던져질지 상상도 하지 못했을 것이다.

"모두 집에 돌아갈 준비를 하고 있어요. 호주를 떠나 예전에 살던 집으로 돌아갈 거예요."

청신이 고개를 번쩍 들었다. 두 눈을 크게 떠도 눈앞이 깜깜한 상황에 적응할 수가 없었다.

"뭐라고요?"

"그래비티호가 중력파를 발사했어요!"

'어떻게 그럴 수가 있지?'

"삼체 성계의 위치가 알려졌어요. 물론 태양계의 위치도 알려졌고요. 삼체인들이 도망치기 시작했어요! 삼체 제2함대가 방향을 돌려 태양계를 떠났고 모든 물방울이 지구에서 철수했대요. 지자가 더 이상 태양계가 침입받을까 봐 걱정하지 않아도 된다고 했어요. 지구도 삼체 성계처럼 우주 전체가 피하는 죽음의 땅이 됐으니까요."

'어떻게 그런 일이!'

"이제 집으로 돌아갈 수 있어요. 지자가 치안군에게 이민자들이 원래 살던 곳으로 돌아갈 수 있도록 협조하라고 명령했어요. 모든 이민자가 호주를 떠나려면 석 달에서 반년은 걸리겠지만 우린 먼저 떠날 수 있어요. 그래서 시장님이 박사님을 성으로 모셔 오라고 하셨어요."

"그래비티호라고요?"

"어떻게 된 건지는 아무도 몰라요. 지자도 모르죠. 하지만 삼체 세계가 그 중력파를 수신한 건 분명해요. 1년 전 위협이 실패했을 때 발사된 거예요."

"잠시 혼자 있고 싶어요."

"그러세요. 그 사람들이 청신 박사님의 일을 대신 해준 걸 다행으로 생각하세요."

그의 목소리는 더 이상 들리지 않았지만 청신은 그가 여전히 가까이에 있다는 것을 느낄 수 있었다. 주변의 소리가 썰물처럼 밀려간 뒤 소나기처럼 요란한 발소리가 가까워졌다가 이내 사라졌다. 시 정부 앞에 모여 있던 사람들이 급하게 흩어지는 것 같았다. 청신은 주위의 바닷물이 썰물이 되어 밀려간 뒤 너른 대지가 나타나고 자신은 대홍수의 유일한 생존자처럼 그 광활한 땅 위에 앉아 있는 것 같았다. 한 가닥 온기가 그녀의 얼굴 위를 가로질렀다. 태양이 떠올랐다.

포스트위협의 세기 1~5일, 오르트 구름 밖, 그래비티호와 블루스페이스호

추옌이 말했다.

"비틀린 점을 육안으로 볼 수 있지만 제일 좋은 방법은 전자기복사를 검사하는 겁니다. 방출되는 전자파는 아주 약하지만 주파수 스펙트럼에 분명한 특징이 있죠. 우주선의 일반 모니터링 시스템으로 측정할 수 있어요. 일반적으로 우주선처럼 커다란 물체에는 비틀린 점이 한두 개쯤 나타나지만 한 번에 12개나 나타난 적도 있어요. 보세요. 지금은 세 개가 있군요."

추옌, 모로비치, 관이판 세 사람이 블루스페이스호의 긴 복도를 지나고 있었다. 그들 앞에 떠 있는 우주선 내부 지도 화면 위에서 빨간불 세 개가 깜빡이고 있었다. 그들은 그중 한 지점을 향해 가고 있었다.

"저기예요!"

관이판이 전방을 가리켰다.

그들 앞에 있는 매끄러운 선실 벽에 둥근 구멍이 뚫려 있었다. 구멍의 지름은 1미터 남짓 되고 가장자리는 역시 반짝이는 거울면이었다. 구멍은 잘려 나간 선실 벽의 단면으로, 여러 가지 굵기의 파이프가 빽빽하게 모인 곳이었다. 중간이 끊긴 파이프 예닐곱 개 중 조금 굵은 파이프 두 개의 단면 속에서 뭔가 흔들리고 있었다. 파이프 안을 흐르는 액체였다. 중간이 잘린 파이프의 양쪽 단면에서 모두 액체가 흔들리고 있었다. 파이프는 끊어졌지만 액체는 그대로 흐르고 있었다. 모든 단면이 원의 형태를 띠는 것으로 보아 이 보이지 않는 공간의 절반이 복도 쪽으로 불룩하게 나와 있는 것 같았다. 모로비치와 관이판이 조심스럽게 그 공간을 피했다.

하지만 추옌은 아무렇지 않게 그 무형의 공 안으로 손을 쑥 뻗었다. 그의 팔 절반이 사라졌다. 그와 마주 보고 있던 관이판은 매끈하게 잘려 나간 추옌의 팔 단면을 보았다. 그래비티호에서 아이크 중위가 보았던 베라의 다리 같았다. 추옌이 공에서 팔을 빼내 경악한 표정의 모로비치와 관이판에게 멀쩡한 팔을 보여주고는 그들에게도 팔을 넣어보라고 했다. 두 사람이 조심스럽게 무형의 공 안으로 팔을 넣었다. 눈앞에서 팔의 절반이 사라졌지만 아무 느낌도 없었다.

"들어가볼까요?"

추옌이 짧게 말한 뒤 다이빙하듯 공 안으로 뛰어들었다. 모로비치와 관이판의 눈앞에서 추옌의 몸이 머리부터 발끝까지 사라졌다. 무형의 공 위로 추옌의 몸이 여러 가지 형태의 단면으로 빠르게 바뀌며 나타났다. 거울면에 반사된 빛이 주위의 선실 벽에 부딪혀 물결처럼 일렁였다. 모로비치와 관이판이 서로 얼굴만 쳐다보고 있을 때 공 안에서 팔 두 개가 불쑥 튀어나왔다. 팔꿈치까지만 있는 팔 두 개가 허공에 뜬 채 두 사람을 향해 다가왔다. 모로비치와 관이판이 각각 그 손을 잡자 두 사람이 4차원 공간 속으로 끌려 들어갔다.

4차원 공간을 직접 경험한 사람들은 모두 그 기분을 형언할 수가 없다고 했다. 그들은 심지어 4차원이 유일하게 인류가 한 번도 경험해보지 못한, 언어로는 절대로 묘사할 수 없는 것이라고 단언했다.

사람들은 이런 비유를 좋아했다. 2차원 평면 그림 속 납작한 사람은 그 그림이 아무리 풍부하고 다채로워도 주변 세상의 옆모습밖에는 볼 수 없다. 그들의 눈에 비친 주변 사람과 사물은 모두 길이가 각기 다른 선일 뿐이다. 2차원의 납작한 사람이 그림 속에서 빠져나와 3차원 공간으로 이동해야만 그림 전체를 볼 수 있다.

하지만 이런 비유는 4차원의 느낌을 묘사할 수 없다는 사실을 다시 한 번 확인해줄 뿐이다.

난생처음 4차원 공간에 들어가 3차원 세계를 본 사람이 제일 먼저 깨닫는 것은 그동안 자신이 보았던 세계가 실제 세계의 모습이 아니라는 사실이다. 3차원 세계를 그림에 비유한다면 그는 그림을 그의 얼굴과 수직으로 놓았을 때의 모습밖에는 보지 못한 것이다. 그가 본 세상은 그림의 앞면이 아닌 측면, 즉 가느다란 선일 뿐이다. 4차원에서 보아야만 비로소 그림의 앞면이 그를 향해 평평하게 놓이게 된다. 그러면 그는 세상 그 무엇도 보이지 않도록 가릴 수 없고 아무리 폐쇄된 내부도 밖에서 훤히 들여다보인다고 말할 것이다. 아주 단순한 법칙이지만 정말로 이 법칙이 실현된다면 사람들은 엄청난 시각적 충격에 사로잡힐 것이다. 가릴 수도 없고 덮을 수도 없으므로 모든 것이 밖으로 드러나게 되고 그걸 보는 사람들은 3차원 세계보다 억만 배나 많은 정보를 마주해야 한다. 시각적 정보가 한꺼번에 쏟아져 들어오면 대뇌의 처리 능력으로도 감당할 수 없게 된다.

바로 지금 모로비치와 관이판의 눈앞에서 블루스페이스호가 거대한 그림처럼 펼쳐지기 시작했다. 선수부터 선미까지 모든 것을 훤히 볼 수 있었다. 선실의 내부와 그 안에 있는 모든 용기 속 내부까지, 복잡하게 이어진 파이프 속을 흐르는 액체와 선미의 원자로 속에서 일어나는 핵융합 불덩이까지……. 물론 원근법이 작용해 멀리 있는 것은 희미하게 보였지만 어쨌든 모든 것을 볼 수 있었다. 이런 경험을 해보지 않은 사람들은 그들이 선체를 '투시해' 모든 것을 보았다고 생각하겠지만 사실은 그들이 투시한 것이 아니라 모든 것이 바깥에 병렬로 줄지어 있는 것이었다. 종이 위에 그린 원을 보면 그 원의 내부를 볼 수 있지만 그것이 투시한 것은 아닌 것과 같다. 이런 병렬 전개가 모든 차원에 적용되었다. 가장 묘사하기 어려운 것은 고체였다. 선실 벽, 금속, 돌멩이까지 모든 고체의 단면이 눈앞에 펼쳐졌다! 그들은 시각적 정보의 바다에 빠졌다. 우주의 모든 세포가 그들 주위에 모여 알록달록하게 반짝이는 것 같았다.

이때 그들 앞에 완전히 새로운 시각적 현상이 나타났다. 끝을 알 수 없을 만큼의 세밀함이었다. 3차원 세계에서는 인간이 볼 수 있는 세밀도에 한계가 있다. 복잡한 환경이나 사물은 시각적으로 보여지는 데 한계가 있기 때문에 가장 세밀한 부분까지 식별해낼 수 없다. 하지만 4차원에서 3차원을 볼 때는 3차원 사물이 끝없이 세밀하게 나타났다. 감추어지거나 덮여 있던 모든 것이 겉으로 드러나 병렬로 이어졌다. 예를 들어 밀폐 용기가 있으면 그 안에 든 물체뿐만 아니라 그 물체의 내부까지도 볼 수 있었다. 밀폐 용기의 내부가 병렬로 무한히 확장되며 세밀한 곳까지 끝없이 보였다. 우주선 내부 전체가 펼쳐져 있는 동시에 아주 좁은 범위 안에 있는 작은 물건도, 예를 들면 컵이나 펜까지도 병렬로 무한히 전개되었다. 사람의 눈으로는 평생을 보아도 그 물건의 모습을 다 볼 수 없을 것이다. 아무리 열어도 끝없이 나오는 마트료시카 인형 같은 광경에 현기증이 났다.

모로비치와 관이판이 서로를 쳐다보다가 옆에 있는 추옌에게로 시선을 옮겼다. 그들 앞에 있는 상대도 역시 무한히 세밀한 인체였다. 온몸의 뼈와 내장이 보이고 뼈 안에 있는 골수도 보였으며, 검붉은 피가 심장의 심방과 심실 사이를 흐르며 판막이 열리고 닫히는 것까지 볼 수 있었다. 서로를 쳐다보면 상대방의 안구 속 수정체의 구조까지도 똑똑히 보였다. 하지만 '병렬'이라는 표현도 정확한 것은 아니었다. 인체 각 부위의 물리적인 위치는 바뀌지 않았다. 피부가 내장과 뼈를 밖에서 감싸고 있는 것은 변함이 없었고 사람 자체는 3차원 세계에서 보던 익숙한 모습 그대로였다.

추옌이 말했다.

"손을 조심하세요. 옆 사람이나 자기 내장을 건드릴 수 있으니까. 세게 치지 않으면 크게 위험하진 않아요. 조금 아프거나 구역질이 나거나 가끔 경미한 감염을 일으키는 정도죠. 모르는 물건은 만지지 마세요. 우주선 전체가 겉으로 드러나 있어서 고압 전력 케이블이나 고온 수증기를 만질 수도 있고 직접회로를 건드려서 시스템 고장을 일으킬 수도 있어요. 3차원 세계에서는 우리가 신과 같은 힘을 가지고 있지만 4차원에서 그런 힘을 사용하려면 적응하는 시간이 필요하죠."

모로비치와 관이판은 내장을 건드리지 않는 방법을 금세 터득했다. 특정한 방향에서는 3차원 세계에서와 똑같이 상대의 뼈를 건드리지 않고 손을 잡을 수 있었다. 뼈나 내장을 건드리려면 다른 방향에서 만져야 하는데 3차원 공간에는 존재하지 않는 방향이었다.

모로비치와 관이판은 또 한 가지 흥분되는 사실을 발견했다. 그들이 우주를 볼 수 있다는 것이었다. 어느 방향에서든 우주의 영원한 밤 속에 길게 드리운 은하수를 똑똑히 볼 수 있었다. 그들의 몸이 우주선 안에 있고 우주복을 입지 않은 채 우주선 내부의 공기로 호흡하고 있지만 4차원에서는 우주에 그대로 노출되어 있었다. 우주를 수없이 유영했던 그들이지만 이 정도로 우주에 완전히 노출되어 있는 느낌은 처음이었다. 예전에는 적어도 우주복은 입고 있었다. 하지만 지금은 그들을 에워싸고 있는 정교한 우주선이 아무것도 가리지 않은 채 우주를 향해 완전히 열려 있었다. 4차원에서는 우주와 우주선도 역시 병렬로 이어졌다.

무한한 세밀함에서 오는 무한한 정보 앞에서 지금껏 감각과 사고만으로 3차원 공간을 느끼고 인식했던 대뇌가 일시적으로 제 기능을 하지 못했다. 하지만 대뇌가 정보 과부하의 병목 상태에서 벗어나 4차원 환경에 빠르게 적응하면서 무의식중에 세밀한 부분은 생략하고 사물의 큰 틀만 파악하기 시작했다.

현기증은 사라졌지만 모로비치와 관이판에게 더 큰 충격이 닥쳤다. 주위 환경의 무한한 세밀함에 압도되어 인식하지 못했던 공간 자체에 대한 느낌이었다. 3차원 밖 4차원에 대한 느낌이라고 표현할 수도 있는 이 기분을 훗날 사람들은 고차원 공간감이라고 부르게 될 것이다. 4차원 공간을 직접 경험해본 사람들에게 고차원 공간감은 가장 형언하기 어려운 느낌이었다. 그들은 이 느낌을 이렇게 설명하곤 했다.

"우리가 3차원 공간에서 '광활하다'라는 말로 형용하는 사물들이 무한히 복제되어 3차원 세계에 존재하지 않는 방향으로 끝없이 이어진다."

그들은 이것을 서로 마주 보고 있는 거울에 비유했다. 거울이 서로 마주 보고 있으면 거울에 비친 거울이 또 거울에 비치며 무수히 많이 복제된다. 끝이 보이지 않게 깊숙이 뻗어 있는 거울 복도가 생기는 것 같다. 비유하자면 이 복도에 있는 모든 거울은 3차원 공간인 셈이다. 어쩌면 3차원 세계에서 보이는 광활함은 사실 진정한 광활함의 횡단면에 지나지 않을 수도 있다. 4차원 공간 안에 있는 사람에게 보이는 공간도 균일하고 텅 비어 있는 것은 마찬가지지만 말로 표현하기 어려운 깊이감이 있었다. 단순히 거리로 묘사할 수 있는 깊이가 아니었다. 나중에 관이판은 이 느낌을 이렇게 표현했다.

"한 치마다 끝없는 심연이 펼쳐져 있었다."

마치 영혼의 세례를 받는 듯한 경험이었다. 그 순간 자유, 개방, 원대함, 무한함 같은 개념에 지금껏 상상하지 못했던 새로운 의미가 생겼다.

추옌이 말했다.

"나가야 해요. 비틀린 점은 오래 멈춰 있지 않아요. 금세 움직이거나 사라지죠. 다른 비틀린 점을 찾으려면 4차원 속에서 이동해야 하는데 우리처럼 처음 들어온 사람들에게는 위험합니다."

모로비치가 물었다.

"4차원에서 비틀린 점을 어떻게 발견하지?"

"간단해요. 비틀린 점은 보통 구형이고 빛이 구체 내부로 들어가면서 굴절되기 때문에 안에 있는 물체들은 변형이 일어나죠. 그 때문에 물체의 형태가 이어지지 않아요. 물론 이건 4차원 공간 속의 광학 효과 때문에 나타나는 현상이지 실제로 변형되는 건 아닙니다. 저길 보세요."

추옌이 그들이 온 방향을 가리켰다. 여러 굵기의 파이프들이 투명하게 이어져 내부에 흐르는 액체를 볼 수 있었다. 그들이 4차원 공간으로 들어온 지점이 투명한 원의 형태를 이루고 그 원을 통과하는 파이프들이 휘어져 있었다. 마치 거미줄에 이슬이 매달린 것처럼. 하지만 3차원 공간에서는 비틀린 점에 빛의 굴절이 일어나지 않기 때문에 원의 내부가 보이지 않았다. 그저 원 안으로 들어간 물체의 일부가 사라진 것을 보고 그 존재를 알 수 있을 뿐이었다.

"다음에 들어올 땐 꼭 우주복을 입어야 합니다. 다른 비틀린 점을 찾아 3차원으로 돌아갈 때 운이 나쁘면 우주선 밖으로 떨어질 수도 있으니까."

추옌이 두 사람에게 따라오라는 눈짓을 한 뒤 그 이슬 같은 거품 속에서 나왔다. 몇 걸음 내딛었을 뿐인데 우주선 복도로 돌아와 있었다. 10분 전, 4차원 공간으로 들어갔던 바로 그 위치였다. 사실 그들은 계속 그 자리에 있었다. 다만 한 차원 높은 곳에 있었을 뿐. 선실 벽에 난 둥근 구멍은 그대로였고 그 구멍에 잘린 파이프들도 그대로였다.

하지만 모로비치와 관이판에게 이곳은 조금 전의 그 익숙한 세상이 아니었다. 그들은 이제 3차원 세계가 좁고 갑갑했다. 잠이 덜 깬 상태로 한 번 경험해보았던 관이판은 조금 나았지만 모로비치는 밀폐된 공간에 갇혀 있는 공포감이 밀려오며 질식할 것 같았다.

추옌이 웃으며 말했다.

"그런 기분이 드는 건 정상입니다. 몇 번 겪으면 괜찮아지죠. 이제 광활하다는 말의 진정한 의미를 아시겠군요. 앞으로는 우주복을 입고 우주를 산책해도 우주가 좁게 느껴질 겁니다."

"대체 무슨 일이 있었던 거지?"

모로비치가 옷깃을 잡아당기며 밭은 숨을 내쉬었다.

"우리가 우주 구역으로 들어갔다 온 겁니다. 그 구역의 공간이 4차원인 것이고요. 그뿐입니다. 이 구역을 우주 속의 4차원 조각이라고 부르죠."

"하지만 우린 3차원에 있잖소!"

"4차원 공간에 3차원 공간이 포함되어 있습니다. 3차원 안에 2차원이 포함되어 있는 것처럼. 비유하자면 우리가 사는 이곳은 4차원 공간 속의 3차원 종이 위죠."

관이판이 상기된 표정으로 물었다.

"혹시 이런 건가요? 3차원 우주가 아주 얇은 종이고 종이 면적이 60억 광년인데 이 종이 위의 어떤 곳에 아주 작은 4차원의 비눗방울이 붙어 있는?"

"절묘한 비유로군요, 관 박사!"

추옌이 관이판의 어깨를 탁 치자 관이판의 몸이 무중력 속에서 공중제비를 돌았다.

"적절한 비유를 찾고 있었는데 관 박사가 단번에 생각해냈어요. 이래서 우주학자가 필요하다니까! 바로 그거예요. 우리는 지금 3차원의 얇은 종이 위를 기어다니다가 그 비눗방울과 종이가 맞닿아 있는 곳으로 들어갔던 거예요. 비틀린 점을 통해서 말이죠."

모로비치가 말했다.

"4차원 공간 속에 있었지만 우리 자신은 3차원이었잖소."

"그렇죠. 우린 4차원 공간을 떠다니는 3차원의 납작한 사람들이었습니다."

"비틀린 점이 대체 뭐요?"

"3차원 우주라는 이 종이는 평평하지 않아요. 울퉁불퉁한 굴곡이 있고 4차원으로 추어올려진 곳이 있는데 거기가 바로 비틀린 점입니다. 저차원에서 고차원으로 들어가는 통로죠. 그 점을 통해서 4차원으로 진입할 수 있어요."

"비틀린 점이 많아요?"

"아주 많습니다. 곳곳에 있죠. 블루스페이스호는 진즉에 4차원의 비밀을 발견했습니다. 우주선에 승선원이 많아서 비틀린 점과 접촉할 기회도 많았죠. 그래비티호는 승선원이 적고 심리 상태를 엄격하게 통제했기 때문에 비틀린 점을 보았더라도 말하기가 쉽지 않았을 겁니다."

"비틀린 점의 크기가 일정한가요?"

"아뇨. 아주 큰 것도 있어요. 그런데 이해할 수 없는 게 있어요. 그래비티호의 선미가 4차원에 들어간 걸 봤어요. 몇 분 동안 계속되더군요. 그걸 아무도 몰랐나요?"

"선미 쪽에는 보통 아무도 없소. 아, 평상시에는 딱 한 명뿐이지. 관이판, 자네가 한 번 겪었지? 웨스트에게 들었어."

"잠결이었습니다. 그 바보의 말을 듣고 정말 환각인 줄 알았다니까요."

"3차원 공간에서는 4차원 공간을 볼 수 없지만 4차원 공간에서는 3차원 세계를 속속들이 볼 수 있고 작용을 일으킬 수도 있습니다. 우리가 물방울을 공격할 때도 4차원 공간에서 매복하고 있었어요. 강한 상호작용 우주 탐사정이 아무리 강력해도 3차원의 물체죠. 지금 보면 3차원 자체가 약한 공간이에요. 4차원에서 보면 그저 펼쳐놓은 종이에 불과하죠. 방어 능력이 없어요. 4차원에서 마음대로 접근할 수 있고 굳이 자세히 알 필요도 없습니다. 언제든 파괴할 수 있으니까."

"삼체 세계도 4차원 조각에 대해 모르오?"

"모르는 것 같아요."

"비눗방울, 그러니까 그 4차원 조각이 얼마나 크오?"

"3차원 공간에서 4차원의 크기를 논하는 것 자체가 무의미합니다. 우리가 알 수 있는 건 조각이 3차원에 투영된 크기뿐이죠. 대략적인 탐측밖에는 할 수 없습니다. 3차원에 투영된 조각의 모습이 구형이라고 추측하고 있을 뿐이죠. 현재 탐측한 데이터로 계산할 때 반지름이 40~50천문단위 사이일 겁니다."

"태양계 크기와 비슷하군."

그때 세 사람 옆 선실 벽에 있던 구멍이 서서히 줄어들기 시작하더니 그들에게서 10여 미터 떨어진 곳에서 완전히 사라졌다. 하지만 그들 주위에 떠 있는 화면을 통해 블루스페이스호 안에 비틀린 점 두 개가 새로 나타난 것을 볼 수 있었다.

관이판이 중얼거리듯 물었다.

"어떻게 3차원 우주에 4차원 조각이 나타날 수 있죠?"

"그건 아무도 몰라요. 그게 바로 관 박사가 할 일이에요."

4차원 조각의 존재가 발견된 후 블루스페이스호는 이 공간에 대해 수많은 탐측과 연구를 진행해왔다. 이제는 그래비티호가 보유하고 있는 첨단 장비와 기술이 투입되어 더 심도 있는 탐측이 가능해졌다.

4차원 조각의 우주 구역은 아주 광활하고 이상한 점이 하나도 없는 것처럼 보였다. 탐측 연구는 주로 4차원 공간에서 진행되었다. 탐측기를 4차원으로 들여보내기가 어려워 대부분 천문 망원경을 이용했다. 비틀린 점을 통해 망원경을 4차원으로 들여보낸 뒤 주위의 우주를 관찰하는 것이다. 4차원 공간에서 3차원 장비를 사용하는 데 어느 정도 적응이 필요했지만 정상적인 관측이 가능해지자 놀라운 것이 발견되었다.

고리 형태의 물체였다. 전함과의 거리를 알 수 없어 물체의 부피도 측정할 수 없었다. 3차원 직경이 80~100킬로미터, 테의 지름이 약 20킬로미터로 추정되었다. 우주의 '마법 반지' 같았다. 고리의 테는 회로 같은 복잡한 구조로 되어 있으며 외형으로 볼 때 지능을 가진 어떤 존재가 만들었다고 확신할 수 있었다.

인류 최초로 지구 세계와 삼체 세계 외에 제삼의 우주 문명을 발견한 사건이었다.

가장 놀라운 사실은 그 마법 반지의 내부가 보이지 않는다는 것이었다! 마법 반지가 4차원 공간에 있지만 3차원으로 펼쳐지지 않아 내부가 전혀 보이지 않았다. 그렇다면 4차원 물체라는 뜻이다! 4차원 실체를 발견한 것은 4차원 공간에 들어간 후 처음이었다.

처음에는 마법 반지가 공격하지 않을지 두려웠지만 표면에 아무런 움직임도 없고 전자파나 중성미자, 중력파 신호도 감지되지 않았다. 천천히 제자리에서 돌고 있을 뿐 가속의 징후도 포착되지 않았다. 일단 그것이 오래전에 버려진 우주 도시나 우주선이라고 추측할 수 있었다.

얼마 후 4차원 조각의 깊숙한 곳에서 정체를 알 수 없는 물체들이 속속 발견되었다. 크기와 형태는 제각각이지만 지능을 가진 존재가 만들었음을 보여주는 확실한 특징들이 있었다. 피라미드형, 십자형, 다변체 구조물은 물론이고 불규칙한 형태의 조합체도 있는 것으로 보아 자연적으로 형성되었을 가능성은 없었다. 망원경으로 형태를 관찰할 수 있는 물체가 10여 개 있고, 더 멀리 점으로만 보이는 물체들이 100개는 족히 넘을 만큼 있었다. 마법 반지와 마찬가지로 그것들도 아무런 움직임이 없었고 그 어떤 신호도 감지되지 않았다. 또 하나의 공통점은 그것들 모두 내부가 보이지 않는 4차원 실체라는 점이었다.

관이판이 우주 탐사정을 타고 마법 반지에 가까이 다가가 관찰해보자고 추옌 함장에게 건의했다. 어쩌면 내부로 들어갈 수 있을지도 모른다고 말했다. 하지만 그의 건의는 단박에 거절당했다. 4차원 공간에서의 항해가 위험하기 때문이었다. 위치를 확정하려면 네 개 좌표가 필요하지만 3차원 세계의 장비나 육안으로 알아낼 수 있는 좌표는 세 개뿐이었다. 따라서 3차원 항해자는 4차원 공간에 있는 어떤 물체의 위치도 정확히 알 수 없다. 장비를 사용하든 육안으로 관찰하든 항해자가 마법 반지의 방위와 거리를 알 수 없기 때문에 충돌 위험이 있었다. 또 3차원으로 돌아올 때 비틀린 점을 통과해야 하지만 비틀린 점을 찾기가 힘들었다. 좌표 하나를 알지 못하기 때문에 설령 비틀린 점을 발견하더라도 방향만 알 수 있을 뿐 거리를 알 수가 없었다. 혹시라도 3차원의 전함에서 멀리 떨어져 있는 비틀린 점을 통해 돌아온다면 전함과 너무 먼 우주 한가운데 덩그러니 떨어질 수도 있었다. 게다가 탐사정과 전함 간의 통신 전파 중 대부분이 4차원으로 흩어져 신호가 약해지기 때문에 연락하기가 어려웠다.

얼마 후 두 전함에서 하루 사이에 여섯 차례나 미소 유성체와 충돌하는 사건이 발생했다. 그중 블루스페이스호의 핵융합 원자로에 있는 자기부상 컨트롤러가 직경 140나노의 미소 유성체에 맞아 완전히 부서졌다. 자기부상 컨트롤러는 전함의 핵심 시스템이다. 핵융합 원자로 속 작은 불덩이의 온도는 100만 도로 그 어떤 소재도 순식간에 기화시킬 수 있다. 넓은 반응실 한가운데 자기부상으로 떠 있는 컨트롤러가 파괴되면 핵융합 불덩이가 자기장 밖으로 튕겨 나가 순간적으로 선체를 뚫고 나갈 수 있다. 다행히 여분의 컨트롤러로 즉시 대체하고 최저 출력으로 운행 중이던 원자로를 폐쇄해 더 큰 사고를 막을 수 있었다.

4차원 조각 안으로 들어갈수록 미소 유성체의 밀도가 확연히 높아지고 육안으로 볼 수 있을 만큼 큰 운석이 전함 가까이 스쳐 지나가기도 했다. 운석과 전함의 상대속도가 제3우주속도*의 몇 배나 되었다. 3차원 우주에서는 전함의 핵심 시스템이 여러 겹의 방어 장치로 보호되고 있어 운석과 충돌해도 치명적인 피해를 입지 않을 수 있지만, 4차원에 완전히 노출된 지금은 아무것도 방어할 수 없었다.

추옌은 두 전함이 즉시 4차원 조각에서 빠져나가기로 결정했다. 4차원 조각이 태양계에서 멀어지는 속도와 방향이 두 전함과 비슷하기 때문에 상대속도로 보면 두 전함이 조각을 천천히 따라가고 있는 형태였다. 아직은 조각 안으로 얕게 들어가 있기 때문에 감속한다면 쉽게 빠져나올 수 있었다.

하지만 관이판이 펄쩍 뛰며 반대했다.

"우주의 가장 큰 비밀이 눈앞에 있습니다. 우주학에 관한 모든 비밀의 해답이 여기에 있을 겁니다. 이걸 두고 떠나자는 말입니까?"

"3과 30만 증후군 애길 했었지? 4차원 조각을 보니 그 생각이 나는군."

"현실적으로 생각해도 그 고리 속에서 예상치 못한 것들을 발견할 가능성이 큽니다!"

"하지만 그 모든 것에는 우리가 생존해야 한다는 전제가 깔려 있어. 지금 상태로는 두 전함이 언제든 폭파될 수 있어."

관이판이 한숨을 내쉬며 고개를 저었다.

"좋습니다. 떠나기 전에 제가 탐사정을 타고 마법 반지를 탐사하고 오게

---

* 옮긴이 주 : 태양의 인력을 뿌리치고 태양계 밖으로 탈출하는 데 필요한 최소의 속도. 초속 16.7킬로미터.

해주세요. 생존해야 한다고 하셨잖습니까? 제게 기회를 한 번만 주세요. 어쩌면 우리의 생존이 달린 위대한 발견을 할 수도 있습니다!"

"무인 탐사정 발사를 고려해볼 순 있어."

"4차원 세계에서는 눈으로 직접 봐야만 어떻게 된 건지 알 수 있어요. 그건 저보다 더 잘 아시겠죠."

두 전함의 지휘장교들이 모여 짧은 회의를 한 뒤 관이판의 건의가 받아들여졌다. 그들은 관이판, 줘원(卓文) 상위, 웨스트 세 명으로 구성된 탐사대를 보내기로 했다. 줘원은 블루스페이스호의 과학장교로 4차원 공간의 항해 경험이 풍부했다. 웨스트는 탐사대에 들어가게 해달라고 강력하게 원하고 있는 데다가 출항 전에 삼체 언어학을 연구했던 경력을 인정받아 탐사대 참여가 허락되었다.

지금까지 인류가 4차원 공간에서 했던 가장 긴 항해는 블루스페이스호가 물방울과 그래비티호를 습격할 때의 항해였다. 당시 우주 탐사정을 이용해 4차원에서 그래비티호에 접근한 뒤 박의군 소령을 포함한 세 명이 먼저 비틀린 점을 통해 전함 내부로 들어가 정찰하고, 뒤이어 해병대원 60여 명이 세 조로 나누어 4차원을 통해 전함으로 들어갔다. 물방울을 공격할 때는 작은 우주왕복선을 이용했다. 하지만 마법 반지 탐험을 위해 떠나는 이번에는 그보다 훨씬 멀리 항해해야 했다.

탐사정은 두 전함 사이의 비틀린 점을 통해 4차원으로 들어갔다. 세 사람을 태운 탐사정 소형 엔진의 핵융합 불덩이가 타오르기 시작했다. 출력이 높아지자 불빛이 검붉은색에서 푸른색으로 변하고 두 전함의 핵융합로 속 불덩이와 함께 병렬로 펼쳐진 무한한 세계를 비추었다. 탐사정이 서서히 우주 깊숙한 곳으로 들어가자 고차원 공간감이 강해졌다. 4차원 공간에 두 번 들어가본 웨스트의 입에서 감탄사가 터져 나왔다.

"얼마나 위대한 영혼이 있어야 이 세계를 다 알 수 있을까!"

쥐원 상위는 평소에 탐사정을 조종할 때 손을 움직이지 않고 시선으로 마우스 커서를 움직이거나 음성 컨트롤을 이용했다. 손을 움직이다가 장치의 예민한 부분을 건드리지 않기 위한 그의 예방책이었다. 마법 반지가 아직은 희미하게 보이는 작은 점이지만 그는 긴장을 풀지 않고 탐사정을 최저 속도로 몰았다. 언제든 예측하지 못한 사물이 나타날 수 있기 때문에 시각적인 거리감을 신뢰할 수 없었다. 마법 반지는 아직 1천문단위 떨어져 있을 수도 있지만 바로 눈앞에 있을 수도 있었다.

항해한 지 세 시간쯤 지나 4차원 공간에서의 최장 항해 기록을 넘어섰지만 마법 반지는 여전히 작은 점이었다. 하지만 쥐원은 긴장을 풀지 않고 돌발 상황이 나타나면 즉각 방향을 돌릴 태세로 최대한 낮은 속도를 유지했다. 답답해진 관이판이 쥐원에게 속도를 올리자고 말했다. 그 순간 웨스트가 놀라 소리를 질렀다. 눈 깜짝할 사이에 마법 반지의 원 모양이 나타났던 것이다. 작은 점이 서서히 커지는 과정도 없이 순간적으로 동전만 하게 커졌다.

쥐원이 속도를 더 줄이며 말했다.

"4차원에서 우리는 장님이라는 걸 잊지 말아요."

두 시간이 더 흘렀다. 3차원이었다면 탐사정이 20만 킬로미터를 항해한 셈이었다.

그때 동전만 하던 마법 반지가 갑자기 바로 눈앞에 나타났다. 쥐원이 재빨리 시선을 돌려 탐사정의 방향을 바꾸었다. 동공을 고리 안쪽으로 움직여 탐사정이 마법 반지를 통과하도록 했다. 탐사정이 우주의 거대한 아치문을 통과하는 것 같았다. 쥐원은 전력으로 감속한 후 마법 반지의 중심에서 그리 멀지 않은 곳에서 탐사정을 멈추었다.

그들은 4차원 물체를 근거리에서 관찰하는 최초의 인류였다. 고차원 공간감과 비슷하게 그들은 이른바 고차원 질감의 위용을 느낄 수 있었다.

마법 반지의 내부는 보이지 않았지만 웅장한 깊이감과 포용성을 느낄 수 있었다. 3차원 세계에서 온 그들의 눈에 보이는 마법 반지는 하나가 아니라 무수히 많은 마법 반지가 겹쳐진 모습이었다. 공간을 빼곡히 채운 4차원 질감에 정신이 아득해졌다. 겨자씨 안에 수미산을 담는다는 불교의 경지가 바로 이런 것이리라.

이 거리에서 본 마법 반지의 표면은 우주선에서 망원경으로 관찰한 것과 전혀 달랐다. 금색으로 보였던 색깔은 사실 짙은 구리색이었고 회로처럼 정밀하게 보였던 선들도 사실은 부딪히며 긁힌 자국들이었다. 여전히 아무런 움직임도 없고 빛이나 다른 복사도 없었다. 마법 반지의 낡은 표면을 보며 탐사대 세 사람은 동시에 같은 것을 떠올렸다. 파괴된 물방울이었다. 이 거대한 4차원 고리도 한때는 표면이 거울처럼 매끄러웠을 것이다. 이 얼마나 섬뜩한 광경인가.

쥐원이 중파를 이용해 인사말을 발사했다. 여러 개의 점을 찍어 만든 소수 수열의 비트맵이었다.

1, 3, 5, 7, 11, 13

중파를 발사하자마자 기대하지 않았던 대답이 돌아왔다. 세 사람이 자신의 눈을 의심할 만큼 빠른 속도였다. 탐사정의 화면 위에 단순한 형태의 비트맵이 나타났다. 그들이 보낸 것과 마찬가지로 소수 여섯 개로 이루어진 수열이었다. 다른 점이 있다면 그들이 보낸 것보다 숫자가 더 크다는 것이었다.

17, 19, 23, 29, 31, 37

그들이 보낸 수열의 뒤를 잇는 수열이었다.

상대의 의도가 명확했다. 그들의 인사에 응답한다는 뜻이었다.

탐사 계획을 세우면서 인사말을 보내기로 한 것은 별 기대 없이 형식적으로 준비한 것이기 때문에 응답을 받으면 대화를 어떻게 이어갈지에 대해 아무런 대비가 없었다.

세 사람이 난감해하고 있을 때 마법 반지에서 보낸 두 번째 비트맵이 탐사정의 통신 시스템에 포착되었다.

1, 3, 5, 7, 11, 13, 1, 4, 2, 1, 5, 9

곧바로 세 번째 비트맵이 도착했다.

1, 3, 5, 7, 11, 13, 16, 6, 10, 10, 4, 7

네 번째 비트맵이 도착했다.

1, 3, 5, 7, 11, 13, 19, 5, 1, 15, 4, 8

다섯 번째 비트맵이 도착했다.

13, 5, 7, 11, 13, 7, 2, 16, 4, 1, 14

비트맵이 계속 전송되었다. 이 점들이 이루고 있는 수열에 공통점이 있었다. 처음 보낸 수열은 그들이 보내는 인사말이었다. 쥐원과 웨스트가 그 다음 수열의 해석을 기대하는 눈빛으로 우주학자 관이판을 응시했다. 화면을 가로질러 지나가는 수열에 시선을 고정시킨 채 긴 생각에 잠겨 있던 그는 곤혹스러운 표정으로 고개를 저었다.

"수열의 규칙을 모르겠어요."

웨스트가 화면을 가리켰다.

"그럼, 규칙이 없다고 가정해보죠. 앞에 있는 여섯 개 숫자는 우리가 보낸 거예요. 우리에게 자신들의 존재를 알리는 메시지일 가능성이 커요. 그 뒤의 여섯 개 숫자는 규칙도 없고 새로운 조합이 계속 이어지고 있죠. 그렇다면 '모든 것'을 의미할 것 같군요. 우리의 모든 것."

"우리에 관한 자료를 알고 싶은 걸까요?"

"언어 샘플을 원하는 것 같아요. 그걸 해석하고 배우면 우리와 깊게 교류할 수 있으니까."

"로제타 시스템을 보내요."

"그건 허가가 필요해요."

로제타 시스템은 삼체 세계에서 지구 언어를 가르치기 위해 구축한 데이터베이스다. 지구의 자연사와 인류 역사에 관한 약 200만 자 분량의 자료와 다량의 영상과 사진이 포함되어 있어 이것으로 지구 언어를 해석하고 학습할 수 있었다.

전함에서 허가가 떨어졌지만 탐사대는 로제타 시스템을 갖고 있지 않았다. 탐사정과 모함 간의 통신 신호가 약해 대용량 정보를 전달받을 수 없기 때문에 전함에서 마법 반지로 직접 전송해야 했다. 전자파를 이용할 수도 없었다. 다행히 그래비티호에 중성미자 통신 장비가 있지만 마법 반지가 중성미자 신호를 수신할 수 있는지는 알 수 없었다.

그래비티호가 중성미자 신호를 이용해 로제타 시스템을 전송한 지 3분 만에 마법 반지에서 보낸 비트맵이 탐사대에 도착했다. 첫 번째 비트맵에는 가로 여덟 개, 세로 여덟 개, 총 64개의 점이 가지런히 그려져 있었다. 두 번째에는 한쪽 모서리에 점이 빠져 총 63개의 점이 그려져 있고, 세 번째에는 또 한쪽 모서리에 점이 빠져 62개였다.

웨스트가 말했다.

"카운트다운이에요. 진행 표시줄이랄까. 로제타를 받고 해석하고 있으니 기다리라는 의미겠군요."

"점이 64개인 건 무슨 의미일까요?"

"이진법을 사용할 때 크지도 작지도 않은 숫자예요. 십진법에서의 100처럼."

쥐원과 관이판은 웨스트가 탐사대에 참여하길 다행이라고 생각했다. 지능을 가진 미지의 존재와 교류하는 건 심리학자만이 가능한 일이었다.

카운트다운이 57까지 내려갔을 때 모두가 흥분할 만한 사건이 일어났다. 다음 숫자는 점이 아닌 아라비아숫자로 56이 표시되었던 것이다!

관이판이 감탄했다.

"엄청난 습득 속도로군요!"

숫자가 계속 작아졌다. 10여 초에 1씩 줄어들다가 몇 분 후 드디어 숫자가 0이 되었다. 가장 마지막에 받은 이미지에는 한자로 이렇게 쓰여 있었다.

'나는 무덤이다.'

로제타 시스템 속 자료가 영어와 중국어를 혼합한 언어로 쓰여 있기 때문에 마법 반지도 그 문자를 사용하고 있었다. 다만 그 문장이 우연히 모두 한자였을 뿐이다. 관이판이 통신 창에 질문을 입력했다. 마침내 인류와 마법 반지의 대화가 시작되었다.

누구의 무덤인가?

'건설자의 무덤이다.'

우주선인가?

'우주선이었지만 죽은 뒤 무덤이 되었다.'

우리와 대화를 나누고 있는 당신은 누구인가?

'나는 무덤이다. 무덤이 당신들과 대화하고 있다. 나는 죽었다.'

승선원이 모두 죽은 우주선 함체라는 뜻인가, 아니면 우주선의 통제 시스템이라는 뜻인가?

(무응답)

주위에 많은 물체가 있다. 그것들도 무덤인가?

'대부분은 무덤이다. 얼마 후면 모두 무덤이 될 것이다. 나는 그들을 모른다.'

당신은 먼 곳에서 왔나, 아니면 계속 여기에 있었나?

'먼 곳에서 왔다. 그들도 먼 곳에서 왔지만 각각 다른 곳에서 왔다.'

어디에서 왔는가?

'바다에서 왔다.'

이 4차원 공간은 당신들이 만들었나?

(무응답)

당신들이 바다에서 왔다고 했는데 바다는 당신들이 만들었나? 당신에게 혹은 당신의 창조자에게 이 4차원 공간이 바다와 비슷하다는 뜻인가?

'물웅덩이다. 바다는 말랐다.'

이렇게 좁은 공간에 많은 우주선, 아니 무덤이 모여 있는 이유가 무엇인가?

'바다가 마르면 물고기가 물웅덩이로 모이고, 물웅덩이마저 마르면 물고기는 사라지지.'

모든 물고기가 여기에 있나?

'바다를 마르게 한 물고기는 여기에 없다.'

미안하지만 그게 무슨 뜻인가?

'바다를 마르게 한 물고기는 바다가 마르기 전에 뭍으로 올라갔다. 암흑의 숲에서 다른 암흑의 숲으로 옮겨갔다는 뜻이다.'

마지막 문장에 두 번 등장한 단어에 탐사대 세 사람은 물론 멀리서 약한 신호를 통해 감청하고 있는 두 전함의 사람들까지 번개 맞은 듯 전율했다.

암흑의 숲…… 그게 무슨 뜻인가?

'당신들이 말하는 그 뜻이다.'

당신이 우릴 공격할 수 있다는 뜻인가?

'나는 무덤이다. 죽은 내가 어떻게 공격을 하겠나? 서로 다른 차원 사이에는 암흑의 숲이 존재하지 않는다. 저차원은 고차원을 위협할 수 없고, 저차원의 자원은 고차원에서 쓸모가 없다. 하지만 같은 차원에서는 모두 암흑의 숲이다.'

우리에게 해줄 말이 있는가?

'서둘러 물웅덩이에서 나가라. 당신들은 얇은 종이 같다. 너무 연약하지. 물웅덩이가 곧 무덤으로 바뀔 것이다……. 아, 당신들의 소형 우주선에 물고기가 있는 것 같군.'

관이판이 몇 초쯤 멍해졌다가 탐사정에 정말로 물고기가 있다는 것이 생각났다. 그가 가지고 온 유리 공이었다. 주먹보다 조금 큰 공 안에 작은 물고기와 해초 몇 뿌리가 있었다. 정교하게 만들어진 폐쇄형 생태 시스템이었다. 관이판이 제일 아끼는 것이기 때문에 출발하기 전에 일부러 챙겼다. 돌아가지 못한다면 그의 부장품이 될 것이었다.

'나는 물고기를 좋아한다. 내게 그걸 줄 수 있나?'

어떻게 보내지?

'던져라.'

세 사람이 우주복 헬멧을 쓰고 탐사정 문을 열었다. 관이판이 생태 공을 눈앞까지 들어 올린 뒤 조심스럽게 3차원 방향을 응시했다. 4차원에서 보니 생태 공의 세밀한 부분까지 아주 또렷해지며 작디작은 생명 세계가 풍부하고 다채롭게 보였다. 관이판이 마법 반지를 향해 생태 공을 던진 뒤 4차원 우주로 사라지는 작은 공을 눈으로 배웅했다. 탐사정 문을 닫은 뒤 마법 반지를 향해 말했다.

우주에 물웅덩이가 이것뿐인가?

대답이 없었다. 그 후 마법 반지는 한 마디도 하지 않았다. 어떤 신호를 보내도 아무런 응답이 없었다.

그때 모함에서 연락이 왔다. 블루스페이스호가 또다시 미소 유성체의 공격을 받았다는 것이다. 두 전함 주위에 부유물이 급격하게 증가하고 우주선과 건축물의 파편 같은 작은 4차원 물체도 나타났다고 했다. 추옌이 마법 반지 상륙 계획을 취소하고 신속한 복귀를 명령했다.

탐사정은 속도를 두 배로 높여 두 시간 만에 모함 근처로 돌아올 수 있었다. 그들은 비틀린 점을 통해 블루스페이스호로 복귀했다.

탐사대가 영웅처럼 열렬한 환영을 받았다. 비록 그들이 알아낸 것이 두 전함의 미래에 아무런 실질적인 도움도 되지 않았지만.

추옌이 상기된 말투로 말했다.

"관 박사, 마법 반지에게 보낸 마지막 질문의 답이 뭘까요?"

"비유하자면 직경 60억 광년의 커다란 종이 위에 직경이 수십 천문단 위밖에 안 되는 비눗방울이 붙어 있는데 우리가 그 거품 안으로 들어갔던 거예요. 하지만 이건 무시해도 좋을 만큼 작은 사건이에요. 이 종이 위에 수많은 비눗방울이 붙어 있을 것이라고 확신할 수 있어요."

"앞으로 그것들을 또 만날 수 있겠죠?"

"예전에도 그것들을 만났겠죠?'라고 물으셨다면 더 매력적인 질문이었겠죠. 지구는 수십억 년 전부터 우주에 있었어요. 그동안 4차원 조각 속으로 한 번도 안 들어갔을까요?"

"그 사실이 더 놀랍군요. 아마 공룡 시대나 그 이전이겠죠. 인류는 그걸 견딜 수 없을 테니까. 그런데 공룡이 비틀린 점을 찾았을까요?"

"지금 중요한 건 이거예요. 왜 비눗방울이 생겼을까? 왜 이렇게 많은 4차원 조각이 3차원 우주에 나타났을까?"

"그렇군요. 엄청난 비밀이 숨겨져 있겠군요."

"대령님, 제 짐작으론 암흑의 비밀일 겁니다."

블루스페이스호와 그래비티호가 4차원 조각에서 빠져나가기 시작했다. 감속이 시작되자 선미에서 선수로 향하는 중력이 나타났다. 관이판과 두 전함의 과학장교들은 몇 시간 남지 않은 기회를 놓칠 수 없어 급하게 4차원 공간을 관측하고 연구했다. 그들은 거의 모든 시간을 4차원 속에 들어가 있었다. 연구를 위한 것이기도 하지만 좁고 사방이 막혀 있는 3차원 공간이 점점 답답했기 때문이다.

감속이 시작되고 닷새째 되는 날 4차원 속에 있던 모든 사람이 순간적으로 3차원으로 돌아왔다. 비틀린 점을 통해 돌아온 것은 아니었다. 전자기복사 모니터링 시스템을 확인해보니 두 전함의 어디에서도 비틀린 점은 감지되지 않았다.

블루스페이스호와 그래비티호가 4차원 조각에서 완전히 빠져나간 것이다.

예상치 못한 일이었다. 계산한 대로라면 4차원 조각에서 빠져나갈 때까지 아직 20여 시간이 남아 있었다. 예상보다 일찍 빠져나온 원인으로 두 가지 가능성이 있었다. 하나는 4차원 조각이 두 전함의 진행 방향과 반대로 가속했다는 것이고, 다른 하나는 조각의 크기가 줄어들었다는 것이다. 사람들은 후자라고 판단했다. 마법 반지가 했던 말을 기억하고 있었기 때문이다.

'바다가 마르면 물고기가 물웅덩이로 모이고, 물웅덩이마저 마르면 물

고기는 사라지지.'

두 전함이 4차원과 3차원 공간의 경계 근처에 정박했다. 비교적 안전한 곳이었다.

4차원 조각의 가장자리는 형태가 없고 눈앞에 펼쳐진 우주는 깊은 호수의 수면처럼 고요하고 아득했다. 은하계의 별바다는 언제나처럼 찬연한 은빛으로 빛나고 있었다. 이 광경만 보면 그리 멀지 않은 곳의 다른 차원에 커다란 비밀이 숨겨져 있다는 걸 상상할 수가 없었다.

얼마 지나지 않아 기이한 장관이 펼쳐졌다. 눈앞의 우주에 빛나는 긴 선이 나타났다. 처음 나타났을 때는 육안으로 너비를 확인할 수 없을 만큼 가늘고 5000~3만 킬로미터쯤 길게 이어진 직선이었다. 그것들은 별안간 나타나 파란빛을 내다가 점점 빨간빛으로 바뀐 뒤 천천히 구부러져 짧게 끊어진 다음 사라졌다. 관측해보니 4차원 조각의 가장자리에서 생성된 것이었다. 마치 눈에 보이지 않는 거대한 펜이 우주에 4차원과 3차원의 경계선을 그리고 있는 것 같았다.

그 선들이 출몰하는 곳으로 무인 탐사정을 보냈다. 운 좋게 선이 나타나는 광경을 가까이에서 관찰할 수 있었다. 탐사정과 선의 거리가 100킬로미터 남짓밖에 되지 않아서 일반적인 초점거리로도 선의 너비를 볼 수 있었다. 긴 선이 나타나자 탐사정이 전속력으로 선을 향해 다가갔다. 구부러져 끊긴 선이 사라지는 순간 탐사정이 도착했다. 선이 사라진 공간에서 수소와 헬륨 원소가 다량으로 검측되었다. 중원소 먼지도 많았는데 대부분 철과 실리콘이었다.

관이판과 과학장교들은 관측 데이터를 보자마자 결론을 내렸다. 그 선들이 3차원 공간으로 들어온 4차원 물질이라는 것이었다. 4차원 조각의 크기가 줄어들면서 그것들이 3차원 우주로 들어온 뒤 순식간에 3차원 물질로 변하는 것이었다. 3차원 공간에 들어온 4차원 물질은 크기가 줄어들지만 3차원 공간에는 없는 네 번째 차원의 부분이 3차원으로 바뀌면서 급팽창해 직선 상태로 펼쳐진 것이었다. 계산해보니 직선 하나가 실제로는 질량이 수십 그램에 불과한 4차원 물질이었다. 그 작은 물체가 3차원에서 펼쳐지면서 1만 킬로미터 넘게 늘어난 것이었다.

지금 4차원 조각의 가장자리가 움츠러드는 속도라면 약 20일 후에 마법 반지가 3차원 우주로 빠져나오게 된다는 계산이었다! 두 전함은 우주의 장관을 기다리기로 했다. 어차피 그들에게는 시간이 아주 많았다. 두 전함은 4차원 조각의 축소 속도와 동일한 속도로 우주를 가로지르며 날아가는 긴 선들을 향해 다가갔다.

열흘 남짓한 시간 동안 관이판은 깊은 생각에 잠긴 채 머릿속으로 수없이 계산했다. 과학장교들도 열띤 토론을 벌였다. 최종적으로 그들은 현재의 이론물리학으로는 4차원 조각을 분석할 수 없지만 어쨌든 3세기 동안 발전해온 이론으로 최소한 현실적인 예측을 내놓을 수는 있다는 데 동의했다. 그들은 폭포가 절벽으로 떨어지듯 거시 상태에 있는 고차원이 저차원으로 떨어진다는 결론을 내렸다. 4차원이 3차원으로 떨어지기 때문에 4차원 조각의 크기가 줄어들고 있다는 것이다.

그렇게 해서 잃어버린 차원은 사라지는 것이 아니라 작게 말려들어가 미시의 일곱 개 차원 중 하나가 되는 것이다.

마법 반지가 다시 눈앞에 나타났다. 스스로 무덤이라고 지칭하는 그 존재가 곧 3차원 우주로 떨어져 사라질 것이다.

블루스페이스호와 그래비티호가 동시에 전진을 멈추고 30만 킬로미터 뒤로 물러났다. 마법 반지가 3차원 우주로 진입하며 엄청난 에너지를 발산할 수 있기 때문이다. 긴 직선들이 밝게 빛났던 것도 바로 그 때문이었다.

22일 후 4차원 조각의 가장자리로 마법 반지가 빠져나왔다. 마법 반지가 3차원 우주로 진입하는 순간 우주가 번쩍이며 두 동강 나고 그 단면에서 섬광이 비쳤다. 항성 하나가 통째로 잡아 늘려진 것 같았다. 빛이 조금 사그라진 뒤 우주 전체를 가르는 긴 선이 출현했다. 전함에서는 시작과 끝이 보이지 않았다. 조물주가 우주라는 그림 위에 자를 대고 왼쪽부터 오른쪽까지 직선을 그은 것 같았다. 측량해보니 시야에 담을 수 있는 전체 우주를 둘로 가른 그 선의 길이가 1천문단위에 가까운 1억 3000만 킬로미터였다. 지구와 태양 사이를 연결할 수도 있는 길이였다. 지금까지 나타났던 선들과 다르게 수십만 킬로미터 밖에서도 볼 수 있을 만큼 폭이 넓었지만, 다른 선들과 마찬가지로 파란빛에서 빨간빛으로 바뀐 뒤 점점 어두워졌고 선 자체도 구부러져 기다란 먼지 벨트로 바뀌었다. 시작도 끝도 보이지 않게 굼실굼실 이어진 먼지가 별바다의 빛을 받아 고요한 은회색을 띠었다. 두 전함에서 지켜보고 있던 사람들은 그 모습이 기이하다고 느꼈다. 먼지 벨트는 우주를 배경으로 한 은하계이고, 조금 전 거대한 카메라가 은하계를 촬영한 것 같았다. 눈부신 플래시가 터진 뒤 방금 찍힌 사진 같은 모습이 우주 위로 서서히 나타나고 있었다.

이 웅장한 광경 앞에서 관이판은 조금 쓸쓸했다. 마법 반지에게 준 생태 공이 선물로서의 짧은 시간을 마감하고 사라지고 말았다. 3차원에서 펼쳐지는 순간 마법 반지 내부의 4차원 구조가 완전히 무너졌다. 가장 완벽한 붕괴였다. 4차원 조각 속에 있는, 이미 죽었거나 아직 살아 있는 다른 전함들도 결국에는 이런 운명을 피할 수 없을 것이다. 이 광활한 우주에서 그들이 존재할 수 있는 곳은 4차원 조각이라는 작고 외진 구석뿐이다.

이것은 거대한 암흑의 비밀이다.

블루스페이스호와 그래비티호가 먼지 벨트로 탐사정을 보내 유용한 자원을 얻을 수 있는지 살펴보기로 했다. 3차원 물질로 바뀐 마법 반지는 평범한 원소일 뿐이었다. 대부분 수소와 헬륨으로 그중에서 핵분열의 연료를 얻을 수도 있지만 먼지 속에서 기체 상태로 흩어져 존재하기 때문에 많이 모으지 못했다. 다른 중원소 중에서도 유용한 금속을 채집할 수 있었다.

이제 두 전함도 미래를 고민해야 할 때였다. 블루스페이스호와 그래비티호의 공동임시위원회가 두 전함의 승선원 전원에게 두 전함과 함께 계속 항해할 것인지 태양계로 돌아갈 것인지 선택하게 했다. 두 전함에는 독립된 형태의 동면 탱크가 있고 두 전함이 보유한 핵융합 엔진 일곱 개 중 한 개로 동면 탱크를 추진할 수 있었다. 지구로 돌아가기로 결정한 사람은 임시로 제작한 우주선을 타고 동면 상태로 태양계로 돌아갈 수 있었다. 지구에 도착할 때까지 대략 35년이 걸릴 것으로 예상되었다. 두 전함이 중성미자 통신을 이용해 동면 우주선의 궤도함수를 지구에 통보하면 동면 우주선이 태양계로 진입할 때 지구에서 그들을 마중 나올 것이다. 삼체 세계가 이 궤도함수를 이용해 두 전함의 위치를 알아내지 못하도록 동면 우주선이 출발하고 어느 정도 시간이 지난 뒤에 지구와 연락하기로 했다. 동면 우주선이 태양계에 도착했을 때 지구에서 우주선을 맞이해준다면 감속 구간에서 연료를 공급받을 수 있을 것이므로 귀환 시간을 10여 년으로 단축할 수 있었다.

만약 그때도 태양계와 지구가 존재한다면 말이다.

지구로 돌아가겠다는 사람은 약 200명뿐이었다. 나머지는 무너지고 있는 세계로 돌아가는 대신 블루스페이스호와 그래비티호에 남아 미지의 우주를 향해 계속 항해하기로 결정했다.

한 달 뒤 전함 두 대와 동면 우주선 두 대가 각각 반대 방향으로 동시에 출발했다. 동면 우주선은 왔던 길을 따라 태양계로 돌아가고 블루스페이스호와 그래비티호는 4차원 조각을 에돌아 지나친 뒤에 새로운 목표 성계를 결정하기로 했다.

옅어진 우주 먼지 벨트가 핵융합 엔진이 뿜어낸 빛을 받아 은은한 금빛으로 물들었다. 지구의 아늑한 석양 같은 그 빛에 지구로 돌아가는 사람과 계속 항해하는 사람 모두의 눈가에 뜨거운 눈물이 차올랐다. 찬란한 우주 석양이 금세 사라지고 끝없는 밤이 다시 모든 것을 뒤덮었다.

인류 문명의 씨앗 두 개가 별바다를 향해 날아갔다. 그들의 운명이 어떻게 되든, 모든 것은 이미 시작되었다.

3장

전송의 세기 7년, 청신

AA는 청신의 눈이 예전보다 밝게 빛나고 더 아름다워졌다고 했다. 거짓말은 아닌 것 같았다. 청신도 근시였던 예전보다 시야가 훨씬 또렷해진 것을 느꼈다. 완전히 다른 세상에 와 있는 것 같았다.

호주에서 돌아온 지 6년이 되었지만 이민의 고통과 지난 6년의 세월은 청신에게 아무런 흔적도 남기지 않은 듯했다. 그녀는 싱싱하게 물오른 화초 같았고, 세월과 고통의 물방울이 매끄러운 잎사귀를 타고 굴러떨어져 그녀를 하나도 적시지 않은 것 같았다. 6년 동안 그녀는 회사를 창업해 지구 저궤도 우주 건설 업계의 최대 기업으로 성장시켰지만 겉으로는 여전히 대기업 경영자가 아니라 쾌활한 소녀 같았다. 그러나 이 시대에는 결코 이상한 일이 아니었다.

청신에게 지난 6년은 없는 세월이나 마찬가지였다. 단기 동면을 했기 때문이다. 호주에서 돌아온 후 그녀의 실명이 심인성이라는 진단이 내려졌다. 극도의 정신적 충격이 생리적인 병변으로 발전해 망막 괴사를 일으켰던 것이다. 그녀의 유전자를 불완전 복제한 뒤 복제체의 줄기세포에서 망막을 배양해 이식하는 방법으로 치료할 수 있지만 완치까지 약 5년이 걸린다고 했다. 청신은 심한 우울증에 빠졌다. 암흑 속에서 5년을 지내야 한다면 그녀는 완전히 무너지고 말 것이다. 의사는 그녀에게 단기 동면을 권유했다.

세상도 완전히 새로워졌다. 중력파 우주 전송이 시작되었다는 소식에 전 세계가 환호했다. 블루스페이스호와 그래비티호는 전설적인 구세주가 되고, 두 전함의 승선원들은 전 인류가 숭배하는 슈퍼 영웅이 되었다. 블루스페이스호가 어둠의 전쟁 당시에 저지른 살인 혐의가 벗겨지고 그들이 공격을 받아 불가피한 상황에서 행한 정당방위로 규정되었다. 이민 시대에 각 대륙에 남아 끈질긴 전투를 벌인 지구 저항운동원들도 영웅이 되었다. 남루한 옷차림의 전사들이 모습을 드러내자 사람들은 뜨거운 눈물을 흘렸다. 두 전함과 저항운동 전사들은 인류의 위대한 정신을 보여주는 상징이 되었고, 사람들은 무의식중에 자신에게도 그런 정신이 있을 것이라고 생각했다.

뒤이어 지구 치안군에 대한 광적인 보복이 시작되었다. 사실 객관적으로 보면 재난 중에 치안군이 저항운동원들보다 훨씬 더 긍정적인 역할을 했다. 그들은 이민 기간 동안 도시와 사회기반시설을 보호했다. 비록 곧 지구에 도착할 삼체 문명을 위한 일이었지만 어쨌든 이민자들이 집으로 돌아온 후 세계 경제가 빠르게 회복되는 데 큰 역할을 했다. 이민자들이 자국으로 돌아가는 과정에서 식량 부족과 전력 공급 중단으로 인해 호주에서 몇 차례 소요가 발생했다. 그때도 치안군이 기본적인 배급을 보장하고 질서를 유지시켰다. 대규모 이주가 큰 인명 피해 없이 단 넉 달 만에 완료되는 데 그들의 기여가 컸다. 이런 대혼란 속에서 무장병력이 없었다면 상상도 못 할 일이 벌어졌을 것이다. 하지만 이 모든 것은 재판에서 고려

대상이 되지 못했다. 치안군 전원이 재판에 회부되었고 그중 절반이 반인류죄를 선고받았다. 대이민 시대에 대다수 국가가 사형 제도를 부활시켰고 호주에서 귀환한 후에도 폐지하지 않았다. 5년 동안 수많은 치안군이 처형당했다. 그들의 처형에 환호하는 사람 중 상당수는 치안군 모집 때 탈락했던 이들이다.

하지만 모든 것이 빠르게 안정되고 사람들의 생활도 다시 안정되기 시작했다. 도시와 산업 시설이 보존되어 있었기 때문에 2년도 안 되어 상처를 말끔히 벗어내고 이민 이전의 번영을 되찾았다. 사람들은 기뻐하며 안락한 생활을 누리기 시작했다.

이런 평화로운 분위기는 한 가지 사실을 전제로 한 것이었다. 바로 뤄지가 암흑의 숲 실험을 위해 187J3X1의 항성 좌표를 우주로 전송해 이 항성을 파괴한 후 지금까지 157년이 흘렀고, 공교롭게도 이것은 현대인의 평균 수명과 비슷했다. 또다시 출생률이 유사 이래 최저 수준으로 떨어졌다. 사람들은 멸망이 확정된 이 세계에서 자식을 낳지는 않으려 했지만 자신은 평온한 일생을 보낼 수 있을 것이라고 생각했다. 중력파의 전송 능력이 157년 전 태양을 이용해 증폭한 전파보다 훨씬 강하다는 것을 사람들도 알고 있었다. 하지만 인류는 금세 더 강한 자위 방법을 찾아냈다. 암흑의 숲 이론 자체를 의심하기 시작한 것이다.

《시간 밖의 과거》 발췌

우주 박해 망상―암흑의 숲 이론에 대한 마지막 의구심

비록 위협의 세기 이후 60여 년 동안 암흑의 숲 이론이 인류 역사의 커다란 배경이 되기는 했지만, 학술계에서 이 이론의 진실성에 대한 의구심은 계속 존재했다. 전송의 세기가 시작될 때까지도 그 이론을 과학적으로 입증할 수 있는 확실한 증거를 찾지 못했다. 몇 가지 증거가 제시되었지만 모두 과학적인 근거가 탄탄하지 못했다.

의문 1 : 뤄지의 암흑의 숲 실험이 187J3X1 항성계를 파괴했다. 그런데 이 성계가 정말로 지능을 가진 외부 존재에 의해 파괴되었는가에 대한 논쟁이 끊이지 않았다. 가장 강력하게 의문을 제시하는 곳은 천문학계였다. 그들은 두 가지 관점을 제시했다. 첫째, 항성을 공격한 광속 물체가 관찰되었지만 항성을 파괴시킬 만한 것은 아니었고 187J3X1 성계의 멸망은 자연적인 초신성 폭발이었을 것이다. 이 항성에 관한 과거 관측 데이터가 충분하지 않기 때문에 신성이나 초신성 폭발의 조건을 가지고 있었는지 확실하지 않다. 하지만 좌표를 발사했을 때부터 항성이 파괴되기까지의 시간 차이를 고려하면 그럴 가능성이 상당히 크다. 둘째, 이 항성이 광속 물체에 파괴되었음을 인정하더라도 '광립(光粒)'이 은하계의 자연현상일 수 있다. 비록 지금까지 또 다른 광립 현상이 관찰되지는 않았지만 대질량 물체가 자연적인 힘에 의해 초고속으로 가속된 사례는 있었다. 항성이 성단의 인력에 의해 초고속으로 은하계에서 밀려나는 것이 관찰되기도 했다. 어떤 학자는 은하계 중심에 있는 거대 질량 블랙홀이 소 질량 물체를 광속에 가깝게 가속시킬 수 있으며 이런 광속 물체는 은하계 중심에서 대량으로 생성되는데 다만 크기가 작아서 발견하기 어려울 뿐이라고 주장했다.

의문 2 : 지금까지는 암흑의 숲 위협에 대한 삼체 세계의 공포가 암흑의 숲 이론을 증명하는 가장 유력한 증거였다. 하지만 삼체 세계가 가지고 있는 증거와 그 논증의 과정을 알 수 없기 때문에 과학적으로 직접적인 증거라고 할 수 없다. 삼체 세계가 다른 알 수 없는 이유 때문에 인류와 위협의 균형을 구축하고 태양계를 점령하겠다는 계획을 포기했을 수도 있다. 이 미지의 이유에 대해서는 여러 가지 가설이 있었다. '우주 박해 망상' 학설을 제시한 학자도 있었다. 삼체 세계도 암흑의 숲 이론을 증명할 수 있는 확실한 증거는 가지고 있지 않으며, 다만 오랫동안 극단적으로 위험한 환경에 있었기 때문에 우주 사회에서 박해받고 있다는 집단 망상이 생겨났고, 대다수 삼체인이 지구 중세 시대의 종교처럼 그 집단 망상을 믿고 있다는 것이다.

의문 3 : 마법 반지가 암흑의 숲 이론을 확인해주었다. 마법 반지는 로제타 시스템 속 인류 역사 자료 가운데 마지막 부분에서 암흑의 숲이라는 단어를 습득했을 것이다. 이 단어는 인류 역사 자료 중 위협의 세기 부분에 빈번하게 등장하므로 마법 반지가 이 단어를 사용한 것은 이상한 일이 아니다. 하지만 마법 반지와 탐사대의 대화에 등장하는 짧고 모호한 몇 마디만으로는 마법 반지가 이 단어의 의미를 확실히 알고 있었다고 단정하기 힘들다.

위협의 세기가 시작된 후 암흑의 숲 이론에 대한 연구가 독립된 학문이 되었다. 이론 연구 외에도 우주 관측과 컴퓨터 시뮬레이션을 통한 수많은 연구가 진행되었으며 다양한 관점에서 수학모델을 세웠다. 하지만 여전히 많은 학자는 이 이론을 그저 증명도 반증도 불가능한 가설이라고 생각했다. 암흑의 숲 이론을 진심으로 믿는 것은 정치인과 대중뿐이었다. 대중은 자신이 처한 상황에 따라 믿기도 하고 부정하기도 했다. 하지만 전송의 세기가 시작된 후 대중은 점차 암흑의 숲 이론이 정말로 우주 박해 망상이라고 믿었다.

모든 혼란이 일단락된 후 중력파 전송으로 쏠렸던 사람들의 관심이 위협의 세기 전반에 대한 회고와 반성으로 옮겨갔다. 검잡이에 대한 힐난과 성토가 전 세계를 뒤엎을 듯 끓어오르기 시작했다. 사람들은 사건 초기에 검잡이가 발사 버튼을 눌렀더라면 적어도 이민의 재앙이 닥치지는 않았을 것이라고 생각했다. 하지만 비난 여론이 가장 집중된 것은 검잡이를 잘못 선택했다는 점이다. 그건 아주 복잡한 과정이었다. 전 세계의 민의(民意)를 앞세운 정치적 압력이 당시 UN과 함대 세계에 최종 결정을 종용했다. 사람들은 이 사태를 누가 책임져야 하는지에 대해 격렬하게 논쟁했다. 하지만 이것이 모든 사람의 집단 의지가 일으킨 결과라는 사실을 지적하는 사람은 하나도 없었다. 정작 청신에 대한 여론은 비교적 너그러웠다. 그녀의 온화한 대중적 이미지가 어느 정도 보호막이 되어주었을 뿐 아니라 평범한 이민자로서 그녀가 겪은 고통도 대중의 동정을 받았다. 사람들은 그녀를 피해자로 여겼다. 사람들의 생각을 한마디로 정리하자면, 검잡이가 마지막 순간에 포기함으로써 역사가 길을 크게 돌아오기는 했지만 어쨌든 중력파 전송이 시작되었으므로 역사의 전체적인 방향은 바뀌지 않았다는 것이었다. 그러므로 이 시기의 역사에 대한 논쟁은 그리 오래지 않아서 수그러들었고 청신도 사람들의 관심에서 점차 멀어졌다. 사람들에게 지금 가장 중요한 것은 어렵게 되찾은 생활을 누리는 것이었다.

하지만 청신의 생활은 끊임없는 고통의 연속이었다. 다시 앞을 볼 수 있게 되었지만 생활은 여전히 암흑이었고 우울한 심연 속에 침잠되어 벗어나지 못했다. 가슴을 찢을 듯 혹독했던 정신적 고통은 누그러졌지만 가슴을 아릿하게 짓누르는 고통이 기약 없이 계속되었다. 마치 태어날 때부터 그녀의 모든 세포 속에 이미 고통과 우울함이 스며들어 있던 것처럼. 그녀는 자기 삶에도 한때 화사한 햇빛이 비춘 적이 있다는 것을 잊어버렸다. 말수가 더 줄어들었고 더 이상 외부의 정보를 받아들이지 않았다. 빠르게 성장한 자신의 회사에도 관심이 없었다. AA는 그런 청신을 걱정했지만 회사 일로 바빠서 청신 곁에 있어줄 시간이 많지 않았다. 청신의 생활을 지탱해주는 것은 프레스였다.

대이민이 완료된 암흑의 시기에 프레스는 AA와 함께 호주를 빠져나왔다. 그는 한동안 상하이에 머물다가 이민자들이 고향으로 돌아가기 시작하자 워버턴에 있는 집으로 돌아갔다. 호주가 평온함을 되찾자 그는 자신의 집을 원주민문화박물관으로 만들어달라며 정부에 기증한 뒤 집 근처 숲에 작은 천막을 쳐놓고 정말로 조상들이 했던 것처럼 원시 생활을 하기 시작했다. 집도 없이 야영을 하는데도 그의 몸은 예전보다 더 건강해진 것 같았다. 그에게 있는 물건 중 유일한 현대 물건은 휴대전화였다. 그는 날마다 몇 통씩 청신에게 전화를 걸었다. 그의 말은 언제나 한두 마디뿐이었다.

"애야, 여긴 해가 떴어."

"애야, 여긴 노을이 아름답구나."

"애야, 오늘은 온종일 폐허가 된 간이주택들을 철거했어. 사막을 원래 모습으로 만들고 싶구나."

"애야, 여긴 비가 온단다. 공기에서 축축한 사막 냄새가 나. 이 냄새를 너도 기억하겠지."

호주와 중국 사이에 약 두 시간의 시차가 있지만 청신은 차츰 노인이 휴식하는 시간대에 익숙해졌다. 노인의 목소리를 들을 때마다 그녀는 자신도 머나먼 사막 속 숲에 살고 있다는 상상을 했다. 세상과 단절되어 고요함에 휩싸인 채.

어느 날 밤 요란한 전화벨이 깊이 잠든 청신을 깨웠다. 프레스였다. 새벽 1시 14분. 호주는 새벽 3시경일 것이다. 프레스는 청신이 심각한 불면증 때문에 두세 시간밖에 자지 못한다는 것을 알고 있었으므로 평소에는 이 시간에 절대 전화를 걸지 않았다. 전화기에서 흘러나온 프레스의 음성에서도 평소의 차분함과 온화함을 찾을 수 없었다. 프레스의 긴장된 목소리가 다급하게 터져 나왔다.

"어서 하늘을 봐!"

사실 청신도 문밖에서 이상한 인기척을 들었다. 조금 전 어렵게 잠이 들었다가 그녀는 악몽을 꾸었다. 예전에도 꾸었던 꿈이었다. 짙은 어둠이 내려앉은 평원 한가운데 우뚝 서 있는 거대한 무덤에서 푸른빛이 비어져 나오고 그 빛이 대지를 은은하게 비추었다. 그런데 지금 그런 푸른빛이 밖에서 새어 들어오고 있었다. 청신은 발코니로 나가 고개를 들어 올렸다. 하늘에 뜬 별 하나가 푸른빛을 내고 있었다. 다른 별빛을 압도하는 빛이었다. 별이 그 자리에서 움직이지 않았으므로 지구 저궤도에 떠 있는 우주 시설 구역과 쉽게 구분할 수 있었다. 태양계 밖에 있는 항성이었다. 빛이 점점 더 밝아져 땅 위의 모든 사람을 비추자 도시의 야경도 빛을 잃었다. 약 2분 뒤 이 항성의 밝기가 최대치에 다다르자 보름달보다 더 밝아져 사람들이 똑바로 쳐다볼 수 없을 만큼 눈이 부셨다. 빛의 색깔도 푸른색에서 흰색으로 바뀌어 도시를 대낮처럼 환히 밝혔다. 청신은 그곳이 어디인지 알고 있었다. 3세기 가까이 사람들이 밤하늘을 올려다볼 때 가장 많이 보던 곳이었다.

근처의 커다란 나무 빌딩에서 비명 소리와 함께 뭔가 부서지는 소리가 들렸다.

최대치에 다다랐던 빛이 서서히 약해지며 흰색에서 붉은색으로 변한 뒤에 완전히 사라졌다.

휴대전화를 가지고 나오지 않았지만 통화 창이 그녀를 따라 이동해 프레스의 목소리를 계속 들을 수 있었다. 프레스는 이미 차분함과 초연함을 되찾은 뒤였다.

"얘야, 두려워할 것 없단다. 일어나야 할 일은 언제든 일어나는 법이니까."

　아늑한 꿈이 산산이 깨지고 암흑의 숲 이론이 드디어 현실로 확인되었다. 삼체 세계가 파괴되었다.

전송의 세기 7년, 지자

《시간 밖의 과거》 발췌

암흑의 숲의 새로운 모델

삼체 세계는 전송의 세기로 접어든 뒤 3년 10개월 만에 멸망했다. 중력파 우주 전송이 시작되었지만 공격이 이렇게 빨리 닥칠 줄은 누구도 예상하지 못했다.

삼체 성계를 시시각각 감시하고 있었기 때문에 이 사건에 대해 비교적 상세한 자료를 얻을 수 있었다. 삼체 성계가 받은 공격은 뤄지의 실험 대상인 항성 187J3X1이 받았던 공격과 완전히 동일한 형태였다. 아주 작은 물체가 광속에 가깝게 날아오며 상대론적 효과로 발생한 질량 팽창을 통해 항성을 파괴했다. 삼체 성계의 태양 세 개 중 하나만 파괴되었고 시간 선택도 아주 정확했다. 공교롭게도 삼체 행성이 이 항성의 위성이 된 직후에 공격이 이루어졌기 때문에 항성이 폭발하며 행성도 완전히 파괴되었다.

중력파 전송이 시작되었을 때 그래비티호와 삼체 성계 간의 거리는 약 3광년이었다. 중력파가 광속으로 전송되는 시간을 고려하면 광립 발사 지점은 두 전함보다 삼체 성계에 더 가까울 것이다. 중력파 정보를 받은 즉시 광립을 발사한 것으로 추정되었다. 관측 데이터를 통해 이 가설이 증명되었다. 광립이 삼체 성계 부근에 있던 우주 진운을 뚫고 나간 흔적이 선명하게 기록되었다. 하지만 이 범위의 우주에는 다른 항성계가 없다. 그렇다면 어떤 우주 비행체가 광립을 발사했다는 뜻이다.

암흑의 숲 이론의 과거 모델은 주로 항성계를 기반으로 한 것이었다. 사람들은 좌표가 알려진 항성계를 공격할 수 있는 것은 다른 항성계뿐이라고 단정했다. 하지만 우주 비행체도 공격원이 될 수 있다는 것이 밝혀지자 갑자기 상황이 복잡해졌다. 인류는 삼체 함대를 제외하고 지능을 가진 미지의 존재가 만든 비행체에 대해 아무것도 모르고 있었다. 그들의 수량, 밀도, 속도, 항해 방향 등을 전혀 알 수 없었다. 암흑의 숲 공격이 가능한 공격원이 기하급수적으로 늘어나고 공격이 출현할 수 있는 시간도 훨씬 빨라졌다. 삼체 성계를 제외하면 태양계에서 가장 가까운 항성은 6광년 떨어져 있지만, 유령 같은 미지의 우주 비행체들이 태양 근처를 지나칠 가능성을 배제할 수 없었다. 아주 멀리 있다고 생각했던 죽음의 신이 바로 눈앞에 당도했다.

삼체 세계의 멸망은 인류 세계가 최초로 목격한 문명의 파괴였다. 언제든 인류가 그 운명의 주인공이 될 수 있었다. 3세기 가까이 계속되던 삼체의 위협이 안개처럼 흩어지고 이제 인류는 그보다 훨씬 냉혹한 우주 전체와 대면하게 되었다.

예상했던 세계적인 공황은 출현하지 않았다. 4광년 밖 세계의 공격 앞에서 인류 사회는 기이한 침묵 속으로 빠져들었다. 모두 막연히 기다리기만 했다. 그들이 무엇을 기다리고 있는지는 아무도 알지 못했다.

위기의 세기 대협곡 이후 역사가 몇 번의 중대한 전환기를 거치기는 했지만 인류 세계는 전체적으로 볼 때 고도로 민주적이며 복지가 발달한 사회였다. 지난 2세기 동안 최악의 상황이 닥쳐도 누군가 자신들을 돌봐준다는 공통된 인식이 사람들의 잠재의식 속에 깔려 있었다. 대이민의 재난 속에서 이 신념이 거의 무너졌지만 6년 전의 그 가장 어두웠던 아침에도 역시 기적이 나타났었다.

이번에도 사람들은 기적을 기다리고 있었다.

삼체 성계가 파괴되고 사흘째 되던 날, 지자가 갑자기 차를 대접하겠다며 청신과 뤄지를 초대했다. 다른 뜻은 없고 그저 오랜만에 친구끼리 만나 회포를 풀고 싶다고 했다.

UN과 함대 세계 모두 이 만남에 주목했다. 사회 전체가 망연자실한 채 무언가가 나타나길 기다리기만 하는 것은 몹시 위험한 상태였다. 백사장에 쌓은 모래성처럼 인류는 언제든 바람에 무너져버릴 수 있었다. 고위층은 두 전직 검잡이가 지자에게서 사람들을 안심시킬 수 있는 정보를 얻어오길 기대했다. 이 만남을 앞두고 긴급 소집된 PDC 회의에서 심지어 어떤 사람은 그런 정보를 얻지 못하더라도 모호한 이야기를 꾸며내 발표해야 한다고 주장하기도 했다.

6년 전 중력파 우주 전송이 시작된 후 지자는 대중의 시야에서 사라졌다. 가끔 모습을 드러내기도 했지만 항상 무표정이었고 삼체 세계의 말을 전하는 역할밖에는 하지 않았다. 그녀는 지금도 공중에 매달린 그 나무집에서 살고 있었고 대부분의 시간을 절전 상태로 지냈다.

지자는 자신의 나무집이 매달린 가지 위에서 청신과 뤄지를 만났다. 대이민 기간에 뤄지는 사람들과 저항운동을 함께했다. 실질적인 행동에 참여하거나 작전을 지휘하지는 않았지만 저항운동원들의 정신적인 지도자였다. 치안군과 물방울이 그를 제거하기 위해 미친 듯이 수색했지만 그가 어디에 어떻게 숨어 있는지 알아내지 못했다. 심지어 지자도 그의 행방을 찾아내지 못했다. 지금 청신 앞에 있는 뤄지는 여전히 꼿꼿하고 냉혹한 인상이었다. 바람에 흩날리는 그의 수염이 더 하얗게 센 것을 제외하면 7년의 세월은 그에게 거의 흔적을 남기지 않은 것 같았다. 그는 아무 말도 하지 않았지만 인사하며 엷게 지은 미소에서 청신은 따뜻함을 느꼈다. 청신은 프레스를 떠올렸다. 그 둘은 전혀 달랐지만 모두 서기 시대에 존재했던 어떤 산처럼 크고 강한 무언가를 가지고 있었다. 그들은 이 낯선 시대에 청신이 기댈 수 있는 곳이었다. 웨이드도 있었다. 그녀를 죽일 뻔했던, 그 이리처럼 사악한 서기인 남자는 그녀에게 증오와 두려움의 대상이지만, 그에게서도 역시 의지할 수 있는 든든함을 느꼈다. 그건 아주 오묘한 감정이었다.

지자가 집 앞에 나와 그들을 맞이했다. 그녀는 이번에도 화려한 기모노를 입고 동그랗게 말아 올린 머리에 꽃을 꽂고 있었다. 위장복을 입은 냉혹한 닌자의 모습은 찾을 수 없었다. 그녀는 꽃밭 속 연못처럼 청초한 여인으로 되돌아와 있었다.

"환영합니다. 제가 찾아뵈어야 하는데 그러면 다도로 차를 대접할 수가 없어서요. 너그럽게 이해해주세요. 만나서 반갑습니다."

지자가 허리 굽혀 인사하며 이곳에서 청신을 처음 만났을 때와 똑같이 말했다. 목소리도 그때처럼 부드러웠다. 그녀가 대나무 숲으로 둘러싸인 정원을 가로질러 연못 위 작은 나무다리를 건넌 뒤 커다란 정자처럼 생긴 거실로 두 사람을 안내했다. 세 사람이 다다미에 앉자 지자가 차를 우리기 시작했다. 시간이 조용히 흐르고 창 너머 푸른 하늘에 구름이 모였다 흩어지고 흩어졌다 모였다.

물 흐르듯 나긋나긋 움직이는 지자의 손놀림을 보며 청신은 만감이 교차했다.

그렇다. 그녀(그들? 그것들?)는 성공할 수 있었다. 매번 거의 성공 직전까지 갔었다. 하지만 그럴 때마다 인간은 고집스럽게 저항하거나 교활하게 속이거나, 기적을 만나 승부를 뒤집었다. 3세기에 걸친 기나긴 여정의 끝에 그녀의 고향은 결국 불바다에 묻혀 사라졌다.

지자는 이미 4년 전 삼체 세계가 멸망했다는 사실을 알았다. 4년 전 폭발로 발생한 빛이 사흘 전 지구에 도착한 후 그녀는 국제사회에 짧은 성명을 발표했다. 재앙이 일어난 과정을 간단히 설명했을 뿐 재앙의 원인—인류의 우주선이 발사한 중력파—에 대해서는 아무런 논평도 하지 않았고 질책이나 원망은 더더욱 없었다. 사람들은 4년 전 4광년 떨어진 삼체 행성에서 이 로봇을 조종하고 있던 삼체인들은 불바다에 가라앉고 지금 그녀를 조종하는 삼체인들은 삼체 함대의 우주선에 있을 것이라고 짐작했다. 성명을 발표하는 지자의 표정과 목소리가 모두 평온했다. 이 평온함은 삼체 세계의 말을 전하기만 하던 때의 무감각함이 아니라 조종자의 영혼과 정신이 오롯이 담긴 진실함이자 인류가 멸망에 직면했다면 감히 가질 수 없는 고귀함과 존엄이었다. 이 파괴된 문명을 향해 지금껏 한 번도 느끼지 못했던 경외심이 사람들의 가슴속에서 차올랐다.

지자가 알려준 몇 가지 정보와 인류의 관측 데이터를 통해 삼체 세계 멸망 당시의 상황을 대략적으로 추측할 수 있었다.

재난이 닥쳤을 때 삼체 행성은 안정된 항세기였으며 세 개의 태양, 즉 세 항성 중 하나의 주위를 공전하고 있었다. 궤도의 반경은 약 0.6천문단위였다. 광립이 항성에 충돌한 뒤 광구층과 대류층에 직경 5만 킬로미터의 거대한 구멍이 뚫렸다. 지구 네 개를 나란히 놓을 수 있는 크기였다. 우연인지 공격자가 의도한 것인지는 모르지만 광립이 항성을 충돌한 위치가 정확히 이 행성이 운행하는 황도면이었다. 삼체 행성에서 보면 그 항성의 표면에서 용광로의 문이 열린 것처럼 엄청나게 밝은 빛이 나타났다. 항성 깊숙한 곳에서 뿜어져 나온 강한 복사가 그 구멍을 통과한 뒤 광구층, 대류층, 채층을 거쳐 직접 행성을 비추었다. 강한 빛에 노출된 반구 위에서 실외에 있던 생명은 몇 초 만에 완전히 타버렸다. 뒤이어 항성 내부 물질이 구멍을 통해 분출되어 5만 킬로미터 굵기의 화염 분수가 나타났다. 내부 물질의 온도는 1000만 도에 이르렀다. 이 중 일부는 인력 작용에 의해 항성 표면으로 다시 떨어졌지만, 일부는 탈출속도에 도달해 우주로 치솟았다. 행성에서 보면 불나무가 태양 표면에서 솟아난 것 같았다. 네 시간 후 분출 물질이 0.6천문단위를 지나 불나무의 줄기 끝과 행성 궤도가 만났다. 다시 두 시간이 지나자 공전 중인 행성이 불나무와 만났다. 그 후 분출 물질의 세례를 받으며 30분을 더 공전했다. 행성이 태양 내부에서 운행하고 있는 셈이었다. 분출 물질은 우주의 냉각을 거치고도 섭씨 수만 도의 고온이 유지되었다. 불나무에서 벗어난 행성은 이미 암적색 빛을 내뿜는 천체가 되어 있었다. 표면이 완전히 녹아내리고 마그마 바다가 모든 것을 뒤덮었다. 행성 뒤로 흰색 꼬리가 길게 늘어졌다. 바다가 증발해 만들어진 수증기였다. 꼬리가 태양풍에 흩어져 행성이 흰머리를 흩뜨린 혜성이 되었다.

행성 표면에는 이미 생명이 없었다. 삼체 세계는 멸망했지만 재앙을 알리는 신호는 이제 막 불씨가 지펴졌다.

분출 물질이 행성에 커다란 저항력을 가해 행성의 공전속도가 느려지고 궤도가 낮아졌다. 행성이 공전해 돌아올 때마다 불나무가 항성이 뻗은 악마의 발톱처럼 조금씩 행성을 잡아당겼다. 열 번쯤 공전한 후 행성이 항성 표면으로 떨어졌다. 삼체 성계의 기나긴 우주 럭비 경기가 대단원의 막을 내리는 순간이었다. 하지만 이 항성은 승리를 거두는 순간을 경험할 수 없었다.

내부 물질을 분출하며 압력이 낮아져 항성 내부의 핵융합 반응이 약해지자 항성이 빠르게 어두워지며 흐릿한 윤곽만 남았다. 항성 표면의 거대한 불나무가 더 도드라졌다. 우주라는 검은 필름 위를 송곳으로 그은 것 같았다. 핵융합이 중단되고 내부 복사압력이 낮아지자 항성의 외층이 버티지 못하고 줄어들기 시작했다. 결국 빛을 잃은 외층이 내핵을 짓눌러 마지막 대폭발을 일으켰다.

이것이 사흘 전 지구 사람들이 본 빛이었다.

항성 폭발로 삼체 성계 전체가 사라졌다. 성계에서 탈출하고 있던 우주선과 우주 도시도 모두 파괴되고 극소수의 우주선만 요행히 살아남아 도망쳤다. 당시 이 우주선들은 다른 두 개의 항성 뒤에 있었기 때문에 대폭발의 와중에 항성의 엄호를 받을 수 있었던 것이다.

그 후 남은 두 항성이 안정적인 2별 체계를 이루었지만 규칙적인 태양의 순환을 누릴 수 있는 생명체가 하나도 없었다. 폭발한 항성 물질과 부서진 행성이 두 항성 주위에 잿빛 무덤 같은 광활한 응축원반*을 만들었다.

"몇 명이나 도망쳤나요?"

청신이 조용히 물었다.

"멀리서 항해하고 있는 함대를 포함해 전체의 1000분의 1도 안 돼요."

지자의 목소리는 더 조용했으며 그녀는 고개도 들지 않고 다도에 집중했다.

청신은 여자 대 여자로 하고 싶은 말이 많았지만 인류인 그녀와 지자 사이에 넘을 수 없는 거대한 골짜기가 있었다. 이걸 아는 청신은 아무 말도 할 수가 없었고 그저 부탁받은 질문만 할 뿐이었다. 그들은 훗날 '다도 대화'라고 불리며 역사에 중대한 영향을 미치게 될 대화를 시작했다.

* 옮긴이 주: 별 주변에 가스나 먼지로 이뤄진 원반.

청신이 물었다.

"우리에게 남은 시간이 얼마나 되나요?"

"알 수 없어요. 언제든 공격받을 수 있죠. 하지만 확률로 따지면 아직은 조금 시간이 있어요. 한두 세기쯤. 당신들이 지난번에 했던 실험처럼."

지자가 뤄지에게 시선을 옮겼지만 엄숙하게 앉아 있는 뤄지의 얼굴 위로 아무 표정도 나타나지 않았다.

"하지만…… 태양계는 삼체 세계와 상황이 달라요. 중력파를 통해 전송된 건 삼체 성계의 좌표예요. 이 좌표를 가지고 지구 문명의 존재를 알아내려면 거의 3세기 전 태양계와 삼체가 첫 교신 했던 자료를 찾아야 해요. 물론 찾아내겠지만 그걸 찾아내 공격하기로 결정할 확률은 비교적 낮아요. 언젠가는 공격하겠지만 시간이 필요해요. 그보다 중요한 건 멀리서 보기에 삼체 세계가 태양계보다 더 위험해 보인다는 사실이에요."

청신이 놀라 뤄지를 쳐다보았지만 그는 여전히 무표정했다.

청신이 지자에게 물었다.

"왜죠?"

지자가 단호하게 고개를 저었다.

"그건 말할 수 없어요."

청신이 화제를 돌려 준비된 질문을 했다.

"두 차례 공격 모두 광립이 행성을 파괴했어요. 이게 흔한 공격 방식인가요? 태양계에 대한 공격도 같은 방식일까요?"

"암흑의 숲 공격에는 두 가지 특징이 있어요. 첫째는 임의성, 둘째는 경제성."

"자세히 설명해주세요."

"이건 평범한 행성 간 전쟁이 아니에요. 훗날 위협이 될 가능성을 제거해버리는 거죠. 임의성이란 좌표가 공개되었다는 것이 유일한 공격 목표라는 뜻이에요. 목표를 근거리에서 직접 관찰하지도 않고 임의로 공격해요. 고도로 발달한 문명에게는 근거리 관찰이 공격보다 더 많은 비용이 드니까요. 경제성이란 최저 비용으로 공격한다는 거예요. 아주 작고 값싼 물체를 발사해 목표 성계의 파괴 에너지를 자극하죠."

"항성의 에너지를 자극한다고요?"

지자가 고개를 끄덕였다.

"지금까지 우리가 알아낸 건 여기까지예요."

"방어할 수 있나요?"

지자가 유치한 어린아이를 대하듯 가볍게 웃으며 고개를 저었다.

"우주 전체는 어둡고 우리는 밝은 곳에 있죠. 우린 암흑의 숲에서 나무 꼭대기에 묶여 있는 아기 새예요. 스포트라이트가 우리를 비추고 있어요. 공격은 어느 방향에서든 닥칠 수 있어요."

"두 번의 공격으로 미루어보면 소극적인 방어만 가능하겠군요. 삼체 세계에서도 살아남은 우주선이 있으니까."

"내 말을 믿어요. 인류는 절대로 공격에서 살아남을 수 없어요. 도망치세요."

"행성 간 도주요? 우리 중에서 도망칠 수 있는 사람은 1000분의 1도 안 돼요."

"전멸하는 것보다는 낫죠."

'우리의 가치관으로 보면 꼭 그렇지 않을 수도 있어요.'

청신은 속으로 생각했을 뿐 말하지 않았다.

"다른 얘기 해요. 이 얘긴 더 묻지 마세요. 제가 두 분께 말할 수 있는 건 이것뿐이에요. 차를 대접하려고 초대한 거랍니다."

지자가 허리 숙여 인사한 뒤 푸른빛이 우러난 차를 두 사람에게 각각 건넸다.

준비된 질문이 더 남아 있었지만 청신은 묻지 않았다. 찻잔을 받아 드는 손이 가늘게 떨렸다. 더 질문해도 소용없다는 걸 그녀는 알고 있었다.

아직 한 마디도 하지 않은 뤄지는 여전히 태연했다. 그는 지자보다도 다도를 잘 알고 있는 것 같았다. 왼손으로 찻잔을 받친 채 오른손으로 세 번 돌린 뒤 찻잔을 입에 댔다. 아주 천천히 차를 마시며 시간이 고요히 흐르도록 내버려두었다. 창밖 구름이 석양에 물들 때쯤 그의 찻잔이 비었다. 그가 찻잔을 내려놓으며 첫마디를 꺼냈다.

"나도 더 물어볼 수 없소?"

삼체 세계에서 뤄지가 갖고 있는 위엄과 명망이 지자에게도 영향을 미쳤던 것 같다. 청신은 처음부터 지자가 자신에게 온화하고 호의적으로 대하는 것과 달리 뤄지에게는 경외심을 갖고 있다는 것을 느낄 수 있었다. 뤄지를 쳐다보는 그녀의 눈빛에서 감출 수 없는 경외심이 묻어났다. 지자는 줄곧 청신보다 뤄지와 더 먼 거리를 유지했고 그에게 인사를 할 때 허리를 더 깊이 더 오래 숙였다.

뤄지의 말에 지자가 또 깊게 허리를 숙였다.

"잠깐 기다려주세요."

지자가 눈을 감고 깊은 생각에 잠긴 듯 말없이 앉아 있었다. 몇 광년 밖 우주의 삼체 우주선에서 지자의 조종자들이 긴급 회의를 열고 있다는 것을 청신은 알 수 있었다. 2분 뒤 지자가 고개를 들었다.

"한 가지 질문을 하실 수 있어요. 대신 저는 예, 아니요, 모릅니다, 이 세 가지 대답만 할 수 있어요."

뤄지가 찻잔을 천천히 내려놓고 말을 하려는데 지자가 손을 들어 가로막았다.

"이건 당신에 대한 우리 세계의 존경이에요. 저는 사실대로 대답할 거예요. 설령 그 대답이 삼체 세계에 해가 되는 것이라 해도. 하지만 한 가지 질문만 하실 수 있고 저도 세 가지 간단한 대답만 할 수 있어요. 신중하게 질문해주세요."

청신이 걱정스러운 눈길로 뤄지를 바라보았지만 그는 잠깐의 망설임도 없이 단호한 어투로 물었다.

"알겠소. 이제 묻겠소. 멀리서 볼 때 삼체 세계에 위험한 특징이 있었다고 했소. 그렇다면 이 문명이 다른 세계에 그 어떤 위협도 가하지 않을 안전한 문명임을 우주에 알린다면 암흑의 숲 공격을 피할 수 있겠소? 말하자면 안전보장 성명 같은 것 말이오. 지구 문명이 우주를 향해 이런 안전보장 성명을 발표할 수 있겠소?"

지자가 눈을 감고 생각에 잠긴 채 한참 동안 대답하지 않았다. 청신은 그 시간이 숨 막힐 만큼 길게 느껴졌다. 1초씩 흐를 때마다 희망이 점점 줄어들어 마지막에는 지자의 대답이 '아니요' 또는 '모르겠어요' 중 하나일 것이라고 거의 확신했다. 잠시 후 지자가 눈동자를 반짝이며 뤄지를 똑바로 쳐다보았다. (지자는 지금까지 뤄지를 이렇게 똑바로 쳐다보지 않았다.) 지자가 짧은 한마디를 힘주어 내뱉었다.

"네."

청신이 자신도 모르게 물었다.

"어떻게 하면 돼요?"

지자가 뤄지에게서 시선을 거두며 고개를 가로젓고는 천천히 두 사람의 찻잔에 차를 따라주었다.

"더는 말씀드릴 게 없어요. 정말이에요."

'다도 대화'가 희망을 갈구하는 수많은 사람의 두 손 위에 작은 희망 하나를 올려놓았다. 우주를 향해 안전보장 성명을 발표하면 암흑의 숲 공격을 피할 수 있을지도 모른다는 가능성을.

《시간 밖의 과거》 발췌

우주 안전보장 성명―고독한 행위예술

다도 대화에서 오간 이야기가 공개되자 사람들은 안전보장 성명을 어떻게 발표할 것인지 고민하기 시작했다. 위로는 세계 과학원에서부터 아래로는 초등학생까지 절박한 심정으로 고민하며 수많은 방안을 내놓았다. 구체적인 문제를 해결하기 위해 인류 전체가 일제히 머리를 맞댄 것은 인류 역사상 처음이었다.

하지만 안전보장 성명은 생각하면 할수록 깊은 미궁으로 빠져드는 문제였다.

수많은 발표 방식이 제기되었지만 크게 두 가지로 나눌 수 있었다. 성명파와 자해파였다.

성명파의 구상은 단순했다. 우주를 향해 지구 문명이 안전하다고 알리는 성명을 발표하자는 것이었다. 그들은 주로 성명 발표 방식을 연구하는 데 치중했다. 하지만 대다수 사람들이 보기에는 멍청한 주장이었다. 표현 방식이 아무리 정교해도 이 냉혹한 우주에서 그걸 실제로 믿을 '사람'이 있겠는가? 더군다나 우주 곳곳에 분포해 있는 수많은 문명 전체가 안전보장 성명을 믿게 만들어야 했다.

상대적으로 여론의 더 높은 지지를 받는 것은 자해파였다. 그들은 안전보장 성명의 내용은 반드시 진실해야 한다고 주장했다. 여기에는 '말'과 '행동'이 모두 포함되지만 핵심은 '행동'이었다. 인류가 암흑의 숲에서 생존하려면 반드시 대가를 치러야 하는데 자해파가 주장하는 방법은 지구 문명을 확실하게 안전한 문명으로 만드는 것이었다. 간단히 말하면 문명의 자해였다.

자해 계획은 주로 기술 분야에 집중되었다. 간단히 말하면 인류가 자발적으로 우주 시대와 IT 시대를 포기하고 저기술 사회로 후퇴하자는 것이었다. 19세기 말의 전기 및 내연기관 사회로 돌아갈 수도 있고 심지어 농경사회로 돌아갈 수도 있었다. 세계 인구가 급격히 감소한 것을 감안하면 현실성 있는 방법이었다. 그러자 안전보장 성명이 저기술 성명으로 바뀌었다.

극단적인 자해 주장도 등장했다. 인간의 지능을 후퇴시키자는 것이었다. 약물적 수단이나 뇌과학 기술을 통해 인간의 지능을 낮추고 유전자에 낮은 지능을 고착시킨다면 저절로 저기술 사회가 유지될 것이라는 주장이었다. 많은 이들이 이런 극단적인 자해에 반감을 느꼈지만, 이 주장이 광범위하게 퍼져나가며 갑론을박이 벌어졌다. 이 논리대로라면 안전보장 성명은 곧 저지능 성명이었다.

그 외에도 여러 가지 사조가 등장했다. 자기 위협파도 그중 하나였다. 그들은 인류가 통제를 벗어나 안정을 해치는 행동을 할 경우 자동적으로 인류를 파멸시키는 자기 위협 시스템을 구축해야 한다고 주장했다.

가히 상상력의 향연이라고 할 만했다. 치밀하고 정교하고 기발한 제안들이 속속 등장하고 심지어 사이비종교처럼 간담을 서늘케 할 만큼 잔인한 것들도 있었다.

하지만 그 어떤 제안도 안전보장 성명의 본질을 담아내지는 못했다.

지자는 암흑의 숲 공격은 임의성이라는 중요한 특징이 있다고 했다. 목표를 근거리에서 관측한 뒤에 정확히 겨냥해서 공격하는 것이 아니다. 따라서 인류가 생각해낸 수없이 많은 방법은 그저 관중 없는 행위예술에 불과했다. 아무리 성의를 다해 열심히 공연해도 자기 자신 외에는 아무도 볼 수 없다. 만 보 양보해서 설령 자상한 아버지 같은 어떤 문명이 지구를 근거리에서 관측한다 해도, 심지어 지구와 태양계에 지자와 유사한 상시 감시 시스템을 설치한다 해도 그들은 셀 수 없이 많은 문명 가운데 극히 작은 일부분일 뿐이다. 대다수 우주 문명에게 태양은 그저 헤아릴 수도 없이 먼 광년 밖에서 흐릿하게 가물거리는 작은 점에 지나지 않는다. 세부적인 특징이 있을 리도 없다. 이것이 바로 암흑의 숲 상태의 우주가 가지고 있는 기본적인 수학 구조다.

물론 순진한 시대도 있었다. 당시 과학자들은 장거리 관측을 통해 머나먼 항성계에 존재하는 문명의 흔적을 발견할 수 있다고 믿었다. 행성의 대기 중에 존재하는 산소, 이산화탄소, 물의 흡수 스펙트럼, 문명에서 방출된 전자기복사 같은 것들

말이다. 심지어 다이슨구*처럼 상상력과 창의력이 충만한 구상까지 등장했다. 하지만 우주라는 광활한 공간에서 모든 문명이 자기 존재를 감추고 있고, 항성계를 중심으로 아주 먼 거리까지도 지능을 가진 존재의 흔적을 관찰할 수 없다면, 그것은 우주가 정말로 미개하고 황량한 상태이기 때문일 수도 있지만 반대로 그 문명들이 이미 성숙하다는 증거일 수도 있다는 것을 사람들은 이제 알고 있었다.

안전보장 성명은 본질적으로 우주를 향해 널리 알리는 것이고, 누구든 믿을 수 있는 내용이어야 했다.

아주 먼 곳에 별 하나가 있다. 그것은 밤하늘에서 보일 듯 말 듯 가물거리는 작은 점일 뿐이지만 그 별을 한 번이라도 본 사람들은 모두 그 별이 안전하다고 말한다. 이걸 실현하려는 것이 바로 우주 안전보장 성명이다.

거의 불가능에 가까운 일이었다.

그런데 아무리 생각해도 이해할 수 없는 한 가지 의문이 있었다. 어째서 지자는 안전보장 성명을 발표하는 방법을 알려주지 않은 걸까?

요행히 살아남은 삼체 문명의 입장에서 인류의 기술 발전을 저지하려는 것은 충분히 이해할 수 있었다. 중력파 전송이 시작된 뒤 두 세계 모두 은하계 전체, 심지어 우주 전체의 적이 될 위기에 놓이자 서로를 향한 위협은 중단되었다. 더 큰 위기 앞에서 두 세계의 관계를 고려할 겨를이 없었던 것이다. 삼체 함대가 아득한 우주에서 점점 멀어지자 두 문명 간의 연결고리도 약해졌다. 하지만 삼체와 지구인들이 영원히 잊을 수 없는 한 가지 사실이 있었다. 이 모든 상황의 원인 제공자가 삼체 세계라는 점이었다. 그들이 먼저 태양계로 쳐들어왔고, 인류를 멸종시키려는 그들의 계획은 거의 성공 직전까지 갔었다. 만약 지구인의 기술이 비약적으로 발전한다

---

* 옮긴이 주 : Dyson sphere. 어떤 항성을 완전히 둘러싸서 그 항성에서 복사되는 에너지를 모두 받아 쓸 수 있게 만든 거대 구조. 미국 물리학자 프리먼 다이슨이 구상을 제시했으며 훗날 소설 속에 등장함.

면 삼체 세계에 대한 보복을 감행할 것이고, 복수 대상은 요행히 살아남은 삼체가 찾아낸 새로운 터전이 될 공산이 크다. 또한 이 보복은 지구 문명이 암흑의 숲 공격에 궤멸당하기 전에 완성될 것이다.

하지만 안전보장 성명은 달랐다. 만약 이 성명으로 지구가 안전하다는 사실을 우주 전체가 믿게 만들 수 있다면 지구는 삼체 문명에 대해서도 안전할 것이고, 그렇다면 삼체 세계에도 희망이 생기는 셈이 아닌가?

안전보장 성명을 발표하는 방법에 관해 아무런 실마리도 찾을 수가 없고, 모든 연구는 그것이 불가능하다는 사실을 반복적으로 증명할 뿐이었다. 하지만 빠른 시일 내에 성명이 발표되길 바라는 대중의 열망은 더 간절해졌다. 비록 이미 제시된 방법들로는 그 어떤 문제도 해결할 수 없음을 대다수가 알고 있었지만 어쨌든 끊임없는 시도가 이루어졌다.

유럽의 한 민간단체가 초강도 출력을 내는 전자파 발사 안테나를 설치한 뒤 태양의 증폭 기능을 이용해 자신들이 작성한 안전보장 성명을 우주로 전송하려다가 경찰에게 저지당했다. 태양계에 있던 물방울이 6년 전 모두 자취를 감추면서 태양의 증폭 기능이 통제를 벗어났지만 이런 방법으로 섣불리 지구 문명의 좌표를 노출시키는 건 위험천만한 일이었다.

전 세계에 수백만 회원을 거느리고 있는 '녹색 구원자'라는 단체는 인류가 농경사회로 후퇴할 것이라는 내용의 우주 안전보장 성명을 발표할 것을 주장했다. 이 단체의 회원 2만여 명이 호주로 되돌아가 대이민 이후 다시 텅 비어버린 대륙에서 시범적으로 농경사회를 이루어 생활하고 있었고 그들의 생활이 가끔씩 전 세계로 보도되곤 했다. 전통적인 농기구를 구할 수 없었으므로 후원자들이 그들을 위해 직접 농기구를 제작해주었다. 호주에는 농사를 지을 수 있는 땅이 많지 않았고 그마저도 재배 원가가 높은 고부가가치 농작물을 경작하고 있었으므로 그들은 정부가 지정해준 지역을 스스로 개간해서 농사를 지었다. 하지만 집단 노동이 시작된 지 일주일도 되지 않아서 더 이상 아무도 일하려고 하지 않았다. 녹색 구원자 회원들이 게을러서가 아니었다. 오로지 열정만으로도 어느 정도 노동은 버텨낼 수 있었다. 하지만 현대인의 신체적 조건이 많이 변화되어 유연성은 과거 인류에 비해 우월하지만 체력을 요하는 반복 노동에는 적합하지 않았다. 게다가 인력만으로 농지를 개간하는 건 과거 농업 시대에도 결코 쉽지 않은 일이었다. 녹색 구원자 단체의 지도자가 농부였던 자신의 조상에게 경의를 표한 뒤 해산을 선언하자 회원들은 모두 자기 나라로 돌아갔고 시범형 농경사회도 그렇게 막을 내렸다.

안전보장 성명에 대한 변태적인 이해가 악성 테러 사건까지 일으켰다. 인류의 지능을 낮추어야 한다고 주장하는 '반지혜' 단체들이 등장하더니 그중 한 단체가 대규모 행동을 계획했다. 뉴욕 도심에 설치된 상수도관에 '신경 억제제'라는 이름의 약물을 대량 주입한 것이다. 사람의 뇌에 영구적인 손상을 일으킬 수 있는 약물이었다. 다행히 즉시 발견되어 큰 피해를 막을 수 있었지만 그 때문에 뉴욕의 급수 시스템이 몇 시간 동안 완전히 마비되었다. 이해할 수 없는 건 이런 반지혜 단체들 모두 정작 자신들은 현재의 지능을 유지하려고 했다는 점이었다. 그들은 회원들이 지능을 낮추는 약물이나 기술적 수단을 시범적으로 사용하지 못하도록 엄격히 금지하며, 자신들이 마지막 '지혜인'으로서 반지혜 사회를 구축하고 운영할 책임을 가지고 있다고 주장했다.

죽음의 위협과 생존의 유혹 앞에서 종교가 또다시 사회 생활의 중심으로 떠올랐다.

역사를 돌이켜보면 우주가 암흑의 숲 상태라는 사실이 밝혀진 것은 각 종교, 특히 기독교에게 엄청난 충격이었다. 사실 이런 충격은 위기의 세기에 이미 출현했다. 삼체 문명의 존재를 알게 되었을 때 기독교도들은 혼란에 빠졌다. 에덴동산에 삼체인의 자리가 없었고 창세기 때 하느님도 삼체인에 대해 언급한 적이 없었기 때문이다. 교회와 신학자들은 한 세기가 넘는 긴 세월에 걸쳐 교리와 성경을 새롭게 해석하는 험난한 과정을 거쳐야 했다. 그들이 가까스로 납득 가능한 논리로 성경을 해석해냈을 때, 또다시 암흑의 숲이라는 괴물이 등장했다. 사람들은 우주에 지혜를 가진 거대한 문명 집단이 헤아릴 수 없을 만큼 많이 존재한다는 사실을 알게 되었다. 만약 그 모든 문명에 아담과 이브가 있다면, 에덴동산의 인구가 현재 지구의 인류와 맞먹었을 것이다.

하지만 대이민의 재앙 속에서 종교가 다시 부흥을 맞이했다. 특히 한 가지 사조가 널리 유행하기 시작했다. 인류가 과거 70여 년간 두 차례 멸망의 위기를 겪었지만 그때마다 기적적으로 위험을 모면할 수 있었다. 한 번은 극적으로 암흑의 숲 위협이 실현되었고, 또 한 번은 중력파 우주 전송이 시작되었다. 이 두 사건에는 몇 가지 공통점이 있었다. 극소수 사람의 주도로 갑자기 출현했고, 불가능할 것 같은 우연이 동시에 작용했다. 예를 들면 두 우주선과 물방울이 동시에 4차원 조각 속으로 들어간 것 같은 일들 말이다. 사람들은 이 모든 것이 신이 일으킨 기적이라고 믿었다. 두 차례 위기가 찾아왔을 때 신도들이 간절하게 기도했고 그 간절한 기도가 신을 움직여 인류가 구원받았다는 것이다. 비록 어떤 신이 인류를 구원했느냐에 대해서는 조율할 수 없는 논쟁이 존재하기는 했지만.

지구 전체가 거대한 교회이자 기도하는 별이 되었다. 사람들은 과거 그 어느 때보다도 간절하게 구원을 바라며 기도했다. 바티칸 교황이 여러 차례 세계적인 규모의 미사를 집도했고, 사람이 모일 수 있는 곳이라면 어디서든 여럿이 모여서 또는 혼자 기도했다. 사람들은 밥을 먹기 전이나 잠자리에 들기 전에 기도문을 읊었다.

"주여, 계시를 내려주시옵소서. 별로써 우리의 선의를 표현해주시고 우리가 안전한 존재임을 온 우주에 전파해주시옵소서."

지구 저궤도에 전 세계인을 위한 우주 교회가 있었다. 교회라고 했지만 사실 실체가 있는 건축물이 아니라 커다란 십자가 하나가 전부였다. 20킬로미터와 40킬로미터의 기둥 두 개가 십자로 교차되어 빛을 내뿜었고 밤에는 지면에서도 십자가를 또렷하게 볼 수 있었다. 예배가 열리면 우주복을 입은 신도들이 십자가 아래를 떠다니며 예배를 드렸다. 때로는 수만 명이 모이기도 했다. 진공상태에서도 연소가 가능한 초 수만 자루가 그들과 함께 떠서 뭇별처럼 빛났다. 지면에서 보면 촛불과 사람들이 희부옇게 빛나는 우주 먼지처럼 보였다. 매일 밤 지면에서도 수많은 사람이 별바다 위에 떠 있는 십자가를 우러러보며 기도했다.

심지어 삼체 문명도 기도의 대상이 되었다. 역사를 돌이켜보면 삼체 문명에 대한 인류의 인식은 여러 차례 변화를 겪었다. 위기의 세기 초기에 삼체 문명은 막강한 힘을 가진 사악한 외계인 침입자였고 삼체 지지 단체인 ETO에 의해 신격화되었다. 그 후 삼체 세계의 이미지가 악마와 신에서 점점 인간으로 내려오더니 암흑의 숲 위협이 시작되기 전에는 지위가 가장 낮아졌다. 인류는 그들을 인류에 비해 문화적으로 훨씬 뒤떨어진 야만인으로 여겼다. 위협이 중단되자 삼체인들은 또다시 침입자와 인류 파괴자의 진정한 모습을 드러냈지만 얼마 안 가서 중력파 전송이 시작되고, 특히 삼체 성계가 파괴된 후 그들은 또다시 인류와 동병상련을 나누는 가련한 피해자가 되었다. 안전보장 성명에 대해 알려진 뒤 전 세계인은 일치된 반응을 보였다. 성명을 발표할 방법을 알려달라고 지자에게 강력하게 요구한 것이다. 인류는 그녀에게 세계 멸망의 중죄를 저지르지 말라고 경고했다. 하지만 아주 멀리 떨어져 있으며 여전히 인류가 다다를 수 없는 높은 수준의 기술을 가지고 있는 세계에 대해 분노하고 원망을 쏟아내는 것이 무의미하다는 걸 금세 깨달았다. 머지않아 사람들의 요청은 간청으로 바뀌었다. 애절한 간청이 계속되고 종교적인 분위기가 점점 짙어지자 삼체 세계의 이미지에 또다시 변화가 생겼다. 안전보장 성명을 발표할 방법을 알고 있다면 그들이 바로 하느님이 인류를 구원하기 위해 보낸 천사라는 것이었다. 인류가 아직 그들에게 구원받지 못한 것은 신앙심을 충분히 표현하지 못했기 때문이라고 생각했다. 그러자 지자에 대한 간청이 다시 기도로 바뀌고 삼체인은 또다시 신격화되었다. 지자의 집은 성지가 되어 날마다 사람들이 그 나무 건물 밑에 모여들었다. 제일 많이 모였을 때는 과거 메카 성지에 모였던 사람들보다 몇 배나 많은 사람이 끝도 보이지 않을 만큼 인산인해를 이루었다. 공중 400미터 상공에 매달린 지자의 집은 지면에서 올려다보면 아주 작았고 집에서 피어난 구름에 가려 보일락 말락 했다. 가끔은 집 앞에 나온 지자의 모습이 보이기도 했지만 희미한 실루엣뿐이어서 그녀의 기모노가 구름 속에 핀 작은 꽃 같았다. 게다가 자주 모습을 드러내지 않았으므로 더욱 신성하게 느껴졌다. 각종 종교를 믿는 사람들이 인파 속에서 각자의 방식으로 신앙심을 표현했다. 기도하는 사람, 환호하는 사람, 울며 호소하는 사람, 엎드려 절하는 사람, 오체투지 하는 사람 등등. 그럴 때마다 지자는 밑에 있는 사람들에게 허리를 약간 굽혀 인사하고는 조용히 집으로 들어갔다.

과거 검잡이 후보였고, 대이민 시기에 지구 저항운동 단체 아시아 지부의 지휘관이었던 비윈펑은 이렇게 말했다.

"정말로 구원이 출현한다 한들 무슨 의미가 있지? 인류의 존엄성은 이미 땅에 떨어졌는데."

물론 그처럼 이성을 지키고 있는 사람도 많았다. 모든 분야에서 안전보장 성명에 대해 수많은 연구가 진행되었다. 탄탄한 과학적 기초를 가진 성명 발표 방법을 찾아내기 위해 수많은 시행착오를 겪었지만 연구자들은 점차 동일한 결론에 도달했다.

만약 정말로 안전보장 성명을 발표할 수 있다면 어떤 신기술이 필요할 것인데, 그 기술은 지구 세계의 현재 과학 수준을 훨씬 초월할 뿐 아니라 인류가 지금껏 한 번도 들어보지 못한 기술일 것이라는 점이었다.

우주에서 사라진 블루스페이스호를 향한 인류 사회의 인식도 또다시 바뀌었다. 그 전함의 이미지가 구원의 천사에서 다시 암흑의 전함, 악마의 전함으로 바뀌었다. 사람들은 그들이 그래비티호를 납치해 두 세계에 멸망의 저주를 보냈으므로 결코 용서받지 못할 죄를 저지른 사탄이라고 생각했다. 지자를 경배하러 모여든 사람들은 삼체 함대가 하루빨리 두 전함을 수색해 궤멸시키고 정의와 신의 존엄성을 지켜달라고 간청했다. 지자는 이런 호소에도 아무런 응답을 하지 않았다.

청신의 대중적인 이미지에도 서서히 변화가 생겼다. 이제 그녀는 자격 미달의 검잡이가 아니라 위대한 여성의 표상이었다. 사람들은 아주 오래된 에세이 중에서 이반 투르게네프의 『문지방』을 찾아내 그녀를 형용했다. 그녀가 그 어떤 여성도 접근하지 못했던 문지방을 용감하게 넘었으며, 보통 사람은 상상조차 할 수 없는 엄청난 부담감을 견디고 무참한 굴욕을 겪었음에도 마지막 순간 우주를 향해 파멸의 신호를 보내지 않았다고 찬양했다. 마지막 순간 그녀가 위협을 포기함으로써 닥친 사건들에 대해 사람들은 더 이상 문제 삼지 않았고 인류에 대한 그녀의 사랑과 이 사랑으로 인해 겪어야 했던 실명의 고통에만 집중했다.

깊이 들어가보면 청신에 대한 대중의 감정은 사실 그녀의 무의식 속에 잠재되어 있는 모성애에 대한 반응이었다. 가정의 의미가 사라진 이 시대에는 모성애도 희박해졌다. 천국 같은 고복지 사회가 모성애에 대한 아이들의 욕구를 억제했다. 하지만 인류 세계가 냉혹한 우주와 직면하고 사신의 칼날이 언제라도 머리 위로 떨어질 수 있는 상황이 닥치자, 인류는 섬뜩하고 음산한 암흑의 숲에 홀로 버려진 아기가 되었다. 아기가 엉엉 소리 내 울며 엄마 손을 잡고 싶어 하는 바로 그때 청신이 기댈 수 있는 대상이 되었던 것이다. 이 서기 시대에서 온 젊고 아름다운 여자는 선조들이 보낸 사랑의 사자(使者)이자 모성의 화신이었다. 종교적 분위기가 나날이 짙어지며 청신을 향한 대중의 감정 속에 투사되어 새로운 세기의 성모 이미지가 점점 구체화되기 시작했다.

하지만 청신에게 이것은 계속 살아갈 마지막 희망의 단절을 의미했다.

청신에게 생활은 이미 무거운 짐이자 고통이었다. 그녀가 살기를 선택한 것은 자신이 감당해야 할 것을 회피하고 싶지 않았기 때문이다. 죽지 않고 살아가는 것은 커다란 잘못을 저지른 자기 자신에 대한 가장 타당한 형벌이었고, 그녀는 받아들여야만 했다. 하지만 지금 그녀는 위험한 문화의 아이콘이 되어 있었다. 그녀에 대한 숭배는 길을 잃고 헤매고 있는 사람들의 눈을 가리는 또 다른 안개가 될 것이었다. 영원히 사라지는 것이 그녀가 마지막으로 짊어져야 하는 책임이었다.

이 결정을 내릴 때 청신은 마치 이미 오래전에 예정해놓은 사람처럼 한 치의 망설임도 없었다. 마침내 세속의 모든 임무를 내려놓고 홀가분하게 떠날 수 있었다.

그녀는 작은 약병을 꺼냈다. 캡슐 한 알이 남아 있었다. 단기 동면을 유도하는 약이었다. 그녀는 이 약으로 6년간 동면했지만 체외순환 시스템이 연결되지 않은 상태로 이 약을 먹으면 고통 없이 빠르게 죽을 수 있었다.

이때 청신의 의식은 우주만큼이나 투명하고 텅 비어 있었다. 회상할 것도 없고 뚜렷한 감정도 없었다. 생명의 태양이 내려앉으며 거울처럼 매끄러운 정신의 수면 위에 거꾸로 비쳤다. 매일의 황혼처럼 그렇게…… 이것이 맞다. 만약 세상이 손가락 하나 튕기는 사이에 재가 되어 날아갈 수 있다면 한 사람의 종말이라는 것도 풀잎을 따라 굴러떨어지는 이슬방울처럼 평온하고 담담해야 한다.

청신이 캡슐을 꺼내 손에 쥐었을 때 전화벨이 울렸다. 프레스였다. 이곳은 석양 무렵이지만 호주는 이미 밤이었다.

"얘야, 여긴 달이 밝구나. 방금 캥거루 한 마리를 봤어. 이민자들에게 다 잡아먹힌 줄 알았더니."

프레스는 영상통화를 해본 적이 없었다. 자신의 언어가 이미지보다 더 생생하다고 자신하는 사람 같았다. 그가 자신을 볼 수 없다는 걸 알면서도 청신은 미소를 지었다.

"좋은 소식이에요. 프레스, 고마워요."

"얘야, 다 잘될 거야."

노인이 말을 마치고 전화를 끊었다. 이상한 낌새를 눈치채지 못했을 것이다. 그들의 통화는 매번 이렇게 간단했다.

그날 오전에 AA가 다녀갔다. 그녀는 상기된 얼굴로 커다란 프로젝트의 입찰을 따냈다고 했다. 지구 정지궤도에 더 큰 십자가를 건설하는 사업이었다.

청신은 문득 자신에게 친구 둘이 있다는 사실이 생각났다. 악몽 같았던 짧은 역사에서 그녀에게 남은 건 진정한 두 친구였다. 그녀가 스스로 생명을 버린다면 그들은 어떤 충격을 받을까? 조금 전까지만 해도 투명하고 아무것도 없었던 그녀의 마음이 갑자기 저릿저릿해졌다. 수많은 손이 그녀의 마음을 그러쥐는 것 같았다. 평온했던 정신의 수면이 깨지고 그 위에 거꾸로 비쳤던 태양이 불꽃처럼 타오르기 시작했다. 7년 전 인류 전체를 앞에 두고 빨간 버튼을 누르지 않았던 그녀는 지금 또 두 친구 생각에 모든 것에서 해탈할 수 있는 약을 삼킬 수가 없었다. 그녀는 자신의 속절없는 나약함과 또 한 번 마주해야 했다. 그녀는 그저 한 사람일 뿐 아무것도 아니었다.

조금 전 그녀 앞에 있던 그 강은 얼어붙어 있었으므로 가뿐히 그 위를 걸어 피안으로 건너갈 수 있었다. 하지만 이제는 수면이 녹아버렸다. 검은 강물 속을 헤엄쳐서 건너야 했다. 그건 아주 길고 고통스러운 여정이 될 것이다. 하지만 그녀는 자신이 강을 건널 수 있다고 믿었다. 내일 새벽까지 고민하고 망설이겠지만 결국에는 캡슐을 삼키게 될 것이다. 그녀에겐 다른 선택이 없으므로.

전화벨이 울렸다. 지자였다. 내일 청신과 뤄지를 자기 집으로 초대해 마지막 작별 인사를 하고 싶다고 했다.

청신은 캡슐을 천천히 약병에 넣었다. 이 초대에 반드시 응해야 했다. 이건 고통의 강을 건널 시간이 충분하다는 걸 의미했다.

다음 날 오전 청신과 뤄지가 지자의 공중 주택에 도착했다. 수백 미터 아래 인파가 운집해 있었다. 어젯밤 지자가 자신이 떠날 것임을 전 세계에 알리자 평소보다 몇 배나 많은 사람들이 몰려들었다. 하지만 평소와 같은 기도와 외침은 없었다. 그들은 무언가를 기다리는 듯 조용히 숨죽이고 있었다.

이번에도 지자가 문밖으로 나와 두 사람을 맞이했다.

다도는 침묵 속에서 진행되었다. 두 세계 사이에 나누어야 하는 대화는 모두 나누었다는 걸 세 사람 다 알고 있었다.

청신과 뤄지는 나무 아래 운집해 있는 사람들의 존재를 뚜렷하게 인식하고 있었다. 지면에서 숨죽이고 있는 사람들이 마치 방음 카펫처럼 모든 소음을 흡수해 다실의 적막이 더욱 깊어졌다. 창밖을 휘감은 구름이 점점 자욱해지고 분위기가 묵직하게 가라앉았다. 하지만 지자의 동작은 부드럽고 가벼웠다. 잔과 다구가 부딪쳐도 전혀 소리가 나지 않았다. 지자는 부드러움과 나긋함으로 이 묵직한 시공에 저항하고 있는 듯했다. 한 시간 남짓 흘렀지만 청신과 뤄지는 오랜 시간이 흘렀다는 걸 느낄 수 없었다.

지자가 잘 우려낸 차를 두 손에 받쳐 들고 뤄지에게 건넸다.

"저는 떠납니다. 두 분 건강하세요."

그녀가 청신에게도 차를 건넸다.

"우주도 넓지만 인생은 더 넓답니다. 인연이 있다면 언젠가 다시 만나 겠죠."

정적 속에서 청신이 녹차를 한 모금 입에 머금고는 두 눈을 감고 음미했다. 서늘한 별빛을 마신 듯 쌉싸름하지만 개운한 향이 가슴 깊숙이 스며들었다. 아주 느릿느릿 마셨지만 남기지 않고 다 마셨다. 청신과 뤄지가 일어나 마지막 작별 인사를 했다. 이번에는 지자가 회전계단을 따라 내려가 나무줄기와 이어진 곳까지 배웅했다. 그때 지자의 집을 휘감고 있던 흰 구름이 처음으로 사라졌다. 지면에 있는 사람들은 여전히 숨죽이고 있었다.

"작별하기 전 마지막 임무가 있습니다. 전달할 메시지가 있어요."

지자가 두 사람에게 허리 굽혀 인사한 뒤 고개를 들고 의미심장한 눈빛으로 청신을 응시했다.

"청신, 윈톈밍이 당신을 만나고 싶어 해요."

전송의 세기 7년, 윈텐밍

《시간 밖의 과거》 발췌

길고 긴 계단

인류 사회의 열정이 대협곡에 매몰되기 전인 위기의 세기 초기, 태양계 방어 시스템 구축을 위해 지구 세계의 모든 자원을 집중시켰던 대규모 프로젝트가 있었다. 이 거대한 프로젝트는 당시 기술의 한계에 도전하거나 한계를 뛰어넘는 것이었다. 우주 엘리베이터, 수성에서의 항성급 원자폭탄 실험, 제어핵융합 기술의 진전 등이 모두 역사에 기록되었다. 이 프로젝트들은 대협곡 이후에 나타난 비약적인 기술 발전에 토대가 되었지만, 계단 프로젝트는 그렇지 못했고 심지어 대협곡 이전에 이미 사람들에게서 잊혔다. 역사학자들의 관점에서 볼 때 계단 프로젝트는 위기 초기에 나타나는 전형적인 격정과 충동의 산물이자, 치밀한 계획 없이 졸속으로 추진된 모험이었다. 완전한 실패 외에 결국 기술적으로 가치 있는 것을 하나도 남기지 못했다. 훗날 항공 우주 기술은 완전히 다른 방향으로 발전했다.

그런데 3세기 가까이 지난 뒤 계단 프로젝트가 절망에 빠진 지구 문명에 한 줄기 서광을 비춰주리라고는 아무도 예상하지 못했다.

윈톈밍의 뇌를 실은 계단 프로젝트 비행체가 어떻게 삼체 세계에 포획되었는지는 아마 영원히 수수께끼로 남을 것이다.

목성 궤도 부근에서 계단 프로젝트 비행체의 케이블 하나가 끊어져 비행체가 예정된 항로를 벗어났다. 지구에서도 비행체의 궤도 매개변수를 얻지 못해 비행체가 망망한 우주를 떠돌게 되었다. 나중에 삼체 세계가 이 비행체를 포획했다는 건 그들이 케이블이 끊긴 뒤의 궤도 매개변수를 알고 있었다는 뜻이다. 그렇지 않으면 삼체 기술로도 태양계 밖 드넓은 우주에서 그렇게 작은 물체를 찾아내는 건 불가능하다. 가장 유력한 추측은 계단 프로젝트 비행체가 출항한 후 최소한 가속 항해 단계부터 지자가 줄곧 비행체를 따라가고 있었다는 것이다. 그렇지 않았다면 최종적인 궤도 매개변수를 파악할 수 없었을 것이다. 하지만 지자가 그 후의 기나긴 항해 내내 비행체를 따라갔을 가능성은 희박하다. 비행체는 카이퍼 벨트와 오르트 구름을 관통해 지나갔다. 성간 먼지로 인해 항해 속도가 줄어들거나 항로가 바뀔 수 있는 구역이지만 이 비행체는 항로가 바뀌지 않았던 것 같다. 항로가 바뀌었다면 삼체 세계도 새로운 궤도 매개변수를 알 수 없었을 것이다. 계단 프로젝트 비행체가 포획된 데는 운도 어느 정도 작용한 셈이다.

계단 프로젝트 비행체를 포획한 건 삼체 제1함대의 우주선일 것이다. 제일 유력한 건 줄곧 감속하지 않고 태양계를 향해 다가왔던 그 우주선이다. 당시 함대보다 훨씬 앞에서 항해하며 예상보다 한 세기 반이나 일찍 태양계에 도착했지만 속도가 너무 빨라 그대로 가로질러 지나갈 수밖에 없었다. 이 우주선의 목적지가 어디인지는 줄곧 풀리지 않는 수수께끼였다. 암흑의 숲 위협이 시작된 후 이 우주선도 제1함대와 함께 항로를 돌렸다. 지구에서는 우주선의 항해 매개변수를 파악할 수 없었지만 우주선이 방향을 돌린 후의 항로가 제1함대의 방향과 일치했다면 항로가 바뀐 계단 프로젝트 비행체와 만났을 가능성이 있다. 물론 서로 만나더라도 두 비행체가 아주 먼 거리를 두고 교차하는 것일 뿐이다. 만약 그 우주선이 비행체의 정확한 궤도 매개변수를 모르고 있었다면 수색 방향을 결정할 수 없었을 것이다.

비행체의 정확한 포획 시점은 알 수 없지만 대략 위협의 세기가 시작되기 전인 30~35년 전일 것으로 추측되었다.

삼체 함대가 계단 프로젝트 비행체를 포획한 이유를 짐작할 수 있었다. 삼체 세계가 인류 세계와 실체를 통해 접촉한 건 물방울뿐이었으므로 인류의 생물 표본을 손에 넣는다는 건 그들에게 포기할 수 없는 유혹이었다.

윈톈밍은 지금 삼체 제1함대에 있었다. 이 함대에 속한 우주선은 대부분 시리우스를 향해 항해하고 있었다. 지금 그의 뇌가 단독으로 배양되고 있는지, 복제된 몸에 이식되었는지는 알 수 없지만, 인류가 가장 궁금해하는 건 다른 문제였다.

바로 윈톈밍이 지금도 인류의 이익을 위해 일할 것인가였다.

이런 의문을 갖는 것도 무리는 아니었다. 청신을 만나고 싶다는 윈톈밍의 요청이 받아들여졌다는 건 그가 삼체 세계와 융화되었다는, 아니 어쩌면 그 세계에서 이미 어느 정도 지위를 갖고 있다는 의미일 것이기 때문이다.

그다음으로 사람들은 한 가지 끔찍한 의문에 생각이 미쳤다. 위협의 세기가 시작된 후 지금까지 인류의 역사에 윈톈밍이 참여했을까? 지난 반세기 동안 두 세계 간에 일어난 모든 일에 그가 관여했을까?

하지만 그가 지구 문명이 절망에 빠진 중요한 순간에 나타났다는 건 분명한 사실이었다. 그의 출현으로 인류에 실낱같은 희망이 나타났다. 이 소식이 전해졌을 때 사람들이 처음 보인 반응은 자신들의 기도가 마침내 응답을 얻어 인류를 구원해줄 천사가 나타났다며 환호하는 것이었다.

청신이 탑승선의 창을 통해 바라본 세상은 폭 80센티미터의 가이드레일이었다. 가이드레일이 위아래로 끝이 보이지 않을 만큼 무한히 뻗어 있었다. 한 시간 전 출발한 탑승선이 해발 1000킬로미터 이상 올라가 대기층을 뚫고 우주로 진입했다. 아래로 보이는 지구는 깜깜한 밤이었다. 대륙의 윤곽만 어렴풋하게 보일 뿐 현실감이 없었다. 머리 위에 펼쳐진 우주는 칠흑처럼 어두웠다. 3만 킬로미터 위 터미널이 육안으로 보일 리 없었으므로 돌아올 수 없는 길을 올라가고 있는 기분이었다.

서기 시대의 항공 우주 엔지니어인 청신은 3세기 가까이 흐른 오늘에서야 처음으로 우주로 나올 수 있었다. 지금 그녀가 타고 있는 우주 엘리베이터는 탑승 적응 훈련이 필요하지 않았지만 혹시라도 불편함을 느낄 수 있기에 엔지니어가 그녀와 동승했다. 엘리베이터 탑승선은 일정한 속도로 직선 운행했다. 고중력(Hypergravity)도 나타나지 않고 탑승선 내부에 뚜렷한 중력 변화도 없었다. 중력이 서서히 약해지다가 지구 정지궤도에 있는 터미널에 도착하면 완전한 무중력상태가 되도록 설계되었다. 가끔 작은 점이 멀리서 빠른 속도로 날아와 스쳐 지나가는 것을 볼 수 있었다. 제1우주속도로 운행하는 위성일 것이다. 이 높이에서는 그런 속도로 가이드레일과 같은 방향으로 운행해야만 무중력상태가 될 수 있다.

가이드레일의 표면이 매끄러워 움직임이 보이지 않았다. 탑승선이 거의 정지된 상태로 가이드레일에 매달려 있는 것 같지만 사실은 초음속 제트기와 맞먹는 시속 1500킬로미터로 이동하고 있었다. 지구 정지궤도에 도착하려면 아직 두 시간쯤 더 가야 했다. 우주에서는 아주 느린 속도였다. 대학 시절 토론할 때 윈톈밍이 했던 말이 생각났다. 그는 원리로만 보면 저속 우주 항해가 충분히 가능하다고 했다. 상승 동력을 일정하게 유지할 수만 있다면 자동차가 달리는 속도로 달 궤도까지도 갈 수 있지만, 달에 착륙하는 건 불가능하고 했다. 달과 달에 간 사람 사이의 상대속도가 시속 1000킬로미터가 넘기 때문이다. 이 속도를 제거하고 달과 정지 상태를 유지하려고 하면 또 고속 항해가 되어버린다. 청신은 그의 마지막 말을 또렷하게 기억하고 있었다. 달 궤도 근처에서 거대한 달이 머리 위를 빠르게 지나쳐 가는 것을 본다면 아주 놀라울 것이라고 그는 말했다. 지금 그녀가 바로 그가 말한 저속 항해를 하고 있었다.

탑승선은 캡슐 형태였으며 총 4층으로 이루어져 있었다. 청신이 제일 위층에 타고 여자 엔지니어는 아래층에 탑승했으므로 누구의 방해도 받지 않았다. 그녀가 탄 곳은 비즈니스석으로 5성급 호텔 객실처럼 호화롭게 꾸며져 있었다. 푹신한 침대가 놓여 있고 욕실도 딸려 있었지만 면적은 대학 기숙사 정도로 작았다.

그녀는 요즘 대학 시절을 자주 회상했다. 물론 윈텐밍도 함께 떠올렸다.

이 높이에서 내려다보니 지구의 그늘 구역이 아주 작게 보였다. 태양이 나타나자 모든 것이 강렬한 빛에 파묻혔다. 주위를 둘러싸고 있는 창문의 투명도가 자동으로 낮아졌다. 청신이 소파에 기대앉아 천창을 통해 보이는 가이드레일에 시선을 고정시켰다. 끝이 보이지 않는 긴 직선이 마치 은하계에서 내려온 밧줄 같았다. 가이드레일의 움직임을 관찰해보려고 했다. 아니, 움직인다는 상상이라도 해보려고 했다. 이 고정된 응시가 최면 효과를 발휘해 점점 잠에 빠져들었다.

몽롱한 의식 사이로 누군가 그녀의 이름을 가볍게 부르는 소리가 들렸다. 남자 목소리였다. 그녀가 대학 기숙사의 침대 아래 칸에 누워 있었다. 방 안에는 아무도 없었다. 가로등 옆을 달리는 차에 탄 것처럼 벽 위로 빛과 그림자가 어른거리며 지나갔다. 창밖을 보니 익숙한 오동나무 뒤로 태양이 빠르게 하늘을 가로지르고 있었다. 몇 초에 한 번씩 오르락내리락했다. 태양이 나타나도 그 뒤로 보이는 하늘은 계속 깜깜했다. 별도 태양과 함께 나타났다. 그 목소리가 계속 그녀를 부르고 있었다. 몸을 일으켜 주위를 둘러보니 그녀의 몸이 침대 위에 둥둥 떠 있었다. 책, 물잔, 노트북도 옆에 떠 있었다.

꿈에서 깨보니 정말로 몸이 소파 위로 떠올라 있었다. 소파를 붙잡고 내려가려고 했지만 팔을 뻗자마자 몸이 붕 떠오르며 천장까지 올라갔다. 무중력상태에서 몸을 돌려 벽을 가볍게 밀자 몸이 소파로 되돌아갔다. 중력이 사라지면서 바닥에 내려앉아 있던 먼지가 공중으로 떠올랐다는 걸 제외하면 탑승선 내부는 달라진 게 없었다. 공중에 부유하는 먼지가 태양빛을 받아 반짝였다. 그녀는 아래층에 탑승했던 PDC 직원이 올라와 있는 걸 그제야 깨달았다. 방금 그녀를 부른 것도 그일 것이다. 하지만 지금 그는 눈앞에 펼쳐진 광경을 신기한 눈으로 바라보고 있었다.

"청 박사님, 우주 항해가 처음이라고 하셨나요?"

청신이 그렇다고 대답하자 그가 웃으며 고개를 저었다.

"전혀 그렇게 보이지 않아요. 정말로."

청신 자신도 전혀 낯설지 않았다. 무중력상태를 처음 경험하는데도 놀라거나 불편함 없이 침착하게 움직일 수 있었다. 속이 메슥거리거나 어지러운 느낌도 없었다. 자연스럽게 우주에 스며든 기분이었다.

직원이 천창을 가리켰다.

"곧 도착할 겁니다."

청신이 고개를 들어 올려다보았다. 제일 먼저 눈에 들어온 건 역시 우주 엘리베이터의 가이드레일이었지만 표면에서 움직임을 관찰할 수 있었다. 탑승선의 속도가 줄어들었다는 뜻이다. 가이드레일의 끝부분이 지구 정지궤도에 있는 터미널과 연결되어 있었다. 여러 개의 동심원이 바큇살 다섯 개로 연결된 환상형 구조를 이루었다. 가장 중심에 있는 작은 링이 처음 만들어진 뒤 각 시대마다 확장되어 링이 점점 늘어났다. 바깥으로 갈수록 새로 지어진 것이었다. 터미널 전체가 아주 천천히 돌아가고 있었다.

터미널 주위에는 우주 건축물이 점점 많아지고 있었다. 모두 엘리베이터 터미널에 부속된 편의시설로 생김새가 제각각이었으며 멀리서 보면 하나하나 정교하게 만들어진 장난감 같았다. 건축물이 갑자기 눈앞을 스쳐 지나가야만 비로소 그것들이 얼마나 큰지 실감할 수 있었다. 청신은 그중에 자신이 대표로 되어 있는 우주 건설 기업 헤일로(halo) 그룹의 본사가 있다는 것을 알고 있었다. 지금 AA가 그곳에서 일하고 있었다. 하지만 그중 어떤 건축물인지는 알 수가 없었다. 탑승선이 거대한 구조물 사이를 가로질렀다. 촘촘하게 모여 있는 프레임 구조물이 햇빛을 잘게 쪼갰다. 구조물을 벗어나 올라가자 터미널이 머리 위 우주 공간을 가득 채우고 있었다. 은하수는 링 사이의 좁은 틈에서만 반짝였다. 이 거대한 구조물이 위에서부터 하늘을 뒤덮어 탑승선이 터미널로 진입할 때는 기차가 터널로 들어가는 것처럼 사방이 어두워졌다. 몇 분 뒤 바깥이 환해지고 넓은 홀이 나타났다. 홀 전체가 빙빙 돌고 있어 조금 현기증이 났지만 탑승선이 가이드레일에서 떨어져 나와 홀 중앙에 고정되자 짧고 경미한 진동 후 탑승선도 터미널과 함께 회전하기 시작했다. 그러자 주위의 모든 것이 정지되었다.

청신이 수행원 네 명과 함께 탑승선에서 내려 원형 홀로 나왔다. 이 시간대에 도착한 유일한 탑승선이었으므로 홀이 텅 비어 있는 느낌이었다. 청신이 받은 첫인상은 역시 익숙함이었다. 디스플레이 화면이 곳곳에 떠다니고 있었지만, 홀 자체는 오래전에 사용이 중단된 금속 재료로 지어져 있었다. 주로 스테인리스와 알루미늄합금이었고 곳곳에서 세월의 흔적을 느낄 수 있었다. 우주가 아니라 오래된 기차역 대합실에 와 있는 듯한 기분이었다. 그들이 타고 온 것은 인류가 처음 건설한 우주 엘리베이터였고, 이 터미널은 위기의 세기 15년에 건설되어 2세기 넘게 사용되고 있었다. 대협곡 시기에도 폐쇄되지 않았다. 홀 내부에 종횡으로 교차된 난간들이 청신의 눈에 들어왔다. 무중력상태에서 붙잡고 이동할 수 있도록 만들어놓은 것이었다. 한눈에도 초기에 만든 시설이라는 걸 알 수 있었다. 지금은 개인용 무중력 추진기를 사용하기 때문이다. 작은 추진기를 허리나 어깨에 달면 무중력상태에서도 자유롭게 이동 방향을 통제할 수가 있다. 난간 대부분이 스테인리스 재질이었고, 일부는 구리 재질이었다. 2세기 전 수많은 사람이 직접 손으로 표면을 연마해서 만든 것들이라는 생각이 들자 청신은 자기도 모르게 고성의 문 앞에 깊이 찍혀 있는 수레바퀴 자국을 떠올렸다.

수행원들이 우주 진입 후 처음 배워야 하는 무중력 추진기 작동법을 알려주었지만 청신은 난간을 잡고 떠다니는 게 더 익숙했다. 홀의 출구로 나가려는데 벽에 있는 포스터 몇 개가 그녀의 시선을 빼앗았다. 태양계 방어 시스템 구축을 선전하는 아주 오래된 포스터들이었다. 그중 하나에 한 군인이 커다랗게 그려져 있었는데 낯선 군복을 입고 이글이글 타오르는 눈빛으로 앞을 응시하고 있었다. 그 아래 크고 선명한 글씨로 '지구가 당신을 원합니다!'라고 쓰여 있었다. 그 옆 더 큰 포스터에는 UN의 파란 깃발을 배경으로 다양한 피부색의 사람들이 서로 팔짱을 끼고 촘촘한 벽을 만들고 있었다. 역시 그 아래 큰 글씨로 '우리의 피로 태양계에 만리장성을 쌓자!'라고 쓰여 있었다. 이 포스터들은 청신에게도 낯설었다. 그녀가 태어나기도 전 아주 오래된 시대를 연상시켰기 때문이다.

PDC 직원이 말했다.

"대협곡 초기 작품이에요."

그리 길지 않은 독재 시대였다. 전 세계가 군사 체제에 돌입했지만 머지않아 붕괴되었다. 종교부터 생활까지 모조리 붕괴되었다……. 그런데 이 포스터들은 왜 아직까지 남아 있는 걸까? 기억을 위한 걸까, 망각을 위한 걸까?

청신 일행은 홀을 빠져나가 긴 복도로 들어섰다. 복도의 단면은 원형이었고 끝이 보이지 않을 만큼 곧고 길게 쭉 뻗어 있었다. 청신은 그것이 링을 차례로 이어주는 바큇살 다섯 개 중 하나라는 걸 알았다. 처음에는 무중력상태로 떠다녔지만 어느새 중력(원심력)이 생겨났다. 처음에는 약하게 나타났지만 금세 위아래 방향 감각이 느껴졌다. 복도가 갑자기 밑이 보이지 않는 깊은 '갱도'로 바뀌고 둥둥 떠다니던 몸이 추락하기 시작했다. 심한 현기증과 함께 눈앞이 어릿해졌지만 곧 갱도의 벽에 촘촘히 달려 있는 난간이 나타났다. 자유낙하 하다가 속도가 너무 빠르면 난간을 붙잡고 속도를 늦출 수 있었다.

첫 번째 교차로를 빠르게 통과했다. 수직으로 교차된 다른 복도는 양옆으로 멀어질수록 지면이 솟아올라 있었다. 그곳이 터미널의 첫 번째 링이라는 걸 알 수 있었다. 양쪽 복도 입구에 달린 빨간색 표지등에 '제1링, 중력 0.15G'라고 쓰여 있었다. 위로 커브를 그리며 이어진 복도 양측으로 줄지어 나 있는 밀폐식 문이 수시로 여닫히며 많은 사람이 오갔다. 약한 중력이 있어 바닥에 발을 딛고 똑바로 설 수는 있었지만 이동하려면 추진기를 이용해야 했다.

제1링을 지나 중력이 증가하면서 자유낙하가 위험해지자 갱도 벽에 엘리베이터가 나타났다. 상하행 두 줄이 나란히 움직였다. 상행 엘리베이터를 탄 사람들이 일행 옆을 스쳐 지나갔다. 지구 위 도시에 살고 있는 사람들과 다를 바 없이 모두 편한 옷차림이었다. 갱도 벽의 크고 작은 화면에서 뉴스가 흘러나오고 그중 일부에서는 20여 시간 전 청신이 우주 엘리베이터에 탑승하는 장면이 나오고 있었다. 하지만 지금 청신은 선글라스를 낀 채 수행원 네 명에게 둘러싸여 있었으므로 아무도 그녀를 알아보지 못했다.

엘리베이터가 쉬지 않고 내려가며 일곱 개의 링을 통과했다. 갈수록 링의 지름이 길어지고 교차하는 복도의 지면 경사도 완만해졌다. 청신은 갱도 속에서 시대의 지층을 관통하고 있는 기분이었다. 2세기를 거치며 터미널이 점점 확장되었으므로 깊이 내려갈수록 새로 만들어진 지층인 셈이었다. 링을 통과할 때마다 건축재가 새로운 소재로 바뀌었다. 건축 구조와 내장재가 한 시대의 단면이었다. 대협곡 시대의 억압되고 획일적인 분위기에서 위기의 세계 후반의 낙천적이고 낭만적인 분위기, 다시 위협의 세기의 자유분방하고 나태한 향락주의까지. 제4링 이전에는 내부의 선실이 링과 일체형으로 함께 지어졌지만, 제5링부터는 링은 넓은 건축 공간이고 내부 시설은 추후에 만들어져 다양한 형태를 띠고 있었다. 새로운 링이 나올 때마다 우주 터미널의 특징은 조금씩 사라지고 세속적인 색채가 점점 짙어졌다. 터미널의 제일 바깥 링인 제8링에 도착하자 링 내부의 건축물과 환경이 지구 위 도시와 구분할 수 없을 만큼 흡사했다. 어느 도시의 번화한 거리에 와 있는 것 같았다. 게다가 중력도 표준중력인 1G까지 증가했다. 청신은 이곳이 3만 4000킬로미터 상공의 우주라는 걸 잊을 뻔했다.

작은 자동차가 그들을 우주가 보이는 곳으로 데려다주었다. 입구에 'A225항구'라는 표지판이 붙은 타원형 홀이었다. 여느 광장처럼 탁 트인 공간에 각기 다른 형태의 소형 우주선 수십 대가 서 있고 홀의 한쪽은 우주로 활짝 열려 있어 회전하는 터미널을 따라 사방의 별을 감상할 수 있었다. 그리 멀지 않은 곳에서 항구 전체를 비추고 있는 강한 조명이 오렌지색에서 점점 파란색으로 바뀌었다. 막 엔진에 시동을 건 우주정이 서서히 출발해 빠르게 속력을 높이더니 탁 트인 우주를 향해 곧장 날아갔다. 사람들에겐 이미 익숙한 광경이었지만 가히 기술의 기적이라고 부를 만했다. 개방된 형태의 우주 건축물이 어떻게 공기와 기압을 유지할 수 있는지 청신은 아직도 이해할 수가 없었다.

그들은 줄지어 서 있는 우주선 사이를 지나 항구 끝에 있는 작은 광장에 도착했다. 광장 중앙에 우주정 한 대가 있고 몇 사람이 그 옆에 서서 청신을 기다리고 있었다. 그때 밖으로 트인 항구 너머 우주에서 은하수가 서서히 지나가며 우주선과 사람들의 그림자를 길게 늘여주었다. 작은 광장이 거대한 시계가 되고 그림자가 움직이는 시곗바늘이 된 것 같았다.

그들은 이 조우를 위해 조직된 PDC와 함대의 연합팀이었다. 그들 중 대부분은 청신도 아는 사람들이었다. 모두 7년 전 검잡이 교체 작업에 참여했던 사람들이기 때문이다. 팀장은 역시 PDC 의장과 함대 참모총장이었다. 의장은 다른 사람으로 바뀌었지만 참모총장은 7년 전과 같은 사람이었다. 인류 역사상 가장 길었던 그 7년이 그들의 얼굴에 많은 흔적을 남겼다. 두 일행이 만난 뒤 모두 말없이 악수를 나누며 북받쳐 오르는 감정을 속으로 삭였다.

청신은 소형 우주선을 둘러보았다. 다양한 형태의 단거리 우주선이 있었지만 유독 과거 사람들이 상상하던 유선형만 없었다. 이 우주선은 가장 일반적인 형태인 구형(球形)이었다. 들어가거나 나온 곳 없이 표면이 고르고 규칙적이었다. 심지어 추진기가 어느 쪽에 있는지도 알 수 없었다. 우주선의 크기는 예전 시대의 중형 버스 정도 되었고 이름 없이 겉면에 일련번호만 적힌, 아주 평범한 형태였다. 그 우주선이 곧 윈톈밍이 있는 곳으로 청신을 데려다줄 것이다.

만나기로 약속된 지점은 지구와 태양의 인력이 균형을 이루는 라그랑주 점이었다.

사흘 전 지자가 청신과 뤄지를 만난 뒤 지구 측에 이 만남에 관한 세부 사항을 통보했다. 그녀는 우선 이것이 윈톈밍과 청신 두 사람의 사적인 만남이며 제삼자는 무관하다는 기본 원칙을 밝혔다. 또 회견 중에 두 사람이 나누는 대화의 내용도 두 사람에 관한 것이므로 엄격하게 제한하고 삼체 세계의 기술, 정치, 군사에 관한 그 어떤 내용도 언급할 수 없도록 금지했다. 윈톈밍이 그런 내용을 말할 수도 없고 청신도 일절 질문할 수 없었다. 당사자 두 명 외에 그 누구도 그 자리에 동석할 수 없으며 어떤 형태의 기록도 할 수 없다고 못 박았다.

만나는 지점인 라그랑주 점은 지구에서 150만 킬로미터 떨어진 우주에 있었으며, 이곳에서 지자가 구축한 삼체 제1함대와의 실시간 통신 시스템을 통해 대화 내용과 영상을 실시간으로 전송하며 만남이 진행될 예정이었다.

어차피 실시간 영상을 통해 통신할 거라면서 어째서 지구에서 100만 킬로미터도 더 떨어진 우주까지 그녀를 부른 걸까? 중성미자 통신이 가능해진 후 이 정도 거리로는 지구와 통신적 격리가 불가능한데도 말이다. 지자는 이것이 일종의 상징이라고 설명했다. 두 사람의 격리된 만남을 통해 이 만남이 두 세계와 무관함을 강조하려 한다는 것이었다. 라그랑주 점을 선택한 것은 단순히 안정된 장소에서 만남을 진행하기 위한 것이며, 천체 간 인력의 균형점을 만남의 장소로 정하는 것은 삼체 세계의 관례이기도 했다.

이상은 사전에 청신에게 통보된 것이었다. 이제 그녀에게 더 중요한 사실을 알려줄 차례였다.

참모총장이 청신을 우주선으로 데리고 들어갔다. 우주선 내부는 네 사람이 앉을 수 있을 정도로 좁은 편이었다. 그들이 앉자마자 앞에 있는 둥근 벽이 투명해지며 우주복의 헬멧처럼 반구형 창이 나타났다. 시야가 탁 트여 있다는 것이 구형 우주선을 선택한 이유였다.

지금의 우주선은 손으로 조작하는 제어 시스템 없이 공중에 뜬 디스플레이를 통해 조종하기 때문에 우주선 내부가 텅 비어 있었다. 처음 우주선을 탄 서기인은 아무것도 없는 텅 빈 껍데기라고 생각할 수도 있겠지만, 청신은 범상치 않게 보이는 세 가지 물건을 발견했다. 그녀는 그것이 원래 우주선에 속한 것이 아니라는 걸 한눈에 알아보았다. 초록, 노랑, 빨강의 원반 세 개가 반구형 창에 부착되어 있었던 것이다. 그 형태와 색깔이 과거의 신호등과 비슷했다. 참모총장이 그 용도를 설명했다.

"저 세 개의 램프는 지자가 통제하고 있습니다. 두 분 사이에 오가는 통신 내용을 저들이 모두 감청하고 감시할 겁니다. 두 분의 대화 내용이 정상이라면 초록불이 켜지고 부적절한 내용이 오가면 경고의 의미로 노란불이 켜질 겁니다."

참모총장이 잠시 말을 멈추었다가 결심한 듯 얕은 숨을 들이마신 뒤 마지막 빨간불의 기능을 알려주었다.

"청신 박사가 알아서는 안 되는 정보를 들었다고 판단될 경우, 저 빨간불이 켜질 겁니다."

그가 몸을 돌려 뒤에 있는 불투명한 선실 벽을 가리켰다. 그가 가리키는 곳에 눈에 잘 띄지 않는 작은 금속체가 붙어 있었다. 고대에 사용하던 저울추와 비슷한 생김새였다.

"저게 바로 폭발물입니다. 지자가 통제하고 있죠. 빨간불이 점등된 지 3초 후에 폭발하게 됩니다. 모든 걸 날려버리죠."

"어느 쪽의 모든 것이죠?"

청신은 그게 자신은 아닐 것이라고 생각했다.

"지구 쪽의 모든 것입니다. 윈텐밍의 안전은 걱정할 필요가 없습니다. 지자가 통보한 바에 따르면, 빨간불이 켜지면 우주선만 폭파될 뿐 윈텐밍에게는 아무런 해가 없을 것입니다. 만약 빨간불이 켜진다면 대화 중에 켜질 가능성이 높지만 만남이 끝난 뒤 감청한 내용을 재검토해 조금이라도 부적절한 내용이 발견되면 그때도 빨간불이 켜질 수 있습니다. 이제 가장 중요한 얘기를 해야겠군요……."

참모총장이 또 침묵했다. 청신은 호수처럼 잔잔한 눈빛으로 그를 향해 가볍게 고개를 끄덕이며 어서 말하라고 재촉했다.

"초록, 노랑, 빨강 램프가 순서대로 점등되는 건 아니라는 걸 명심하십시오. 빨간불이 켜지기 전에 반드시 경고등이 켜지는 건 아닙니다. 초록불 뒤에 곧바로 빨간불이 켜질 수도 있습니다."

청신이 미풍처럼 나직한 목소리로 대답했다.

"알겠어요."

"대화 내용이 아닌 다른 이유 때문에 빨간불이 켜질 수도 있습니다. 우주선 안에 어떤 기록 장치나 정보 전달 장치가 있다는 걸 지자가 알게 되면 말이죠. 하지만 걱정하지 마십시오. 그런 일은 결코 없을 겁니다. 수차례 점검을 통해 우주선에 아무런 기록 장치도 없다는 걸 확인했으니까요. 통신 장비도 모두 제거했습니다. 항해 일지 기능까지도 전부. 모든 항해는 우주선 자체의 AI 기능을 통해 제어될 것이고, 돌아오기 전 외부와 그 어떤 형태의 통신도 하지 않을 겁니다. 청 박사님, 제 말뜻을 이해하시겠습니까?"

"제가 돌아오지 않는다면 여러분은 아무 소득도 없게 된다는 뜻이겠죠."

"그걸 아신다니 기쁩니다. 우리가 강조하고 싶은 게 바로 그겁니다. 그들의 요구대로 두 분에 대한 대화만 할 수 있으며 은유와 암시를 이용해서도 안 됩니다. 청 박사님이 돌아오지 못한다면 지구는 아무것도 얻을 수 없다는 사실을 기억해주십시오."

"그렇다면 제가 돌아가도 지구는 아무것도 얻지 못할 거예요. 그렇게 되는 건 원치 않아요."

참모총장이 청신을 응시했다. 하지만 그녀를 똑바로 쳐다보지 않고 우주선 앞창에 비친 그녀의 모습을 바라보았다. 창에 비친 그녀의 모습이 별이 총총한 우주 위로 겹쳐지고 그녀의 아름다운 눈동자가 별처럼 조용히 반짝였다. 그는 문득 그녀가 우주의 중심이 되고 뭇별이 그녀를 에워싼 채

돌아가고 있는 듯한 기분이 들었다. 그는 그녀에게 더 이상 모험을 권해서 는 안 된다고 자신을 다독이며 다시 말을 꺼냈다.

그가 뒤를 가리켰다.

"저건, 초소형 수소폭탄입니다. 서기 시대의 TNT 당량으로 계산하면 5000톤급은 될 겁니다. 작은 도시 하나를 날려버릴 수 있는 위력이죠. 정 말로 저게 폭발한다면 모든 게 한순간일 겁니다. 아무 고통도 없이."

청신이 그를 보며 미소 지었다.

"고맙습니다. 알겠습니다."

다섯 시간 뒤 청신을 태운 우주선이 항구를 출발했다. 3G의 중력이 의 자에 앉은 청신의 몸을 묵직하게 눌렀다. 보통 사람이 견딜 수 있는 중력 의 상한선이었다. 후방을 비추는 화면을 통해 터미널의 거대한 형체에 반 사된 우주선 엔진 불빛을 볼 수 있었다. 소형 우주선은 마치 거대한 용광 로에서 떠오른 작은 불씨 같았다. 하지만 터미널의 크기는 빠르게 줄어들 었다. 조금 전 청신이 있던 거대한 구조물은 작은 점으로 줄어들었지만 지 구는 여전히 시야의 절반을 채우고 있었다.

특별팀 관계자들은 그녀에게 항해 자체는 지극히 평범해서 그녀가 예 전에 탔던 민간 여객기보다 더 특별할 것이 없다고 누누이 말했다. 터미널 에서 지구와 태양 사이의 라그랑주 점까지 약 150만 킬로미터를 항해하는 여정이었다. 100분의 1천문단위의 단거리 항해였다. 그녀가 탄 구형 우주 선도 단거리용 우주선이었다. 하지만 그녀는 3세기 전 자신이 항공우주학 을 선택한 중요한 이유가 바로 서기 시대 중엽에 이룬 한 위대한 쾌거였다 는 걸 기억하고 있었다. 남자 15명이 달에 착륙한 엄청난 사건이었지만 당 시 그들의 항해 거리는 지금 이 항해의 5분의 1에 지나지 않았다.

10여 분 뒤 청신은 우주의 일출을 보았다. 둥글게 호를 그린 지구의 표면 위로 태양이 서서히 떠올랐다. 태평양이 매끈한 거울처럼 태양빛을 반사시키고 그 위에 떠 있는 구름층은 거울에 붙은 순백의 비누 거품 같았다. 그 위치에서는 태양이 지구보다 훨씬 작게 보였기 때문에 검푸른 세상에서 막 탄생한 눈부신 황금 알 같았다. 태양이 완전히 지평선을 떠나자 태양을 향하고 있는 지구면이 거대한 하현달 형태로 밝아졌다. 이 거대한 반달이 지구의 나머지 부분을 그늘에 파묻어버릴 만큼 휘황찬란했다. 둥근 태양과 그 아래 구붓하게 이지러진 달이 우주에 뜬 거대한 기호 같았다. 청신은 그것이 새로운 탄생을 상징한다고 생각했다.

이것이 자신이 보는 마지막 일출일 수도 있다는 걸 그녀는 알고 있었다. 곧 다가올 만남에서 설령 양쪽 모두 대화의 규칙을 충실히 지킨다 해도 그 머나먼 세계는 그녀를 살려서 돌려보내지 않을 수도 있다. 하지만 그녀는 규칙을 지킬 생각이 없었다. 모든 것이 완벽했다. 일말의 여한조차 남지 않았다.

우주선이 앞으로 나갈수록 환하게 밝혀진 지구면이 시야에서 점점 커졌다. 대륙의 윤곽도 또렷해져 호주 대륙을 쉽게 찾을 수 있었다. 태평양 한가운데 낙엽처럼 떠 있는 그 대륙이 그늘에서 서서히 빠져나왔다. 명암의 교차점이 대륙의 중부를 지나고 있었다. 워버턴은 지금 새벽을 맞이하고 있을 것이다. 그녀는 프레스가 숲 가장자리에서 사막의 일출을 바라보고 있는 광경을 상상했다.

우주선이 지구를 스쳐 지나갔다. 선창의 가장자리에 걸려 있던 둥근 지평선이 마지막으로 사라질 때쯤 가속이 중단되었다. 중력이 약해지며 청신은 자기 몸을 감싸고 있던 두 손에 갑자기 힘이 풀린 듯한 기분을 느꼈다. 우주선이 태양을 향해 무동력 항해를 했다. 항성이 내뿜은 빛에 모든 별빛이 매몰되었다. 투명창의 조명이 어두워지자 태양이 약하게 빛나는 원반이 되었다. 투명창의 조도를 더 낮추자 태양이 보름달처럼 엷은 빛을 냈다. 그 후 여섯 시간의 항해 동안 청신은 무중력상태로 달빛 같은 태양빛 속을 유유히 떠다녔다.

다섯 시간 뒤 우주선이 180도로 회전해 엔진을 전방으로 향하게 하자 서서히 속도가 줄어들었다. 우주선이 방향을 돌려 태양이 시야에서 사라진 뒤 뭇별과 은하수가 두루마리처럼 펼쳐지며 시야를 가로질렀다. 우주선이 회전을 멈추자 지구가 시야의 정중앙에 나타났다. 이제 지구가 지면에서 보이는 달만큼 작게 보였다. 몇 시간 전 청신의 눈앞에 펼쳐져 있던 웅대함은 사라지고 파란 양수를 가득 머금은 배아처럼 연약해 보였다. 따뜻한 어머니의 배 속에서 빠져나온 배아가 깜깜한 암흑 속에 속절없이 떠 있는 것 같았다.

엔진이 작동하기 시작하자 다시 중력이 그녀의 몸을 감쌌다. 약 30분간 감속한 뒤 엔진이 간헐적으로 작동하며 위치를 조정했다. 마지막으로 중력이 완전히 사라지고 사방이 적막해졌다.

그곳은 지구와 태양 사이의 라그랑주 점이었다. 우주선이 태양의 위성이 되어 지구와 함께 운행하고 있었다.

시계를 보았다. 항해 시간은 정확했다. 약속된 시간까지 남은 시간은 10분이었다. 주위의 우주는 텅 비어 있었고 그녀는 자신의 의식도 비우려고 애썼다. 최대한 많은 걸 기억하려면 공간을 비워두어야 했다. 만남의 내용을 기록할 수 있는 건 그녀의 뇌뿐이었다. 자신을 아무 감정도 없는 녹음기이자 캠코더로 만들어야 했다. 그 후 두 시간 동안 그녀는 자신이 보고 들은 모든 것을 최대한 기억해야 했다. 쉽지 않은 일이었다. 그녀는 자신이 있는 이곳, 태양과 지구의 인력이 서로 상쇄되며 0이 되는 이곳을 상상했다. 이곳은 우주의 다른 곳에 비해 조금 더 비어 있다. 자신은 이 0의 공간에 고립된 존재로서 우주의 그 어떤 곳과도 아무런 관계가 없다

고 상상했다……. 이런 상상으로 어수선한 감정을 의식에서 밀어내고 그
녀가 원하는 공백의 초연한 상태에 서서히 도달했다.

그리 멀지 않은 우주에서 지자가 저차원으로 펼쳐졌다. 청신의 눈앞에
구체가 나타났다. 직경 3~4미터의 구체가 우주선에서 불과 몇 미터 거리
에 나타나 지구를 가리고 시야의 대부분을 채웠다. 구체의 표면은 거울 같
았다. 청신은 구체에 비친 우주선과 우주선에 탄 자신을 볼 수 있었다. 지
자가 우주선에 몰래 숨어 있었는지 아니면 혼자 여기까지 왔는지 알 수
가 없었다. 구체 위에 비친 우주선의 모습이 사라지고 구체의 표면이 반투
명으로 변했다. 커다란 얼음 공처럼 깊이를 가늠할 수가 없었다. 어느 순
간 청신은 그것이 우주에 뚫린 구멍인 것 같다는 생각이 들었다. 잠시 후
구체 안에서 떠오른 눈송이 같은 하얀 점이 구체 표면을 미끄러져 다니며
반짝였다. 그녀는 그것이 화이트노이즈라는 걸 알았다. 신호를 수신하지
못한 텔레비전 화면에 나타나는 눈꽃 같은 것이었다. 화이트노이즈가 3분
정도 지속되다가 수 광년 밖에서 전송된 이미지가 구체에 나타났다. 작은
간섭이나 변형도 없이 매우 선명했다. 청신은 줄곧 자기가 어떤 장면을 보
게 될지 수없이 상상했다. 소리나 문자뿐일 수도 있고, 배양액에 담긴 뇌
일 수도 있지만 윈톈밍의 온전한 몸일 수도 있다……. 마지막 추측은 실
현 가능성이 거의 없지만 어쨌든 현재 윈톈밍이 처해 있을지 모를 수많은
가능성을 떠올렸다. 하지만 정작 그녀 앞에 펼쳐진 광경은 그 모든 상상을
완전히 뛰어넘는 것이었다.

햇빛이 가득 쏟아지는 황금색 보리밭이었다.

밭은 300제곱미터쯤 되어 보였으며 보리가 잘 자라 수확할 때가 거의
된 것 같았다. 밭의 흙이 조금 신기했다. 순흑색의 과립 결정이 햇빛을 반
사해 땅 위에 수많은 별을 뿌려놓은 것 같았다. 보리밭 옆 검은 흙에 삽 한
자루가 꽂혀 있었다. 나무 자루가 달린 지극히 평범한 삽 위에 밀짚모자가

걸려 있었다. 보리 짚을 엮어 만든 듯한 모자의 약간 해어진 챙 끝에서 지푸라기 몇 가닥이 삐져나와 있었다. 보리밭 뒤에도 들판이 펼쳐져 있고 채소 같은 초록색 작물이 심어져 있었다. 미풍이 불자 보리밭 위로 잔잔한 파도가 일렁였다.

청신은 이 검은 밭 위를 덮고 있는 다른 세상의 하늘을 올려다보았다. 어쩌면 돔이라고 하는 게 더 정확할 것 같은 상공에 수많은 파이프가 어지럽게 얽혀 있었다. 다양한 굵기의 암회색 파이프였다. 얼기설기 짜놓은 삼베처럼 교차된 수많은 파이프 가운데 두세 개가 빛을 내고 있었다. 구불구불 말아놓은 필라멘트처럼 강렬하게 내뿜은 빛이 보리 위로 쏟아져 내리며 농작물을 기르는 햇빛 역할을 하고 있었다. 이쪽 파이프의 빛이 사그라지면 또 다른 파이프에서 불이 켜지며 언제나 두세 개 파이프에서 빛이 발산되었다. 마치 태양이 구름 사이로 출몰하듯 보리밭 위로 내리쬐는 빛의 형태도 쉬지 않고 바뀌었다.

더욱 놀라운 것은 파이프들이 얽혀 있는 정도였다. 결코 아무렇게나 되는대로 교차시켜놓은 것이 아니었다. 그 반대로 매우 공들여 만들어놓은 극도의 혼란이었다. 아주 작은 질서라도 보인다면 흉물스럽다는 듯이. 그 빛을 발하는 파이프들이 구름을 뚫고 내려오는 햇빛처럼 기묘한 생기를 발산했다. 청신은 이것이 구름과 태양을 극한으로 변형시킨 예술적 표현이 아닐까 생각했다. 한데 얽혀 있는 파이프들이 거대한 뇌의 모형처럼 보이기도 했다. 교대로 불을 밝히는 파이프들은 거대한 뇌의 신경회로였다. 하지만 기이한 상상을 떨쳐내고 최대한 이성적으로 추측한다면 그건 아마도 방열 시스템 같은 장치일 것이다. 그 아래 펼쳐진 밭을 위해 만든 것은 아니며 밭은 그저 그 빛을 이용하고 있는 것 같았다. 외관상으로만 본다면 이 시스템이 보여주는 공학적 관념은 인간이 도저히 이해할 수 없는 것이었다. 청신은 의아했지만 동시에 그것에 매료되었다.

보리밭 깊숙한 곳에 누군가 있었다. 그가 윈톈밍이라는 걸 그녀는 알수 있었다. 그가 입고 있는 은색 재킷은 반사필름 같은 재질로 만들어져있었다. 평범하지만 역시 밀짚모자처럼 조금 낡아 보였다. 바지는 보리밭에 가려져 보이지 않았지만 똑같은 재질로 만든 것인 듯했다. 그가 보리를헤치고 천천히 걸어왔다. 그의 얼굴을 또렷하게 볼 수 있었다. 3세기 전그녀와 헤어질 때 나이인 듯 젊어 보였지만, 그때보다 훨씬 건강해 보이고 얼굴도 햇볕에 그을려 있었다. 그는 청신 쪽을 보지 않고 보리 이삭을따서 손으로 비빈 뒤 껍질을 불어내고 입에 넣었다. 아무렇지 않게 보리를씹으며 밭에서 걸어 나왔다. 청신은 윈톈밍이 자신의 존재를 모르고 있는지도 모르겠다는 생각이 들었다. 그런데 그때 그가 고개를 들어 웃으며 그녀를 향해 손을 흔들었다.

"청신, 안녕!"

그녀를 바라보는 그의 눈동자 속에 희열이 일렁이고 있었다. 하지만 그건 아주 자연스러운 희열이었다. 밭에서 일하던 청년이 시내에 갔다가 돌아오는 같은 마을 아가씨를 발견하고 손을 흔드는 것처럼 너무도 자연스러웠다. 지난 3세기 세월도, 몇 광년의 거리도 존재하지 않는 것 같았다. 청신이 한 번도 예상하지 못한 상황이었다. 넓고 두툼한 손처럼 그녀를 어루만지는 그의 눈빛에 청신은 극도의 긴장감이 조금 이완되었다.

선창에 붙어 있는 세 개의 램프 중 초록불이 켜졌다.

"안녕!"

청신이 말했다. 3세기를 건너온 감정이 잠에서 깨어난 화산처럼 그녀의 의식 속 깊은 곳에서 솟구쳐 올랐다. 하지만 그녀는 감정의 모든 출구를 단호하게 봉쇄하고 자신을 향해 되뇌었다. 기억하라고. 오직 기억만 하라고. 모든 걸 기억하라고.

"내가 보여?"

"보여."

윈톈밍이 미소 짓는 얼굴로 고개를 끄덕이며 보리 낱알들을 또 입에 넣었다.

"뭘 하는 거야?"

그 질문에 윈톈밍은 조금 의외라는 듯한 표정으로 보리밭을 향해 손을 흔들었다.

"농사짓고 있지!"

"먹으려고 농사짓는 거야?"

"당연하지. 아니면 내가 뭘 먹겠어?"

청신의 기억 속 윈톈밍과는 다른 모습이었다. 계단 프로젝트 당시 그는 초췌하고 허약한 불치병 환자였고, 그 전에는 남들과 잘 어울리지 않는 외톨이 대학생이었다. 그때 윈톈밍은 세상을 향해 자기 속마음을 보여주지 않았지만 그 대신 자기 인생을 밖으로 드러내고 있었다. 그를 보면 그의 인생 이야기를 대략 짐작할 수 있었다. 하지만 지금의 윈톈밍은 겉보기에는 성숙해 보이지만 그의 이야기를 짐작할 수가 없었다. 틀림없이 이야기를 품고 있을 것이고, 「오디세이」 10편보다 더 파란만장하고 기이한 이야기일 테지만 그걸 들여다볼 수가 없었다. 3세기 동안 깊은 우주에서 외롭게 표류하며 다른 세계에서는 상상조차 할 수 없는 풍파를 견디고 몸과 영혼 모두 숱한 고초와 시련을 겪었을 텐데도 그에게서 아무런 흔적도 찾을 수가 없었다. 그에게 남아 있는 건 성숙함뿐이었다. 그의 뒤에 펼쳐진 보리 이삭처럼 햇빛을 한껏 머금은 성숙함이었다.

윈톈밍은 생활의 승리자였다.

"종자를 보내줘서 고마워. 그것들을 심었더니 이렇게 잘 자랐어. 오이만 실패했지. 오이는 기르기가 쉽지 않네."

윈톈밍의 말투에서 진심이 묻어났다.

청신은 그 말의 뜻을 가만히 곱씹었다. 종자를 보낸 게(마지막에 더 좋은 종자로 바꾸기는 했지만) 나라는 걸 어떻게 알았을까? 그들이 알려준 걸까, 아니면…….

청신이 말했다.

"여기에 농사지을 흙이 있을 줄은 몰랐어. 우주선에도 흙이 있다니."

윈톈밍이 허리를 굽혀 검은 흙을 한 줌 집어 올렸다. 손가락 사이를 타고 흘러내리는 흙이 크리스털처럼 반짝였다.

"운석으로 만든 거야. 이 흙은…….'

초록불이 꺼지고 노란불이 켜졌다.

윈톈밍도 경고를 볼 수 있는 것 같았다. 그가 갑자기 말을 멈추고 한 손을 올리며 웃었다. 어디선가 보고 있을 감시자에게 보여주기 위한 동작과 표정이었다. 노란불이 꺼지고 다시 초록불이 켜졌다.

"얼마나 됐어?"

청신이 일부러 모호하게 질문했다. 종자를 기른 지 얼마나 되었느냐는 뜻일 수도 있고, 그의 뇌가 복제된 몸에 이식된 지 얼마나 되었느냐는 뜻일 수도 있고, 아니면 계단 프로젝트 비행체가 포획된 지 얼마나 되었느냐는 뜻일 수도 있었다. 어떤 뜻이 담겨 있는지는 중요하지 않았다. 그가 원하는 정보를 전달할 수 있는 충분한 여지를 주기 위한 물음이었다.

"아주 오래됐어."

윈톈밍은 더 모호하게 대답했다. 그는 여전히 침착했지만 조금 전 노란불이 그에게 겁을 준 것은 분명했다. 그는 청신이 해를 입을까 봐 두려워하고 있었다.

윈톈밍이 말했다.

"처음에는 농사지을 줄 몰라서 남들이 어떻게 농사를 짓는지 보고 싶었어. 하지만 너도 알다시피 이제는 진정한 농부가 없잖아. 어쩔 수 없이 혼자서 터득해야 했어. 시행착오를 겪으며 천천히 배웠지. 내게 필요한 게 많지 않아서 다행이야."

조금 전 청신의 추측이 맞았던 것이다. 윈톈밍의 말 속에 분명한 뜻이 담겨 있었다. 지구상에 진정한 농민이 있다면 그는 그들이 어떻게 농사를 짓는지 볼 수 있었을 것이라는 뜻이었다. 지자가 지구에서 보내는 정보를 그도 볼 수 있다는 말이다! 그렇다면 적어도 윈톈밍이 삼체 세계와 밀접한 관계를 맺고 있다는 건 확인된 셈이었다.

"보리가 잘 자랐네. 수확할 때가 됐지?"

"응. 올해는 작황이 좋아."

"작황이라고?"

"응. 엔진 출력이 좋으면 작황이 좋아. 안 그러면……."

노란불이 켜졌다. 이번에도 그녀의 추측이 맞았다. 머리 위에 얽혀 있는 파이프들이 정말로 방열 시스템 같은 것이고, 파이프를 밝히는 에너지는 우주선의 반물질 추진 시스템에서 나오는 것이었다.

청신은 미소를 지었다.

"좋아. 이 얘기는 그만두자. 나에 대해 알고 싶어? 네가 떠난 뒤에……."

"다 알아. 계속 네 곁에 있었어."

윈톈밍의 말투는 여전히 평온하고 침착했지만 청신은 가슴이 철렁 내려앉았다.

그렇다. 그는 계속 그녀 곁에 있었던 것이다. 지자를 통해 실시간으로 그녀의 생활을 보고 있었던 것이다. 그녀가 어떻게 검잡이가 되었는지도 보았을 것이고, 위협의 세기 마지막 순간에 붉은 스위치를 던져버리는 것도 보았을 것이며, 그녀가 호주에서 겪은 온갖 고초, 극도의 고통 속에서 닥친 실명, 그 후 그녀가 캡슐을 꺼냈던 일까지 모두 보았을 것이다……. 그는 그녀와 함께 그 모든 고통을 겪었다. 수 광년 떨어진 곳에서 지옥의 불길 속에서 몸부림치는 그녀를 지켜보며 그는 그녀보다 더 고통스러웠을 것이다. 자신을 사랑하는 한 남자가 수 광년의 거리를 초월해 자기 곁을 지키고 있다는 걸 조금 일찍 알았다면 그녀에게 큰 위안이 되었을 것이다. 하지만 그때의 청신에게 윈톈밍은 아득히 깊은 우주로 사라진 사람이었고, 그가 이미 세상에 존재하지 않는다고 생각했다.

청신이 혼잣말처럼 중얼거렸다.

"그걸 그때 알았다면 얼마나 좋았을까……."

"어떻게 그럴 수 있었겠어……."

윈톈밍이 고개를 가볍게 저었다.

깊숙한 곳에 억눌려 있던 감정이 다시 차올랐다. 청신은 안간힘을 다해 감정을 억누르며 흘러나오려는 눈물을 삼켰다.

청신이 물었다.

"그럼, 넌? 네가 겪은 일 중에 내게 말할 수 있는 게 있어?"

노골적인 모험이었지만 그녀가 꼭 해야 하는 일이었다.

"음…… 생각해볼게……."

윈톈밍이 생각에 잠겼다.

노란불이 켜졌다. 이번에는 윈톈밍이 어떤 말을 꺼내기도 전에 불이 켜졌다. 엄중한 경고였다.

윈톈밍이 단호하게 고개를 저었다.

"없어. 네게 말할 수 있는 게 없어. 하나도."

청신은 더 말하지 않았다. 이 임무에 있어서 자신이 할 수 있는 건 이미 다 했다는 걸 알았다. 윈톈밍이 무엇을 어떻게 할지 기다리는 수밖에 없었다.

"이런 얘기를 해선 안 돼."

윈톈밍이 가늘게 한숨 쉬며 뒤에 남은 말은 눈빛으로 대신했다.

'널 위해서.'

그렇다. 너무 위험하다. 노란불이 벌써 세 번이나 켜졌다.

청신도 속으로 한숨을 쉬었다. 윈톈밍이 포기했으므로 그녀도 더 이상 임무를 수행할 도리가 없었다. 그녀도 그를 이해했다.

임무를 포기하고 나자 그들을 품고 있는 지름 몇 광년의 우주가 그들의 은밀한 세계가 되었다. 사실 그와 그녀에 관한 얘기라면 말이 필요치 않았다. 눈빛만으로 모든 걸 다 털어놓을 수 있었다. 임무에 집중했던 신경을 조금 느슨하게 내려놓자 윈톈밍의 눈빛에서 더 많은 걸 읽을 수 있었다. 그녀는 대학 시절로 돌아간 것 같았다. 그때 윈톈밍은 그녀를 그런 눈빛으로 응시하곤 했다. 그는 아무도 모르게 그녀를 보았지만 여자의 직감으로 느낄 수 있었다. 지금 그는 그때 그 눈빛에 성숙함을 더해 몇 광년을 건너온 햇빛처럼 그녀를 행복한 온기로 감싸주었다.

청신은 이 고요한 정적이 영원히 계속되길 바랐지만 윈톈밍이 침묵을 깨고 그녀에게 물었다.

"어릴 적 같이 놀았던 거 기억해?"

청신은 말없이 고개를 저었다. 생각지 못한 질문이었고 알아들을 수도 없었다. 어릴 적이라니? 하지만 놀란 마음을 속으로 삼켰다.

"매일 밤 자기 전에 전화로 얘기했잖아. 동화를 지어서 들려주었지. 넌 항상 나보다 동화를 더 잘 만들었어. 우리가 얼마나 많은 동화를 지었는지. 100개도 넘을 거야. 그렇지?"

"아마 그럴 거야."

거짓말을 할 줄 모르는 그녀의 입에서 이렇게 태연한 거짓말이 흘러나온다는 사실에 그녀 자신조차 놀랐다.

"기억나는 거 있어?"

"거의 다 잊었어. 내겐 너무 오래전 일이라."

"내겐 그리 오래전 일이 아니야. 요즘 난 그 동화들, 네가 지은 것과 내가 지은 것들을 한편 한편 다시 얘기하고 있어."

"혼자서 얘기한다는 뜻이야?"

"아니. 여기에 왔으니 이 세계에도 뭔가를 해줘야지……. 내가 그들에게 뭘 해줄 수 있을지 궁리하다가 이 세계에 유년기를 선물해주기로 했어. 그래서 우리가 지은 동화를 들려주고 있어. 아이들이 아주 좋아해. 그 동화들을 모아서 『지구의 동화』라는 책도 출간했는데 인기가 제법 많아. 그건 우리 둘의 책이야. 네 작품을 도용한 건 아니야. 네가 지은 동화에는 네 이름을 붙였지. 그래서 너도 여기서 유명한 작가가 됐어."

지금까지 인류가 삼체인에 대해 알아낸 몇 안 되는 지식에 따르면, 삼체인의 섹스는 상대와 몸을 하나로 합치는 방식으로 이루어지며 이렇게 결합된 몸이 분열을 일으켜 셋 내지 다섯 개의 새로운 어린 생명을 만들어낸다. 이 생명들이 그들의 후대이고 윈텐밍이 말한 아이들이다. 하지만 그들이 분열 과정에서 부모의 기억 중 일부를 물려받기 때문에 태어날 때부터 이미 어느 정도 성숙해 있다. 인류가 말하는 진정한 의미의 아이라고 할 수 없다. 그 때문에 삼체 세계에는 진정한 유년기가 없다. 삼체인과 인류의 학자들은 이것이 바로 두 세계의 사회와 문화에 큰 차이가 생긴 근본적인 원인이라고 여기고 있다.

청신이 긴장하기 시작했다. 윈텐밍이 포기하지 않았다는 걸 알았다. 중요한 순간이 온 것이다. 그녀도 뭔가 해야 했지만 조금이라도 경계를 늦출 수는 없었다!

그녀가 가볍게 웃으며 말했다.

"다른 얘기는 할 수 없지만 동화 얘기는 할 수 있겠지? 우리 둘만의 이야기니까."

"어떤 동화를 얘기해볼까? 내가 만든 동화, 아니면 네가 만든 동화?"

청신은 조금의 망설임도 없이 말했다.

"내가 만든 동화로 하자. 내 유년기 추억이 떠오르도록."

이렇게 빠른 상황 판단에 그녀 자신조차 놀랐다. 그가 말을 꺼낸 순간 그의 의도를 알아차릴 수 있었다.

"좋아. 그럼 다른 얘기는 관두고 동화를 들려줄게. 우리가 만든 동화 말이야."

윈톈밍이 양손을 펼치며 위를 보았다. 이번에도 감시자를 향해 말하고 있는 것이었다. 모두 안전한 내용이니 아무 문제도 없지 않겠느냐고 말이다.

그가 다시 청신에게 말했다.

"한 시간 남짓 더 얘기할 수 있어. 어떤 동화를 들려줄까? 음……. 「국왕의 새 화가」로 하자."

윈톈밍이 「국왕의 새 화가」라는 동화를 들려주기 시작했다. 아주 오래된 민요를 읊조리듯 그의 목소리는 느리고 나지막했다. 청신도 처음에는 한 글자도 빠짐없이 기억하려고 했지만 점점 이야기에 빠져들었다. 그가 들려주는 동화 속에서 천천히 시간이 흘렀다. 그는 내용이 서로 이어지는 동화 세 편을 들려주었다. 「국왕의 새 화가」, 「도철해」,* 「심수 왕자」였다. 세 번째 동화가 끝나자 지자의 화면에 카운트다운 숫자가 나타났다. 1분이 남아 있었다.

헤어질 시간이 다가오고 있었다.

청신은 그제야 동화 같은 꿈에서 깨어났다. 뭔가가 가슴으로 맹렬하게 날아와 부딪혔다. 가슴이 먹먹해 참을 수가 없었다.

그녀가 말했다.

* 옮긴이 주: 도철(饕餮). 중국 신화에 등장하는 탐욕스럽고 흉악한 괴물.

"우주도 넓지만 인생은 더 넓어. 언젠가는 꼭 다시 만날 거야."

자기도 모르게 불쑥 튀어나온 이 말이 지자가 했던 말이라는 걸, 말하고 난 뒤에야 알았다.

"그럼 어디서 만날지 약속하자. 지구 말고 다른 곳으로. 은하계의 어떤 곳."

청신이 망설임 없이 말했다.

"네가 내게 준 그 별로 하자. 그건 우리 둘의 별이니까."

"좋아. 우리 둘의 별!"

그들이 몇 광년을 초월한 애틋함으로 서로를 응시하고 있을 때 카운트다운 숫자가 0으로 바뀐 뒤 화면이 점점 희미해지다가 화이트노이즈로 바뀌더니 다시 처음의 거울로 돌아왔다.

선실 안의 초록 램프가 꺼지고 아무것도 켜지지 않았다. 청신은 자신이 마지막 생사의 관문 위에 서 있다는 걸 알았다. 몇 광년 밖 삼체 제1함대의 어느 전함에서 그녀와 윈톈밍이 나눈 대화를 다시 검토하고 있을 것이다. 죽음을 알리는 빨간불이 언제든 켜질 수 있었다. 이제는 노란불의 경고도 거치지 않을 것이다.

지자의 구체 표면에 또다시 우주선과 그 안에 있는 청신의 모습이 비쳤다. 지자를 향하고 있는 구형 우주선의 반쪽은 완전히 투명했다. 우주선은 정교하게 조각된 원형 펜던트이고 청신은 그 안에 그려진 초상화인 것 같았다. 순백색의 초경량 우주복을 입고 있는 그녀는 순결하고 젊고 아름다워 보였다. 그녀를 가장 놀라게 한 건 맑고 고요한 자신의 눈빛이었다. 가슴속에서 거세게 요동치는 파도가 전혀 보이지 않았다. 이 아름다운 목걸이를 윈톈밍의 마음속에 걸어주었다는 사실이 그녀에게 한 가닥 위안이 되었다.

길이를 가늠할 수 없는 시간이 흐른 뒤 지자가 사라지고 빨간불도 켜지지 않았다. 우주는 변함이 없었고 파란색 지구가 멀리서 다시 모습을 드러냈다. 그 뒤에는 태양이 있었다. 그것들이 이 모든 일의 증인이었다.

강한 중력이 느껴졌다. 우주선의 엔진이 다시 불을 내뿜고 귀환이 시작되었다.

귀환하는 몇 시간 동안 청신은 우주선의 조도를 불투명하게 낮추고 모습을 감춘 뒤 자신의 몸을 기억 기계로 되돌렸다. 윈톈밍이 했던 말과 그가 들려준 동화를 수없이 되새겼다. 가속이 멈추고 중력이 사라졌다. 엔진이 방향을 바꾸어 감속하기 시작했지만 그녀는 아무것도 느끼지 못했다. 우주선이 미세하게 흔들리고 선실 문이 열리며 항구의 불빛이 빨려들어온 뒤에야 정신이 들었다.

그녀를 맞이한 건 수행원 네 명 중 두 명이었다. 그들은 냉랭한 표정으로 짧은 인사를 건넨 뒤 청신을 데리고 항구를 가로질러 어느 문 앞에 도착했다.

"청신 박사님, 휴식이 필요하실 겁니다. 지나간 일은 더 이상 생각하지 마세요. 우리도 뭔가 얻을 수 있을 거라고 크게 기대하지 않습니다."

PDC 직원이 말한 뒤 청신을 문안으로 들여보냈다.

항구의 출구일 거라고 생각했던 그곳은 알고 보니 좁은 방이었다. 벽 전체가 어두운 색의 금속으로 되어 있었고 작은 틈조차 없었다. 등 뒤에서 문이 닫히자 아무런 흔적도 남지 않았다. 결코 휴식을 위한 공간이 아니었다. 내부 시설도 아주 간소했다. 작은 테이블과 의자 하나가 전부였고 테이블 위에 마이크가 놓여 있었다. 지금은 마이크가 거의 사라지고 고음질로 녹음할 때만 사용했다. 방 안에서 유황처럼 코를 찌르는 냄새가 났다. 살갗도 간질거렸다. 공기 중에 정전기가 가득 차 있다는 뜻이었다. 좁은 방이 사람들로 가득 차 있었다. 특별팀 팀원들이 모두 거기에 있었다. 그녀를 맞이한 두 직원도 방으로 들어왔다. 들어오자마자 좀 전의 냉랭한 표정이 사라지고 다른 사람들처럼 엄숙하지만 친절한 눈빛으로 그녀를 응시했다.

누군가 말했다.

"여긴 지자의 사각지대입니다."

인류가 지자를 따돌릴 수 있게 되었다는 걸 그녀는 그제야 알았다. 비록 이렇게 좁고 밀폐된 공간에서만 가능했지만 말이다.

참모총장이 말했다.

"두 분이 나눈 대화 내용을 모두 말씀해주십시오. 생각나는 건 하나도 빼놓지 말고 다 말해주세요. 한 글자 한 글자가 모두 중요합니다."

특별팀 관계자들이 모두 밖으로 나갔다. 엔지니어가 마지막으로 나가며 이 방의 모든 벽에 전기가 흐르고 있으니 절대로 만지지 말라고 신신당부했다.

방에는 청신만 남겨졌다. 그녀는 테이블 앞에 앉아 자신이 기억하는 모든 걸 얘기했다. 한 시간 10분 뒤 모든 걸 다 말하고는 물과 우유를 조금 마시고 쉬었다가 한 번 더 반복해서 말했다. 그리고 세 번째 반복했다. 네 번째 반복할 때는 뒤에서부터 앞으로 거슬러가며 얘기할 것을 주문받았다. 다섯 번째는 심리학자가 팀원과 함께 들어와 그녀에게 약을 먹이고 반최면 상태에서 얘기하게 했다. 자신이 무슨 얘기를 했는지 그녀도 알지 못했다. 어느새 여섯 시간이 흘렀다.

모든 과정이 끝난 뒤 특별팀 관계자들이 다시 방으로 들어왔다. 그들은 그제야 청신과 악수와 포옹을 하며 감격의 눈물을 흘렸다. 위대한 임무를 훌륭하게 수행한 그녀의 노고를 치하했다. 하지만 기억 기계의 상태에서 깨어나지 못한 그녀는 여전히 멍하게 앉아 있었다.

우주 엘리베이터의 아늑한 선실로 돌아온 뒤에야 뇌 속 기억 기계가 꺼지고 다시 한 여자로 돌아왔다. 극도의 피로감과 감정의 격랑이 그녀를 파묻었다. 점점 가까워지는 파란색 지구를 바라보며 그녀는 와락 울음을 터뜨렸다. 그 순간 오직 한마디만 메아리치며 그녀의 머릿속을 채웠다.

우리 둘의 별, 우리 둘의 별…….

그 시간 3만여 킬로미터 아래 지구에서는 지자의 집이 시뻘건 불길 속에서 잿더미로 변했다. 지자의 화신(化身)이었던 로봇도 함께 타버렸다. 재로 변하기 전 그녀는 전 세계를 향해 태양계에서 지자가 완전히 철수한다고 발표했다.

사람들은 반신반의했다. 로봇만 떠날 뿐 지자 몇 개가 계속 태양계와 지구에 남아 있을 가능성을 배제할 수는 없지만, 그녀의 말이 사실일 수도 있었다. 지자는 그들에게 소중한 자원이기 때문이다. 현재 남아 있는 삼체 문명은 우주선 상태로 떠돌고 있으므로 상당히 오랜 세월 동안 새로운 지자를 만들 수 없을 것이다. 만약 함대가 지자의 사각지대로 들어간다면 태양계에 있는 지자를 잃어버리게 될 것이다. 게다가 태양계와 지구를 감시하는 건 이제 그들에게 큰 의미가 없었다.

만약 그녀의 말대로 지자가 완전히 철수한다면 삼체와 지구 두 세계의 완전한 단절을 의미했다. 장장 3세기에 걸친 전쟁과 은원(恩怨)의 관계가 우주에서 가뭇없이 사라지는 것이다. 설령 지자의 말대로 언젠가 인연이 닿아 다시 만난다고 해도 그건 아주 먼 미래의 일일 것이다. 하지만 지금 두 세계는 자신들에게 미래가 있을지조차 장담할 수 없었다.

전송의 세기 7년, 윈텐밍의 동화

정보해독위원회(IDC) 제1차 회의도 지자 차단실에서 열렸다. 많은 사람이 지자가 철수해 태양계와 지구가 '깨끗해졌다'고 믿고 있었지만 만일의 경우에 대비해 비밀 유지를 위한 조치가 필요했다. 만에 하나라도 지자가 아직 존재한다면 윈텐밍이 위험해질 수 있었기 때문이다.

대외적으로는 윈텐밍과 청신이 나눈 대화만 공개하고 윈텐밍이 전달한 정보—대부분 세 편의 동화에 들어 있었다—는 철저히 비밀에 부쳤다. 유리처럼 투명한 현대 사회에서 함대 세계와 UN이 전 세계를 상대로 그토록 중요한 정보를 숨기는 건 쉽지 않은 일이었지만 모든 나라가 그들의 요구에 지체 없이 동의했다. 정보가 공개된다면 전 세계가 정보 해독에 열을 올릴 것이고 그것이 윈텐밍을 위험에 빠뜨릴 수 있었기 때문이다. 윈텐밍의 안전을 그토록 중요하게 여기는 건 개인적인 신변 안전을 위한 것만은 아니었다. 지금 그는 외계 사회의 일원으로서 우주 깊숙한 곳에 들어가 있는 유일한 인간이었다. 앞으로 그는 누구도 대체할 수 없는 중요한 역할을 하게 될 것이다.

그뿐 아니라 원톈밍의 정보를 해독하는 비밀 임무를 통해 UN의 권력과 행동력이 한층 강화되고 UN이 진정한 세계 정부로서 한발 더 내딛는 계기로 삼을 수 있었다.

이 지자 차단실은 우주 엘리베이터의 항구에 있는 차단실보다 조금 넓지만 회의실로 쓰기에는 여전히 좁았다. 현재 만들어낼 수 있는 역장으로는 이 정도 공간 내에서만 차단 기능을 고르게 발휘할 수 있고 조금만 더 넓어져도 역장이 변형되어 차단 기능을 상실했다.

회의 참석자는 30명 남짓 되었다. 청신 외에도 두 명의 서기인이 더 있었는데 과거 검잡이 후보였던 가속기 엔지니어 비윈펑과 물리학자 차오빈이었다.

참석자 전원이 위아래가 연결된 고압 보호복을 입고 있었다. 차단실의 금속 벽에 전류가 흐르고 있어 벽에 피부가 닿는 걸 방지하기 위한 조치였다. 특히 벽면 디스플레이를 활성화시키는 습관 때문에 자기도 모르게 벽을 만질 수 있었으므로 양손에도 보호 장갑을 꼈다. 역장 안에서는 그 어떤 전자기기도 작동하지 않았으므로 실내에 아무런 디스플레이도 설치되지 않았다. 역장이 고르게 유지될 수 있도록 시설물을 최대한 줄였기 때문에 테이블과 의자조차 없었다. 그들이 입은 보호복은 원래 전기 기술자들이 고압 상태에서 작업할 때 입는 것이었다. 아무것도 없는 금속 방 안에 있는 그들은 마치 오랜 옛날 공장에서 작업 시작 전 조회를 하던 노동자들처럼 보였다.

아무것도 없고 비좁은 데다가 역한 냄새가 코를 찌르고 몸이 간지러웠지만 아무도 불평하지 않았다. 3세기 가까이 지자의 감시 속에서 생활하던 사람들은 외계 세계의 감시에서 벗어났다는 사실만으로도 한 번도 느껴보지 못한 해탈감을 만끽할 수 있었다. 지자 차단 기술은 대이민이 끝난 지 얼마 되지 않아서 개발되었다. 처음 차단실에 들어온 이들에게서 '차단 증후군'이 나타났다. 술 취한 사람처럼 말이 많아지고 아무나 붙잡고 자신의 비밀을 털어놓았다. 한 기자는 당시 상황을 이렇게 시적으로 묘사했다.

"좁디좁은 천당에서 사람들이 마음을 열었다. 서로를 응시하는 눈빛에서 더 이상 은밀함을 찾을 수 없었다."

IDC는 함대 세계와 UN PDC가 공동 설립한 기구로 윈텐밍의 정보를 해독하는 임무를 맡고 있었다. 그들은 학과와 전공에 따라 25개 팀으로 나뉘어 있었지만 이번 회의에는 과학자가 아닌 각 팀의 책임자가 참석했다. 그들은 모두 IDC 위원이었다.

IDC 의장은 우선 함대 세계와 UN을 대표해 윈텐밍과 청신에게 경의를 표했다. 그는 윈텐밍을 인류 역사상 가장 용감한 전사라고 칭했으며, 그가 외계 세계에서 생존한 첫 인류로서 적의 심장부라는 상상을 초월한 환경에서 고군분투하며 위기에 처한 지구 문명에 희망을 안겨주었다고 극찬했다. 아울러 생명의 위험을 무릅쓰고 윈텐밍에게 정보를 받아온 청신의 용기와 지혜에도 찬사를 보냈다.

그때 청신이 작은 소리로 의장에게 발언권을 달라고 요청했다. 그녀가 일어나 회의장을 둘러본 뒤 입을 열었다.

"여러분, 우리 앞에 있는 모든 것은 계단 프로젝트의 최종적인 성과입니다. 이 계획에서 빼놓을 수 없는 한 사람이 있습니다. 3세기 전 그가 굳센 의지와 과감한 리더십, 탁월한 창의력으로 숱한 어려움을 극복하고 계단 프로젝트를 성사시켰습니다. 바로 토머스 웨이드 전 PIA 국장입니다. 우리 모두 그에게 경의를 표해야 한다고 생각합니다."

회의장에 적막이 감돌았다. 청신의 발언에 아무도 동의하지 않았다. 대다수 사람들에게 웨이드는 서기인의 어두운 일면을 상징하는 인물이자 그에게 살해당할 뻔했던 이 아름다운 여자의 대척점에 있는 인물이었다.

모두 그를 떠올리기만 해도 몸서리가 쳐졌다.

의장(현 PIA 국장이며 웨이드의 3세기 뒤 후임자)도 청신의 말에 답변하지 않고 회의를 계속 진행했다.

"우리에겐 정보 해독에 관한 기본 원칙과 기대하는 바가 있습니다. 이 정보 속에 자세한 기술적 정보가 들어 있을 가능성은 희박하지만 정확한 연구 방향을 찾을 수는 있을 겁니다. 광속 우주 항해, 우주 안전보장 성명 등 미지의 기술에 관한 이론과 개념이 감추어져 있을 것으로 기대합니다. 그럴 수만 있다면 인류 세계에 큰 희망이 될 겁니다.

우리가 얻은 정보는 크게 두 가지입니다. 하나는 윈텐밍과 청신 박사의 대화이고, 다른 하나는 윈텐밍이 들려준 동화 세 편입니다. 초보적인 분석 결과, 대화 내용에서는 해독할 수 있는 것이 많지 않습니다. 세 편의 동화에 중요한 정보가 숨겨져 있을 것으로 예상됩니다. 향후 작업은 동화 해독을 위주로 진행될 것이므로 이 자리에서는 대화에서 얻을 수 있는 정보를 정리해보겠습니다.

우선 이번 만남을 위해 윈텐밍이 오랫동안 준비했다는 것을 알 수 있습니다. 그는 동화를 100편 넘게 지어내고 그중 세 편에 정보를 감추어놓았습니다. 100편 넘는 동화를 들려주고 책으로 출간해 삼체 세계에 널리 알렸습니다. 아주 오랫동안 진행된 일이며 쉽지 않은 과정이었을 겁니다. 적들이 동화 속에 감추어놓은 정보를 발견하지 못해야만 그 동화들이 안전하다고 여길 것이기 때문입니다. 하지만 윈텐밍은 여기에 추가로 또 다른 방식의 안전장치를 해놓았습니다."

의장이 청신에게 물었다.

"청신 박사, 윈텐밍의 말대로 두 사람이 어릴 적부터 알던 사이였나요?"

청신이 고개를 저었다.

"아뇨. 우린 대학 동창이에요. 같은 도시 출신이기는 하지만 초등학교와 중고등학교는 다른 학교였어요. 대학에 들어가기 전에는 모르는 사이였어요."

"이 개자식! 거짓말로 선생님을 위험에 빠뜨릴 뻔했잖아!"

청신 옆에 앉아 있던 AA가 버럭 소리치자 사람들의 따가운 눈총이 쏟아졌다. 그녀는 IDC 위원이 아니었지만 청신의 고문이자 비서 자격으로 회의에 참석했다. 이것도 역시 청신이 고집한 것이었다. AA도 천문학 분야에서 나름대로 성과를 거두었지만 이 위원회에서는 내세울 만한 경력이 아니었으므로 그녀를 대하는 사람들의 태도 속에는 은근한 무시와 냉소가 깔려 있었다. 사람들은 청신이 더 유능한 사람을 기술고문으로 두어야 한다고 생각했고 심지어 청신 본인도 AA가 예전에 과학자였다는 사실을 잊곤 했다.

한 PIA 관계자가 말했다.

"그건 별로 위험한 일이 아니에요. 두 분의 유년기는 위기의 세기 전이었고 그때는 지자가 지구에 도착하기 전이었으니 그때의 일은 지자의 감시 대상이 아니죠."

"하지만 서기 때 자료를 찾아볼 수도 있잖아요!"

"위기의 세기 이전에 살았던 두 아이의 자료를 찾기가 쉽겠습니까? 설령 당시의 호적이나 학적 기록을 찾아낸다 해도 같은 학교 학생도 아니었는데 그때 두 사람이 서로 아는 사이가 아니었다는 걸 어떻게 증명하죠? 그리고 AA 씨가 생각하지 못한 게 한 가지 더 있어요. 윈텐밍은 지자에게 지시를 내릴 수 있는 위치에 있죠. 그러니까 이미 자료를 찾아봤을 겁니다."

그는 AA에 대한 경멸 어린 시선을 굳이 감추지 않았다.

의장이 말을 받았다.

"그 정도 위험은 감수해야 합니다. 윈텐밍이 동화 세 편의 작가를 청신으로 바꾼 것도 적들이 그 동화가 안전하다고 믿게 만들려는 것이었습니다. 한 시간 넘게 동화를 들려주는 동안 노란불이 한 번도 켜지지 않았습니다. 나중에 안 사실이지만 동화를 끝마쳤을 때 지자가 정한 시간에서 이미 4분이 지나 있었습니다. 윈톈밍이 마지막 동화까지 끝마칠 수 있도록 시간을 6분이나 연장해준 겁니다. 이건 그들이 동화에 아무런 경계심이 없다는 뜻입니다. 윈톈밍이 그렇게 했던 중요한 목적이 있습니다. 동화 세 편 속에 정보를 감춰놓았다는 분명한 메시지를 그런 방법으로 전달한 겁니다. 대화에서 해독할 수 있는 정보는 많지 않지만, 윈톈밍의 마지막 한마디는 중요한 의미를 담고 있다는 게 대다수의 의견입니다."

의장이 오른손을 뻗어 허공에 손짓을 했다. 홀로그램 창을 켜려는 습관적인 동작이었다. 그가 자신의 실수를 깨닫고 다시 말을 이었다.

"'그럼 어디서 만날지 약속하자. 지구 말고 다른 곳으로. 은하계의 어떤 곳.' 이 말 속에 두 가지 의미가 담겨 있습니다. 첫째, 자신이 태양계로 돌아갈 수 없음을 암시한 것이고, 둘째는⋯⋯."

의장이 잠시 멈추었다가 손을 휘둘렀다. 이번에는 뭔가 쫓아내려는 듯한 동작이었다.

"이건 중요한 얘기가 아니니까 다음으로 넘어갑시다."

회의실 공기가 무겁게 가라앉았다. 그가 말하려던 두 번째 의미가 뭔지 모두들 분명히 알고 있었다. 윈톈밍은 지구가 공격을 피하고 살아남을 가능성에 대해 회의적인 입장이라는 뜻이었다.

파란색 표지를 씌운 자료가 모든 참석자에게 전달되었다. 제목 없이 일련번호만 있는 서류였다. 이미 종이 서류는 사라진 시대였다.

"자료는 이 자리에서만 읽을 수 있고 회의실 밖으로 가지고 나갈 수 없으며 어떠한 기록도 할 수 없습니다. 자료의 내용은 여기 계신 여러분 대다수가 처음 보는 것입니다. 우선 모두 읽어보시죠."

회의실 안이 고요해졌다. 사람들은 인류 문명을 구할지도 모를 동화 세

편을 집중해서 읽기 시작했다.

원톈밍의 첫 번째 동화

　　＜국왕의 새 화가＞

　　아주 오랜 옛날 '이야기 없는 왕국'이라는 나라가 있었어. 그곳에는 아무런 이야기도 없었어. 사실 국왕에게는 나라에 이야기가 없는 게 제일 좋아. 이야기가 없다는 건 아무런 사건도 재난도 없다는 뜻이니까 백성들도 아주 행복하지.

　　그 나라에는 현명한 국왕과 착한 왕비, 정직하고 유능한 신하들이 있었어. 백성들도 부지런하고 검소했어. 왕의 생활은 거울처럼 평온해서 어제가 오늘 같고 오늘이 내일 같고, 작년이 올해 같고 또 올해가 내년 같았어. 아무런 이야깃거리가 없었어.

　　그렇게 세월이 흘러 왕자와 공주가 어른이 되었어.

　　국왕에게는 아들 둘과 딸 하나가 있었어. 두 왕자의 이름은 심수(深水)와 빙사(氷沙)이고, 공주의 이름은 노주(露珠)였어.

　　심수는 어릴 적 도철해에 있는 묘도(墓島)에 갔다가 되돌아오지 못했어. 그 이유는 나중에 얘기해줄게.

　　빙사는 부모님 곁에서 자랐지만 국왕과 왕비는 걱정이 많았어. 아들이 총명하기는 하지만 어릴 적부터 잔인하고 거칠었기 때문이야. 하인들에게 왕궁 밖에서 작은 동물들을 잡아오게 한 다음 자기가 황제가 되고 동물들을 신하와 백성으로 삼았어. 하지만 모두 노예였지. 조금만 말을 듣지 않으면 목을 베어버렸으니까. 황제놀이가 끝나면 동물들을 모조리 죽이고 시뻘건 핏물 가운데 서서 미친 듯이 웃었어……. 나이가 들면서 폭력성은 줄어들고 말없고 어두운 성격으로 바뀌었지만 국왕은 알고 있었어. 늑대가 송곳니를 감춘 것에 불과하다는 걸. 빙사의 마음속에서 동면하고 있는 독사가 호시탐탐 깨어날 기회를 노리고 있다는 걸 말이야. 국왕은 빙사에게서 왕위 계승권을 박탈하고 노주 공주에게 왕위를 물려주기로 했어. 이야기 없는 왕국에 장차 여왕이 탄생하게 된 거야.

노주 공주는 빙사가 갖지 못한 걸 지니고 있었어. 총명하고 선량했으며 누구보다도 아름다웠지. 그녀가 낮에 밖으로 나오면 태양도 부끄러워 빛을 거두고, 밤에 나와 거닐 때면 달도 놀라 그녀를 내려다보았어. 그녀가 말하기 시작하면 새들도 지저귐을 멈추고, 황무지를 걸으면 걸음마다 예쁜 꽃이 피어났어. 노주가 여왕이 된다면 만백성의 존경을 받고 모든 신하가 충성을 다해 보좌할 것 같았어. 빙사도 아버지의 결정을 묵묵히 받아들였지만 그 후로 눈빛이 더 어두워졌어.

이 일이 씨앗이 되어 이야기 없는 왕국에 이야기가 생겨나게 되었지.

국왕의 예순 살 생일잔치가 있던 날, 국왕이 노주 공주를 왕위 후계자로 삼겠다고 정식으로 발표했어. 화려한 불꽃이 밤하늘을 장식하고 왕궁을 투명한 크리스털 궁전처럼 비추었어. 기쁨에 겨운 웃음소리가 울려 퍼지고 향기로운 술이 강물처럼 흘렀어…….

모두들 환희와 행복에 도취되었어. 빙사도 차디찬 마음이 녹아내린 듯 우울한 표정을 걷어내고 공손하게 아버지의 생신을 축하하며 태양처럼 영원히 나라를 비추어달라고 축복했어. 아버지의 결정에 찬성하며 노주가 자기보다 더 훌륭한 국왕이 될 것이라고도 했어. 노주에게는 아버지에게 지혜를 배워 훗날 나라를 잘 다스리라고 덕담을 건넸어. 그의 진심과 선의에 모든 사람이 감동했지.

국왕이 왕자의 머리를 쓰다듬으며 말했어.

"너의 이런 모습을 보게 되다니 몹시 기쁘구나. 이 아름다운 시간이 영원히 계속된다면 얼마나 좋을꼬."

그때 한 신하가 화가를 시켜 이 기쁜 장면을 그림으로 그려 왕궁에 걸어놓자고 건의했어.

국왕이 고개를 저었어.

"궁중 화가가 나이가 들어 손이 떨리고 눈도 잘 보이지 않는다네. 이렇게 행복한 미소는 그리지 못할 게야."

빙사가 허리를 숙이고 공손하게 말했어.

"제가 마침 그 말씀을 드리려고 했습니다. 아버님을 위해 새로운 궁중 화가를 불러왔습니다."

왕자가 손짓을 하자 화가가 들어왔어. 열네댓 살쯤 되어 보이는 소년이었어. 잿빛 망토를 두른 소년이 금빛 찬란한 왕궁과 보석으로 치장한 하객들 사이에서 생쥐처럼 겁에 질려 몸을 떨었어. 걸을 때마다 보이지 않는 가시덤불을 피하는 것처럼 깡마른 몸을 바싹 움츠렸고.

그의 초라한 행색에 실망한 국왕이 빙사에게 물었어.

"이렇게 어린 소년이 그림을 잘 그릴 수 있겠느냐?"

왕자가 머리를 조아리며 말했어.

"허얼신건모쓰컨(赫爾辛根默斯肯)에서 온 바늘귀라는 화가입니다. 위대한 화가 공령(空靈)의 수제자이지요. 다섯 살 때부터 10년 동안 공령에게 그림을 배우며 거의 모든 기술을 사사했습니다. 특히 세상의 색채와 형태를 아주 섬세하게 포착해냅니다. 새빨갛게 달군 인두를 대하듯 세상을 예민하게 관찰하고 자기가 느낀 모든 것을 신기에 가까운 붓놀림으로 화폭에 담아냅니다. 공령 외에는 그를 따라갈 사람이 없습니다."

왕자가 몸을 돌려 바늘귀를 향해 말했어.

"화가가 국왕을 똑바로 쳐다보는 건 무례한 일이 아니다."

바늘귀가 조심스럽게 고개를 들었다가 국왕을 보자마자 고개를 숙였어.

국왕도 그의 눈빛에 놀란 기색이었어.

"네 눈빛이 맹렬한 불꽃을 가르는 검처럼 예리하구나. 네 나이에는 보기 힘든 눈빛이야."

바늘귀가 처음 입을 열었어.

"지고 무상하신 폐하, 미천한 화가의 무례를 용서해주십시오. 이건 화가의 눈입니다. 화가는 먼저 마음속으로 그림을 그립니다. 폐하의 위엄과 현명함을 제 마음속에 그렸사옵니다. 그림으로 그리겠습니다."

왕자가 말했어.

"왕비마마도 보거라."

바늘귀가 왕비를 보고 재빨리 고개를 숙였어.

"가장 존경하는 왕비마마, 미천한 화가의 무례를 용서해주십시오. 마마의 고귀함과 우아함을 제 마음속에 그렸사옵니다. 그림으로 그리겠습니다."

"이제 공주를 보아라. 장차 여왕이 될 것이니 역시 그림을 그려야지."

바늘귀는 노주를 더 짧게 스치듯 보고 고개를 숙였어.

"만백성의 추앙을 받는 공주님, 미천한 화가의 무례를 용서해주십시오. 정오의 햇빛처럼 눈부신 공주님 앞에서 제 붓도 힘을 잃었습니다. 하지만 공주님의 아름다움을 제 마음속에 그렸습니다. 그림으로 그리겠습니다."

이번엔 왕자가 신하들을 보게 했어. 바늘귀가 가까이 다가가 신하들을 빠르게 눈으로 훑고는 고개를 숙이고 말했지.

"존경하는 나리님들, 미천한 화가의 무례를 용서해주십시오. 나리님들의 재능과 지혜를 모두 제 마음속에 그렸습니다. 그림으로 그리겠습니다."

잔치가 계속되는 사이에 빙사가 바늘귀를 왕궁 구석으로 데리고 가 낮은 목소리로 물었어.

　"모두 기억했느냐?"

　낮게 숙인 바늘귀의 얼굴이 망토 모자의 그늘 속에 감추어져 멀리서 보면 망토가 비어 있는 것 같았어. 그 안에 사람이 아닌 검은 그림자만 있는 듯했지.

　"기억했습니다, 폐하."

　"전부 기억했느냐?"

　"전부 기억했습니다. 모두의 머리칼 한 올, 솜털 한 가닥까지 생생하게 그려낼 수 있습니다."

　자정이 지나서야 잔치가 끝나고 왕궁의 불이 하나둘씩 꺼졌어. 동트기 전 제일 어두운 때였지. 달이 서쪽으로 점점 기울고 서쪽에서 밀려온 먹구름이 동쪽으로 이동하자 먹물이 대지에 스며들듯 하늘과 땅이 온통 암흑에 휩싸였어. 땅 위를 쓸고 지나가는 찬 바람에 새들은 둥지에서 몸을 떨고 꽃들도 몸서리치며 봉오리를 오므렸지.

　그때 말 두 마리가 유령처럼 왕궁을 빠져나와 서쪽으로 달렸어. 빙사와 바늘귀가 타고 있었지. 그들은 왕궁에서 10여 리 떨어진 지하 요새로 향했어. 그곳은 어두운 밤 속 가장 깊은 심연이었어. 깊이 잠든 냉혈괴물의 배 속처럼 축축하고 음산했지. 횃불의 빛무리 속에서 두 사람의 그림자가 불안하게 흔들렸어. 바늘귀가 사람 키만큼 긴 그림을 왕자에게 보여주었어. 어느 노인의 초상화였지. 노인의 백발과 흰 수염이 은색 불꽃처럼 얼굴을 감싸고, 눈빛은 바늘귀와 비슷했지만 그보다 더 예리하고 깊었어. 화가의 뛰어난 솜씨를 보여주듯 붓질 하나하나가 살아 있는 듯 생생했어.

"폐하, 제 스승인 공령 대화가이십니다."

왕자가 그림을 보며 고개를 끄덕였어.

"그를 먼저 그리길 잘했다."

"네. 안 그랬다면 그가 저를 그렸을 겁니다."

바늘귀가 축축한 벽에 그림을 조심스럽게 걸었어.

"이제 폐하를 위해 새 그림을 그리겠습니다."

바늘귀가 지하 요새의 어두운 구석에서 하얀 물건을 가지고 왔어.

"폐하, 이것이 허얼신건모쓰컨에서 나는 설랑수(雪浪樹)의 줄기입니다. 설랑수가 100년 동안 자라면 그 줄기를 두루마리처럼 말 수 있는데 그림 그리기에 아주 좋은 종이가 되지요. 이 종이를 설랑지라고 합니다. 제 그림은 설랑지에 그려야만 마력을 발휘할 수 있습니다."

그가 둘둘 말린 나무줄기를 돌 탁자 위에 올려놓고 끝까지 펼친 뒤 흑요석으로 된 석판으로 눌렀어. 단검으로 석판의 가장자리를 따라 자른 뒤 석판을 치우자 눈부시게 흰 설랑지가 돌 탁자 위에 평평하게 깔렸지. 바늘귀가 등에 멘 보따리에서 그림 도구를 꺼냈어.

"이 붓을 보십시오. 허얼신건모쓰컨 늑대의 귀털로 만든 붓입니다. 이 물감도 모두 허얼신건모쓰컨에서 가져온 겁니다. 붉은 물감은 거대한 박쥐의 피고, 검은 물감은 심해 오징어의 먹물, 파란 물감과 노란 물감은 오래된 운석에서 추출한 것이지요……. 이것들을 월담(月毯)이라는 커다란 새의 눈물에 섞어서 그림을 그립니다."

"어서 그림이나 그려라."

왕자가 조바심을 내며 재촉했어.

"알겠습니다. 제일 먼저 누구를 그릴까요?"

"국왕부터."

바늘귀가 붓을 들어 그림을 그리기 시작했어. 붓을 획획 휘둘러 점을 찍고 선을 그리자 종이 위에 점점 색이 입혀졌지. 그런데 형체를 알아볼 수가 없었어. 가지각색의 빗방울이 떨어진 것처럼 종이 위에 색이 어지럽게 채워졌지. 말 떼가 밟고 지나간 꽃밭처럼. 그의 붓이 이 색채의 미로 위를 계속 누비고 다녔어. 화가가 붓을 놀리는 게 아니라 붓이 그의 손을 끌고 다니는 듯한 착각이 들었어. 왕자는 옆에서 의아한 눈빛으로 보고만 있었어. 뭐라고 묻고 싶었지만 종이 위에 펼쳐진 색채의 향연이 그를 매료시켰어. 그런데 어느 순간이 되자 물결치는 수면이 찰나에 얼어붙은 것처럼 모든 색이 서로 연결되며 의미가 나타나고 형체가 만들어졌어. 그리고 점점 또렷해졌지.

정말로 국왕의 초상화였어. 그림 속 국왕은 생일잔치 때처럼 금색 왕관을 쓰고 화려한 예복을 입고 있었지만 표정은 달랐어. 그의 눈빛에 위엄과 현명함 대신 놀람, 충격, 슬픔 같은 것들이 뒤섞여 있었지……. 그리고 그 모든 것의 밑바닥에는 채 드러내지 못한 거대한 공포가 깔려 있었어. 가장 가까운 사람이 자신을 향해 검을 뽑아 드는 걸 본 순간처럼.

바늘귀가 말했어.

"폐하, 완성되었습니다. 국왕을 그림 속에 그려 넣었습니다."

"잘했다."

왕자가 국왕의 초상화를 보며 만족스럽게 고개를 끄덕였어. 그의 눈동자에 비친 횃불이 맹렬하게 타올랐어. 깊은 우물 속에서 타오르는 영혼처럼.

같은 시간, 십수 리 떨어진 왕궁의 국왕 침소에서 왕이 사라졌어. 네 다리에 천신이 조각된 커다란 침대 위 이불에 아직도 그의 온기가 남아 있고, 요 위에 여전히 그가 누웠던 자리가 우묵하게 들어가 있었지만 그는 어디로 갔는지 찾을 수가 없었어.

왕자가 완성된 그림을 들어 올렸다가 바닥에 툭 팽개쳤어.

"족자로 만들어 여기 걸어놓고 한가할 때마다 와서 봐야겠구나. 다음은 왕비 차례다."

바늘귀가 흑요석 석판으로 설랑수 줄기를 눌러 평평하게 만든 다음 왕비의 초상화를 그리기 시작했어. 이번에는 왕자가 서서 지켜보지 않고 주위를 서성였지. 그의 걸음 소리가 음습한 지하 요새의 벽에 부딪혀 메아리쳤어. 이번에는 바늘귀의 붓이 더 빠르게 움직였어. 국왕의 그림을 그린 시간의 절반 만에 그림이 완성되었지.

"다 그렸습니다. 왕비를 그림 속에 넣었습니다."

"잘했다."

왕궁의 왕비 침소에서도 왕비가 사라졌어. 네 다리에 천사가 조각된 커다란 침대 위 이불에 그녀의 온기가 남아 있고, 요 위에 그녀가 누웠던 자리가 우묵하게 들어가 있었지만 그녀는 감쪽같이 사라졌지.

왕궁 밖 정원에 있던 사냥개가 무슨 낌새를 느꼈는지 컹컹 짖었지만 그 소리도 이내 짙은 어둠에 파묻혔어. 사냥개도 겁에 질려 구석에 웅크린 채 바들바들 떨었지.

바늘귀가 물었어.

"이제 공주를 그릴 차례죠?"

"아니다. 신하들을 먼저 그려라. 신하들이 공주보다 더 위험하니까. 물론 왕에게 충성하는 신하들만 그리면 된다. 다 기억하고 있겠지?"

"네. 모두 기억합니다. 머리칼 한 올, 솜털 한 가닥까지 전부 그릴 수 있습니다……."

"좋다. 어서 그려라. 동트기 전에 완성해."

"문제없습니다, 폐하. 동트기 전에 국왕에게 충성한 신하들과 공주의 그림을 모두 완성하겠습니다."

바늘귀가 단숨에 종이를 몇 장 눌러 잘라낸 뒤 신들린 듯 붓을 놀리기 시작했어. 그림 한 장을 완성할 때마다 그림 속 인물이 침대에서 사라졌지. 빙사가 제거하려는 사람들이 그렇게 하나씩 초상화로 그려져 지하 요새의 벽에 걸렸어.

급하게 문을 두드리는 소리에 노주 공주가 잠에서 깼어. 누구도 그렇게 요란하게 침소의 문을 두드린 적은 없었어. 그녀가 일어나 문 쪽으로 다가가는데 유모 관(寬) 씨가 먼저 달려가 문을 열었어.

관 씨는 노주를 어릴 적부터 길러준 유모였어. 생모인 왕비보다도 공주와 더 애틋한 정이 있었지. 문밖에 왕궁의 호위대장이 서 있었어. 그의 투구 위로 채 가시지 않은 밤의 한기가 서려 있었어.

관 씨가 호통을 쳤어.

"어찌 이리 무엄한가! 공주님을 깨우다니. 며칠 동안 깊은 잠을 이루지 못하셨단 말이다!"

호위대장이 관 씨의 호통에도 아랑곳하지 않고 공주에게 다급한 목소리로 아뢰었어.

"누가 공주님을 뵙겠다고 찾아왔습니다!"

그가 옆으로 몸을 비키자 뒤에 한 노인이 서 있었어. 백발과 흰 수염이 은빛 불꽃처럼 그의 얼굴을 감싸고 있었고 눈빛은 심연처럼 깊고 예리했어. 바로 바늘귀가 왕자에게 보여준 첫 번째 그림 속 노인이었어. 흙투성이인 그의 얼굴과 망토, 진흙으로 뒤범벅된 장화를 보니 먼 길을 달려온 것 같았지. 등에 커다란 보따리까지 멘 채로 말이야. 그런데 이상하게도 우산을 쓰고 있었고, 게다가 그 우산을 쉬지 않고 돌리고 있었어. 우산 지붕과 손잡이는 검은색이고 우산살마다 끝에 작은 돌멩이가 매달려 있었어. 무게감이 느껴지는 반투명한 돌멩이였지. 가만히 보니 그가 우산을 돌리는 이유를 알 수가 있었어. 우산살 몇 개가 지탱하지 못하고 부러지는 바람에 우산을 돌려서 돌의 원심력으로 우산을 펼칠 수밖에 없었던 거야.

관 씨가 노인을 가리키며 호위대장에게 외쳤어.

"바깥사람을 함부로 데리고 들어오다니! 더구나 이런 괴상한 늙은이를!"

"초병이 들어오지 못하게 막았습니다. 그런데 이자가 하는 말이……."

호위대장이 걱정스럽게 공주를 흘긋 쳐다보고는 말을 이었어.

"이자가 하는 말이, 폐하께서 이미 승하하셨다고……."

"뭐라고? 이 늙은이가 노망이 들었군!"

화를 내는 관 씨 옆에서 공주가 아무 말도 못 하고 떨리는 두 손으로 가운의 앞섶을 꼭 쥐었어.

"그런데 정말로 폐하를 찾을 수가 없습니다. 왕비마마도 안 계십니다. 두 분의 침소가 모두 비어 있습니다."

공주가 외마디 비명을 지르며 휘청거리다가 한 손으로 관 씨를 붙들고 가까스로 몸을 지탱했어.

노인이 말했어.

"존경하는 공주님, 제가 말씀드리겠습니다."

공주가 호위대장에게 말했어.

"노인을 들여보내고 문 앞을 지키라."

노인이 우산을 돌리며 허리를 굽혀 공주에게 절했어. 이렇게 빨리 침착함을 되찾은 공주에게 경의를 표하는 것 같았지.

관 씨가 물었어.

"우산은 왜 돌립니까? 곡마단 광대예요?"

"우산을 펴고 있어야만 합니다. 그러지 않으면 저도 국왕 폐하와 왕비마마처럼 사라질 겁니다."

"우산을 펴고 들어오시지요."

공주의 말에 관 씨가 노인이 우산을 편 채 들어올 수 있도록 문을 활짝 열어주었어.

노인이 들어와 어깨에 멘 보따리를 바닥에 내려놓더니 지친 한숨을 내쉬었어. 하지만 검은 우산을 돌리는 건 멈추지 않았지. 우산 가장자리에 매달린 돌멩이에 부딪쳐 반사된 불빛이 벽 위에 돌아가는 빛무리를 만들었어.

노인이 말했어.

"저는 허얼신건모쓰컨의 화가 공령이옵니다. 새로 온 궁중화가 바늘귀가 제 제자입지요."

공주가 고개를 끄덕였어.

"그를 만났습니다."

공령이 놀란 표정으로 물었어.

"그도 공주님을 보았습니까?"

"물론 그도 나를 보았습니다."

공령이 길게 탄식했어.

"큰일이군요. 공주님, 큰일 났습니다! 그놈은 악마입니다. 사람을 그림 속에 그려 넣는 악마의 그림 기술을 가지고 있습니다."

관 씨가 끼어들었어.

"그게 무슨 헛소립니까! 사람을 그림 속에 그려 넣는 게 화가가 하는 일이잖아요?"

공령이 고개를 저었어.

"그런 뜻이 아닙니다. 그가 사람을 그리면 정말로 그 사람이 사라집니다. 사람이 죽어 그림이 되는 겁니다."

"그럼 빨리 그자를 잡아다 죽이지 않고 뭘 하고 있는 겁니까?"

문 앞에 있던 호위대장이 문틈에 대고 외쳤어.

"부하들을 풀어 그자를 잡아오라고 했지만 찾지 못했습니다. 군기 대신 나리를 찾아가 왕궁 밖 금위군을 동원해 찾아달라고 청하려고 했지만 이 노인이 지금쯤 군기 대신 나리도 사라졌을 거라고 했습니다."

공령이 고개를 저었어.

"금위군도 소용없습니다. 빙사 왕자와 바늘귀는 왕궁을 빠져나갔을 겁니다. 바늘귀는 세상 어디서든 그림을 그려서 멀리 있는 사람을 죽일 수 있지요."

관 씨가 물었어.

"빙사 왕자라고요?"

"그렇습니다. 빙사 왕자님이 바늘귀를 이용해 국왕 폐하의 충신들을 제거하고 왕위를 빼앗으려 하고 있습니다."

공주와 관 씨, 문 앞의 호위대장 모두 그의 말을 듣고 크게 놀라진 않았어.

"우선 닥친 일부터 해결합시다! 바늘귀가 언제든 공주님을 그릴 수 있잖아요. 어쩌면 이미 그리고 있을지도 몰라요."

관 씨가 그렇게 하면 공주를 보호할 수 있을 것처럼 공주를 와락 끌어안았어.

공령이 말했어.

"바늘귀를 없앨 수 있는 사람은 저밖에 없습니다. 이미 제 그림을 그렸을 겁니다. 하지만 이 우산이 저를 보호해주고 있지요. 제가 그놈을 그리기만 하면 당장 그놈을 없앨 수 있지만……."

"어서 그려요. 우산은 내가 들고 있을 테니!"

관 씨의 말에 공령이 고개를 저었어.

"그럴 수가 없습니다. 설랑수로 만든 설랑지에 그림을 그려야만 마력을 발휘할 수 있지요. 제가 가지고 온 종이를 눌러서 평평하게 만들어야만 그림을 그릴 수가 있습니다."

관 씨가 공령의 보따리에서 설랑수 줄기를 꺼냈어. 껍질 벗긴 줄기가 하얀 속살을 드러내고 있었어. 관 씨와 공주가 둘둘 말린 나무를 펼치자 새하얀 종이가 나타나며 방 안이 갑자기 환해졌지. 그런데 종이를 바닥에 펼쳐놓고 눌러보았지만 아무리 애를 써도 손을 놓으면 종이가 다시 말려 올라왔어.

공령이 말했어.

"소용없습니다. 허얼신건모쓰컨의 흑요석 석판만이 설랑지를 평평하게 펼칠 수 있습니다. 그런 흑요석 석판은 아주 희귀해서 제게도 하나뿐인데 바늘귀가 그걸 훔쳐 도망쳤습니다!"

"다른 걸로는 정말 평평하게 만들 수 없나요?"

"안 됩니다. 허얼신건모쓰컨의 흑요석 석판으로만 가능합니다. 바늘귀가 훔쳐간 걸 다시 빼앗아 오려고 했지만……."

관 씨가 이마를 탁 치며 말했어.

"허얼신건모쓰컨의 흑요석이라고요? 그렇다면 나한테 인두가 하나 있어요. 공주님의 최고급 예복을 다릴 때만 쓰는 건데 그게 허얼신건모쓰컨의 흑요석이라고 했던 거 같아요!"

공령이 고개를 끄덕였어.

"그걸로 펼 수 있을 겁니다."

관 씨가 밖으로 달려 나가 검고 윤기 나는 인두를 가지고 왔어. 관 씨와 공주가 다시 두루마리를 바닥에 펼쳐놓고 인두로 한쪽 모서리를 눌렀어. 몇 초 동안 눌렀다 떼어보니 정말로 종이 모서리가 평평해져 있었어.

"우산을 들어주십시오. 제가 펴겠습니다!"

공령이 관 씨에게 우산을 건네며 당부했어.

"우산을 계속 돌려야 합니다. 우산이 접히면 제가 사라집니다!"

관 씨가 우산을 받아 공령의 머리 위에서 계속 돌리자 공령이 무릎을 꿇고 앉아 인두로 종이를 펴기 시작했어. 인두가 작아서 조금씩 조금씩 펼 수밖에 없었어.

공주가 돌아가는 우산을 보며 물었어.

"우산 받침살을 만들 수는 없나요?"

공령이 인두로 종이를 누르며 말했어.

"원래는 우산살이 있었습니다. 이건 보통 우산이 아닙니다. 예전에는 허얼신건모쓰컨의 다른 화가들도 이런 기술이 있었습니다. 사람 말고 동물이나 식물도 그림 속에 그려 넣을 수 있었죠. 그런데 어느 날 검은 용 한 마리가 날아왔습니다. 깊은 바닷속에서 헤엄칠 수 있고 높은 하늘을 날 수도 있는 용이었지요. 유명한 화가 세 명이 그 용을 그렸지만 용은 여전히 유유히 잠수를 하고 하늘을 날아다녔습니다. 그러자 화가들이 돈을 모아 마법을 부리는 무사를 고용했습니다. 무사가 격투 끝에 불의 검으로 용을 죽였지요. 그 싸움으로 허얼신건모쓰컨의 바다가 펄펄 끓어오르고 용의 시체가 거의 다 타버렸습니다. 제가 잿더미 속에서 얼마 안 되는 잔해를 모아 이 우산을 만들었습니다. 우산 지붕은 용의 날개 껍질로 만들고, 기둥과 손잡이와 살은 용의 뼈로 만들었습니다. 가장자리에 매단 돌멩이는 타버린 용의 신장에서 나온 결석입니다. 이 우산을 쓰고 있으면 그림 속으로 빨려들어가지 않을 수 있습니다. 그러다가 받침살이 부러졌습니다. 대나무로 받침살을 만들어 붙였더니 우산이 마법을 발휘하지 못하더군요. 대나무 받침살을 떼어내자 마법이 되살아났지요. 손으로 우산 지붕을 버텨보려고 했지만 소용이 없었습니다. 우산 안에 다른 것이 들어가면 마법이 사라졌습니다. 하지만 이젠 용의 뼈를 구할 수가 없으니 이렇게 할 수밖에요…….”

그때 시계가 울렸어. 공령이 고개를 들어 밖을 보니 동이 트려 하고 있었어. 평평하게 누른 설랑지의 끝부분을 두루마리에서 빼내자 다시 말리지 않고 바닥에 반듯하게 펼쳐졌어. 하지만 폭이 겨우 한 뼘밖에 되지 않아 그림을 그릴 수가 없었지. 그가 인두를 툭 내려놓으며 긴 한숨을 내쉬었어.

“늦었습니다. 지금 그림을 그린다 해도 동트기 전에 완성할 수가 없습니다. 바늘귀가 언제든 공주님의 그림을 완성할 수 있습니다. 바늘귀가 두 분도 보았소?”

공령이 관 씨와 호위대장을 가리키자 관 씨가 말했어.

“나는 못 봤을 거예요.”

호위대장이 말했어.

“저는 왕궁에 들어오는 그를 멀리서 봤지만 그는 저를 보지 못했을 겁니다.”

공령이 몸을 일으켰어.

“잘됐군요. 두 분이 공주님을 도철해로 모시고 가십시오. 묘도에 가서 심수 왕자님을 찾으세요!”

“하지만…… 도철해에 간다고 해도 묘도까지 어떻게 가란 말이에요? 그 바다에 뭐가 있는지 알잖아요.”

“그건 그때 가서 생각하세요. 살길은 이것뿐입니다. 동이 트면 모든 충신이 그림 속으로 들어갈 겁니다. 빙사 왕자가 금위군을 장악하고 왕위를 빼앗겠지요. 그를 막을 수 있는 건 심수 왕자님밖에 없습니다.”

공주가 물었어.

"왕궁으로 돌아왔다가 심수 오라버니마저 바늘귀의 그림 속으로 들어가버리면 어떻게 하죠?"

"그럴 리 없으니 염려 마십시오. 바늘귀는 심수 왕자님을 그릴 수 없습니다. 바늘귀가 그릴 수 없는 유일한 사람이 심수 왕자님입니다. 다행히도 저는 바늘귀에게 서양화 기법만 가르쳐주고 동양화 기법은 가르쳐주지 않았습니다."

아무도 그의 말을 이해하지 못했지만 공령은 자세히 설명해주지 않았어.

"심수 왕자님을 왕궁으로 모셔 와서 바늘귀를 죽여버리십시오. 공주님의 초상화도 찾아내 불태우시고요. 그래야 공주님이 안전할 수 있습니다."

공주가 다급하게 공령의 소매 깃을 붙잡았어.

"만약 아버님과 어머님의 초상화도 찾을 수 있다면……."

공령이 천천히 고개를 저었어.

"이미 늦었습니다. 두 분은 이미 승하하셨습니다. 초상화밖에는 존재하지 않지요. 두 분의 초상화를 찾는다면 불태우지 말고 제사 때 쓰십시오."

공주가 하늘이 무너지는 슬픔에 몸을 가누지 못하고 바닥에 엎드려 울음을 터뜨렸어.

"공주님, 슬퍼하고 계실 때가 아닙니다. 국왕 폐하와 왕비마마의 원수를 갚으시려면 지금 당장 떠나셔야 합니다!"

공령이 관 씨와 호위대장에게 말했어.

"명심하시오. 공주님의 초상화를 찾아내 불태우기 전까지는 공주님께 꼭 이 우산을 씌워드려야 하오. 공주님이 한순간도 우산 밑을 벗어나서도 안 되고 우산이 접혀서도 안 되오."

그가 관 씨의 손에 있던 우산을 받아 들고 돌리며 말했어.

"너무 느리게 돌려도 너무 빠르게 돌려도 안 되오. 너무 느리게 돌리면 우산이 접히고 너무 빠르게 돌리면 오래된 우산이라 살이 부서질 수 있소. 또 이 우산은 영험한 힘을 가지고 있어서 느리게 돌리면 새 울음소리가 난다오. 들어보시오."

노인이 우산을 천천히 돌리자 가장자리에 매달린 돌의 무게 때문에 우산 지붕이 밑으로 축 늘어졌어. 그러자 우산에서 나이팅게일의 울음소리 같은 소리가 났지. 우산을 느리게 돌릴수록 소리가 점점 커졌어. 노인이 다시 우산 돌리는 속도를 높이자 새 울음소리가 점점 작아지다가 사라졌어.

"너무 빨리 돌리면 방울 소리가 난다오. 들어보시오."

우산을 더 빨리 돌리자 이번엔 방울 소리가 나기 시작하더니 점점 커졌어. 풍경 소리와 비슷했지만 더 급한 소리였어.

"이제 됐소. 공주님께 우산을 씌워드리시오."

그가 관 씨에게 우산을 건넸어.

노주 공주가 눈물이 가득 고인 눈으로 말했어.

"우산을 함께 쓰고 가시지요."

"그럴 수 없습니다. 우산은 한 사람밖에 지킬 수 없습니다. 바늘귀에게 그림 그려진 두 사람이 함께 우산을 쓰면 둘 다 죽습니다. 절반은 그림에 들어가고 절반은 밖에 남은 처참한 모습으로요……. 어서 공주님께 우산을 씌워드리시오. 한시가 급하오. 바늘귀가 언제 그림을 완성할지 모르오!"

관 씨가 공주와 공령을 번갈아 쳐다보며 망설이자 공령이 말했어.

"내가 그 나쁜 놈에게 그림 기술을 가르쳤으니 벌을 받아 마땅하오.

뭘 망설이시오? 공주님이 눈앞에서 사라지는 걸 보고 싶소?"

마지막 말에 관 씨가 깜짝 놀라 허겁지겁 공주에게 우산을 씌웠어.

노인이 흰 수염을 쓰다듬으며 의연한 미소를 지었지.

"잘했소. 화가가 일생 동안 그림을 그리다가 그림이 된다면 그보다 더 좋은 결말이 어디 있겠소? 난 그놈의 재주를 믿어요. 틀림없이 아주 훌륭한 그림일 거요……."

그 순간 공령의 몸이 점점 투명해지더니 안개처럼 사라졌어.

노주가 공령이 사라진 자리를 쳐다보며 중얼거렸어.

"그래, 가자. 도철해로 가자."

관 씨가 호위대장에게 말했어.

"공주님께 우산을 씌워드리게. 난 짐을 꾸릴 테니."

호위대장이 우산을 받으며 말했어.

"서두르십시오. 밖에 빙사 왕자의 부하들이 있습니다. 날이 밝으면 왕궁을 빠져나갈 수 없을지도 모릅니다."

"그래도 공주님 짐은 챙겨야지. 공주님은 먼 여행이 처음이시라 망토와 장화도 가져가야 하고 옷도 여러 벌 챙겨야 하고. 마실 물, 또…… 허얼신건모쓰컨에서 들여온 좋은 비누도 가져가야지. 공주님은 그 비누로 목욕을 해야 편히 주무시는데……."

관 씨가 주절주절 말하며 방을 나갔어.

30분 뒤 동쪽 하늘에서 서광이 비출 때쯤 마차 한 대가 옆문을 통해 왕궁을 빠져나갔어. 노주 공주와 우산을 든 관 씨가 마차에 타고 호위대장이 마차를 몰았지. 세 사람 모두 평민 복장을 하고 있었어. 마차는 짙은 안개 속으로 빠르게 사라졌어.

같은 시간 어두운 지하 요새에서 바늘귀가 공주의 초상화를 완성하고는 빙사에게 말했어.

"지금까지 제가 그린 그림 중 가장 아름답습니다."

원텐밍의 두 번째 동화

〈도철해〉

왕궁을 출발한 마차가 빠르게 달렸어. 세 사람 모두 몹시 긴장했지. 새벽 어스름 속에서 스쳐 지나가는 숲과 들판 곳곳에 위험이 도사리고 있는 것 같았어. 동이 거의 텄을 무렵 마차가 작은 언덕에 다다랐어. 호위대장이 마차를 세운 뒤 세 사람이 지나온 길을 돌아보았어. 왕국의 대지가 발아래 펼쳐져 있고 그들이 온 길이 세상을 둘로 나누는 긴 선처럼 보였어. 그 선의 끝에 아련하게 보이는 왕궁은 버려진 벽돌쌓기 장난감 같았지. 추격하는 군사들이 없는 걸 보니 빙사는 노주가 그림 속으로 들어갔다고 생각하는 것 같았어.

세 사람은 한숨을 돌린 뒤 침착하게 길을 재촉했어. 날이 밝아오는 세상은 마치 화가가 그리고 있는 그림 같았지. 희미한 윤곽과 흐릿한 색채뿐이었는데 어느새 형체와 선이 또렷하고 세밀해지고 풍부한 색채가 나타나더니 해가 떠오르는 순간 그림이 완성되었어. 깊은 왕궁 속에서만 살던 공주는 이렇게 너르게 펼쳐진 화려한 색채를 본 적이 없었어. 푸르른 숲과 풀밭, 논밭에 선홍색과 노란색 꽃이 뒤섞여 피어 있고, 새벽하늘이 거꾸로 비친 은빛 호수 옆에서 일쩍 일어난 순백의 양들이 풀을 뜯고 있었지. 태양이 떠오르는 순간 이 그림을 그린 화가가 그림 전체에 금가루를 흩뿌린 것 같았어.

노주가 감탄했어.

"바깥세상은 참 아름답네. 그림 속에 들어와 있는 것 같아."

우산을 든 관 씨가 말했어.

"그러게요. 이 그림 속에서는 공주님이 이렇게 살아 있는데 그 그림에 들어가면 죽는다니."

이 말에 노주는 세상을 떠난 부모님이 떠올랐지만 애써 눈물을 참았어. 더 이상 어린애가 아니라 국왕의 무거운 책임을 짊어져야 한다는 걸 알고 있었으니까.

노주가 물었어.

"큰오빠는 왜 묘도로 유배되었어?"

호위대장이 말했어.

"심수 왕자님이 괴물이라는 소문이 파다합니다."

관 씨가 발끈했어.

"무슨 소리! 심수 왕자님은 괴물이 아니야!"

"모두들 그분이 거인이라고 했습니다."

"거인 아니야! 왕자님이 어릴 적에 내가 자주 안아줬다니까. 절대로 아니야!"

"바닷가에 가면 볼 수 있을 겁니다. 그는 거인이에요. 본 사람이 많습니다."

노주가 물었어.

"설사 거인이라고 해도 왕자인데 어떻게 섬으로 유배를 보낼 수가 있지?"

"유배된 게 아니에요. 어릴 적에 배를 타고 묘도로 낚시하러 갔는데 그사이에 도철어가 나타나는 바람에 돌아오지 못하고 섬에서 자라게 된 거예요."

태양이 떠오르자 길을 지나가는 사람과 마차가 점점 많아졌어. 노주는 왕궁 밖으로 나온 적이 없었기 때문에 아무도 그녀가 공주라는 걸 알아보지 못했지. 하지만 베일로 얼굴을 가리고 눈만 내놓고 있는데도 보는 사람들마다 그녀의 아름다움에 감탄했어. 사람들은 마차를 모는 사내가 늠름하고 잘생겼다고 칭찬하고, 마차에 탄 노파가 이상한 우산을 돌리고 있다며 웃었지만 다행히 우산의 용도를 의심하는 사람은 없었어. 강한 햇볕을 가리려는 줄만 알았지.

어느덧 점심 무렵이 되자 호위대장이 점심으로 먹을 토끼 두 마리를 활로 쏘아 잡았어. 세 사람은 길가의 나무 그늘 아래 공터에서 점심을 먹었어. 노주는 옆에 있는 보드라운 풀을 만지며 싱그러운 풀 내음과 꽃향기를 맡고 나뭇잎 사이로 내려와 풀밭 위에 군데군데 내려앉은 햇빛에 시선을 빼앗겼어. 숲에서 새들이 지저귀고 멀리서 목동의 피리 소리도 들려왔지. 노주에게는 세상 모든 게 신기하고 놀라웠어.

관 씨가 길게 탄식했어.

"휴, 공주님, 왕궁을 떠나서 고생이 많으시네요."

노주가 말했어.

"왕궁보다 바깥세상이 훨씬 더 좋은 거 같아."

"바깥세상이 뭐가 좋아요? 바깥에서 사는 게 얼마나 힘든 줄 몰라서 하시는 말씀이에요. 지금은 봄이지만 겨울에는 온몸이 꽁꽁 얼도록 춥고 여름에는 또 얼마나 더운지 몰라요. 바깥세상에는 바람도 불고 비도 오고 별의별 사람도 다 있답니다……."

"이렇게 자라도록 바깥세상에 대해 아무것도 몰랐잖아. 왕궁에서 음악과 그림, 시와 산수를 배우고, 아무도 말하지 않는 두 가지 언어까지 배웠지만 누구도 내게 바깥세상이 어떤 곳인지는 가르쳐주지 않았어. 이런 내가 어떻게 나라를 다스릴 수 있겠어?"

"신하들이 보좌할 거예요."

"나를 보좌해줄 신하들도 모두 그림 속으로 들어갔잖아……. 역시 왕궁보다는 바깥세상이 좋아."

왕궁에서 도철해까지 한나절이면 도착할 수 있었지만 공주 일행은 큰길로 가지 못하고 여러 마을을 거쳐 돌아가야 했으므로 한밤중에야 바닷가에 도착했어.

노주는 이렇게 광활하고 별이 가득한 밤하늘을 본 적이 없었고, 밤이 이토록 어둡고 적막하다는 것도 처음 알았어. 관솔불은 주변의 작은 땅만 비출 뿐, 조금만 시선을 멀리 옮겨도 세상은 어슴푸레한 검은 백조의 깃털 같았지. 말발굽 소리가 별을 흔들 것처럼 사방을 울리는데 노주가 갑자기 호위대장에게 마차를 세워달라고 했어.

"들어봐. 무슨 소리지? 거인의 숨소리 같아."

"공주님, 바닷소리입니다."

마차가 다시 출발했어. 그런데 땅거미가 드리운 길 양쪽으로 뭔가 흐릿한 물체가 보였어. 커다란 바나나처럼 길쭉한 물체였지.

노주가 물었어.

"저게 뭐지?"

호위대장이 마차를 세우고 관솔불을 내려 물체가 있는 쪽으로 다가갔어.

"공주님도 아시는 것입니다."

"배인가?"

"네, 배입니다."

"배가 왜 육지에 있어?"

"바닷속에 도철어가 있기 때문입니다."

어른거리는 관솔불 빛무리 아래로 낡은 배 한 척이 보였어. 절반쯤 모래에 파묻히고 위로 드러난 부분이 거대한 괴수의 백골 같았어.

노주가 앞을 가리키며 새된 소리를 질렀어.

"저것 좀 봐! 커다란 백사 같아!"

"놀라지 마십시오. 뱀이 아니라 파도입니다. 여긴 해변입니다."

노주와 관 씨가 마차에서 내려 바다를 보았어. 그림으로만 보았던 바다가 눈앞에 펼쳐져 있었지. 밤하늘 아래 검은 바다 위로 별빛이 가득 쏟아져 광대함과 신비함을 자아내고 있었어. 마치 액체 상태의 또 다른 밤하늘인 것처럼. 공주는 홀린 듯 바다를 향해 다가갔지만 호위대장과 관 씨가 그녀를 말렸어.

"공주님, 가까이 가시면 위험합니다."

"앞쪽은 수심이 얕아요. 설마 저렇게 얕은 물에서 익사하겠어요?"

노주가 해변의 흰 파도를 가리키자 관 씨가 말했어.

"바다에 도철어가 있어요. 사람을 잘게 뜯어 먹는다고요!"

호위대장이 부서진 널판을 주워다가 바다를 향해 던졌어. 널판이 수면 위에서 몇 번 흔들리자 검은 그림자 하나가 수면 위로 떠오르며 널판을 덮쳤지. 몸의 대부분이 물속에 있어서 크기를 가늠할 수는 없었지만 몸을 덮은 비늘이 불빛을 받아 반짝였어. 뒤이어 널판을 향해 빠르게 헤엄쳐 온 서너 개의 그림자가 물속에서 하나로 뒤엉켰어. 출렁이는 물소리와 함께 나무가 날카로운 이빨에 갈리는 소리가 들리더니 그림자와 널판이 모두 사라졌어. 순식간에 벌어진 일이었어.

호위대장이 말했어.

"보셨습니까? 큰 배도 금세 산산조각 내는 놈들입니다."

"묘도는 어디 있지?"

관 씨가 묻자 호위대장이 검은 물과 하늘이 이어진 곳을 가리켰어.

"저쪽입니다. 밤이라 보이지 않지만 날이 밝으면 보일 겁니다."

그들은 해변에서 야영하기로 했어. 관 씨가 우산을 호위대장에게 맡기고 마차에서 작은 나무 대야를 꺼냈어.

"공주님, 목욕은 할 수 없어도 세수는 하셔야지요."

호위대장이 우산을 관 씨에게 건네고 물을 구해 오겠다며 대야를 들고 사라지자 관 씨가 하품하며 말했어.

"참 괜찮은 청년이에요."

호위대장이 금방 돌아왔어. 어디서 구했는지 대야에 맑은 물을 가득 담아가지고서. 관 씨가 노주의 얼굴을 씻기기 시작했어. 비누를 물에 담가 비비자 보글대는 소리가 나며 대야 안이 금세 새하얀 거품으로 가득 차더니 몽글몽글한 거품이 쉬지 않고 넘쳐흘렀어.

호위대장이 신기한 표정으로 거품을 보고 있다가 관 씨에게 말했어.

"그 비누 좀 보여주세요."

관 씨가 꾸러미에서 새하얀 비누를 조심스럽게 꺼내 그에게 건넸지.

"잘 잡게. 깃털보다 가벼워서 놓치면 금세 날아가버리니까."

호위대장이 비누를 받아보니 정말로 무게감이 하나도 느껴지지 않았어. 마치 하얀 그림자 같았지.

"정말 허얼신건모쓰컨의 비누군요. 얼마나 더 있어요?"

"두 개밖에 안 남았어. 왕궁에서, 아니 이 나라를 통틀어서 마지막 남은 두 개일 거야. 오래전에 내가 공주님을 위해 남겨뒀지. 허얼신건모쓰컨에는 좋은 물건이 많은데 구하기가 점점 힘들어."

관 씨가 혀를 차며 비누를 받아 조심스럽게 다시 꾸러미에 넣었어.

노주는 흰 거품을 물끄러미 쳐다보며 왕궁을 떠난 뒤 처음으로 왕궁 생활을 회상했어. 그때는 매일 저녁 화려한 궁중 목욕탕의 욕조에 이런 거품이 가득 차 있었어. 불빛에 비쳐 알알이 반짝이는 거품이 하늘에서 따온 흰 구름 같다가도 또 금세 보석 더미처럼 무지개색으로 바뀌었지.

그 거품에 몸을 담그면 몸이 국숫발처럼 나른해졌어. 온몸이 사르르 녹아내려 거품이 될 것 같았어. 손 하나 까딱하기 싫을 만큼 편안해서 하녀가 그녀를 안고 나와 물기를 닦아준 뒤 침대에 눕혀 편히 자게 했어. 그러면 그 포근한 기분으로 다음 날 아침까지 단잠을 잘 수 있었지.

지금도 몸은 지치고 긴장돼 뻣뻣했지만 허얼신건모쓰컨 비누로 세수한 얼굴은 개운하고 보드라웠지. 간단한 음식으로 대충 허기를 달랜 뒤 모래 위에 누웠어. 처음에는 담요를 깔고 누웠지만 모래에 직접 눕는 게 더 편하다는 걸 알았어. 보드라운 모래 사이로 낮에 내리쬔 햇볕의 기운이 남아 있어서 크고 따뜻한 손바닥 위에 누워 있는 것 같았거든. 파도 소리가 자장가가 되어 금세 잠이 들었어.

시간이 얼마나 흘렀을까. 방울 소리가 노주의 잠을 깨웠어. 그녀 위에서 돌아가고 있는 검은 우산에서 나는 소리였어. 관 씨는 옆에서 잠들어 있고 우산은 호위대장이 들고 있었어. 관솔불도 꺼지고 밤의 어둠이 검은 백조의 깃털처럼 모든 걸 덮고 있었어. 밤하늘을 배경으로 서 있는 호위대장의 검은 실루엣만 보였지. 그가 쓴 투구가 별빛에 반짝이고 그의 머리칼이 바닷바람에 너울대고 있었어. 우산은 여전히 그의 손에서 안정적으로 돌아가고 있었고, 밤하늘의 절반을 가린 작은 지붕처럼 말이야. 그의 눈은 볼 수 없지만 그의 눈빛은 느낄 수가 있었어. 그는 깜빡이는 수많은 별과 함께 그녀를 내려다보고 있었어.

호위대장이 나지막이 말했어.

"죄송합니다. 제가 우산을 너무 빨리 돌렸나 봅니다."

"시간이 얼마나 됐어?"

"자정이 지났습니다."

"바다가 멀리 있는 것 같아."

"썰물이 빠져나가서 그렇습니다. 내일 아침에는 다시 차오를 겁니다."

"교대로 내게 우산을 씌워주고 있었던 거야?"

"네. 낮에는 관 씨 아주머니께서 들고 밤에는 제가 듭니다."

"온종일 마차를 모느라 힘들었을 텐데. 우산은 내가 들 테니 눈 좀 붙여."

노주는 자신이 한 말에 놀랐어. 공주인 그녀는 지금까지 한 번도 누군가를 배려해준 적이 없었거든.

"아닙니다. 공주님은 손이 보드라워서 금세 물집이 생길 겁니다. 제가 들겠습니다."

"이름이 뭐야?"

하루 종일 함께 다녔지만 그녀는 그제야 그의 이름을 물었어. 예전 같았으면 그게 정상이라고 생각했겠지. 심지어 영영 묻지 않아도 이상할 게 없었어. 하지만 이제 그녀는 그런 자신이 부끄러웠어.

"장범(長帆)입니다."

"범?"

노주가 고개를 돌려 그를 보았어. 지금 그들이 있는 곳은 해변 백사장의 커다란 배 옆이었어. 배가 바람을 막아주고 있었지. 해변에 있는 다른 배들과 달리 이 배는 돛대가 부서지지 않고 남아 있었어. 마치 밤하늘을 가리키고 있는 긴 검처럼 말이야.

"범이라면 저 장대에 거는 큰 천이라는 뜻이지?"

"네, 맞습니다. 저건 돛대고 돛을 저기에 걸지요. 바람이 불어 돛을 밀면 배가 움직입니다."

"바다에 떠 있는 새하얀 돛은 참 예뻐."

"그림 속에서나 그렇죠. 실제로 돛은 그렇게 하얗지 않습니다."

"호위대장은 허얼신건모쓰컨 사람인 것 같아."

"네. 제 아버지가 허얼신건모쓰컨의 건축가였어요. 제가 어릴 적에 온 가족이 이곳으로 이주했죠."

"고향에 가고 싶지 않아? 허얼신건모쓰컨 말이야."

"아뇨. 워낙 어릴 적에 떠나서 잘 기억나지 않습니다. 그리워해봐야 소용도 없고요. 이야기 없는 왕국을 영원히 떠날 수 없으니까요."

멀리서 철썩이는 파도 소리가 장범의 말을 되풀이해서 따라하는 것 같았어. 영원히 떠날 수 없으니까요. 영원히 떠날 수 없으니까요……

공주가 말했어.

"바깥세상 얘기를 들려줘. 난 아는 게 하나도 없어."

"공주님은 아실 필요 없습니다. 이야기 없는 왕국의 공주님이시니까요. 공주님께 이 나라는 당연히 아무 일도 없는 곳이죠. 사실 바깥세상 사람들도 아이에게 이야기를 들려주지 않아요. 저희 부모님은 달랐죠. 허얼신건모쓰컨 사람이라서 제게 이야기를 많이 들려주셨어요."

"예전에는 이 나라에도 이야기가 있었다고 아버지가 말씀하신 적이 있어."

"맞습니다……. 이 나라가 바다에 둘러싸여 있다는 건 공주님도 아시겠죠. 왕궁은 나라의 중심에 있어서 어느 방향으로 가든 해변에 도착하게 되지요. 이야기 없는 왕국은 커다란 섬이에요."

"그건 나도 알아."

"예전에는 이 나라를 둘러싸고 있는 바다를 도철해라고 부르지 않았어요. 그때는 도철어가 없어서 배들이 자유롭게 다닐 수 있었죠. 이야기 없는 왕국와 허얼신건모쓰컨 사이에 날마다 수많은 배가 오갔고요. 그때까지만 해도 이 나라는 이야기 왕국이었어요. 사람들의 생활도 지금과는 달랐죠."

"그게 정말이야?"

"그때는 이야기가 많았어요. 변화도 무궁무진하고 신기한 일도 많고요. 번화한 도시도 몇 개나 있었죠. 왕궁 주변도 지금처럼 숲과 들판이 아니라 번화한 수도였어요. 어딜 가든 허얼신건모쓰컨에서 들여온 진귀한 보물과 그릇을 볼 수 있었어요. 이야기 없는 왕국, 아니 이야기 왕국의 물건들도 배에 실려 허얼신건모쓰컨으로 운반되었고요. 그때는 생활이 얼마나 다채로웠는지 몰라요. 말을 타고 산속을 달리는 것 같았죠. 산봉우리로 올라가기도 하고 골짜기로 내려가기도 하고. 기회와 위험이 충만했어요. 거지가 하루아침에 벼락부자가 되기도 하고, 부자가 하루아침에 빈털터리가 되기도 했어요. 아침에 일어나면 그날 무슨 일이 일어날지, 어떤 사람을 만나게 될지 알 수 없었고 하루하루가 짜릿하고 즐거웠어요.

그런데 어느 날 허얼신건모쓰컨의 한 상인이 희귀한 물고기를 가지고 왔어요. 손가락만 한 길이에 온몸이 까만 물고기였어요. 별로 특별할 것 없어 보이는 물고기를 단단한 쇠 양동이에 담아가지고 왔죠. 그가 시장 한복판에 양동이를 놓고 신기한 걸 보여주었어요. 물이 담긴 양동이에 검을 집어넣자 써걱써걱 소리가 요란하게 났어요. 검을 빼보니 톱니자국이 선명하게 나 있었죠. 그 물고기가 바로 도철어였어요. 허얼신건모쓰컨의 바위 동굴 속 깊고 어두운 연못에서 자란 민물고기였죠. 도철어는 날개 돋친 듯 팔려나갔어요. 이빨이 작기는 하지만 다이아몬드처럼 단단해서 구멍 뚫는 데 쓸 수 있고, 날카로운 지느러미도 화살촉이나 단도로 쓸 수 있었어요. 허얼신건모쓰컨의 도철어가 점점 더 많이 수입되었죠. 그러던 어느 날 허얼신건모쓰컨의 물고기를 싣고 오던 배가 태풍을 만나 뒤집어지는 바람에 도철어 20통이 바다에 빠지고 말았어요.

사람들은 그제야 도철어가 바다에서 아주 빠르게 자란다는 걸 알았어요. 육지의 연못에서보다 훨씬 더 크게 자랐죠. 사람 키만큼이나 몸집이 크고 번식력도 왕성해서 개체수가 빠르게 증가했어요. 도철어 떼가 바다에 떠다니는 것들을 닥치는 대로 먹어치우기 시작했어요. 큰 배든 작은 배든 항구에 닿기도 전에 모조리 갉아 가루로 만들었죠. 아무리 큰 배도 도철어 떼에 포위당하면 배 밑바닥에 구멍이 뚫리고 물속에 가라앉기도 전에 도철어 떼에 흔적도 없이 갉아 먹혀요. 도철어 떼가 이야기 왕국 주위를 돌아다니자 주변 나라들은 재빨리 바다에 둥근 장벽을 만들었어요.

이야기 왕국은 그렇게 도철어에게 포위당했고 해변은 죽음의 땅이 되었죠. 그 어떤 배도 다닐 수 없었고 이 나라는 봉쇄됐어요. 허얼신건모쓰컨을 포함한 모든 외부 세계와 왕래가 끊기자 자급자족의 전원생활로 돌아갈 수밖에 없었어요. 번화한 도시가 농장과 목장으로 바뀌고 사람들의 생활도 단조롭고 조용해졌어요. 더 이상 아무런 변화도 없었고 즐거운 일도 없었어요. 어제가 오늘 같고, 오늘이 내일 같았죠. 이런 생활에 길들여진 사람들은 더 이상 다른 생활을 꿈꾸지 않게 되었어요. 과거에 대한 기억도 허얼신건모쓰컨에서 들어온 진기한 물건들처럼 점점 사라졌어요. 심지어 사람들은 가끔 과거를 잊고 현재조차 잊어버렸죠. 결국 아무 일도 없고 아무 이야기도 없는 생활을 하게 되었고 이야기 왕국은 이야기 없는 왕국으로 바뀌었어요."

넋을 놓고 듣고 있던 노주가 한참 만에 물었어.

"지금도 바다 곳곳에 도철어가 살고 있어?"

"아뇨. 이야기 없는 왕국의 해변에만 있어요. 시력이 좋은 사람들은 먼바다의 수면에서 바닷새가 먹이 잡는 걸 볼 수가 있어요. 거긴 도철어가 없으니까요. 바다는 끝없이 넓거든요."

"그럼 이 세상에 이야기 없는 왕국과 허얼신건모쓰컨 말고 또 다른 나라가 있어?"

"세상에 두 나라밖에 없을 거라고 생각하세요?"

"어릴 적 궁중 교사가 그렇게 말했어."

"그건 그 자신조차 믿지 않았을 거예요. 세상은 아주 넓고 바다가 끝없이 펼쳐져 있어요. 셀 수 없이 많은 섬들이 떠 있죠. 이 나라보다 더 큰 나라도 있고 더 작은 나라도 있어요. 대륙도 있고요."

"대륙? 그게 뭐야?"

"바다처럼 넓은 육지예요. 말을 타고 몇 달을 달려도 땅끝에 닿을 수가 없어요."

"세상이 그렇게 넓다고? 지금 내가 보여?"

노주가 감탄하다가 대뜸 물었어.

"공주님의 눈만 보여요. 눈 속에 별이 있네요."

"그럼 내가 동경하는 것도 볼 수 있겠네. 저 범선을 타고 바다로 나가고 싶어. 아주아주 먼 곳에 가보고 싶어."

"그럴 수 없어요. 우린 이야기 없는 왕국을 떠날 수가 없어요. 영원히…… 어둠이 두려우시면 불을 켜드릴게요."

"고마워."

관솔에 불을 붙이자 장범이 보였어. 그런데 그의 시선은 다른 곳을 향해 있었어.

노주가 작은 소리로 물었어.

"뭘 보고 있어?"

"저기요. 저길 보세요."

장범이 공주 옆에 있는 풀을 가리켰어. 모래밭에서 자라난 작은 풀잎에 방울방울 맺힌 이슬이 영롱하게 반짝였어.

장범이 말했어.

"저게 바로 이슬이에요."

"그래? 저게 나라고? 날 닮았어?"

"닮았어요. 크리스털처럼 아름다워요. 이슬도 공주님도."

"해가 뜨면 햇빛을 받아 더 아름다울 거야."

장범이 한숨을 내쉬었어. 아주 깊은 한숨이었지. 아무 소리도 나지 않았지만 노주는 그걸 느낄 수 있었어.

"왜 그래?"

"해가 뜨면 이슬은 곧 증발해 사라져요."

노주가 가만히 고개를 끄덕였어. 불빛 속에서 그녀의 눈빛이 어두워졌어.

"정말 나랑 닮았네. 이 우산이 접히면 나도 사라지잖아. 난 햇볕 아래 매달린 이슬이야."

"공주님이 사라지지 않게 제가 지킬게요."

"호위대장도 나도 알고 있어. 우리가 묘도에 갈 수 없다는 걸. 심수 오라버니를 데려올 수 없다는 걸."

"그럼, 제가 영원히 공주님께 우산을 받쳐드릴게요."

윈톈밍의 세 번째 동화

〈심수 왕자〉

노주가 다시 눈을 떠보니 날이 환히 밝은 뒤였어. 검은 바다도 파란색으로 바뀌어 있었지. 하지만 노주는 여전히 그림에서 본 바다와 전혀 다르다고 생각했어. 어둠에 가려져 있던 광대함이 눈앞에 펼쳐지고 이른 아침의 햇살 아래 바다 위가 텅 비어 있었어. 하지만 공주의 상상 속에서 이 텅 빈 바다는 도철어 때문이 아니었어. 바다가 그녀를 위해 비어 있는 것 같았으니까. 왕궁 안 공주의 궁전이 그녀를 기다리며 텅 비어 있는 것처럼 말이야. 지난밤 장범에게 말했던 그 간절한 동경이 더 강렬해졌어. 그녀는 이 광활한 바다 위에 자신의 흰 돛이 떠 있는 상상을 했어. 돛이 바람에 밀려 멀리 사라지는 상상을.

관 씨가 그녀에게 우산을 씌워주고 있고 바다 쪽 모래사장에 있던 호위대장이 그녀에게 손짓을 했어. 공주가 다가가자 그가 바다를 가리키며 말했어.

"보십시오. 저기가 묘도입니다."

제일 먼저 공주의 눈에 들어온 건 묘도가 아니라 작은 섬에 서 있는 거인이었어. 그가 심수 왕자라는 걸 알 수 있었지. 그가 바다에 외롭게 떠 있는 봉우리처럼 섬 위에 우뚝 서 있었어. 햇볕에 그을린 갈색 피부에 옹골지게 잡혀 있는 근육은 봉우리의 바위 같고, 바닷바람에 흩날리는 머리칼은 봉우리 꼭대기의 수풀 같았어. 빙사와 닮았지만 그보다 더 건장하고, 음울한 기색 없이 눈빛과 표정이 바다처럼 시원했어. 아직 태양이 완전히 떠오르기 전이었지만 그의 머리는 이미 햇빛을 흠뻑 머금고 불이 붙은 듯 금빛으로 타올랐어. 그가 커다란 손으로 손 지붕을 만들고 먼 곳을 쳐다보고 있었지. 그 순간 노주는 거인과 눈이 마주친 걸 느꼈어. 노주가 펄쩍 뛰어오르며 큰 소리로 외쳤어.

"심수 오라버니! 나 노주예요! 여동생 노주라고요! 나 여기 있어요!"

그런데 거인은 아무 반응도 보이지 않았어. 그의 시선이 노주 쪽을 훑고 지나쳐 다른 곳을 향하더니 이내 손을 내리고는 무슨 생각에 잠긴 듯 고개를 저으며 다른 쪽으로 가버렸어.

노주가 다급하게 물었어.

"어떻게 우릴 못 볼 수가 있지?"

"멀리 있는 개미 세 마리에게 누가 관심을 주겠어요?"

장범이 관 씨에게로 시선을 옮겼다.

"심수 왕자님이 거인이라고 했잖아요. 직접 보셨죠?"

"내가 안아줄 때는 분명히 작디작은 아기였는데 어떻게 저렇게 크셨지? 더 잘됐네. 아무도 막지 못할 테니 나쁜 놈들을 싹 다 혼내주고 공주님의 초상화를 찾아올 수 있겠어!"

"그러려면 왕자님께 지금 나라에 무슨 일이 일어났는지 알려야 하는데……."

장범이 고개를 저으며 말끝을 흐렸다. 노주가 장범을 붙들고 떼를 쓰듯 외쳤다.

"날 보내줘! 저리로 보내달라고! 꼭 가야 해!"

"갈 수가 없어요, 공주님. 아무도 묘도로 건너가지 못했어요. 묘도에서 이쪽으로 건너올 수도 없고요."

노주의 눈에 눈물이 차올랐어.

"정말 아무 방법이 없어? 우리가 여기까지 온 것도 오빠를 데려오기 위한 거잖아. 그럼 무슨 방법이라도 있을 거 아냐!"

눈물이 그렁그렁한 공주의 눈을 보고 장범이 불안한 기색으로 말했어.

"정말 방법이 없습니다. 여기로 온 건 잘한 일이에요. 왕궁에서 멀리 도망쳐야 했으니까요. 그러지 않았으면 목숨을 구하지 못했을 겁니다. 하지만 전 처음부터 묘도에 갈 수 없다는 걸 알고 있었습니다. 비둘기에게 편지를 매달아 보내는 방법을 써볼 수는 있겠지만……."

"좋은 생각이야! 비둘기를 잡으러 가자!"

"하지만 편지를 보낸다 해도 무슨 소용이 있겠어요? 왕자님이 편지를 받는다 해도 바다를 건너올 수가 없는걸요. 아무리 거인이라도 바다에서 도철어에게 뜯어 먹힐 겁니다. 우선 아침부터 드시면서 생각해보죠. 먹을 걸 구해 올게요."

"에구머니! 내 대야!"

관 씨가 펄쩍 뛰며 외쳤어. 밀물이 밀려오면서 바닷물이 백사장까지 올라와 어젯밤 공주가 세수할 때 쓴 나무 대야가 바다로 쓸려가버린 거야. 대야가 이미 바다로 한참이나 떠밀려 가 있었어. 대야가 엎어지면서 어젯밤 세수한 물이 쏟아져 바다 위에 흰 거품이 떠다니고 도철어 몇 마리가 대야를 향해 헤엄쳐 오고 있었어. 검은 지느러미가 예리한 검처럼 수면을 가르며 다가왔어. 눈앞에서 대야가 산산조각 나려는 찰나였지.

그런데 뜻밖의 일이 벌어졌어. 도철어가 대야를 내버려두고 거품 속으로 헤엄쳐 들어가더니 거품에 닿자마자 헤엄치기를 멈추고 물 위로 떠올랐어. 기세등등했던 흉악함은 사라지고 몸이 나른하게 늘어졌어. 어떤 건 꼬리를 천천히 흔들었지만 헤엄치려는 게 아니라 기분 좋은 듯 꼬리를 살랑대는 것이었고, 어떤 건 허연 배를 위로 향하고 수면 위에 드러누웠어.

세 사람이 놀라서 아무 말도 못 하고 쳐다보기만 하고 있는데 노주가 말했어.

"어떤 느낌인지 알아. 거품 때문에 편안해진 거야. 저 비누 거품에 몸을 담그면 뼈가 녹아내린 것처럼 온몸이 노긋해져. 손 하나 까딱하기 싫을 만큼."

관 씨가 말했어.

"허얼신건모쓰컨의 비누가 역시 좋네요. 아쉽게도 두 개밖에 안 남았어요."

장범이 말했어.

"허얼신건모쓰컨에서도 이런 비누는 아주 귀해요. 이 비누를 어떻게 만드는 줄 아세요? 허얼신건모쓰컨에 마법거품나무라는 신비한 나무가 있어요. 1000년 넘게 아주 높이까지 자라는데 평소에는 여느 나무와 다를 게 없지만 강한 바람이 불면 나무에서 비누 거품이 나오죠. 바람이 강하면 강할수록 거품이 많이 나와요. 그 거품을 모아서 비누를 만드는데 거품을 모으는 게 쉬운 일이 아니에요. 바람에 날려 빠르게 날아가는데다가 투명해서 바로 앞에서도 잘 보이지가 않아요. 거품과 같은 속도로 달려야만 볼 수 있죠. 제일 빠른 말을 타고 달려야만 바람에 날아가는 거품을 따라잡을 수가 있어요. 그렇게 빠른 말은 허얼신건모쓰컨에서도 열 필이 채 안 되죠. 마법거품나무에서 거품이 나올 때 비누 장인이 빠른 말을 타고 바람 부는 방향을 따라 질주하면서 말에 탄 채로 그물을 이용해 거품을 잡아야 해요. 거품의 크기가 다양하지만 제일 큰 거품도 그물에 걸려 터지면 눈에 보이지 않을 만큼 작아지죠. 수십만 개, 아니 100만 개 넘게 모아야 비누 한 개를 만들 수가 있어요. 하지만 비누로 만들어진 마법 거품을 물에 다시 녹이면 수백만 개의 거품을 만들어낼 수 있어요. 비누 거품이 이렇게 풍성한 이유예요. 마법 거품이 무게를 측정할 수 없을 만큼 가벼워서 비누도 무게감이 전혀 느껴지지 않아요. 세상에서 제일 가볍지만 아주 귀한 비누지요. 왕궁에 있던 비누는 아마도 국왕 대관식 때 허얼신건모쓰컨 사절단이 가져온 선물인 것 같아요. 그 후에……."

장범이 갑자기 말을 멈추더니 생각에 잠긴 듯 바다로 시선을 옮겼어. 그의 시선이 닿은 곳에 허얼신건모쓰컨의 비누 거품이 떠다니고 있었어. 도철어 몇 마리가 여전히 거품 위에 누워 유유히 떠다니고 그 앞에 나무 대야가 작은 상처 하나 없이 떠 있었어.

"묘도로 갈 방법을 찾은 것 같습니다! 생각해보세요. 저게 작은 배라면 어떨까요?"

장범이 바다에 떠 있는 대야를 가리켰어.

관 씨가 버럭 외쳤어.

"큰일 날 소리! 공주님께 그런 모험을 시키겠다고?"

"물론 공주님은 가실 수 없죠. 제가 가겠습니다."

노주는 그의 결연한 눈빛에서 굳은 결심을 읽을 수가 있었어. 노주가 상기된 얼굴로 말했어.

"호위대장 혼자 가면 오라버니가 어떻게 믿겠어? 나도 갈래. 꼭 가겠어!"

장범이 평민 차림의 공주를 보며 말했어.

"공주님께서 가신다 해도 신분을 증명할 방법이 없습니다."

관 씨는 아무 말도 하지 않았어. 그녀는 방법이 있다는 걸 알고 있었지. 노주가 말했어.

"적혈(滴血)로 확인하면 되잖아."

관 씨가 말렸어.

"어쨌든 공주님은 갈 수 없어요! 너무 위험해요!"

하지만 그녀의 말투는 조금 전만큼 단호하지 않았어.

관 씨의 손에서 돌아가고 있는 검은 우산을 가리키며 공주가 말했어.

"내가 여기 있으면 안전할까? 우린 너무 눈에 띄어. 빙사가 금방 우릴 찾아낼 거야. 그림으로 들어가는 건 피할 수 있지만 금위군의 추격은 벗어날 수가 없어. 묘도로 가는 게 더 안전해."

결국 그들은 모험을 하기로 결정했어.

장범이 백사장에서 제일 작은 배를 찾아 말에다 묶어 물가로 끌어다 놓았어. 파도가 뱃머리를 향해 혓바닥을 날름거렸어. 돛은 구하지 못했지만 다른 배에서 낡은 노 두 자루를 찾았어. 장범이 노주와 우산을 들고 있는 관 씨를 먼저 배에 타게 한 뒤 허얼신건모쓰컨 비누를 검 끝에 꽂아 노주에게 건네며 배가 바다에 들어가면 비누를 물에 담그라고 했어. 그런 다음 바다 쪽으로 배를 밀었지. 물이 허리에 닿는 곳까지 밀고 들어가서는 배에 훌쩍 올라타 전력을 다해 노를 저었어. 세 사람을 실은 작은 배가 묘도 쪽으로 조금씩 움직였어.

금세 도철어의 검은 지느러미가 다가와 작은 배를 에워쌌어. 선미에 앉은 노주가 검에 꽂은 허얼신건모쓰컨 비누를 물에 담그자 선미 쪽에서 거품이 일기 시작했어. 아침 햇빛에 하얗게 반사된 거품 덩어리가 금세 사람 키만큼이나 부풀어 오르더니 물결을 따라 부채꼴로 퍼져나가며 수면을 하얗게 덮었어. 그러자 거품 속으로 헤엄쳐 들어간 도철어들이 마치 순백색 털담요 위에 드러눕듯 배를 위로 하고 나른하게 기지개를 켰어. 노주는 처음으로 도철어를 가까이에서 볼 수 있었어. 쇠로 만든 기계처럼 뱃가죽을 제외하고는 온통 검은색이었지만 거품에 파묻히자마자 한없이 온순해졌어. 작은 배가 평온한 바다 위를 천천히 미끄러져 나가고 그 뒤로 긴 거품이 꼬리처럼 따라갔어. 바다에 내려앉은 구름처럼 말이야. 양쪽에서 몰려든 도철어 떼가 구름 속을 성지순례 하는 신도들처럼 거품을 향해 몸을 던졌어. 가끔 앞쪽에서 온 도철어들이 배 밑바닥을 몇 번 갉아내고 장범의 노를 작게 깨물었지만 그것들도 곧 뒤에서 따라오는 거품에 매료되어 배에 큰 손상을 입히지는 않았어. 바다 위에 떠 있는 거품 구름과 거품에 도취된 도철어 떼를 보며 공주는 자신도 모르게 목사가 말했던 천국을 떠올렸어.

배가 해안에서 멀어질수록 묘도와 가까워졌어.

그때 관 씨가 외쳤어.

"저기 좀 봐요! 심수 왕자님이 작아졌어요!"

노주가 묘도 쪽을 바라보니 정말 그랬어. 섬에 있는 심수 왕자가 해변에서 볼 때보다 조금 작아져 있었지. 그는 아직 바다를 등진 채 다른 쪽을 보고 있었어. 노주가 노를 젓고 있는 장범에게로 시선을 옮겼어. 그는 평소보다 더 건장해 보였어. 탄탄한 근육이 불룩 솟아오르고 양손에 쥔 노는 비상하는 날개 같았지. 타고난 뱃사람인 것 같았어. 육지보다 바다에서 훨씬 힘이 넘쳐 보였으니까.

관 씨가 또 외쳤어.

"왕자님이 우릴 보셨어요!"

심수 왕자가 바다 쪽으로 몸을 돌리더니 한 손으로 배가 있는 쪽을 가리켰어. 놀란 눈빛으로 뭐라고 외치는 듯 입을 벙긋거렸어. 놀란 게 당연해. 이 죽음의 바다에 작은 배가 나타난 것만 해도 믿기 어려운데 그 배가 엄청난 거품을 끌고 오고 있었으니까 말이야. 뒤로 갈수록 거품이 점점 넓어졌어. 그의 큰 키로 내려다보면 바다 위로 흰 꼬리가 달린 혜성이 나타난 것처럼 보였을 거야.

세 사람은 왕자가 그들을 향해 외치는 게 아니라는 걸 알았어. 그의 발밑으로 보통 키의 사람들이 보였어. 멀리 있어서 아주 작고 얼굴도 보이지 않았지만 배를 보고 있는 건 분명했어. 어떤 사람은 손을 흔들기까지 했어.

묘도는 원래 사람이 살지 않는 무인도였어. 20년 전 심수가 낚시를 하러 갈 때 그의 보호관, 궁중 교사, 호위병과 하인 몇 명을 데리고 갔어. 그런데 그들이 섬에 오르자마자 도철어 떼가 왕국의 근해로 몰려오는 바람에 돌아가는 길이 막히고 말았지.

왕자의 키가 아까보다 더 줄어들어 있었어. 배가 섬에 가까워질수록 왕자의 키가 줄어들고 있었던 거야.

섬의 해안에 가까워지자 보통 키의 사람들이 또렷하게 보였어. 모두 여덟 명이었고 대부분 심수처럼 돛으로 대충 만든 허름한 옷을 입고 있었지. 그중 노인 두 명은 궁중복을 입고 있었지만 몹시 낡았고 대부분 허리에 검을 차고 있었어. 그들이 해변으로 달려왔어. 심수가 멀리서 그들 뒤를 따랐어. 이제 그는 다른 사람들보다 키가 두 배 정도 클 뿐 엄청난 거인은 아니었어.

장범이 더 빠르게 노를 저어 배를 해변으로 올렸어. 해변을 덮치는 파도가 거대한 손처럼 배를 앞으로 밀어주었어. 배가 기우뚱 흔들리는 바람에 노주가 하마터면 배에서 떨어질 뻔했어. 배 밑바닥이 백사장 위로 올라왔어. 해변으로 달려온 사람들이 도철어가 무서웠는지 멀찌감치 멈춰 서서 다가오지 못했어. 그중 네 사람이 용감하게 달려와 배를 안전하게 세운 뒤 노주가 배에서 내리도록 부축해주었어.

"조심해요! 공주님은 우산에서 벗어나면 안 돼요!"

배에서 내리는데 관 씨가 큰 소리로 외치며 우산을 재빨리 노주의 머리 위로 옮겼어. 이제 익숙해져서 한 손으로도 우산을 멈추지 않고 돌릴 수 있었어.

사람들이 놀란 표정으로 쉬지 않고 돌아가는 우산과 배가 건너온 바다 위를 번갈아 쳐다보았어. 하얀 비누 거품과 물 위에 떠 있는 도철어 떼가 흑백의 선명한 대비를 이루며 묘도와 왕국의 해안을 잇는 바닷길을 만들고 있었어. 심수도 해변에 도착했어. 이제 그의 키는 보통 사람들과 별 차이가 없었어. 심지어 그들 중 키가 큰 다른 두 사람보다도 작았지. 세 사람을 보며 미소 짓는 심수는 너그러운 어부 같았지만 노주는 그에게서 아버지를 닮은 모습을 발견했어. 그녀가 검을 바닥에 툭 떨어뜨리고 왈칵 눈물을 쏟으며 외쳤어.

"오라버니! 제가 노주예요!"

"그래. 내 누이를 닮았구나."

심수가 고개를 끄덕이고 웃으며 두 손을 내밀었지만 사람들이 노주에게 가까이 가지 못하게 말렸어. 노주 일행도 왕자가 공주에게 다가오지 못하게 막았지. 한 사람이 검으로 장범을 겨누며 경계했지만 그는 아무렇지 않게 공주가 떨어뜨린 검을 주워 살펴보았어. 상대가 오해할까 봐 조심스럽게 칼날을 살펴보니 바다를 건너오는 동안 비누가 3분의 1밖에 줄어들지 않았어.

섬에 있던 노인이 말했어.

"정말로 노주 공주님이라는 걸 증명해보시오."

그가 입은 궁중복은 낡았지만 단정했고, 얼굴에도 숱한 풍상의 흔적이 남아 있었지만 길게 다듬은 수염에서 기품이 느껴졌어. 외로운 섬에서 오랜 세월을 보냈지만 왕궁 대신의 품위는 잃지 않고 있었지.

"저를 모르시겠어요? 이분은 보호관이신 암림(暗林) 나리시고, 또 저분은……."

관 씨가 또 다른 노인을 가리켰어.

"왕자님의 스승이신 광전(廣田) 나리시잖아요."

두 노인이 고개를 끄덕였어.

광전이 말했어.

"관 씨, 많이 늙었군."

"두 분도 많이 늙으셨네요."

관 씨가 우산을 들지 않은 손으로 눈물을 닦았어.

하지만 암림이 단호하게 말했지.

"우리는 20년 넘는 세월 동안 왕국에서 무슨 일이 있었는지 전혀 모르오. 그러니 공주의 신분을 증명하시오."

그가 노주를 향해 말했어.

"적혈을 하시겠습니까?"

노주가 고개를 끄덕였지만 왕자가 말했어.

"그럴 필요 없습니다. 제 누이가 맞습니다."

보호관이 말했어.

"왕자님, 꼭 하셔야 합니다."

한 사람이 단도 두 자루를 가져와 보호관과 궁중 교사에게 하나씩 주었어. 그들이 허리에 찬 녹슨 검과 달리 새것처럼 날카로운 날이 서 있었지. 공주가 팔을 뻗자 보호관이 단도로 그녀의 희고 보드라운 검지를 가볍게 그었어. 베인 자리에서 흘러나온 붉은 피가 단도 날 위로 미끄러졌어. 궁중 교사도 왕자의 손가락에서 피를 냈어. 보호관이 궁중 교사에게 단도를 받아 조심스럽게 칼날에 묻은 피 두 방울을 섞자 피가 금세 파란색으로 변했어.

"노주 공주님이 맞습니다."

보호관이 엄숙한 말투로 왕자에게 말한 뒤 궁중 교사와 함께 노주에게 예를 갖추어 절했어. 다른 사람들도 검으로 땅을 짚고 한쪽 무릎을 꿇고 앉았다가 재빨리 일어나 옆으로 피해주었어. 심수와 노주가 상봉의 감격을 누릴 수 있도록 말이야.

심수가 손으로 아이 안는 흉내를 내며 말했어.

"어린 널 안아줄 땐 몸이 이렇게 작았는데."

노주가 울먹이며 그동안 있었던 일을 얘기하는 동안 심수는 누이의 손을 잡고 가만히 듣기만 했지. 숱한 시련에도 젊음을 잃지 않은 그의 얼굴에서 의연함이 배어 나왔어.

다른 사람들도 옆에서 조용히 노주의 얘기를 들었어. 그런데 장범이 이상한 행동을 하기 시작했어. 멀리 달려가서 왕자를 쳐다보고 또 빠르게 달려와 가까이에서 왕자를 보았어. 그렇게 몇 번을 반복하고 있는데 관 씨가 그를 붙잡고 속삭였어.

"내가 뭐랬어? 왕자님은 거인이 아니라고 했지?"

장범이 낮은 소리로 말했어.

"거인이기도 하고 거인이 아니기도 합니다. 보통은 멀리서 볼수록 작아 보이잖습니까? 그런데 왕자님은 다릅니다. 멀리서 보든 가까이에서 보든 차이가 없어요. 가까이에서 볼 때 보통 키인데 멀리서 봐도 역시 똑같은 키로 보이지요. 그래서 멀리서 보면 거인처럼 보이는 겁니다."

관 씨가 고개를 끄덕였어.

"그런 거 같구먼."

노주의 얘기를 다 듣고 난 심수가 짧게 말했어.

"내가 돌아가야겠다."

그들이 돌아가는 배도 두 척밖에 되지 않았어. 왕자와 노주 일행 세 명이 작은 배를 타고 나머지 여덟 명은 조금 큰 배를 탔어. 20년 전 왕자 일행이 묘도로 갈 때 탔던 배였지. 물이 조금 새기는 하지만 짧은 거리는 갈 수 있었어. 노주가 묘도로 건너갈 때 풀어놓은 거품이 조금 줄어들었지만 아직도 수많은 도철어가 수면에서 나른하게 떠다니고 있었어. 떠다니다가 뱃머리나 노에 부딪히기도 했지만 성가신 듯 몇 번 꿈틀거릴 뿐 달려들지 않았어. 큰 배의 돛이 낡기는 했지만 아직 쓸 수 있어서 앞장서서 도철어 사이로 길을 터주며 나아갔지.

"비누를 바다에 담그는 게 좋겠어요. 도철어가 깨어나면 큰일이잖아요?"

관 씨가 배를 에워싼 도철어를 보고 걱정스러운 듯 어깨를 움츠리자 공주가 말했어.

"물고기들은 잠든 게 아니야. 너무 편해서 움직이기 싫은 거지. 비누가 한 개 반밖에 남지 않아서 아껴 써야 해. 나도 이제 세수할 때 비누를 쓰지 않을 거야."

그때 앞에 있는 배에서 누군가 외쳤어.

"금위군이다!"

저 멀리 왕국의 해안에 기병대가 나타났어. 해변을 덮치는 검푸른 파도처럼 빠르게 달려오고 있었어. 햇빛을 받은 기병들의 투구와 검이 살

벌하게 번쩍였지.

심수가 침착하게 말했어.

"계속 가자."

노주의 낯빛이 창백해졌어.

"우릴 죽이러 온 거예요."

심수가 노주의 손을 토닥이며 안심시켰어.

"무서워할 거 없다. 아무 일 없을 거야."

노주가 오빠를 올려다보았어. 그녀는 그가 자신보다 더 왕위에 적합하다는 걸 알았어.

물 위에 도철어가 가득 떠 있었지만 순풍이 불어 예상보다 훨씬 빨리 해안에 도착했어. 배 두 척이 거의 동시에 해변으로 올라오자 금위군 기병대가 물 샐 틈 없는 장벽처럼 그들을 겹겹이 에워쌌어. 노주와 관 씨는 겁에 질렸지만 경험이 풍부한 장범은 조금 마음이 놓였어. 기병들의 검이 모두 칼집에 들어 있고 창도 하늘을 향한 채 똑바로 서 있었으니까. 더 중요한 건 금위군 병사들의 눈빛이었어. 모두 중무장을 하고 두 눈만 밖으로 내놓고 있었지만 그들의 시선이 심수와 노주 일행 너머 바다에 떠 있는 도철어 떼와 거품을 향하고 있었어. 그들의 눈빛에서 깊은 경외심을 느낄 수 있었어. 한 장군이 말에서 내려 배를 향해 달려왔어. 큰 배에 탄 사람들이 배에서 내렸지. 보호관, 궁중 교사, 검을 든 호위병들이 심수와 노주 앞으로 나서며 그들을 엄호했어.

보호관 암림이 금위군을 향해 한 팔을 들어 올리며 큰 소리로 호통쳤어.

"무엄하도다! 심수 왕자님과 노주 공주님이시다."

달려온 장군이 검을 모래에 꽂은 뒤 한쪽 무릎을 꿇고 왕자와 공주를 향해 절했어.

"저희도 알고 있습니다. 하지만 공주님을 살해하라는 명령을 받았습니다."

"노주 공주님은 합법적인 왕위 후계자이고 빙사는 국왕을 시해한 반역자다! 어떻게 반역자의 명령을 따른단 말인가!"

"저희도 알고 있습니다. 그 명령에 복종하지는 않을 것입니다. 하지만, 빙사 왕자님이 어제 오후 대관식을 열고 국왕이 되었으니 금위군이 누구의 지휘를 따라야 할지 모르겠습니다."

보호관이 뭐라고 말하려고 했지만 뒤에 있던 심수가 저지하며 앞으로 나와 장군에게 말했어.

"내가 너희와 함께 왕궁으로 돌아가 해결하겠다."

왕궁의 가장 호화로운 궁전에서 왕관을 쓴 빙사가 자신에게 아첨하는 신하들과 술을 진탕 마시며 즐기고 있었어. 그때 한 사람이 달려 들어와 심수와 노주가 금위군을 이끌고 왕궁으로 오고 있다는 소식을 급히 전했지. 두 시간 후면 그들이 왕궁에 당도할 것이라고 했어. 궁전이 쥐 죽은 듯 고요해졌어.

"심수라고? 그가 어떻게 바다를 건너? 날개라도 돋쳤나?"

빙사가 놀라서 중얼거렸지만 다른 사람들처럼 두려움에 질린 표정은 아니었어.

"왕궁으로 온들 별수 있겠나? 금위군이 그 둘의 명령을 따를 리가 없지. 내가 죽는다면 몰라도……. 바늘귀! 바늘귀 어디 있느냐!"

빙사가 외치자 어두운 곳에서 바늘귀가 소리 없이 걸어 나왔어. 여전히 잿빛 망토를 두른 그의 몸이 전보다 더 왜소해 보였어.

"설랑지와 그림 도구를 말에 싣고 심수가 오고 있는 쪽으로 가거라. 그를 보고 그림을 그려! 멀리서도 그를 쉽게 볼 수 있을 거다. 가까이 갈 필요도 없지."

"예, 폐하."

바늘귀가 나직이 대답하곤 생쥐처럼 소리 없이 밖으로 나갔어.

"노주 같은 계집애야 무서울 게 없지. 그 우산부터 빼앗아버릴 테다."

빙사가 다시 술잔을 들었어.

가라앉은 분위기에서 연회가 끝나고 신하들이 걱정스러운 표정으로 물러간 뒤 빙사만 텅 빈 궁전에 홀로 남아 우울하게 앉아 있었어.

얼마 후 바늘귀가 들어오는 걸 보고 그의 가슴이 철렁 내려앉았어. 바늘귀가 빈손으로 돌아왔기 때문도 아니고 그가 이상한 행동을 했기 때문도 아니었어. 겉으로 보면 그는 달라진 게 하나도 없었어. 여전히 조심스럽고 예민한 인상 그대로였지. 빙사를 놀라게 한 건 바늘귀의 발소리였어. 원래 그는 걸을 때 아무 소리도 나지 않았어. 회색 쥐가 미끄러져 다니는 것 같았지. 그런데 갑자기 발을 내디딜 때마다 타박타박 소리가 들렸던 거야. 빙사는 떨리는 가슴을 진정시킬 수가 없었어.

"폐하, 심수를 보았지만 그릴 수가 없습니다."

바늘귀가 낮은 목소리로 말하자 빙사가 싸늘하게 물었어.

"정녕 그에게 날개라도 돋쳤단 말이냐?"

"날개가 돋친 거라면 그릴 수 있습니다. 날개의 깃털까지 한 가닥 한 가닥 생생하게 그려낼 수 있지요. 하지만 그는 그릴 수가 없습니다. 그가 원근법과 무관한 사람이기 때문입니다."

"원근법이라고?"

"모든 사물은 가까울수록 크게 보이고 멀수록 작게 보입니다. 이것이 원근법입니다. 저는 원근법을 따르는 서양화파이기 때문에 그를 그릴 수가 없습니다."

"원근법을 따르지 않는 화파가 있느냐?"

"예, 동양화파입니다. 폐하, 보십시오. 바로 저겁니다."

바늘귀가 한쪽 벽에 걸려 있는 수묵화를 가리켰어. 담담하고 고상한 산수가 그려져 있었지. 넓게 남겨진 하얀 여백이 안개인 듯 물인 듯 산수와 하나가 되어 있었어. 그 옆에 걸린 진한 색채의 유화와는 완전히 다른 분위기였어.

"저 그림을 보면 원근법을 무시했다는 걸 아실 겁니다. 하지만 저는 동양화를 배우지 않았습니다. 공령이 제게 가르쳐주지 않았습니다. 아마도 이런 날이 오리라는 걸 알았던 것 같습니다."

빙사가 무표정하게 말했어.

"물러가거라."

"심수가 왕궁에 도착하면 저를 죽이고 폐하도 시해하려고 할 겁니다. 저는 그에게 죽임을 당하느니 자결하는 편을 택하겠습니다. 제 일생 최고의 걸작을 그리겠습니다. 바로 제 생명으로요."

바늘귀가 이 말을 남긴 뒤 밖으로 나갔어. 이번엔 그의 걸음에서 아무 소리도 나지 않았어.

빙사가 호위병을 불렀어.

"내 검을 가져오너라!"

그때 밖에서 말발굽 소리가 들렸어. 처음에는 희미했지만 어느새 가까워져 소낙비 쏟아지듯 요란해지더니 궁전 밖에서 우뚝 멎었어.

빙사가 일어나 검을 들고 궁전을 나갔어. 심수가 궁전 앞에 길게 이어진 돌계단을 오르고 노주가 그 뒤에서 올라오고 있었어. 그녀의 머리 위로 우산을 든 관 씨가 그 뒤를 바짝 따랐지. 돌계단 아래 광장에는 금위군이 빽빽이 도열해 있었어. 그들은 어느 쪽을 따르는지 밝히지 않은 채 조용히 기다리고 있었어. 심수를 처음 보았을 때는 그의 키가 보통 사람의 두 배였지만 돌계단을 올라갈수록 키가 점점 줄어들었어.

그 순간 빙사는 20여 년 전 어린 시절로 되돌아간 것 같았어. 그때 그는 도철어 떼가 묘도로 향하고 있다는 걸 알고 있었지만 묘도로 낚시하러 가라고 심수를 부추겼어. 묘도에 사는 물고기의 간유가 병석에 누운 아버지의 병을 낫게 할 거라고 거짓말을 했지. 신중한 성격의 심수가 아버지의 병을 고칠 수 있다는 말에 서둘러 묘도로 갔고 빙사의 계획대로 다시 왕국으로 돌아오지 못했어. 왕국에서 이 사실을 아는 사람이 아무도 없었고 빙사는 속으로 의기양양했어.

심수가 계단을 다 올라와 궁전 앞뜰에 도착했어. 이제 그의 키가 보통 사람들과 거의 비슷했어.

빙사가 말했어.

"형님, 누이와 함께 돌아오신 걸 환영합니다. 그런데 소식을 들으셨겠지만 이제 이 왕국은 제 것입니다. 형님도 누이도 제게 충성을 맹세하세요."

심수가 한 손을 허리춤에 찬 녹슨 검자루에 얹고 다른 손으로 빙사를 가리켰어.

"넌 용서받지 못할 죄인이다!"

빙사가 차갑게 조소했어.

"흥! 바늘귀는 네 초상화를 그리지 못하지만 내 칼은 네 심장을 관통할 수 있다!"

그가 칼집에서 검을 빼들었어.

빙사와 심수의 검술 실력은 우열을 가릴 수 없었지만, 심수가 원근법에 부합하지 않아 빙사는 자신과 그의 거리를 정확하게 판단할 수가 없었으므로 훨씬 불리했지. 격투 끝에 빙사가 심수의 검에 가슴을 관통당한 뒤 높은 계단에서 굴러떨어졌어. 계단을 따라 핏자국이 길게 늘어졌어.

금위군이 일제히 환호하며 심수와 노주에게 충성을 맹세했어.

한편 장범은 왕궁을 샅샅이 뒤지며 바늘귀를 찾아다니고 있었어. 누군가 바늘귀가 화실로 가는 걸 보았다고 했어. 그의 화실은 왕궁의 가장 외진 구석에 있었어. 평소에는 경비가 삼엄했지만 왕궁에 변고가 일어나자 호위병들이 뿔뿔이 도망치고 초병 한 명만 남아 있었어. 장범의 부하였던 초병이 바늘귀가 한 시간 전쯤 화실로 들어간 뒤 아무 기척도 없다고 말했어. 장범이 화실 문을 부수고 들어갔어.

창문도 없는 화실 안이 지하 요새처럼 어둡고 서늘했어. 은촛대에 꽂힌 초 두 개마저 거의 다 타고 작은 불꽃만 남아 있었어. 화실 안에 사람은 보이지 않고 이젤 위에 그림 한 폭만 놓여 있었지. 그린 지 얼마 되지 않은 듯 물감도 채 마르지 않은 그림이었어. 그건 바로 바늘귀의 자화상이었어. 어디에서도 보기 어려운 걸작이었지. 마치 다른 세상으로 통하는 듯한 창이 그려져 있고 그 창 너머에서 바늘귀가 이쪽 세상을 보고 있었어. 생명이 없는 그림이라는 걸 알려주듯 설랑지의 한쪽 모서리가 말려 올라가 있었지만, 장범은 그림 속 그의 섬뜩한 눈빛을 똑바로 쳐다보기가 두려웠어.

사방을 둘러보니 벽에 초상화 몇 폭이 나란히 걸려 있었어. 국왕, 왕비, 그들에게 충성하는 신하들의 초상화였지. 그중에서 노주의 초상화를 찾아낼 수 있었어. 그림 속 공주는 이 음침한 화실도 천국처럼 환하게 느껴질 만큼 아름다웠지. 장범은 그녀의 눈동자에 매료되어 넋을 잃고 바라보았어. 한참 만에 정신이 든 그가 벽에서 그림을 내려 액자를 부순 뒤 그림을 둘둘 말아 조금의 망설임도 없이 촛불에 대고 불을 붙였어.

그림을 다 태우자마자 문이 열리며 노주가 들어왔어. 그녀는 여전히 수수한 평민 차림이었고 직접 우산을 들고 있었어.

장범이 물었어.

"관 씨 아주머니는요?"

"나 혼자 오겠다고 했어. 호위대장에게 할 얘기가 있어서."

장범이 아직 불씨가 사그라지지 않은 바닥의 재를 가리키며 말했어.

"공주님의 초상화를 태웠습니다. 이제 우산을 접으셔도 됩니다."

노주가 우산 돌리는 속도를 늦추자 나이팅게일 우는 소리가 나기 시작했어. 우산을 내리자 새소리가 더 크고 다급해지더니 이내 갈까마귀의 울부짖음으로 변했지. 그건 사신이 찾아오기 전 마지막 경고였어. 우산을 접자 우산 가장자리에 매달린 돌멩이가 딸그락딸그락 소리를 내며 부딪치다가 모든 소리가 멈추었어.

하지만 노주에게는 아무 일도 일어나지 않았어.

장범이 긴 안도의 한숨을 내쉬고는 바닥의 잿더미를 내려다보았어.

"아쉽군요. 훌륭한 그림이었어요. 공주님께 보여드렸어야 하는데 더 이상 지체할 수가 없었어요……. 정말 아름다운 그림이었답니다."

"나보다 더 아름다웠어?"

장범이 애틋함이 담긴 말투로 말했어.

"그건 공주님이었어요."

노주가 남아 있던 허얼신건모쓰컨 비누를 꺼내 손바닥을 펼치자 비누가 깃털처럼 허공으로 떠올랐어.

노주가 말했어.

"이 나라를 떠날 거야. 바다로 나가고 싶어. 나와 같이 가겠어?"

"그게 무슨 말씀이세요? 심수 왕자님께서 내일 여왕 대관식을 거행하겠다고 선포하셨는데요. 저도 온 힘을 다해 공주님을 보좌하겠다고 맹세했습니다."

노주가 고개를 저었어.

"나보다는 오라버니가 왕위에 더 어울려. 묘도에 갇히지 않았더라면 당연히 오라버니가 후계자가 되었을 거고. 오라버니가 국왕이 되어 왕궁의 높은 곳에 서면 온 백성이 국왕을 볼 수 있을 거야. 난 여왕이 되고 싶지 않아. 왕궁보다는 바깥세상이 좋아. 평생 이야기 없는 왕국 안에서 살고 싶진 않아. 이야기가 있는 곳으로 가고 싶어."

"바깥세상은 힘들고 위험한 곳입니다."

"하나도 두렵지 않아."

장범은 촛불이 비친 공주의 두 눈동자에서 발산되는 생명의 빛에 주위가 환해지는 걸 느꼈어.

"물론 저는 공주님보다 더 두렵지 않습니다. 바다 끝까지, 아니 세상 끝까지라도 공주님과 함께 가겠습니다."

"우리가 이 왕국을 빠져나가는 마지막 두 명이 될 거야."

노주가 허공에 떠 있는 비누를 붙잡았어.

"이번엔 돛단배를 타고 떠나겠습니다."

"좋아. 새하얀 돛을 달아줘."

이튿날 아침, 왕국의 다른 쪽 해안에 있던 누군가가 바다 위에 흰 돛이 떠 있는 걸 보았어. 돛단배가 구름 같은 거품을 길게 늘어뜨린 채 태양을 향해 나아갔어. 그 후 그 나라 사람들 중 누구도 노주와 장범의 소식을 듣지 못했어. 노주가 왕국에 남은 마지막 허얼신컨모쓰컨 비누 한 개 반을 가지고 떠났기 때문에 그 후로는 아무도 도철어의 포위를 뚫고 빠져나오지 못했지. 하지만 불평하는 사람은 없었어. 그런 생활에 이미 길들여졌으니까. 이 이야기를 끝으로 이야기 없는 왕국에는 더 이상 아무런 이야기도 생기지 않았어.

하지만 가끔 조용한 밤이면 누군가 이야기가 아닌 이야기를 들려주곤 했지. 왕국을 떠난 노주와 장범이 어떻게 되었을까 상상하는 이야기였어. 저마다 다른 이야기였지만 두 사람이 신기한 나라를 두루 돌아다니고 바다처럼 드넓은 육지에도 가보았을 것이라는 상상은 모두 같았어. 영원히 항해하며 어딜 가든 행복하게 살았을 거라고 말이야.

동화를 다 읽은 사람들이 수군거리기 시작했다. 대부분은 왕국과 바다, 공주와 왕자의 세상에 푹 빠져 있었지만, 마지막 페이지를 덮은 뒤 미처 발견하지 못한 무언가를 읽어내려는 듯 표지를 멍하니 응시하고 있는 사람도 있었다.

AA가 작은 소리로 청신에게 말했다.

"공주가 선생님과 비슷하네요."

청신이 말했다.

"실없는 소리 하지 마……. 난 그렇게 어리광을 부리지 않아. 적어도 우산은 직접 들겠지."

그녀는 이 회의실에서 유일하게 자료를 읽지 않은 사람이었다. 그녀는 이 동화 세 편을 다 외우고 있었다. 사실 그녀 자신도 노주의 원형이 자신이 아닐까 여러 번 생각했다. 실제로 공주에게서 그녀와 닮은 모습을 발견할 수 있었다. 하지만 호위대장은 윈텐밍과 달랐다.

'그는 내가 돛을 펼치고 먼 항해를 떠날 거라고 생각한 걸까? 그것도 다른 남자와 함께?'

모든 참석자가 자료를 다 읽고 나자 의장이 각자 의견을 말하게 했다. 주로 IDC 내 각 팀의 업무 방향에 관한 의견이었다.

문학팀 위원이 발언 기회를 요청했다. 문학팀은 마지막으로 추가된 전문팀으로 작가와 서기 시대의 문학사를 연구하는 학자들로 구성되어 있었다. 어쩌면 그들이 역할을 발휘할 수 있을지 모른다는 생각에 팀을 따로 둔 것이었다.

발언 기회를 요청한 문학팀 위원은 아동문학가였다.

그가 말했다.

"IDC 내에서 저희 팀의 발언권이 가장 약하다는 걸 알고 있습니다. 그래서 이 기회를 빌려 몇 가지 말씀드리겠습니다."

그가 파란색 표지를 씌운 자료를 들어 올렸다.

"유감스럽게도 저는 이 동화 세 편 속에 해독할 만한 정보가 하나도 없다고 생각합니다."

의장이 의아한 표정으로 물었다.

"그렇게 생각하는 이유가 뭡니까?"

"우선 우리가 이 동화에서 얻고자 하는 게 무엇인지 분명히 해야 합니다. 우리가 원하는 건 인류의 전략적 방향입니다. 여기에 정말로 그 정보가 들어 있다면 내용이 어떻든 그 속에 내포된 의미는 확실해야 합니다. 모호하고 다의적인 정보를 인류가 나아갈 방향으로 삼을 수는 없습니다. 하지만 공교롭게도 모호성과 다의성은 문학작품의 특징입니다. 적에게 들키지 않기 위해 진정한 정보는 동화 세 편 속 깊숙한 곳에 숨겨놓았을 겁니다. 정보의 다의성과 불확실성이 훨씬 더 증가하죠. 따라서 우리 앞에 놓인 난제는 이 속에서 해독해낼 정보가 없다는 것이 아니라 너무 많은 걸 해독할 수 있지만 그 어느 것도 확실치 않다는 사실입니다. 마지막으로 주제와 상관없는 얘기를 덧붙이자면, 동화작가로서 윈톈밍에게 경의를 표합니다. 문학적 가치만을 보자면 매우 훌륭한 동화입니다."

다음 날부터 동화 해독 작업이 본격적으로 시작되었다. 그리고 시간이 얼마 흐르지 않아서 사람들은 어제 그 아동문학가에게 선견지명이 있었다는 걸 알게 되었다.

윈톈밍의 동화 세 편은 매우 풍부한 은유와 암시, 상징을 담고 있었다. 모든 대목마다 수많은 의미를 해독해낼 수 있고 그것들 모두 그럴듯한 의미와 근거를 가지고 있었지만, 그중 어느 것이 작가가 전달하고자 하는 진정한 메시지인지 판단할 수가 없었다. 바꾸어 말하면 그 어떤 것도 전략적 정보가 될 수 없었다.

예를 들면 도입부에 등장하는, 초상화를 그리는 대목에 분명한 은유와 암시가 내포되어 있다는 점에는 대부분 동의하지만, 전문 분야마다 또 전문가 개개인에 따라 해석이 모두 달랐다. 우선 그림을 그리는 행위가 현실 세계에 대한 디지털화 또는 정보화를 상징하므로 이 대목은 인간의 디지털화를 암시하며, 인류가 자신을 디지털화시켜 암흑의 숲 공격을 피할 수 있다는 의미로 해석할 수 있었다. 이 관점을 지지하는 학자들은 사람을 그림 속에 그려 넣으면 현실 세계에서는 안전하기 때문에 인류의 디지털화 자체가 우주 안전보장 성명이 될 수 있다고 주장했다. 하지만 초상화가 공간의 차원에 대한 은유라는 관점도 있었다. 종이와 현실은 차원이 다른 두 공간이다. 초상화를 그리면 3차원의 현실에서 그 사람이 사라진다는 설정은 블루스페이스호와 그래비티호가 4차원 조각 안에서 조우했던 것을 연상시켰다. 따라서 인류가 4차원 공간을 피난처로 삼거나 4차원 공간을 통해 우주로 안전보장 성명을 발표할 수 있음을 암시한다는 것이다. 원근법에 적용받지 않는 심수의 키가 4차원 공간을 의미한다고 주장하는 이들도 있었다.

도철어는 또 무엇을 상징할까? 도철어의 수와 바닷속에 숨어 있는 상태, 강력한 공격성을 볼 때, 암흑의 숲 상태로 우주에 존재하는 문명 군체를 상징한다고 보는 이들이 있었다. 그들은 도철어가 몸이 나른해지면 공격을 포기하는 것은 우주 안전보장 성명에 관한 모종의 원칙일 것이라고 했다. 하지만 도철어가 지능을 가진 인공지능 로봇을 의미한다는 반론도 있었다. 로봇의 크기는 아주 작지만 자기복제가 가능해서 이 로봇을 우주에 풀어놓으면 카이퍼 벨트나 오르트 구름에 있는 우주 먼지와 혜성을 연료로 흡수한 뒤 자기복제를 통해 기하급수적으로 개체수가 늘어나게 되고, 최종적으로 태양계 주위에 카이퍼 벨트나 오르트 구름과 흡사한 장벽을 만든다는 것이다. 이 장벽 자체가 인공지능을 갖추고 있기 때문에 태양을 공격하는 광립을 방어하거나, 멀리서도 관찰이 가능한 특수한 형태를 형성해 안전보장 성명을 발표한다든가 하는 다양한 기능을 수행할 수 있을 것이라고 했다. '물고기 떼 가설'이라고 불린 이 해석은 다른 해석에 비해 기술적 체계가 비교적 명확했으므로 많은 지지를 받았고, 세계 과학원의 첫 번째 심화 연구 주제가 되기도 했다. 하지만 IDC는 처음부터 이 물고기 떼 가설에 큰 기대를 걸지 않았다. 기술적으로 실현 가능성이 높을지는 몰라도 물고기 떼가 자기복제를 통해 태양계 둘레에 장벽을 만들려면 만 년 넘는 시간이 필요하다는 계산이 나왔기 때문이다. 더욱이 인공지능을 갖춘 로봇이 수행할 수 있는 기능을 고려할 때, 방어 효과든 안전보장 성명 발표든 모두 뜬구름 잡는 얘기일 뿐이었다. 결국 물고기 떼 가설도 아쉬운 탄식 속에서 폐기되었다.

공주를 보호한 회전 우산이나 신비한 설랑지, 흑요석, 신기한 비누 같은 것들도 수많은 의미로 해석해낼 수 있었다.

하지만 아동문학가가 말했던 것처럼, 모든 가설이 나름대로 그럴듯해 보였지만 또 어느 것도 확실하지 않았다.

하지만 세 편의 동화에 남긴 모든 내용이 이렇게 난삽하고 모호한 것은 아니었다. 적어도 한 가지에 대해서는 그 안에 확실한 정보가 들어 있을 것이라는 데 아무도 이의를 제기하지 않았다. 어쩌면 그것이 윈톈밍의 정보가 담긴 문을 여는 신비한 열쇠일지도 몰랐다.

그건 바로 '허얼신건모쓰컨'이라는 범상치 않은 지명이었다.

윈톈밍은 세 편의 동화를 중국어로 얘기했다. 이야기 없는 왕국, 도철해, 묘도, 노주, 빙사, 심수, 바늘귀, 공령, 장범, 관 씨 등등 동화 속 거의 모든 지명과 인명이 분명한 의미를 가진 중국어로 되어 있었다. 그런데 유독이 지명만 외국어를 음역한 것이었고 아주 길었으며 발음도 어색하고 이상했다. 게다가 이 기이한 이름이 비정상적일 정도로 자주 반복하여 등장했다. 바늘귀와 공령이 허얼신건모쓰컨 사람이고, 그들이 그림 그릴 때 쓴 설랑지도 허얼신건모쓰컨에서 가져온 것이었으며, 종이를 누를 때 사용한 흑요석 석판과 인두도 허얼신건모쓰컨의 물건이었다. 또 장범의 고향이 허얼신건모쓰컨이고, 비누와 도철어도 허얼신건모쓰컨에서 들여온 것이었다. 작가는 이 지명의 중요성을 알리려는 듯 반복적으로 강조했지만 동화 속 어디에도 이곳에 대한 구체적인 묘사는 등장하지 않았다. 그곳이 이야기 없는 왕국처럼 커다란 섬인지, 대륙인지 아니면 군도인지 알 수 없고, 그 이름이 어느 나라 언어를 음역한 것인지도 알 수 없었다. 윈텐밍이 지구를 떠날 때 영어를 잘하는 편이 아니었고 할 줄 아는 제2외국어도 없었다. 하지만 나중에 배웠을 가능성을 배제할 수 없다. 게다가 영어의 음역인 것 같지도 않고, 심지어 라틴어계 언어인지도 확실하지 않았다. 물론 삼체 언어일 가능성은 없었다. 삼체인의 언어는 소리로 표현되지 않기 때문이다.

학자들이 지구상에 이미 알려진 각종 언어의 알파벳으로 허얼신건모쓰컨을 써보고, 각 분야의 전문가들에게 자문을 구하고 인터넷의 각종 데이터베이스에서 검색해보았지만 아무것도 알아낼 수 없었다. 각 분야 최고의 브레인이라 불리는 이들도 이 기괴한 단어 앞에서는 속수무책이었다.

그들은 청신에게 묻고 또 물었다. 그녀가 기억하는 그 발음이 확실한지. 그때마다 청신은 그렇다고 대답했다. 그녀도 그 지명이 이상하다고 생각했기 때문에 특별히 집중해서 암기했다. 더욱이 수없이 반복해서 등장하는 단어이기 때문에 틀릴 가능성은 거의 없었다.

IDC의 정보 해독이 난관에 봉착했다. 사실 처음부터 예상했던 것이었다. 만약 인류가 동화 속 정보를 수월하게 해독해낼 수 있다면 삼체인들도 그럴 수 있을 것이다. 그러므로 진정한 정보는 동화 속 깊숙이 감춰져 있을 것이다. 전문가들은 의기소침해졌다. 지자 차단실의 정전기와 지독한 냄새도 그들의 짜증을 돋웠다. 동화에 대한 다양한 해석이 등장하고 각각의 해석을 지지하는 사람들이 몇 갈래로 나뉘어 쉬지 않고 논쟁했다.

정보 해독이 어려워지면서 IDC 내부에서 회의적인 분위기가 감지되기 시작했다. 사람들은 세 편의 동화가 정말로 의미 있는 정보를 담고 있는지 의심했다. 회의론자들이 가장 의심하는 건 윈톈밍이었다. 그는 대졸 학력을 가진 서기인이었다. 지금으로 치면 중학생 정도의 지식 수준에도 미치지 못했다. 임무를 수행하러 떠나기 전 그는 주로 말단 사무직으로 근무했으며 기초과학에 대한 이론적인 능력도 갖고 있지 않았다. 삼체인에게 포획되어 복제된 뒤 학습했을 수도 있지만 과연 그에게 삼체 세계의 우수한 기술을 이해할 능력이 있는지, 특히 그런 기술의 기초 이론을 이해할 수 있는지에 대해 사람들은 여전히 회의적이었다.

설상가상으로 시간이 흐를수록 복잡한 일들이 IDC를 흔들어놓았다. 처음에는 모든 팀이 한마음으로 협력해 인류의 미래를 위한 수수께끼 풀이에 집중했다. 하지만 곧 정치계와 이익집단의 손길이 뻗치기 시작했다. 함대 세계, UN, 다국적기업, 각 종교가 각자의 정치적 바람과 이익을 개입시키고 윈톈밍의 정보를 자신들의 정치적 주장을 선전하는 도구로 삼으려 했다. 얼마 못 가서 윈톈밍의 동화가 무엇이든 담을 수 있는 바구니가 되고 정보 해독은 변질되었으며, 각 파벌 간의 논쟁도 더욱 정치화되어 사람들을 실망시켰다.

하지만 정보 해독이 난관에 봉착하면서 나타난 긍정적인 효과도 있었다. 사람들이 기적이 일어날 거라는 환상에서 벗어나게 된 것이다. 사실 대중은 그런 환상에서 벗어난 지 오래였다. 그들은 윈톈밍의 동화가 존재한다는 사실조차 모르고 있었기 때문이다. 대중의 바람에 영합해야 하는 정치의 생리에 따라 함대 세계와 UN의 관심은 윈톈밍의 정보에서 인류의 현재 기술을 이용해 지구 문명의 생존 기회를 찾는 쪽으로 이동했다.

우주의 관점에서 보면 삼체 세계의 파멸은 그리 멀지 않은 일이었고, 인류에게 이것은 항성 멸망의 온전한 과정을 자세히 관측하고 대량의 데이터를 얻을 수 있는 절호의 기회였다. 멸망당한 항성의 질량과 주계열이 태양과 매우 흡사하기 때문에 이를 관측하면 태양이 암흑의 숲 공격을 받을 경우 닥칠 재난의 정확한 수학모델을 얻을 수 있었다. 이 분야의 연구는 삼체 세계가 폭발하면서 발생된 광신호가 태양계에 전달된 그 순간부터 대대적으로 시작되었다. 그 연구 결과로 인해 탄생한 것이 벙커 프로젝트이며, 이것이 윈톈밍의 정보를 대신해 국제사회에서 초미의 관심사로 떠올랐다.

《시간 밖의 과거》 발췌

벙커 프로젝트—지구 문명의 방주

1. 태양계에 암흑의 숲 공격이 닥칠 때까지 남은 시간

   낙관적인 예측 100~150년, 일반적인 예측 50~80년, 비관적인 예측 10~30년. 70년이 남았다는 예측하에 인류 생존 계획을 수립하고 있음.

2. 구조가 필요한 인구 수

   현재 세계 인구 증감률로 계산할 때 70년 후 약 6억~8억 명으로 추산됨.

3. 암흑의 숲 공격에 관한 전반적인 예측

   삼체 항성의 멸망을 관측한 자료를 토대로 태양이 동일한 공격을 받았을 때 일어날 재난의 수학모델을 수립했다. 이 모델에 따르면, 태양이 광립의 습격을 받

을 경우 화성 궤도 내에 있는 모든 지구형행성이 파괴될 것으로 예측된다. 공격 초기, 수성과 금성은 형체도 없이 사라지고, 지구는 일부가 남아 구체 형태가 유지되겠지만 표면에 약 500킬로미터의 박리가 발생해 지각 전체와 맨틀의 일부분이 사라질 것이다. 화성 표면은 약 100킬로미터의 박리가 발생할 것으로 예측된다. 공격 후기에는 태양 폭발 물질로 인한 저항 때문에 모든 지구형행성의 궤도가 낮아지다가 결국에는 잔존한 태양의 중심으로 추락해 완전히 파괴될 것이다.

수학모델에 따르면, 항성 물질의 복사와 확산을 포함한 태양 폭발의 파괴력은 거리의 제곱에 반비례한다. 즉, 태양과의 거리가 늘어나면 파괴력이 급격히 약해진다. 그러므로 태양과 비교적 멀리 떨어진 목성형행성은 살아남을 수 있을 것이다.

공격 초기에는 목성 표면이 격렬하게 진동하겠지만 전체적인 구조는 온전히 유지될 것이고 목성의 위성 체계도 변하지 않을 것이다. 토성, 천왕성, 해왕성도 표면이 어느 정도 진동할 뿐 구조는 온전히 유지될 것이다. 확산되는 태양 물질이 목성형행성 세 개의 운행 궤도에 다소 영향을 미치기는 하겠지만 시간이 갈수록 태양이 폭발하면서 확산된 태양 물질이 나선 성운을 형성하면 그 회전 각속도와 방향이 목성형행성과 일치하게 되므로 더 이상 행성의 궤도를 낮출 정도의 저항은 발생하지 않는다.

따라서 태양계의 4대 행성, 즉 목성, 토성, 천왕성, 해왕성은 암흑의 숲 공격 후에도 온전히 유지될 것이 확실시된다.

이 중요한 예측이 벙커 프로젝트의 기본적인 근거가 되었다.

4. 폐기된 인류 생존 계획

(1) 행성 간 도주 프로젝트

기술적으로 실현 가능성이 전혀 없다. 계획한 시간 내에 인류가 대규모 행성

간 항해 능력을 갖추는 것은 불가능하므로 행성 간 도주가 가능한 사람은 세계 인구의 1000분의 1에도 못 미칠 것이며, 우주선의 연료가 고갈되거나 생태 시스템의 수명이 다하기 전에 인간이 거주할 수 있는 지구 밖 행성을 찾을 가능성은 매우 희박하다.

극소수 사람만 이 프로젝트의 혜택을 받을 수 있으므로 인류 사회의 가장 기본적인 가치관과 윤리 원칙에 위배되며 정치적으로 불가능하다. 이 프로젝트가 진행된다면 인류 사회에 극심한 혼란과 대대적인 붕괴가 초래될 것이다.

(2) 장거리 이주 프로젝트

실현 가능성이 낮다. 태양에서 충분히 먼 거리의 우주에 인류가 거주할 수 있는 터전을 건설해 태양의 폭발을 피하겠다는 프로젝트다. 수학모델을 이용한 시뮬레이션과 예측 가능한 미래에 인류가 확보할 수 있는 우주 도시 방어 수준을 고려할 때 태양 폭발에도 살아남을 수 있는 안전거리는 태양으로부터 60천문단위다. 이는 카이퍼 벨트 밖으로 벗어난 거리다. 하지만 그 구역은 자원이 부족해 우주 도시를 건설할 재료를 구하기가 어렵고 인류의 생존에 필요한 자원도 구할 수 없다.

5. 벙커 프로젝트

4대 행성인 목성, 토성, 천왕성, 해왕성을 벙커로 삼아 암흑의 숲 공격으로 인한 태양 폭발을 피하겠다는 프로젝트다. 구체적으로는 4대 행성에서 태양을 등진 방향에 인류 전체가 이주할 수 있는 우주 도시를 건설하는 것이다. 이 우주 도시들은 각각의 행성에 근접해 있지만 행성의 위성이 아니라 행성과 함께 태양 주위를 공전하게 된다. 그래야만 계속 태양을 등진 방향에 위치해 태양이 폭발할 때 행성의 보호를 받을 수 있기 때문이다. 약 1500만 명을 수용할 수 있는 우주 도시 50개를 건설할 계획이며, 목성, 토성, 해왕성, 천왕성에 각각 20개,

20개, 6개, 4개가 건설될 것이다.

우주 도시를 건설할 재료는 4대 행성의 위성과 토성 및 해왕성의 고리에서 채취한다.

6. 벙커 프로젝트의 기술적 문제

이 프로젝트에 사용될 대부분의 기술은 인류가 이미 보유하고 있는 것들이다. 함대 세계는 우주 도시 건설 경험이 풍부하고 목성에 상당한 규모의 우주 기지를 보유하고 있다. 아직 남아 있는 기술적 문제가 있기는 하지만 계획된 기간 내에 극복할 수 있을 것으로 보인다. 그중 하나가 우주 도시의 위치를 유지시키는 것이다. 우주 도시는 4대 행성의 위성이 아니라 태양을 등진 방향에서 상대적 정지 상태를 유지해야 하기 때문에 행성의 중력에 끌려갈 수 있다. 그러므로 우주 도시에 위치 유지용 엔진을 설치해 행성의 중력을 상쇄시킴으로써 우주 도시와 행성 간 거리를 유지해야 한다. 처음 계획된 우주 도시의 위치는 거대 행성의 두 번째 라그랑주 점*이었다. 이곳은 거대 행성의 바깥쪽 중력 균형점에 위치하기 때문에 일정한 위치를 유지할 수는 있지만, 벙커 행성과의 거리가 너무 멀어 방어 효과를 발휘할 수 없다는 문제가 있다.

7. 암흑의 숲의 공격 후 인류가 태양계에서 생존하는 문제

태양이 파괴된 후 우주 도시는 핵융합에너지에 의지해 생존해야 한다. 이때 태양계는 나선 성운 상태를 띠게 된다. 태양이 폭발한 후 형성된 잔해 성운 중에 거의 무한한 양의 핵융합 연료가 포함되어 있기 때문에 대량 채취하기도 쉽다.

---

* 행성과 태양으로 이루어진 태양계에 중력이 균형을 이루는 라그랑주 점이 총 다섯 개 있으며 그중 안정적인 것이 두 개 있다. 이 중 두 번째 라그랑주 점은 행성과 태양을 잇는 선에서 행성의 바깥쪽에 위치한다.

태양의 잔존 내핵에도 핵융합 연료가 풍부하므로 인류의 장기간 생존에 필요한 에너지를 공급받을 수 있다. 모든 우주 도시에 인조 태양을 만들어 공격 전 지구에서 얻던 일조량에 맞먹는 빛에너지를 얻을 수 있다. 에너지 자원이라는 측면에서 본다면 인류는 공격받기 전에 비해 엄청난 자원을 확보하게 될 것이다. 태양계의 핵융합 자원에 비하면 우주 도시의 소모량은 태양의 몇경 분의 1밖에 되지 않을 것이다. 아이러니하게도 태양의 파괴가 태양계 핵융합 자원의 고갈 문제를 해결하게 되는 셈이다.

목성의 위성인 유로파의 표면은 수심 160킬로미터의 바다로 뒤덮여 있어 수자원이 풍부하다. 지구의 바다보다도 많은 물이 저장되어 있기 때문에 우주 도시에 필요한 물을 공급할 수 있다. 이 밖에 성운 내부에도 다량의 수자원이 포함되어 있다.

암흑의 숲 공격 이후 성운 상태의 태양계가 안정을 되찾으면 모든 우주 도시는 벙커로 삼은 행성에서 벗어나 태양계 안에서 인류가 거주하기에 적합한 생존 공간을 찾아 나서게 된다. 성운이 밀집되어 있는 황도면을 어느 정도 벗어나 성운의 영향을 피하는 동시에 성운에서 각종 자원을 채취할 수 있다. 태양의 폭발로 지구형행성이 파괴되면서 각종 광물자원이 성운 속을 떠다니게 되므로 채취와 개발이 훨씬 용이해진다. 따라서 더 많은 우주 도시를 건설하는 것도 가능해진다. 이때 우주 도시의 수에 제약이 될 유일한 자원은 바로 물이다. 하지만 유로파의 수자원만으로도 1000만~2000만 인구의 우주 도시 1000개에 충분한 물을 공급할 수 있다.

결론적으로 암흑의 숲 공격 이후 태양계의 잔해 성운이 100억 인구에게 쾌적한 생활을 제공할 수 있으며 인류 문명도 충분히 발전할 수 있다.

8. 벙커 프로젝트가 지구 세계에 미치는 영향

인류 전체가 거주할 새로운 세계를 건설하는 거대한 프로젝트로 역사상 한 번도

시도된 적 없는 계획이다. 이 프로젝트의 가장 큰 장애물은 기술이 아니라 국제 정치였다. 사람들은 벙커 프로젝트가 지구의 자원을 고갈시키고 지구 사회의 정치, 경제를 크게 후퇴시키지 않을까 우려했다. 심지어 제2의 대협곡이 출현할 것이라는 불안감도 나타났다. 하지만 함대 세계와 UN은 그런 위험성을 충분히 피할 수 있다고 생각했다. 벙커 프로젝트가 지구 밖에서 진행되는 프로젝트이기 때문에 그에 필요한 자원은 전적으로 지구 외부의 태양계에서 조달하게 된다. 주로 4대 목성형행성의 위성과 토성, 천왕성, 해왕성의 고리에서 자원을 채취할 것이므로 지구 자원이나 경제에는 아무런 영향을 미치지 않는다. 반대로 우주의 자원이 어느 정도 규모로 개발되면 오히려 지구 경제의 발전을 촉진할 수도 있다.

9. 벙커 프로젝트의 전체적인 단계

20년 동안 거대 행성의 자원을 개발한 뒤 60년에 걸쳐 우주 도시를 건설하게 된다. 1기 공정에서 2기 공정으로 넘어가는 과정에서 두 공정이 10년 정도 겹치게 된다.

10. 2차 암흑의 숲 공격의 가능성

1차 공격이 거시적인 효과를 얻게 되면 먼 곳의 관찰자들은 대부분 태양계 문명이 완전히 파괴되었다고 생각할 것이고, 태양이 존재하지 않으므로 태양계 내부에 이용할 만한 에너지 자원도 없다고 생각할 것이다. 그러므로 2차 암흑의 숲 공격이 발생할 가능성은 희박하다. 187J3X1 항성이 파괴된 후 현재까지의 상황도 이 예측에 힘을 실어주고 있다.

벙커 프로젝트의 본격적인 착수가 임박하자 원톈밍을 향한 국제사회의 관심도 점점 줄어들었다. IDC의 정보 해독 작업은 계속 진행되고 있었지만 PDC의 일상적인 업무 중 하나일 뿐 이 작업을 통해 전략적으로 유용한 정보를 얻을 수 있을 것이라는 희망은 희박해졌다. IDC의 전문가 중 누군가가 벙커 프로젝트와 윈톈밍의 동화를 연결시켜 벙커 프로젝트와 관련된 정보를 여러 개 해독해냈다. 예전에는 그 우산이 방어 시스템을 암시한다는 해석이 지배적이었지만 우산 가장자리에 매달린 돌멩이가 태양계의 목성형행성을 상징하는 게 아니냐는 해석이 조심스럽게 제기되었다. 태양계에서 벙커 역할을 할 수 있는 거대 행성은 총 네 개지만, 윈톈밍의 동화에서는 우산살이 몇 개인지 알려주지 않았고 일반적으로 우산살이 네 개라면 적은 감이 없지 않다. 사실 이성적으로 이 주장을 믿는 사람은 별로 없었지만, 이제 그들에게 윈톈밍의 동화는 성경 같은 것이었다. 사람들은 무의식중에 그 속에서 실용적인 정보를 찾는 대신 암담한 현실에 대한 위안을 얻으려 했다.

그런데 바로 이때 뜻밖의 돌파구가 나타났다.

어느 날 AA가 청신을 찾아갔다. 그녀는 더 이상 청신과 함께 IDC 회의에 참석하지 않고 벙커 프로젝트에 청신의 회사를 참여시키기 위해 모든 노력을 쏟아붓고 있었다. 인류가 목성 궤도 밖에 새로운 세계를 건설한다는 건 우주 건설 기업으로서 놓칠 수 없는 엄청난 기회였다. 공교롭게도 목성형행성의 고리는 우주 도시 건설의 중요한 재료원이고, 청신의 회사 이름은 그 고리의 이름을 딴 헤일로 그룹이었다.

AA가 말했다.

"비누가 필요해요."

청신은 AA의 말뜻을 이해하지 못했다. 그녀는 앞에 있는 전자책에서 시선을 떼지 않은 채 AA에게 핵융합 물리학에 관한 질문을 했다. 동면에서 깨어난 후로 그녀는 현대 과학을 꾸준히 공부했다. 그녀의 전공인 서기 시대의 항공 우주 기술은 이미 사라진 지 오래고 소형 우주정까지도 핵융합 추진 시스템이 탑재되어 있었다. 그녀는 기초 물리학에서부터 다시 시작해야 했지만 빠르게 진도를 따라잡았다. 사실 시대의 간극은 학습에 아무런 장애가 되지 않았다. 기초 이론이 수정된 건 대부분 위협의 세기 이후의 일이었으므로 서기 시대의 과학자와 엔지니어들도 조금만 공부하면 전공 분야에 다시 적응할 수 있었다.

AA가 청신이 들고 있는 전자책의 전원을 꺼버렸다.

"비누가 필요하다니까요!"

"나한텐 비누가 없어. 설마 모든 비누가 신기한 능력을 가졌다고 생각하는 건 아니겠지?"

언제까지 이렇게 어린애처럼 행동할 것이냐는 행간의 뜻이 담겨 있었다.

"나도 알아요. 하지만 거품이 좋아요. 공주처럼 거품에 파묻혀서 목욕하고 싶어요. 비누가 필요하다고요!"

현대의 목욕 방식은 비누가 필요하지 않았다. 비누를 비롯한 모든 세척 용품은 100년도 더 전에 역사 속으로 사라졌다. 그 대신 지금은 초음파와 세척 물질을 사용했다. 세척 물질이란 눈에 보이지 않는 나노 로봇으로 물에 녹일 수도 있고 마른 채로 사용할 수도 있는데 물체의 표면이나 피부를 순간적으로 깨끗하게 해주었다. AA의 성화에 못 이긴 청신이 함께 비누를 찾아 나섰다. 예전에 그녀가 우울감에 빠져 있을 때도 AA가 늘 그녀를 억지로 끌고 나가 바람을 쐬곤 했다. 도시의 거대한 숲을 바라보며 한참을 생각했지만 비누가 있을 만한 곳은 박물관뿐이었다. 도시의 역사를 전시해놓은 박물관에서 간신히 비누를 찾을 수 있었다. 서기 시대의 생활 용품을 전시해놓은 전시실이었다. 어두운 조명 사이로 전시품에만 밝은 조명이 쏟아져 내리고 있었다. 각종 가전제품, 옷, 가구 등 서기 시대의 물건들이 먼지 하나 묻지 않은 깨끗한 상태로 보존되어 있어 새것 같은 신선함마저 불러 일으켰다. 청신은 이것들이 2세기 전 유물이라는 사실을 받아들일 수가 없었다. 바로 어제까지도 이런 물건들로 둘러싸여 있었던 것 같았다. 처음 동면에서 깨어난 후 지금까지 수많은 일을 겪었지만 새로운 시대는 여전히 그녀에게 꿈만 같았고 그녀의 정신은 고집스럽게 과거를 떠나지 못하고 있었다.

일용품 전시 구역에 미용 비누, 빨랫비누, 가루비누 등 여러 가지 세척 용품이 전시되어 있었다. 비누 표면에는 청신에게 익숙한 상표도 찍혀 있었다. 동화 속 비누처럼 순백색이었다.

처음에는 유물이라며 팔 수 없다고 버티던 박물관장이 설득 끝에 아주 높은 가격을 불렀다.

청신이 AA에게 말했다.

"그 돈이면 작은 비누 공장도 지을 수 있겠어."

"뭐예요? 나는 이렇게 오랫동안 선생님 대신 회사를 경영해주고 있는데 이 정도 선물쯤 해줘도 되잖아요. 지금 사두면 앞으로 가치가 더 오를 거라고요!"

결국 청신이 비누를 사주었다. 거품 목욕을 하고 싶다면 입욕제를 사는 게 나을 거라고 조언해주었지만 AA가 원하는 건 오직 비누였다. 동화 속 공주가 비누를 썼기 때문이다. 청신은 진열장에서 조심스럽게 꺼낸 비누를 손에 올려놓고 가만히 들여다보았다. 2세기 전 물건이지만 여전히 은은한 향기를 머금고 있었다.

AA가 집에 돌아오자마자 겹겹이 싼 진공포장을 뜯고 비누를 꺼내 욕실로 들어갔다. 문 잠기는 소리와 함께 욕조에 물 쏟아지는 소리가 들렸다.

청신이 욕실 문을 두드리며 말했다.

"비누로 목욕하지 않는 게 좋을 거야. 그건 알칼리성이야. 넌 한 번도 써보지 않아서 피부가 상할 수도 있어."

AA는 아무 대답도 하지 않았다. 한참 만에 물소리가 멈추고 욕실 문이 열렸다. 옷을 그대로 입은 AA가 손에 든 흰 종이를 흔들며 말했다.

"종이배 접을 줄 알아요?"

"요즘은 이런 것도 할 줄 몰라?"

청신이 종이를 낚아챘다.

"당연하죠. 요샌 종이도 보기 어려울걸요."

청신이 앉아서 종이배를 접었다. 그녀는 대학 시절 보슬비 내리던 오후로 되돌아간 것 같았다. 그때 그녀는 윈톈밍과 물가에 앉아 있었다. 엷은 안개가 내려앉은 물 위에서 그녀가 접은 종이배가 천천히 멀어져가고 있었다. 그녀는 다시 윈톈밍의 동화 속 마지막 장면에 나오는 하얀 돛을 떠올렸다.

AA가 청신이 접은 돛단배를 들고 예쁘다고 감탄하더니 욕실로 들어가자고 했다. AA가 비누를 세면대에 놓고 칼로 작게 잘라내더니 종이배 꽁무니에 작은 구멍을 뚫어 비누 조각을 끼웠다. AA가 청신을 향해 의미심장한 미소를 짓고는 욕조를 가득 채운 잔잔한 물 위에 종이배를 살포시 내려놓았다.

종이배가 앞으로 움직이며 욕조의 다른 쪽 끝을 향해 나아갔다.

청신은 금세 원리를 이해할 수 있었다. 비누가 물에 용해되면 선미 쪽 표면장력은 줄어들지만 선수 쪽 표면장력은 그대로이기 때문에 배가 표면장력에 끌려 앞으로 움직이는 것이었다.* 그 순간 청신의 머릿속이 번개를 맞은 듯 번쩍이며 환해졌다! 그녀의 눈앞에서 욕조 속 잔잔한 수면이 검은 우주로 변하고 흰 종이배가 끝없는 허공 속으로 광속 항해를 하고

* 이 실험의 효과는 물의 경도 및 청결도와 관련이 있다. 배가 직선으로 나가게 하려면 종이배 뒷부분에 키를 다는 것이 좋다.

있었다…….

하지만 곧바로 또 다른 생각이 그녀의 머릿속으로 밀고 들어왔다. 윈톈밍의 안전이었다. 갑자기 나타난 어떤 손이 생각의 현을 와락 잡아채 진동을 막은 듯 그녀의 생각이 우뚝 멈추었다. 그녀는 종이배에 멈춰 있던 시선을 억지로 거두어들인 뒤 아무 관심도 없는 척 심드렁한 표정을 지었다. 어느새 종이배가 욕조의 다른 쪽 끝에 도착해 천천히 멈춰 섰다. 그녀는 종이배를 건져 올린 뒤 팽개치듯 세면대 위로 던졌다. 변기에 처넣고 물을 내리고 싶은 충동을 가까스로 억눌렀지만 그걸 다시 물에 띄우는 일은 절대로 없을 거라고 다짐했다.

'위험해.'

청신은 태양계에서 지자가 완전히 사라졌다는 걸 믿는 쪽이었지만 경계를 완전히 풀 수는 없었다.

청신과 AA의 눈빛이 허공에서 마주쳤다. 서로의 눈동자가 자기 눈을 비추는 거울이 된 듯, 깨달음에서 나온 흥분의 빛이 비어져 나오고 있었다. 청신이 재빨리 시선을 거두며 담담하게 말했다.

"너랑 놀아줄 시간 없어. 목욕하고 싶으면 어서 목욕이나 해."

그녀가 욕실을 빠져나갔다.

AA도 청신을 따라 나왔다. 두 사람은 와인 두 잔을 따라놓고 아무 이야기나 하기 시작했다. 벙커 프로젝트에서 헤일로 그룹이 할 수 있는 역할에 대해 의견을 나누고 각자 다른 세기에 보낸 대학 생활을 회상했으며, 그다음엔 현재 생활에 대해 이야기했다. AA가 동면에서 깨어난 지 한참 지나도 왜 마음에 드는 남자를 하나도 만나지 못했느냐고 묻자 청신은 아직도 평범한 생활을 할 수가 없다고 했다. 청신은 AA에게 남자 친구가 너무 많아서 탈이라며 애인을 집에 데려와도 좋지만 한 번에 한 명씩만 데려오라고 당부했다. 또 두 시대 여자들의 패션과 취향 중 비슷한 점은 무엇이고 다른 점은 무엇인지 이야기했다. 끊임없이 이어진 대화는 그녀들이 흥분을 표출하기 위한 수단이었다. 잠시라도 침묵하면 각자의 마음속에 감추고 있는 희열이 물거품이 될 것처럼 쉬지 않고 재잘거렸다. 마침내 상기된 대화 속 아무도 주의를 기울이지 않는 짧은 틈에 청신의 입에서 두 글자가 나직이 흘러나왔다.

"곡률⋯⋯."

그 뒤의 두 글자는 눈빛으로 대신했다.

'추진?'

AA가 가볍게 고개를 끄덕이며 눈빛으로 말했다.

'맞아요. 곡률 추진!'

《시간 밖의 과거》 발췌

구부러진 공간의 동력

우주는 평평한 공간이 아니며 곡률이 존재한다. 우주 전체가 거대한 막이라고 상상한다면 이 막의 표면은 커브 형태를 띤다. 비누 거품처럼 빈틈없이 막혀 있는 구체일 수도 있다. 막의 일부만 보면 평면인 것 같지만 공간곡률은 역시 곳곳에 존재한다.

서기 시대에 야심차게 등장했던 우주 항해에 관한 상상 가운데 공간 접힘이라는 것이 있었다. 넓은 공간의 곡률이 무한대로 커지면 종이처럼 접을 수 있어서 '종이면' 위에서 1000만 광년 떨어져 있는 두 점을 맞붙일 수 있다는 것이다. 엄밀히 말하면 이 방법은 우주 항해가 아니라 '우주 드래깅'이라고 불러야 했다. 실제로 목적지까지 항해하는 것이 아니라 공간곡률을 변화시켜 목적지를 끌어당기는 것이기 때문이다.

이처럼 우주를 움직이는 건 오직 조물주만이 할 수 있는 일이다. 아니, 사실 기본 이론의 한계를 고려한다면 조물주에게도 불가능한 일이다.

그 후 공간곡률을 이용한 항해에 관해 좀 더 온건하고 스케일도 작은 상상이 등장했다. 우주선 뒤쪽의 일부 공간을 어떤 방식으로 평평하게 다려 곡률을 감소시킨다면 우주선은 곡률이 더 큰 앞쪽으로 끌려가게 될 것이라는 가설이었다. 이것이 바로 곡률 추진이다.

공간 접힘처럼 순간적으로 목적지에 도달하는 것은 아니지만 우주선이 광속에 가까운 속도로 무한히 항해하게 할 수 있었다.

하지만 윈톈밍의 동화 속 정보를 정확히 해독해내기 전에는 곡률 추진도 일종의 판타지에 불과했다. 광속 비행에 관한 수백 개의 다른 판타지와 마찬가지로, 이론상으로든 기술적으로든 과연 이것이 가능한지는 아무도 알 수 없었다.

AA가 눈동자를 반짝이며 말했다.

"위협의 세기 전에 디스플레이가 달린 옷이 유행한 적이 있었어요. 그때 사람들은 오색찬란하게 번쩍이는 옷을 입고 다녔죠. 지금은 어린애들을 제외하곤 아무도 그런 옷을 입지 않아요."

하지만 그녀의 눈은 다른 얘길 하고 있었다. 그녀의 눈빛이 조금 어두워졌다.

'그럴듯한 해석이지만 최종적으로 확정될 가능성은 낮아요. 동조하는 사람이 별로 없을 거예요.'

청신이 말했다.

"내가 제일 놀란 건 귀금속과 보석이 사라졌다는 거야. 금은 이제 평범한 금속이 됐고 이 와인잔도 다이아몬드로 만들었잖아……. 이거 알아?

내가 살던 시대에는 작은 다이아몬드 한 알을 갖는 게 거의 모든 여자의 소원이었어."

그녀의 눈이 말했다.

'아냐, AA. 이번엔 달라. 이번엔 확실해!'

"그 시대에도 알루미늄은 값이 쌌잖아요. 전기분해 기술이 발명되기 전까지는 알루미늄도 귀금속이었어요. 어떤 나라에서는 국왕의 왕관도 알루미늄으로 만들었다고 하던걸요."

'그걸 어떻게 장담해요?'

청신은 더 이상 눈빛으로 표현할 수 없다는 걸 알았다. 원래 IDC가 그녀의 집에 지자 차단실을 만들어주겠다고 했지만 그러자면 부피가 크고 소음도 심한 장비를 설치해야 했기 때문에 번거롭다는 생각에 그녀가 거절했다. 지금 그녀는 그때의 선택을 후회하고 있었다.

청신이 낮은 소리로 말했다.

"설랑지."

어두워졌던 AA의 눈동자가 순간적으로 다시 반짝이더니 조금 전보다 더 강렬한 흥분감이 차올랐다.

"다른 걸로는 정말 평평하게 만들 수 없나요?"

"안 됩니다. 허얼신건모쓰컨의 흑요석 석판으로만 가능합니다."

(……)

그때 시계가 울렸어. 공령이 고개를 들어 밖을 보니 동이 트려 하고 있었어. 평평하게 누른 설랑지의 끝부분을 두루마리에서 빼내자 다시 말리지 않고 바닥에 반듯하게 펼쳐졌어. 하지만 폭이 겨우 한 뼘밖에 되지 않아 그림을 그릴 수가 없었지. 그가 인두를 툭 내려놓으며 긴 한숨을 내쉬었어.

종이 두루마리. 곡률을 가진 종이 두루마리를 평평하게 다려 곡률을 감소시킨다.

이건 곡률 추진을 진행할 때 우주선의 전후방 공간에 대한 암시가 틀림없었다. 다른 것일 가능성은 없었다.

"가자."

청신이 일어나자 AA도 일어났다.

"가요."

두 사람은 가장 가까운 지자 차단실로 향했다.

이틀 뒤 열린 정보해독위원회 회의에서 모든 전문팀이 곡률 추진에 관한 해석에 동의했음이 발표되었다.

윈톈밍이 삼체의 광속 우주선이 공간곡률 추진 방식을 사용하고 있다는 걸 지구 세계에 알리려고 했던 것이다.

이건 매우 중요한 전략적 정보였다. 광속 항해에 관한 수많은 상상 가운데 공간곡률 추진이 실현 가능하다는 걸 확정해준 것이자, 인류의 항해 기술이 나가야 할 방향을 알려준 것이었다. 칠흑 같은 밤, 바다 한가운데서 불을 밝혀주는 등대처럼.

이 정보 해독은 또 한 가지 중요한 의의가 있었다. 바로 윈톈밍이 동화 속에 정보를 숨긴 방식을 발견했다는 점이었다. 윈톈밍의 정보 은닉 방식은 2중 은유와 2차원 은유 두 가지로 귀납되었다.

2중 은유: 동화 속 은유는 정보를 직접적으로 가리키는 것이 아니라, 먼저 단순한 사물을 가리키고 그 사물을 통해 해독이 용이한 방식으로 정보를 암시하는 간접적인 방식을 택하고 있었다. 이번 예에서도 공주가 탄 배와 허얼신건모쓰컨 비누, 도철해가 모두 한 가지 사물, 즉 비누를 이용해 추진하는 배를 암시하고, 그 비누 배가 가리키는 최종 목표가 바로 공간곡률 추진이었다. 사람들은 지금까지 정보 해독 작업이 제자리걸음이었던 중요한 원인이 직접적인 은유에 익숙한 사고방식으로 정보를 해독한 데 있었음을 알았다.

2차원 은유 : 윈톈밍은 이 방식으로 문자와 언어로 전달하는 정보의 불확실성 문제를 해결했다. 2중 은유가 완성된 후 여기에 직접적인 은유를 덧붙여 2중 은유의 의미를 한 번 더 확인시켜주기 때문이다. 이번 예에서도 설랑지 두루마리와 말린 종이를 눌러 평평하게 펴는 설정을 통해 곡률 추진의 공간 형태를 암시함으로써 비누 배의 은유를 재확인시켰다. 동화를 2차원의 평면이라고 한다면 2중 은유로 진정한 의미의 좌표를 제공한 뒤, 여기에 직접적인 은유를 추가해 의미를 고정시킨 것이다. 따라서 이 직접적인 은유를 '고정 좌표'라고 부를 수 있다. 고정 좌표는 단독으로 떼어내면 아무 의미도 없는 것 같지만 2중 은유와 결합하면 문학적 언어의 모호성 문제를 해결할 수 있다.

PIA 정보 전문가가 감탄했다.

"절묘한 방법이군요!"

정보 해독 전문가들이 청신과 AA에게 축하와 경의를 표했다. 특히 그동안 공공연하게 무시당해온 AA가 사람들에게 인정받으며 위원회 내에서 지위가 높아졌다.

하지만 청신은 윈톈밍을 떠올리며 코끝이 시큰해졌다. 외우주에서 길고 긴 밤을 보내고 낯설고 위험한 외계 사회에서 살기 위해 고군분투했을 그 남자가 인류에게 정보를 전달하기 위해 100편도 넘는 동화를 만들고 그중 세 편 속에 이토록 교묘하게 정보를 감추어놓기까지 얼마나 치열하게 고민하고 또 얼마만큼의 영혼을 쏟아부었을지 감히 상상도 할 수 없었다. 3세기 전 청신에게 별을 선물했던 그가 3세기가 지난 지금 전 인류에게 희망을 선물한 것이다.

정보 해독 작업이 활기를 되찾고 순조롭게 진행되기 시작했다. 새로 발견한 은유 방식 외에도 전문가들 사이에서 일종의 묵시적 추측이 생겨났다. 태양계 탈출에 관한 정보를 해독해냈으므로 남아 있는 정보는 안전보장 성명에 관한 것일 가능성이 크다는 점이었다.

하지만 얼마 후 전문가들은 아직 해독해내지 못한 정보들은 첫 번째 정보보다 훨씬 복잡하게 숨겨 있다는 걸 알았다.

어느 날 회의에서 의장이 특별 제작한 우산을 꺼냈다. 동화에서 공령이 공주에게 준 보호 우산처럼 검은색이었고 여덟 개의 우산살 끝에 각각 작은 돌멩이가 매달려 있었다. 지금은 우산이 사람들의 생활에서 자취를 감춘 지 오래였다. 현대인들은 비를 피할 때 레인실드라는 물건을 사용했다. 크기는 손전등처럼 작지만 위쪽으로 기류를 방출해 빗방울을 사방으로 날려 보내는 방식이었다. 물론 우산이라는 물건이 존재했었다는 건 사람들도 알고 있었고 영화에서 보기도 했지만 실물을 본 사람은 거의 없었다. 사람들은 신기해하며 우산을 이리저리 만져보았다. 동화에서처럼 우산을 돌리면 원심력에 의해 우산 지붕이 펼쳐지고 회전속도에 따라 경보가 울렸다. 사람들은 우산을 돌리는 것이 무척 힘든 일이라는 걸 알고 관 씨가 온종일 쉬지 않고 우산을 돌렸다는 사실에 감탄했다.

AA가 우산을 힘껏 돌렸지만 힘이 약한 탓에 금세 속도가 느려지자 우산 지붕이 축 처지며 새소리가 났다.

의장이 우산을 꺼냈을 때부터 시선을 떼지 않고 뚫어져라 응시하고 있던 청신이 갑자기 AA에게 외쳤다.

"멈추지 마!"

AA가 우산 돌리는 속도를 높이자 새소리가 사라졌다.

"더 빨리 돌려봐."

청신이 우산을 계속 주시했다.

AA가 힘을 다해 우산을 돌리자 방울 소리가 났다. 청신이 다시 우산을 천천히 돌리게 하자 방울 소리가 새소리로 바뀌었다. 이러기를 여러 번 반복하다가 청신이 돌아가는 우산을 가리키며 말했다.

"이건 우산이 아니에요! 이게 뭔지 알았어요!"

"나도 알았어요."

옆에 있던 비원펑이 고개를 끄덕이며 말한 뒤 그 자리에 있는 또 다른 서기인인 차오빈에게 시선을 던졌다.

"이게 뭔지 아는 사람은 우리 셋뿐이겠군요."

차오빈도 우산에 시선을 고정시킨 채 상기된 목소리로 말했다.

"맞아요. 우리 시대에도 낯선 물건이었으니까."

나머지 사람들이 이 옛 사람들을 번갈아 쳐다보았다. 그들의 말뜻을 이해할 수는 없었지만 흥분과 기대를 삼키며 그들이 답을 말해주길 기다렸다.

청신이 말했다.

"증기기관의 원심조속기예요."

누군가가 물었다.

"그게 뭐죠? 제어회로 같은 건가요?"

비원펑이 고개를 저었다.

"그게 발명된 시대에는 전기가 없었소."

차오빈이 설명했다.

"18세기에 발명된 기계입니다. 증기기관의 속도를 조절하는 장치죠. 금속 공이 달려 있는 회전 막대 두 개 또는 네 개와 슬리브가 달린 회전축으로 이루어져 있었어요. 우산처럼 생겼지만 우산살의 수가 적지요. 증기기관이 작동하면 이 장치의 회전축이 함께 돌아가는데 증기기관의 속도가 너무 빠르면 금속 공이 원심력을 일으키며 회전 막대가 올라갑니다. 그러면 회전축의 슬리브가 올라가고 슬리브와 연결된 증기 밸브의 개구부가 좁아져 증기기관의 속도가 느려지죠. 반대로 증기기관의 속도가 너무 느릴 때는 원심력이 감소하면서 우산이 접히듯 회전 막대가 접히고 슬리브가 내려옵니다. 그러면 증기 밸브의 개구부가 넓어져 증기기관의 속도가 빨라지고요. 이게 최초의 산업용 자동 제어 시스템입니다."

드디어 우산이 1차적으로 암시하는 것이 무엇인지 밝혀졌다. 하지만 비누 배와 달리 증기기관의 원심조속기가 가리키는 건 명확하지 않았다. 수많은 추측 가운데 가장 가능성 높은 두 가지 가설로 압축되었다.

바로 음성 피드백 자동 통제와 일정한 속력이다.

동화 속에서 이 2중 은유에 대응하는 고정 좌표는 쉽게 찾을 수 있었다. 바로 심수 왕자다. 심수 왕자는 멀리서 보든 가까이에서 보든 똑같은 키로 보였다. 이 역시 여러 가지로 해석할 수 있지만 가장 가능성 높은 두 가지는 거리에 따라 신호가 감쇠되지 않는 신호전달 시스템과 어떤 참조 체계에서도 일정하게 유지되는 물리량이었다.

여기에 우산의 해석 결과를 합치자 정확한 조합을 쉽게 찾아낼 수 있었다. 참조 체계가 변화해도 일정하게 유지되는 속력, 그건 바로 광속이었다. 게다가 우산에 대한 은유에서 뜻하지 않게 세 번째 고정 좌표를 찾아낼 수 있었다.

"(……) 그 거품을 모아서 비누를 만드는데 거품을 모으는 게 쉬운 일이 아니에요. 바람에 날려 빠르게 날아가는 데다가 (……) 제일 빠른 말을 타고 달려야만 바람에 날아가는 거품을 따라잡을 수가 있어요. (……) 말에 탄 채로 그물을 이용해 거품을 잡아야 해요. (……) 마법 거품이 무게를 측정할 수 없을 만큼 가벼워서 비누도 무게감이 전혀 느껴지지 않아요. 세상에서 제일 가볍지만 아주 귀한 비누지요. (……)"

속도가 가장 빠르고 질량(무게)이 없다는 건 아주 확실한 은유였다. 바로 빛이었다.

이 모든 걸 종합해보면 우산은 빛이나 광속을 의미하고, 마법거품나무의 거품을 붙잡는 것은 빛에너지를 채집하는 것과 광속을 늦추는 것, 이 둘 중 하나를 의미했다.

전문가들은 전자는 인류의 전략적 목표와 큰 관계가 없다고 판단하고 후자에 집중했다. 정보의 정확한 내용은 알 수 없었지만 광속을 낮추는 것이 우주 안전보장 성명과 어떤 관계가 있는지에 대해 토론했다.

"태양계, 즉 해왕성 궤도 또는 카이퍼 벨트 이내의 공간에서 광속을 늦출 수 있다면 아주 먼 우주에서도 관측이 가능합니다."

사람들의 얼굴에 흥분이 차올랐다.

"하지만 그게 먼 우주의 관찰자들에게 안전을 의미할 수 있을까요? 태양계 내의 광속을 10분의 1로 늦춘다면 더 안전해 보일까요?"

"그렇게 된다면 인류가 광속 우주선을 갖고 있다고 해도 태양계를 빠져나가는 데 걸리는 시간이 10분의 1만큼 늘어나겠죠. 물론 이 정도로는 큰 의미가 없지만요."

"우주에 우리가 안전하다는 메시지를 전달하려면 광속을 10분의 1 늦추는 걸로는 부족합니다. 더 많이 늦춰야 해요. 만약 광속을 원래의 100분의 1로 늦춘다면 관찰자들은 인류 스스로 태양계를 정체 지대로 만들었다고 생각할 겁니다. 우리가 태양계를 빠져나가는 데 긴 시간이 걸린다는 걸 확신할 수 있다면 그들은 태양계 문명이 안전하다고 여기겠죠."

"그렇게 하려면 광속을 1000분의 1로 늦춘다 해도 부족해요. 생각해보세요. 초속 300킬로미터의 광속으로 태양계를 빠져나간다 해도 그리 오래 걸리지 않아요. 또 인류가 반경 50천문단위의 우주에서 우주상수를 바꿀 수 있다면 그건 지구 문명이 고도로 발달했다는 걸 우주에 알리는 셈이 아닙니까? 그건 안전보장 성명이 아니라 오히려 위협 성명이에요.”

우산의 2중 은유와 두 가지 고정 좌표인 심수, 마법거품나무를 함께 고려하면 그것이 의미하는 방향은 알 수 있었지만 전략적으로 의미 있는 정보를 찾아낼 수가 없었다. 이건 2차원이 아니라 3차원 은유인 것 같았다. 누군가 세 번째 고정 좌표가 있을지도 모른다고 했지만 동화를 수없이 반복해서 분석해도 다른 고정 좌표를 찾아낼 수가 없었다.

바로 그때, 신비에 싸여 있던 지명인 ‘허얼신건모쓰컨’의 의미가 갑자기 밝혀졌다.

IDC는 이 단어를 연구하기 위해 특별히 언어학팀을 추가로 설치했다. 이 팀에 언어의 역사적 변천을 연구해온 팔레르모라는 언어학자가 있었다. 그를 영입한 건 그가 단일 어족 연구에 집중한 다른 언어학자들과 달리 동서양 여러 어족의 고대언어에 대해 잘 알고 있었기 때문이다. 하지만 팔레르모는 이 단어에 대해 전혀 알지 못했고 의미 있는 단서도 발견해내지 못했다. 그가 이 단어를 해독해낸 것도 순전히 우연이었을 뿐 그의 언어학 지식과는 아무 관계도 없었다.

어느 날 아침 막 잠에서 깬 팔레르모에게 금발의 북유럽 여자인 그의 여자 친구가 자기 나라에 가본 적이 있느냐고 물었다.

“노르웨이? 아니. 한 번도 안 가봤어.”

“근데 왜 자꾸만 잠꼬대로 그 나라의 옛 지명 두 개를 중얼거리는 거야?”

“어떤 지명?”

“헬세가와 모스켄.”

IDC와 아무 관련도 없는 여자 친구가 그 단어를 입에 올리는 것이 이상해서 팔레르모가 웃으며 고개를 저었다.

“그건 한 단어야. 허얼신건모쓰컨. 단어를 어디서 끊느냐에 따라 다른 지명도 찾아낼 수 있겠지."

"모두 노르웨이의 지명이야."

"그게 뭐가 어때서? 우연이겠지."

"그럴 리 없어. 그건 노르웨이 사람들도 잘 모르는 지명이야. 옛날 지명이니까. 지금은 이름이 바뀌었어. 난 노르웨이 역사를 전공했으니까 아는 거지. 두 곳 모두 노르웨이의 노를란주에 있어."

"그것도 우연일 거야. 단어를 어디서든 끊을 수 있으니까."

"장난 그만 쳐. 누굴 속이려고! 당신이 알고 있는 게 분명해. 헬세가(Hellsegga)는 산 이름이고 모스켄(Mosken)은 작은 섬이라는 걸. 로포텐제도에 속한 작은 섬이라는 걸 말이야."

"정말 모른다니까. 내가 잠꼬대로 그 단어를 말한 건 그냥 우연이야. 언어학에 이런 현상이 있어. 정확한 알파벳 없이 독음만 있는 긴 단어를 접할 때 그 뜻을 모르면 무의식중에 그걸 자의적으로 끊어서 받아들이지. 당신이 바로 그런 사람인 거야."

IDC에서 이 단어를 연구할 때도 자의적으로 단어를 끊어서 분석하려는 사람들을 많이 보았기 때문에 그는 여자 친구의 말을 대수롭지 않게 받아들였다. 하지만 그 뒤에 이어진 그녀의 말이 모든 걸 바꿔놓았다.

"좋아. 한 가지 사실을 더 알려줄게. 헬세가산은 바다에 접해 있어서 정상에서 모스켄섬을 볼 수 있어. 모스켄은 헬세가에서 가장 가까운 바다 섬이야!"

이틀 뒤 청신은 모스켄섬에 서서 바다 너머 헬세가의 절벽을 바라보고 있었다. 절벽은 검은색이었다. 아마도 하늘을 자욱하게 채운 잿빛 구름 때문일 것이다. 바다도 검고 절벽 아래 해변에 부딪치는 파도만이 흰색이었다. 그곳에 가기 전에 들은 바로는 이곳이 북극권에 위치해 있지만 태평양

난류의 영향으로 비교적 온화한 기후라고 했다. 하지만 실제로 와서 맞는 바닷바람은 몹시 차고 습했다. 노르웨이 북부 로포텐제도의 끝자락에 위치한 이곳은 빙하에 깎여 만들어진 섬들이 우뚝우뚝 솟아 있었다. 피오르 해안과 북해 사이 160킬로미터에 걸쳐 병풍처럼 늘어선 섬들이 북극해와 스칸디나비아반도 북단을 나누는 장벽이 되었다. 섬 사이 해협마다 물살이 빨라 예전에도 이곳은 사는 사람이 많지 않았고 대부분 낚시 철에 찾아오는 사람들뿐이었다. 해양 어획이 사라지고 주로 양식을 통해 해산물을 얻게 되면서 이 섬은 더욱 황량해졌다. 더 오랜 옛날 바이킹이 출몰하던 시대와 별 차이가 없었다.

모스켄은 제도에 속한 섬 중 아주 작은 섬이고 헬세가 역시 거의 알려지지 않은 산봉우리였다. 이 지명은 서기 시대의 명칭으로 위기의 세기 말기에 두 곳 모두 이름이 바뀌었다.

세상의 끝자락, 이 황량하고 스산한 섬에서도 청신은 담담하기만 했다. 얼마 전까지만 해도 그녀는 인생을 마감할 때가 되었다고 생각했다. 하지만 지금 그녀에게는 더 살아야 할 많은 이유가 생겼다. 잔뜩 가라앉은 잿빛 하늘가에 가늘게 벌어진 파란 틈이 그녀의 시야에 들어왔다. 방금 태양이 그 틈으로 모습을 드러낸 몇 분 동안 잿빛 세상이 완전히 다른 모습으로 바뀌었다. "태양이 떠오르는 순간 이 그림을 그린 화가가 그림 전체에 금가루를 흩뿌린 것 같았다"는 원텐밍의 동화 속 묘사처럼 말이다. 지금 그녀의 생활이 그랬다. 안개 속에 희망이 감춰져 있고, 어둠 뒤에서 온기가 스며 나오고 있었다.

AA, 비윈펑, 차오빈, 언어학자 팔레르모를 포함한 전문가들이 그녀와 동행했다.

모스켄은 작은 무인도였다. 지금은 잭슨이라는 여든 살 넘은 노인만 홀로 살고 있었다. 그도 역시 서기인이었다. 파란만장한 세월의 흔적이 남아 있는 반듯한 북유럽인의 얼굴이 프레스를 떠올리게 했다. 모스켄과 헬세가 일대에 어떤 특별한 것이 있느냐는 질문에 잭슨이 섬의 서쪽 끝을 가리켰다.

"물론이오. 저길 보시오."

하얀 등대였다. 아직 황혼이 내리는 해 질 녘인데도 등대는 벌써부터 빛을 내뿜고 있었다.

AA가 호기심 어린 눈빛으로 물었다.

"저게 뭐죠?"

잭슨이 고개를 저으며 탄식했다.

"이것 봐요. 아이들은 저게 뭔지도 모르잖소……. 옛날에 지나가는 배들에게 방향을 알려주던 등대요. 나는 서기 시대에 등대와 등표를 설계하던 기술자였소. 사실 위기의 세기까지도 바다 곳곳에 등대가 있었지만 지금은 다 사라졌지. 난 저 등대를 세우려고 이곳에 왔소. 아이들에게 예전에 이런 것이 있었다는 걸 알려주기 위해서 말이오."

IDC의 전문가들 모두 등대에 큰 흥미를 보였다. 등대는 증기기관의 원심조속기를 연상시켰다. 원심조속기 역시 이미 오래전에 사라진 기술적 장치였다. 하지만 몇 가지 물어본 뒤 그것이 그들이 찾는 물건은 아니라는 걸 확신할 수 있었다. 등대는 최근에 지은 것이었다. 가볍고 견고한 현대 건축재를 이용해 반년 만에 지었다고 했다. 잭슨은 또 예전에는 이 섬에 한 번도 등대가 있었던 적이 없다고 자신 있게 말했다. 시간을 따져보아도 그 등대는 윈텐밍의 정보와 관련이 없었다.

누군가 물었다.

"또 다른 특별한 건 없습니까?"

잭슨이 어두컴컴한 하늘과 바다를 보며 어깨를 으쓱였다.

"뭐가 있을 수 있겠소? 이 빌어먹을 황량한 곳에 말이오. 난 사실 이곳이 마음에 들지 않아요. 하지만 다른 섬은 등대 건설을 허가해주지 않았지."

해협 너머 헬세가산으로 가보기로 했다. 헬리콥터에 타려는데 AA가 계획에 없던 제안을 했다. 잭슨의 작은 배를 타고 바다를 건너는 게 어떻겠느냐는 것이었다.

"안 될 거야 없지. 하지만 오늘은 풍랑이 센 편이라 아마 넌 뱃멀미를 할 거란다."

잭슨의 말에 AA가 바다 건너 헬세가산을 가리켰다.

"이렇게 가까운데도 뱃멀미를 한다고요?"

잭슨이 고개를 저었다.

"이 바다는 곧장 건널 수 없어. 저쪽으로 돌아서 건너야지."

"왜요?"

"거기 모스크스트라우멘*이 있어서 어떤 배든지 다 집어삼키지."

IDC 전문가들이 서로의 얼굴을 쳐다보다가 일제히 잭슨에게로 시선을 옮겼다.

한 사람이 물었다.

"특별한 게 더 없다고 하셨잖아요?"

"난 이곳 토박이오. 나한테 모스크스트라우멘은 특별한 게 아니지. 그건 이 바다의 일부요. 항상 그곳에 있으니까."

"어디에 있죠?"

"저쪽이오. 여기서 보이진 않지만 소리를 들을 순 있소."

모두 조용히 숨을 죽이자 바다가 낮게 우르릉거리는 소리가 들렸다. 멀리서 말 1만 마리가 질주하고 있는 것 같았다. 헬리콥터를 타고 모스크스

---

* 옮긴이 주 : Mokstraumen, 노르웨이어로 '큰 소용돌이'라는 뜻으로 주로 노르웨이 서북 해안에 나타나는 거대한 소용돌이. 마엘스트롬(maelstrom)으로도 불림.

트라우멘을 보러 가기로 했지만 청신은 배를 타고 가보고 싶다고 했다. 섬에 있는 배는 잭슨의 작은 보트가 유일했고 안전을 위해 대여섯 명밖에 탈 수 없었다. 잭슨과 청신, AA, 비윈펑, 차오빈, 팔레르모만 배를 타고 나머지는 헬리콥터를 타기로 했다.

보트가 출렁이며 모스켄에서 출발했다. 해풍이 점점 거세지며 짜고 떫은 물방울이 얼굴을 휘갈기고 지나갔다. 점점 어두워지는 하늘 아래에서 잿빛 바다가 사납게 몸을 뒤틀었다. 우르릉우르릉하는 소리가 점점 커졌지만 모스크스트라우멘은 보이지 않았다.

그때 차오빈이 소리쳤다.

"오! 생각났어요!"

청신도 생각이 났다. 조금 전까지는 윈텐밍이 지자를 통해 이곳에 등대가 세워진 걸 알았을 거라고 추측했지만 이제 보니 그보다 훨씬 단순했다.

청신이 말했다.

"에드거 앨런 포."

AA가 물었다.

"뭐라고요? 그게 뭐예요?"

"19세기 소설가야."

잭슨이 말했다.

"맞소. 에드거 앨런 포. 그가 모스크스트라우멘에 관한 소설을 썼지. 젊었을 때 읽었는데 조금 과장이 있더군. 소용돌이 표면의 경사가 45도라고 했지, 아마. 그런데 어떻게 그렇게 가파를 수가 있겠소?"

문자로 표현하는 서사문학은 1세기 전에 이미 사라졌지만 문학과 작가는 아직 존재했다. 서사 방식이 디지털이미지로 바뀌었을 뿐이다. 고전적인 형태의 문자 소설은 이제 유물이 되었다. 대협곡을 거치며 고대 작가와 작품들이 대거 소실되어 현재 남아 있지 않았고 에드거 앨런 포도 그중 하나였다.

우르릉거리는 소리가 더 커졌다.

누군가가 물었다.

"소용돌이가 어디에 있습니까?"

잭슨이 바다 위를 가리켰다.

"모스크스트라우멘은 수면보다 낮소. 저기 있는 선을 넘어가야 볼 수 있소."

그가 가리키는 곳에서 흰 띠처럼 포말을 일으키며 일렁이는 파도가 커다란 호를 그리며 멀어져가고 있었다.

비원펑이 말했다.

"저걸 넘어갑시다!"

잭슨이 그를 똑바로 응시하며 말했다.

"저건 죽음의 선이오. 저걸 넘으면 돌아올 수 없소."

"배가 소용돌이에 휩쓸리면 완전히 물속으로 빨려들어갈 때까지 얼마나 걸립니까?"

"40분에서 한 시간쯤 걸릴 거요."

"그럼 괜찮습니다. 헬리콥터가 우릴 구해줄 겁니다."

"그럼 내 보트는……."

"새로 사드리겠습니다."

"비누보단 싸겠죠."

AA가 잭슨이 알아듣지 못할 말을 했다.

잭슨이 보트를 몰아 조심스럽게 그 파도 선을 넘었다. 보트가 흔들리다가 어떤 힘에 붙들린 듯 갑자기 평온해졌다. 마치 배가 수면 아래 어떤 궤도에 진입한 듯 파도 선과 같은 방향으로 미끄러지듯 나아갔다.

잭슨이 외쳤다.

"소용돌이에 붙잡혔소. 오, 맙소사! 이렇게 가까이에서 본 건 나도 처음이오!"

산꼭대기에서 내려다본 것처럼 모스크스트라우멘이 눈앞에 모습을 드러냈다. 깔때기처럼 움푹 파인, 직경 1킬로미터의 거대한 소용돌이는 에드거 앨런 포의 묘사처럼 표면 경사가 45도까지는 되지 않았지만 30도는 충분히 될 것 같았다. 거대한 장벽 같은 수면이 고체의 표면처럼 매끈했다. 배가 막 소용돌이의 세력 범위로 들어가 아직은 속도가 빠르지 않았지만 아래로 내려갈수록 회전속도가 점점 빨라졌다. 맨 밑바닥의 작은 구멍은 회전속도가 최고조에 달했다. 심장을 두드리는 굉음이 바로 그곳에서 나고 있었다. 모든 걸 갈아버리고, 모든 걸 빨아들일 것 같은 광포한 힘이었다.

"빠져나갈 수 있어요. 최대 출력으로 물결을 가로지르세요!"

AA가 외치자 잭슨이 보트의 출력을 최대로 높였다. 전동 보트의 엔진 소리가 포효하는 소용돌이 속에서 모기 소리처럼 파묻혔다. 보트가 속력을 높여 흰 파도 선을 향해 다가갔다. 하지만 파도 선을 막 넘으려던 찰나 힘없이 아래로 방향을 틀며 파도 선에서 멀어졌다. 하늘로 던져졌다가 포물선의 정점을 찍고 떨어지는 돌멩이처럼 아무 힘도 쓰지 못했다. 몇 번이나 다시 시도했지만 점점 더 깊이 미끄러질 뿐이었다.

잭슨이 말했다.

"이제 봤소? 저 선이 지옥문이라오. 평범한 출력을 가진 배로는 일단 저 선을 넘으면 절대로 빠져나갈 수 없소."

보트가 더 깊은 곳으로 떨어졌다. 이제 파도 선도 수면도 보이지 않았다. 그들 뒤로 바닷물이 겹겹이 쌓인 산등성이가 버티고 있었다. 저 멀리 소용돌이의 맞은편 언저리 끝에서 꼭대기만 걸쳐진 산봉우리가 천천히 움직였다. 모두들 이 저항할 수 없는 힘에 이대로 붙들려버릴 것 같은 공포에 휩싸였다. 상공에서 선회하고 있는 헬리콥터가 유일한 위안이었다.

잭슨이 말했다.

"저녁 먹을 시간이군."

구름 뒤에서 아직 해가 완전히 떨어지기 전이었지만 북극권의 여름인 이곳은 이미 밤 9시가 넘은 시각이었다. 잭슨이 선창에서 대구 한 마리를 꺼냈다. 잡은 지 얼마 안 된 것이라고 했다. 술도 세 병 꺼낸 뒤 대구를 커다란 쇠 쟁반에 놓고 그 위에 술 한 병을 붓더니 라이터로 불을 붙였다. 펑 하는 소리와 함께 물고기에 불이 붙었다. 채 5분도 안 되어 잭슨이 아직 불도 사그라지지 않은 대구의 살점을 뜯어 입에 넣었다. 현지의 요리법이라고 했다. 다 함께 술과 대구를 먹으며 모스크스트라우멘의 장관을 감상했다.

잭슨이 청신에게 말했다.

"애야, 네가 누군지 알아. 검잡이지? 중요한 임무가 있으니 여기까지 왔겠지. 하지만 침착해야 해. 서둘러선 안 돼. 종말을 피할 수 없다면 현재를 즐겨야지."

AA가 말했다.

"머리 위에 헬리콥터가 없어도 이렇게 차분하실 수 있어요?"

"물론이지. 서기 시대에 불치병 판정을 받았을 때 난 겨우 마흔 살이었지만 그때도 침착했어. 내가 원해서 동면했던 게 아니야. 쇼크에 빠져서 나도 모르는 사이에 동면에 들어갔지. 깨어나 보니 이미 위협의 세기였어. 처음엔 내가 환생한 줄 알았지. 나중에 알고 보니 죽음을 아주 멀리 미뤄놓은 것뿐이더군. 아직도 죽음은 저 앞에서 날 기다리고 있어…… 등대가 완성된 날, 바다 위를 환히 비추는 등대를 멀리서 바라보다가 문득 깨달았지. 죽음이 바로 유일하게 영원히 불을 밝히고 있는 등대라는 걸. 어디로 항해하든 결국에는 그 등대가 가리키는 방향으로 가야 해. 모든 건 언젠가는 사라지고, 사신만이 영생할 수 있어."

소용돌이에 휩쓸린 지 20분쯤 지나 보트가 수면에서 3분의 1 내려와 있었다. 보트의 기울기가 점점 가팔라졌지만 원심력 때문에 보트에 탄 사람들이 좌현으로 미끄러지지 않았다. 물의 장벽이 그들의 시야를 가득 채웠다. 소용돌이의 맞은편에 걸쳐 있던 산봉우리도 보이지 않았다. 하늘을 올려다볼 용기가 없었다. 소용돌이 속에서는 보트가 수면과 함께 회전해 상대적으로 거의 정지 상태나 다름없으므로 보트가 돌고 있다는 걸 느낄 수가 없었다. 보트가 정지된 바다 분지의 가장자리 경사면에 붙어 있는 것 같았다. 하지만 시선을 하늘로 옮기면 모스크스트라우멘의 회전을 그대로 느낄 수 있었다. 하늘을 메운 먹구름이 빠르게 돌아가며 현기증을 일으켰다. 원심력이 증가하면서 배 밑바닥에 닿는 수면이 점점 더 평평해지고 고체처럼 조밀해졌다. 마치 단단하게 얼어붙은 얼음 위를 지치고 있는 것 같았다. 소용돌이의 한가운데 구멍에서 토해내는 굉음이 모든 것을 압도해 더 이상 아무 대화도 할 수가 없었다. 그때 다시 서쪽 구름 사이를 비집고 나온 태양이 모스크스트라우멘을 향해 한 줄기 빛을 뻗었지만 밑바닥까지 비추지 못하고 소용돌이의 일부만 조금 환하게 비출 뿐이었다. 그 빛에 대비되어 소용돌이 밑바닥이 더욱 어둡게 보였다. 포효하는 구멍에서 뿜어져 나온 물보라가 햇빛에 부딪치며 만들어낸 무지개가 소용돌이의 심연을 가로지르며 장관을 연출했다.

"내 기억이 맞다면 에드거 앨런 포도 소용돌이 속 무지개를 묘사했을 거요. 달빛에 비친 무지개였지. 그는 그게 현세와 내세를 이어주는 다리라고 했어!"

잭슨이 외쳤지만 아무도 그의 말을 똑똑히 듣지 못했다.

헬리콥터가 그들을 구하러 왔다. 보트 위 2~3미터 상공에 멈춘 뒤 사다리를 내렸다. 사람들이 헬리콥터로 모두 올라오자 빈 보트만 커다란 원을 그리며 소용돌이 안으로 계속 빨려들어갔다. 보트 위 먹다 남은 대구에서 아직도 푸른 불꽃이 타오르고 있었다.

헬리콥터가 모스크스트라우멘의 상공 중앙에 뜬 채로 멈추었다. 발밑에서 돌아가는 거대한 물웅덩이를 내려다보자 금세 현기증이 나고 속이 울렁거렸다. 누군가 헬리콥터 조종 시스템에 명령을 내려 소용돌이와 동일한 방향과 속도로 선회하게 하자 소용돌이가 정지한 것처럼 보였다. 하지만 이번에는 소용돌이 바깥세상이 돌기 시작했다. 하늘, 바다, 산봉우리가 그들을 에워싸고 돌기 시작했다. 모스크스트라우멘이 세상의 중심이 된 듯했고 현기증은 조금도 나아지지 않았다. AA는 조금 전에 먹었던 대구를 왈칵 게워냈다.

모스크스트라우멘을 내려다보며 청신의 뇌리에 또 다른 소용돌이가 떠올랐다. 1000억 개 항성으로 이루어져 있고 우주의 바다에서 은빛을 내뿜으며 2억 5000만 년에 한 바퀴씩 돌아가고 있는 소용돌이. 바로 은하계였다. 지구는 그 속의 먼지 한 톨만큼도 되지 않았고, 모스크스트라우멘 역시 지구상의 먼지 한 톨에 지나지 않았다.

30분 뒤 소용돌이가 보트를 단숨에 집어삼켰다. 보트 부서지는 소리가 굉음 사이로 어렴풋이 들렸다.

헬리콥터가 잭슨을 모스켄으로 다시 데려다주었다. 청신은 최대한 빨리 그에게 새 보트를 보내주겠다고 약속하고 그와 작별했다. 헬리콥터가 오슬로로 향했다. 그곳에 가장 가까운 지자 차단실이 있었다.

오슬로에 도착할 때까지 모두 침묵 속에서 생각에 잠겼다. 눈빛조차 주고받지 않았다.

모스크스트라우멘이 무엇을 암시하는지는 너무 분명하기에 굳이 말할 것도 없었다.

이제 문제는 광속을 늦추는 것과 블랙홀이 무슨 관계가 있는지, 블랙홀과 우주 안전보장 성명은 또 무슨 관계가 있는지 알아내는 것이었다.

블랙홀이 빛의 파장을 변화시킬 수는 있지만 광속 자체를 변화시킬 수는 없다.

광속을 진공 중 광속의 10분의 1, 100분의 1, 심지어 1000분의 1로 낮춘다고 가정한다면, 각각 초속 3만 킬로미터, 초속 3000킬로미터, 초속 300킬로미터가 된다. 하지만 이것이 블랙홀과 무슨 관련이 있는지 알 수가 없었다.

여기에 평범한 사고로는 넘기 어려운 문턱이 있었지만 그것을 넘는 데 그리 오랜 시간이 걸리지 않았다. 어쨌든 그들은 현재 인류 가운데 가장 똑똑한 이들이었다. 특히 차오빈은 3세기를 초월한 물리학자였다. 그는 파격적인 사고에 능했을 뿐 아니라 한 가지 특별한 사실을 알고 있었다. 서기 시대에 한 연구팀이 실험실에서 매질 속 광속을 자전거가 달리는 속도보다 느린 초속 17미터로 늦춘 적이 있었다. 진공 중의 광속을 늦추는 것과는 본질적인 차이가 있지만, 적어도 갑자기 떠오른 이런 상상이 그리 터무니없는 게 아니라는 건 알 수 있었다.

'진공 중의 광속을 현재의 1만 분의 1인 초속 30킬로미터로 늦춘다면 블랙홀과 연관시킬 수 있을까? 조금 전 상상과 별로 다르지 않은 것 같군. 역시 아무것도 떠오르지 않아……. 오, 잠깐!'

"16.7!"

차오빈의 입에서 숫자가 튀어나왔다. 그의 두 눈에서 발산된 빛에 주위 사람들의 눈동자도 금세 밝아졌다. 초속 16.7킬로미터. 태양계의 제3우주속도. 이 속도에 도달하지 못하면 태양계를 빠져나갈 수 없다.

빛도 물론 마찬가지다.

태양계에서 진공 중의 광속을 초속 16.7킬로미터 이하로 늦춘다면 빛도 태양의 인력을 벗어날 수 없다. 다시 말해, 태양계가 블랙홀이 되는 것이다.*

그 무엇도 광속을 초월할 수는 없기 때문에 빛이 빠져나갈 수 없다면 다른 어떤 것도 태양계 블랙홀을 빠져나갈 수 없다.** 따라서 이 태양계는 우주의 다른 부분과 완전히 단절된, 절대적으로 폐쇄된 세계가 된다.

그렇다면, 우주의 관찰자들에게 이 세계는 절대적으로 안전한 곳일 수밖에 없다.

저광속의 태양계 블랙홀을 멀리서 관찰하면 어떤 모습일지 정확히 알 수는 없지만 두 가지 가능성으로 압축해볼 수 있다. 기술 수준이 낮은 관찰자에게는 태양계가 사라진 것처럼 보일 것이고, 저광속 블랙홀을 원거리에서 관찰할 수 있는 기술을 갖춘 관찰자라면 태양계가 안전하다는 사실을 알 것이다.

아주 먼 곳에 별 하나가 있다. 그것은 밤하늘에서 보일 듯 말 듯 가물거리는 작은 점일 뿐이며 그 별을 한 번이라도 본 사람들은 모두 그 별이 안전하다고 말한다. 이걸 실현하려는 것이 바로 우주 안전보장 성명이다.

불가능할 것 같았던 바람이 실현될 가능성이 보이기 시작했다.

도철해. 그들은 도철해를 떠올리고, 도철해에 봉쇄된 이야기 없는 왕국을 떠올렸다. 소용돌이의 의미를 해독한 것만으로도 충분히 명확했으므

---

* 진공에서의 광속이 태양계 탈출속도보다 늦으면 태양계의 반지름이 슈바르츠실트 반지름보다 작아진다. 슈바르츠실트 반지름은 중력을 가진 모든 질량의 임계 반지름이다. 천체의 반지름이 슈바르츠실트 반지름보다 작아지면 빛이 반지름 내의 중력장을 벗어날 수 없어 블랙홀이 형성된다. 슈바르츠실트 반지름의 공식은 물체의 탈출속도 공식에서 파생된 것이다. 물체의 탈출속도를 광속으로 설정하고 만유인력상수와 천체의 질량을 적용하면 슈바르츠실트 반지름을 계산해낼 수 있다.

** 블랙홀의 경계를 '사건의 지평선'이라고 한다. 블랙홀 외부의 물질이나 방사선은 사건의 지평선을 뚫고 블랙홀 내부로 들어갈 수 있지만 블랙홀 내부의 물질이나 방사선은 절대로 사건의 지평선을 뚫고 나올 수 없기 때문에 이를 단향성(單向性) 막이라고도 부른다. 사건의 지평선은 물질면이 아니며, 물리적인 관점에서 볼 때 외부 관찰자가 그 범위(사건의 지평선) 내의 총 질량, 총 전하량 등 기본적인 매개변수 외에는 아무것도 알 수 없는 것을 의미한다. 구형 블랙홀의 사건의 지평선 반지름이 바로 슈바르츠실트 반지름이다.

로 사실 이 고정 좌표는 필요치 않았다.

얼마 후 사람들은 저광속 블랙홀을 '블랙존'이라고 명명했다. 내부가 시공간의 특이점*이 아니라 탁 트인 넓은 공간으로 이루어진 저광속 블랙홀은 정상적인 광속의 블랙홀에 비해 슈바르츠실트 반지름이 더 크기 때문이다.

헬리콥터가 구름층 위를 비행했다. 밤 11시가 넘어 태양이 서쪽으로 천천히 내려앉고 있었다. 한밤중의 석양이 헬리콥터 안으로 비껴 들어왔다. 따뜻한 금빛 햇살을 받으며 사람들은 모두 상상했다. 광속이 초속 16.7킬로미터인 세상에서의 생활과 초속 16.7킬로미터로 내려오는 그 세상의 석양빛을.

원톈밍이 보낸 정보의 퍼즐이 거의 완성되고 퍼즐 조각 하나만이 남아 있었다. 바로 바늘귀의 그림이었다. 그 속에 담긴 2중 은유도, 고정 좌표도 해독해낼 수가 없었다. 누군가 그림이 바로 모스크스트라우멘을 가리키는 고정 좌표이며 블랙홀 사건의 지평선을 암시하는 것이라는 주장을 내놓았다. 외부 관찰자들의 입장에서 보면 어떤 물체든 블랙홀에 들어가면 영원히 사건의 지평선 위에 고정된다는 점이 그림 속으로 빨려들어가는 설정과 비슷하다는 게 그 이유였다. 하지만 대다수 전문가들은 이 의견에 동의하지 않았다. 모스크스트라우멘의 의미가 확실하고 도철해를 통해 그 의미를 한 번 더 고정했으므로 또 다른 고정 좌표를 둘 필요가 없기 때문이다.

결국 바늘귀의 그림에 숨겨진 비밀은 비너스의 잘린 팔처럼 수수께끼를 풀지 못한 채 비밀로 남았다. 바늘귀의 그림이 동화 세 편 전체를 관통

* 옮긴이 주 : 블랙홀 중심.

하는 설정이면서 우아한 냉혹함, 고혹적인 잔인함, 죽음에 대한 탐미가 깃들어 있다는 점을 고려할 때 그 속에 생사를 가를 거대한 비밀이 감춰져 있는 듯했다.

전송의 세기 8년, 운명적인 선택

《시간 밖의 과거》 발췌

지구 문명의 세 가지 생존의 길

1. 벙커 프로젝트

벙커 프로젝트는 인류가 현재 보유하고 있는 기술과 이미 밝혀진 이론을 이용한 것이므로 성공 가능성이 가장 큰 방법이었다. 사실 벙커 프로젝트는 인류의 자연스러운 발전 방향이기도 했다. 암흑의 숲 공격이 아니더라도 인류는 이미 태양계에서 대규모 이주가 필요한 단계에 다다라 있었다. 다만 벙커 프로젝트는 더 집중적이고 명확한 목적성을 가진 이주일 뿐이었다.

이것은 지구 세계 스스로 생각해낸 프로젝트였으며 윈텐밍의 정보에는 이 내용이 언급되어 있지 않았다.

2. 블랙존 프로젝트

태양계가 안전한 곳임을 우주에 알리기 위해 태양계를 저광속 블랙홀로 만드는 계획으로, 세 가지 선택지 가운데 기술적 난이도가 가장 높은 방법이었다. 반지름이 50천문단위(약 75억 킬로미터)에 달하는 광활한 공간에서 기본적인 우주상수를 변화시켜야 하는, 쉽지 않은 프로젝트였으므로 '신의 공정'이라고 불렸으며 아직 이론적으로 증명되지 않은 부분이 많았다.

하지만 성공할 경우 세 가지 선택지 가운데 지구 문명을 가장 안전하게 보호할 수 있는 방법이기도 했다. 우주 안전보장 성명의 의미로 태양계를 보호할 수 있다는 점 외에 블랙존 자체의 방어 효과도 매우 높다는 사실이 연구를 통해 밝혀졌다. 가령 광립 같은 외계의 고속 공격체가 저광속 구역에 진입할 경우 이 구역 내에서 그 속도가 광속을 훨씬 초월하게 된다. 그러면 상대성 이론에 따라 공격체의 속도가 급격히 떨어지며 과잉된 운동에너지는 막대한 질량으로 전환된다. 따라서 공격체 가운데 먼저 저광속 구역에 진입한 전면부는 질량이 급격히 증가하는 동시에 속도가 순간적으로 둔화되고, 아직 정상적인 광속 구역에 있는 후면부가 정상적인 광속으로 전면부를 고속으로 들이받게 되는데 이 충격으로 공격체 전체가 완전히 파괴되어버린다. 계산에 따르면, 물방울처럼 강한 상호작용 소재로 제작된 초고강도 물체라도 블랙존의 경계를 통과하는 순간 산산이 부서질 수밖에 없다. 이 때문에 블랙존을 '우주 금고'라고 부르기도 했다.

블랙존 프로젝트에는 또 한 가지 장점이 있었다. 세 가지 선택지 가운데 유일하게 이 방법만 인류가 우주의 떠돌이가 되지 않고 익숙한 지구에서 오랫동안 살 수 있다는 점이었다.

하지만 그러기 위해 지구 문명이 치러야 하는 대가가 결코 적지 않았다. 태양계가 외계의 그 어떤 세계와도 완전히 단절되어야 한다는 사실이었다. 인류 스스로 자신들의 생활 반경을 160억 광년에서 50천문단위로 축소하는 셈이

었다. 광속이 초속 16.7킬로미터인 세계에서 사는 것이 어떤 모습일지 아직
은 알 수 없지만, 그 세계의 컴퓨터와 양자 컴퓨터의 속도가 아주 느려질 것
이라는 건 기정사실이었다. 심하면 인류가 저기술 사회로 퇴보할 수도 있으
며 지자의 기술 통제보다 더 강력한 장벽이 될 것이다. 그러므로 블랙존을 이
용한 안전보장 성명은 자기 봉쇄이자 기술적 자해였고, 이는 인류가 스스로
만든 저광속의 함정에서 자력으로 빠져나가는 것이 영영 불가능해진다는 뜻
이기도 했다.

3. 광속 우주선 프로젝트

곡률 추진 기술에 대해 이론적으로 밝혀지지 않은 부분이 있기는 하지만 블
랙존 기술에 비하면 난이도가 훨씬 낮았다.

광속 우주선은 지구 문명의 안전을 보장해줄 수 없으며 이 기술은 행성 간 도
주에만 사용할 수 있다. 이 방법은 세 가지 선택지 가운데 미지의 요소가 가
장 많아서 설사 실현된다고 해도 아득한 외우주로 나간 인류에게 어떤 일이
닥칠지 예측할 수 없었다. 또한 도피주의의 위험성도 있기 때문에 이 프로젝
트를 추진하는 과정에 험난한 정치적 장벽과 함정이 도사리고 있었다.

하지만 광속 우주선에 대한 미련을 버리지 못하는 사람들이 분명히 있었고
그 이유는 생존 이외의 것에 있었다.

전송의 세기의 인류에게 가장 현명한 방법은 세 가지 프로젝트를 동시에 진행하
는 것이었다.

청신은 헤일로 그룹 본사를 방문했다. 그녀가 이곳에 온 건 이번이 처
음이었다. 지금까지 회사 일에 전혀 관여하지 않았다. 그녀는 무의식중에

이 엄청난 부가 자신의 것도 윈톈밍의 것도 아니라고 생각하고 있었다. 그들은 그 항성의 소유권을 가지고 있을 뿐 항성에서 얻는 모든 부는 사회 전체의 것이라고 생각했다.

하지만 이 헤일로 그룹이 그녀의 이상을 실현시켜줄 수도 있었다.

그룹 본사는 나무 전체를 통째로 사용했다. 가장 큰 특징은 건물 전체가 투명하고 건축재의 굴절률이 공기와 가까워 밖에서 내부를 훤히 들여다볼 수 있다는 점이었다. 건물 내부의 사람들과 수많은 디스플레이가 완전히 외부로 드러나 오색찬란하고 투명한 개미집이 공중에 매달려 있는 것 같았다.

청신은 나무의 맨 위층 회의실에서 헤일로 그룹의 거의 모든 임원을 만났다. 모두 젊고 똑똑하고 활력이 넘쳤으며 처음 만나는 청신에 대한 존경과 흠모를 감추지 않았다.

임원들이 돌아가고 넓은 회의실에 청신과 AA 두 사람만 남은 뒤 회사의 장래에 대한 이야기를 나누었다. 윈톈밍의 동화와 해독 결과는 아직 비밀에 부쳐져 있었다. 함대 세계와 UN은 윈톈밍의 안전을 고려해 정보 해독 결과를 다른 방식으로 하나씩 발표하기로 했다. 정보의 실제 출처를 숨기고 인류 세계의 자체적인 연구 성과인 것처럼 보이기 위해 의도적으로 다른 연구를 개입시켰다.

청신은 고소공포증을 극복하고 투명한 바닥에 금세 적응할 수 있었다. 허공에 떠 있는 대형 디스플레이 창에서 헤일로 그룹이 지구 궤도에서 진행하고 있는 건설 공사의 실시간 화면이 나오고 있었다. 그중 하나가 지구 정지궤도에 거대한 십자가를 세우는 공사였다. 윈톈밍의 등장 이후 기적의 출현을 기대하던 사람들의 환상이 차츰 사그라지고, 벙커 프로젝트가 추진됨에 따라 세계를 휩쓸던 종교적인 열기도 빠르게 식었다. 교회의 투자가 중단되는 바람에 십자가 건설 프로젝트가 백지화되어 현재는 해체

작업이 진행되고 있었다. 가로로 '일(一)' 자만 남아 있는 모습이 더 의미심장하게 보였다.

AA가 말했다.

"난 블랙존이 싫어요. 블랙존이 아니라 블랙툼(black tomb)이라고 부르는 편이 나아요. 스스로 무덤을 파는 거라고요."

청신은 발밑으로 펼쳐진 도시를 내려다보며 말했다.

"내 생각은 달라. 서기 시대에는 지구와 우주가 단절되어 있었어. 사람들은 땅에서 살면서 평생 하늘을 몇 번 올려다보지도 않았지. 경제가 고속 성장하던 시대에 제일 심했지만 그 전에도 인류는 5000년 동안 그렇게 살았어. 그건 인간의 삶이 아니라고 부정할 수 없어. 사실 지금도 태양계는 우주와 거의 단절되어 있잖아. 진정으로 외우주에 있다고 할 수 있는 건 그 우주선 두 대에 타고 있는 1000명 남짓한 사람들뿐이야."

"하지만 별이 뜬 하늘과 단절되는 건 제게 꿈이 사라진다는 뜻이에요."

"그럴 리 없어. 고대에도 사람들은 행복과 즐거움을 누리며 살았어. 지금 사람들만큼 많은 꿈도 꾸었고. 블랙존에서도 밤하늘의 별을 올려다볼 순 있어. 어떤 모습일지는 아무도 모르지만……. 실은 나도 블랙존이 마음에 들진 않아."

"그건 저도 알아요."

"난 광속 우주선이 마음에 들어."

"우리 둘 다 광속 우주선 프로젝트를 선호하죠. 무슨 일이 있어도 헤일로 그룹이 광속 우주선을 만들어야 해요!"

"네가 동의하지 않을 줄 알았어. 수많은 기초 연구가 필요하니까."

"제가 장사꾼인 줄만 아셨어요? 하긴, 맞아요. 인정해요. 이사회도 마찬가지고요. 어찌 됐든 우리가 추구하는 건 최대 이익이죠. 하지만 광속 우주선 프로젝트가 그 원칙에 위배되는 건 아니에요. 정부가 정치적인 이유로 벙커와 블랙존 두 프로젝트에 집중하고 광속 우주선 프로젝트는 기업들에게 나눠줄 것 같아요……. 제가 벙커 프로젝트에 참여하려는 것도 그 수익의 일부를 광속 우주선 개발에 투자하기 위한 거예요."

"곡률 추진과 블랙존 프로젝트의 기초 연구 중 겹치는 부분이 있어. 아마 정부는 세계 과학원과 이 부분의 연구를 끝낸 다음에 자체적으로 곡률 추진 분야를 연구하려 할 거야."

"맞아요. 지금부터 우리가 헤일로 과학원을 설립해서 과학자들을 영입해요. 광속 우주선에 미련을 갖고 있지만 국가나 국제적 프로젝트에 참여할 기회를 얻지 못한 과학자가 많아요."

그때 갑자기 동시다발적으로 활성화된 디스플레이 창이 AA의 말을 끊었다. 크고 작은 화면들이 사방에서 커지며 원래 켜져 있던 실시간 공사 화면이 총천연색 눈사태에 매몰되듯 묻혀버렸다. 사람들은 이런 현상을 '창 사태'라고 불렀다. 창 사태가 일어난다는 건 긴급 상황이 발생했다는 뜻이었다. 하지만 이런 돌발적인 정보의 홍수가 일어나면 사람들은 다량으로 쏟아져 들어온 정보를 파악하지 못하고 공황에 빠진다. 지금 청신과 AA가 바로 그랬다. 두 사람은 복잡한 글자와 동영상으로 가득 찬 수많은 화면 속에서 내용을 최대한 빠르게 파악할 수 있는 동영상 화면을 찾아냈다. 위를 올려다보고 있는 사람들의 얼굴이 줌인되며 공포에 질린 커다란 눈동자가 화면을 가득 채웠다. 어지러운 비명 소리가 귓속으로 파고들어 왔다. 두 사람의 바로 앞에 거의 정지 상태에 가까운 화면이 새로 나타났다. AA의 비서가 화면에 등장했다. 청신과 AA를 응시하고 있는 그녀의 얼굴 위로 모든 걸 압도하는 공포가 가로걸려 있었다.

"큰일 났어요! 공격 경보예요!"

AA가 외쳤다.

"어떻게 된 일이야?"

"태양계 경보 시스템의 첫 관측 유닛이 가동을 시작하자마자 광립을 발견했대요!"

"어느 방향이야? 거리는?"

"모르겠어요. 아직 아무것도 모르겠어요. 그냥……."

"정식 경보야?"

청신은 냉정을 유지하고 있었다.

"정식 경보는 아니지만 모든 언론이 속보로 내보내고 있어요. 사실인 것 같아요! 어서 발사장으로 가세요! 탈출하세요!"

비서가 이 말을 마지막으로 화면에서 사라졌다.

청신과 AA가 빽빽한 화면 사이를 가로질러 회의실의 투명 벽으로 다가갔다. 발밑으로 보이는 도시에서 혼란이 시작되고 있었다. 공중에 플라잉카가 갑자기 많아지고 어지럽게 뒤엉킨 상태로 경주하듯 고속으로 날아다녔다. 플라잉카 한 대가 나무 건축물을 들이받아 불길이 치솟은 뒤 또다른 두 곳에서 불꽃과 불기둥이 솟구쳤다…….

AA가 화면 몇 개를 골라 자세히 들여다보고 있는 사이 청신은 IDC 위원들에게 연락했지만 대부분 통화 중이었다. 간신히 두 명과 연락이 닿았다. 한 명은 청신처럼 아무것도 모르고 있었고, 다른 한 명인 PDC 간부는 태양계 경보 시스템의 1호 관측 유닛이 긴급 상황을 관측한 것은 맞지만 자세한 건 알 수 없다고 했다. 그는 또 함대 세계와 UN이 정식으로 암흑의 숲 공격 경보를 발령한 건 아니지만 상황을 낙관하기 어렵다고 했다.

그가 말했다.

"공식 경보를 발령하지 않은 건 두 가지 가능성이 있죠. 광립이 발견되지 않았거나 이미 너무 가까워서 경보를 발령할 필요도 없거나."

AA가 수많은 화면 속에서 알아낸 건 광립이 황도면을 따라 광속으로 다가오고 있다는 사실뿐이었다. 공격 방향과 현재 태양과의 거리에 대해서는 언론사마다 보도가 달랐고, 태양과 충돌하는 시간에 대한 예측은 더더욱 분분했다. 한 달 뒤라는 보도도 있고 단 몇 시간밖에 남지 않았다는 보도도 있었다.

AA가 말했다.

"헤일로호로 가요."

"그럴 시간이 있겠어?"

헤일로호는 헤일로 그룹의 업무용 우주선으로 현재 지구 정지궤도에 있는 우주 기지에 정박해 있었다. 경보가 사실이라면 공격을 피해 살아남을 수 있는 유일한 방법은 우주선을 타고 목성으로 가는 것이었다. 광립이 태양과 충돌할 때 목성 뒤에 숨어 대폭발을 피한다면 살아남을 가능성이 있었다. 마침 400일에 한 번씩 오는 목성의 충일(衝日)*이므로 행성급 우주선의 속도라면 지구에서 목성까지 가는 데 25~30일이 걸릴 것이다. AA가 조금 전에 본 보도 중 태양 폭발까지 남은 시간을 가장 길게 예측한 기간과 일치했다. 하지만 그 보도는 신뢰도가 낮았다. 이제 막 가동을 시작한 태양계 경보 시스템이 그렇게 긴 기간을 예측할 리 없기 때문이다.

"어쨌든 뭐라도 해야죠. 이대로 죽기만 기다릴 순 없잖아요!"

AA가 청신을 이끌고 회의실에서 나왔다. 회의실에서 나오면 나무의 맨 위층 주차장이었다. 두 사람은 플라잉카에 탑승했다. AA가 뭔가 생각난 듯 플라잉카에서 내려 안으로 뛰어 들어가더니 몇 분 뒤 바이올린 케이스처럼 생긴 긴 상자를 들고 돌아왔다. 그녀가 상자 속에서 물건을 꺼낸 뒤 상자를 차 밖으로 버렸다. 청신도 그게 뭔지 알고 있었다. 소총이었다. 지금은 총알이 아니라 레이저가 발사된다는 점이 다르기는 했지만.

---

* 옮긴이 주: 태양-지구-행성이 일직선에 놓이는 충(opposition)이 되는 날. 행성과 지구의 거리가 가장 가까움.

청신이 물었다.

"그건 왜?"

"사람들이 발사장으로 몰려들 거예요. 무슨 일이 생길지 누가 알아요?"

AA가 소총을 뒷자리에 던지고 플라잉카를 출발시켰다.

각 도시마다 우주 발사장이 설치되어 있었다. 고대의 공항처럼 우주선이 이륙할 때 사용하는 곳이었다.

플라잉카가 공중을 가득 메운 차들의 행렬 속으로 들어가 서둘러 발사장으로 향했다. 굶주린 메뚜기 떼처럼 발사장으로 몰려가는 차들의 그림자가 도시 안을 흐르는 붉은 피처럼 지면 위를 빠르게 옮겨 다녔다.

전방의 목적지 방향에 파란 하늘로 이어진 흰 선 10여 개가 나타났다. 이륙하는 우주왕복선이 남기고 간 흔적이었다. 상공으로 솟구쳐 올라간 우주왕복선이 동쪽으로 방향을 튼 뒤 하늘 속으로 사라지면 지면에서 새로 생긴 흰 선들이 뒤따라 공중으로 뻗어 올라갔다. 흰 선의 제일 윗부분에 있는 불덩이가 태양보다 더 밝아 보였다. 우주왕복선의 핵융합 엔진에서 뿜어내는 불꽃이었다.

플라잉카 내부 디스플레이를 통해 우주의 지구 저궤도에서 촬영한 실시간 화면을 볼 수 있었다. 상공으로 뻗어 올라간 수많은 흰 선들이 지구에서 백발이 자라나듯 갈색 대륙 위를 하얗게 칠하고 있었다. 흰 선 끝에 매달린 불덩이는 우주로 떠오르는 반딧불 같았다. 이것은 인류의 집단 대탈출이었다.

발사장 상공에 도착하자 발밑으로 길게 줄지어 서 있는 우주왕복선들이 보였다. 어림잡아 100대도 넘어 보였고 새로운 우주선들이 대형 격납고에서 속속 빠져나오고 있었다. 우주 비행기는 이미 사라진 지 오래고 지금의 우주왕복선은 모두 수직 이륙 방식이었다. 청신이 우주 엘리베이터 터미널에서 본 다양한 형태의 우주선들과 달리 우주왕복선은 모두 뒷부분에 서너 개의 날개가 달린 유선형이었다. 왕복선들이 강철 식물로 빽빽한 밀림처럼 발사장의 계류 구역에 어지럽게 서 있었다.

AA가 미리 연락해둔 덕분에 헤일로 그룹의 왕복선이 격납고에서 나와 계류 구역에 도착해 있었다. AA가 공중에서 빠르게 왕복선을 찾아 플라잉카를 그 옆에 착륙시켰다.

주위에 크기가 제각각인 왕복선들이 빈틈없이 들어차 있었다. 작은 것은 높이가 불과 몇 미터밖에 되지 않아 대형 포탄처럼 보였다. 이렇게 작은 비행체가 지구의 중력 우물을 빠져나가 우주로 진입할 수 있다는 사실을 믿기 어려웠다. 고대의 대형 여객기만큼 큰 왕복선도 있었다. 헤일로 그룹의 왕복선은 높이가 약 10미터로 중소형에 속했으며 거울처럼 매끄러운 금속으로 덮인 모습이 물방울을 연상시켰다. 또 바퀴가 달린 탑재대에 실려 있어서 언제든 발사 구역으로 이동시킬 수 있었다. 멀리 떨어진 발사 구역에서 굉음이 들려왔다. 이상하게도 청신은 그 소리가 모스크스트라우멘의 소리처럼 들렸다. 지면의 진동이 발바닥을 타고 올라오며 종아리에 소름이 돋았다. 발사 구역에서 강한 빛이 번쩍이는 동시에 왕복선한 대가 불꽃을 달고 하늘로 솟구쳐 금세 시야에서 사라졌다. 고공으로 뻗어 올라간 우주선의 흔적이 하나 더 늘어났다. 흰 안개가 자욱하게 퍼지며 이상한 탄내가 났다. 왕복선의 엔진에서 나는 연기가 아니라 발사대 아래 냉각풀에서 증발된 냉각수였다. 후끈하고 축축한 수증기가 땅으로 눅진하게 내려앉으며 더 짙은 불안감이 사람들을 휘감았다.

청신과 AA가 긴 사다리를 올라가 왕복선에 탑승하려는데 점점 흩어지는 연무 사이로 아이들의 모습이 나타났다. 왕복선에서 그리 멀지 않은 곳에 열 살도 안 되어 보이는 교복 차림의 아이들이 모여 있고 젊은 여교사가 아이들을 인솔하고 있었다. 어쩔 줄 모르는 듯한 시선으로 사방을 두리번거리는 그녀의 긴 머리칼이 바람에 휘날렸다.

청신이 말했다.

"잠깐 기다려줄 수 있어?"

AA도 아이들을 보고 청신이 뭘 하려는지 알았다.

"다녀오세요. 어차피 발사 순서가 되려면 한참 기다려야 하니까."

원래 우주왕복선은 평평한 곳이라면 어디서든 이륙할 수 있지만 핵융합 엔진에서 분출되는 고온의 플라스마가 위험하기 때문에 발사대에서만 이륙이 허가되었다. 플라스마가 안전한 방향으로 분출되도록 발사대 아래 냉각풀과 배수로가 설치되어 있었다.

청신이 다가오는 걸 보고 여교사가 먼저 달려와 외쳤다.

"이 왕복선 주인이세요? 아이들 좀 살려주세요!"

젖은 앞머리가 그녀의 이마에 들러붙어 있고 눈물과 수증기가 한데 섞여 그녀의 얼굴을 타고 흘러내렸다. 그녀의 눈빛이 절대로 놓아줄 수 없다는 듯 청신에게 매달렸다. 아이들도 다가와 그녀를 둘러싸고 기대 어린 눈으로 올려다보았다.

"우주 캠프를 떠나려고 왔어요. 원래 지구 정지궤도로 갈 예정이었는데 경보가 울리는 바람에 우리 대신 다른 사람들이 타고 떠나버렸어요."

청신을 따라온 AA가 물었다.

"왕복선은 어디 있나요?"

"이미 이륙했어요. 제발 도와주세요……."

청신이 AA에게 말했다.

"데리고 가자."

AA가 몇 초간 청신을 응시했다. 그녀의 눈빛에 담긴 뜻은 분명했다. 지구를 탈출하려는 사람들이 이렇게 많은데 다 구할 수 있겠느냐는 것이었다. 청신의 단호한 눈빛을 보며 AA가 고개를 저었다.

"최대 세 명만 데려갈 수 있어요."

"이 왕복선의 최대 수용 인원이 10명도 넘잖아!"

"하지만 헤일로호는 최대 가속 상태에서 다섯 명밖에 탈 수 없어요. 심해가속액* 장치가 있는 좌석이 다섯 개뿐이에요. 나머지는 가속 압력에 눌려 햄버거 패티가 될걸요."

청신이 예상치 못한 대답이었다. 심해가속액은 가속 출력이 높은 항성급 우주선에만 사용되었고 그녀가 알고 있는 헤일로호는 행성급 우주선이었다.

"알겠어요. 그럼 세 명이라도 데려가주세요!"

교사가 어렵게 온 기회를 놓칠세라 청신을 놓고 AA를 붙잡았다.

AA가 아이들을 가리켰다.

"세 명을 골라요."

교사가 황망한 시선을 아이들에게로 옮겼다. 좀 전보다 더 심한 공포가 그녀를 휘감았다.

"내가 고르라고요? 맙소사! 내가 어떻게……."

겁에 질린 그녀의 눈동자가 아이들을 향하지 못하고 방황했다. 아이들의 눈빛이 불길이 되어 그녀를 태우고 있는 듯 몹시 괴로워 보였다.

"좋아요. 내가 고르죠."

AA가 말한 뒤 아이들을 쭉 둘러보며 미소를 지었다.

"잘 들어. 세 문제를 낼게. 먼저 맞히는 사람을 데려갈 거야."

AA가 청신과 여교사의 경악한 표정에 눈길조차 주지 않고 손가락 하나를 올렸다.

"첫 번째 문제. 깜빡이는 전등이 있어. 처음에는 1분 후에 깜빡이더니

---

*『삼체 2부-암흑의 숲』에 등장하는 액체로 인체의 장기와 조직에 흡수되어 우주선이 최대 출력으로 가속할 때 인체를 보호하는 역할을 함.

그다음엔 30초 후에, 또 그다음엔 15초 후에 깜빡였어. 계속 이렇게 간격이 절반씩 줄어들면서 깜빡였어. 그렇다면 2분 동안 이 전등이 몇 번 깜빡였을까?"

문제가 끝나기가 무섭게 한 아이가 외쳤다.

"100번이요!"

AA가 고개를 저었다.

"틀렸어."

"1000번이요!"

"틀렸어. 잘 생각해봐."

아이들이 침묵하고 있을 때 작은 목소리가 들렸다. 얌전한 여학생 하나가 요란한 잡음 사이로 들릴락 말락 떨리는 소리로 말했다.

"무한 번이요."

"너, 앞으로 나와."

AA가 앞으로 나온 소녀를 자기 뒤에 세워놓고 아이들에게 말했다.

"두 번째 문제. 굵기가 일정하지 않은 밧줄이 하나 있어. 한쪽 끝에 불을 붙여서 다른 쪽 끝까지 다 타려면 한 시간이 걸려. 이걸 이용해서 정확히 15분을 재려면 어떻게 해야 할까? 밧줄의 굵기가 고르지 않다는 걸 잊지 마."

이번에는 성급하게 대답하는 아이가 없었다. 아이들이 생각에 잠겨 있을 때 한 남학생의 손이 번쩍 올라왔다.

"밧줄을 반으로 접어서 양쪽 끝에 동시에 불을 붙이면 돼요!"

AA가 고개를 끄덕였다.

"너도 앞으로 나와."

AA가 그 아이도 자기 뒤에 세워놓았다.

"자, 세 번째 문제야. 82, 50, 26, 다음엔 어떤 숫자가 올까?"

한참 동안 아무도 대답하지 않자 AA가 한 번 더 말했다.

"82, 50, 26, 다음엔 어떤 숫자가 올까?"

한 여학생이 소리쳤다.

"10이요!"

AA가 엄지손가락을 세웠다.

"훌륭해. 앞으로 나와."

AA가 청신에게 눈짓을 한 뒤 아이들 셋을 데리고 왕복선으로 향했다.

청신도 그들을 따라가다가 사다리 앞에서 고개를 돌려 남아 있는 아이들을 보았다. 교사 곁에 선 아이들이 그녀에게서 시선을 떼지 못하고 있었다. 영원히 다시 떠오르지 않을 태양을 바라보는 듯한 눈동자였다. 청신의 눈앞이 눈물로 흐려졌다. 사다리를 오르는 동안에도 아이들의 절망적인 눈빛이 등 뒤로 날아와 꽂히는 것 같았다. 예전에도 그런 감정을 느낀 적이 있었다. 검잡이의 마지막 순간에 그랬고, 호주에서 지자의 인류 멸종 계획을 듣는 순간에도 그랬다. 그건 죽음보다 더한 고통이었다.

우주왕복선의 내부는 넓었다. 좌석 18개가 2열로 수직 배열되어 있어서 계단을 올라가야 좌석에 앉을 수 있었다. 내부는 우주선과 다를 게 없었다. 청신은 속이 빈 껍데기에 타고 있는 것 같았다. 엔진과 통제 시스템이 어디에 설치되어 있는지 육안으로는 전혀 알 수가 없었다. 서기 시대의 화학 로켓을 떠올렸다. 거대한 빌딩처럼 높다랗게 서 있지만 유효 탑재량은 맨 꼭대기의 아주 작은 부분이 전부였다. 왕복선 내부에는 조종장치가 보이지 않고 디스플레이 몇 개만 떠다녔다. 왕복선의 AI가 AA를 인식한 듯 그녀가 타자마자 화면 몇 개가 그녀 주위로 모여들었다. AA가 세 아이와 청신에게 안전벨트를 채워줄 때도 화면들이 계속 그녀를 따라다녔다.

AA가 청신에게 말했다.

"그런 눈으로 보지 마세요. 난 기회를 줬어요. 생존하려면 경쟁에서 이

겨야죠."

남학생이 물었다.

"남은 아이들은 죽나요?"

"어차피 사람은 언젠가는 죽어. 일찍 죽느냐 늦게 죽느냐의 차이일 뿐이지."

AA가 대답하며 청신 옆자리에 앉았다. 그녀가 안전벨트도 매지 않고 화면을 들여다보며 중얼거렸다.

"믿을 수가 없어. 우리 앞에 아직도 29대나 있다니!"

발사장에 발사대가 총 여덟 대 있는데 한 번 발사할 때마다 10분간 발사대의 열이 식기를 기다려야 했고 냉각풀에 냉각수를 보충하는 작업도 필요했다.

살기 위해 탈출하는 이들에게 이 정도 기다린다고 해서 크게 달라지는 건 없었다. 목성까지 날아가는 데 한 달이 걸리는데 그 전에 광립이 공격한다면 우주왕복선을 타고 있든 지구에 있든 결과는 같았다. 하지만 지금 문제는 시간이 더 지체되면 영영 이륙하지 못할 수도 있다는 사실이었다.

지구는 이미 극심한 혼란에 휩싸여 있었다. 1000만 명 넘는 도시 인구가 생존 본능에 이끌려 미친 듯이 발사장으로 몰려들었다. 지금의 우주왕복선은 서기 시대의 비행기와 비슷해서 수송 가능한 인원이 많지 않았고, 왕복선을 소유한다는 건 고대에 우주 비행선을 소유하는 것만큼이나 어려운 일이었다. 우주 엘리베이터까지 동원한다 해도 일주일 동안 지구 저궤도로 실어 나를 수 있는 사람의 수가 지구 전체 인구의 100분의 1도 되지 않았고, 최종적으로 목성까지 갈 수 있는 사람은 1000분의 1도 되지 않았다.

왕복선에는 창이 없지만 외부 상황을 여러 각도에서 비춰주는 화면을 통해 계류 구역에 새카맣게 몰려든 인파를 볼 수 있었다. 우주왕복선마다 사람들이 달라붙어 주먹질을 하고 고함을 지르며 어떻게 해서든 올라타려고 발버둥쳤다. 발사장 바깥에서도 방금 도착한 플라잉카들이 잇따라 상공으로 날아오르고 있었다. 왕복선 발사를 막으려는 플라잉카 주인들이 원격조종으로 이륙시킨 것들이었다. 발사대 상공에 멈추어 선 플라잉카들이 검은 장막을 드리우고 있었다. 이대로 있다가는 지구를 떠날 수 없을 것 같았다.

청신은 화면을 축소시킨 뒤 뒷자리에 앉아 있는 세 아이를 안심시켰다.

바로 그때 AA가 새된 비명을 질렀다.

"미쳤어!"

청신이 고개를 돌리자 선실 내부를 가득 채울 만큼 확대된 화면 속에서 시뻘건 불덩이가 솟구치며 빼곡하게 서 있는 왕복선들을 집어삼킬 듯이 덮치고 있었다.

누군가 인파가 운집해 있는 계류 구역에서 왕복선을 이륙시킨 것이다!

핵융합 엔진에서 분출되는 플라스마의 온도가 고대 화학 로켓 분출물 온도의 수십 배에 달했다. 평평한 지면에서 발사할 경우 고온의 플라스마가 순간적으로 지표를 용해시키며 사방으로 확산되어 반경 30미터 안에 있는 사람은 생존할 수 없었다. 화염이 분출된 곳에서 검은 점들이 사방으로 날아가는 것이 보였다. 그중 하나는 근처에 있던 왕복선 꼭대기에 부딪친 뒤 사람 형태의 검은 흔적을 남겼다. 불덩이 주위에 있던 탑재대 몇 개가 녹아내리며 그 위에 실려 있던 왕복선들이 힘없이 쓰러졌다.

사람들의 아우성이 순식간에 멈추었다. 사람들은 일제히 고개를 들어 수십 명을 태워 죽였을 왕복선이 굉음과 함께 날아올라 흰색 꼬리를 늘어뜨리며 상공으로 향한 뒤 동쪽으로 방향을 트는 것을 올려다보았다. 눈앞에서 일어난 일을 믿을 수가 없었다. 그리고 불과 10여 초 뒤, 계류 구역에 있던 또 다른 왕복선이 이륙했다. 이번에는 사람들과 더 가까이 있던 왕복선이었다. 굉음, 불꽃, 열기가 얼이 빠져 있던 사람들을 극도의 광분 속으로 몰아넣었다. 뒤이어 세 번째, 네 번째⋯⋯. 계류 구역에 있는 왕복선들이 발사를 강행했고, 맹렬한 불길 속에서 새까맣게 타버린 사람들이 공중으로 날아올랐다. 계류 구역 전체가 화장장이 되었다!

아랫입술을 깨물며 참혹한 장면을 보고 있던 AA가 화면을 끈 뒤 다른 창을 켜서 조작하기 시작했다.

청신이 물었다.

"뭘 하려고?"

"이륙이요."

"멈춰."

"이걸 보세요."

AA가 다른 화면을 청신 앞으로 휙 넘겨주었다. 화면은 주위에 있는 왕복선 몇 대를 비추고 있었다. 왕복선의 엔진 분출구마다 핵융합로의 열기를 발산하기 위한 냉각 루프가 달려 있었다. 지금 모든 왕복선의 냉각 루프가 검붉은 빛을 내고 있는 것을 청신도 보았다. 핵융합로에 이미 시동이 걸려 있어 언제라도 이륙할 수 있다는 뜻이었다.

AA가 말했다.

"어차피 모두 이륙할 거라면 우리가 먼저 이륙하는 게 나아요!"

주위에 있는 왕복선 중 어느 한 대라도 이륙한다면 근처에 있는 탑재대가 녹아내려 왕복선들이 뜨겁게 용해된 지면 위로 쓰러질 것이다.

청신이 말했다.

"안 돼. 멈춰."

차분하지만 어느 때보다도 단호한 목소리였다. 이것보다 더 큰 재난도 겪어본 그녀이기에 이번에도 침착함을 잃지 않을 수 있었다.

"왜요?"

AA의 목소리도 차분해졌다.

"밑에 사람들이 있잖아."

AA가 조작을 멈추고 청신을 바라보았다.

"조금 뒤면 우리도 저들도 모두 지구와 함께 가루가 될 거예요. 그 가루 속에서 어떤 게 고상하고 어떤 게 비열한지 분간할 수 있어요?"

"적어도 아직은 윤리적 마지노선이 존재해. 난 헤일로 그룹의 대표이고 이 왕복선은 헤일로 그룹의 소유야. 너도 헤일로 그룹의 직원이지. 결정권 은 나한테 있어."

AA가 청신과 한참 동안 마주 보고 있다가 고개를 끄덕이며 조작 창과 모든 화면을 껐다. 왕복선 내부가 바깥 세계의 광란과 소음으로부터 완전 히 차단되었다.

청신이 말했다.

"고마워."

AA가 대꾸도 하지 않고 갑자기 무슨 생각이 난 듯 벌떡 일어나더니 소 총을 집어 들고 계단을 내려가며 말했다.

"안전벨트 꼭 매고 있어요. 왕복선이 언제 쓰러질지 모르니까."

"어딜 가려고?"

"우리가 못 가면 저 빌어먹을 자식들도 못 가게 해야죠!"

AA가 소총을 휘두르며 밖으로 나가자마자 빠르게 문을 꽉 닫았다. 그 녀가 바닥으로 내려가 제일 가까이에서 시동을 걸고 있는 왕복선의 꼬리 날개를 향해 총을 쏘았다. 꼬리날개에서 푸른 연기가 피어오르며 구멍이 뚫렸다. 손가락 굵기만 한 작은 구멍이었지만 그걸로 충분했다. 왕복선의 감시 시스템이 꼬리날개의 결함을 탐지하면 AI 시스템이 절대로 발사를 진행하지 않기 때문이다. 그건 시스템의 최고 권한을 초월한 것이어서 왕 복선에 탄 사람들은 무슨 수를 써도 그 제한을 해제할 수가 없다. 예상대로 시뻘겋게 달아올랐던 쿨링 루프의 색이 어두워졌다. 핵융합로의 가동이 중단된 것이다. AA가 주위를 돌며 연달아 총을 쏘아 주위에 있던 왕복선 여덟 대의 꼬리날개에 모두 구멍을 냈다. 넘실대는 열기와 자욱한 먼지에 뒤엉켜 있는 사람들 중 그 누구도 그녀가 뭘 하는지 신경 쓰지 않았다. 왕복선 중 한 대의 문이 열리며 화려한 옷을 입은 여자가 내려왔다. 왕복선의 아랫부분을 살피던 여자가 꼬리날개에 뚫린 구멍을 발견하고는 히스테릭한 비명을 지르며 바닥을 뒹굴고 탑재대를 머리로 들이받았다. 하지만 사람들은 그녀가 뭘 하는지 관심이 없었다. 그들은 오로지 그녀가 나오며 열어놓은 선실 문을 향해 미친 듯이 달려들어 왕복선에 비집고 들어가려고 아우성이었다. 왕복선으로 돌아온 AA가 방금 문틈으로 머리를 내민 청신을 밀고 들어가며 문을 굳게 닫았다. 문을 닫자마자 AA가 왈칵 구토를 했다.

"밖에…… 고기 타는 냄새가 진동해요."

한 여학생이 위쪽 좌석에서 머리를 내밀고 물었다.

"우리, 죽어요?"

AA가 의미심장한 표정으로 대답했다.

"아주아주 멋진 우주를 감상하게 될 거야."

"어떻게 멋진데요?"

"우주 최대 장관일 거야. 태양이 거대한 불덩이가 될 테니까!"

"그다음엔요?"

"그다음엔…… 뭐 별거 없지. 아무것도 없는데 별게 있을 리가 있나, 안 그래?"

AA가 아이들의 머리를 차례로 토닥여주었다. 아이들을 겁주고 싶진 않았지만 그녀가 낸 문제를 맞힌 아이들이므로 이미 눈앞의 현실을 파악할 정도의 판단력은 있을 터였다.

AA와 청신이 다시 자리에 앉자 청신이 한 손을 AA의 손에 올리며 작은 소리로 말했다.

"미안해."

AA가 청신을 보며 피식 웃었다. 청신에겐 익숙한 웃음이었다. 그녀에게 AA는 여전히 어리지만 강인한 소녀였고, 그녀는 AA 앞에서 성숙하지만 약한 어른이었다.

"마음에 담아두지 마세요. 급해서 한 얘기니까. 어차피 결과는 같아요. 일찍 결판나는 편이 낫죠."

헤일로호가 정말로 항성급 우주선이라면 훨씬 빨리 목성까지 날아갈 수 있었다. 지구에서 목성까지의 거리로는 충분한 가속을 낼 수 없지만 그래도 약 2주면 도착할 수 있었다.

AA도 청신의 생각을 읽은 듯했다.

"태양계 경보 시스템이 완성되었다 해도 어차피 경보 시간은 기껏해야 하루쯤 빨랐을 거예요……. 하지만 냉정하게 생각해보면 이 경보가 가짜일 가능성도 있어요."

AA가 이런 생각 때문에 조금 전 그녀의 말을 순순히 따랐다는 걸 청신은 모르고 있었다.

AA의 추측이 정확했다는 게 금세 증명되었다. IDC 위원 중 PDC 간부가 청신에게 전화를 걸어 함대 세계와 UN이 이 경보가 오보이며 암흑의 숲 공격과 관련된 아무런 조짐도 발견되지 않았음을 공식적으로 발표했다고 알려주었다. 화면을 켜보니 정말로 UN과 함대의 대변인이 성명을 발표하고 있었다. 왕복선 바깥 발사장과 계류 구역에서도 더 이상 이륙하는 왕복선이 없었다. 혼란은 여전했지만 더 악화되지는 않았다.

두 사람은 바깥이 조금 안정되기를 기다렸다가 왕복선에서 나왔다. 전쟁터만큼이나 참혹한 광경이었다. 새카맣게 불에 탄 시체가 곳곳에서 나뒹굴고 어떤 시체에선 아직도 불이 피어오르고 있었다. 왕복선도 바닥에 쓰러져 있거나 두 대가 서로 기댄 채 기울어져 있었다. 하늘에는 계류 구역에서 이륙한 왕복선 아홉 대가 남기고 간 꼬리가 할퀸 상처처럼 아직도 선명했다. 광분했던 사람들은 뜨거운 바닥에 주저앉아 있거나 멍하니 서 있었고, 정처 없이 휘젓고 다니는 사람도 있었다. 눈앞의 모든 것이 악몽인지 현실인지 아직 분간하지 못하는 것 같았다. 경찰부대와 구조대가 속속 도착해 질서를 유지하고 부상자를 구조했다.

AA가 말했다.

"다음번 경보는 진짜일 거예요. 같이 목성 뒤로 가요. 헤일로 그룹이 그곳에 벙커 프로젝트 중 하나인 우주 도시를 건립할 거예요."

청신이 대답 대신 아까부터 궁금하던 질문을 했다.

"헤일로호는 어떻게 된 거야?"

"예전의 헤일로호가 아니에요. 새로 건조한 소형 항성급 우주선이죠. 행성 간 항해를 할 때는 20명까지 탈 수 있지만 항성 간 항해를 할 때는 다섯 명밖에 타지 못해요. 이사회에서 선생님을 위해 특별히 제작한 우주선이에요. 목성에서 선생님의 사무실로 사용될 거예요."

행성급 우주선과 항성급 우주선의 차이는 강에서 운행하는 페리보트와 대양을 누비는 1만 톤급 컨테이너 선박의 차이와 같았다. 물론 우주선의 크기 차이만은 아니었다. 항성급 우주선도 소형으로 만들 수 있지만 기술적으로 우월한 추진 시스템이 탑재되고 행성급 우주선에 없는 생태순환 시스템도 있었다. 또 모든 서브 시스템에 서너 개의 예비 시스템이 준비되어 있었다. 청신이 정말로 새 헤일로호를 타고 목성 반대편으로 간다면 어떤 일이 발생하든 그녀가 일생 동안 생존하는 데는 문제가 없었다.

청신은 고개를 저었다.

"네가 타고 가. 난 회사 일에 관여하지 않으니까 지구에 있어도 괜찮아."

"살아남는 소수가 되기 싫은 거겠죠."

"난 수십억 명과 함께 있을 거야. 무슨 일이 일어나든 수십억 명에게 동시에 닥친 일이라면 두려워할 것도 없지."

AA가 청신의 어깨를 감싸 안았다.

"선생님이 걱정돼요. 수십억 명과 함께 죽을까 봐 걱정하는 게 아니에요. 죽음보다 더 끔찍한 일이 닥칠까 봐 두려운 거지."

"이미 그런 일을 겪어봤잖아."

"광속 우주선에 대한 꿈을 버리지 않는다면 그런 일을 또 겪을 거예요. 감당할 수 있겠어요?"

오경보 발령 사건은 대이민 이후 발생한 가장 심각한 사회적 혼란이었다. 짧은 시간이었고 막대한 피해가 발생한 건 아니었지만 사람들에게 잊을 수 없는 기억을 남겼다.

세계 각지에 있는 수많은 우주 발사장에서 비슷한 일이 벌어졌다. 왕복선이 인파 속에서 이륙을 강행했고 핵융합 엔진의 화염에 1만 명 넘게 목숨을 잃었다. 우주 엘리베이터의 기지국에서는 무력 충돌이 일어났다. 우주 발사장과 달리 이 충돌은 국가 간의 충돌이었다. 일부 국가들이 군대를 보내 적도 부근 바다 위에 건설된 국제 기지국을 점령하려 했기 때문이다. 오경보임을 알리는 공동성명이 신속하게 발표되지 않았다면 전쟁으로 발전했을 것이다. 지구의 우주 궤도에 있는 화성에서도 우주선을 탈취하려는 사람들 간에 충돌이 발생했다.

살기 위해 남을 죽이는 잔인한 사람들 외에도 사람들을 극도의 분노로 몰아넣은 사건이 있었다. 지구 정지궤도와 달의 반대편에서 소형 항성급 우주선과 준항성급 우주선 수십 대가 비밀리에 건조되고 있다는 사실이 밝혀진 것이다. 준항성급 우주선이란 항성급 우주선에 사용되는 생태순환 시스템이 탑재되지만 행성급 추진 시스템을 이용하는 우주선이었다. 거액을 들여 건조하고 있는 우주선들 중 일부는 대기업 소유이고 또 일부는 백만장자의 것이었다. 이런 우주선은 대부분 소형인 데다가 생태순환 시스템에만 의존해 장기간 생존해야 하기 때문에 수용 인원이 몇 명밖에 되지 않았다. 이 우주선을 건조하는 목적은 태양이 폭발할 때 거대 행성의 반대편에서 장기간 몸을 피해 있는 것이었다.

현재 건설 중인 태양계 경보 시스템의 예보 시간은 최대 24시간밖에 되지 않았다. 정말로 암흑의 숲 공격이 닥친다면 현재 보유하고 있는 우주선 중 단 한 대도 그 시간 내에 지구에서 가장 가까운 벙커인 목성까지 갈 수 없다. 지구는 사실 죽음의 바다에 외롭게 떠 있는 셈이었고, 이 점은 사람들도 이미 오래전부터 알고 있는 사실이었다. 오경보 발령 직후에 나타난 광적인 탈출 러시는 모든 걸 압도하는 인간의 생존 욕망이 불러온 집단 광란이었을 뿐, 사실 현실적으로 아무런 의미도 없었다. 현재 5만 명 남짓한 사람들이 목성에서 장기간 생활하고 있었다. 대부분은 함대 세계의 목성 기지 소속 우주군이었고, 일부는 벙커 프로젝트의 초기 준비 작업을 위해 파견되어 있는 엔지니어들이었다. 그들에게는 그곳에 있을 수 있는 충분한 이유가 있으므로 여론도 이의를 제기하지 않았다. 하지만 비밀리에 건조되고 있는 항성급 우주선들이 완성되면 그 우주선의 소유주인 백만장자들도 목성의 반대편으로 피신할 수 있었다.

법적으로 보면 적어도 현재까지는 특정 단체나 개인이 항성급 우주선을 건조할 수 없도록 금지하는 법도 없고, 거대 행성의 반대편에 숨는 것도 도피주의로 간주하지 않았다. 하지만 여기에서 인류 역사상 가장 큰 불평등, 즉 죽음의 불평등이 생겨났다.

역사적으로 나타난 사회적 불평등은 주로 경제적 부나 사회적 지위에 관한 것이었다. 다른 것은 몰라도 죽음 앞에서는 모든 인간이 평등했다.

물론 의료 환경의 차이, 빈부격차로 인한 자연재해의 생존률 차이, 전쟁에서 군대와 일반인의 생존률 차이 등등 죽음의 불평등이 존재하기는 했지만, 전체 인구의 1만 분의 1도 안 되는 소수는 안전지대로 피신해 살아남고 나머지 수십억 명은 지구에서 죽음을 기다린 적은 한 번도 없었다.

아주 오래전 고대에도 용인될 수 없는 끔찍한 불평등이므로 현대 사회에는 더 말할 것도 없었다.

이것이 국제사회에서 광속 우주선 프로젝트가 반대 여론에 부딪힌 가장 큰 이유였다.

목성이나 토성의 반대편에 떠 있는 우주선에서 사는 것이 암흑의 숲 공격에서 살아남을 수 있는 방법이기는 하지만 사람들이 동경하는 생활은 아니었다. 생태순환 시스템이 아무리 쾌적한 환경을 만들어준다 해도 춥고 황량하고 외부와 단절된 태양계의 변두리에서 사는 것이었다. 하지만 삼체 제2함대를 관측해보면 곡률 추진 우주선은 순간적으로 광속에 도달할 수 있다. 따라서 광속 우주선을 이용하면 지구에서 출발해 불과 수십 분 만에 목성에 도착할 수 있다. 다시 말해, 광속 우주선을 소유한 특권층과 백만장자들은 태양계 경보 시스템의 경보가 울린 후에도 지구에서 여유롭게 머물다가 공격이 임박했을 때 수십억 명을 버려두고 지구를 탈출할 수 있다는 뜻이다. 이건 인류 사회가 절대로 용납할 수 없는 것이었다. 오경보가 발령되었을 당시의 끔찍한 광경을 또렷하게 기억하고 있는 사람들은 광속 우주선의 출현이 세계적인 혼란을 일으킬 것이라고 확신했다. 그 때문에 광속 우주선 프로젝트가 커다란 반대 여론에 부딪혀 표류하고 있었다.

오경보가 그토록 큰 혼란을 일으킨 건 초정보화 사회의 신속한 정보전달 속도 때문이었지만, 근본적인 원인은 태양계 경보 시스템의 1호 관측 유닛에서 관측된 이상 현상이었다. 이상 현상이 관측된 것은 사실이었다.

다만 그 현상이 광립과 무관하다는 것뿐…….

《시간 밖의 과거》 발췌

우주 전초기지—태양계 경보 시스템

지구 세계가 광립을 관찰한 건 항성 187J3X1과 삼체 성계가 파괴될 당시의 두 번뿐이었으므로 인류가 광립에 대해 알고 있는 건 운행 속도가 광속에 가깝다는 사실뿐이었고, 크기, 정지질량, 광속에 접근했을 때의 상대론적 질량에 대해서는 전혀 알지 못했다. 하지만 광립은 가장 원시적인 항성 공격 무기라고 부르기에 충분했다. 그 엄청난 상대론적 질량으로 생성된 운동에너지만으로도 목표물을 궤멸시킬 수 있었다. 물체를 광속에 가깝게 가속시키는 기술을 보유한다면, 극소 질량의 '총알'을 발사하는 것만으로도 거대한 파괴력을 생성시킬 수 있으므로 확실히 '경제적'이었다. 삼체 성계가 파괴되기 전, 인간은 광립에 관한 가장 소중한 관측 데이터를 얻었다. 당시 과학자들은 매우 중요한 현상을 발견했다. 광립이 행성 간 공간을 빠른 속도로 가로지르며 원자나 먼지와 극렬하게 충돌해 가시광선부터 감마선까지 강력한 복사가 나타났던 것이다. 광립은 크기가 너무 작아 직접 관찰하는 것이 불가능하지만 복사 현상은 관측이 가능할 만큼 뚜렷했다.

언뜻 생각하면 광속에 가까운 속도로 이동하는 광립의 공격을 미리 예측하는 건 불가능할 것 같다. 광립이 자신에게서 복사된 빛과 거의 나란히 전진하다가 동시에 목표물에 도달하기 때문이다. 다시 말하면, 관측자가 광원뿔* 밖에 위치하게 된다. 하지만 정지질량을 가진 물체는 아무리 빨라도 광속에 완벽하게 도달할 수 없다.

---

* 옮긴이 주: 특수 상대성 이론의 민코프스키 공간 중 원점에서 나오는 빛의 사선이 만드는 곡면.

광립의 속도가 광속에 거의 가깝기는 하지만 엄밀히 말하면 광속과 아주 작은 차이가 있다. 이 차이로 인해 광립에서 복사된 빛이 광립 자체보다 미세하게 더 빠르다. 광립의 비행 거리가 멀수록 그 차이가 점점 커진다. 또한 목표를 향해 날아오는 광립의 탄도는 절대적인 직선이 아니다. 거대한 질량으로 인해 주위 천체의 중력에 영향을 받게 되고 이 때문에 아주 경미하게 구부러지게 된다. 이렇게 구부러진 곡률은 동일한 중력장에서 빛이 구부러지는 곡률에 비해 훨씬 크기 때문에 목표물에 거의 접근했을 때 수정할 필요가 있다. 이 때문에 광립의 탄도는 광립에서 나온 복사에 비해 조금 더 길어질 수밖에 없다.

이 두 가지 요인으로 인해 광립에서 복사된 빛이 광립보다 먼저 태양계에 도달하게 되고, 이 시차를 이용해 광립의 공격을 미리 알아낼 수 있다. 광립 도달 전 24시간이라는 경보 시간은 현재 광립의 빛을 관측할 수 있는 가장 먼 거리를 기준으로 계산한 것이었다. 24시간의 시차를 거리로 환산한다면, 빛이 광립보다 약 180천문단위 앞질러서 태양계에 도착하게 된다고 말할 수 있다.

하지만 이건 이상적인 상황이었다. 만약 광립이 근거리에 있는 우주선에서 발사된다면 경보를 발령할 겨를도 없이 지구도 삼체 세계와 같은 운명을 맞이하게 될 것이다.

태양계 경보 시스템으로 총 35개 관측 유닛을 설치한 뒤 태양계의 모든 방향에서 우주의 광립 복사를 시시각각 감시하기로 했다.

오경보 사건이 발생하기 이틀 전, 태양계 경보 시스템 1호 관측 유닛

1호 관측 유닛은 위기의 세기 말에 설치된 린저-피츠로이 관측소였다. 70여 년 전 태양계를 향해 날아오는 강한 상호작용 우주 탐사정, 즉 물방울을 발견한 것도 바로 이 관측소였다. 소행성대 바깥 우주에 떠 있는 건 그대로지만 장비는 새것으로 교체되었다. 특히 가시광선 관측 장비 중 망원경의 렌즈 면적이 훨씬 넓어졌다. 첫 번째 렌즈의 직경만 해도 1200미터에서 2000미터로 늘어나 맨 위로 가면 작은 도시 하나를 올려놓을 수 있을 만한 크기였다. 이 거대한 렌즈의 원료는 소행성대에서 직접 채취했다. 우선 중간에 놓을 직경 500미터짜리 렌즈를 제작한 뒤 이걸 이용해 모은 태양광으로 소행성대에 떠다니는 암석을 녹여 고순도 유리를 얻은 다음, 이 유리로 다른 렌즈들을 만들었다. 여러 개의 렌즈가 총 25킬로미터 길이로 줄지어 우주에 떠 있었다. 렌즈 사이 간격이 넓어서 각각의 렌즈가 서로 독립적으로 떠 있는 것처럼 보였다. 렌즈의 가장 아랫부분에 위치한 관측소는 단 두 명만 들어갈 수 있을 만큼 작았다.

관측소의 상주인력이 군인 한 명과 과학자 한 명으로 이루어져 있는 것도 예전 그대로였다. 군인은 경보를 위한 관찰을 담당하고, 과학자는 천문학과 우주학 연구를 진행했다. 그 때문에 3세기 전 린저 박사와 피츠로이 장군 사이에 시작된 기싸움도 여전히 계속되고 있었다.

유사 이래 최대 크기인 이 망원경의 테스트가 끝나고 처음으로 47광년 밖 항성의 이미지를 얻는 데 성공한 순간, 관측소의 천문학자 위드널은 첫아이가 태어난 것처럼 흥분했다. 일반인의 상상과 달리, 기존의 천체망원경은 태양계 밖 항성을 관찰할 때도 밝기를 높이는 것 외에는 아무것도 할 수 없었기 때문에 항성의 형체를 알아볼 수가 없었다. 성능이 아무리 뛰어난 망원경도 항성이 그저 조금 밝은 빛점으로 보일 뿐이었다. 하지만 새 망원경을 통해 관찰한 항성의 첫 모습은 원반 형태였다. 수십 미터 밖에 있는 탁구공을 보는 것처럼 크기도 작고 세부적인 형태는 보이지 않았지만 광학 천문학과 비교하면 시대에 한 획을 긋는 사건임에 틀림없었다.

"천문학이 백내장에서 벗어났어!"

위드널이 뜨거운 눈물을 흘리며 감탄하자 관측장교 바실리가 시큰둥하게 말했다.

"우리 신분을 잊지 말라고 충고했잖아요. 우린 전초기지의 일개 보초병이란 말입니다. 옛날 같으면 나무로 만든 국경 초소에서 보초를 섰을 거예요. 사방에 황량한 고비사막이나 설원이 펼쳐져 있고, 우린 차디찬 바람에 맞서 적국을 주시하고 있다가 지평선에서 탱크나 기병이 나타나면 전화를 걸거나 봉화를 피워 적의 침입을 알렸을 거예요. 보초병이면 보초병답게 여길 천문대로 생각하진 맙시다."

위드널이 망원경에서 시선을 떼고 관측소 창밖을 바라보았다. 들쭉날쭉한 형태의 돌멩이 몇 개가 떠다니고 있었다. 렌즈를 만들고 남은 소행성 부스러기였다. 돌멩이들이 서늘한 햇빛 속에서 천천히 돌며 우주에 황량한 기운을 더해주고 있었다. 조금 전 바실리 중위가 묘사한 국경 초소 밖 풍경과 흡사했다.

위드널이 말했다.

"정말로 광립을 발견한다면 경보를 발령하지 않는 게 더 나은 선택일 수도 있어요. 그래봤자 소용이 없으니까. 사실 말입니다. 아무것도 모른 채 단번에 끝장날 수 있다면 행운이에요. 중위가 누른 경보 버튼이 수십억 인구를 24시간 동안 고통에 빠뜨릴 거예요. 그건 반인류죄라고요."

"그렇다면 우리 둘이 제일 불행한 사람이겠군."

그때 함대 총사령부로부터 명령이 도착했다. 망원경의 방향을 돌려 삼체 성계를 관측하라는 지시였다. 이번엔 위드널과 바실리 사이의 의견 충돌이 잠시 중단되었다. 천문학자도 멸망한 그 세계에 큰 흥미를 느끼고 있었기 때문이다.

우주에 떠 있는 렌즈들의 위치를 조정하기 시작했다. 렌즈 가장자리에 부착된 이온추진체가 푸른 불꽃을 뿜어내고 있었다. 멀리 떠 있는 렌즈가 자기 위치를 드러내는 건 이때뿐이었다. 우주 위에 푸른 고리들이 나타나며 슈퍼 망원경의 전체 형체가 드러났다. 25킬로미터 길이로 띄엄띄엄 떨어져 있는 렌즈들이 서서히 돌아가다가 삼체 성계 방향에 다다르자 천천히 멈춘 뒤 렌즈 사이의 거리를 조절하며 초점을 맞추었다. 초점이 거의 맞추어지자 푸른 불꽃이 사라지고 반딧불처럼 몇 개만 남아 마지막으로 초점을 미세하게 조정했다.

망원경에 나타난 삼체 성계의 모습은 별로 특별할 게 없어 보였지만, 우주 공간에 깃털처럼 떠 있는 하얀 조각 하나가 눈에 들어왔다. 이미지를 확대해 전체 화면에 띄워보니 아름다운 성운이었다. 항성 폭발 후 7년이 흘렀고 지금 볼 수 있는 건 폭발하고 3년 뒤의 모습이었다. 중력과 항성이 남긴 각운동량의 작용으로 성운이 날카로운 방사형에서 점점 부드럽고 희미한 구름 형태로 바뀐 다음, 자전의 원심력이 작용해 납작하게 눌리며 또렷하고 정교한 나선형을 띠게 된 것이었다. 성운 위쪽으로 또 다른 항성 두 개가 보였다. 그중 하나는 원반 형태를 띠고, 다른 하나는 더 멀리 있는 빛점이어서 뭇별 사이에서 움직여야만 식별할 수 있었다.

재앙에서 살아남은 두 개의 항성이 안정적인 쌍성계를 형성하며 세대 존속에 대한 삼체 세계의 꿈을 실현시켜주고 있었다. 하지만 아직은 그 혜택을 누릴 수 있는 생명체가 없었다. 그 성계는 아직 생명이 생존할 수 없는 환경이었다. 현재 관측한 바로는 암흑의 숲 공격이 삼체 성계의 세 별 중 하나만을 파괴한 것 같았다. 그건 단순히 경제적 타산에 의한 것이 아니라 더 악랄한 목적이 숨겨져 있었다. 성계에 하나 또는 두 개의 항성이 남게 되면 항성이 성운 물질을 끊임없이 흡수하며 강력한 복사가 나타나게 된다. 따라서 현재 삼체 성계는 복사하는 용광로 상태에 있으며, 이는 생명과 문명 모두에게 죽음의 구역이라는 뜻이었다. 항성에서 복사된 강한 빛을 받아 성운이 밝게 빛나고 있기 때문에 이렇게 밝고 또렷하게 보이는 것이었다.

바실리가 말했다.

"언젠가 어메이(峨眉)산에서 본 구름바다가 생각나는군. 중국에 있는 산이죠. 그 산 정상에 서면 가장 아름다운 달을 볼 수 있어요. 깊은 밤 발밑으로 구름바다가 끝없이 깔려 있었어요. 보름달의 달빛이 비추어 구름 전체가 은빛으로 빛났죠. 지금 보이는 저 광경과 비슷했어요."

40억 킬로미터 밖 은빛 묘지를 보며 위드널도 만감이 교차했다.

"사실 말입니다. 과학적인 관점에서 보면 멸망이란 잘못된 말이에요. 그 무엇도 정말로 파괴할 수 없고 소멸시키는 건 더더욱 불가능해요. 물질의 총량은 조금도 줄어들지 않으니까. 각운동량도 여전히 존재하죠. 그저 물질의 조합 방식이 변하는 것뿐. 카드를 다시 섞는 것과 같아요……. 하지만 생명은 스트레이트 플러시* 같아서 카드를 한번 섞으면 그걸로 끝이에요."

성운을 자세히 들여다보던 위드널이 무언가를 발견했다.

"맙소사! 저게 뭐지?"

그가 성운에서 조금 떨어진 우주 공간을 가리켰다. 비율로 계산해보면 성운의 중심에서 약 30천문단위 떨어진 곳이었다.

바실리가 그의 손이 가리키는 곳을 보았다. 천문학 경험이 많지 않은 그에게는 아무것도 보이지 않았지만, 자세히 들여다보니 깜깜한 배경 위에 가늘게 그려진 윤곽선이 눈에 들어왔다. 우주에 떠 있는 비눗방울처럼 원형에 가까운 형태였다.

"꽤 커 보이는군. 지름이…… 10천문단위쯤 되겠죠? 먼지일까요?"

"그럴 리 없어요. 저렇게 생긴 먼지는 없어요."

"저런 걸 본 적 없어요?"

"누구도 본 적이 없을 거예요. 투명하고 가장자리가 희미해서 예전엔 가장 큰 망원경으로도 관측할 수 없었을 테니까."

위드널이 화면을 줌아웃 했다. 성운과 두 별의 위치를 전체적으로 파악하고 성운이 자전한 흔적을 관찰해보려고 했다. 화면 속에서 성운이 다시 검은 하늘 속 희고 작은 조각으로 변했다. 그는 삼체 성계에서 약 6000천문단위 떨어진 먼 우주에서 또 다른 '비눗방울'을 찾아냈다. 조금 전 것보다 몇 배나 커서 지름이 50천문단위쯤 되어 보였다. 그 안에 삼체 성계와 태양계를 모두 담을 수 있는, 행성계 하나와 맞먹는 크기였다. 위드널이 이 사실을 바실리에게 알리자 그의 입에서 외마디가 터져 나왔다.

"제기랄! 저기가 어딘지 알아요?"

* 옮긴이 주 : 포커에서 한 가지 슈트로 연속 다섯 장이 이어지는 것.

위드널이 잠시 그 자리를 들여다보고 있다가 떠보는 듯 물었다.

"삼체 제2함대가 광속에 진입한 곳인가요?"

"맞아요."

"확실해요?"

"예전 내 보직이 저 위치를 감시하는 거였어요. 저곳이라면 내 손바닥보다 더 잘 알아요."

그렇다면 비눗방울의 정체가 분명해졌다. 곡률 추진 우주선이 광속에 진입할 때 그 가속 구간에 남긴 항적이었다. 처음 발견한 작은 항적은 삼체 성계 내부에 있었다. 그곳에 항적이 남은 이유는 몇 가지로 추측할 수 있다. 곡률 추진이 항적을 남긴다는 걸 알지 못한 삼체 세계가 곡률 추진 엔진이나 광속 우주선을 시험 운행하며 성계 안에 항적을 남겼을 수 있다. 아니면 항적이 남는다는 사실은 알았지만 모종의 예기치 않은 사건으로 인해 항적을 남겼을 수도 있다. 하지만 한 가지 분명한 건 결코 그들이 원해서 남긴 것이 아니라는 점이다. 그들은 이 항적을 지우려고 했지만 지우지 못했을 것이다. 11년 전 삼체 제2함대가 1년 동안 정상 항해를 하다가 모성계에서 6000천문단위 떨어진 곳에 도착해서야 광속에 진입한 것은 모성계에서 최대한 먼 곳에 항적을 남기기 위한 것이었다. 비록 이미 늦은 뒤였지만 말이다.

삼체 함대의 이런 행동은 인류에게 오랫동안 풀리지 않는 의문이었다. 가장 설득력 있는 가설은 우주선 415대가 광속에 진입할 때 생성되는 에너지가 삼체 세계에 미치는 영향을 최소화하기 위한 조치라는 것이었다. 그런데 이제 보니 그건 곡률 추진의 항적으로 인해 모성계의 문명이 노출되는 것을 피하기 위함이었다. 마찬가지로 제2함대가 태양계에서 6000천문단위 떨어진 곳에서 서둘러 광속을 이탈한 것도 바로 그 때문이었다.

위드널과 바실리는 한참 동안 서로를 마주 보았다. 두 사람의 눈동자에 점점 짙은 공포가 차올랐다. 그들은 같은 추측을 하고 있었다.

위드널이 먼저 침묵을 깼다.

"즉시 보고합시다."

"아직 보고 시간이 되지 않았어요. 지금 보고하는 건 경보를 발령하는 것과 같아요."

"이건 경보예요! 인류가 자기 위치를 스스로 드러내지 않도록 경고해야 한다고요!"

"과민 반응 하지 말아요. 인류의 광속 우주선 연구는 아직 초기 단계에 있어요. 빨라야 반세기 뒤에나 첫 번째 광속 우주선이 제작될 거라고요."

"만약 초기 실험으로도 저런 항적이 남는다면? 이런 실험이 태양계 곳곳에서 진행되고 있을 거예요!"

이렇게 해서 이 소식이 경보 레벨의 긴급 통신에 사용하는 중성미자 빔을 통해 함대 총사령부로 전송되고 또다시 UN PDC 본부로 전달된 것이었다. 이런 비일상적인 정보 전송이 광립 공격 경보로 오인되어 이틀 뒤 세계적인 혼란을 초래하게 될 줄은 아무도 예상하지 못했다.

곡률 추진 항적은 우주선이 광속에 진입할 때 남긴 것이었다. 로켓이 지면에서 발사될 때 발사대 아래 땅 위에 그을린 흔적을 남기는 것과 같다. 우주선이 일단 광속에 진입하고 나면 관성비행에 들어가기 때문에 더 이상 흔적이 남지 않는다. 그렇다면 우주선이 광속에서 아광속으로 진입할 때도 동일한 흔적이 남을 것임을 추측할 수 있다. 아직은 항적이 우주에 얼마나 오랫동안 남아 있는지 알 수 없었다. 추측이지만 이것이 곡률 추진 과정에서 일어난 일종의 공간 왜곡일 수 있고, 그렇다면 아주 오랫동안, 심지어 영원히 남아 있을 가능성도 있다.

멀리서 보면 삼체 세계가 태양계보다 더 위험해 보인다는 지자의 말을 이제야 이해할 수 있었다. 그건 삼체 성계 내부에 있는 지름 10천문단위의 곡률 추진 항적 때문일 것이며, 삼체 성계가 그토록 빨리 암흑의 숲 공격을 받은 것도 바로 그 때문일 것이다. 항적과 좌표 공개가 서로 맞물리며 삼체 성계의 위험도가 급격히 치솟았던 것이다.

그 후 한 달간 여러 방향에서 곡률 추진 항적 여섯 개가 더 발견되었다. 직경 15천문단위부터 200천문단위까지 크기는 제각각이었지만 형태는 모두 구체에 가까웠다. 그중 태양계에서 불과 6000천문단위 떨어진 곳에 있는 것은 삼체 함대가 광속에서 이탈하며 남긴 흔적이었고, 나머지 몇 개는 방향과 위치로 볼 때 삼체 제2함대와 무관한 것 같았다. 그렇다면 이런 곡률 추진 항적이 우주 곳곳에 흔하게 존재한다는 뜻일 것이다.

이것은 블루스페이스호와 그래비티호의 4차원 조각 발견 이후, 우주에 고도의 지능을 가진 문명이 다수 존재한다는 사실을 또 한 번 직접적으로 증명하는 사건이었다. 그중 하나는 태양과의 거리가 불과 1.4광년밖에 되지 않았으며 오르트 구름에 근접해 있었다. 어떤 우주선이 그곳에서 머물다가 광속으로 떠났다는 뜻이지만 그게 언제 일인지는 알 수 없었다.

곡률 추진 항적의 발견으로 이미 회의론이 팽배했던 광속 우주선 프로젝트에 사망 선고가 내려졌다. 함대 세계와 UN이 곡률 추진 우주선에 대한 연구 및 개발을 금지하는 국제법을 서둘러 제정한 뒤 각국이 잇따라 국내법을 제정했다. 특정 기술을 법적으로 엄격히 금지한 것은 3세기 전 핵확산금지조약 이후 처음이었다.

이로써 인류에게 남은 선택지는 벙커 프로젝트와 블랙존 프로젝트 두 개뿐이었다.

《시간 밖의 과거》 발췌

끝없는 암흑에 대한 공포

광속 우주선 프로젝트가 종말을 고한 데는 누가 봐도 분명한 이유가 있었다. 광속 우주선이 만든 곡률 추진 항적이 지구 문명의 노출을 앞당기거나 먼 우주의 관찰자들이 태양계를 위험한 적으로 인식해 암흑의 숲 공격을 가할 수 있다는 점이었다. 하지만 이 일의 이면을 들여다보면 그보다 더 근본적인 원인이 있었다.

서기 시대부터 위기의 세기 말까지만 해도 인류는 하늘에 동경을 품고 있었다. 하지만 인류가 우주를 향해 처음 몇 걸음을 내디딘 대가로 얻은 건 처참한 실패와 고통이었다. 인류는 치열한 최후의 전쟁을 통해 자신들이 우주에서 얼마나 미약한 존재인지 깨달았을 뿐 아니라, 인류 내부에서 벌어진 어둠의 전쟁이 그들의 영혼에 지워지지 않는 상처를 남겼다. 게다가 청동시대호에 대한 재판, 블루스페이스호의 그래비티호 납치, 우주를 향한 좌표 전송 등 그 후에 벌어진 모든 일이 그 상처를 더 깊이 후벼 팠다.

사실 일반 대중은 광속 우주선 프로젝트에 무관심했다. 사람들은 설령 생전에 광속 우주선이 만들어진다 해도 자신들이 그걸 탈 수 있으리라고 생각하지 않았다. 사람들이 더 관심을 갖는 건 벙커 프로젝트였다. 그것이 그나마 제일 현실적인 생존 방법이었다. 물론 블랙존 프로젝트에도 관심이 없는 건 아니었다. 3세기 동안 끔찍한 일을 겪은 이들은 평온한 생활을 갈망하고 있었고 블랙존 프로젝트가 그들이 원하는 삶을 선사해줄 수 있을 거라고 생각했다. 우주와 단절된다는 사실이 아쉽기는 하지만 태양계 하나만으로도 이미 충분히 넓기 때문에 그 정도 아쉬움은 감수할 수 있었다. 다만 벙커 프로젝트에 비해 관심이 적은 건, 극복해야 할 기술적 난관이 훨씬 높다는 사실을 일반인들도 알고 있었기 때문이다. 인간의 능력으로는 신의 영역에 있는 프로젝트를 실현시킬 수 없다고 생각했다.

광속 우주선 프로젝트를 열렬히 지지하거나 강하게 반대하는 사람들은 대부분 엘리트층이었다. 찬성파들은 인류가 궁극적으로 안전해지려면 은하계로 진출하거나 식민지를 만들어야 한다고 주장했다. 이 냉혹한 우주에서는 과감하게 밖으로 나가는 문명만이 생존할 수 있으며 소극적으로 안주하는 문명은 결국 멸망하게 될 것이라고 했다. 그들은 벙커 프로젝트에는 반대하지 않았지만 블랙존 프로젝트에 대해서는 스스로 무덤을 파는 짓이라며 극도로 혐오했다. 블랙존 프로젝트가 인류의 장기적인 생존을 보장할 수 있다는 사실은 인정했지만 문명 전체로 본다면 그런 생존은 죽음과 다를 바가 없다고 했다.

광속 우주선 프로젝트를 반대하는 사람들은 대부분 정치적인 이유에서였다. 그들은 인류 사회가 숱한 역경을 거쳐 드디어 거의 이상적인 민주사회로 진입했는데 현 상태에서 우주로 이주한다면 사회의 심각한 퇴보를 막을 수 없다고 주장했다. 우주는 인간의 어두운 면을 순식간에 증폭시키는 확대경이라며 청동시대호 재판에서 피고인 서배스천 슈나이더가 했던 말을 구호처럼 반복해서 외쳤다.

"인간이 진정으로 우주에서 외톨이가 된다면 전체주의로 변하는 데 단 5분밖에 걸리지 않는다!"

그들은 민주 문명을 가진 인류가 은하계에 전체주의의 씨앗을 뿌릴 수 있다는 사실을 결코 받아들일 수가 없었다.

유년기의 인류 문명이 문을 열고 살며시 얼굴을 내밀었다가 끝없는 어둠에 몸서리치며 문을 굳게 닫아걸었다.

전송의 세기 8년, 지구와 태양 사이의 라그랑주 점

청신이 지구와 태양의 중력이 균형을 이루는 곳을 다시 찾았다. 윈톈밍과 만난 후 7년 만이었다. 이번 여정은 그때보다 훨씬 부담이 적었다. 그녀는 벙커 프로젝트 시뮬레이션 실험의 지원자로 여기에 온 것이었다.

벙커 프로젝트 시뮬레이션 실험은 함대 세계와 UN이 공동 진행하는 것으로 우주에서 태양이 폭발할 때 거대 행성이 벙커 역할을 할 수 있는지 알아보기 위한 실험이었다.

태양 폭발은 수소폭탄으로 대신했다. 현재는 원자폭탄의 위력을 나타내는 지표로 TNT 당량을 사용하지 않았지만, 이 수소폭탄의 위력을 당량으로 환산한다면 약 3억 톤급이었다. 태양 폭발과 더 흡사한 물리적 환경을 만들기 위해 수소폭탄의 외부를 두껍게 감쌌다. 태양 폭발과 동시에 튕겨져 나오는 항성 물질을 대체한 것이었다. 행성 여덟 개는 모두 소행성의 암석 파편으로 대체했다. 그중 지구형행성 역할을 하는 암석 네 개는 지름이 10미터쯤 되었지만, 거대 행성 역할을 하는 암석 네 개는 지름이 약 100미터로 훨씬 컸다. 이 여덟 개의 암석을 실제 행성 여덟 개의 궤도 간 거리 비율에 맞추어 수소폭탄 주위에 띄웠다. 말하자면 태양계의 축소판이었다. 가장 가까운 '수성'과 '태양'의 거리는 4킬로미터이고 가장 먼 '해왕성'은 '태양'에서 300킬로미터 떨어져 있었다. 실험 장소로 라그랑주점을 선택한 것은 행성과 태양의 인력을 최소화해 이 '태양계'가 오랫동안 안정된 상태를 유지하도록 하기 위함이었다.

과학적인 관점에서만 본다면 이건 불필요한 실험이었다. 이미 가지고 있는 대량의 데이터를 이용해 컴퓨터 시뮬레이션을 진행해도 신뢰도 높은 결과를 얻을 수 있었다. 비록 규모는 작지만 정교하게 설계한다면 정밀한 실험이 가능했다. 사실 우주에서 이렇게 큰 규모의 모의실험을 직접 실시하는 건 저능하다고 할 만큼 어리석은 일이었다.

하지만 실험의 주최 측이든 설계하고 진행하는 이들이든 이 실험의 진짜 목적이 과학 연구가 아니라는 걸 분명히 알고 있었다. 이건 사실 막대한 비용이 투입된 광고였다. 국제사회에 벙커 프로젝트에 대한 확고한 믿음을 심어줄 수 있는 이벤트가 필요했던 것이다. 따라서 실험은 전 세계에 강한 시각적 충격을 줄 수 있도록 매우 직관적이어야 했다.

광속 우주선 프로젝트가 완전히 폐기된 후 지구 세계에 위기의 세기 초기와 흡사한 분위기가 나타났다. 위기의 세기 초기, 세계는 삼체의 침입을 방어하기 위해 두 가지 노력을 기울였다. 태양계 방어 시스템 구축에 주력하는 동시에 부차적으로 면벽 프로젝트를 진행했다. 마찬가지로 현재 인류의 주축이 된 생존 계획은 벙커 프로젝트지만 블랙존 프로젝트도 동시에 추진되고 있었다. 블랙존 프로젝트에 미지의 요소가 많다는 점도 면벽 프로젝트와 유사했다. 두 프로젝트를 병행하고 있기는 하지만 블랙존 프로젝트는 아직 기초 이론 연구 단계였으므로 국제사회에서 영향력이 큰 벙커 프로젝트가 여론의 지지를 얻을 수 있도록 많은 노력을 기울여야 했다.

사실 '거대 행성'의 엄호 효과를 검증하기 위한 실험이라면 암석의 뒷부분에 검사 장비를 설치하는 것으로도 충분했다. 뭔가 더 필요하다면 실험용 동물을 추가로 데려다 놓을 수 있었다. 하지만 극적인 효과를 위해 실제로 사람들이 암석 뒤에 숨어 있기로 하고 전 세계에서 지원자를 모집했다.

청신이 지원자로 실험에 참여한 건 AA의 권유에 따른 것이었다. AA는 이것이 헤일로 그룹이 대중에게 강렬한 인상을 남겨 벙커 프로젝트 참여에 유리한 고지를 선점할 수 있는 절호의 무료 마케팅 기회라고 생각했다. 실험이 정교하게 설계되었으며 자극적인 듯하지만 실은 매우 안전하다는 것을 AA와 청신 모두 알고 있었다.

청신을 태운 우주선이 '목성' 뒤에서 멈추었다. 이 암석은 감자처럼 불규칙한 형태였으며 길이 110미터에 평균 폭이 70미터로 지구상의 대형 건축물과 비슷한 크기였다. 수소폭탄에서 50킬로미터 떨어져 있는 가장 가까운 벙커였다. 이 암석을 소행성대에서 여기까지 운반해오는 데 두 달 넘게 걸렸으며 운반해오는 동안 어느 예술적 재능이 다분한 엔지니어가 심심했는지 페인트로 암석 표면에 목성과 같은 줄무늬와 대적점을 그려놓았다. 하지만 전체적으로 보면 목성보다는 빨간 눈을 가진 우주괴물의 머리처럼 보였다.

지난번과 마찬가지로 눈부신 태양을 향해 날아온 우주선이 암석 뒤로 숨자 태양빛이 사라지며 순식간에 어둠에 파묻혔다. 암석 너머에 태양이 존재한다는 걸 믿기 힘들 만큼 깜깜했다. 청신은 칠흑같이 어두운 밤 어느 절벽 아래 서 있는 듯한 기분이었다.

거대한 암석이 가로막고 있지 않더라도 이곳에서는 50킬로미터 떨어져 있는 수소폭탄이 보이지 않았다. 하지만 반대쪽에서 토성 역할을 하는 암석은 볼 수 있었다. 행성 궤도의 거리 비율에 따라 그것은 '태양'과는 100킬로미터, '목성'과는 50킬로미터 떨어져 있었다. 크기는 '목성'과 비슷했으며 어두운 우주를 배경으로 태양빛을 받아 또렷하게 보였다. 이 거리가 형태를 알아볼 수 있는 최대한의 거리였다. 200킬로미터 떨어져 있는 '천왕성'도 볼 수 있었지만 작은 빛점이 별들과 뒤섞여 구분할 수 없었다. 나머지 '행성'들은 보이지 않았다.

청신의 우주선 외에도 우주선 19대가 '목성' 뒤편에 멈춰 있었다. 벙커 프로젝트에서 목성에 우주 도시 20개를 건설할 예정이었기 때문이다. 우주선들은 암석 뒤에 세 줄로 나란히 배치되었고 청신은 암석과 10미터 떨어진 제일 앞줄에 있었다. 우주선 20대에 총 100여 명의 지원자가 탑승하고 있었다. 원래 AA도 청신과 동행하려고 했지만 회사 일 때문에 오지 못했다. 청신이 탄 우주선은 '목성' 뒤에 숨은 우주선 중 유일하게 한 명만 탑승한 우주선이었다.

그녀가 있는 방향에서는 150만 킬로미터 떨어진 곳에서 파랗게 빛나고 있는 지구를 볼 수 있었다. 그곳에서 30억 명 넘는 사람들이 이 실험의 생중계 장면을 시청하고 있을 것이다.

카운트다운 숫자가 나타났다. 실험 개시 10분 전이었다. 통신 채널에서는 아직 아무런 소리도 나지 않았다. 그때 갑자기 어떤 남자의 목소리가 들렸다.

"오랜만이군. 나 바로 옆에 있어."

청신은 누구 목소리인지 단번에 알아듣고 자기도 모르게 몸서리를 쳤다. 그녀의 우주선은 맨 앞줄에 있는 우주선 다섯 대 중 제일 가장자리에 있었는데 바로 오른쪽에 구형 우주선 한 대가 가까이 붙어 있었다. 그녀가 지난번에 탔던 우주선과 비슷하게 우주선의 절반이 투명 창으로 되어 있어 그 안에 탄 다섯 명을 볼 수 있었다. 그녀에게서 가장 가까운 곳에 앉아 있는 토머스 웨이드가 그녀를 향해 손을 흔들었다. 그녀는 한눈에 그를 알아보았다. 그의 옆에 있는 다른 네 명은 간이 우주복을 입고 있었지만 그 혼자만 우주에 대한 멸시를 표현하려는 듯 검은 가죽재킷을 입고 있었기 때문이다. 의수를 끼우지 않은 소매통이 비어 있었다.

"도킹할까? 내가 그리로 가지."

웨이드는 청신의 대답도 듣지 않고 도킹 버튼을 눌렀다. 그가 탄 우주선의 소형 추진기가 작동하며 청신 쪽으로 서서히 다가왔다. 청신도 도킹 버튼을 누를 수밖에 없었다. 약한 진동과 함께 두 우주선이 완전히 붙은 뒤 선실 문이 소리 없이 미끄러지듯 열렸다. 양쪽의 기압이 균형을 이루자 청신의 귀에서 웅 하는 소리가 들렸다.

웨이드가 무중력상태로 건너왔다. 우주를 항해한 경험이 많을 리 없었지만 청신이 그랬듯 그 역시도 타고난 우주인처럼 무중력 환경에 금세 적응했다. 팔이 하나밖에 없는데도 무중력상태에서 안정적으로 움직였다. 그에게만 중력이 작용하는 게 아닌가 하는 착각이 들 정도였다. 선실 안은 어두웠다. 지구에서 반사된 태양빛이 맞은편 암석에 부딪혀 다시 반사된 빛이 전부였다. 이 어스름한 빛 속에서 청신의 시선이 웨이드를 위아래로 훑었다. 여전히 세월은 그에게 많은 흔적을 남기지 않았다. 8년 전 호주에서 보았을 때와 크게 달라진 게 없었다.

"여긴 어떻게 오셨어요?"

청신은 최대한 냉정한 목소리를 유지하고 싶었지만 이 사람 앞에서는 늘 생각대로 되지 않았다. 수많은 일을 겪으며 세상 모든 일이 그녀의 마음속에서 저 앞에 떠 있는 거대한 암석처럼 둥글게 깎였지만, 웨이드는 그 암석에서 유일하게 남아 있는 날카로운 모서리였다.

"출소했어. 한 달 전에."

웨이드가 상의 주머니에서 반쯤 남은 시가를 꺼내 입에 물었다. 물론 이곳에서는 불을 붙일 수가 없었다.

"감형받았어. 살인자가 11년 만에 풀려난다는 게 불공평하다는 건 알아. 자네에게 말이지."

"무슨 일이든 법을 지켜야죠. 불공평할 게 뭐가 있겠어요."

"무슨 일이든 법을 지킨다? 광속 우주선도 그런가?"

역시 그는 날카로운 검처럼 깊고 빠르게 핵심을 찔렀다. 한순간도 낭비하지 않겠다는 듯이.

청신은 대답하지 않았다.

"자넨 왜 광속 우주선을 선택했지?"

웨이드가 청신을 똑바로 응시했다.

청신이 용감하게 그의 시선을 받아내며 말했다.

"인간을 위대하게 만들 수 있는 유일한 선택이니까요."

웨이드가 고개를 끄덕이며 입에서 시가를 빼냈다.

"훌륭해. 자넨 위대해."

청신이 그 말의 의미를 묻는 눈빛으로 쳐다보자 그가 말했다.

"자넨 뭐가 옳은지 잘 알고 그걸 행동으로 옮기는 용기와 책임도 있어. 훌륭해."

"하지만?"

청신이 뒤에 이어질 그의 말을 대신했다.

"하지만, 그 일을 할 능력도 정신력도 없지. 우린 같은 꿈을 갖고 있어. 나도 광속 우주선을 만들고 싶어."

"하고 싶은 말이 뭐죠?"

"내게 넘겨."

"뭘요?"

"자네가 가진 모든 것. 회사, 재산, 권력, 지위. 가능하다면 명예와 명성까지 모두. 내가 그걸로 광속 우주선을 만들어주지. 자네의 이상을 위해, 위대한 인간을 위해."

그때 우주선의 소형 추진기가 다시 작동하기 시작했다. 대형 암석의 인력이 약하기는 하지만 우주선을 서서히 끌어당기고 있었기 때문이다. 추진기가 우주선을 살짝 뒤로 밀어 원래 위치로 복귀시켰다. 플라스마 분출구의 파란 불꽃이 암석 위 대적점을 비추자 커다란 눈이 갑자기 번쩍 뜨이는 것처럼 보였다. 청신은 그 눈도 조금 전 웨이드의 말을 들은 것 같아 가슴이 철렁했다. 그 눈을 향하고 있는 웨이드의 차갑고 날카로운 눈빛 속에 한 가닥 조소가 걸렸다.

청신은 아무 말도 하지 않았다. 아무 말도 할 수가 없었다.

"같은 실수를 반복하지 마."

웨이드의 말이 한자 한자 쇠망치처럼 청신의 가슴을 무겁게 두들겼다.

실험이 시작되었다. 수소폭탄이 폭발했다. 대기층의 저항이 없으므로 그 에너지는 거의 온전히 복사 형태로 방출되었다. 폭발 중심에서 400킬로미터 떨어진 곳에서 촬영하고 있는 생중계 화면 위로 태양 옆에 불덩이가 나타나더니 밝기와 크기가 금세 태양을 능가했다. 카메라 필터가 계속 투명도를 낮추었다. 이 거리에서 직접 눈으로 보았다면 아마 영구적으로 실명되었을 것이다. 불덩이의 밝기가 최고조에 달하자 화면에 아무것도 보이지 않고 새하얗게 밝아지기만 했다. 우주 전체를 집어삼킬 듯한 불길이었다.

암석 뒤편에 있는 청신과 웨이드는 볼 수 없었다. 우주선에서는 생중계 화면을 볼 수 없지만 그들 뒤에 있는 '토성'이 초신성처럼 갑자기 밝아졌다. 뒤이어 '태양'을 향하고 있는 쪽 암석의 표면에서 녹아내린 용암이 사방으로 날아갔다. 용암이 암석의 가장자리를 스치고 지나갈 때는 암적색이었지만, 어느 정도 날아간 뒤에는 핵폭발과 함께 복사된 빛의 밝기가 용암의 붉은빛보다 더 밝아져 용암 덩어리가 사방으로 빛을 뿜어내는 불꽃으로 변했다. 우주선에서 보면 거대한 은빛 폭포의 물줄기가 지구 방향으로 콸콸 쏟아져 내리는 것 같았다. 이때 크기가 작은 모의 지구형행성 네 개는 이미 산산이 부서져 자취를 감춘 뒤였지만 모의 거대 행성은 가스버너 앞에 놓인 아이스크림 네 덩이처럼 수소폭탄을 향하고 있는 쪽이 순식간에 녹아 매끄러운 구형이 되고, 반대편으로 은빛 용암 꼬리를 길게 늘어뜨렸다. 복사된 빛과 열이 도달하고 10여 초 뒤에 수소폭탄을 감싸고 있던 '항성 물질'이 날아왔다. 그것과 충돌하는 순간 암석이 격렬하게 흔들리며 뒤로 조금 물러나자 우주선의 소형 추진기가 다시 가동되며 우주선과 암석 사이의 거리를 조정했다.

불덩이가 약 30초간 타오르다가 꺼지자 우주가 암전된 홀처럼 어두워졌다. 1천문단위 밖 태양빛이 미약하게 느껴졌다. 불덩이가 사라지자 달궈진 암석의 반쪽이 머금은 시뻘건 빛이 보이기 시작했다. 처음에는 불타오르는 것처럼 밝았지만 우주의 혹독한 한기에 빠르게 빛이 사그라지며 암적색으로 변한 뒤 가장자리로 흘러내린 용암이 고드름처럼 길게 매달렸다.

거대한 암석 네 개 뒤에 있던 우주선 50대는 모두 무사했다.

5초 뒤 이 영상이 지구로 전송되자마자 전 세계가 환호했다. 미래에 대한 희망이 수소폭탄처럼 곳곳에서 터져 나왔다. 벙커 프로젝트 시뮬레이션 실험이 목적을 달성하는 순간이었다.

웨이드가 다시 한번 말했다.

"같은 실수를 반복하지 마."

조금 전의 모든 일은 그의 말을 잠시 방해한 소음인 듯했다.

청신이 웨이드가 타고 온 우주선으로 시선을 옮겼다. 우주복을 입은 네 남자가 조금 전의 그 웅장한 광경에도 관심이 없는 듯 계속 이쪽을 지켜보고 있었다. 그녀는 이 실험에 지원한 수많은 신청자 중 유명하거나 중요한 사람들만 선발되었다는 사실을 알고 있었다. 하지만 웨이드는 막 출소한 전과자였고 저쪽 우주선에 있는 네 명도 웨이드의 사람들인 것 같았다. 그렇다면 저 우주선도 그의 것이리라 짐작했다. 11년 전 웨이드가 검잡이 후보로 참가했을 때 그에게는 충성스러운 추종자와 수많은 지지자가 있었다. 그가 어떤 조직을 만들었다는 소문도 있었다. 근거 없는 헛소문은 아니었을 것이다. 그는 납 컨테이너 안에 조용히 봉인되어 있어도 범접하기 어려운 힘과 위력을 풍기는 핵연료 같은 사람이었다.

청신이 말했다.

"생각할 시간이 필요해요."

"물론 시간이 필요하겠지."

웨이드가 고개를 끄덕이며 무중력상태로 소리 없이 자기 우주선으로 건너갔다. 선실 문이 닫히고 두 우주선의 도킹이 해제되었다.

식은 용암 조각들이 별이 총총한 우주를 배경으로 먼지처럼 천천히 떠다니고 있었다. 청신도 마음속에서 팽팽히 당겨져 있던 무언가가 툭 내려앉으며 자신이 먼지 덩어리가 되어 떠다니는 듯한 기분이 들었다.

돌아오는 길에 우주선과 지구의 거리가 30만 킬로미터 이내로 좁혀지며 통신 지연 현상이 사라지자 AA에게 전화를 걸어 웨이드와 만난 사실을 얘기했다.

AA가 망설임 없이 말했다.

"그가 하자는 대로 해요. 달라는 걸 다 줘요!"

"너……."

청신은 화면 속 AA를 놀란 눈으로 응시했다. 사실 그녀는 AA가 가장 큰 장애물일 거라고 생각하고 있었다.

"그 사람 말이 맞아요. 선생님은 그 일을 할 능력이 없어요. 그 일이 선생님을 짓밟아놓을 거예요! 하지만 그라면 가능해요. 악마에 살인자, 야심가, 정치 깡패, 미치광이 기술자니까. 그는 가능해요. 그에겐 그 일을 할 정신력도 있고 능력도 있어요. 그 사람에게 맡기세요. 지옥에 뛰어들라고 하세요."

"그럼 넌?"

AA가 피식 웃었다.

"물론 그놈 밑에서 일하진 않을 거예요. 내 몫만 챙겨가지고 빠져야죠. 광속 우주선 금지법이 생긴 뒤엔 나도 이 일이 두려워졌어요. 좀 더 쉽고, 내가 좋아하는 일을 할 거예요. 선생님도 그런 일을 찾을 수 있길 바라요."

이틀 뒤, 헤일로 그룹 본사의 투명한 홀에서 청신과 웨이드가 만났다.

청신이 말했다.

"원하는 걸 모두 줄게요."

웨이드가 그녀에게 틈을 주지 않고 말했다.

"그 뒤에 자넨 동면에 들어가게. 자네의 존재가 내 일에 방해가 될 테니까."

청신은 고개를 끄덕였다.

"그럴게요. 어차피 그럴 생각이었으니까."

"성공하는 날 자넬 깨울게. 그건 자네의 성공이기도 하니까. 그때도 광속 우주선이 불법이라면 모든 책임은 우리가 지고, 광속 우주선이 세상에서 인정받는다면 모든 영광을 자네에게 돌리지……. 반세기가 될 수도 있고 더 오래 걸릴 수도 있어. 우린 모두 늙겠지만 자넨 여전히 젊겠군."

"조건이 있어요."

"말해봐."

"이 일이 인류의 생명을 위협하게 된다면 날 깨우세요. 최종 결정권은 내게 있어요. 지금 넘긴 모든 권력을 회수할 수도 있고요."

"그건 받아들일 수 없어."

"그럼 없었던 일로 해요. 아무것도 주지 않겠어요."

"청신, 우리가 어떤 일을 하려는지 알잖아. 때로는 부득이하게……."

"됐어요. 각자 갈 길 가요."

웨이드가 청신을 응시했다. 그의 눈동자 위로 그에게서 좀체 볼 수 없었던 감정이 나타났다. 망설임, 심지어 무력감이라고 부를 수도 있었다. 마치 불과 물처럼 예전에는 결코 그와 섞일 수 없는 것들이었다.

"생각해보지."

그가 투명 벽 앞으로 다가가 바깥에 펼쳐진 도시 숲을 내려다보았다. 3세기 전 그날 밤 UN 광장에서도 그녀는 뉴욕 야경을 배경으로 서 있던 이 검은 실루엣을 보았다. 약 2분 뒤 웨이드가 돌아섰다. 그가 다가오지 않고 벽 앞에 선 채로 말했다.

"좋아. 받아들이지."

청신은 3세기 전 그가 돌아서서 했던, "Send cerebra only(뇌만 보냅시다)"라는 한마디가 훗날 역사를 바꾸었다는 걸 기억하고 있었다.

"내겐 이 약속을 강제할 방법이 없어요. 지금의 약속을 믿는 수밖에."

웨이드의 얼굴 위로 얼음물 같은 미소가 번졌다.

"사실 내가 이 약속을 어기는 게 자네에겐 더 행운이라는 걸 자네도 알고 있겠지. 하지만 유감스럽게도 난 약속을 지킬 거야."

웨이드가 다가와 한 손으로 재킷의 매무새를 다듬었다. 하지만 재킷이 더 구겨질 뿐이었다. 그가 청신 앞에 서서 엄숙한 말투로 말했다.

"광속 우주선 개발 과정에서 인류의 생명을 위협하는 일이 생긴다면 어떤 방식으로든 자네를 동면에서 깨우겠다고 맹세하네. 최종 결정권은 자네에게 있고 내게서 모든 권력을 회수해 가도 좋아."

웨이드와 만난 얘기를 들은 뒤 AA가 청신에게 말했다.

"나도 같이 동면할게요. 언제든 헤일로 그룹을 되찾을 수 있도록 준비해야 해요."

청신이 물었다.

"그가 약속을 지킬 거라고 생각해?"

AA의 두 눈동자가 어디 있는지 모를 웨이드를 응시하듯 전방을 똑바로 향했다.

"믿어요. 그 악마는 약속을 지킬 거예요. 하지만 그의 말대로 선생님에겐 그게 좋은 일이 아닐 수도 있어요. 선생님은 자신을 지킬 기회가 있었지만 그러지 못했어요."

열흘 뒤 토머스 웨이드가 헤일로 그룹의 회장으로 정식 취임해 회사의 모든 사업을 인수받았다.

그와 동시에 청신과 AA는 동면에 들어갔다. 시린 냉기 속에서 두 사람의 의식이 몽롱해졌다. 거대한 강의 물결을 따라 떠내려가다가 지친 몸으로 기슭에 올라 눈앞의 물결을 바라보는 것 같았다. 멀리 흘러가는 익숙한 수면을 담담히 응시했다.

그렇게 그들은 기나긴 시간의 강에서 잠시 물러났고, 인류의 이야기는 계속되었다.

4장

벙커의 세기 11년, 벙커 세계

37813호, 동면이 종료되었습니다. 이번 동면 시간은 62년 8개월 21일 13시간이며 남은 동면 기한은 238년 3월 9일입니다.
　—아시아 1호 동면센터, 벙커의 세기 11년 5월 9일 14시 17분

막 깨어난 청신 앞에 나타났던 작은 화면이 1분도 안 되어 사라졌다. 매끈한 금속 천장이 시선 끝에 닿았다. 그녀는 습관적으로 천장에 있는 점으로 시선으로 모았다. 그녀가 세 번째 동면에 들어갔던 그 시대에는 천장의 한 점을 응시하면 자동 센서가 작동하며 화면이 나타났다. 하지만 이 천장은 아무런 반응도 없었다. 아직 고개를 돌릴 기운도 없었지만 방의 다른 부분이 시야에 들어왔다. 눈길이 닿는 곳마다 모두 금속 벽면으로 둘러져 있고 화면은 보이지 않았다. 허공에 떠 있는 홀로그램도 없었다. 벽면의 금속이 그녀에게 익숙한 스테인리스나 알루미늄합금인 것 같았고 아무런 장식도 없었다.

간호사가 청신의 시야 속으로 들어왔다. 무척 젊어 보이는 그녀는 청신의 얼굴을 똑바로 보지 않고 침대 주위에서 바쁘게 움직였다. 몸에 연결되어 있던 의료 장비를 제거하는 것 같았다. 청신은 아직 몸에 감각이 완전히 돌아오지 않아 간호사가 무엇을 하는지 알 수 없었지만 그녀가 왠지 낯설지 않았다. 그녀가 입고 있는 간호복이 눈길을 끌었다. 세 번째 동면에 들어가기 전 그 시대 사람들의 옷은 때가 타지 않고 낡지도 않는 소재로 만들어져 아무리 입어도 새것 같았다. 그런데 이 하얀 간호복은 조금 낡아 보였다. 깨끗하기는 하지만 세월의 흔적이 느껴졌다.

천장이 움직이기 시작했다. 그녀를 실은 침대가 소생실 밖으로 나왔다. 청신은 간호사가 직접 침대를 밀고 있다는 걸 알고 깜짝 놀랐다. 바퀴까지 달린 침대를 수동으로 밀어야 하다니.

복도로 나왔지만 역시 보이는 건 아무것도 없는 금속 벽면뿐이었다. 천장의 전등 외에 다른 장식은 하나도 없고 전등도 평범해 보였다. 더 놀라운 건 절반이 떨어져 나간 등갓 사이로 전등과 천장 사이에 연결된 전선이 보인다는 사실이었다.

청신은 깨어난 직후에 나타났던 화면을 떠올리려고 애썼지만 자신이 정말로 그걸 보았는지 환각이었는지 확신할 수가 없었다.

복도를 오가는 많은 사람 중 누구도 청신에게 관심을 주지 않았다. 처음 그녀의 주의를 끈 건 역시 사람들의 옷차림이었다. 흰색 옷을 입은 의료진 외에 다른 사람들의 옷차림도 모두 수수하고 평범했으며 작업복처럼 위아래가 같은 색이었다. 처음에는 서기인들이 많은 것 같다고 짐작했지만 서기 시대에서 너무 오랜 세월이 흐른 터라 그럴 가능성이 거의 없었다. 인류의 기원이 네 번이나 바뀌도록 서기인들이 이렇게 많이 남아 있을 수는 없었다. 이들이 서기인일 거라고 짐작했던 가장 큰 이유는 남성다운 외모의 남자들 때문이었다. 위협의 세기 동안 사라졌던 남자들이 다시 돌아온 것 같았다.

사람들이 바쁜 일이 있는 듯 분주하게 움직이고 있었다. 이 역시도 서기 시대와 비슷했다. 지난 시대 사람들의 여유로움은 사라지고 다시 먹고 살기 위해 바삐 움직여야 하는 시대가 온 것이다.

청신의 침대가 작은 방으로 들어갔다.

"37813호가 정상적으로 깨어나 28호 회복실로 옮겨졌습니다!"

누구에게 말하는 건지 모르지만 간호사가 빠르게 외친 다음 밖으로 나가 문을 닫았다. 문도 수동 개폐 방식이었다.

방 안에 청신만 덩그러니 남겨졌다. 한참 동안 아무도 찾아오지 않았다. 깨어난 직후부터 수많은 관심과 보살핌이 쏟아졌던 지난 두 번의 동면과는 달랐다. 그녀는 두 가지를 확신할 수 있었다. 이 시대에는 동면했다가 깨어나는 것이 지극히 평범한 일이라는 것과 그녀가 깨어났다는 걸 아는 사람이 몇 명 되지 않는다는 것이었다. 위기의 세기 말에 뤄지가 동면에서 깨어났을 때처럼 말이다.

몸에 차츰 감각이 돌아와 고개를 돌릴 수가 있었다. 창문이 보였다. 그녀는 동면 전의 세계를 기억하고 있었다. 그때 동면센터는 도시 외곽의 커다란 나무 건물에 있었다. 그녀는 맨 꼭대기 부분의 나뭇잎에 있었고 통유리창을 통해 거대한 도시 숲을 한눈에 내려다볼 수 있었다. 하지만 지금 창밖으로 보이는 풍경은 평범한 건물 몇 동이 전부였다. 지면에 지어진 건물이었고 똑같은 생김새였다. 금속 구조물인 듯 햇빛이 표면에 반사되었다. 그 건물들 역시 서기 시대를 연상시켰다.

청신은 문득 자신이 아주 긴 꿈에서 깨어난 건 아닌지 혼란스러웠다. 위협의 세기와 전송의 세기가 모두 꿈이었을까? 꿈이라기엔 너무 또렷하지만 꿈이 아니라기엔 너무 비현실적이었다. 세 번의 시간 여행이 모두 꿈이고 그녀는 여전히 서기 시대에 살고 있는 건 아닐까?

그때 침대 옆에서 반짝이며 나타난 홀로그램 화면이 그녀를 혼란에서 끄집어냈다. 화면 속에 의사와 간호사를 호출하는 버튼 몇 개가 전부였다. 그들은 동면에서 회복되는 과정을 아주 잘 알고 있는 것 같았다. 손을 들어 올릴 수 있게 되자마자 화면이 나타났으니 말이다. 하지만 아주 작은 화면이었다. 가는 곳마다 수많은 화면이 떠다니던 초정보 사회는 지나간 것 같았다.

지난 두 번의 동면과 달리 이번에는 회복이 빨랐다. 땅거미가 점점 내려앉기 시작할 때쯤에는 침대에서 일어나 조금씩 걸을 수 있었다. 이곳에서는 가장 간단한 서비스만 제공되었다. 그사이에 의사가 들어와 그녀를 간단히 살펴본 게 전부였고 모든 걸 직접 해야 했다. 아직 기력이 다 회복되지 않은 상태로 첫 목욕을 온전히 혼자 힘으로 해야 했고, 작은 화면의 버튼을 눌러 요청하지 않으면 동면에서 깨어난 후 첫 식사조차 알아서 가져다주지 않았다. 하지만 청신은 불쾌하거나 불만스럽지 않았다. 그녀는 모든 사람에게 하나부터 열까지 세심한 서비스를 제공하는 인성화된 시대에 좀체 적응할 수가 없었다. 여전히 서기 시대의 생활에 익숙했던 그녀는 과거로 되돌아간 듯한 기분이었다.

이튿날 오전 누군가 청신을 찾아왔다. 그녀는 한눈에 그가 차오빈이라는 걸 알아보았다. 가장 젊은 검잡이 후보였던 그 물리학자도 이제 백발이 희끗희끗한 노년이었지만 62년 세월의 흔적이 모두 남아 있지는 않았다.

차오빈이 말했다.

"웨이드 선생이 모셔 오라고 하셨어요."

"무슨 일이 생겼나요?"

자신을 동면에서 깨우기로 했을 때의 조건을 떠올리자 청신은 가슴이 철렁 내려앉았다.

"일단 가서 얘기하시죠."

차오빈이 잠시 멈추었다가 말했다.

"먼저 새로운 세계를 둘러보는 게 낫겠어요. 상황을 정확히 판단하는 데 도움이 될 거예요."

청신이 창밖으로 시선을 옮겼다. 건물의 평범한 생김새만 보면 이 세계가 전혀 새롭게 느껴지지 않았다.

청신이 시선을 거두며 물었다.

"60년 넘게 계속 깨어 있었던 건 아니죠?"

"나도 청신 씨와 비슷한 시기에 동면했어요. 17년 뒤 태양 공전 가속기가 개발되면서 동면에서 깨어나 기초 이론을 연구했죠. 14년간 이론 연구를 하다가 기술화 단계로 접어들고 나니 할 일이 없더군요. 그래서 다시 동면했다가 2년 전에 깨어났어요."

"곡률 추진 우주선 프로젝트는 어떻게 됐어요?"

"조금 진전이 있긴 해요……. 그 얘긴 나중에 하죠."

그는 말하고 싶지 않은 듯 화제를 돌렸다.

청신이 다시 창밖으로 시선을 옮겼다. 가벼운 바람이 불자 작은 나무가 흔들리며 사각사각 소리가 나고 구름이 태양을 가린 듯 건물에 반사된 빛이 조금 어두워졌다. 이 평범한 세계에 광속 우주선이 어울릴까?

차오빈도 청신을 따라 시선을 창밖으로 옮겼다가 웃으며 말했다.

"나처럼 깨어나자마자 이 시대에 실망하셨겠군요……. 기력이 거의 회복됐으면 둘러보러 나가시죠."

30분 뒤 청신은 이 시대에 어울리는 하얀 투피스를 입고 차오빈과 함께 동면센터의 발코니로 나왔다. 도시의 전경이 눈앞에 펼쳐졌다. 시대가 거꾸로 흐른 듯한 모습에 만감이 교차했다. 위협의 세기에 첫 동면에서 깨어나 도시의 거대한 숲을 마주했을 때 그녀는 말로 표현하기 어려운 충격을 받았다. 이렇게 평범한 도시를 영영 다시 볼 수 없을 줄 알았다. 계획도시인 듯 반듯하게 구획되어 있고 건물의 외관은 단조롭고 획일적이었다. 미학적인 요소를 완전히 배제하고 실용성만을 고려한 듯 모두 직사각 형태였으며 외장재도 똑같은 은색 금속이었다. 이상하게도 청신은 그걸 보며 어릴 적 보았던 알루미늄 도시락을 떠올렸다. 빽빽하게 줄지어 선 네모반듯한 건물들이 시야의 끄트머리에 솟아올라 있는 산의 중턱까지 길게 이어져 있었다.

청신이 물었다.

"저긴 어디죠?"

"이상하네. 왜 또 이렇게 흐리지? 맞은편이 안 보여."

차오빈이 청신의 질문에 대답하지 않고 하늘을 올려다보며 고개를 저었다. 마치 흐린 날씨가 청신이 이 세계를 이해하는 데 큰 방해가 된다는 투였다. 그런데 그의 시선을 따라 하늘을 올려다보던 청신이 이상한 걸 발견했다.

태양이 구름 밖으로 나와 있었다. 잠시 후 구름이 흩어지며 그 사이로 틈이 벌어졌다. 그런데 구름 사이로 파란 하늘이 보이지 않았다. 하늘도 여전히 땅이었다. 하늘에 있는 땅 위에도 그녀의 주위에 있는 것과 비슷한 도시가 있었다. 도시가 상공에 떠 있어서 올려다보아야 한다는 것만 다를 뿐 모든 게 똑같았다. 그곳이 바로 방금 차오빈이 말한 '맞은편'이었다. 멀리 솟아오른 지면도 산이 아니라 계속 따라 올라가면 '하늘'과 연결되어 있었다. 거대한 원기둥 속 세계였다.

"여긴 아시아 1호 우주 도시예요. 목성에서 태양을 등진 방향에 있죠."

차오빈이 그제야 청신의 물음에 대답했다.

새로운 세계가 청신의 눈앞에 펼쳐져 있었다. 평범했던 모든 것이 순식간에 충격으로 다가왔다. 그녀는 비로소 자신이 동면에서 깨어났음을 실감했다.

그날 오후 차오빈은 북쪽에 있는 도시의 출입구로 그녀를 데리고 갔다. 우주 도시의 축이 남북을 향하고 있다. 동면센터 밖에서 버스를 탔다. 지면을 달리는 진짜 버스였다. 전기 엔진이었지만 외관상으로는 고대의 버스와 아무런 차이도 느낄 수 없었다. 버스에 승객이 많았다. 두 사람이 마지막으로 남아 있던 맨 뒷자리에 앉자 그들 뒤에 탄 사람들은 서 있어야 했다. 청신은 마지막으로 버스를 탔던 게 언제인지 기억을 떠올려보았다. 서기 시대에도 이렇게 붐비는 버스는 거의 탄 적이 없었다.

달리는 속도가 빠르지 않아 창밖으로 지나가는 도시의 모습을 차분히 눈에 담을 수 있었다. 이제 시야에 들어오는 모든 것이 새로워 보였다. 수많은 건물이 차창 밖으로 스쳐 지나가고 그 사이사이에 녹지와 작은 호수가 보였다. 교정에는 파란색 운동장이 있었다. 도로 옆에 펼쳐진 갈색 토양은 지구와 별 차이가 없어 보였고 길가에 오동나무와 비슷한 활엽수가 심어져 있었다. 광고판도 많았다. 대부분은 무슨 상품인지 알 수 없었지만 광고 형태는 낯설지 않았다.

서기 시대의 도시와 유일하게 다른 점은 이 세계가 거의 금속으로 지어져 있다는 것이었다. 건물도 금속이고, 차 내부도 전부 금속으로 되어 있었다. 합성 패널이나 플라스틱 같은 소재는 거의 보이지 않았다.

하지만 그보다 더 청신의 주의를 끈 건 버스 승객들이었다. 옆자리에 남자 둘이 앉아 있었다. 한 사람은 검은 서류가방을 겨드랑이에 낀 채 졸고 있고, 다른 한 사람은 기름때가 검게 낀 노란 작업복 차림으로 다리 옆에는 공구 가방이 놓여 있었다. 가방 사이로 절반쯤 비어져 나온 공구는 청신이 본 적 없는 것이었다. 고대에 쓰던 드릴과 비슷한 생김새에 반투명한 형태였다. 남자의 얼굴 위로 육체노동자의 피로와 무감각이 뒤섞인 채 내려앉아 있었다. 그 앞줄에는 연인 한 쌍이 앉아 있었다. 남자는 여자의 귓가에다 계속 뭐라고 속삭이고 여자는 작은 스푼으로 종이컵에서 아이스크림 같은 핑크색의 무언가를 떠먹으며 히죽거렸다. 청신은 달콤한 아이스크림 향기가 코끝에 와 닿는 듯한 착각을 느꼈다. 몇 세기 전과 다를 게 없었다. 빈자리가 없어 옆에 서 있는 두 중년 부인의 표정과 옷차림도 그녀에게는 너무도 익숙했다. 삶의 무게에 젊음과 아름다움을 빼앗겨버린 뒤 먹고사는 일에 치여 몸치장에 무심해진 모습이었다. 위협의 세기와 전송의 세기 때 여자들과는 사뭇 달랐다. 그 시대 여자들은 하나같이 피부가 희고 고왔으며 어떤 연령대든 그에 맞는 우아함과 아름다움이 풍겼다. 두 여자가 나누는 대화가 청신의 귀에까지 들렸다.

"네 잘못이야. 아침이나 저녁이나 채소값은 똑같아. 귀찮아도 서쪽 도매시장에 갔어야지."

"거기서도 적은 양은 도맷값으로 안 팔아."

"저녁까지 기다려야지. 7시 넘어가면 도맷값으로 판다니까."

다른 승객들의 대화 소리도 간간이 들렸다.

"시청은 대기 시스템과 달라서 훨씬 복잡해. 바짝 긴장하라고. 처음엔 누구와도 너무 친해지지 말고 너무 소원해지지도 마."

"난방 요금 부과 체계가 비효율적이야. 전기 요금도 함께 받아야 해."

"진즉 그 바보를 잘라버렸으면 이렇게 골탕 먹진 않았을 텐데."

"이 정도로 만족할 수밖에. 이 도시가 건설될 때부터 살았는데도 내가 1년에 버는 돈이 고작 얼만 줄 알아?"

"싱싱하지도 않은 생선을 어떻게 양념 없이 요리해?"

"그저께 위치 조정 때 4호 공원의 물이 또 넘쳐서 물바다가 됐어."

"맘에 안 들면 관두라고 해. 죽자 살자 따라다닐 거 없어."

"정품도 아니고 정교하게 만든 위조품도 아닌데 그 가격이면."

청신은 가슴속에서 차오르는 온기를 느꼈다. 위협의 세기에 처음 동면에서 깨어난 후로 그녀가 줄곧 찾아왔던 느낌이었다. 다시는 이런 감정을 느낄 수 없을 거라고 생각했다. 차오빈이 옆에서 우주 도시에 대해 설명해주었지만 그녀는 목마른 사람이 물을 찾듯 승객들의 대화에만 귀를 기울였다.

아시아 1호는 벙커 프로젝트에서 가장 먼저 건설된 우주 도시였다. 직경이 일정한 원기둥 구조로 회전하면서 생기는 원심력을 중력으로 이용하고 있었다. 길이 45킬로미터, 직경 8킬로미터, 내부 면적은 총 359제곱킬로미터로 과거 베이징시의 절반 크기였다. 한때 이곳에 최대 2000만 명 넘는 인구가 거주했지만 새로운 우주 도시가 차례로 건설됨에 따라 인구가 900만으로 감소해 인구밀도가 많이 낮아졌다.

그때 앞에 있는 하늘에 태양이 하나 더 나타났다. 그들 양쪽에 태양이 하나씩 떠 있었다. 차오빈의 설명에 따르면, 인공 태양 세 개가 약 10킬로미터 간격을 두고 우주 도시의 중심축 위에 떠 있으며 핵융합을 통해 에너지를 생성해 24시간을 주기로 밤과 낮의 조명을 조절하고 있었다.

갑자기 몸이 출렁였다. 버스가 정류장에 정차해 있었으므로 지면 깊은 곳에서 전해지는 진동인 것 같았다. 청신은 뒤에서 약하게 미는 힘을 느꼈지만 아직 버스가 출발하기 전이었다. 차창 밖에서 나무와 건물의 그림자가 갑자기 기울어지며 각도가 바뀌었다. 하늘에서 인공 태양의 위치가 갑자기 바뀌었다는 뜻이었다. 하지만 태양이 곧 제자리로 돌아왔다. 청신을 제외한 다른 승객들은 아무런 동요도 하지 않았다.

차오빈이 말했다.

"우주 도시의 위치 조정이에요."

약 30분 뒤 버스가 종점에 도착했다. 버스에서 내리자 청신을 회상에 잠기게 했던 평범한 풍경이 사라지고 우뚝 솟은 높은 담장이 앞을 가로막았다. 세상의 끝인 듯 높고 넓은 담장 앞에서 그녀는 가만히 찬 공기를 들이마셨다. 이곳은 정말로 이 세계의 끝인 우주 도시의 최'북'단이었다. 직경 8킬로미터의 대형 원반이었지만 지면에서 보이는 건 우뚝 솟아오른 벽일 뿐 둥근 형태를 볼 수 없었다. 에베레스트산의 고도와 거의 맞먹는 원반의 맨 꼭대기가 우주 도시의 맞은편 끝에 닿아 있었다. 원반 주위의 지면에서 나온 수많은 바큇살이 4킬로미터 높이의 원심에서 하나로 모아졌다. 원심이 우주 도시의 출입구이고 각각의 바큇살은 출입구로 향하는 엘리베이터였다.

엘리베이터에 타기 전 청신은 아쉬운 시선을 돌려 이미 익숙해진 듯한 도시를 눈에 담았다. 그곳에서는 원기둥의 다른 쪽 끝으로 이어진 태양 세 개를 모두 볼 수 있었다. 마침 낮과 밤이 교체되는 시간이라 태양이 서서히 어두워지고 있었다. 태양이 눈부신 금빛에서 부드러운 다홍빛으로 바뀌며 도시 위로 아늑한 색채를 뿌리고 있었다. 그리 멀지 않은 풀밭 위에서 흰색 교복을 입은 소녀들이 웃으며 재잘대고 있었다. 금빛 석양을 흠뻑 머금은 소녀들의 머리칼이 바람에 날려 너울댔다.

엘리베이터 내부는 꽤 넓었다. 도시로 향하고 있는 쪽이 투명해 널찍한 전망대가 되고 좌석마다 고정 벨트가 설치되어 있었다. 엘리베이터가 올라가며 중력이 빠르게 약해졌다. 바깥을 보니 지면이 천천히 내려가는 동시에 '하늘'에 있는 또 다른 지면이 점점 또렷하게 다가왔다. 엘리베이터가 원심에 도착하자 중력이 완전히 사라지고 바깥 풍경을 보아도 위아래를 구분할 수가 없었다. 원기둥의 중심축에서는 사방이 모두 지면이었기 때문이다. 하지만 이곳이 우주 도시의 가장 멋진 광경을 볼 수 있는 위치였다. 세 태양의 밝기가 달만큼 약해지며 은색으로 변했다. 이곳에서는 세 개의 태양(달)이 거의 겹쳐 보였다. 인공 태양 주위에 또 구름이 나타났다. 구름이 무중력 구간으로 모여들어 원기둥의 축을 감싸고 그 구름 축이 우주 도시의 다른 쪽 끝까지 이어져 있었다. 45킬로미터 떨어져 있는 '남쪽' 끝을 또렷하게 볼 수 있었다. 차오빈은 도시의 추진기가 그곳에 있다고 알려주었다. 도시의 불빛이 하나둘 켜지기 시작했다. 청신의 시야 안에서 도시의 불빛들이 360도로 그녀를 에워싼 채 점점 멀리 뻗어나갔다. 그녀는 휘황찬란한 카펫을 벽에 두른 거대한 우물을 내려다보고 있는 듯한 착각이 들었다.

그녀는 도시의 어느 건물 숲에 시선을 고정시켰다. 그곳의 아파트들은 서기 시대에 그녀가 살던 곳과 비슷했다. 그녀는 그곳의 어느 평범한 아파트 2층 창문에서 파란 커튼 사이로 불빛이 새어 나오고, 그 커튼 뒤에서 부모님이 자신을 기다리고 있는 상상을 했다. 왈칵 터져 나오려는 눈물을 삼켰다.

위협의 세기에 처음 깨어난 뒤 그녀는 줄곧 새로운 시대에 적응할 수가 없었다. 다른 시대에서 온 외계인이 된 기분이었다. 그런데 반세기 후 지구에서 8억 킬로미터 떨어진 목성 뒤편에서 집에 돌아온 것 같은 감정을 느꼈다. 보이지 않는 거대한 손이 3세기 전 세상을 그림처럼 돌돌 말아 원통 안에 넣어놓은 것 같았다.

두 사람은 무중력 통로로 들어갔다. 원형 단면의 거대한 파이프였다. 사람들이 케이블에 달린 손잡이를 붙잡고 이동했다. 여러 방향에서 엘리베이터를 타고 올라온 승객들이 이곳에 모여 도시를 빠져나갔다. 사람들이 쉬지 않고 통로 안을 오갔다. 통로의 구부러진 벽 위로 화면이 설치되어 있었다. 대부분 뉴스와 광고가 나오고 있었지만 개수가 그리 많지 않고 나란히 배열되어 있어서 복잡한 화면이 온 세상을 가득 채웠던 지난 시대와는 달랐다.

눈앞이 어지럽던 초정보화 시대가 끝난 것이다. 이 시대에는 무절제하게 많은 양의 정보가 무질서하게 쏟아지지 않았다. 그녀는 정치와 경제 시스템이 바뀌면서 나타난 변화일 것이라고 짐작했다.

통로에서 나오자마자 청신의 시선을 끈 것은 머리 위에서 돌아가고 있는 별들이었다. 빠르게 돌아가는 별들 때문에 처음에는 현기증이 났다. 시야가 탁 트이며 넓은 공간이 나타났다. 그들이 서 있는 곳은 우주 도시 꼭대기에 있는 직경 8킬로미터의 원형 광장이었으며 이 도시의 우주 항구였다. 수많은 우주선이 정박해 있었고 그중 대부분은 60여 년 전 청신이 보았던 우주선들과 외형상으로는 큰 차이가 없었다. 다만 크기가 조금 작아서 고대의 소형 자동차만 한 크기였다. 우주선이 이륙할 때 엔진에서 뿜어져 나오는 불꽃이 반세기 전 그녀가 보았던 것보다 훨씬 어두웠다. 눈부신 붉은색이 아니라 다크블루에 가까웠다. 소형 핵융합 엔진의 효율이 그만큼 높아졌다는 뜻이었다.

도시의 출구를 에워싸고 붉게 빛나고 있는 둥근 원이 청신의 시선을 사로잡았다. 반지름이 100미터쯤 되는 원이었다. 그녀는 그 붉은 원이 무엇인지 금세 알아챘다. 우주 도시가 회전하면서 그 원에서 원심력이 발생하고 원에서 멀어질수록 원심력이 급격히 증가했다. 원심력에 밀려 튕겨 나가지 않으려면 원 밖에 세워져 있는 우주선을 단단히 고정시키고 사람들도 마그네틱 부츠를 신어야 했다.

도시 바깥은 몹시 추웠다. 주위에 있는 우주선이 작동할 때 엔진에서 분출되는 열만이 작은 온기가 되어줄 뿐이었다. 청신은 몸서리를 쳤다. 단지 추워서만은 아니었다. 자신이 무방비 상태로 우주에 노출되어 있다는 걸 문득 깨달았기 때문이다. 하지만 주위에 공기와 대기압이 있고 얼굴을 스치는 찬 바람도 느낄 수 있었다. 개방된 우주 환경에서 대기압을 유지시키는 기술이 발전해 이제 완전히 개방된 우주에서도 대기층을 만들 수 있게 된 것이다.

그녀의 놀란 표정을 보며 차오빈이 말했다.

"지금은 '지면'에서 10미터까지만 정상 기압의 공기층을 형성할 수 있어요. 그 이상은 불가능해요."

그도 이 세계로 온 지 그리 오래되진 않았지만 청신의 눈에 마법처럼 보이는 기술들이 그리 신기하지 않았다. 지금 그는 청신에게 더 놀라운 걸 보여주고 싶다는 생각뿐이었다.

총총히 떠서 돌아가고 있는 별들을 배경으로 벙커 세계가 위용을 드러냈다.

이 위치에서 내려다보면 목성 뒤에 무리 지어 떠 있는 우주 도시들을 거의 모두 볼 수 있었다. 지금 보이는 22개 외에 아래쪽에 가려져서 보이지 않는 네 개가 더 있었다. 총 26개 우주 도시(계획보다 여섯 개 더 건설되었다)가 목성의 뒤편 그림자 속에 불규칙하게 네 줄로 나란히 떠 있었다. 청신은 60여 년 전 우주의 거대한 암석 뒤에 숨어 있던 우주선을 떠올렸다. 아시아 1호 옆에 북미 1호와 오세아니아 1호가 있고, 반대쪽 옆에는 아시아 3호가 있었다. 양쪽 우주 도시와의 거리가 50킬로미터밖에 되지 않아 행성을 보는 듯한 거대함을 실감할 수 있었지만, 다른 줄에 있는 네 개의 우주 도시는 150킬로미터나 떨어져 있어서 육안으로는 크기를 가늠할 수가 없었다. 1000킬로미터 떨어져 있는 제일 뒷줄의 우주 도시는 반짝이는 장난감 구슬처럼 보였다.

청신은 우주 도시들이 강물 속에서 급물살을 피해 바위 뒤에 숨어 있는 물고기들 같다는 생각을 했다.

아시아 1호와 제일 가까이 있는 북미 1호는 완전한 구형이었다. 북미 1호의 구형과 아시아 1호의 원기둥형이 우주 도시의 가장 극단적인 두 형태이고, 다른 우주 도시들은 양쪽을 절충한 타원형이 대부분이었다. 다른 점이 있다면 가로세로 축의 비율뿐이었다. 그 외에 방사형, 방추형 등도 있었지만 소수에 불과했다.

다른 세 개의 거대 행성 뒤편에도 총 38개의 우주 도시가 클러스터를 이루고 있었다. 토성 뒤에 26개, 해왕성 뒤에 여덟 개, 천왕성 뒤에 네 개가 있는데 목성 뒤편보다 안전하기는 하지만 위치상으로 더 외지고 추운 우주의 변두리였다.

이때 앞줄에 있는 우주 도시 중 하나가 갑자기 파란 불빛을 내뿜기 시작했다. 우주에 파란색의 작은 태양이 나타난 것 같았다. 사람과 우주선의 그림자가 지면 위에 선명하게 찍혔다. 차오빈은 위치 조정을 위해 우주 도시의 추진기가 작동하고 있는 것이라고 알려주었다. 우주 도시 클러스터는 목성의 위성이 아니라 목성 궤도 바깥쪽에서 목성과 평행으로 태양 주위를 공전하고 있었다. 그래야만 우주 도시가 계속 목성의 그림자 안에 숨어 있을 수 있었다. 하지만 우주 도시가 목성의 중력에 이끌려 목성과 계속 가까워지기 때문에 일정한 거리를 유지하기 위해 도시의 추진기를 수시로 가동해야 했다. 이것은 상당한 에너지가 소모되는 일이었다. 평소에는 목성의 위성이 되어 목성 주위를 공전하다가 공격 경보가 울리면 궤도를 수정해 목성의 그림자 안으로 대피한 뒤 목성과 나란히 태양 주위를 공전하자는 의견도 있었지만 태양계 경보 시스템의 신뢰도가 완전히 확보되기 전까지는 그렇게 큰 모험을 할 수가 없었다.

"운이 좋으시군요. 사흘에 한 번밖에 볼 수 없는 장관이죠. 보세요!"

차오빈이 우주를 가리켰다. 먼 곳에서 작고 하얀 점이 나타나더니 점점 커져 탁구공만 한 크기가 되었다.

"유로파인가요?"

"맞아요, 유로파. 유로파 궤도와 가까워졌어요. 걱정 말고 잘 붙들어요."

청신이 그의 마지막 말에 담긴 뜻을 곰곰이 생각했다. 일반적인 인식처럼 그녀도 직접 육안으로 보는 천체의 운행 속도는 매우 느리다고 생각했다. 특별한 경우가 아니면 짧은 시간에 천체의 운동을 관찰하는 것은 불가능하다. 그러다 한 가지 사실이 기억났다. 우주 도시는 목성의 위성이 아니라 목성과 상대적인 정지 상태에 있고, 유로파는 운행 속도가 빠른 위성이었다. 그녀가 기억하기로 유로파의 운행 속도는 초속 14킬로미터였다. 그렇다면 유로파와 우주 도시의 상대속도도 매우 빠를 것이다. 우주 도시와 유로파의 궤도가 가깝다면…….

자세히 생각할 겨를도 없이 하얀 구체가 빠르게 팽창하기 시작했다. 비현실적으로 느껴질 만큼 빠른 속도였다. 하얀 공이 순식간에 부풀어 올라 거대한 행성이 되더니 금세 하늘의 절반을 채우고 위아래 감각도 사라졌다. 아시아 1호가 그 하얀 세계를 향해 추락하는 듯싶더니 직경 3000여 킬로미터의 세계가 그들 머리 위를 빠르게 스쳐 지나갔다. 그 순간 백색 구체가 하늘 전체를 집어삼켰다. 실은 우주 도시가 유로파의 얼음 바다 상공을 비행하고 있는 것이었다. 얼음 표면을 종횡으로 가로지르는 줄무늬가 또렷하게 보였다. 마치 거대한 흰색 손바닥의 손금 같았다. 대기층이 유로파의 중력에 잡아당겨지며 거센 바람이 휘몰아쳤다. 보이지 않는 힘이 왼쪽으로 휙 잡아챈 듯 청신의 몸이 휘청거렸다. 마그네틱 부츠를 신고 있지 않았다면 몸이 지면에서 떨어져 나갔을 것이다. 고정되지 않은 작은 물체들이 날아가고 우주선 몇 대에 묶여 있는 케이블도 춤을 추듯 날아올랐다. 쿠르릉거리는 굉음이 발바닥을 타고 올라왔다. 거대한 우주 도시의 구조물이 유로파로 인한 급격한 중력 변화에 반응하는 소리였다. 유로파가 우주 도시 옆을 스쳐 지나가는 데 약 3분밖에 걸리지 않았다. 우주 도시 곁을 지나 반대편으로 날아간 유로파가 다시 빠르게 작아지자 앞줄에 있던 우주 도시 여덟 개의 추진기가 일제히 작동되었다. 유로파의 중력으로 인해 바뀐 위치를 조정하기 위한 것이었다. 우주 도시들이 여덟 개의 불덩어리로 변했다.

청신은 아직도 정신을 차릴 수가 없었다.

"맙소사! 얼마나 가까이 지나간 거예요?"

"제일 가까울 때는 150킬로미터까지 접근해요. 거의 스치고 지나가는 셈이죠. 어쩔 수 없어요. 목성의 위성이 13개나 되는데 그것들을 전부 피해서 우주 도시를 건설할 수는 없으니까. 유로파는 궤도와 적도의 경사각이 작아서 이 줄에 있는 도시들과 가까울 수밖에 없어요. 유로파는 목성 도시 클러스터의 중요한 수자원이에요. 그 수자원에 의지하고 있는 산업들이 많아요. 공격이 시작되면 목성의 위성은 대부분 희생될 거예요. 태양이 폭발하면 위성의 궤도가 크게 변하고 그러면 우주 도시도 그것들을 피하기 위해 복잡한 조정 과정을 거쳐야겠죠."

차오빈이 자신이 타고 온 우주선을 찾았다. 형태와 크기가 고대의 소형 자동차와 비슷한 소형 우주선으로 두 사람밖에 탑승할 수 없었다. 이렇게 작은 우주선을 타고 우주로 나간다는 사실에 청신은 본능적으로 불안해졌다. 비록 이것이 노파심이라는 걸 알고 있었지만. 우주선 내부에서는 우주복을 입을 필요가 없었다. 차오빈이 AI에게 북미 1호로 가자고 말하자 추진기가 작동하며 우주선이 이륙했다.

지면과 빠르게 멀어지며 직경 8킬로미터의 원형 광장을 비롯해 아시아 1호 전체가 시야에 들어왔다. 그 원기둥 너머에 암황색이 드넓게 펼쳐져 있었다. 암황색의 가장자리가 시야 끝에 들어오고 나서야 청신은 이것이 조금 전까지 볼 수 없었던 목성이라는 걸 알았다. 그곳은 태양을 등지고 있는 거대 행성의 그늘면이었다. 마치 태양이 존재하지 않는 듯 모든 것이 어둡고 시린 그늘 속에 갇혀 있었다. 수소와 헬륨의 액체 표면에서 나오는 인광만이 두터운 대기층 사이로 몽롱한 빛무리를 만들고 있었다. 깊은 꿈을 꾸며 눈꺼풀 밑에서 굴러가는 눈동자 같았다. 청신은 목성의 거대함에 압도당했다. 그녀가 있는 곳에서는 가장자리의 일부밖에 보이지 않았고 그 가장자리로는 아주 미세한 커브밖에 느낄 수 없었다. 모든 것을 뒤덮는 어둠의 장벽 같은 목성을 응시하며 청신은 세계의 끝에 우뚝 솟은 거대한 장벽 앞에 섰을 때와 같은 감정을 다시 한번 느꼈다.

그 후 사흘 동안 차오빈은 청신을 데리고 다니며 다른 네 개의 우주 도시를 모두 보여주었다.

제일 먼저 간 곳은 아시아 1호에서 제일 가까운 북미 1호였다. 그곳은 구체 형태의 우주 도시였다. 구체 형태의 가장 큰 장점은 구심에만 인공 태양을 설치하면 전체를 다 비출 수 있다는 점이었다. 하지만 구체라는 구조상의 단점도 분명하게 보였다. 제일 두드러진 단점은 위도에 따른 중력의 차이가 크다는 것이었다. 적도상의 중력이 가장 크고 위도가 높아질수록 중력이 감소해 양극 지역은 무중력상태였다. 어느 위도에서 사느냐에 따라 각기 다른 중력 환경에서 생활해야 했다.

아시아 1호와는 달리 소형 우주선이 북극에 있는 입구를 통해 직접 우주 도시로 들어갈 수 있었다. 우주 도시로 진입하자 온 세상이 그들을 에워싸고 돌아가기 시작했다. 우주선이 도시의 회전 방향과 속도에 맞추어 함께 회전해야만 착륙할 수 있기 때문이었다.

청신과 차오빈은 고속 궤도 열차를 타고 저위도 지방으로 향했다. 아시아 1호에서 탔던 버스보다 훨씬 빨랐다. 이 도시는 더 높은 빌딩들이 지면을 빽빽하게 채우며 대도시의 면모를 과시하고 있었다. 특히 중력이 낮은 고위도 지역에서는 건물 높이가 중력의 제한을 받지 않고 구체의 부피로 인한 제약만 받았기 때문에 양극에 가까운 지역에서는 고도 10킬로미터짜리 빌딩도 등장했다. 구체 반지름의 절반에 해당하는 높이로 빌딩의 맨 위층과 인공 태양의 거리가 10킬로미터밖에 되지 않았다. 마치 지면을 뚫고 나온 길고 뾰족한 가시가 태양을 향해 뻗어 있는 것 같았다.

반지름 20킬로미터 크기의 북미 1호는 비교적 일찍 건설되었으며 우주 도시 중 최대 인구인 2000만 명이 거주하고 있었다. 목성의 도시 클러스터 중 가장 번화한 비즈니스의 중심지였다.

청신은 아시아 1호에서 보지 못한 아름다운 경관을 볼 수 있었다. 바로 적도상에 이어진 환적도해였다. 사실 아시아 1호를 제외한 대부분의 우주 도시에 다양한 면적의 환적도해가 있었다. 구형이나 타원형 구조에서는 중력의 방향으로 볼 때 적도가 가장 지대가 낮은 곳이기 때문에 도시 위를 흐르는 물이 자연스럽게 중부로 집중되며 도시의 가운데를 허리띠처럼 감싸는 바다가 형성되었다. 바닷가에 서면 바다의 양쪽 끝이 솟아올라 태양 너머의 '하늘'을 가로지르는 광경을 볼 수 있었다. 청신과 차오빈이 쾌속정을 타고 바다를 한 바퀴 둘러보았다. 총 둘레 60여 킬로미터의 바다를 채우고 있는 물은 모두 유로파에서 가져온 것이었다. 차갑고 투명한 물 위로 양쪽 해변에 늘어선 빌딩 숲이 거꾸로 비쳤다. 도시의 위치를 조정할 때 가속으로 인해 바닷물이 넘치지 않도록 목성 쪽 제방을 반대쪽보다 더 높게 쌓았지만 긴급 상황에서 추진기가 갑자기 작동하면 소규모 홍수가 발생할 가능성이 있었다.

차오빈이 세 번째로 데려간 우주 도시는 유럽 4호였다. 이 도시는 전형적인 타원형 구조였으며 도시 전체를 비추는 인공 태양이 없는 대신 각지역마다 자체적으로 소형 핵융합 태양을 보유하고 있다는 특징이 있었다. 소형 태양은 200~300미터 높이에서 좁은 구역만 비추었다. 이렇게 하면 무중력상태인 도시의 축 부분에 인공 태양을 설치할 필요가 없으므로 이 공간을 이용할 수 있다는 장점이 있었다. 유럽 4호의 축 위에 우주 도시를 통틀어 가장 높은(또는 긴) 건물이 지어져 있었다. 40킬로미터 높이의 건물이 타원형 구조의 남극과 북극을 연결하고 있었다. 한마디로 이 건물 자체가 우주 도시의 남북을 잇는 축이었다. 건물 내부가 무중력상태이기 때문에 주로 우주 항구와 오락 시설로 사용하고 있었다.

유럽 4호는 인구가 가장 적은 우주 도시로 450만 명밖에 살지 않지만 벙커 세계에서 가장 부유했다. 청신은 소형 태양 아래 드문드문 지어진 대저택들을 보며 깜짝 놀랐다. 저택마다 풀장이 있고 어떤 곳은 너른 풀밭도 펼쳐져 있었다. 환적도해의 잔잔한 물결 위로 흰 요트가 떠다니고 해변에서는 사람들이 한가롭게 낚시를 하고 있었다. 유유히 지나가는 유람선에서는 밴드의 라이브 무대와 함께 선상 파티가 열리고 있었다. 과거의 지구와 비교해도 전혀 뒤지지 않을 만큼 호화로웠다. 지구에서 8억 킬로미터 떨어진 목성의 그림자 속에서 이런 생활이 가능하다는 사실이 놀랍기만 했다.

태평양 1호는 유럽 4호와 대조적이었다. 이곳은 벙커 프로젝트에서 가장 먼저 지어진 우주 도시로 북미 1호처럼 전형적인 구형 구조였다. 가장 큰 특징은 목성 뒤편의 도시 클러스터에 속하지 않고 목성 주위를 공전하는 위성이라는 점이었다.

벙커 프로젝트 초기에 이곳은 100만 명이 넘는 건설노동자들의 거주지로 사용되었고, 프로젝트가 진행되는 동안에는 건축재를 보관하는 대형 창고였다. 그러다가 초기에 시범으로 건설된 탓에 설계상의 결함이 많다는 사실이 밝혀진 후 버려졌지만 인류의 대이민이 끝난 뒤 다시 사람들이 들어와 살기 시작하면서 차츰 도시가 형성되었다. 시 정부와 경찰기구는 있었지만 가장 기본적인 역할밖에 하지 않았으므로 거의 방치된 것이나 다름없었다. 태평양 1호는 유일하게 허가 없이 자유롭게 들어와 살 수 있는 도시였고, 이곳에 사는 사람들은 대부분 실업자와 노숙자 또는 여러 가지 이유로 사회적 보호 장치 밖으로 밀려난 빈민, 실의에 빠진 예술가 등이었다. 나중에는 극단적 정치 세력의 근거지도 생겨났다.

태평양 1호에는 추진기도 없고 인공 태양도 없지만 가장 중요한 특징은 자전하지 못한다는 점이었다. 자전할 수 없으므로 완전한 무중력상태였다.

　도시로 들어가자 동화 같은 세계가 펼쳐졌다. 낡았지만 번화한 도시가 갑자기 중력을 잃고 모든 게 허공으로 떠오른 것 같았다. 태평양 1호는 영원한 밤의 도시였다. 건물마다 자체적인 핵전지를 이용한 조명으로 생활하고 있었으므로 곳곳에 전등이 매달려 있었다. 도시의 건물 대부분은 버려진 건축재로 지은 간이건물이었으며 위아래 구분이 없이 모든 면이 창(문이기도 했다)으로 둘러싸인 육면체 또는 구형이었다. 구형 건물은 공중에서 다른 건물과 충돌할 때 비교적 높은 강도를 지닐 수 있다는 장점이 있었다. 태평양 1호에는 토지권의 개념이 없었다. 모든 건물이 한곳에 고정되지 않고 떠다녔으며 원칙적으로 누구나 도시 안의 어떤 공간이든 사용할 수 있었다. 도시 주민의 대부분을 차지하는 노숙자들은 변변한 천막조차 없이 모든 세간을 커다란 그물자루에 담아서 보관했다. 그래야 허공으로 흩어지는 걸 막을 수 있었기 때문이다. 그들은 그물자루와 함께 떠다니며 생활했다. 도시의 교통도 아주 단순했다. 차는 거의 없고 무중력상태에서 붙잡고 의지할 수 있는 케이블이나 개인용 추진기 같은 것도 보이지 않았다. 사람들이 무중력상태에서 건물을 발로 디뎌 밀면서 몸을 움직였다. 건물이 공중을 가득 채우고 있기 때문에 어느 방향으로든 자유자재로 이동할 수 있지만 노련한 기술이 필요했다. 청신은 둥둥 떠 있는 건물 사이를 요리조리 피해 다니는 사람들을 보며 나뭇가지에 매달려 돌아다니는 긴팔원숭이를 떠올렸다.

　두 사람도 건물 사이를 떠다니다가 모닥불 주위에 모여 있는 노숙자들을 보았다. 다른 도시에서는 불을 피우는 것이 엄격히 금지되어 있었다. 가연성 건축재 조각을 모아 불을 피운 것 같았다. 무중력상태이기 때문에 불꽃이 아래에서 위로 솟아오르는 것이 아니라 불덩어리가 허공에서 둥둥 떠다녔다. 그들은 술을 마시는 방식도 특별했다. 술병을 휘둘러 술을 허공으로 뿌리면 술이 여러 개의 액체 공이 되어 허공을 떠다녔다. 그러면 수염이 덥수룩하고 허름한 옷을 입은 남자들이 헤엄치듯 떠다니며 불빛이 영롱하게 투사된 액체 공들을 하나씩 입으로 받아 삼켰다. 술에 취한 한 남자가 속을 게워내자 토사물이 분출되는 힘에 상체가 뒤로 튕겨나가며 몸 전체가 허공에서 공중제비를 돌았다.

청신과 차오빈은 어느 시장에 도착했다. 그곳에서 파는 물건들도 모두 허공에 뒤엉켜 있었다. 전등 몇 개가 그 속을 떠다니며 어스름한 빛을 비추고 손님과 장사꾼들도 그 빛에 의지해 떠다녔다. 모든 물건이 한데 섞여 누가 파는 물건인지도 알 수 없었지만 손님이 어떤 물건을 유심히 살펴보면 주인이 재빨리 다가와 말을 걸며 흥정을 했다. 옷, 전자제품, 식품, 술, 각종 용량의 핵전지, 무기는 물론이고 이상하게 생긴 골동품까지 다양한 물건을 팔고 있었다. 여러 가지 크기의 금속 조각을 비싼 가격에 내놓은 상인도 있었다. 상인은 그것이 최후의 전쟁 중 부서진 전함의 파편이며 태양계 가장자리에서 수집한 것이라고 했지만 진짜인지 알 길이 없었다. 청신은 골동품으로 나와 있는 고서들을 뒤적이다가 그녀에게는 그리 오래되지 않은 책들을 발견하고 깜짝 놀랐다. 책들도 다른 물건과 뒤섞여 떠다니고 있었다. 펼쳐진 책장이 하얀 새의 펄럭이는 날개 같았다. 청신이 시가라고 또렷하게 찍힌 나무 상자를 발견했다. 그녀가 그걸 집어 들자마자 한 흑인 소년이 헤엄쳐 다가와서는 맹세하는 듯한 말투로 200년 전에 만든 아바나 시가 정품이라고 했다. 소년이 수분이 조금 말라서 가격을 깎아줄 수 있다며 상자를 열어 보여주자 그녀가 그걸 샀다.

차오빈이 도시의 가장자리로 그녀를 데리고 갔다. 우주 도시 구체의 내벽이었다. 벽에는 아무런 건물도 없고 흙도 덮여 있지 않았다. 도시가 막지어져 외장재도 붙이지 않았을 때의 모습 그대로였다. 크게 보면 구체의 내벽이지만 눈에 보이는 좁은 부분에서는 커브가 느껴지지 않고 넓고 평평한 광장 같았다. 수많은 건물에서 투사되어 나온 빛무리가 '광장' 위를 알록달록하게 비추었다. 그 내벽 위를 가득 채운 건 어지러운 낙서들이었다. 수많은 이들이 남기고 간 낙서가 농밀한 색채감과 자유분방한 개성을 발산하며 어른거리는 빛 속에서 살아 꿈틀대는 듯했다. 그것들은 마치 그 위에 떠 있는 도시에서 가라앉은 꿈들인 것 같았다.

두 사람은 도시의 중심부로 들어갔다. 도시의 중심부는 질서가 혼란하고 치안이 좋지 않은 데다 마피아 간의 충돌이 자주 발생했다. 몇 년 전 마피아 간의 싸움으로 도시 내벽에 구멍이 뚫리는 바람에 심각한 대기 누출 사고가 발생한 적이 있었다. 그 일 이후 도시의 중심부에서만 싸움을 벌인다는 일종의 불문율이 생겼다.

차오빈은 연방 정부가 태평양 1호에 거액을 투자해 사회복지 시스템을 구축해놓은 덕분에 이곳에 사는 600여만 명 중 대다수가 무직이지만 기본적인 생계는 보장받을 수 있다고 설명해주었다.

청신이 물었다.

"암흑의 숲 공격이 시작되면 여긴 어떻게 되나요?"

"파괴되겠죠. 이 도시엔 추진기가 없어서 목성과 나란히 공전할 수 없으니까요. 저걸 보세요."

차오빈이 허공에 떠 있는 건물들을 가리켰다.

"이 도시가 가속을 받으면 저 모든 게 한꺼번에 날아와 내벽을 뚫어버릴 거예요. 도시가 밑이 뚫린 자루가 되는 거죠. 공격 경보가 발령되면 이 사람들을 다른 우주 도시로 긴급 대피시킬 수밖에 없을 거예요."

우주선이 그곳을 떠날 때 청신은 창을 통해 허공에 떠 있는 영원한 밤의 도시를 내려다보았다. 가난과 방랑의 도시지만 수많은 색깔의 삶이 그곳에 깃들어 있었다. 마치 무중력상태의 〈청명상하도(淸明上河圖)〉*처럼.

지난 시대에 비하면 벙커 세계는 이상적인 사회와는 거리가 멀었다. 태양계 변두리로 이주한 인류에게서 오래전 사라진 사회 형태가 다시 형성되어 있었다. 하지만 이것은 후퇴가 아닌 나선형 상승이며, 새로운 지평을 개척하기 위해 거쳐야 하는 불가피한 과정이라는 걸 그녀는 알고 있었다.

태평양 1호에서 나온 뒤 차오빈은 특이한 구조의 우주 도시 몇 곳을 더 보여주었다. 그중 태평양 1호에서 비교적 가까운 곳에 방사형 도시가 있었다. 60여 년 전 청신이 보았던 우주 엘리베이터 터미널을 확대해놓은 것 같았다. 청신은 어째서 모든 우주 도시를 방사형으로 건설하지 않았는지 이해할 수가 없었다. 공학적 관점에서 볼 때, 방사형은 우주 도시의 가장 이상적인 구조였다. 거대한 외벽을 통째로 건설하는 것보다 기술적 난이도가 훨씬 낮을 뿐 아니라 더 튼튼하고 재난에 강하며 확장하기도 용이했다.

차오빈이 짧게 대답했다.

"세계감 때문이에요."

"세계감이라고요?"

"세계에 살고 있다는 느낌이요. 우주 도시에는 넓은 내부 공간이 있어야 해요. 시야가 탁 트여야만 그 안에 사는 사람들이 세계 안에서 살고 있다고 느낄 수 있어요. 방사형 구조가 되면 고리로 된 파이프 속에서 살게 되죠. 전체 면적은 다른 우주 도시와 비슷하더라도 그 안에 사는 사람들은 자신이 우주선에 살고 있다는 사실을 시시각각 인식하게 될 거예요."

더 특이한 형태의 우주 도시도 있었지만 대부분 상주 인구가 없는 공업 도시나 농업 도시였다. 자원 1호라고 불리는 도시는 길이가 120킬로미터나 되지만 직경은 30킬로미터밖에 되지 않는 가늘고 긴 막대형이었다. 이

* 옮긴이 주 : 중국 풍속화의 대표적인 작품으로 송나라 때 생활 모습과 사회상이 사실적으로 그려져 있음.

도시는 긴 축을 중심으로 회전하는 것이 아니라 중심점을 축심으로 해서 공중제비를 돌았다. 내부가 여러 층으로 나뉘어 있고 층마다 중력 차이가 컸다. 사람이 거주할 수 있는 곳은 몇 층 되지 않고 나머지 층에는 해당 중력에 적합한 산업단지가 건설되어 있었다. 토성과 천왕성의 도시 클러스터에는 두 개 이상의 막대형 우주 도시가 중심부에서 십자 또는 별의 형태로 서로 결합된 도시 연합체가 있었다.

목성과 토성의 클러스터가 먼저 건설된 후 천왕성과 해왕성에도 도시를 건설하기 시작하며 새로운 시도들이 출현했다. 그중 제일 중요한 것이 도시 간 도킹이었다. 태양계의 아주 먼 외곽에 위치한 두 클러스터는 우주 도시마다 한 개 이상의 표준 독(dock)이 설치되어 있어 독을 연결시킬 수가 있었다. 두 도시가 도킹하면 사람들의 활동 공간이 두 배로 넓어지므로 세계감이 더 높아지고 사회 경제의 발전에도 긍정적인 효과가 컸다. 여러 도시를 연결하면 대기와 생태 시스템도 결합되므로 도시가 더 안정적으로 운행된다는 장점도 있었다. 일반적인 방식은 축을 맞추어 도킹하는 것으로 이렇게 하면 도킹 후에도 동일한 중력이 유지되었다. 평행 도킹이나 수직 도킹 방식을 사용하면 여러 방향으로 도시를 확장시킬 수 있다는 의견도 있지만, 도킹 후 중력이 크게 변할 수 있기 때문에 실제로 시도한 적은 없었다. 현재 가장 큰 도시 결합체는 해왕성 클러스터에 있었다. 우주 도시 여덟 개 중 네 개가 동일한 축을 따라 하나로 연결되어 400킬로미터 길이의 거대한 연합 도시를 이루고 있었다. 암흑의 숲 공격 경보가 울리면 빠르게 도킹을 해체해 기동력을 높일 수 있었다. 많은 이들이 언젠가는 도시 클러스터마다 모든 우주 도시가 하나로 연결되어 네 개의 거대한 세계를 이루게 될 거라는 기대를 품고 있었다.

현재 목성, 토성, 천왕성, 해왕성 뒤에 총 64개의 대형 우주 도시가 있고 그 외에 100개 가까운 중소형 우주 도시와 수많은 우주 스테이션이 건설되어 있으며, 전체 벙커 세계에 총 9억 인구가 살고 있었다.

그들은 현존하는 인류 전체였다. 암흑의 숲 공격이 닥치기 전에 지구 문명이 벙커로 들어간 것이다.

모든 우주 도시가 하나의 국가에 해당하는 정치적 지위를 가지고 있고, 네 개의 도시 클러스터가 태양계 연방을 이루고 있으며 UN이 연방 정부가 되었다. 역사상 지구에 존재했던 모든 문명이 연방 단계를 거쳤듯이 태양계 외곽에서도 도시 연방이 출현한 것이다.

지구는 이미 인간이 거의 살지 않는 곳으로 변했다. 지구에 남아 있는 사람은 500만 명이 채 되지 않았다. 그들은 삶의 터전을 떠나고 싶지 않고 언제든 들이닥칠 사신도 두렵지 않은 사람들이었다. 벙커 세계의 용감한 사람들이 지구로 여행을 오거나 휴가를 보내러 오기도 했지만 그건 목숨을 건 여행이었다. 시간이 갈수록 암흑의 숲 공격이 가까워지고 사람들이 벙커 세계의 생활에 적응하면서 먹고살기에 바빠 지구에 대한 그리움도 점점 옅어졌다. 지구에 다녀오는 사람들이 점점 줄어들고 지구에 관한 소식도 사람들의 관심 밖으로 밀려났다. 사람들이 지구에 대해 알고 있는 건 대자연이 다시 그곳의 모든 것을 점령해 각 대륙이 점점 숲과 초원으로 뒤덮여가고 있으며, 지구에 남아 있는 사람들이 드넓은 땅과 숲, 호수를 소유하고 왕처럼 살고 있지만 외출할 때는 맹수의 공격에 대비해 반드시 총을 들고 나가야 한다는 것 정도였다. 지구 세계도 태양계 연방에 속한 평범한 도시가 되었다.

청신과 차오빈을 태운 우주선이 목성 도시 클러스터의 가장 바깥쪽을 항해하고 있었다. 거대한 목성의 그림자에 비하면 우주 도시들은 외롭게 떠 있는 작은 점들이었다. 거대한 절벽 아래에서 희미한 불빛을 내며 웅크리고 있는 오두막 같았다. 하지만 그건 이 끝없는 추위와 광막함에 지친 나그네들이 유일하게 의지할 수 있는 안식처였다. 청신은 중학교 시절 읽었던 시를 떠올렸다. 이미 오래전 잊힌 어떤 시인이 쓴 시였다.

해가 떨어졌다.
산, 나무, 돌, 강
모든 위대한 건축이 그림자에 파묻혔다.
인류는 작은 등불을 켜고 기뻐하며
눈앞의 모든 것에 만족하고
자신들이 원하는 것을 찾고 싶어 한다.*

* 옮긴이 주:중국 중화민국 시대의 현대 시인 쉬위눠(徐玉諾, 1893~1958)의 시.

벙커의 세기 11년, 광속 2호

청신과 차오빈의 마지막 목적지는 중형급 우주 도시인 헤일로시티였다. 내부 면적이 50~200제곱킬로미터인 중형급 우주 도시는 우주 도시 클러스터 속에 섞여 있는 것이 일반적이지만 목성 클러스터의 중형급 우주 도시인 헤일로시티와 광속 2호는 도시 클러스터의 가장 바깥쪽에 외롭게 떠 있을 뿐 아니라 목성 그림자의 거의 끝자락에 있었다.

헤일로시티로 가는 길에 광속 2호에 들렀다. 광속 2호는 진공 중의 광속을 늦추는 블랙존 프로젝트를 연구했던 과학 도시지만 지금은 텅 빈 채 버려져 있었다. 청신이 호기심이 생겨 그곳을 보고 싶다고 하자 차오빈은 내키지 않는 표정으로 우주선의 방향을 틀었다.

차오빈이 말했다.

"들어가지 말고 밖에서만 구경하는 게 좋겠어요."

"위험한가요?"

"위험해요."

"태평양 1호도 위험하지만 안으로 들어갔잖아요."

"거기와는 달라요. 광속 2호에는 사람이 살지 않아요. 유령…… 도시죠. 어쨌든 다들 그렇게 불러요."

잠시 후 폐허가 된 우주 도시가 나타났다. 자전하지 않고 멈춰 있었으며 외벽이 군데군데 부서져 금이 가고 구멍이 뚫려 있었다. 어떤 곳은 외벽을 감싼 필름이 벗겨져 내부 골조가 드러나 있었다. 우주선 서치라이트 불빛을 받은 거대한 폐허를 보며 청신은 경외감과 함께 공포감도 느꼈다. 아주 오래전 뭍에 올라와 숨을 거둔 뒤 마른 살가죽과 뼈대밖에 남지 않은 거대한 고래의 사체 같았다. 그녀는 아크로폴리스보다 오래되고 더 많은 비밀을 품고 있는 유적을 보고 있는 듯했다. 우주선이 커다란 틈을 향해 천천히 다가갔다. 우주선 몇 대가 통과할 수 있을 만큼 넓은 틈이었다. 외벽 내부의 금속 골조가 비틀리고 벌어져 커다란 구멍이 생겼다. 우주선의 서치라이트로 내부를 비추자 멀리 있는 '지면'이 보였다. 그곳엔 아무것도 없었다. 우주선이 구멍 안으로 조금 들어가 공중에 멈춘 채로 사방에 서치라이트를 비추었다. 지면은 텅 비어 있었다. 건물도 없고 잡동사니가 쌓여 있지도 않았으며 지면 위에 골조의 격자무늬가 선명한 것으로 보아 한때 사람이 거주했던 것 같지도 않았다.

청신이 물었다.

"빈껍데기인가요?"

"아뇨."

차오빈이 청신의 담력을 가늠하려는 듯 그녀를 몇 초쯤 바라보다가 서치라이트를 껐다. 처음 청신의 눈에 들어온 건 어둠이었다. 별빛이 외벽의 틈을 비집고 들어왔다. 부서진 지붕 사이로 밤하늘을 보고 있는 것 같았다. 하지만 눈이 어둠에 적응되자 폐허 안에서 뭔가 보이기 시작했다. 흐릿하게 깜빡이는 푸른빛들이었다. 청신은 온몸이 오싹했지만 애써 놀란 가슴을 진정시키며 광원을 찾았다. 광원은 도시 한가운데 있었다. 작은 빛점이 눈을 껌뻑이듯 불규칙하게 깜빡이고 그 명멸하는 빛을 따라 조금 전텅 비어 있던 지면 위로 이상한 그림자가 생겨났다 사라지기를 반복했다. 한밤중 지평선의 번개가 황야를 비추는 것 같았다.

차오빈이 청신의 공포를 떨쳐주려는 듯 그 빛점을 가리키며 말했다.

"우주 먼지가 블랙홀에 빨려들어가며 생기는 빛이에요."

"저기 블랙홀이 있어요?"

"네. 여기서 5킬로미터쯤 떨어져 있겠네요. 초소형 블랙홀이죠. 슈바르츠실트 반지름이 20나노미터밖에 안 되지만 질량은 레다*와 맞먹어요."

부융한 푸른빛 속에서 차오빈이 광속 2호와 가오(高)Way의 이야기를 들려주었다.

진공 중의 광속을 늦추는 연구는 벙커 프로젝트와 거의 동시에 시작되었다. 국제사회는 이 프로젝트를 인류가 생존하기 위한 두 번째 방법으로 인식하고 막대한 자원을 투입했다. 토성 클러스터에 대형 연구기지인 광속 1호도 건설되었다. 하지만 60년간 대대적인 연구를 진행했음에도 아무런 성과도 거두지 못한 채 여전히 기초 이론 연구 단계에 머물러 있었다.

매질 속에서 광속을 늦추는 건 어렵지 않았다. 일찍이 서기 2008년에 실험실에서 매질 속 광속을 초속 17미터라는 믿기 어려운 속도로 늦추는 데 성공한 바 있었다. 하지만 진공 중의 광속을 늦추는 건 달랐다. 전자는 매질의 원자를 통해 광자를 흡수했다가 재방출하는 것일 뿐 광자의 전파 속도는 진공 중의 광속 그대로이기 때문에 블랙존 프로젝트에는 아무런 도움이 되지 않았다.

* 옮긴이 주 : 1974년에 발견된 목성의 위성. 지름 16킬로미터, 질량 5.68×10^{15}킬로그램이다.

진공 중의 광속은 우주의 기본상수다. 이것을 바꾸는 것은 우주의 법칙을 바꾸는 것과 같다. 따라서 진공 중의 광속을 늦추려면 물리학의 가장 기초적인 영역에서 돌파구를 찾아야 하지만 그건 억지로 찾는다고 찾을 수 있는 것이 아니며 우연적인 요소가 필요하다. 60년간의 기초 연구로 거둔 진정한 성과는 태양 공전 가속기를 개발한 것뿐이었다. 태양 공전 가속기가 등장하면서 블랙존 프로젝트의 핵심인 블랙홀 연구가 시작되었다.

그동안 과학자들은 여러 가지 극단적인 물리적 수단을 동원해 광속을 변화시키려고 애썼다. 유사 이래 가장 강력한 인공 자기장을 생성시킨 적도 있었다. 진공 중의 빛에 영향을 미치기 위한 가장 효과적인 방법은 중력장을 이용하는 것이지만 실험실에서 그렇게 강한 중력장을 생성시키는 건 불가능했기 때문에 유일하게 가능성 있는 방법은 블랙홀을 이용하는 것이었다. 바로 태양 공전 가속기로 초소형 블랙홀을 만들 수 있었다.

블랙홀 연구팀의 수석과학자는 Way였다. 그와 몇 년 동안 함께 일했던 차오빈은 복잡한 심정으로 그를 회상했다.

"그는 심각한 자폐증을 앓고 있었어요. 천재가 스스로 선택한 고독이 아니라 실제 정신질환이었죠. 극도로 폐쇄적이고 누구와도 교류하지 않았고 연애를 한 적도 없어요. 그런 사람만이 연구에서 성공을 거둘 수 있겠지만, 사람들은 그를 고성능 배터리로 이용할 뿐이었죠. 그 자신도 정신적인 문제 때문에 몹시 괴로워했고 다른 천재들과 달리 자기 성격을 바꾸려고 한 적도 있었어요. 그가 광속을 늦추는 이론 연구를 시작한 건 전송의 세기 8년부터일 거예요. 그런데 연구에 너무 몰두한 나머지 이상한 감정이입이 나타났어요. 광속의 성질을 자기 성격과 동일시하기 시작한 거예요. 광속을 바꾸어야만 자기 성격도 바꿀 수 있다고 믿었어요.

하지만 이 우주에서 진공 중의 광속만큼 완강한 건 없죠. 광속을 늦추는 실험은 모든 수단을 동원해 빛에 잔혹한 고문을 가하는 것과 같아요.

극단적인 물리적 수단으로 빛에 영향을 미치고, 공격하고, 비틀고, 끊고, 해체하고, 잡아당기고, 짓누르고, 심지어 빛을 소멸시키려고도 해봤지만 그렇게 해서 얻은 결과는 진공에서 빛의 진동수를 바꾸는 게 전부였어요. 빛의 속도는 조금도 달라지지 않았죠. 무슨 수를 써도 넘을 수 없는 거대한 장벽처럼. 수십 년 동안 모든 이론 연구와 실험이 수포로 돌아갔어요. 정말로 조물주가 있다면 그가 우주를 창조할 때 광속만큼은 절대 바뀌지 않도록 땜질해놓았을 거라는 말이 나올 정도였죠. 누구보다도 절망한 건 Way였어요. 내가 동면하고 있는 사이에 그의 나이가 쉰 살에 가까워졌지만 친하게 지낸 여자조차도 없었어요. 그는 자기 운명도 진공 중의 광속처럼 고집스럽다고 생각하며 점점 더 자신을 안으로 가두었어요.

블랙홀 연구는 벙커의 세기 원년부터 11년간 진행되었어요. 사실 연구를 결정한 사람들도 큰 기대를 품지는 않았어요. 이론상으로 보든 천문 관측 결과로 보든 블랙홀도 광속을 바꿀 수는 없다는 사실이 증명되었으니까. 그 우주의 악마도 자신의 중력장으로 광선의 경로와 진동수를 바꿀 수는 있지만 진공 중의 광속에는 아무런 영향도 미칠 수 없어요. 하지만 블랙존 프로젝트를 계속 진행하려면 초강력 중력장을 갖춘 실험 환경이 필요했고 유일한 방법은 블랙홀을 이용하는 것이었어요. 또 블랙존 자체가 대형 저광속 블랙홀이니까 정상 광속을 가진 초소형 블랙홀을 근거리에서 연구한다면 뜻밖의 영감을 얻을지 모른다는 기대도 작용했죠.

태양 공전 가속기로 초소형 블랙홀을 만들 수는 있지만 그렇게 작은 블랙홀은 금세 증발되었어요. 안정적인 블랙홀을 만들기 위해 초소형 블랙홀이 생성되자마자 가속기에서 빼내 레다 안으로 집어넣기로 했어요.

레다는 목성의 가장 작은 위성이에요. 반지름이 8킬로미터밖에 안 되는 바위 덩어리라고도 할 수 있죠. 블랙홀을 만들기 전에 우선 이 위성을 높은 궤도에서 떨어뜨려 도시 클러스터와 같은 태양의 위성으로 만들었어요. 목성과 평행으로 태양 주위를 공전하게 했죠. 목성과 태양 사이의 제2라그랑주 점에 위치한다는 게 다른 우주 도시와 다른 점이었어요. 그게 바로 지금 우리가 있는 이곳이에요. 이곳에서 목성과 안정적인 거리를 유지하기만 하면 위치를 조정할 필요가 없어요. 레다는 인류가 지금까지 우주에서 이동시킨 물체 중 질량이 가장 큰 물체예요.

초소형 블랙홀을 레다 안에 집어넣자 블랙홀이 물질을 흡수하며 급격히 팽창했어요. 그와 동시에 물질이 블랙홀에 빨려 들어갈 때 생성된 다량의 방사선이 주위의 암석을 빠르게 융해시켰죠. 반지름 8킬로미터의 레다 전체가 녹아버렸어요. 감자처럼 생긴 거대한 바위가 붉게 달궈진 용암 덩어리로 변했어요. 용암 덩어리가 서서히 줄어들면서 밝기가 점점 강해지다가 빛이 최고조에 달했을 때 순식간에 사라졌죠. 관측 결과, 마지막 방사선에 의해 튕겨져 나간 소량의 물질을 제외하면 레다의 거의 대부분이 블랙홀에 빨려들어갔어요. 그렇게 해서 안정적인 블랙홀을 만들어냈어요. 슈바르츠실트 반지름 또는 사건의 지평선의 반지름이 기본 입자 크기에서 21나노미터까지 커졌어요.

그 후 블랙홀을 중심으로 우주 도시를 지었죠. 그게 바로 이 광속 2호예요. 한가운데 블랙홀이 떠 있는 것 외엔 완전히 비어 있는 도시예요. 자전도 하지 않아요. 이를테면 블랙홀을 담고 있는 거대한 그릇인 셈이죠. 사람과 장비가 우주 도시로 들어와 블랙홀을 연구할 수 있었어요.

그 후 몇 년간 블랙홀에 대한 연구가 진행되었어요. 블랙홀 표본을 가지고 직접 연구한 건 인류 역사상 최초였으니까 이론물리학과 우주학의 기초 이론 연구가 큰 진전을 거두었죠. 하지만 그 성과들도 진공 중의 광속을 낮추는 데는 아무런 도움이 되지 않았어요.

블랙홀 표본 연구가 시작된 지 6년째 되던 해에 Way가 사고를 당했어요. 세계 과학원은 그가 연구 도중에 발생한 불의의 사고로 '블랙홀에 빨려들어갔다'고 공식적으로 발표했어요.

하지만 조금이라도 상식이 있는 사람이라면 Way가 '빨려들어갔을' 가능성이 거의 없다는 걸 알 수 있죠. 블랙홀이 거대한 함정처럼 빛조차 흡수해버리는 건 압도적인 중력의 총량 때문이 아니라(물론 항성에 중력붕괴가 일어나면서 생긴 대형 블랙홀이 강한 중력을 갖고 있기는 하지만) 엄청난 밀도 때문이에요. 멀리서 보면 중력의 총량은 사실 동일한 질량의 보통 물질과 큰 차이가 없어요. 가령 태양에 중력붕괴가 일어나 블랙홀이 된다 해도 지구와 대형 행성들은 블랙홀에 빨려들어가지 않고 원래 궤도에서 운행할 거예요. 블랙홀의 중력은 아주 가까운 범위 안에서만 작용하죠.

광속 2호의 블랙홀은 반경 5킬로미터 둘레에 보호망이 설치되어 있어요. 연구원들도 보호망 안으로 들어가는 건 금지되어 있죠. 레다의 반지름이 8킬로미터밖에 안 되기 때문에 블랙홀로 변한 후에도 그 정도 거리에서는 레다 표면의 중력과 큰 차이가 없어요. 사람이 실제로 느끼는 중력은 거의 무중력에 가까워서 우주복에 달린 추진기로 쉽게 빠져나올 수 있죠. 그러니까 Way가 빨려들어갔을 가능성은 없어요.

안정적인 블랙홀 표본이 만들어진 뒤 Way는 블랙홀에 매료되었어요. 광속과 오랫동안 줄다리기를 했지만 광속은 아주 작은 동요조차 없었죠. 30만 개에 육박하는 상수의 소수점 아래 자릿수 중 단 하나도 바꾸지 못했다는 사실이 그에게 불안감과 좌절감을 안겨주었어요. 진공상태에서 광속이 불변하는 건 우주의 기본 법칙이에요. 그는 우주의 법칙을 두려워하면서 또 원망했어요. 하지만 눈앞에 있는 이 블랙홀, 레다가 수축되어 만들어진 지름 21나노미터의 블랙홀, 이 사건의 지평선 안에 있는 시공의 특이점에서는 우리가 알고 있는 우주의 법칙이 무력해지죠.

Way는 보호망에 바짝 붙어 몇 시간 동안 블랙홀을 뚫어져라 응시하곤했어요. 지금처럼 은은하게 깜빡이는 저 빛을. 가끔 블랙홀이 말을 하고 있다거나 그 빛 속에 어떤 메시지가 담겨 있을 거라는 얘기도 했죠.

Way가 어떻게 빨려들어갔는지 본 사람도 없고 영상도 공개되지 않았어요. 그는 블랙홀 연구팀을 이끄는 물리학자였으니까 보호망의 입구를 여는 암호를 알고 있었어요. 그가 스스로 보호망 안으로 들어가서 블랙홀을 향해 다가갔을 거예요. 블랙홀의 중력 때문에 돌아올 수 없는 거리까지 다가갔겠죠……. 그저 자신을 매료시킨 블랙홀을 가까이에서 보려고 했을 수도 있고, 우주의 법칙이 무력화되는 특이점으로 들어가 이 모든 걸 도피하려고 했을 수도 있어요.

그 후 이상한 일이 생겼어요. 원격조종 현미경으로 블랙홀을 관찰하다가 사건의 지평선, 그러니까 반경 21나노미터의 극소형 구체 위에서 사람 형태의 실루엣이 발견된 거예요. 사건의 지평선을 통과하고 있는 Way였어요.

일반 상대성 이론에 따르면, 멀리 있는 관찰자에게는 사건의 지평선 부근의 시간이 급격히 느리게 보이죠. 사건의 지평선 안으로 떨어진 Way의 추락 과정이 무한하게 느껴질 만큼 느려진 거예요. Way의 기준에서는 이미 사건의 지평선을 관통했지만요.

더 이상한 건 그 실루엣의 각 부위 비율이 정상적이었다는 사실이에요. 블랙홀이 작아서 그의 몸에 기조력*이 작용하지 않은 것 같아요. 그가 아주 작게 줄어들었지만 그곳의 공간곡률도 아주 크기 때문에 사건의 지평선에 있는 Way의 신체 구조가 파괴되지 않았을 거라는 게 물리학자들의 추측이에요. 바꿔 말하면 그가 아직 살아 있을 가능성이 있다는 거죠.

이 사실이 알려지자 보험회사에서 그의 사망보험금 지급을 거부했어

---

* 중력원이 물체에 힘을 작용할 때 물체의 각 점과 중력장 사이의 거리 차이로 인해 중력의 크기가 달라진다. 이때 중력 차로 인해 물체가 비틀어지게 되는데 이 중력 차를 기조력이라고 한다.

요. Way 자신의 기준에서 보면 그는 이미 사건의 지평선을 통과해 죽은 것이지만, 보험계약은 현실 세계를 기준으로 체결했으므로 그가 죽었다는 걸 증명할 수 없다는 이유였죠. 심지어 보험금 청구 신청도 받아주지 않았어요. 사고가 종료되어야만 보험금을 청구할 수 있는데 Way가 아직도 블랙홀로 추락하고 있으니 사고가 종료되지 않았다면서 말이죠.

그때 한 여자가 세계 과학원을 상대로 블랙홀 표본 연구를 즉시 중단하라는 소송을 제기했어요. 원거리 관찰로는 더 이상 할 수 있는 게 없으니 연구를 계속한다면 어떤 물체를 실제로 블랙홀에 집어넣어 실험해야 하는데 그 경우 발생하는 대량의 방사선으로 사건의 지평선 내 시공간에 변동이 생길 것이고, 그러면 아직 살아 있을지 모를 Way가 위험해진다고 주장했죠. 그녀가 승소하지는 못했지만 여러 가지 이유로 인해 블랙홀 표본에 대한 연구가 중단됐어요. 광속 2호도 황폐해졌죠. 지금은 이 블랙홀이 증발해 사라지기만 기다리고 있어요. 수명이 50년쯤 남았어요.

어쨌든 Way를 사랑한 여자가 있었다는 게 밝혀졌죠. 안타깝게도 그는 이 사실을 모르겠지만. 그녀가 여기 자주 왔어요. 전파나 중성미자를 이용해 블랙홀에 신호를 보내기도 하고, 보호망에 대형 현수막을 덮어 사랑을 표현하기도 했죠. 블랙홀로 떨어지고 있는 Way가 그걸 볼 수 있을지는 모르지만. 그의 기준에서 그는 이미 사건의 지평선을 통과해 특이점으로 들어갔을 테니까요…… 복잡한 일이에요.”

청신이 폐허의 깊숙한 암흑 속에서 깜빡이고 있는 푸른빛을 응시했다. 그 빛 속에 똬리를 틀고 있는 시간 속에서 영원히 추락하고 있는 사람이 있었다. 이 세계의 관점에서 보면 그는 아직 살아 있지만, 그 자신의 세계에서 그는 이미 죽었다……. 세상에는 이상한 운명도 있고 상상할 수 없는 인생도 있다……. 청신은 블랙홀이 내뿜고 있는 불빛이 정말로 어떤 메시지를 보내고 있는 것 같았다. 아니, 누군가 눈을 깜빡이고 있는 것 같았다.

청신이 시선을 거두었다. 그녀의 마음도 이 우주의 폐허처럼 스산했다. 그녀가 작은 소리로 말했다.

"헤일로시티로 가요."

벙커의 세기 11년, 헤일로시티

헤일로시티에 거의 도착했을 때 연방 함대의 봉쇄선이 우주선 앞을 가로막았다. 항성급 전함 20여 척이 헤일로시티 주위를 지키고 있었다. 연방 함대가 2주 전부터 이 도시를 포위하고 있었다. 대형 항성급 전함이지만 우주 도시에 비하면 거대한 선박 옆을 떠도는 조각배처럼 작아 보였다. 태양계 연방 함대의 거의 모든 전함이 헤일로시티 봉쇄에 동원되었다.

두 삼체 함대가 아득한 우주에서 자취를 감추고 삼체 세계와 인류의 관계가 끊긴 뒤 외계의 새로운 위협이 완전히 다른 방식으로 출현했다. 삼체의 침략에 저항하기 위해 탄생한 함대 세계는 존재의 기반을 잃고 차츰 쇠락하다가 결국 해체되고, 함대 세계에 속했던 태양계 함대는 태양계 연방으로 귀속되었다. 이 함대는 인류 최초로 통일적인 세계 정부의 통제를 받는 우주 함대였다. 방대한 규모의 우주 함대를 유지할 필요가 없어져 크게 축소되었다. 벙커 프로젝트가 시작된 뒤 기존에 있던 100여 대의 항성급 전함 가운데 대부분이 민간용으로 전환되어 무기와 생태순환 시스템을 철거하고 우주 도시 간 산업 운송에 사용되고 있었고, 함대에는 항성급 전함 30대만 남아 있었다. 60여 년 동안 연방에서 새로 건조된 전함은 단 한 대도 없었다. 대형 전함을 건조하는 데 막대한 비용이 들기 때문이었다. 항성급 전함 두세 대를 건조할 수 있는 비용이면 대형 우주 도시 한 곳의 인프라를 건설할 수 있었다. 물론 더 이상 새로운 전함이 필요하지 않다는 이유도 있었다. 연방 함대의 주요 전력은 태양계 경보 시스템을 구축하는 데 투입되었다.

연방 함대의 명령을 받고 우주선이 멈춰 섰다. 함대의 경비정 한 대가 우주선으로 다가왔다. 선체가 너무 작아 멀리서 보면 추진기가 감속하며 뿜어내는 불빛밖에 보이지 않았다. 아주 가까이 다가와서야 선체를 또렷하게 볼 수 있었다. 경비정이 우주선과 도킹할 때 경비정에 타고 있는 군인 몇 명을 볼 수 있었다. 그들이 입고 있는 군복은 지난 시대의 군복과 무척 달랐다. 우주복의 특징이 최소화되고 복고풍이 뚜렷해 과거 시대의 육군을 보는 것 같았다. 하지만 도킹이 완료된 후 그들의 우주선으로 건너온 사람은 양복 차림의 중년 남자였다. 무중력상태에서도 그의 움직임이 점잖고 차분했다. 두 사람밖에 탈 수 없을 만큼 공간이 협소했지만 전혀 불편해 보이지 않았다.

"안녕하세요, 연방 대통령의 특사 블레어입니다. 헤일로시티 시 정부와 최후 협상을 하러 왔습니다. 전함에서 통화를 할 수도 있지만 서기 시대의 예절에 따라 정중한 뜻을 표현하기 위해 직접 찾아왔습니다."

정치인들도 달라져 있었다. 지난 시대의 허세와 무례함은 사라지고 진중하고 예의 바른 태도였다.

블레어가 청신을 향해 고개를 끄덕였다.

"연방 정부가 헤일로시티에 대한 전면 봉쇄를 선포하고 누구도 출입할 수 없도록 금지했지만 청신 박사님이 오셨다는 소식을 들었습니다. 박사님이 혜일로시티로 들어가실 수 있도록 협조하겠습니다. 혜일로시티 시 정부가 비정상적인 불법 행위를 중단하고 사태를 확산시키지 않도록 설득해주시기 바랍니다. 이것은 연방 대통령의 생각이기도 합니다."

블레어가 손짓을 하자 화면이 켜지며 태양계 연방 대통령이 나타났다. 그의 뒤로 보이는 집무실에 벙커 세계 각 도시의 깃발이 나란히 세워져 있지만 청신에게 낯익은 깃발은 하나도 없었다. 과거의 모든 국가와 국기가 사라진 것이다. 대통령은 평범한 외모의 아시아인이었다. 그가 피곤에 찌든 얼굴로 청신에게 고개를 끄덕여 인사한 뒤 말했다.

"블레어 특사의 말대로 이것이 연방 정부의 바람입니다. 웨이드 선생은 최종 결정권이 청신 박사에게 있다고 하더군요. 그의 말을 전적으로 믿을 수는 없지만 우린 박사에게 큰 희망을 걸 수밖에 없습니다. 아직 젊으신 걸 보니 기쁩니다만, 이 일을 하기엔 너무 젊으시군요."

대통령이 화면에서 사라진 후 특사가 말했다.

"이미 현 상황을 알고 계시겠지만 다시 한번 말씀드리겠습니다. 물론 공정하고 객관적인 관점에서 말씀드리겠습니다."

청신은 특사든 대통령이든 자신에게만 인사하고 대화를 할 뿐 차오빈에게는 단 한 마디도 건네지 않는다는 걸 알았다. 그에 대한 그들의 적대감을 느낄 수 있었다. 청신도 이미 차오빈에게 현재 상황에 대한 설명을 들은 뒤였다. 특사의 설명도 그의 얘기와 크게 다르지 않았다.

토머스 웨이드가 혜일로 그룹을 인수한 뒤 회사는 벙커 프로젝트에 적극적으로 참여했고 8년간 규모를 10배나 확장해 세계적인 대기업으로 성장했다. 하지만 웨이드는 훌륭한 기업가가 아니었다. 그의 경영 능력은 AA보다도 못했다. 회사의 발전은 전적으로 그가 새로 영입한 경영진이 일궈낸 성과였다. 그는 회사 경영에 크게 간섭하지 않았고 관심도 별로 없었지만 회사의 수익 중 많은 부분이 그의 광속 우주선 사업에 투자되었다.

벙커 프로젝트가 개시된 후 헤일로 그룹은 연구기지인 헤일로시티를 건설했다. 목성 그림자의 가장자리에 있는 제2라그랑주 점을 선택한 건 도시의 추진기와 위치 조정에 필요한 에너지를 절약하기 위한 것이었다. 헤일로시티는 유일하게 연방 정부 관할 밖에 있는 과학 도시였다. 헤일로 시티 건설이 중반부로 접어들자 웨이드는 '태양계의 만리장성'이라고 불리는 태양 공전 가속기를 건설하기 시작했다.

반세기 동안 헤일로 그룹은 광속 우주선 사업의 기초 연구를 진행했다. 서기 시대와 달리 위협의 세기에는 대기업들이 기초과학 연구에 적극적으로 투자했다. 경제 시스템이 변화되면서 기초 연구 분야에서 큰 수익을 거둘 수 있었기 때문이다. 이 때문에 헤일로 그룹의 이런 행보에 아무도 의문을 품지 않았다. 하지만 헤일로 그룹이 광속 우주선을 개발하는 궁극적인 목표는 공공연한 비밀이었다. 다만 기초 연구 단계였기 때문에 연방 정부도 법적으로 제재할 명분을 찾지 못하고 있을 뿐이었다. 하지만 정부는 헤일로 그룹을 예의 주시하며 경계했고 여러 차례 조사를 벌이기도 했다. 반세기 동안 헤일로 그룹과 연방 정부는 매우 밀접한 관계에 있었다. 광속 우주선과 블랙존 프로젝트의 기초 연구 중 많은 부분이 중복되기 때문에 헤일로 그룹과 세계 과학원은 원만한 협력 관계를 유지하고 있었다. 세계 과학원의 블랙홀 표본도 헤일로 그룹의 태양 공전 가속기를 이용해 만든 것이었다.

하지만 6년 전 헤일로 그룹이 돌연 곡률 추진 우주선 개발 계획을 발표하며 그동안 공공연한 비밀이었던 목표를 공식화했다. 이 발표가 국제사회에서 큰 논란을 일으키고 헤일로 그룹과 연방 정부 사이의 갈등이 심화되었다. 여러 번의 협상 끝에 곡률 엔진 연구가 실질적인 시험 단계로 들어갈 때 헤일로 그룹의 실험기지를 태양에서 500천문단위 떨어진 외우주로 옮기기로 약속했다. 엔진이 남긴 항적이 지구 문명의 존재를 앞당겨 노출시킬 수 있기 때문이다. 하지만 연방 정부는 광속 우주선을 개발하는 것 자체가 연방 헌법과 법률에 대한 심각한 도발이라고 생각했다. 광속 우주선이 개발된다면 항적으로 인한 위험성뿐만 아니라 이제 막 안정을 찾은 벙커 세계에 사회적 혼란을 발생시킬 수 있으므로 연방 정부로서는 결코 용납할 수 없었다. 연방 정부는 결의를 통해 헤일로 과학 도시와 태양 공전 가속기를 압수하는 동시에 헤일로 그룹의 곡률 추진 이론 연구 및 기술 개발을 전면 중단시키고 향후 활동을 엄격하게 감독하기로 결정했다.

이런 상황에서 헤일로 그룹이 헤일로시티를 태양계 연방에서 독립시켜 더 이상 연방 법률의 간섭을 받지 않겠다고 선언하자 연방 정부와 헤일로 그룹 사이의 갈등이 격화되었다.

헤일로시티의 독립 선언에 대해 국제사회의 여론은 회의적이었다. 사람들은 그들에게 그럴 능력이 없을 것이라고 생각했다. 사실 벙커의 세기가 시작된 뒤 우주 도시와 연방 정부 사이에 여러 가지 갈등이 끊이지 않고 있었다. 해왕성과 천왕성 클러스터의 대형 우주 도시인 아프리카 2호와 인도양 1호가 잇따라 독립을 선포했다가 실패한 적도 있었다. 연방 함대의 규모가 크게 축소되기는 했지만 우주 도시에 비하면 절대적인 우위에 있었다. 연방 법률에 따라 우주 도시는 독자적인 군사력을 갖출 수 없고 전투 능력이 없는 민간 경비대만 보유할 수 있었으며, 벙커 세계의 경제가 고도로 통합되어 어떤 우주 도시도 두 달간의 봉쇄를 버텨낼 수 없었다.

차오빈이 말했다.

"이 점은 저도 웨이드를 이해할 수가 없어요. 그는 철두철미한 사람이에요. 그의 모든 결정은 심사숙고한 결과죠. 그런 그가 왜 갑자기 독립을 선포했는지. 이건 어리석은 행동이에요. 연방 정부가 무력으로 헤일로시티를 인수할 명분을 주는 셈이잖아요?"

우주선이 헤일로시티로를 향해 다시 출발했다. 특사가 돌아가고 우주선에 청신과 차오빈만 남았다. 전방에 링 형태의 구조물이 나타나자 차오빈은 감속하며 가까이 다가가라고 우주선에 명령했다. 링의 매끈한 금속 표면에 반사된 별빛이 길게 늘어지며 표면에 비친 우주선의 모습이 비틀어졌다. 청신은 블루스페이스호와 그래비티호가 4차원 공간에서 만났던 '마법 반지'를 떠올렸다. 우주선이 링 옆에 멈춰 섰다. 직경 약 200미터, 테의 두께는 약 50미터쯤 되어 보였다.

"이게 바로 태양 공전 가속기예요."

차오빈의 말투에서 경의감을 느낄 수 있었다.

"이렇게 작아요?"

"정확히 말하면 태양 공전 가속기의 가속 코일이에요. 이런 코일이 150만 킬로미터 간격으로 총 3200개 있어요. 목성 궤도를 따라 태양 둘레를 에워싸고 있죠. 가속된 입자가 이 링 안에서 회전하는 게 아니라 이 링 사이를 지나가죠. 코일에서 생성된 역장을 통해 가속된 뒤에 다음 코일로 날아가 또다시 가속되는 방식이에요. 그러면 태양 주위를 몇 바퀴라도 돌 수 있어요."

청신은 이제야 이해할 수 있었다. 지금까지 차오빈이 태양 공전 가속기에 대해 이야기할 때마다 그녀는 우주에 떠 있는 거대한 파이프를 상상했다. 하지만 파이프로 태양 주위를 에워싸는 만리장성을 쌓는다는 건 설령 태양에서 가장 가까운 수성 궤도를 따라 건설한다고 해도 이미 인간의 능력을 초월하는 것이었다. 지구의 입자가속기는 진공상태에서 입자를 이동시키기 위해 밀폐형 파이프가 필요하지만, 진공상태인 우주에서는 그럴 필요가 없다는 걸 청신은 비로소 깨달은 것이다. 이 코일 사이를 지나며 가속된 입자가 다음번 코일까지 날아가는 게 가능했다. 청신이 고개를 돌려 코일 너머 다른 쪽 방향을 바라보았다.

"다음번 코일은 150만 킬로미터 떨어져 있어요. 지구와 달 사이 거리의 네다섯 배죠. 여기선 안 보여요. 이건 진정한 슈퍼 가속기예요. 입자를 우주 빅뱅 당시의 에너지까지 가속시킬 수 있죠. 입자의 가속 궤도 부근에서는 비행이 엄격히 금지되어 있어요. 몇 년 전 항로를 이탈한 운반 우주선이 가속 궤도로 잘못 들어가는 바람에 가속된 입자 빔과 충돌한 적이 있어요. 초고에너지의 입자가 우주선과 충돌하며 2차 입자 샤워*가 발생해 우주선과 우주선에 실려 있던 100만 톤 넘는 광석이 순식간에 기화됐죠."

차오빈은 태양 공전 가속기의 수석 설계사가 비윈펑이라는 것도 알려주었다. 비윈펑은 지난 60여 년 중 35년 동안 연구한 뒤 동면에 들어갔다가 작년에 깨어났기 때문에 차오빈보다 훨씬 나이 들었다고 했다.

"하지만 그는 행운아예요. 서기 시대에는 지구에서 가속기를 만들고 3세기 후 우주에서는 태양 공전 가속기를 만들었으니까. 그 정도면 성공한 인생이죠. 하지만 그 늙은이는 너무 극단적이에요. 헤일로시티의 독립을 강력하게 지지하고 있어요."

일반인과 정치가들은 광속 우주선 개발을 반대했지만 과학계에서는 찬성하는 이들이 많았다. 헤일로시티는 광속 우주선 개발을 염원하는 과학자들에게 성지와 같은 곳이었고 우수한 과학자들이 속속 찾아와 연구에 참여했다. 연방 체제 안에 있는 과학자 중에도 비밀리에 헤일로 그룹에 협조하는 사람들이 많았으므로 헤일로 그룹은 기초 연구 분야에서 월등한 위치에 있었다.

헤일로시티가 우주선 앞에 나타났다. 이 우주 도시는 흔치 않은 방사형 구조로 우주에서 돌아가고 있는 거대한 바퀴 같았다. 방사형 구조가 튼튼

---

* 옮긴이 주 : 우주선(cosmic ray)이 공기 또는 물질 중에서 원자와 충돌해 입자를 방사상으로 발생시키는 현상.

하기는 하지만 내부 공간이 좁아 세계감이 부족했다. 하지만 헤일로시티에는 세계감이 필요하지 않다고 말하는 이들도 있었다. 그곳 사람들에게 세계는 곧 우주 전체이기 때문이다.

우주선이 거대한 바퀴의 축심으로 들어갔다. 8킬로미터 길이의 바큇살을 지나야 도시로 들어갈 수 있다는 것도 방사형 구조의 단점이었다. 청신은 60여 년 전 지구의 우주 엘리베이터 터미널과 오래된 기차역 같았던 그 대형 홀을 떠올렸다. 하지만 이곳은 그곳과 사뭇 달랐다. 헤일로시티는 우주 엘리베이터 터미널보다 10배는 더 크고 내부가 무척 넓었으며 오래된 느낌도 없었다.

바큇살 통로의 에스컬레이터에서 서서히 중력이 나타나더니 1G가 되자 도시에 도착했다. 이 우주 도시는 헤일로 과학원, 헤일로 공학원, 태양 공전 가속기 통제센터, 이렇게 세 부분으로 나뉘어 있었다. 실제 도시는 둘레 30여 킬로미터의 고리 형태로 된 커다란 터널이었다. 가운데 공간이 비어 있는 우주 도시처럼 넓은 공간감은 없지만 그리 비좁게 느껴지지도 않았다.

도시 안에 자동차가 보이지 않고 사람들이 자전거를 타고 다녔다. 누구나 자유롭게 이용할 수 있도록 길목마다 자전거가 많이 세워져 있었지만 오픈형 자동차 한 대가 청신과 차오빈을 마중하러 나왔다.

대형 고리 안에서 중력이 한쪽 방향으로만 작용했기 때문에 모든 도시가 한쪽으로만 지어져 있고 다른 쪽은 하늘이 되었다. 파란 하늘에 흰 구름이 떠 있는 홀로그램 영상이 부족한 세계감을 채워주고 있었다. 새들이 지저귀며 날아갔다. 홀로그램이 아닌 진짜 새였다. 청신은 다른 우주 도시에서 느끼지 못한 아늑함을 느꼈다. 녹지가 풍부해 곳곳에서 나무와 풀밭을 볼 수 있고 건물도 그리 높지 않았다. 과학원 건물은 흰색, 공학원 건물은 파란색으로 통일되었지만 건물마다 각기 다른 개성이 느껴졌다. 공들여 설계한 듯한 낮은 건물들이 울창한 나무 사이에 반쯤 가려져 있는 것을 보며 청신은 대학 교정으로 되돌아간 것 같았다. 고대 아테네 신전처럼 생긴 폐허가 청신의 눈길을 사로잡았다. 바닥에 돌 기단이 쌓여 있고 그 위에 부러져 높이가 제각각인 고대 그리스풍의 돌기둥 몇 개가 서 있었다. 푸른 이끼가 기둥을 타고 올라가고 기둥 사이 분수에서 콸콸 쏟아져 나오는 물줄기가 햇빛을 받아 반짝였다. 편한 옷차림의 남녀 몇 명이 기둥에 기대거나 분수 옆 풀밭에 누워 편안하게 쉬고 있었다. 그들은 이 도시가 연방 함대에 포위되어 있다는 사실도 잊은 듯했다.

폐허 옆 풀밭에 세워져 있는 조각상 가운데 하나가 그녀의 시선을 끌었다. 갑옷을 입고 장갑을 낀 손에 들려 있는 기다란 검이었다. 검 끝에 별이 모여 만들어진 고리가 걸려 있고 방금 물에서 건져 올린 듯 고리에서 물이 계속 떨어졌다. 청신의 기억 속 깊은 곳에서 낯익은 장면이었지만 어디서 보았는지 기억나지 않았다. 그녀는 조각상이 멀어져 보이지 않을 때까지 차창 밖을 계속 응시했다.

차가 파란색 건물 옆에 멈춰 섰다. '공학원 기초 기술 021'이라는 명패가 걸려 있는 실험센터였다. 웨이드와 비윈펑이 건물 앞 풀밭에서 그들을 기다리고 있었다.

웨이드는 헤일로 그룹을 인수한 후 한 번도 동면하지 않아 110세의 고령이 되어 있었다. 변함없이 짧게 깎은 머리와 수염은 하얗게 세었고 지팡이를 짚지 않고도 걸음걸이에 흔들림이 없었지만 등이 살짝 굽어 있었다. 빈 채로 펄럭이는 한쪽 소매도 역시 그대로였다. 하지만 그와 눈이 마주친 순간 청신은 세월도 그를 무너뜨리지 못했음을 알았다. 그의 심신을 지탱하고 있는 핵심체는 시간에 침식되지 않고 오히려 눈이 녹은 뒤 드러난 바위처럼 더 도드라져 있었다.

비윈펑은 웨이드보다 나이는 적지만 더 늙어 보였다. 그는 청신을 보자마자 뭔가 보여줄 게 있는 사람처럼 얼굴 위로 엷은 흥분감을 내비쳤다.

"오랜만이군, 어린 아가씨. 자넨 여전히 젊을 거라고 내가 말했었지. 내 나이가 자네의 세 배가 됐군."

청신을 향한 웨이드의 미소는 여전히 그녀에게 온기를 느끼게 하지는 못했지만 예전처럼 서늘한 한기는 전해지지 않았다.

두 노인을 보며 청신은 만감이 교차했다. 같은 이상을 위해 60년 넘게 분투한 이들은 이미 삶의 막바지에 다다라 있었지만, 그녀는 위협의 세기에 처음 동면에서 깨어난 후 숱한 시련을 겪은 듯하지만 사실 동면하지 않고 깨어 있었던 시간이 4년밖에 되지 않았다. 그녀는 지금 서른세 살이었고, 평균 수명이 150세인 이 시대에는 아직 소녀의 나이였다.

짧은 인사를 나눈 뒤 모두 아무 말도 하지 않았다. 웨이드가 그녀를 실험실로 데리고 가고 비원평과 차오빈이 뒤를 따랐다. 실험실은 넓지만 창문도 없이 사방이 막혀 있는 방이었다. 공기 중에서 익숙한 정전기 냄새가 났다. 그곳은 지자 차단실이었다. 60여 년이 흘렀지만 사람들은 아직도 지자가 태양계를 완전히 떠났는지 확신하지 못하고 있었던 것이다. 아마도 영원히 확신할 수 없을 것이다. 얼마 전까지만 해도 각종 장비로 가득 차 있었던 것 같지만 지금은 모든 실험 장비가 벽 앞에 어지럽게 쌓여 있었다. 한가운데 공간을 비우기 위해 급하게 옮겨놓은 듯했다. 비워진 공간에 기계 하나만 덩그러니 놓여 있었다. 어수선한 주변과 비어 있는 가운데 공간에서 감추지 못한 흥분감이 느껴졌다. 보물을 찾아 헤매던 사람이 갑자기 보물을 발견한 뒤 삽을 아무렇게나 던져놓고 보물을 조심스럽게 들어다 한가운데로 옮겨놓은 것처럼.

복잡해 보이는 기계였다. 청신의 눈에는 서기 시대 토카막*의 축소판처

* 옮긴이 주: 핵융합 때 플라스마 상태로 변하는 핵융합 발전용 연료기체를 담아두는 용기.

럼 보였다. 밀폐된 반구형 본체에 수많은 장치가 연결되어 있었다. 반구의 둥근면에 가늘고 굵은 튜브가 어지럽게 꽂혀 있어 마치 수많은 촉수가 뻗어 나온 수뢰처럼 보였다. 어떤 에너지가 튜브를 통해 구심으로 모여들고 있는 것 같았다. 본체의 윗부분인 반구의 단면은 검은 금속으로 되어 있는데 튜브가 복잡하게 연결된 아래쪽에 비하면 테이블처럼 깔끔하고 투명한 유리 돔이 씌워져 있었다. 돔의 지름이 반구 단면의 지름과 같아서 두 개의 반구가 금속면을 사이에 두고 맞붙어 온전한 구체를 이루고 있었다. 투명과 불투명, 단조로움과 복잡함이 선명한 대조를 이루었다. 투명 돔이 씌워진 반구의 중앙에 가로세로 몇 센티미터밖에 안 되는 담뱃갑 크기의 은빛 금속판이 있었다. 그 아래 아주 크고 복잡한 악단을 숨기고 있는 작고 정교한 무대 같아서 그 위에서 어떤 공연이 시작될지 저절로 상상하게 만들었다.

"자네 몸의 일부가 이 위대한 순간을 경험하도록 해주지."

웨이드가 다가와 청신의 머리를 향해 팔을 뻗었다. 그의 손에 작은 가위가 들려 있었다. 청신은 긴장했지만 피하지 않았다. 웨이드가 그녀의 머리칼 한 가닥을 살짝 들어 올려 끝부분을 조금 잘라내더니 손가락 사이에 끼우고 들여다보았다. 너무 길다고 생각했는지 다시 반을 잘라냈다. 남은 머리카락이 2~3밀리미터밖에 되지 않아 거의 보이지도 않을 정도였다. 웨이드가 머리카락을 들고 기계로 다가가자 비윈펑이 투명 돔을 벗겨냈다. 웨이드가 머리카락을 매끄러운 금속판 위에 올려놓았다. 100살도 넘은 웨이드는 한 손만으로 이 모든 동작을 정확하게 해냈다. 손이 조금도 떨리지 않았다.

웨이드가 금속판을 가리키며 청신에게 말했다.

"이리 와서 자세히 봐."

청신이 다가갔다. 금속판을 반으로 나누는 붉은 선이 그려져 있고 그녀의 짧은 머리카락이 그중 한쪽에 놓여 있었다.

웨이드가 비윈펑에게 눈짓을 하자 비윈펑이 허공에 제어 창을 띄워 기계를 작동시켰다. 청신은 고개를 숙여 기계를 들여다보았다. 기계에 매달린 튜브 몇 가닥이 붉게 빛나기 시작했다. 그녀는 오래전 보았던 삼체 우주선을 떠올렸지만 에너지가 발산되는 것은 느낄 수 없었고 기계가 낮게 웅웅거리는 소리만 들렸다. 그녀가 작은 금속판 위로 시선을 옮겼다. 금속판에서 보이지 않는 진동이 퍼져 나오는 것 같았다. 바람이 뺨을 스치고 지나가는 느낌이 들었지만 아마도 환각이었을 것이다.

어느새 그녀의 머리카락이 붉은 선을 넘어 반대쪽으로 옮겨져 있었다. 하지만 그것이 옮겨지는 과정은 보지 못했다.

웅웅거리던 기계가 멈추었다.

웨이드가 물었다.

"뭘 봤나?"

청신이 대답했다.

"반세기 동안의 연구로 3밀리미터짜리 머리카락을 2센티미터 옮긴 걸 봤어요."

"공간곡률 추진으로 옮긴 거야."

비윈펑이 말했다.

"같은 방법으로 계속 가속시킬 수 있다면 이 머리카락은 10미터 만에 광속에 도달할 수 있을 거예요. 물론 아직은 불가능하고 여기서 할 수도 없죠. 이 짧은 머리카락 한 올이 헤일로시티를 통째로 날려버릴 수도 있으니까."

청신이 공간의 장력에 이끌려 2센티미터 당겨진 머리카락을 보며 말했다.

"이를테면 화약을 발명해서 폭죽을 만들었단 얘기네요. 최종 목표인 로켓 개발까지는 1000년이 더 걸릴 테고."

비윈펑이 말했다.

"그렇지 않아요. 우린 질량-에너지 변환 공식을 알아냈고 방사능의 원리도 발견했어요. 최종 목표인 원자폭탄 제조까지 몇십 년이 남았죠. 50년 안에 곡률 추진을 이용하는 광속 우주선을 만들려면 기술적인 실험을 수없이 진행해야 해요. 그래서 우리 카드를 연방 정부에 보여준 거예요. 이 실험에 필요한 환경을 제공받기 위해서."

"하지만 이런 방법으로는 아무것도 얻어내지 못해요."

웨이드가 말했다.

"그건 자네 결정에 달려 있지. 우리가 밖에 있는 함대와 싸워 이길 힘이 없다고 생각하겠지만, 그렇지 않아."

그가 문을 향해 손짓을 했다.

"들어와."

완전무장을 한 사람들이 줄지어 들어와 실험실을 가득 채웠다. 40~50명쯤 되어 보이는 젊은 남자들이 위아래 모두 검은 우주 위장복을 입고 있었다. 그들이 들어오자 방 안이 어두워졌다. 자세히 보니 일반 군복과 크게 다르지 않았지만 헬멧과 생존배낭만 있으면 곧장 우주로 나갈 수 있었다. 청신이 놀란 건 그들이 가지고 있는 무기 때문이었다. 그건 서기 시대의 소총이었다. 새로 제작한 것이겠지만 노리쇠와 방아쇠가 달린 고대의 기계식 소총과 똑같았다. 그들이 메고 있는 탄창도 그녀의 추측을 뒷받침해주고 있었다. 모두 노란색 탄창이 가득 꽂힌 탄띠 두 개를 양쪽 어깨에 교차해서 메고 있었다. 활과 칼을 든 서기 시대 사람들처럼 보였지만 그렇다고 시각적으로 전혀 위협적이지 않다는 뜻은 아니었다. 과거로 되돌아간 듯한 느낌을 주는 건 그들이 가지고 있는 무기뿐만이 아니었다. 그들에게서 풍기는 기개도 과거 군인들의 그것과 비슷했다. 군복과 장비뿐만 아니라 그들의 얼굴 위로 흐르는 강인함에도 고도로 훈련된 통일성이 배어 있었다. 얇은 우주복으로 감싼 우람한 근육과 굳센 얼굴선이 사람을 압도하고 무표정한 시선에서 금속 같은 서늘함과 생명을 한낱 잡초처럼 대하는 무감각함이 느껴졌다.

웨이드가 무장 병력을 향해 손을 휘둘렀다.

"도시 자위대라네. 헤일로시티와 광속 우주선을 향한 꿈을 지키기 위한 전체 병력이지. 바깥에 조금 더 있고 앞으로 더 많은 병력이 추가되겠지만 전체 병력은 100명을 넘지 않을 거야. 무기는……."

웨이드가 한 대원이 들고 있던 소총을 가져다가 노리쇠를 당겼다.

"자네가 본 게 맞아. 고대 무기. 하지만 현대 소재로 만들었지. 탄약도 화약이 아니고, 옛날 소총보다 사정거리도 길고 정밀도도 뛰어나. 우주에서 이 총 하나만 있어도 2000킬로미터 떨어져 있는 대형 전함을 명중시킬 수 있어. 하지만 그뿐이야. 아주 원시적인 무기지. 우습다고 생각하겠지? 내 생각도 그래. 한 가지만 빼고……."

그가 총을 돌려준 뒤 그 자위대원이 메고 있는 탄띠에서 탄약 한 발을 꺼냈다.

"생김새는 고대의 탄약 같지만 탄두는 달라. 지금 기준에서도 미래의 기술이지. 이 탄두는 초전도체가 담겨 있는 통이야. 내부는 순수한 진공상태이고 자기장을 이용해 작은 구슬이 탄피에 닿지 않도록 한가운데 띄워놓았어. 반물질로 만든 구슬이지."

비윈펑이 자부심이 역력한 표정으로 말했다.

"태양 공전 가속기를 기초 연구 실험뿐만 아니라 반물질을 만드는 데도 사용했어요. 특히 최근 4년 동안 최대 출력으로 작동시켜 반물질을 만들어냈지요. 현재 이런 탄약을 1만 5000발 가지고 있어요."

청신은 웨이드의 손에 들려 있는 원시적인 형태의 총알을 보며 서늘한 기운을 느꼈다. 그녀가 제일 걱정하는 건 그 작은 탄약이 자기장을 완벽하게 밀폐할 수 있는지였다. 조금이라도 불안정해 반물질 구슬이 탄피에 닿는다면 헤일로시티 전체가 번쩍이는 섬광과 함께 사라질 것이다. 그녀는 대원들이 어깨에 두르고 있는 금색 탄띠를 다시 한번 보았다. 그건 사신의 사슬이었다. 단 한 발로도 벙커 세계 전체를 폭파시킬 수 있었다.

웨이드가 말했다.

"우린 우주로 출격할 필요가 없어. 함대가 가까이 오길 기다렸다가 사격하면 돼. 전함이 20대 남짓이니까 한 대당 수십 발, 아니 100발도 넘게 쏠 수 있어. 그중 한 발만 명중해도 전함을 통째로 날려버리는 거야. 전쟁 방식은 원시적이지만 기동성이 뛰어나지. 총 한 자루만 가지면 전함 한 대를 위협할 수 있으니까. 다른 우주 도시에도 권총을 가진 대원들이 잠입해 있어."

그가 탄약을 대원의 탄띠에 다시 꽂았다.

"우린 전쟁을 원하지 않아. 마지막 협상 때 연방 특사에게 우리 무기를 보여주고 우리 전쟁 방식을 솔직히 설명해줄 거야. 전쟁으로 치러야 할 대가를 계산해본다면 연방 정부도 포위를 풀 수밖에 없겠지. 우린 요구 조건이 많지 않아. 태양계에서 수백 천문단위 떨어진 곳에 곡률 엔진 실험기지를 건설해준다면 그걸로 충분해."

줄곧 침묵하고 있던 차오빈이 물었다.

"하지만 정말로 전쟁이 발발한다면 우리에게 승산이 있습니까?"

차오빈은 비원펑과 달리 전쟁에 찬성하지 않는 것 같았다.

웨이드가 담담하게 대답했다.

"없네. 하지만 승산이 없기로는 그들도 마찬가지야. 우리가 해볼 수 있는 건 이 방법뿐이야."

웨이드의 손에 들려 있는 반물질 탄약을 보며 청신은 자신이 무슨 일을 해야 하는지 알았다. 그녀가 걱정하는 건 연방 함대가 아니었다. 그들에게도 이런 공격을 방어할 방법이 있다고 믿었다. 지금 그녀의 뇌리에는 한 가지 생각뿐이었다. 웨이드의 말 한마디가 그녀의 머릿속에서 계속 메아리쳤다.

'다른 우주 도시에도 권총을 가진 대원들이 잠입해 있어.'

전쟁이 발발한 뒤 다른 우주 도시에 잠입해 있는 게릴라 대원들이 반물질 탄약이 들어 있는 권총으로 지면의 아무 곳을 향해 한 발 쏘기만 해도 물질-반물질 쌍소멸로 인해 폭발이 일어나며 얇은 외벽이 순식간에 찢어지고 그 안의 모든 것이 타버릴 것이다. 회전하던 도시가 우주에서 산산이 흩어지고 1000만 명 넘게 사망할 것이다.

우주 도시는 달걀만큼이나 약했다.

웨이드가 다른 우주 도시를 공격하겠다고 말한 건 아니지만 공격하지 않는다고 장담할 수도 없었다. 청신은 130여 년 전 그가 자신을 향해 총구를 겨누었던 장면을 떠올렸다. 그 장면이 그녀의 마음속에 선명한 낙인처럼 찍혀 있었다. 한 남자가 얼마나 냉혹해야 그런 선택을 할 수 있는지 그녀는 알지 못했다. 그의 정신을 가득 채운 건 극단적인 이성에서 비롯된 극도의 냉혹함과 광기였다. 그녀는 3세기 전 지금보다 훨씬 젊었던 웨이드가 야수처럼 미친 듯이 포효하던 그때로 되돌아간 것 같았다.

"전진! 전진! 수단과 방법을 가리지 말고 전진하라!"

설령 웨이드는 진심으로 우주를 공격할 생각이 없다고 해도, 다른 사람도 그럴까?

청신의 걱정을 증명하듯 도시 자위대의 한 대원이 말했다.

"청신 박사님, 믿어주십시오. 저희는 끝까지 싸울 겁니다."

다른 대원도 말했다. 손가락을 세워 위를 가리키는 그의 눈동자가 이글이글 불타올랐다.

"박사님을 위한 것도, 웨이드 선생님을 위한 것도, 이 도시를 위한 것도 아닙니다. 그들이 우리에게서 뭘 빼앗으려는지 아십니까? 이 도시도 광속 우주선도 아닌, 태양계 밖의 우주 전체입니다! 우주에 있는 억만 개의 아름다운 세계란 말입니다! 그들은 우리가 그 세계로 가지 못하게 막고 있습니다. 그들이 우리와 우리 후손을 반지름 50천문단위의 태양계라는 감옥에 가두려 하고 있습니다. 우리는 자유를 위해 싸울 겁니다! 우주의 자유인이 되기 위해 싸울 겁니다! 우리는 자유를 위해 싸운 고대인들과 다르지 않습니다. 끝까지 싸울 겁니다! 이건 자위대 전체의 생각이기도 합니다."

어둡고 서늘한 눈빛 속에서 대원들이 청신을 향해 고개를 끄덕였다.

그 후 오랜 세월 동안 청신은 이 대원의 말을 수없이 떠올렸다. 하지만 지금 이 순간 그의 말은 그녀의 마음을 움직이지 못했다. 그녀는 눈앞이 캄캄해지며 깊은 공포에 사로잡혔다. 130여 년 전 UN 본부 앞에서 아기를 품에 안았을 때의 감정이 또다시 그녀를 덮쳤다. 지금 그녀는 아기를 안은 채 늑대들 앞에 서 있는 것 같았다. 오로지 자기 힘으로 아기를 지켜야 한다는 생각뿐이었다.

그녀가 웨이드에게 물었다.

"그때의 약속은 유효한가요?"

웨이드가 고개를 끄덕였다.

"물론이지. 안 그랬으면 왜 자넬 데려왔겠나?"

"좋아요. 전쟁 준비와 모든 저항을 즉시 중단하고 반물질 탄약 전체를 연방 정부에 넘기세요. 다른 우주 도시에 잠입한 대원들도 그렇게 하도록 즉시 명령을 내리세요!"

청신에게로 모여든 자위대원들의 눈빛이 그녀를 불태울 것 같았다. 힘의 차이가 현격했다. 그녀는 잔인한 전쟁 기계들과 대치하고 있었다. 그들 하나하나가 100개도 넘는 수소폭탄을 메고 있었다. 그 모든 힘이 한 미치광이의 통제 아래 단단히 똬리를 틀고 그 어떤 것도 짓이겨버릴 수 있는 검고 거대한 바퀴가 되어 있었다. 그녀는 힘없는 여자였다. 웨이드의 말처럼 이 시대에 그녀는 어린 소녀나 다름없었다. 여린 풀 한 포기 같은 그녀가 거대한 바퀴를 멈춰 세울 수는 없었다. 하지만 그녀가 할 수 있는 건 이것뿐이었다.

그녀의 예상과 달리 거대한 바퀴가 풀 앞에서 멈춘 것 같았다. 그녀에게 집중되어 있던 자위대원들의 시선이 하나둘씩 웨이드에게로 옮겨갔다. 그녀는 숨통을 옥죄는 압박감에서 조금 벗어났지만 여전히 숨쉬기가 힘들었다. 웨이드는 청신의 머리카락이 놓여 있는 투명 돔 속 곡률 추진 금속판을 뚫어지게 내려다보고 있었다. 금속판이 신성한 제단처럼 보였다. 청신은 자위대원들을 이 제단 주위에 집합시켜놓고 전쟁 결정을 내렸을 웨이드의 모습을 상상했다.

웨이드가 드디어 입을 열었다.

"다시 잘 생각해봐."

청신의 목소리는 그 어느 때보다도 결연했다.

"더 생각할 것도 없어요. 다시 한번 말하겠어요. 이게 최종적인 결정이에요. 저항을 중지하고 헤일로시티에 있는 반물질을 전량 연방 정부에 넘기세요."

웨이드가 고개를 들어 청신을 응시했다. 그의 눈빛에서 지금껏 거의 본 적 없는 무력감과 애원하는 듯한 간절함이 배어 나왔다. 그가 한 글자씩 힘주어 말했다.

"인간의 본성을 잃으면 많은 걸 잃지만, 짐승의 본성을 잃으면 모든 걸 잃게 돼."

"난 인간의 본성을 택하겠어요."

청신이 모두를 향해 말했다.

"여러분도 그럴 거라 믿어요."

비윈펑이 청신에게 뭐라고 말하려는데 웨이드가 손짓으로 저지했다. 웨이드의 눈빛이 어두워졌다. 그의 눈 속에서 뭔가가 영영 사그라진 것 같았다. 무너져 내린 세월이 그를 덮쳤다. 그는 지치고 무력해 보였다. 그는 남아 있는 한 손으로 받침대를 짚고 방금 누가 가져다놓은 의자에 앉았다. 그가 천천히 손을 들어 앞에 있는 받침대를 가리키며 시선을 내리깔았다.

"모든 탄약을 여기에 내놓아라."

처음에는 아무도 움직이지 않았지만 청신은 무언가가 무르게 변하며 검은 힘이 분산되는 걸 느꼈다. 웨이드에게 쏠려 있던 자위대원들의 시선이 서서히 흩어져 더 이상 한곳에 모이지 않았다. 드디어 한 대원이 앞으로 나와 메고 있던 탄띠 두 줄을 내려놓았다. 살짝 내려놓았는데도 탄약이 바닥에 부딪치며 내는 금속 충돌음이 청신을 전율하게 했다. 탄띠가 황금빛 뱀 두 마리처럼 단상에 조용히 엎드려 있었다. 뒤이어 두 사람이 앞으로 나와 탄띠를 내려놓고 그다음엔 더 많은 사람이 나왔다. 단상 위에 높이 쌓인 탄띠 무더기가 금빛을 발산했다. 탄띠를 내려놓을 때 나는 빗소리 같은 마찰음이 사라지자 정적이 모든 것을 뒤덮었다.

웨이드가 말했다.

"벙커 세계에 흩어져 있는 모든 헤일로 무장 병력에게 명령한다. 무기를 내려놓고 연방 정부에 투항하라. 시 정부가 함대를 인수하는 동안 그 어떤 과격한 행동도 금지한다."

"네."

자위대원 중 누군가 대답했다. 탄띠를 벗고 위아래 모두 검은 우주복만 입은 그들은 더 어두워 보였다.

웨이드가 나가라는 손짓을 하자 모두 말없이 밖으로 나갔다. 먹구름이

건히고 실험실 안이 다시 밝아졌다. 웨이드가 힘겹게 몸을 일으켜 단상 높이 쌓여 있는 반물질 탄창 옆을 돌아 유리 돔으로 다가갔다. 그가 돔을 열고 곡률 추진 금속판을 내려다보다가 가벼운 숨을 불어 청신의 머리카락을 날렸다. 그가 돔을 닫고 고개를 들어 청신을 향해 미소 지었다.

"애야, 봤지? 난 약속을 지켰어."

헤일로시티 사건이 종료된 뒤 연방 정부는 반물질 무기에 관한 사실을 발표하지 않았다. 사람들은 사건이 예상대로 처리되었다고 생각했고 국제사회도 그 일을 크게 문제 삼지 않았다. 헤일로 그룹이 태양 공전 가속기를 개발하며 국제사회에서 좋은 평판을 가지고 있었으므로 여론은 헤일로 그룹의 이번 행동에 대해 비교적 너그러웠다. 누구에게 법적 책임을 물을 필요도 없고 최대한 빠른 시일 내에 헤일로시티의 자치권을 회복시켜주어야 한다는 의견이 대부분이었다. 앞으로 곡률 추진 우주선과 관련된 그 어떤 연구나 기술 개발도 하지 않고 연방 정부의 엄격한 감독하에 기업 활동을 한다면 헤일로 그룹이 사업을 계속하는 것도 문제가 없을 것 같았다.

하지만 일주일 후 연방 함대 사령부가 헤일로시티에서 압수한 반물질 탄약을 공개했다. 산더미처럼 쌓인 금빛 사신 앞에서 전 세계가 경악했다.

뒤이어 연방 정부는 헤일로 그룹이 불법 행위를 저질렀음을 선포하며 그들의 자산 전체를 압수하고 태양 공전 가속기 운영권을 몰수했다. 연방 우주군이 헤일로시티를 점령하고 과학원과 공학원을 해산시켰으며 웨이드를 비롯한 헤일로 그룹 경영진과 도시 자위대 300여 명을 체포했다. 그후 진행된 태양계 연방 법정의 재판에서 토머스 웨이드에게 반인류죄, 전쟁죄, 곡률 추진 기술 금지법 위반죄가 적용되어 사형 판결이 내려졌다.

청신은 태양계 연방의 수도인 지구 1호 우주 도시, 연방 최고법원 인근에 있는 구치소에서 웨이드를 만났다. 투명 창을 사이에 두고 두 사람은 말없이 서로를 응시했다. 110세 노인은 거의 말라버린 호수 밑바닥에 남은 물처럼 잔잔한 파문조차 일지 않았다.

청신이 창 가운데 뚫린 구멍으로 시가 한 상자를 건넸다. 태평양 1호의 시장에서 산 골동품 시가였다. 웨이드가 시가 10개 중 세 개만 꺼낸 뒤 상자를 청신에게 돌려주었다.

"이걸로 충분해."

"국장님의 인생에 대해 얘기해주세요. 훗날 사람들에게 들려줄 수 있도록."

웨이드가 천천히 고개를 저었다.

"이미 죽은 수많은 사람 중 한 명일 뿐이지. 별로 얘기할 게 없네."

청신은 이 투명 창뿐만 아니라 세상에서 가장 깊고 영원히 건널 수 없는 골짜기가 둘 사이에 놓여 있다는 걸 알고 있었다.

"내게 할 말이 있나요?"

청신의 마지막 질문이었다. 그녀가 대답을 기대하고 있다는 사실이 그녀 자신조차 놀라웠다.

"시가 고맙네."

한참 뒤에야 청신은 그것이 웨이드가 자신에게 하고 싶었던, 마지막이자 유일한 말이라는 걸 알았다.

그들은 말없이 앉아 있었다. 서로를 응시하지도 않았다. 고인 물 같은 시간 속에 고요히 가라앉았다. 우주 도시가 위치 조정을 하는 미세한 떨림에 청신의 정신이 현실로 되돌아왔다. 그녀는 천천히 몸을 일으켜 낮은 목소리로 웨이드에게 작별을 고했다.

구치소 문을 나오며 청신은 나무 상자에서 시가 한 개비를 꺼냈다. 교도관에게 라이터를 빌려 난생처음 담배를 피웠다. 이상하게도 기침이 나오지 않았다. 수도의 태양을 향해 피어오르던 희푸른 담배 연기가 지난 3세기의 세월과 함께 눈물이 차오른 그녀의 시야 속에서 흩어졌다.

사흘 뒤 토머스 웨이드가 강력한 레이저 속에서 1만 분의 1초 만에 기화되었다.

청신은 아시아 1호 동면센터에서 동면하고 있던 AA를 깨워 지구로 돌아갔다.

두 사람은 '헤일로호'를 탔다. 헤일로 그룹이 몰수당한 뒤 연방 정부는 회사의 방대한 자산 중 일부를 청신에게 돌려주었다. 웨이드가 헤일로 그룹을 인수할 당시와 비슷한 자산 규모로 그것만 해도 엄청난 금액이었지만 이미 사라진 헤일로 그룹에 비하면 극히 일부에 불과했다. 헤일로호 우주선도 돌려받았다. 3세대 헤일로호라고 할 수 있는 이 우주선은 두세 명이 탈 수 있는 소형 항성급 우주선이지만 생태 시스템이 완비되어 작은 정원이라고 할 수 있을 만큼 쾌적했다.

청신과 AA는 사람이 거의 살지 않는 지구의 각 대륙을 돌아다녔다. 플라잉카를 타고 끝없이 펼쳐진 밀림 위를 날아다니고 말을 타고 초원을 천천히 둘러보았으며 아무도 없는 해변을 거닐었다. 대도시는 숲과 넝쿨에 점령당하고 도시마다 작은 마을만 드문드문 남아 있었다. 지구의 인구가 신석기 시대 말기 수준으로 돌아간 것 같았다.

인류 문명사가 한바탕 긴 꿈처럼 느껴졌다.

호주에도 가보았다. 대륙 전체를 통틀어 사람이 사는 곳은 캔버라뿐이었고 작은 마을 크기의 정부만 남아 있었지만 여전히 호주 연방으로 불리고 있었다. 오래전 지자가 멸종 계획을 선포했던 국회의사당 정문도 울창하게 뻗은 나무에 가로막히고 넝쿨이 80여 미터 높이의 깃대 끝까지 기어 올라가 있었다. 정부 자료에서 프레스의 기록을 찾을 수 있었다. 그는 150세 넘게 살았지만 결국 시간과 싸워 이기지 못하고 10여 년 전 세상을 떠난 뒤였다.

모스켄섬을 다시 찾아갔다. 잭슨이 지은 등대는 남아 있지만 등대의 불빛은 오래전에 꺼지고 그 일대는 사람의 발길이 완전히 끊겼다. 섬 위에서 모스크스트라우멘의 소리가 들렸지만 눈에 보이는 건 석양 아래 텅 빈 바다뿐이었다.

두 사람의 미래도 텅 빈 것 같았다.

AA가 말했다.

"우리 공격받은 후의 시대로 가요. 태양이 사라진 뒤의 시대요. 그때가 되어야 편히 살 수 있을 것 같아요."

청신도 공격받은 후의 시대로 가고 싶었다. 하지만 편안한 생활을 위한 것은 아니었다. 그녀가 파괴적 전쟁을 막았다는 사실이 알려지고 또다시 전 세계의 추앙을 받게 된다면 그녀는 또다시 이 시대에서 살 수 없었기 때문이다. 지구 문명이 암흑의 숲 공격을 받은 후에도 생존과 번영을 계속할 수 있는지 직접 보고 싶기도 했다. 그건 그녀에게 유일한 희망이자 마음의 위안이었다. 태양이 성운으로 변한 뒤의 생활을 상상했다. 그곳에서 진정한 고요함, 아니 행복을 찾을 수 있을 것 같았다. 그곳이 그녀 인생의 마지막 항구가 될 것 같았다.

그녀는 이제 겨우 서른세 살이었다.

청신과 AA는 헤일로호를 타고 목성 클러스터로 돌아가 아시아 1호 동면센터에서 다시 동면에 들어갔다. 예정된 동면 기간은 200년이지만 계약에 한 가지 조항이 추가되었다.

동면 기간 내에 암흑의 숲 공격을 받게 된다면 언제든 소생시킨다.

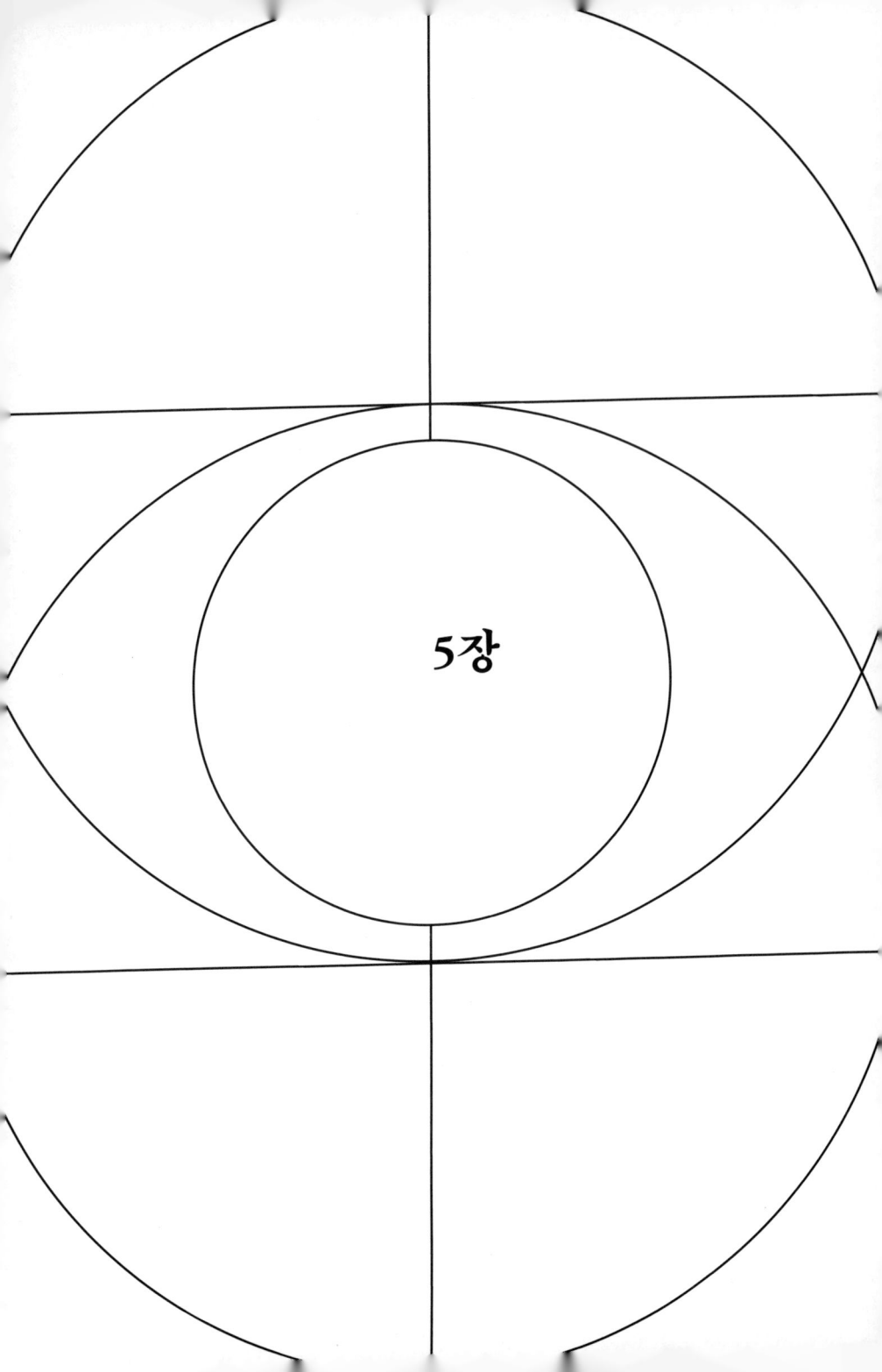

5장

벙커의 세기 67년, 은하계 오리온의 팔

좌표 데이터를 읽는 것은 가수의 일이고, 좌표의 진위를 판단하는 것은 가수의 즐거움이다.

자기 일이 별로 중요한 일이 아니라는 건 가수도 알고 있었다. 그건 그저 혹시 있을지 모를 착오를 방지하기 위한 부수적인 확인 작업이었다. 하지만 없어서는 안 되는 절차일 뿐 아니라 그에게는 일종의 즐거움이기도 했다.

사실 씨앗이 모(母)세계에서 출발할 때만 해도 그곳은 즐거움으로 가득 차 있었다. 하지만 모세계와 변두리 세계 사이에 전쟁이 시작된 후 즐거움이 점점 사라졌고, 1만 개 시간 알갱이가 흐른 지금은 모세계든 씨앗이든 즐거움을 논할 수조차 없다. 고전 시대의 즐거움은 옛날 노래 속에서만 존재하며 그런 노래를 부르는 것은 얼마 남지 않은 즐거움 중 하나다.

가수가 데이터를 읽으며 옛날 노래를 흥얼거렸다.

내 사랑을 보았어요.

그녀 곁으로 날아갔죠.

그녀에게 주는 선물을 두 손에 받쳐 들어요.

그건 굳어진 시간의 조각

시간 위 아름다운 무늬를 쓰다듬어요.

얕은 바다의 진흙처럼 보드라운 그 무늬를.

가수는 큰 불만이 없었다. 생존이란 원래 많은 생각과 정력이 필요한 일이다.

우주의 엔트로피*는 증가하고 질서도는 감소하고 있다. 마치 균형 붕새**의 끝없이 넓고 검은 날개가 우주에 존재하는 모든 것을 누르고 또 누르는 것 같다. 하지만 저엔트로피체는 다르다. 저엔트로피체의 엔트로피는 감소하고 있고 질서도는 검디검은 바다에서 솟구쳐 오르는 불빛처럼 계속 상승하고 있다. 이것이 바로 의의다. 이것은 가장 높은 차원의 의의이며, 또 즐거움보다 더 높은 차원의 의의다. 이 의의를 유지하려면 저엔트로피체가 반드시 존속되어야 한다.

의의의 탑보다 더 높은 곳은 생각할 것 없다. 생각한들 답을 찾을 수 있는 것도 아니거니와 큰 위험이 닥칠 수도 있다. 의의의 탑의 꼭대기는 더 말할 것도 없다. 어쩌면 탑의 꼭대기 자체가 없을 수도 있다.

좌표로 돌아와보자. 우주에는 수많은 좌표가 종횡으로 가로지르고 있다. 모세계의 하늘을 날아다녔던 매트릭스 곤충을 연상시키기도 한다. 좌

* 옮긴이 주 : 물리계에서 일어나는 모든 비가역 변화는 스스로 무질서한 상태로 변화가 진행되는데 이때 계의 무질서한 정도를 엔트로피(entropy) 또는 무질서도라고 함.
** 옮긴이 주 : 『장자』에 나오는 거대한 상상의 새. 태양빛을 완전히 가릴 만큼 거대한 날개를 가지고 있다고 함.

표를 주워 올리는 것은 주핵의 일이다. 주핵은 우주에 떠다니는 모든 정보를 삼킨다. 중막의 것, 장막의 것, 경막의 것 등등. 언젠가는 단막의 정보도 삼킬 수 있을 것이다. 주핵은 모든 별의 위치를 기억하고 있다. 수집한 정보를 매트릭스 방식을 이용해 다양하게 조합한 위치모델과 매칭시켜 좌표를 식별해낸다. 주핵은 5억 개 시간 알갱이 전의 위치모델까지 매칭시킬 수 있다고 한다. 하지만 가수에게는 무의미한 일이므로 그런 시도는 해보지도 않았다. 머나먼 옛날에는 우주에 저엔트로피 집단이 많지 않았고 은닉 유전자와 청소 유전자도 생겨나기 전이었다. 하지만 지금은…….

감쪽같이 은닉하고, 흔적도 없이 청소한다.

하지만 모든 좌표가 진실한 것은 아니다. 허위 좌표에 속으면 텅 빈 세계를 청소하게 된다. 그건 정력 낭비이자 일종의 손실이다. 그 세계를 청소하지 않고 빈 채로 내버려두면 나중에 유용하게 쓰일 수도 있는데 말이다. 허위 좌표를 보내는 이들을 정말 이해할 수 없다. 그들은 언젠가 그 대가를 치르게 될 것이다.

좌표의 진위를 판단하는 기준이 있다. 가령 한꺼번에 대량으로 발송된 좌표는 허위인 경우가 많다. 하지만 정밀한 기준이 아니기 때문에 좌표의 진위를 정확하게 판단하려면 직감을 이용해야 한다. 씨앗의 주핵은 그 일을 할 수 없고, 모세계의 초핵도 그 일은 할 수가 없다. 이것이 저엔트로피체의 대체 불가능한 역할이며, 가수가 바로 그 능력을 갖고 있다. 그것은 타고난 재능이나 본능이 아니라 1만 개도 넘는 시간 알갱이가 쌓여서 만들어진 직감이다. 각각의 좌표가 문외한에게는 그저 단순한 매트릭스일 뿐이지만 가수의 눈에는 살아 숨 쉬는 존재다. 좌표의 모든 요소가 자기만의 특징을 표현하고 있다. 점을 몇 개나 찍었는지, 목표 별을 표시하는 방법은 무엇인지 등등 미묘한 부분이 수없이 많다. 물론 주핵도 그 좌표와 관련된 역사적 기록이라든가, 좌표를 발사한 곳의 방향, 발사 시간 등등 몇 가지 정보를 제공할 수는 있다. 모든 정보가 유기적으로 합쳐져서 하나가 되면 가수는 의식을 통해 좌표를 발사한 사람에게 감응할 수 있다. 가수의 의식이 시공의 골짜기를 넘어 좌표 발사자의 정신과 공명을 일으키며 그의 공포와 초조함이 전달되고, 모세계에서는 느낄 수 없는 미움, 질투, 욕심 같은 낯선 감정을 느끼게 된다. 하지만 주된 감정은 역시 공포다. 공포가 생기면 좌표에 진심이 담긴다. 모든 저엔트로피체에게 공포는 생존을 위한 감정이다.

바로 그때 씨앗의 항로 근처에 있는 좌표 하나가 가수의 주의를 끌었다. 장막을 이용해 발사한 좌표였다. 가수도 자신이 왜 그것을 진짜 좌표라고 판단했는지는 알 수 없었다. 직감이란 명확히 설명할 수 없는 것이다. 가수는 그것을 청소하기로 했다. 어차피 지금 딱히 할 일도 없고 청소하는 일이 노래에 방해가 되는 것도 아니었다. 그의 판단이 틀렸어도 상관없다. 청소란 원래 그런 것이다. 절대적인 정확도를 요구하지도 않고 긴박한 일도 아니다. 언제든 청소하기만 하면 된다. 그의 지위가 낮은 것도 그 때문이었다.

가수가 씨앗 창고에서 질점*을 가지고 나오며 좌표가 가리키는 별의 방향으로 시선을 던졌다. 주핵이 밤하늘을 향해 휘두른 창처럼 그의 시선을 이끌었다. 그가 역장의 더듬이를 이용해 질점을 붙잡고 던질 준비를 했다. 하지만 팽팽하게 당겨졌던 더듬이가 이내 느슨해졌다.

어느새 별 세 개 중 하나가 사라지고 그 자리에 고래의 배설물 같은 하얀 우주 먼지가 떠다니고 있었다.

이미 청소된 것이다. 청소되었다면 그걸로 됐다. 가수는 질점을 다시 창고로 가져다놓았다.

* 옮긴이 주 : 물체의 질량이 총집결한 것으로 간주되는 이상적인 점.

'빠르기도 하군.'

그가 주핵의 프로세스를 작동시켜 그 별을 죽인 질점의 위치를 추적했다. 성공 확률이 거의 0에 가까운 일이지만 반드시 해야 하는 일이었다. 프로세스는 빠르게 종료되었고 매번 그렇듯 아무런 결과도 얻지 못했다.

별이 왜 그렇게 빨리 청소되었는지 알 것 같았다. 그 세계에서 약 2분의 1 구조만큼 떨어진 곳에 느린 안개가 떠다니고 있었다. 안개만 보고는 어디서 생겨난 것인지 알 수 없지만, 조금 전의 좌표와 연관 지어 생각해보면 안개가 그 세계에서 나온 것임을 짐작할 수 있었다. 느린 안개가 떠 있다는 건 그곳이 위험한 곳이라는 의미다. 그래서 빨리 청소한 것이다. 그보다 더 예민한 직감을 가진 저엔트로피체가 있는 것 같았다. 하지만 그건 이상한 일이 아니다. 가수는 씨앗의 장로가 했던 말을 기억하고 있었다.

'네가 아무리 빨라도 우주 어딘가에는 너보다 더 빠른 존재가 있고, 네가 아무리 느려도 어딘가에는 너보다 더 느린 존재가 있단다.'

단독으로 발사된 좌표는 시간의 차이만 있을 뿐 언젠가는 결국 청소된다. 허위 좌표일 수도 있지만 1억만 개의 저엔트로피 세계에 그 수보다 1만 배는 많은 청소부가 있으므로 그중 누군가는 그것이 진짜 좌표라고 판단할 것이다. 모든 저엔트로피체는 청소 유전자를 가지고 있다. 청소는 그들의 본능이며 아주 쉽고 간단한 일이다. 우주 곳곳에 힘이 잠재되어 있으므로 그 힘을 조금 자극하기만 하면 된다. 전혀 힘들지 않고 노래 부르는 데 방해가 되지도 않는다.

다른 미지의 저엔트로피체가 청소하길 기다릴 수도 있지만, 그건 모세계와 씨앗에게 모두 이롭지 못하다. 그가 좌표를 받고 좌표가 가리키는 세계를 흘긋 쳐다보기만 해도 그 세계와 모종의 관계가 만들어진다. 이것을 일방적인 관계라고 생각한다면 너무 유치한 발상이다. 발견 가역의 법칙이라는 위대한 법칙을 잊어서는 안 된다. 내가 저엔트로피 세계를 볼 수 있다면, 그 세계도 언젠가는 나를 볼 수 있다. 조금 늦게 보느냐 일찍 보느냐의 차이일 뿐. 그러므로 어떤 상황에서든 남이 청소할 때까지 기다리는 건 위험하다.

그다음에 할 일은 쓸모없게 된 좌표를 '무덤'이라는 이름의 데이터베이스에 넣어 보관하는 것이다. 이것도 역시 절차상 반드시 해야 하는 일이다. 물론 망자의 유품을 함께 매장하듯 그것과 관련된 기록도 함께 넣어야 한다. 좋든 싫든 모세계의 관습이 그렇다.

그런데 '유품' 중 하나가 가수의 호기심을 자극했다. 망자가 중막을 이용해 다른 좌표와 주고받은 세 차례 통신 기록이었다. 중막은 통신 효율이 가장 낮은 막으로 원시막이라고도 불린다. 가장 많이 이용하는 것은 장막이다. 단막으로도 정보를 전달할 수 있다고 들었지만, 그게 가능한 건 아마 신뿐일 것이다. 하지만 가수는 원시막을 좋아했다. 원시막에는 즐거움이 충만했던 시대의 향수를 불러일으키는 질박한 아름다움이 있었다. 그는 원시막에 담긴 정보를 노래로 만들곤 했고 그렇게 만든 노래는 늘 아름다웠다. 물론 대부분은 무슨 내용인지 알아들을 수 없지만 굳이 알아들을 필요도 없었다. 원시막에 유용한 정보가 담겨 있을 리 없으므로 그 리듬을 즐기면 그만이었다. 하지만 이번에는 달랐다. 그 정보 중 일부를 어렴풋이 이해할 수 있었던 것이다. 그중 일부에 자기 해석 시스템이 장착되어 있었기 때문이다! 비록 아주 조금 알아들을 수 있었지만 이 신비한 과정을 느끼기에는 충분했다.

우선 다른 좌표에서 원시막을 통해 한 가지 정보가 발사되었다. 그 세계(가수는 이 세계를 '별 연주가'라고 불렀다)의 저엔트로피체가 조악한 기타를 연주하는 모세계의 고대 음유시인처럼 자신들의 세계를 서툴게 퉁겼다. 이렇게 발사된 정보에 자기 해석 시스템이 포함되어 있었던 것이다.

엉성하고 원시적인 시스템이었지만 뒤이어 망자가 발사한 정보의 텍스트 형식과 대조해보기에는 충분했다. 그것은 발사된 정보에 대한 대답이었다. 이것만으로도 신비한데 먼저 정보를 발사했던 별 연주가가 또 대답을 했다.

'오, 흥미로워! 아주 흥미로워!'

가수는 은닉 유전자도 숨기는 본능도 없는 저엔트로피 세계에 대해 들은 적이 있었다. 물론 그들이 주고받은 세 차례 통신만으로 절대 좌표가 노출되지는 않았지만 두 세계 사이의 상대거리는 노출되었다. 거리가 아주 멀다면 모르겠지만 416구조밖에 안 되는 아주 가까운 거리였다. 거의 붙어 있는 것이나 마찬가지였다. 그러므로 그중 한 세계의 좌표가 노출되면 다른 세계의 좌표도 노출될 수밖에 없다. 그건 시간문제였다.

이렇게 해서 별 연주가의 좌표가 노출되었다.

그 세 차례 통신 후 아홉 개 시간 알갱이 만에 또 하나의 기록이 나타났다. 별 연주가가 자신들의 별을 퉁겨 정보를 발사한 것이다. 그건…… 좌표였다! 주핵은 그것이 좌표가 분명하다고 판단했다. 가수가 그 좌표가 가리키는 별을 보았을 때 그것도 이미 청소되어 있었다. 약 35개 시간 알갱이 전의 일이었다. 조금 전 가수의 예상은 빗나갔다. 별 연주가는 은닉 유전자를 가지고 있었다. 청소 유전자가 있다는 건 은닉 유전자도 있다는 뜻이다. 하지만 모든 좌표 발사자가 그렇듯 그들도 스스로 청소하는 능력은 없었다.

'흥미로워! 아주 흥미로워!'

어째서 망자를 청소한 저엔트로피체가 별 연주가를 청소하지 않은 걸까? 여러 가지 이유가 있을 수 있다. 아마도 그들은 이 세 번의 통신을 미처 발견하지 못했을 것이다. 원시막 정보는 늘 그렇게 간과되곤 한다. 하지만 1억만 개 세계에 있는 수많은 청소부 중 적어도 하나쯤은 그 정보에 호기심을 갖게 되고, 이번에는 그게 바로 가수였던 것이다. 사실 가수가 아니더라도 언젠가는 다른 저엔트로피체가 그 정보를 발견했을 것이다. 아니, 어쩌면 이미 누군가의 주의를 끌었을 수도 있다. 하지만 은닉 유전자 없는 저엔트로피 집단은 별로 위협적이지 않다고 판단하고 청소하기 귀찮아 내버려두었을 것이다.

하지만 그건 큰 오산이다! 설령 별 연주가에게 은닉 유전자가 없더라도 자기 존재가 노출되는 것을 두려워하지 않는다면 그들은 거리낌 없이 확장하고 공격할 것이다.

적어도 죽기 전까지는 말이다.

게다가 이번에는 상황이 복잡했다. 처음 세 번의 통신과 그다음의 좌표 발사, 그리고 60개 시간 알갱이 후 다른 곳에서 장막으로 망자를 향해 좌표를 발사한 것까지, 이 일련의 사건들이 불길한 경고를 하고 있었다. 망자가 청소된 지 12개 시간 알갱이가 흘렀고, 별 연주가는 자신의 좌표가 노출되었다는 걸 알고 있을 것이다. 그렇다면 지금 그들이 할 수 있는 유일한 선택은 느린 안개 속에 숨어 안전하게 보이는 것이다. 그러면 아무도 그늘에게 관심을 주지 않을 것이다. 그들에게 그런 능력이 없을 수도 있지만, 그들이 별을 통겨 원시막을 통해 정보를 발사한 후 지금까지 흐른 시간으로 볼 때 그들에게는 그런 능력을 갖추기에 충분한 시간적 여유가 있었다. 그러므로 능력이 없어서가 아니라 그러고 싶지 않은 것일 가능성이 크다.

만약 후자라면 별 연주가는 아주 위험하다. 망자보다 훨씬 더 위험하다.

가수가 멀리 있는 별 연주가를 바라보았다. 지극히 평범해 보이는 별이었다. 수명이 적어도 10억 개 시간 알갱이쯤 남아 있고 여덟 개의 행성 중네 개는 액체 상태의 거대 행성이었다. 경험에 비추어보면 원시막을 이용해 신호를 발사하는 저엔트로피체는 대부분 고체 상태의 행성에 살고 있다. 가수가 빅아이 프로세스를 작동시켰다. 매우 이례적인 일이었으며 월권 행위이기도 했다.

씨앗의 장로가 말했다.

"뭘 하는 거야? 빅아이는 지금 바쁘다네."

가수가 말했다.

"저엔트로피 세계가 있습니다. 가까이에서 보고 싶습니다."

"자네는 멀리서 보는 걸로도 충분해. 그게 자네의 일이야."

"단순한 호기심입니다."

"빅아이는 더 중요한 목표를 관찰하는 데 써야지. 자네의 호기심을 충족시켜줄 시간이 없어. 자네 일이나 하게."

가수는 더 부탁하지 않았다. 청소부는 씨앗에서 지위가 가장 낮았으므로 그의 의견은 번번이 무시당했고, 그가 하는 일은 허드렛일로 치부되었다. 하지만 그를 무시하는 사람들은 감춰진 좌표보다 전달된 좌표가 더 위험할 수 있다는 사실을 간과했다.

그에게 남은 일은 청소뿐이었다. 창고에서 다시 질점을 가지고 나왔다. 하지만 별 연주가를 청소할 때 질점을 사용하면 안 된다는 것이 생각났다. 망자가 된 성계와 달리 별 연주가의 성계에는 사각지대가 있어서 질점으로는 깨끗하게 청소할 수가 없다. 아무런 효과도 없이 헛수고만 하게 될 수도 있다. 별 연주가를 청소할 때는 2차원 벡터 포일을 사용해야 하지만 가수는 창고에서 그걸 가지고 나올 수 있는 권한이 없었다.

가수가 다시 장로를 찾아갔다.

"청소하는 데 2차원 벡터 포일이 필요합니다."

"가져가게."

장로가 투명하고 영롱하게 봉인된 2차원 벡터 포일 한 조각을 순순히 내주었다. 가수는 그런 평범한 물건이 좋았다. 그는 값비싼 도구를 좋아하지 않았다. 맹렬하고 폭력적인 느낌에 반감이 들었기 때문이다. 그는 2차원 벡터 포일이 풍기는 강직한 유연성과 죽음도 노래할 수 있는 그 유려함이 좋았다.

하지만 가수는 조금 불안했다.

"이번에는 왜 이렇게 흔쾌히 주시나요?"

"귀한 물건도 아니지 않느냐."

"하지만 이걸 너무 많이 쓰면……."

"우주 곳곳에서 쓰고 있어."

"그렇긴 하지만, 우리는 아껴 썼는데, 지금은……."

"무슨 얘길 들은 게냐?"

장로가 가수의 사상체를 뒤적이자 가수가 놀라 몸을 떨었다. 장로가 그의 사상체 속에서 그가 들은 소문을 찾아냈다. 그건 죄가 아니었다. 씨앗에서 누구나 알고 있는 공공연한 비밀이었다.

모세계와 변두리 세계의 전쟁에 관한 소문이었다. 예전에는 전쟁 상황이 시시각각 전해졌지만 지금은 아무 소식도 없었다. 전세가 불리하다는 뜻이었다. 어쩌면 이미 위기에 처해 있을 수도 있었다. 하지만 모세계와 변두리 세계가 공존할 수는 없다. 변두리 세계를 반드시 멸망시켜야 한다. 그러지 않으면 모세계가 궤멸당할 것이다. 전쟁에서 승리할 수 없다면, 어쩔 수 없이…….

가수가 물었다.

"모세계가 2차원화를 준비하고 있나요?"

장로는 그 질문의 답을 알고 있었지만 대답하지 않았다. 아마도 암묵적인 시인일 것이다.

정말로 그렇다면 그건 정말 슬픈 일이다. 가수는 그런 생활을 상상할 수가 없었다. 의의의 탑에서 생존은 모든 것에 우선했다. 생존 앞에서 우주의 모든 저엔트로피체는 피해를 최소화하는 선택을 할 수밖에 없다.

가수는 사상체 속에서 이런 생각을 지웠다. 불필요한 고민이었다. 지금 그가 생각해야 하는 건 조금 전 노래를 어디까지 불렀느냐 하는 것이었다. 한참 기억을 더듬어 기억해낸 뒤 노래를 이어 불렀다.

시간 위의 아름다운 무늬를 쓰다듬어요.
얕은 바다의 진흙처럼 보드라운 그 무늬를.
그녀는 시간을 온몸에 바르고
나를 데리고 존재의 가장자리로 날아갔죠.
이건 영혼의 비행.
우리 눈 속 별이 떠도는 영혼 같아요.
별의 눈 속 우리도 떠도는 영혼 같아요.

가수가 노래를 부르며 역장의 더듬이로 2차원 벡터 포일을 집어 올려 별 연주가를 향해 휙 던졌다.

벙커의 세기 67년, 헤일로호

동면에서 깨어났을 때 청신은 무중력상태로 허공에 떠 있었다.

동면은 수면과 달라서 시간이 흐름을 느끼지 못한다. 전체 동면 중 잠들기 시작할 때와 깨어날 때, 두 시간이 채 안 되는 이 시간 동안만 시간이 흐르는 것을 느낄 수 있다. 얼마나 오랜 세월 동면했든 두 시간 정도 자고 일어난 듯한 기분이 든다. 그 때문에 동면에서 깨어나면 시공의 문을 통과해 갑자기 다른 세계로 이동한 듯한 단절감이 느껴진다.

청신이 있는 곳은 백색의 구형 공간이었다. AA도 옆에 떠 있었다. 그녀도 막 동면에서 깨어난 듯 몸 전체를 감싸는 동면복을 입고 있었으며 머리카락이 축축하게 젖은 채 팔다리가 힘없이 벌어져 있었다. AA와 눈이 마주쳤을 때 청신은 뭐라고 말하고 싶었지만 저온으로 인한 마비가 풀리지 않아 목소리가 나오지 않았다. AA도 아무것도 모르겠다는 듯 청신을 향해 힘들게 고개를 저었다.

잠시 후 백색 공간을 채우고 있는 노을 같은 금빛이 청신의 눈에 들어왔다. 환기구 같은 둥근 창을 통해 비껴 들어오는 빛이었다. 창밖으로 유선형과 나선형 무늬가 가득했다. 노란색과 파란색이 번갈아 배열된 줄무늬 사이로 성난 폭풍과 광포한 급류가 넘실대며 세상을 휘젓고 있었다. 그건 목성의 표면이었다. 지금 청신의 눈에 보이는 목성 표면은 반세기 전에 보았던 그것과 확연히 달랐다. 그때보다 훨씬 밝을 뿐 아니라 휘몰아치는 구름 띠가 중간에 넓게 걸려 있었다. 청신은 그걸 보며 황허(黃河)를 떠올렸다. 물론 그 '황허' 속 소용돌이 하나만으로도 지구를 통째로 삼켜버릴 수 있다는 걸 그녀도 알고 있었다. 목성을 배경으로 떠 있는 물체가 그녀의 시야에 들어왔다. 굵기가 고르지 않은 원기둥의 각 부위에 짧은 원통이 세 개씩 달려 있었고 원기둥을 축으로 물체 전체가 서서히 회전하고 있었다. 청신은 그것이 우주 도시 결합체라고 확신했다. 우주 도시 여덟 개가 하나로 연결되어 있었다. 청신은 또 한 가지 놀라운 사실을 발견했다. 그녀와 AA가 있는 곳이 우주 도시 결합체와는 상대적 정지 상태지만 그 너머에 있는 목성 표면은 서서히 움직이고 있었다! 목성 표면의 밝기로 볼 때 지금 그들은 태양을 바라보는 쪽에 있었다. 우주 도시 결합체가 태양빛을 받아 목성의 가스 표면 위에 드리운 그림자도 볼 수 있었다. 잠시 후에는 목성의 명암 경계선도 나타나고 괴물의 눈 같은 대적점도 천천히 시야 안으로 들어왔다. 이건 이 백색의 구체와 우주 도시 결합체가 목성의 그림자 속에 숨어 있는 것도 아니고 목성과 나란히 돌며 태양 주위를 공전하고 있는 것도 아니라는 뜻이었다. 지금 그들은 목성의 위성이 되어 목성 주위를 돌고 있었다.

"여기가 어디지?"

가슬가슬한 목소리가 청신의 목구멍으로 간신히 비어져 나왔다. 하지만 아직 몸을 움직일 기운은 없었다.

AA가 고개를 저었다.

"모르겠어요. 우주선을 타고 있는 거 같아요."

그녀들의 축 늘어진 몸이 꿈결 같은 목성의 노란색 빛무리 속에 떠 있었다.

"헤일로호란다."

그녀들 옆에 방금 나타난 화면에서 목소리가 들렸다. 화면 속에 백발이 성성한 노인이 있었다. 청신은 그가 차오빈이라는 걸 한눈에 알아보았다. 그의 주름진 얼굴을 보며 그녀는 자신이 또 긴 세월을 넘어왔다는 걸 알았다. 차오빈은 지금이 벙커의 세기 67년 5월 19일이라고 알려주었다. 짧게 깨어났다가 다시 동면에 들어간 뒤 또다시 56년이 흐른 것이다. 그녀는 자신이 현실에서 도망쳐 시간의 강 밖으로 나가 있는 동안 부쩍 늙어버린 사람을 보며 부끄러운 마음이 들었다. 이제 무슨 일이 있어도 다시는 동면하지 않겠다고 결심했다.

차오빈은 그녀들이 동면하고 있는 사이에 있었던 일들을 이야기해주었다. 그녀들이 타고 있는 우주선은 3년 전 새로 제작된 헤일로호였다. 반세기 전 헤일로시티 사건 이후 차오빈과 비윈펑은 유죄 판결을 받았지만 복역 후 얼마 되지 않아 석방되었다. 비윈펑은 10여 년 전 세상을 떠났고 차오빈은 그가 임종 전 그녀들에게 남긴 유언을 전하러 왔다고 했다. 청신의 눈시울이 축축해졌다. 현재 목성 클러스터의 대형 우주 도시가 52개로 늘어났으며 대부분 결합체를 이루고 있었다. 지금 창밖으로 보이는 건 목성 2호 결합체였다. 20년 전 태양계 방어 시스템이 완성된 후 모든 도시가 목성의 위성이 되었다. 평소에는 목성 주위를 공전하다가 공격 경보가 발령되면 궤도를 수정해 벙커 지역으로 대피하도록 되어 있었다.

"우주 도시의 생활도 천국처럼 안락해졌어. 도시를 둘러볼 시간이 없는 게 아쉽지만."

차오빈이 갑자기 말을 멈추자 청신과 AA가 불안한 눈빛을 주고받았다.

그녀들은 지금까지 그가 들려준 모든 이야기가 이 순간을 늦추기 위함일 수 있다는 걸 알았다.

청신이 물었다.

"공격 경보가 발령됐나요?"

차오빈이 고개를 끄덕였다.

"반세기 전 경보가 잘못 발령된 적이 두 번 있었지. 그때 너희를 깨울 뻔했어. 하지만 이번엔 진짜야. 얘들아, 나도 이제 120세가 됐으니 이렇게 불러도 되겠지? 얘들아, 암흑의 숲 공격이 개시됐단다."

청신의 가슴이 철렁 내려앉았다. 공격이 시작됐기 때문이 아니었다. 인류 세계는 100년 넘게 외계의 공격에 대비해왔다. 하지만 그녀는 뭔가 잘못됐다는 걸 직감적으로 느낄 수 있었다. 동면에서 깨어나 그 정도로 회복되려면 네다섯 시간이 걸렸다. 그렇다면 경보가 발령된 후 꽤 오랜 시간이 흘렀다는 뜻이었다. 그런데도 창밖으로 보이는 도시 결합체는 아직 긴급 해체도 하지 않고 궤도도 바꾸지 않은 채 아무 일도 없다는 듯 목성 주위를 돌고 있었다. 다시 차오빈을 보니 100세 넘은 노인의 태연한 표정 뒤로 감추어진 절망감을 느낄 수 있었다.

AA가 물었다.

"지금 어디 계세요?"

"태양계 경보센터."

차오빈이 자기 뒤편을 가리켰다.

차오빈 뒤로 통제센터처럼 보이는 커다란 홀이 있고 수많은 화면이 그 공간을 빼곡히 채우고 있었다. 수많은 화면 사이로 새로운 화면이 속속 나타났지만 금세 또 새로 나타난 화면에 뒤로 밀려났다. 터진 강둑 사이로 쏟아지는 급류 같았다. 하지만 그곳에 있는 사람들은 아무것도 하지 않았다. 그중 절반은 군복을 입고 있었지만 책상에 기대서 있거나 가만히 앉아 있었다. 허공으로 멍한 시선을 던진 얼굴 위로 차오빈에게서 보았던 불길한 평온함이 걸려 있었다.

뭔가 잘못됐다. 그녀가 알고 있는 계획대로라면 지금쯤 인류는 벙커로 들어가 공격에 대비하고 있어야 한다. 하지만 지금 그들은 3세기 전, 아니 삼체 위기가 막 출현했던 4세기 전으로 되돌아간 것 같았다. 그 당시 청신이 PIA, PDC 등 여러 기구에서 보고 느꼈던 분위기와 표정들이 거의 흡사하게 재연되었다. 저항할 수 없는 우주의 힘 앞에서 느끼는 절망감, 모든 걸 체념한 뒤의 무덤덤함, 한 치 앞을 알 수 없는 아득함 같은 것들이었다.

대부분 입을 굳게 다물고 있었지만 몇몇은 암담한 얼굴로 속삭이듯 얘기를 나누고 있었다. 한 남자가 멍하게 앉아 있었다. 책상 위에서 컵이 쓰러지며 쏟아진 파란색 음료가 바지 위로 흘러내리고 있었지만 그는 아는지 모르는지 아랑곳하지 않았다. 또 한쪽에는 복잡한 그래프로 채워진 커다란 화면 앞에서 군인과 민간인 여자가 꼭 끌어안고 있었다. 여자의 눈가에 고인 눈물이 화면 빛을 받아 반짝였다.

AA가 창밖으로 보이는 우주 도시 결합체를 가리켰다.

"왜 벙커로 피하지 않는 거죠?"

차오빈이 시선을 아래로 내려놓으며 대답했다.

"그럴 필요 없어. 벙커도 무용지물이니까."

청신이 물었다.

"지금 광립이 태양에서 얼마나 떨어져 있어요?"

"광립은 없단다."

"그럼 뭘 발견한 거예요?"

차오빈이 처량하게 웃었다.

"종이쪽지."

벙커의 세기 66년, 태양계 외곽

청신이 깨어나기 1년 전 태양계 경보 시스템이 광속에 가까운 속도로 오르트 구름 밖을 스쳐 지나가는 미확인 물체를 발견했다. 태양에서 가장 가까울 때 거리가 1.3광년밖에 되지 않았다. 이 물체는 부피가 아주 컸으며 우주의 희박한 원자와 우주 먼지에 부딪혀 강한 빛이 발생했다. 이 물체가 전방에 있는 작은 성간 먼지를 피하려고 미세하게 방향을 트는 것도 관측되었다. 그것이 지능을 가진 우주선이라는 걸 확신할 수 있었다.

이것은 인류 최초로 태양계에서 직접 관측된 삼체 이외의 외계 문명이었다.

하지만 지난 세 차례 오경보 사건으로 혼란을 경험한 연방 정부는 이 사실을 공개하지 않았다. 벙커 세계에서 이 사실을 알고 있는 사람은 1000명도 되지 않았다. 외계 우주선이 태양계에 가장 가까이 접근해 있는 동안 그들은 극도의 긴장과 공포 상태에 있었다. 우주에 있는 수십 개 경보 시스템 관측 유닛 가운데 태양계 경보센터(지금은 해왕성 클러스터에 속한 단독 우주 도시였다), 연방 함대 총사령부 작전센터, 태양계 연방 대통령 집무실에서 사람들이 이 외계 방문객의 동향을 숨죽인 채 주시했다. 그들은 수면 아래 몸을 숨긴 채 물 위에 떠다니는 고기잡이배의 소리를 들으며 두려움에 떨고 있는 물고기들 같았다. 시간이 흐를수록 그들의 존재를 알고 있는 사람들의 공포가 점점 커져 나중에는 무선통신 사용을 거부하고 심지어 발소리가 나지 않게 살금살금 걸어다니며 일상적인 대화까지도 소리를 낮추어 속삭였다. 사실 그게 무의미하다는 건 누구나 알고 있었다. 지금 경보 시스템으로 관측되는 것은 1년 4개월 전의 일이므로 그 외계 우주선은 이미 아주 멀리 가버렸을 것이기 때문이다.

관측 데이터에서 외계 우주선이 점점 멀어지고 있었지만 여전히 마음을 놓을 수가 없었다. 경보 시스템이 그보다 더 걱정스러운 것을 발견했기 때문이다. 외계 우주선이 태양을 향해 광립 대신 다른 물체를 발사한 것이다. 그 물체도 광속으로 태양을 향해 발사되었지만 광립처럼 민지와 충돌하며 빛을 내지 않았다. 그 어떤 주파수의 전자파로도 관측할 수 없었다. 그걸 발견한 건 경보 시스템의 중력파였다. 그 물체가 간헐적으로 아주 약한 중력파를 발사했기 때문이다. 중력파의 주파수와 강도는 변하지 않고 항상 일정했으며 아무런 정보도 담겨 있지 않았다. 발사체 고유의 어떤 물리적 성질 때문인 것 같았다. 경보 시스템이 이 중력파를 처음 발견하고 그것이 발사된 위치를 파악했을 때는 외계 우주선에서 발사한 것이라고 생각했다. 하지만 중력파 발사원이 우주선과 분리되며 광속에 가까운 속도로 태양계를 향해 날아오는 것이 관측되었다. 관측 데이터를 분석해보니 발사체가 정확히 태양을 향해 날아오는 것이 아니었다. 현재 궤도로 계속 날아온다면 화성 궤도 밖에서 태양을 스치고 지나갈 것으로 예상되었다. 그것의 목표가 태양이라면 상당한 오차가 발생하는 셈이다. 이것 역시 광립과 다른 점이었다. 두 차례 광립을 관찰한 데이터에 따르면, 항성의 항로를 미리 계산해서 발사했다는 전제하에 광립은 발사 후 한 번도 궤도를 수정하지 않고 목표 항성을 향해 정확하게 날아갔다. 마치 광속으로 관성비행을 하는 돌멩이 같았다. 현재 발견된 중력파 발사원의 정확한 위치를 추적해보면 발사체의 궤도가 한 번도 수정되지 않았다. 그렇다면 그것의 목표가 태양이 아닐 가능성이 컸다. 이 점이 인류에게 작은 위안이 되었다.

태양에서 150천문단위 지점에서 발사체의 중력파 주파수가 빠르게 낮아지기 시작했다. 경보 시스템은 발사체가 감속하고 있다는 것을 알았다. 며칠 사이에 발사체의 속도가 광속에서 광속의 1000분의 1로 급격히 감소한 후에도 계속 줄어들었다. 이렇게 낮은 속도로는 태양에 위협을 가할 수 없다는 사실이 인류에게 또 한 번 위안이 되었다. 또 이 속도라면 인류의 우주선이 나란히 비행할 수 있으므로 우주선을 충돌시켜 물체의 비행을 저지할 수도 있었다.

미확인 발사체를 탐사하기 위해 레벌레이션호와 알래스카호가 편대를 이루어 해왕성 클러스터에서 출발했다.

우주선 두 대 모두 중력파 수신 시스템이 탑재되어 있고 위치 확인 네트워크를 구성해 근거리에서 발사체의 위치를 정확히 파악할 수 있었다. 전송의 세기 이후 인류가 중력파를 발사하고 수신할 수 있는 우주선을 다시 건조해 여러 대 보유하고 있었다. 하지만 설계상으로 과거와 큰 차이가 있었다. 중력파 안테나와 우주선이 독립적으로 나뉘어 있어서 안테나를 여러 우주선과 결합할 수 있고 안테나의 수명이 다하면 교체할 수도 있었다. 레벌레이션호와 알래스카호는 중형 우주선이지만 크기는 대형 우주선만큼 컸으며 대형 중력파 안테나가 그중 대부분을 차지했다. 커다란 크기에 비해 유효 탑재량은 풍선 아래 달린 작은 곤돌라뿐이었던 서기 시대의 헬륨 비행선과 비슷했다.

탐사 편대가 출발하고 열흘째 되던 날, 바실리와 바이(白)Ice가 간이 우주복에 마그네틱 부츠를 신고 우주선 밖으로 나와 중력파 안테나 위를 걸어다녔다. 우주선 안에 있는 것보다 밖에 나와 있는 것이 더 좋았다. 시야가 탁 트이고 안테나의 너른 표면 위에서 안정적으로 땅을 딛고 있는 기분을 느낄 수 있기 때문이다. 그들은 첫 탐사대의 책임자였다. 바실리는 총지휘관이고 기술적인 문제는 Ice가 처리했다.

알렉세이 바실리는 전송의 세기에 태양계 경보 시스템 1호 관측 유닛에서 근무했던 관측장교였다. 위드널과 함께 삼체의 광속 우주선 항적을 발견하고 첫 번째 오경보 사건을 일으킨 인물이기도 했다. 그 사건 이후 바실리 중위는 희생양이 되어 군적이 박탈당했지만 이에 불복했다. 그는 역사가 자신의 무고함을 증명해줄 것이라 믿고 동면하기로 결정했다. 그의 예상대로 세월이 흐를수록 광속 우주선의 항적을 발견한 사건이 점점 중요한 의미를 갖게 되었고 첫 번째 오경보 사건으로 인해 발생했던 혼란은 차츰 잊혔다. 바실리는 벙커의 세기 9년에 동면에서 깨어나 군적이 회복되었고 현재는 연방 우주군의 중장이었다. 하지만 그는 이미 여든을 바라보는 나이였다. 그는 옆에 있는 Ice를 보며 인생이 불공평하다고 생각했다. Ice는 그보다 80년도 더 일찍 태어난 위기의 세기 사람이고 똑같이 동면했지만 이제 겨우 마흔 넘겼을 뿐이었다.

Ice의 원래 이름은 바이아이쓰(白艾思)였다. 동면에서 깨어난 뒤 구시대 사람으로 보이기 싫어 중국어와 영어를 섞어서 쓰는 요즘 방식의 이름으로 바꾸었다. 박사과정을 밟을 때 딩이가 그의 지도교수였고 위기의 세기 말에 동면에 들어갔다가 22년 전에야 깨어났다. 보통 그렇게 오랜 시간을 건너뛴 사람들은 시대의 흐름을 따라가기가 힘들지만 이론물리학 분야는 예외였다. 지자의 통제로 물리학의 발전이 지체되어 서기 시대의 물리학자들이 위협의 세기에도 금세 격차를 따라잡을 수 있었다면, 태양 공전 가속기의 건설은 물리학의 기초 이론이 다시 쓰이는 계기가 되었다. 서기 시대 사람들은 초끈 이론*을 매우 앞선 이론으로 여겼다. 그들은 그것이 22세기의 물리학이라고 생각했다. 태양 공전 가속기가 건설된 후 드디어 초끈 이론을 실험으로 직접 검증할 수 있게 되었다. 하지만 뜻밖에도 그 결과는 재앙이었다. 사실로 검증된 부분보다 뒤집힌 부분이 훨씬 많았다. 삼체 세계가 알려준 것들도 거짓으로 판명되었다. 하지만 삼체 문명이 도달한 기술적 수준을 고려하면 그들의 기초 이론이 그 정도로 틀릴 수는 없었다. 그들이 기초 이론 분야에서 인류를 속였다고밖에는 해석할 수 없었다. 하지만 Ice가 위기의 세기 말에 내놓은 이론모델은 태양 공전 가속기를 통해 증명된 몇 안 되는 이론 중 하나였다. 그가 동면에서 깨어났을 때 물리학계는 다시 동일한 출발선에 서 있었다. 덕분에 그는 처음부터 두각을 나타내며 높은 명성을 얻은 뒤 10여 년간의 연구를 거쳐 물리학계 최고의 자리에 올라설 수 있었다.

바실리가 사방을 휘 둘러보며 말했다.

"익숙한데?"

Ice가 말했다.

"그래요. 하지만 인류의 자신감과 오만함은 사라졌죠."

바실리도 그 말에 전적으로 동감했다. 항로의 뒤편을 보니 해왕성은 이미 파란 빛점이 되어 있고, 태양도 어슴푸레한 빛무리로 변해 안테나 표면에 그림자 하나 만들어내지 못했다. 항성급 전함 편대의 화려한 위용도 빛

---

* 옮긴이 주: 초끈 이론은 끈 이론에서 발전한 이론으로 우주의 최소 단위가 마치 소립자나 쿼크처럼 보이면서도 이보다 훨씬 작고 가는 끈으로 이루어져 있어 1차원적인 끈의 지속적인 진동에 의해 우주 만물이 만들어진다고 가정한다.

바랜 지 오래고 지금은 승선원이 채 100명도 되지 않는 초라한 우주선 두 대일 뿐이었다. 알래스카호는 레벌레이션호에서 거의 10만 킬로미터나 떨어져 있으므로 전혀 보이지 않았다. 알래스카호는 위치 확인 네트워크의 한쪽 끝을 담당하고 있었으며 탐사대도 탑승하고 있었다. 체제는 레벌레이션호와 동일했고, 총사령부는 그들을 지원대라고 불렀다. 상부에서 이번 항해의 위험성을 충분히 인지하고 있다는 방증이었다. 태양계의 외진 변두리를 항해하고 있는 그들에게는 발밑에 있는 안테나가 우주에 유일하게 떠 있는 외딴섬처럼 느껴졌다. 바실리가 고개를 들어 긴 한숨을 내쉬려다가 뭔가 생각난 듯 우주복 주머니에서 작은 물체를 꺼내 앞으로 내밀었다. 작은 물체가 두 사람 사이 허공에 뜬 채로 천천히 돌아가기 시작했다.

바실리가 회전하고 있는 부품을 가리켰다.

"이게 뭔 줄 아나?"

얼핏 보면 동물의 뼈다귀처럼 생긴 그것은 금속 부품이었다. 매끄러운 표면 위로 서늘한 별빛이 미끄러졌다.

"100여 시간 전에 항로 부근에서 작은 금속 부유물을 발견했다네. 무인 탐사정을 보내 몇 조각 채취해 왔는데 그중 하나야. 살펴보니 위기의 세기 말 항성급 전함의 핵융합 엔진에서 떨어진 부품이더군. 냉각 제어기의 일부지."

Ice가 경계하는 표정으로 물었다.

"최후의 전쟁 때 유물인가요?"

"그런 셈이지. 의자의 금속 팔걸이와 선실 벽의 잔해도 있었어."

이 일대가 2세기 전 최후의 전쟁이 벌어졌던 곳의 궤도 범위에 있기 때문에 벙커 프로젝트가 시작된 후 당시 희생된 전함의 유물이 자주 발견되곤 했다. 그중 일부는 벙커 세계의 박물관에 보관되고 일부는 암시장에서 거래되었다. Ice가 금속 부품을 손으로 잡았다. 한기가 우주복 장갑을 뚫고 뼛속까지 전해졌다. 손에서 놓자 마치 그 안에 영혼이 들어 있는 것처럼 공중에서 다시 돌기 시작했다. Ice가 시선을 멀리 던졌다. 아무리 둘러보아도 끝없이 넓고 검은 우주뿐이었다. 전함 2000대와 100만 구 넘는 유해가 이 어둡고 적막한 우주에서 2세기 가까이 떠돌고 있는 것이다. 희생자들이 흘린 피는 얼음 조각이 되어 떠돌다가 기화되어 가뭇없이 사라진 지 오래였다.

Ice가 말했다.

"우리가 탐사할 물체는 물방울보다 더 위험할 거예요."

"그렇겠지. 그때는 삼체에 대해 알고 있었지만 이번엔 그 물체를 발사한 세계에 대해 아무것도 모르니까……. 그런데 바이 박사, 우리 앞에 어떤 물체가 나타날지 생각해봤나?"

"질량과 부피가 큰 물체겠죠. 중력파를 발사할 수 있는 건 질량이 큰 물체뿐이니까. 어쩌면 우주선일 수도 있고요……. 하지만 이런 일은 예상치 못한 상황이 나타나는 게 오히려 정상일 수도 있어요."

탐사대가 항해를 시작한 지 일주일이 되자 중력파 발사체와 100만 킬로미터 거리까지 접근했다. 이미 감속을 시작해 속도가 0에 가까운 편대가 태양계 쪽으로 가속을 시작했다. 이렇게 해서 발사체가 편대를 따라잡으면 양쪽이 평행으로 비행할 수 있었다. 탐사 임무는 레벌레이션호에서 수행하고 알래스카호는 10만 킬로미터 떨어진 거리에서 관찰하기로 되어 있었다. 중력파 발사체와 레벌레이션호의 거리가 약 1만 킬로미터까지 단축되자 정확한 위치를 확인할 수 있을 만큼 중력파 신호가 또렷해졌다. 하지만 레이더상으로 그 위치에서 아무런 신호도 잡히지 않고 가시광선 관측으로도 아무것도 발견할 수 없었다. 거리가 1000킬로미터까지 좁혀졌지만 중력파 발사체의 위치에서 아무것도 발견되지 않았다.

레벌레이션호 승선원들은 공황에 빠졌다. 출항 후 여기까지 오는 동안 수많은 가능성을 상상했지만 목표물에 이렇게 가까워지고도 아무것도 보이지 않는 상황은 상상하지 못했다. 바실리가 경보센터에 이 사실을 보고하자 40여 분이 지난 뒤에야 회신이 왔다. 목표물에서 150킬로미터 거리까지 단축하라는 것이었다! 이때 가시광선 관측 시스템이 뭔가를 발견했다. 중력파 발사 위치에 작고 흰 점이 나타났다. 우주선에서 일반 망원경으로 보아도 확인할 수 있을 만큼 또렷했다. 레벌레이션호에서 보낸 무인 탐사정이 빠른 속도로 목표물에 다가갔다. 50킬로미터, 500미터…… 탐사정이 목표물과 5미터 거리에서 멈추었다. 탐사정에서 촬영한 고화질 홀로그램 화면이 두 우주선으로 전송되었다. 화면 속에 외우주에서 태양계로 발사된 물체가 떠 있었다. 작은 종이쪽지였다.

그렇게밖에 형용할 수 없었다. 정확히 말하면 길이 8.5센티미터, 폭 5.2센티미터의 직사각 필름이었다. 신용카드보다 조금 크고 두께를 가늠할 수 없을 만큼 아주 얇았으며 표면이 흰색을 띠어 얼핏 보면 종이쪽지 같았다.

가장 우수한 전문가와 군대 지휘관으로 구성된 탐사 대원들은 누구보다 냉철하고 이성적인 사람들이었지만 그 순간 직감의 힘이 모든 것을 압도했다. 그들은 거대한 침입 물체와 맞닥뜨릴 마음의 준비를 하고 있었다. 유로파만큼 거대한 우주선을 상상한 사람도 있었다. 물체에서 발사되는 중력파의 강도로 볼 때 지극히 정상적인 생각이었다. 외우주에서 온 이 종이쪽지를 보며(그 후 그들은 정말로 그것을 그렇게 불렀다) 그들은 오랫동안 조마조마했던 불안감을 내려놓고 긴 안도의 한숨을 내쉬었다. 이성적으로는 경계심을 풀지 않고 그것이 우주선 두 개를 날려버릴 힘을 가진 무기일 수 있다는 것도 알고 있었지만 그것이 성계 전체를 궤멸시켜버릴 수 있다는 건 믿기 어려웠다. 외관상으로 보기에는 팔락이며 허공을 떠도는 흰 깃털처럼 아무런 해도 끼칠 수 없을 것 같았다. 종이에 써서 보내는 편지는 이미 오래전에 사라졌지만 사람들은 고대에 편지라는 것이 있었다는 걸 영화에서 본 적이 있으므로 종이쪽지에 대해 낭만적인 생각을 품고 있었다.

탐사 결과, 종이쪽지는 그 어떤 주파수의 전자파도 반사하지 않았다. 표면이 흰색을 띠는 것은 외계의 빛이 반사된 것이 아니라 그 자체에서 발산되는 하얀빛 때문이었다. 뿐만 아니라 그 어떤 복사도 관측되지 않았다. 가시광선을 포함한 그 어떤 전자파도 종이쪽지를 투과할 수 있으므로 종이쪽지는 사실 투명했다. 가까운 거리에서 촬영한 화면에서도 종이쪽지 뒤에 있는 별을 볼 수 있었다. 하지만 그 자체에서 나오는 흰빛의 간섭과 우주의 어두운 배경 때문에 불투명한 흰색으로 보였을 뿐이다. 적어도 외관상으로는 전혀 위협을 느낄 수 없었다.

어쩌면 정말로 편지일 수도 있지 않을까?

무인 탐사정에는 적당한 채취 도구가 없었으므로 로봇 팔이 장착된 탐사정을 보내야 했다. 로봇 팔이 집게를 벌리고 종이쪽지를 향해 다가가자 두 우주선에 다시 숨 막히는 긴장감이 감돌았다.

역시 낯설지 않은 기시감이 들었다.

예상치 못한 일이 일어났다. 집게가 종이쪽지를 잡은 뒤 로봇 팔이 움츠러들려는데 종이쪽지가 집게에서 빠져나가 원래 위치로 돌아갔다. 몇 번을 시도했지만 마찬가지였다. 레벌레이션호의 탐사 대원이 아무리 미세하게 로봇 팔을 조종해 잡으려 해도 종이쪽지는 집게를 그대로 통과했다. 종이쪽지에도 집게에도 아무 흔적이 남지 않았고, 로봇 팔에 아무런 저항력도 느껴지지 않았으며 종이쪽지의 위치도 전혀 변함이 없었다. 탐사정을 앞으로 이동시켜 종이쪽지를 밀어보려고 했지만, 탐사정이 닿자마자 종이쪽지가 탐사정 앞을 뚫고 들어왔다. 탐사정을 더 앞으로 밀자 종이쪽지가 원래 상태 그대로 탐사정 뒤로 빠져나왔다. 종이쪽지가 탐사정을 관통해 지나가는 동안 탐사정의 내부 시스템에서 아무런 이상 현상도 탐지되지 않았다.

사람들은 그 물체가 평범한 종이쪽지가 아니라는 걸 알았다. 마치 환영인 듯 현실 세계의 그 어떤 물체에도 아무런 작용을 미치지 않았고, 작은 우주의 기준면처럼 정확하게 원래 자리에서 조금도 움직이지 않았다. 그 어떤 접촉으로도 위치나 운행 궤도를 바꿀 수 없었다. Ice가 직접 가까이 가서 관찰하겠다고 하자 바실리도 같이 가겠다고 나섰다. 첫 탐사대의 두 지휘관이 함께 목표물에 다가가는 것을 두고 논쟁이 벌어졌다. 경보센터에 보고하자 40여 분 뒤에야 회신이 왔다. 바실리가 강하게 고집하는 데다 지원대도 있었으므로 상부에서 어쩔 수 없이 그의 동행을 허락했다.

두 사람이 탑승한 탐사정이 종이쪽지를 향해 다가갔다. 점점 멀어지는 레벌레이션호와 거대한 중력파 안테나를 보며 Ice는 유일하게 의지할 수 있는 곳에서 떨어져 나가는 헛헛함을 느꼈다.

바실리가 말했다.

"옛날에 자네 지도교수인 딩이 박사도 우리 같았겠지?"

바실리는 평온해 보였다.

Ice가 침묵으로 긍정의 대답을 대신했다. 지금 그는 자신의 영혼이 2세기 전 딩이와 통하고 있는 것을 느꼈다. 그들은 거대한 미지이자 미지의 운명을 향해 나아가고 있었다.

"걱정 말게. 우리 직감을 믿자고."

바실리가 Ice의 어깨를 가볍게 두드렸지만 그에게 아무런 위로도 되지 못했다.

탐사정이 종이쪽지 옆에 도착했다. 두 사람이 우주복을 점검한 뒤 탐사정 덮개를 열고 종이쪽지가 그들 머리 위 50센티미터 지점에 오도록 탐사정의 위치를 조절했다. 그 작고 흰 평면을 자세히 관찰했다. 투명한 흰색 필름을 통해 뒤에 있는 별을 보며 종이쪽지가 발광 투명체임을 확인했다. 필름에서 발산되는 빛이 그 뒤에 있는 별빛을 덮어 별이 희미하게 보이는 것뿐이었다. 두 사람이 몸을 일으켜 탐사정 밖으로 몸을 내밀었다. 무인 탐사정에서 전송한 화면처럼 종이쪽지의 평면과 그들의 시선이 같은 높이에 위치하게 했다. 종이쪽지가 두께를 느낄 수 없을 만큼 얇아 이 방향에서는 종이쪽지가 전혀 보이지 않았다. 바실리가 종이쪽지를 향해 팔을 뻗으려는데 Ice가 그의 팔을 붙잡았다.

Ice가 꾸짖듯 소리쳤다.

"뭐 하는 거예요?"

헬멧 너머에 있는 그의 눈빛에 차마 내뱉지 못한 말이 걸려 있었다.

'딩이 박사님이 어떻게 됐는지 잊었어요?'

"이게 정말 편지라면 지적 생명체인 우리가 직접 만져야만 정보를 내놓을 거야."

바실리가 다른 손으로 Ice의 손을 떼어놓았다.

바실리가 우주복 장갑을 낀 손으로 종이쪽지를 만지자 손이 종이쪽지를 뚫고 지나갔다. 장갑 표면에 아무런 흔적도 남지 않았고 바실리도 그 어떤 영혼의 신호도 받지 못했다. 그가 다시 손을 뻗어 종이쪽지가 손바닥 가운데 왔을 때 손을 멈추었다. 작은 흰색 필름이 손바닥을 반으로 가르는 위치에 있었지만 아무런 감각도 느껴지지 않았다. 종이쪽지가 손바닥과 맞닿은 부위에 손바닥 단면의 윤곽선이 나타났다. 종이쪽지가 잘리거나 찢어지지 않은 상태로 온전히 손바닥을 관통한 것이다. 바실리가 손을 거두자 종이쪽지가 원래 위치에 그대로 떠 있었다. 아니, 정확히 말하면 종이쪽지가 초속 200킬로미터의 속도로 탐사정과 나란히 태양계를 향해 날아가고 있었다.

Ice도 손을 뻗어 종이쪽지를 살짝 건드렸다가 재빨리 움츠렸다.

"다른 우주가 투영된 영상 같군요. 우리 세계와 아무 관계도 없어 보여요."

바실리는 더 현실적인 문제를 생각했다.

"무엇으로도 이걸 움직일 수 없으면 우주선으로 가져가서 연구할 수가 없어."

Ice가 웃었다.

"그거야 간단하죠. 마호메트가 이렇게 말했죠. 산이 오지 않으면 내가 산으로 가야 한다."

레벌레이션호가 천천히 다가가 종이쪽지를 우주선 내부로 들여놓은 뒤 우주선의 위치를 미세하게 조정해 종이쪽지가 실험실 안에 위치하도록 했다. 연구 도중에 종이쪽지의 위치를 이동시켜야 할 때는 우주선을 움직였다. 다행히 레벌레이션호는 카이퍼 벨트의 작은 천체를 탐사하던 우주선이기 때문에 미세한 위치 제어 기능을 가지고 있었다. 중력파 안테나에도 미세 조정 엔진 12대가 달려 있어서 더 신속하고 정확한 위치 조정이 가능했다. 이 세계가 종이쪽지에 어떤 영향도 미칠 수 없다면 세계가 종이쪽지를 중심으로 움직이는 수밖에 없었다.

기이한 장면이었다. 종이쪽지가 레벌레이션호 내부에 위치했지만 동력학상 우주선과 아무 관계도 없었다. 이 둘이 서로 겹쳐진 상태로 태양계를 향해 동일한 속도로 다가가고 있을 뿐이었다.

조명이 밝은 우주선 안으로 들어오자 종이쪽지의 투명한 성질이 더 분명해졌다. 투명 필름처럼 종이쪽지를 통해 그 너머에 있는 것들을 볼 수 있었다. 종이쪽지에서 발산되는 약한 빛만으로 그 존재를 확인할 수 있었지만 사람들은 그걸 계속 종이쪽지라고 불렀다. 너무 밝으면 육안으로 보이지 않았기 때문에 잘 보이도록 실험실 내부 조도를 낮추었다.

연구원들은 우선 종이쪽지의 질량을 측정했다. 종이쪽지가 생성해내는 인력을 통해 질량을 측정할 수밖에 없었다. 하지만 중력계로 아무것도 측정해내지 못했다. 종이쪽지의 질량이 거의 0에 가까울 만큼 작기 때문인 것 같았다. 누군가 이 물체가 크게 확장된 광자나 중성미자일 수 있다는 추측을 내놓았지만 규칙적인 형태로 볼 때 인위적으로 만든 물체일 가능성이 컸다.

종이쪽지에 대해 아무것도 알아낼 수가 없었다. 그 어떤 대역의 전자파도 이 물체를 통과할 때 회절 현상이 나타나지 않았고, 어떤 강도의 자기장도 이 물체에 영향을 미칠 수 없었기 때문이다. 마치 내부 구조가 없는 물체인 것 같았다.

20여 시간이 흘렀지만 탐사대는 새로운 사실을 발견하지 못했다. 종이쪽지에서 발산되는 빛과 중력파가 점점 약해지고 있는 것만 관찰되었다. 그 빛과 중력파가 일종의 증발 현상임을 의미하는 것이었다. 현재로서는 종이쪽지의 존재를 증명하는 유일한 근거였으므로 이 두 가지가 사라지면 종이쪽지도 사라질 것이라고 추측할 수 있었다.

경보센터로부터 연락이 왔다. 대형 연구 우주선 토모로호가 해왕성 클러스터에서 출발했으며 7일 뒤 탐사 편대에 합류할 것이라고 했다. 토모로호에 탑재된 연구 장비로 더 심도 있는 연구가 가능할 것 같았다.

연구가 진행되면서 탐사대 승선원들도 종이쪽지에 대한 경계심이 차츰 사라졌다. 종이쪽지가 현실 세계에 아무런 영향을 미치지 못하고, 해로운 물질을 복사하지도 않았기 때문이다. 아무렇지 않게 다가가 종이쪽지가 몸을 통과하게 하고, 심지어 종이쪽지가 눈을 관통해 머릿속으로 들어가게 한 상태로 사진을 찍기도 했다. Ice가 그걸 보고 버럭 화를 냈다.

"그만둬! 이게 장난감인 줄 알아?"

그가 큰 소리로 외치고는 20시간 넘게 틀어박혀 있던 실험실을 나가 자신의 선실로 돌아갔다.

선실 문을 닫자마자 모든 조명을 껐다. 졸음이 쏟아졌다. 하지만 사방이 어두워지자 문득 불안해졌다. 종이쪽지가 언제 어느 방향에서든 흰빛을 내며 날아 들어올 것 같았다. 조명을 다시 켜고 은은한 빛 속을 떠다니며 추억에 잠겼다.

192년 전 딩이 박사와의 마지막 작별이 아직도 눈앞에 선했다. 석양이 내려앉는 오후, 두 사람이 지하 도시에서 지상으로 나와 차를 몰고 사막으로 향했다. 딩이는 사막을 걸으며 사색에 잠기는 것을 좋아했다. 가끔은 강의실 대신 사막에서 수업을 해서 학생들을 힘들게 만들기도 했다. 그는 자신의 이 별난 습관을 이렇게 해석했다.

"난 황량한 곳이 좋아. 생명체는 물리학에 방해가 되지."

쾌청하고 바람도 없는 날이었다. 초봄의 공기가 싱그러웠다. 딩이와 Ice가 모래 언덕에 누웠다. 석양이 화베이(華北)사막을 감싸고 있었다. Ice는 구불구불 이어진 모래 언덕이 누워 있는 여자의 실루엣 같다고 생각한 적이 있지만(이것도 딩이가 일깨워준 것이었다) 그날은 겉으로 드러난 뇌처럼 보였다. 어지럽게 접히고 고랑이 파인 뇌가 금빛에 휘감겨 있었다. 다시 하늘을 보니 우중충한 구름 사이로 오랜만에 보는 파란 하늘이 나와 있었다. 막막했던 머릿속에 불현듯 떠오른 생각 같았다.

딩이가 말했다.

"지금 내가 하는 얘기는 혼자만 알고 있게. 내가 돌아오지 못해도 아무에게도 얘기하지 마. 특별한 이유가 있는 건 아니고, 그저 남들의 웃음거리가 되고 싶지 않네."

"그럼 돌아와서 얘기해주세요."

딩이를 위로하려고 한 말이 아니라 그의 진심이었다. 그때 그는 승리의 환상과 환희에 도취되어 있었고 딩이의 이번 항해가 위험하지 않다고 생각했다.

"먼저 내 질문에 대답해보겠나?"

딩이가 Ice의 말에 대꾸하지 않고 석양이 내려앉은 사막을 가리켰다.

"양자의 불확정성을 고려하지 않고 모든 것이 확정적이라고 가정할 때, 초기 조건을 안다면 그 후 모든 시간 단면의 상태를 계산해낼 수 있지. 만약 외계의 과학자가 수십억 년 전 지구의 모든 데이터를 갖고 있다면 그는 오늘날 이 사막이 존재한다는 것을 예측해낼 수 있을까?"

Ice가 대답했다.

"당연히 그럴 수 없죠. 이 사막의 존재는 지구가 자연적으로 진화한 결과가 아니니까요. 사막화를 일으킨 건 인류 문명이고 문명의 행위는 물리학의 법칙으로는 예측할 수 없잖아요."

"좋아. 그런데 우리와 우리 동료들은 어째서 물리학의 법칙만으로 현재 우주의 상태를 해석하고 우주의 미래를 예측하려는 거지?"

Ice는 깜짝 놀랐다. 지금껏 한 번도 그런 생각을 해본 적이 없었다.

"그건 물리학의 범주를 넘어선 일이 아닐까요? 물리학의 목표는 우주의 기본 법칙을 발견하는 것이잖아요. 인류가 지구를 사막화시킨 건 물리학으로 계산해낼 수 없지만 역시 법칙에 따라 진행되었겠죠. 우주의 법칙은 영원히 불변하니까."

딩이가 갑자기 괴상한 소리로 웃기 시작했다.

"킄킄킄킄킄……."

나중에 돌이켜 생각해보니 그건 Ice가 들은 웃음소리 중 가장 사악한 웃음소리였다. 자학의 쾌감, 모든 게 송두리째 나락으로 떨어지는 것을 지켜보는 흥분감이 그 속에 담겨 있었다. 희열로 공포를 감추고 결국에는 공포 자체를 탐닉하게 된 자의 웃음이었다.

"자네의 마지막 말! 나도 늘 그렇게 자위하지. 난 항상 내게 설득당해. 이 위대한 파티에 가득 차려진 음식을 아무도 손대지 않은 빌어먹을 테이블 하나가 영원히 남겨져 있다고 말이야……. 난 그렇게 수없이 되뇌어. 죽기 전에 한 번 더 말하겠지."

Ice는 그가 무슨 생각을 하는지 알 수 없었다. 그의 말이 잠꼬대 같아서 뭐라고 말해야 할지 갈피를 잡을 수가 없었다.

딩이가 말했다.

"위기의 세기 초기에 지자가 가속기를 교란시킬 때 몇 사람이 자살했지. 그때는 그들을 이해할 수가 없었어. 이론을 연구하는 사람들은 그런 실험 데이터를 보면 흥분해야 당연하다고 생각했거든. 하지만 이젠 알았어. 그 사람들이 나보다 더 많이 알고 있었다는 걸. 양둥도 그중 하나야. 양둥은 나보다 더 많이 알고 있었고 더 멀리 내다보고 있었어. 지금 우리가 모르는 것까지도 알고 있었을 거야. 설마 가상을 만드는 게 지자뿐이겠어? 설마 가상이 가속기의 말단에만 존재하겠어? 우주의 다른 부분은 순결한 처녀처럼 우리가 가서 탐색해주길 기다리고 있을까? 아쉽게도 양둥은 자기가 알고 있는 걸 간직한 채 떠났어."

"그분이 그때 교수님과 더 많은 얘기를 나누었다면 그런 길을 가진 않았을 거예요."

"아마 나도 같이 죽었겠지."

딩이가 손으로 옆에 있는 모래에 구덩이를 팠다. 구덩이 가장자리에서 모래가 물처럼 흘러내렸다.

"내가 돌아오지 못하면 내 집에 있는 물건들은 자네가 갖게. 자네가 그 서기 시대의 물건을 갖고 싶어 한다는 걸 알아."

"그렇긴 하죠. 특히 그 담뱃대는……. 하지만 그럴 기회가 없을 것 같아요."

"그렇게 된다면 좋겠군. 그리고 내게 돈이 조금 있어……."

"교수님, 돈 얘기는……."

"자네가 그 돈으로 동면을 하면 좋겠네. 길수록 좋아. 물론 자네가 원한다면 말이야. 내 목적은 두 가지야. 첫째는 자네가 날 대신해 결말을 보는 것. 물리학의 최종 결말 말이야. 둘째는…… 뭐랄까. 자네가 인생을 낭비하길 바라지 않아. 자네는 사람들이 물리학이 존재한다는 걸 확실히 알고 난 뒤에 물리를 해도 늦지 않아."

"그건…… 양둥 박사님이 했던 말이잖아요."

"틀린 말은 아니야."

그때 딩이가 조금 전에 파놓은 구덩이가 빠르게 커지기 시작했다. 두 사람이 재빨리 일어나 뒤로 물러서서 구덩이가 넓어지는 것을 지켜보았다. 눈 깜짝할 사이에 밑바닥이 보이지 않을 만큼 깊숙이 파이더니 가장자리에서 모래가 쏠려 내려가며 지름이 100미터 가까이로 늘어났다. 옆에 있던 모래 언덕도 구덩이에 삼켜졌다. Ice가 차를 향해 달려가 운전석에 올라탔다. 딩이도 뒤따라왔다. 차 주위의 모래도 서서히 구덩이를 향해 이동하기 시작했다. Ice가 급하게 시동을 걸었지만 바퀴 방향과 상관없이 차체가 뒤로 끌려갔다.

딩이가 기이한 소리로 웃기 시작했다.

"킬킬킬킬킬……."

Ice가 액셀을 끝까지 밟자 바퀴가 맹렬하게 돌아가며 모래를 휘감아 올렸지만 차체는 주변 모래와 함께 걷잡을 수 없이 구덩이를 향해 움직였다. 한쪽으로 잡아당겨지고 있는 테이블보 위의 접시 같았다.

딩이가 외쳤다.

"나이아가라폭포! 나이아가라폭포! 킬킬킬킬……."

Ice가 뒤를 돌아본 순간 온몸의 피가 굳어버리는 것 같았다. 구덩이 끝이 바로 손만 뻗으면 닿을 거리까지 다가와 있었던 것이다. 모래 구덩이가 사막 전체를 삼킬 기세로 아가리를 벌리고 있었다. 온 세상이 구덩이가 되었다. 밑바닥은 시커먼 암흑뿐이고 가장자리에서 황금빛 폭포처럼 모래가 미친 듯이 쏟아져 내렸다. 딩이의 말이 틀렸다. 나이아가라폭포도 이 끔찍한 모래 폭포에 비하면 아무것도 아니었다. 모래 폭포의 가장자리가 지평선 끝까지 뻗어나가고 모래가 굉음을 울리며 쏟아져 내렸다. 세상이 해체되고 있는 것 같았다. 자동차가 미끄러지는 속도가 점점 빨라졌다. 죽기 살기로 액셀을 밟았지만 아무 소용이 없었다.

딩이가 괴상한 웃음 사이로 뇌까렸다.

"멍청하군. 우리가 도망칠 수 있을 것 같아? 탈출속도, 탈출속도를 계산해보라고. 자넨 헛공부를 했군. 낄낄낄낄……."

결국 자동차가 구덩이 안으로 빨려들어가 모래 폭포와 함께 떨어지기 시작했다. 눈앞의 모든 것이 끝이 보이지 않는 어둠 속으로 끌려 들어갔다! Ice가 극도의 공포감에 새된 비명을 내질렀지만 자기 목소리는 들리지 않고 딩이의 미치광이 같은 웃음소리만 귓속을 가득 채웠다.

"하하하하하하하……. 아무도 손대지 않은 테이블은 없어. 순결한 처녀도 없어. 아하하하하하……. 아하하하하하……."

악몽에서 깨어났을 때 Ice의 온몸이 땀에 젖어 있고 주위에 땀방울이 떠다니고 있었다. 한참을 꼼짝도 하지 않고 허공에 떠 있던 그가 튕겨져 나가듯 밖으로 뛰쳐나가 다른 고급 선실로 달려갔다. 온 힘을 다해 문을 밀어 열었다. 바실리도 잠에 빠져 있었다.

"장군님! 종이쪽지를 우주선 안에 두면 안 됩니다. 아니, 레벌레이션호가 저 물체와 겹치게 떠 있어서는 안 됩니다. 어서 여길 빠져나가야 해요. 최대한 멀리!"

"뭘 발견했나?"

"아뇨. 직감입니다."

"안색이 좋지 않군. 많이 피곤하지? 과로 탓이야. 저건, 그냥…… 아무것도 아닌 것 같아. 안에 아무것도 없어. 별로 해롭지 않을 거야."

Ice가 바실리의 두 어깨를 붙잡고 그의 두 눈을 똑바로 쳐다보았다.

"오만을 버리세요!"

"뭐라고?"

"오만을 버리라고요. 생존을 가로막는 건 무능과 무지가 아니라 오만이에요. 물방울을 생각해보세요!"

Ice의 마지막 말이 바실리의 마음을 움직인 것 같았다. 바실리가 말없이 그를 쳐다보다가 천천히 고개를 끄덕였다.

"알았네. 자네 말대로 하지. 레벌레이션호를 종이쪽지에서 떼어놓겠네. 감시용 탐사정 한 대만 남겨놓고 1000킬로미터쯤 이동하면 되겠지? 아니면…… 2000킬로미터?"

Ice가 바실리의 어깨를 놓아주며 이마의 땀을 닦았다.

"그건 알아서 하세요. 어쨌든 멀리 떨어져야 해요. 저는 당장 보고서를 써서 제 추측을 본부에 알릴게요."

그가 말을 마친 뒤 비틀거리며 밖으로 나갔다.

레벌레이션호가 이동하자 종이쪽지가 다시 우주로 나왔다. 배경이 어두워지며 반투명한 흰색이 도드라져 정말 종이쪽지 같았다. 레벌레이션호는 2000킬로미터 이동한 뒤 토모로호가 도착하기를 기다렸고, 레벌레이션호가 두고 간 탐사정 한 대가 10여 미터 거리에서 종이쪽지를 감시했다. 탐사정에는 탐사 대원 두 명이 타고 있었다.

종이쪽지에서 발산되는 중력파의 강도가 약해지자 흰빛도 점점 어두워졌다.

Ice는 레벌레이션호의 실험실에 틀어박혀 있었다. 우주선의 양자 컴퓨터와 연결된 화면이 그의 주위를 겹겹이 에워쌌고, 10개도 넘는 그 화면들 위에는 각종 방정식, 행렬, 그래프가 빽빽하게 채워져 있었다. 그 가운데서 웅크리고 있는 Ice는 함정에 빠진 짐승처럼 불안하고 초조해 보였다.

레벌레이션호와 분리되고 50시간쯤 흘렀을 때 종이쪽지에서 나오던 중력파가 완전히 사라지고 하얀빛도 두 번 깜빡인 뒤 꺼졌다. 중력파와 빛이 사라졌다는 건 종이쪽지가 사라졌다는 뜻이었다.

바실리가 물었다.

"완전히 증발됐나?"

"아닐 겁니다. 눈에 보이지 않을 뿐이죠."

지친 표정의 Ice가 고개를 저으며 주위에 떠 있는 화면들을 하나씩 껐다.

또 한 시간이 흘렀지만 관측 장비에서 종이쪽지의 흔적이 발견되지 않았다. 바실리가 2000킬로미터 떨어져 있는 탐사정에 귀환 명령을 내렸다. 그런데 탐사정에 있는 두 탐사 대원이 응답하지 않았다. 그 대신 둘 사이에 나누는 다급한 대화 소리만 들렸다.

"아래 좀 봐. 어떻게 된 거지?"

"올라오고 있어!"

"부딪치지 마! 빨리 나가!"

"내 다리! 악!"

외마디 비명 후 레벌레이션호의 모니터에 두 탐사 대원 중 한 명이 탐사정에서 뛰쳐나오는 장면이 잡혔다. 우주복의 추진기를 작동시켜 탈출을 시도하고 있었다. 그와 동시에 탐사정의 아랫부분에서 섬광이 번쩍였다. 그곳이 녹아내리고 있었다! 달궈진 유리 위에 놓인 아이스크림처럼 탐사정의 아랫부분이 녹아 사방으로 퍼져나가고 있었다. '유리'는 보이지 않고 탐사정이 녹으며 퍼져나가는 형태만으로 무형의 평면이 존재한다는 걸 확인할 수 있었다. 녹아내린 탐사정이 평면 위에서 아주 얇은 막으로 퍼지며 유리 위를 뒤덮는 불꽃처럼 요염한 광채를 발산했다. 탈출하던 탐사 대원도 어떤 중력이 작용한 듯 평면 위로 끌어당겨졌다. 그의 발이 평면에 들러붙는 동시에 순식간에 녹아 찬란한 빛덩이로 변한 뒤 그의 다른 부위도 빠르게 뭉그러져 평면을 타고 흘러내렸다. 탐사 대원이 짧은 비명만 남긴 채 화면에서 사라졌다.

"전원 가속 좌석에 착석하라! 엔진 상태, 전진 4!"

모니터 화면에서 탐사 대원의 발이 보이지 않는 평면에 닿는 순간, 바실리가 레벌레이션호 함장을 거치지 않고 긴급 명령을 내렸다. 레벌레이션호는 항성급 우주선이 아니기 때문에 전진 4단계에서도 심해가속액의 완충 작용이 필요하지 않지만 가속으로 발생한 고중력에 온몸이 좌석에 단단히 짓눌려졌다. 급작스러운 명령에 미처 좌석에 착석하지 못한 승선원들은 가속의 충격에 선미까지 나뒹그러져 부상을 입었다. 레벌레이션호의 추진기에서 뿜어져 나온 플라스마 불꽃이 몇 킬로미터나 길게 이어졌지만 녹아버린 탐사정의 불덩이는 여전히 들판에 떠 있는 도깨비불처럼 저 멀리서 부윰한 빛을 내고 있었다.

조금 남아 있던 탐사정의 꼭대기 부분이 영롱한 평면 속으로 스며들듯 모니터 화면에서 금세 자취를 감추었다. 탐사 대원의 몸도 평면 위로 넓게 퍼져 거대한 인체의 형태를 띠며 빛을 발산하고 있었다. 그의 몸은 두께가 없었다. 넓기는 하지만 부피가 전혀 없었다.

레벌레이션호의 함장이 고중력 상태에서 힘겹게 말했다.

"우주선이 움직이지 않습니다. 속도가 올라가지 않습니다."

"무슨 헛소리를 하는 거요?"

바실리가 목이 터져라 외쳤지만 중력에 눌려 가느다란 소리밖에 나지 않았다.

상식적으로 생각하면 조종사의 말은 헛소리였다. 우주선 승선원들이 가속으로 인한 고중력에 숨 막힐 듯 짓눌려 있었다. 그건 레벌레이션호가 고출력으로 가속하고 있다는 명백한 증거였다. 우주에서 우주선의 운동 상태를 육안으로 판단하는 건 불가능하다. 참조점 역할을 하는 천체가 너무 멀리 떨어져 있어서 짧은 시간 안에 시차를 느낄 수 없기 때문이다. 하지만 우주선 조종 시스템으로는 우주선의 미세한 가속과 운동을 관측할 수 있다. 시스템은 오차가 없다.

하지만 레벌레이션호는 고중력 상태에 있는데도 속도가 올라가지 않았다. 어떤 힘에 붙들려 우주에 고정되어 있는 것 같았다.

Ice가 힘없이 말했다.

"가속하고 있지만 외부 공간에 반대 방향의 흐름이 나타나 가속을 상쇄시키고 있는 거예요."

"공간의 흐름? 어디로 흐르지?"

"물론 저곳이죠."

Ice는 중력에 눌려 손가락을 올릴 힘도 없었지만 그가 말하는 곳이 어디라는 걸 모두 알고 있었다. 레벌레이션호가 정적에 휩싸였다. 사실 고중력 상태는 사람에게 안정감을 준다. 어떤 힘이 자신을 품에 안고 위험에서 빠져나가는 듯한 기분이 들게 한다. 하지만 지금은 고중력이 무덤 같은 압박감으로 변해 사람의 숨통을 죄고 있었다.

Ice가 말했다.

"본부와 통신 채널을 열어주세요. 시간이 없어요. 구두로 보고할게요."

"열었네."

"장군님은 저 물체가 아무것도 아니고 안에 아무것도 없는 것 같다고 하셨죠. 장군님 말씀이 맞습니다. 저건 정말로 아무것도 아니에요. 안에 아무것도 없어요. 저건 그저 공간이에요. 우리 주위에 있는, 아무것도 아니고 아무것도 없는 공간과 똑같아요. 유일한 차이점은 2차원이라는 거죠. 덩어리가 아니라 평면이에요. 두께가 없는 평면."

"아까 증발했잖아?"

"증발한 건 저걸 감싸고 있는 역장이에요. 2차원 공간을 주위의 3차원 공간과 격리시켜주고 있던 역장이 사라지면서 양쪽이 맞붙게 된 거예요. 블루스페이스호와 그래비티호가 보았던 걸 기억하시죠?"

아무도 대답하지 않았지만 모두 기억하고 있었다. 4차원 공간이 3차원 공간을 향해 폭포처럼 떨어지던 그 광경을.

"4차원이 3차원으로 떨어질 때와 마찬가지로 3차원 공간도 2차원 공간으로 떨어지죠. 한 차원이 양자 영역으로 말려들어가는 겁니다. 저 작은 2차원 공간의 면적이 빠르게 확대되면서 더 넓은 범위에서 추락을 유발할 거예요……. 우린 지금 2차원으로 추락하는 공간 속에 있어요. 결국에는 태양계 전체가 2차원으로 떨어질 거예요. 한마디로 태양계가 두께가 없는 그림으로 변하는 겁니다."

"도망칠 수 있나?"

"지금 도망치는 건 폭포의 낭떠러지 끝에 매달린 배에서 노를 젓는 것과 같아요. 탈출속도를 넘어서지 못하는 한, 노를 열심히 저어도 폭포로 떨어지는 시간을 늦출 뿐이죠. 돌멩이를 아무리 높이 던져 올려도 결국에는 떨어지는 것과 같아요. 태양계 전체가 폭포로 떨어질 거예요. 탈출속도에 도달해야만 여기서 탈출할 수 있어요."

"탈출속도가 얼마야?"

"네 번이나 계산했으니까 틀릴 가능성은 없어요."

"그래서 탈출속도가 얼마냐고!"

레벌레이션호와 알래스카호 승선원들이 숨죽이고 그의 대답을 기다렸다. 전 인류를 대신해 종말의 판결을 듣고 있었다. Ice가 담담하게 판결을 내렸다.

"광속입니다."

조종 시스템이 레벌레이션호가 추진 방향의 반대 방향으로 가속하고 있음을 알렸다. 우주선이 2차원 평면이 있는 곳을 향해 움직이고 있었다. 아직은 속도가 느리지만 점점 빨라졌다. 엔진은 여전히 최고 출력으로 가동되고 있었다. 이대로 우주선을 끄는 힘에 저항한다면 마지막 순간을 조금 늦출 수는 있을 것이다.

2000킬로미터 떨어진 곳에서 2차원화된 탐사정과 탐사 대원의 몸은 이미 빛이 사그라져 있었다. 4차원에서 3차원으로 떨어질 때와 비교하면 3차원에서 2차원으로 떨어지는 에너지는 조금 적었다. 2차원 물체의 구조가 별빛을 받아 선명하게 드러났다. 2차원화된 탐사정 위로 2차원으로 펼쳐진 3차원 구조가 보였다. 우주선 좌석과 핵융합 엔진, 좌석 위에 둥글게 말린 인체의 형상이 보였다. 뼈와 혈관은 물론이고 신체의 각 부위가 분간할 수 있을 만큼 선명하게 드러났다. 2차원화되는 과정에서 3차원 물체의 모든 점이 정확한 기하학 법칙에 따라 2차원 평면 위로 투사되었다. 말하자면 그건 탐사정과 인체의 가장 완전하고 정확한 도면이었다. 모든 내부 구조가 평면 위에 조금도 숨김없이 배열되어 있었다. 하지만 투영된 과정이 공학적 제도(製圖)와 완전히 달라서 시각적으로는 원래의 3차원 형상을 상상할 수 없었다. 공학적 제도와 가장 크게 다른 점은 2차원 펼침이 모든 척도에서 진행되었다는 것이다. 3차원 구조에서 내부에 숨겨져 있던 모든 구조와 세부적인 부분들이 2차원 평면 위에 낱낱이 배열되었기 때문에 4차원 공간에서 3차원 세계를 볼 때처럼 끝없이 세밀하게 보였다. 기하학의 프랙털 이미지처럼 이미지 안에 있는 모든 부분이 똑같이 복잡한 구조로 확대된 형태였다. 프랙털 이미지는 이론적인 개념일 뿐 실제 도안은 해상도의 한계 때문에 일정한 정도로 확대되면 프랙털의 성질이 사라진다. 하지만 2차원화된 3차원 물체는 기본 입자 수준의 높은 해상도를 통해 그 무한한 복잡성이 현실에서 온전하게 구현되었다. 우주선의 모니터를 통해 그 세밀함을 다 볼 수는 없었지만 그것만으로도 이미 현기증이 날 만큼 복잡하고 정밀했다. 오래 보고 있으면 사람이 실성할 수도 있을 만큼 우주에서 가장 복잡한 도형이었다.

하지만 지금, 탐사정과 탐사 대원의 두께는 0이었다.

2차원 평면이 얼마나 불어났는지 알 수 없었다. 그것의 존재를 알 수 있는 근거는 탐사정과 탐사 대원의 평면 도안뿐이었다.

레벌레이션호가 2차원 평면을 향해 점점 빠르게 끌려갔다. 두께가 0인 그 심연을 향해 미끄러지고 있었다.

Ice는 담담해 보였다.

"여러분, 절망할 것 없습니다. 태양계에 있는 그 누구도 빠져나갈 수 없으니까요. 세균 하나, 바이러스 하나까지 그 어떤 것도 살아남지 못하고 이 거대한 그림의 일부가 될 겁니다."

바실리가 말했다.

"가속을 중단하지. 이깟 시간쯤 늦춰봤자 의미가 없어. 숨이라도 편하게 쉬는 게 낫겠어."

레벌레이션호의 엔진이 꺼졌다. 우주선 선미의 불꽃 기둥도 사라지고 우주선이 고요한 우주 속에 조용히 멈춰 섰다. 아니, 사실 우주선은 2차원 평면이 있는 쪽으로 가속이 붙고 있었지만 주위 공간도 함께 움직이고 있기 때문에 우주선에 탄 사람들은 중력을 느낄 수 없었다. 이제 무중력상태에서 편하게 호흡할 수 있었다.

Ice가 말했다.

"여러분, 제가 무슨 생각을 했는지 아십니까? 윈톈밍의 동화입니다. 바늘귀의 그림이요."

레벌레이션호에 탑승한 사람들 중 몇 명은 윈톈밍의 메시지에 대해 알고 있었고, 그들은 이 짧은 순간에 바늘귀의 그림에 담긴 의미를 깨달았다. 그건 고정 좌표가 없는 단독 은유였다. 윈톈밍도 그토록 단순하고 직접적인 상징을 동화에 넣는 것이 큰 모험이라고 생각했을 것이다. 하지만 그는 모험을 감행했다. 너무도 중요한 정보였기 때문이다.

그러나 그는 사람들의 이해력을 과대평가했다. 아마도 그는 블루스페이스호와 그래비티호가 4차원 공간이 3차원으로 떨어지는 것을 목격했으므로 사람들이 이 암시를 해독할 수 있을 거라 생각했을 것이다.

이 중요한 정보를 해독하지 못한 바람에 인류는 벙커 프로젝트에 희망을 걸고 말았다.

인류가 이미 관측한 두 번의 암흑의 숲 공격은 모두 광립에 의한 것이었다. 하지만 인류는 한 가지 사실을 간과했다. 암흑의 숲 공격으로 파괴된 두 성계가 태양계와 다른 구조를 가지고 있다는 점이다. 187J3X1에는 목성형행성이 네 개나 있었지만 그 행성들의 운행 궤도 반경이 태양과 목성 간 평균 거리의 3퍼센트밖에 되지 않았다. 태양과 수성 간 거리보다도 더 가까웠다. 목성형행성이 항성에 거의 붙어 있기 때문에 항성이 폭발하는 충격에 완전히 파괴되어 벙커로 이용할 수 없었다. 또 삼체 성계에는 행성이 하나뿐이었다.

항성의 행성 구조는 아주 멀리 떨어진 우주에서도 관측할 수 있는 뚜렷한 특징이다. 고도의 기술을 가진 문명이라면 그저 흘긋 쳐다보는 정도로도 쉽게 알 수 있을 것이다.

인류도 알고 있는 벙커를 그들이 몰랐을까?

생존을 가로막는 건 무능과 무지가 아니라 오만이다.

레벌레이션호에서 2차원 평면까지 1000킬로미터도 남아 있지 않았다. 떨어지는 속도가 점점 빨라졌다.

바실리가 말했다.

"최선을 다해 임무를 수행한 여러분, 고맙소. 우리가 함께한 시간이 길지는 않았지만 즐거웠소."

Ice가 말했다.

"태양계에서 함께 살았다는 사실에 감사합니다."

레벌레이션호가 2차원 공간으로 떨어지며 빠르게 2차원화되었다. 불과 몇 초 만에 불꽃 같은 섬광이 어두운 우주를 다시 비추었다. 10만 킬로미터 떨어져 있는 알래스카호에서도 또렷하게 관찰할 수 있을 만큼 광대한 2차원 그림이었다. 레벌레이션호의 승선원 전원이 그림의 일부가 되었다. 모두 손을 잡고 있었다. 그들의 몸을 이루는 모든 세포가 2차원 상태로 우주에 선연히 각인되며 파멸의 거대한 그림 속에 제일 먼저 그려 넣어진 사람들이 되었다.

벙커의 세기 67년, 명왕성

"우리, 지구로 돌아가요."

청신이 낮은 소리로 말했다. 혼란스럽고 암담한 감정에 휩싸인 뒤 제일 처음 든 생각이었다.

차오빈이 말했다.

"지구가 마지막을 기다리기에 좋은 곳이긴 하지. 잎이 떨어져 뿌리로 돌아가듯이. 하지만 헤일로호가 명왕성으로 가주면 좋겠군."

"명왕성이요?"

"명왕성이 지금 원일점*에 있어. 그쪽이 2차원 공간과 비교적 멀리 떨어져 있지. 연방 정부가 곧 전 세계에 공식 경보를 발령할 거야. 아마 대부분의 우주선이 그쪽 방향으로 이동하겠지. 어차피 결과는 같겠지만 시간을 좀 더 벌 수는 있을 테니까."

* 옮긴이 주 : 태양 주변을 도는 천체가 태양과 가장 멀어지는 지점.

"시간이 얼마나 남았나요?"

"카이퍼 벨트 안에 있는 태양계 공간은 8일에서 10일 내에 완전히 2차원으로 떨어질 거야."

AA가 말했다.

"그 정도 늦추는 게 무슨 의미가 있어요? 지구로 돌아가요."

"연방 정부가 두 사람에게 한 가지 일을 부탁했어."

"아직도 우리가 할 수 있는 일이 남아 있다고요?"

"중요한 일은 아니야. 이 상황에 중요한 일이 뭐가 있겠나. 누가 이런 의견을 내놨어. 이론적으로 보면 2차원화된 3차원 물체의 이미지를 분석해서 3차원 이미지로 복원시키는 프로그램이 존재할 수 있다고 말이야. 그렇다면 긴 세월이 흐른 뒤 지능을 가진 어떤 문명이 2차원의 태양계를 3차원 이미지로 복원시킬 수도 있겠지. 비록 죽은 이미지일 뿐이지만 그렇게 될 수만 있다면 인류의 문화가 완전히 사라지는 건 아니니까. 명왕성에 지구 문명 박물관이 있어. 지구에 있던 상당 부분의 유물이 그곳에 보관되어 있지. 그 박물관이 명왕성 땅 밑에 있어. 우리가 걱정하는 건 2차원화될 때 그 유물들이 지층 물질과 뒤섞여 구조가 파괴될 수 있다는 거야. 그러니까 두 사람이 헤일로호를 이용해 그중 일부라도 가지고 나와 우주에 드문드문 흩어놓아주면 좋겠군. 단독으로 2차원화될 수 있도록. 그러면 그 구조가 2차원 형식으로 온전히 보존될 테니까 말이야. 지금으로선 이게 유물을 구할 수 있는 최선의 방법이야…… 물론 환상에 가까운 희망이지만 아무것도 하지 않는 것보단 낫겠지. 명왕성에 있는 뤄지 박사님도 두 사람을 꼭 만나고 싶어 하시고."

AA가 놀라서 외쳤다.

"뤄지 박사님이라고요? 그분이 아직 살아 있어요?"

"그래. 200살 가까이 되셨지."

청신이 말했다.

"알겠어요. 명왕성으로 갈게요."

예전 같으면 쉽지 않은 결정이었지만 이젠 아무래도 상관없었다.

그때 갑자기 예의 바른 남자 목소리가 들렸다.

"명왕성으로 가시겠습니까?"

AA가 물었다.

"누구세요?"

"저는 헤일로호의 AI입니다. 명왕성으로 가시겠습니까?"

"그래요. 우리가 어떻게 해야 하죠?"

"명령을 확인해주시면 됩니다. 그 외에는 아무것도 하실 필요 없습니다. 제가 모셔다 드리겠습니다."

"좋아요. 명왕성으로 가겠어요."

"명령이 확인되었습니다. 3분 뒤 헤일로호가 1G로 가속할 겁니다. 중력 방향에 주의하십시오."

차오빈이 말했다.

"좋아. 어서 떠나게. 공격 경보가 발령되면 소요가 발생할 거야. 다시 연락하지. 부디 그럴 기회가 있길 바라네."

청신과 AA가 작별 인사를 하기도 전에 차오빈이 화면을 껐다. 두 사람과 헤일로호는 그에게 가장 중요한 일이 아니었던 것이다.

저 멀리 우주 도시 결합체의 표면에 푸른빛이 나타났다. 헤일로호의 추진기 불꽃이 반사된 빛이었다. 청신과 AA의 몸이 구형 우주선의 한쪽으로 쏠렸다. 몸이 점점 무거워지는 것을 느꼈다. 속도가 올라가며 중력이 금세 1G까지 상승했다. 동면에서 깨어난 후 아직 몸이 완전히 회복되지는 않았지만 일어설 만큼의 기력은 회복되었다. 창 앞으로 다가가 우주 공간을 응시했다. 목성 전체가 시야에 들어왔지만 여전히 거대한 크기였다.

목성이 작아지는 속도를 육안으로 느낄 수 없었다.

항해가 시작된 후 AI가 청신과 AA에게 헤일로호에 대해 소개해주었다. 헤일로호는 여전히 최대 탑승 인원이 네 명인 소형 항성급 우주선이었다. 우주선 공간의 대부분은 생태순환 시스템이 차지하고 있었다. 생태 시스템의 수용 능력을 크게 설계해 최대 40명까지 감당할 수 있는 용량으로 네 명이 생존하는 데 필요한 환경을 제공했다. 동일한 생태 시스템을 네 개 탑재해 연계 작동하도록 했으며 예비 역할도 있었다. 그중 하나가 예상치 못한 사고로 파괴되더라도 남아 있는 에너지로 다시 살려낼 수 있는 시스템이었다. 헤일로호의 또 다른 특징은 중형급 질량의 고체행성에 직접 착륙할 수 있다는 것이었다. 항성급 우주선에서는 매우 드문 기능이었다. 비슷한 유형의 우주선들은 우주선에 따로 장착된 우주왕복선을 이용해 행성에 착륙했다. 행성의 중력 우물에 직접 진입하려면 우주선을 고강도 재질로 제작해야 하기 때문에 높은 제작 비용이 들었다. 대기층을 드나들어야 하기 때문에 헤일로호의 외관도 행성급 우주선에서는 거의 볼 수 없는 완전한 유선형이었다. 이 때문에 헤일로호가 외우주에서 지구형행성을 찾아낸다면 장기간 행성 표면의 생존기지 역할을 할 수 있었다. 아마도 이 특징 때문에 명왕성에서 유물을 가지고 나오는 일이 헤일로호에 맡겨졌을 것이다.

헤일로호에는 그 외에도 여러 가지 특별한 설계가 있었다. 우주선 내부에 작은 정원 여섯 개가 조성되어 있다는 것도 그중 하나였다. 20~30제곱미터 넓이의 정원 여섯 개가 가속할 때는 자동으로 중력 방향에 적응하고 평상시에는 우주선 안에서 독립적으로 돌아가며 인공 중력을 발생시켰다. 각각의 정원에 다양한 자연 경관이 꾸며져 있었다. 작은 시내가 흐르는 풀밭 정원, 연못을 품고 있는 숲 정원, 하얀 모래가 깔린 백사장 정원, 맑은 물이 물보라를 일으키며 오르락내리락하는 분수 정원 등등 아기자기한 정원이 정교하게 꾸며져 있었다. 마치 지구에서 가장 아름다운 것들을 모아 하나로 엮어놓은 진주 목걸이 같았다. 소형 항성급 우주선에는 호사스럽다고 할 만큼 화려한 설계였다.

청신은 헤일로호가 아깝고 안타까웠다. 이렇게 작고 아름다운 세계가 곧 두께도 없는 필름으로 변해버린다니……. 하지만 곧 사라질 더 거대한 것들은 억지로 생각하지 않으려 애썼다. 파멸이 거대한 검은 날개처럼 그녀의 생각을 덮고 있었다. 그녀는 고개를 들어 그것을 똑바로 쳐다볼 용기가 없었다.

출발한 지 두 시간쯤 되었을 때 태양계 연방 정부가 발표한 암흑의 숲 공격 경보가 헤일로호에도 도착했다. 연방 대통령이 직접 경보를 낭독했다. 매우 젊어 보이는 아름다운 여성이었다. 경보를 낭독하는 동안 그녀의 얼굴에는 아무런 표정도 나타나지 않았다. 그녀는 파란색 태양계 연방기 앞에 서 있었다. 청신은 그 깃발이 고대의 UN기와 매우 비슷하다는 걸 알았다. 깃발 중간의 지구 문양이 태양으로 바뀌어 있다는 것만 다를 뿐이었다. 인류 역사에서 가장 중요한 마지막 문건은 300자 남짓의 짧고 간략한 발표문이었다.

다섯 시간 전 태양계 경보 시스템을 통해 우리 성계에 대한 암흑의 숲 공격이 개시되었음이 확인되었습니다.

이번 공격은 차원 공격입니다. 태양계가 존재하는 공간의 차원을 3차원에서 2차원으로 떨어뜨리는 공격입니다. 태양계 안에 존재하는 모든 생명이 완전히 멸종될 것입니다.

모든 과정이 앞으로 8일에서 10일 사이에 완료될 것입니다. 경보를 발령하는 이 순간에도 태양계의 3차원 공간이 2차원으로 떨어지고 있으며 그 규모와 속도가 빠르게 확대되고 있습니다.

광속으로 탈출해야만 이 공격을 피할 수 있습니다.

도피주의에 관한 모든 법률을 폐기하는 결의가 한 시간 전 연방 정부와 의회에서 통과되었습니다. 하지만 탈출속도가 현재 인류가 가진 우주선의 최고 속도를 훨씬 초월하므로 도주가 성공할 가능성은 전혀 없다는 사실을 알려드립니다.

태양계 연방 정부, 태양계 의회, 태양계 최고법원, 태양계 연방 함대는 마지막 순간까지 직무를 수행할 것입니다.

청신과 AA는 더 많은 정보를 찾아보지 않았다. 차오빈은 지금의 벙커 세계가 만들어진 천국 같다고 했다. 두 사람은 천국이 어떤 모습인지 보고 싶었지만 그러지 않았다. 이 모든 것이 곧 사라질 운명이라면 아름다울수록 더 고통스러웠다. 그곳은 공포 속에서 무너져가는 천국일 것이다.

헤일로호가 가속을 멈추었다. 그들 뒤에 있는 목성이 작고 노란 점이 되어 있었다. 그 후 며칠간 청신과 AA는 수면 장치를 통해 계속 잠든 채로 지냈다. 종말 전야의 고독한 항해와 주체할 수 없이 갈마드는 수많은 생각과 상상은 사람을 미치게 만들고도 남는 것이었다.

AI가 청신과 AA를 꿈도 꾸지 않는 긴 잠에서 깨웠을 때 헤일로호는 이미 명왕성에 도착해 있었다.

창과 모니터 화면을 통해 명왕성 전체가 내려다보였다. 두 사람을 맞이한 건 암흑이었다. 영원히 감은 채 뜨지 않는 눈 같았다. 태양 광선도 이곳에 다다르면 쇠미한 흔적만 남았다. 헤일로호가 저궤도로 진입한 후에야 행성 표면의 색을 어렴풋이 분간할 수 있었다. 명왕성의 대지는 푸른색과 검은색 줄무늬로 되어 있었다. 검은색은 암석이었다. 암석 자체가 검은색이 아니라 빛이 어두워서 검게 보이는 것일 수도 있었다. 푸른색은 고체 상태의 질소와 메탄이었다. 2세기 전 명왕성이 해왕성 궤도 안쪽의 근일점*에 있을 때는 지금과 완전히 다른 세계였다고 했다. 그때는 표면을 덮고 있는 얼음이 일부 녹으며 희박한 대기를 형성해 멀리서 보면 짙은 노란색을 띠었다.

헤일로호가 착륙을 시도했다. 지구였다면 대기권 재진입이라는 험난한 단계를 거쳐야 했겠지만 지금 헤일로호는 평온하게 진공 속을 비행하며 우주선에 탑재된 추진기만으로 감속하고 있었다. 이때 검푸른 대지 위로 또렷하게 적힌 흰 글씨 몇 줄이 나타났다.

지구 문명.

동서양의 문자가 혼합된 현대어로 쓰여 있었다. 마지막에 조금 작은 글씨로 적혀 있는 몇 줄도 역시 이 네 글자를 고대의 주요 언어 몇 가지로 적어놓은 것이었다. 청신은 그 뒤에 '박물관'이라는 세 글자가 없다는 것을 알아차렸다. 현재 우주선 고도가 100킬로미터이므로 글자가 얼마나 큰지 알 수 있었다. 정확한 크기는 알 수 없지만 지금껏 인류가 쓴 글자 중 제일 클 것이다. 한 글자 한 글자가 대도시 하나를 덮을 수 있을 만큼 컸다. 우주선의 고도가 약 10킬로미터까지 낮아지자 네 글자 중 하나밖에 보이지 않았다. 헤일로호가 착륙한 넓은 착륙장은 중국어로 쓴 '지구' 중 '구(球)' 자의 우측 상단에 있는 점이었다.

청신과 AA는 AI의 안내에 따라 간이 우주복을 입고 우주선 밖으로 나가 명왕성 표면에 발을 내디뎠다. 극한의 한기로 인해 우주복의 발열 시스템이 가장 높은 출력으로 가동되었다. 착륙장의 새하얀 바닥 위로 별빛이 내려앉아 형광색인 듯한 착각이 들었다. 착륙장 표면의 그을린 흔적으로 보면 우주선이 이곳에 수없이 착륙하고 이륙한 듯했지만 지금은 아무것

* 옮긴이 주: 태양 주변을 도는 천체가 태양과 가장 가까워지는 지점.

도 없이 텅 비어 있었다.

벙커 세기의 명왕성은 고대 지구의 남극처럼 아무도 살지 않고 사람의 발길도 거의 닿지 않는 황량한 땅이었다.

하늘에서 검은 구체가 뭇별 사이를 유령처럼 빠르게 가로지르며 지나갔다. 부피는 크지만 표면이 자세히 보이지 않았다. 명왕성의 위성인 카론이었다. 명왕성의 10분의 1 질량을 가진 카론과 명왕성이 중행성계처럼 같은 질량중심을 중심으로 돌고 있었다.

헤일로호의 서치라이트가 켜졌다. 대기가 없어 빛기둥은 보이지 않고 둥근 빛무리가 멀리 있는 검은 장방형에 가 닿았다. 그 검은 비석이 백색 대지 위에 있는 유일한 돌출물이었다. 기이하리만치 간결한 형태가 현실 세계에 대한 추상적 상징처럼 보였다.

청신이 말했다.

"낯익어."

"뭔지는 모르지만 느낌이 썩 좋진 않아요."

청신과 AA가 비석을 향해 다가갔다. 명왕성의 중력이 지구의 10분의 1밖에 되지 않아 걷고 있지만 뛰듯이 몸이 빠르게 움직였다. 두 사람은 자신들이 이동하는 방향을 따라 백색 지면 위에 화살표가 그려져 있는 것을 보았다. 검은 비석을 가리키는 화살표가 계속 이어졌다. 비석 앞에 도착해보니 예상보다 크기가 훨씬 컸다. 고개를 들어 올려다보면 하늘에 커다란 사각형 구멍이 뚫려 있는 것 같았다. 시선을 휘 둘러 주위를 살펴보니 길게 이어진 화살표가 여러 방향에서 비석을 향해 모여들고 있었다. 비석 아래에 눈에 띄는 돌출물이 있었다. 지름 1미터 정도 되는 금속 바퀴였다. 놀랍게도 수동으로 돌리는 바퀴였다. 바퀴 위쪽의 비석 표면에 흰색 선으로 지시도가 그려져 있었다. 구부러진 화살표 두 개가 바퀴를 돌리는 방향을 가리키고 있고, 그 옆에 하나는 반쯤 열려 있고 하나는 닫혀 있는 두 개의 문이 그려져 있었다. 청신이 몸을 돌려 비석을 향해 모여들고 있는 화살표들을 살펴보았다. 글자 하나 없는 단순하고 강렬한 지시도가 기이한 느낌을 주었다.

AA가 그 느낌을 말로 표현했다.

"이건…… 인간을 위한 게 아닌 것 같아요."

둘이 함께 바퀴를 잡고 시계 방향으로 돌렸다. 힘껏 돌리자 바퀴가 돌아가며 비석 위에 서서히 문이 나타나고 열린 문틈으로 어떤 기체가 새어 나왔다. 기체에 섞인 수분이 극저온에서 순간적으로 응결되며 만들어진 얼음 결정이 서치라이트 불빛을 받아 영롱하게 반짝였다. 문으로 들어가자 또 다른 문이 나왔다. 그 문에도 손으로 돌리는 바퀴가 있었다. 이번에는 첫 번째 문을 닫아야만 두 번째 문을 열 수 있다는 짧은 지시문이 쓰여 있었다. 그 공간이 에어로크*였던 것이다. 인류 세계에서는 위기의 세기 말부터 이미 내부에 기압이 존재하는 건물이 에어로크 없이 진공상태의 외부로 개방되었다. 첫 번째 문 안쪽에 있는 바퀴 손잡이를 돌려 문을 닫자 서치라이트 불빛이 가로막히며 섬뜩한 공포감이 어둠과 함께 그들을 덮쳤다. 우주복에 달린 조명을 켜려다가 그 좁은 공간의 천장에 달린 작은 램프에서 어슴푸레한 빛이 내려오고 있는 것을 보았다. 이 세계에 전기가 있음을 보여주는 첫 번째 증거였다. 청신은 두 번째 문의 바퀴 손잡이를 열며 첫 번째 문을 닫지 않았더라도 두 번째 문이 열렸을 것이라고 생각했다. 공기가 새어나가는 것을 막기 위한 조치는 짧은 지시문 한 줄이 전부인 것 같았다. 이런 저기술 환경에서 오작동을 자동으로 차단하는 시스템을 갖추는 건 불가능해 보였기 때문이다.

문틈으로 울컥 쏟아져 나온 기류가 두 사람을 덮쳐 몸이 휘청거리고 급

* 옮긴이 주: 항공기, 잠수함 등에 안팎의 공기가 통하지 못하도록 출입구에 설치한 기밀식 통로.

격한 온도 상승으로 바이저가 부옇게 가려졌다. 우주복에서 외부의 기압과 공기 성분이 모두 정상적이므로 헬멧을 벗어도 좋다는 안내가 나왔다.

아래로 내려가는 통로를 발견했다. 통로 끝은 매우 깊어 보였고, 드문드문 달려 있는 작은 램프의 희미한 불빛이 검은 벽에 삼켜져 램프와 램프 사이의 벽이 칠흑같이 어두웠다. 통로 바닥은 미끄러운 경사로였다. 경사도가 거의 45도에 가까울 만큼 가파르지만 계단은 없었다. 저중력에서는 계단이 필요 없기 때문일 수도 있고, 그 통로가 인간을 위한 것이 아니기 때문일 수도 있었다.

AA가 말했다.

"이렇게 깊은데 엘리베이터도 없네요."

가파른 통로를 내려가려니 겁이 나는 것 같았다.

"엘리베이터는 오래되면 낡아버리지. 이 건물은 지질학적 연대를 버틸 수 있도록 설계됐거든."

통로 저편에서 나는 목소리였다. 그곳에 한 노인이 서 있었다. 저중력 상태에서 공중으로 붕 떠오른 노인의 긴 백발과 흰 수염이 불빛을 받아 스스로 빛을 내는 듯했다.

AA가 큰 소리로 외쳤다.

"뤄지 박사님이세요?"

"나 말고 또 누가 있겠어? 다리가 예전 같지 않아서 마중하러 올라갈 수가 없군. 너희가 내려오려무나."

청신과 AA가 통로를 따라 뛰듯이 내려갔다. 중력이 낮아 위험하지 않았다. 통로 끝에 가까워지자 뤄지의 얼굴을 알아볼 수가 있었다. 그는 희고 긴 마괘자를 입고 손에 지팡이를 짚고 있었다. 등은 조금 굽었지만 우렁찬 목소리는 그대로였다.

청신이 허리를 깊이 숙여 인사했다.

"어르신, 안녕하세요."

뤄지가 웃으며 손을 내저었다.

"하하, 이러지 마. 우린…… 동료였잖아."

그가 청신을 위아래로 훑어보았다. 그의 노쇠한 눈동자 속에 나이에 어울리지 않는 기쁨의 빛이 일렁였다.

"하하, 넌 아직도 이렇게 젊구나. 옛날엔 그저 검잡이였는데 어느새 아리따운 숙녀가 됐어. 너무 늦게 변한 게 안타깝지만. 이젠 뭐든 다 늦었지만. 큭큭큭……."

청신과 AA의 눈에도 뤄지는 많이 변한 것 같았다. 카리스마 넘쳤던 검잡이의 모습은 찾아볼 수 없었다. 하지만 그녀들은 지금의 뤄지가 4세기 전 면벽자가 되기 전의 그라는 사실은 알지 못했다. 그 시절 뤄지의 냉소적인 성격까지 동면에서 깨어난 듯했다. 세월의 물결에 조금 희석된 자리를 채운 건 200세 노인의 초연함이었다.

AA가 물었다.

"무슨 일이 일어났는지 알고 계세요?"

뤄지가 지팡이로 등 뒤를 가리켰다.

"물론이지. 망할 놈들이 도망쳤어. 우주선을 타고 떠났지. 도망칠 수 없다는 걸 알면서도 결국 도망치더군. 얼간이들."

지구 문명 박물관에 있던 다른 직원들을 두고 하는 말이었다.

뤄지가 청신을 향해 한 손을 펼쳐 보였다.

"애야, 이것 좀 보렴. 우리가 헛수고를 했구나."

청신은 한참 뒤에야 그의 말뜻을 이해했지만 머릿속에 차오르던 수만 가지 생각이 뤄지에게 가로막혔다.

뤄지가 손을 저었다.

"됐어, 됐어. 현재에 충실하라는 말은 언제나 옳지. 비록 지금은 충실할 수 있는 일도 없지만. 어쨌든 굳이 안 좋은 생각을 할 필요는 없어. 자, 이제 가볼까. 날 부축하지 않아도 돼. 너희는 여기서 걸어다니는 법도 아직 배우지 못했을 테니."

200세의 뤄지에게는 저중력 환경에서 빠르게 걷는 것보다 느리게 걷기가 더 힘들었다. 그가 들고 있는 지팡이는 자기 몸을 지탱하는 것보다는 속도를 줄이는 용도였다.

조금 걷다 보니 눈앞이 환해졌다. 하지만 조금 넓어졌을 뿐 여전히 터널 같은 통로 안이었다. 높은 천장에 매달린 희미한 조명도 그대로였다. 어둠 속에서 끝이 보이지 않을 만큼 통로가 길었다.

뤄지가 지팡이를 들어 통로를 가리켰다.

"여기가 주실이야."

"유물들은요?"

"저 끝에 있는 홀에 있지. 하지만 그것들은 중요하지 않아. 그것들을 얼마나 오래 보관할 수 있겠어? 1만 년? 10만 년? 기껏해야 100만 년이겠지. 어차피 다 먼지가 될 거야. 하지만 이건……."

뤄지가 지팡이를 휘 둘러 주위를 가리켰다.

"1억 년도 보존될 수 있어. 아직도 여기가 박물관이라고 생각하느냐? 그렇지 않아. 여긴 관람객이 온 적이 없어. 관람하기 위한 곳이 아니니까. 이 모든 것이 묘비야. 인류의 묘비."

청신은 이 어두컴컴하고 고요한 통로를 보며 조금 전 보았던 모든 것을 떠올렸다. 그랬다. 정말로 죽음에 관한 이미지가 이 공간을 가득 채우고 있었다.

AA가 사방을 둘러보며 물었다.

"어떻게 이런 걸 지을 생각을 하셨어요?"

"얘야, 넌 너무 어려서 몰라. 우리가 살던 시대에는(뤄지가 청신과 자신을 가리켰다) 사람들이 살아 있을 때 자기 묏자리를 마련해두곤 했지. 그런데 자기 묏자리를 찾기가 어려워서 묘비를 세워서 표시했어."

그가 청신에게 물었다.

"세이 사무총장을 기억하나?"

청신이 고개를 끄덕였다.

"물론이죠."

4세기 전 청신이 PIA에서 일할 때 당시 UN 사무총장이었던 그녀를 몇 번 본 적이 있었다. 제일 가까운 거리에서 본 건 PIA의 브리핑에서였다. 웨이드도 그 자리에 있었을 것이다. 청신이 대형 모니터에 PPT를 띄워놓고 세이에게 계단 프로젝트의 기술적 문제에 대해 설명해주었다. 세이는 처음부터 끝까지 아무런 질문도 하지 않고 조용히 듣기만 했다. 브리핑이 끝난 뒤 세이가 청신에게 다가와 귓가에 대고 "목소리가 참 좋군요"라고 속삭였다.

뤄지가 양손으로 지팡이를 짚으며 한숨을 내쉬었다.

"참 예뻤는데 말이야. 요즘도 가끔 그녀가 생각나. 벌써 400여 년 전 사람이 됐군. 이걸 처음 생각해낸 사람이 바로 세이야. 인류는 멸종되어도 인류 문명의 유산은 오랫동안 남아 있을 수 있게 보존해야 한다고 했어. 그녀는 일부 유물과 인류에 관한 정보를 무인우주선에 실어 발사하자고 했지. 하지만 도피주의라고 비난받다가 그녀가 죽은 뒤에 일이 중단됐어. 3세기 후 벙커 프로젝트가 시작되었을 때 다시 그런 생각을 하는 사람들이 나타났어. 사람들의 걱정과 불안이 최고조에 달하고 전 세계가 곧 멸망할지도 모른다는 불안감이 팽배했지. 그래서 연방 정부가 설립되자마자 벙커 프로젝트와 별개로 이 묘비를 짓기 시작했어. 대외적으로는 지구 문명 박물관이라고 발표하고 나를 위원장으로 임명했지만.

대형 프로젝트였어. 인류 문명의 정보를 지질학적 연대의 시간만큼 긴 세월을 보존시키는 방법을 연구해야 했으니까. 처음에는 10억 년을 목표로 삼았지. 하하하, 10억 년이라니. 그 얼간이들은 그게 아주 쉽다고 생각했다니까? 벙커 세계도 지을 수 있는데 그쯤이야 아주 쉽다고 말이야. 하지만 얼마 되지 않아서 현대의 양자 메모리가 쌀 한 톨만 한 크기에 대형 도서관 하나만큼의 정보를 저장할 수는 있지만 그 안의 정보가 최대 2000년밖에 보존되지 않는다는 걸 알았지. 2000년이 지나면 메모리가 낡아서 정보를 읽을 수가 없어. 사실 품질이 가장 우수한 메모리가 그 정도지, 일반적인 양자 메모리 중 3분의 2는 500년 내에 다 망가져. 그때부터 아주 재밌어졌어. 원래는 우리가 하는 이 일이 세속과 상관없는 한가한 사람들이나 하는 일이었는데 갑자기 현실적인 문제가 됐지. 500년 정도면 현실적으로 가능했어. 우리만 해도 벌써 400여 년 전 사람들이잖아? 연방 정부가 박물관 연구를 즉시 중단시키고 중요한 데이터를 어떻게 저장할 것인지 연구하기 시작했어. 적어도 5세기는 보존할 수 있도록 하겠다면서 말이야. 킬킬킬……. 나중에는 아예 내 밑에서 일부를 빼내 연구소로 독립시켰지. 우리는 박물관 연구를 다시 시작했고.

과학자들은 우리 시대의 저장 장치가 정보를 더 오랫동안 보존할 수 있다는 걸 알고 서기 시대의 USB와 하드디스크를 찾아냈어. 어떤 것들은 정말로 몇백 년이 지난 데이터를 읽을 수 있더군. 실험 결과, 품질이 우수한 저장 장치는 정보를 5000년까지도 보관할 수 있다는 결론이 나왔어. 특히 서기 시대의 광디스크는 특수한 금속 소재로 만들 경우 10만 년도 보관할 수가 있다더군. 하지만 그것들도 직접 인쇄한 것만은 못해. 특수한 합성지와 잉크를 사용해 인쇄하면 20만 년이 지나도 읽을 수 있으니까. 하지만 그것들도 결국에는 끝이 있어. 우리가 가진 그 어떤 수단도 최장 20만 년밖에는 보관할 수가 없단 말이지. 하지만 그들의 목표는 10억 년이었어!

그래서 우리가 정부에 보고했지. 현재 기술로는 박물관 건립의 기본 요건인 이미지 정보 10기가와 문자 정보 1기가를 10억 년 동안 보관하는 건 불가능하다고. 처음엔 우리 말을 믿지 않았지만 정말로 불가능하다는 걸 증명해 보였더니 보관 기간을 1억 년으로 축소해주더군.

하지만 그게 어디 쉽겠어? 학자들은 역사 속에서 기나긴 세월 동안 정보가 보존된 사례를 찾기 시작했어. 선사 시대의 토기에 새겨진 무늬는 1만 년 동안 보존됐고, 유럽의 동굴벽화는 약 4만 년의 역사를 가지고 있어. 유인원들이 도구를 만들기 위해 돌멩이를 깨뜨려 만든 흔적도 정보라고 할 수 있다면 지금까지 발견된 것 중 가장 오래된 것이 지금으로부터 250만 년 전인 플리오세 중기 때 만들어진 것이야. 그런데 1억 년 전 정보가 남아 있는 걸 찾아냈어. 물론 인류가 남겨놓은 건 아니야. 바로 공룡 발자국이지.

연구를 계속했지만 진전이 없었어. 과학자들은 이미 결론을 내린 것 같았지만 내 앞에서는 말을 못 하고 머뭇거렸어. 그래서 내가 먼저 말했지. 괜찮다고. 당신들이 얻은 결론이 아무리 터무니없는 것이라도 받아들일 수 있다고. 내 인생보다 터무니없는 건 세상에 없으니 그들이 어떤 결론을 내렸든 비웃지 않겠다고 약속했어. 그러자 그들이 말하더군. 현대 과학의 최첨단 기술을 이용해 수많은 이론 연구와 실험 결과를 분석한 끝에 1억 년 동안 정보를 보존할 수 있는 방법을 찾았다고. 현재 알아낸 방법은 그것뿐이라고 강조했어. 그 방법은 바로……"

뤄지가 지팡이를 머리 위로 들어 올리자 그의 백발과 수염이 춤을 추듯 너울거렸다. 그가 홍해를 가르는 모세처럼 엄숙한 말투로 외쳤다.

"돌에 글씨를 새기는 거라고!"

AA는 피식 웃음을 터뜨렸지만 청신은 웃지 않았다. 그녀는 온몸이 전율하는 것을 느꼈다.

뤄지가 지팡이로 통로의 벽을 가리켰다.

"그래서 돌에 글씨를 새겼지."

청신이 벽으로 다가갔다. 어둑한 불빛 사이로 촘촘히 새겨진 글자와 그림이 눈에 들어왔다. 벽은 암석 그대로가 아니라 금속을 덧씌우는 등의 처리를 거친 것 같았다. 심지어 표면을 내구성 높은 티타늄 합금이나 금으로 대체했을 수도 있다. 하지만 본질적으로는 돌에 글씨를 새긴 것이었다. 글씨는 가로, 세로 약 1센티미터로 너무 작지 않은 크기였다. 이 역시 오랫동안 보존하기 위한 조치일 것이다. 글씨가 작을수록 보존이 어렵다.

뤄지가 말했다.

"이렇게 하면 보존할 수 있는 정보의 양이 원래의 1만 분의 1밖에는 안 되지만 그들도 이 결과를 받아들일 수밖에 없었어."

AA가 말했다.

"이 램프, 참 이상하네요."

청신도 벽에 있는 램프를 자세히 들여다보았다. 처음 눈에 띈 건 생김새였다. 벽에서 뻗어 나온 손에 횃불이 쥐여 있는 형태였다. 어디서 본 것 같은 생김새였다. 하지만 AA가 이상하게 생각한 건 그 때문이 아니었다. 횃불 모양의 램프가 유난히 투박해 보였다. 부피와 구조는 고대의 서치라이트와 비슷하지만 빛의 밝기가 고대의 20와트 백열전구만큼이나 약했다. 두꺼운 램프 커버를 투과해 나온 빛이 촛불보다 조금 더 밝은 정도였다.

뤄지가 말했다.

"램프에 전기를 공급하는 대형 장치가 따로 있어. 발전소처럼 말이야. 이래 봬도 대단한 기술적 성과야. 램프 안에 필라멘트나 활성 가스가 들어 있지 않아. 무엇으로 빛을 내는지는 나도 모르지만 10만 년 동안 빛을 낼 수 있다더군! 너희가 들어온 그 문도 정지 상태에서 50만 년 동안 정상적으로 열릴 수 있어. 그보다 더 긴 시간은 불가능해. 변형되거든. 그때는 문을 뜯어야만 들어올 수 있지. 물론 그땐 이 램프가 꺼진 지도 40만 년이 됐을 테니 여긴 온통 암흑뿐이겠지. 하지만 1억 년에 비하면 그것도 시작일 뿐이야……."

청신이 우주복 장갑을 벗고 얼음보다 더 차가운 벽 위에 새겨진 글자를 손으로 더듬은 뒤 벽을 등지고 벽에 달려 있는 램프를 멍하게 응시했다. 그걸 어디서 보았는지 기억났다. 파리의 판테온에 있는 루소의 무덤이었다. 그곳에 횃불을 쥔 손이 무덤에서 뻗어 나온 형태가 조각되어 있었다. 지금 이 램프의 빛은 전깃불이라기보다는 가물거리며 꺼져가는 불씨에 가까웠다.

뤄지가 청신에게 다가갔다.

"얘야, 넌 말이 없구나."

그의 목소리에서 청신이 오랫동안 그리워하던 자상함이 배어 나왔다.

AA가 말했다.

"원래 그래요."

"난 예전에는 말이 많았어. 그러다가 점점 말수가 적어졌지. 하지만 다시 말이 많아졌단다. 쉬지 않고 지껄이지. 내가 성가시냐?"

청신이 힘없이 웃었다.

"그럴 리가요. 전 그냥…… 이 앞에서 무슨 말을 해야 할지 모르겠어요."

그렇다. 무슨 말을 할 수 있을까? 5000년 동안 미친 듯이 달려온 문명이었다. 끊임없는 진보가 더 빠른 진보를 부추기고, 수많은 기적이 더 큰 기적을 만들어냈다. 인류가 신처럼 위대한 힘을 가진 것 같았다. 하지만 결국 진정한 힘을 가진 건 시간이며 발자취를 남기는 것이 세상을 창조하는 것보다 더 어렵다는 결론에 도달했다. 이 문명의 끝에서 그들은 태곳적 갓난아기 때 했던 일을 해야 했다.

돌에 글씨를 새기는 일을.

청신이 벽에 새겨진 것을 자세히 들여다보았다. 시작은 남녀 한 쌍의 부조(浮彫)였다. 아마도 미래의 발견자에게 인류의 생물학적 생김새를 알려주려고 새겼을 것이다. 하지만 그들은 서기 시대의 무인 우주 탐사선 보이저호에 실어 보냈던 골든레코드* 속 모습과 달랐다. 전시물 같은 뻣뻣한 모습이 아니라 표정과 동작이 생생하게 살아 있는 그림이었다. 어떻게 보면 아담과 이브 같기도 했다. 그들 뒤에 상형문자와 설형문자가 새겨져 있었다. 원시 시대 유물에 있던 것을 그대로 따라서 새겨놓은 것 같았다. 지금 사람들은 그 글자의 뜻을 이해할 수 없었다. 미래의 외계 발견자는 그걸 이해할 수 있을까? 더 앞으로 걸어가자 시가 적혀 있었다. 시처럼 생겼지만 뜻을 이해할 수 없었다. 청신이 알 수 있는 건 그 글씨체가 대전(大篆)**이라는 것뿐이었다.

뤄지가 말했다.

"『시경(詩經)』이야. 더 앞으로 가면 라틴어도 있단다. 고대 그리스 철학자들의 말을 새겨놓았지. 우리가 알아볼 수 있는 글자는 몇십 미터 더 가야 볼 수 있어."

라틴어 글귀 아래 새겨져 있는 부조가 청신의 눈에 들어왔다. 수수한 가운을 걸친 고대 그리스 학자들이 돌기둥에 둘러싸인 광장에서 토론하고 있는 모습이었다.

청신이 뭔가 생각난 듯 처음으로 다시 돌아가 벽을 살폈다. 하지만 그녀가 찾는 것이 보이지 않았다.

뤄지가 물었다.

"로제타석*** 같은 걸 찾느냐?"

"네. 해석을 도와주는 시스템은 없나요?"

"애야, 이건 컴퓨터가 아니라 돌에 새기는 거야. 그런 걸 어떻게 돌에 새길 수가 있겠어?"

벽을 구경하고 있던 AA가 눈을 크게 뜨고 뤄지에게 물었다.

"우리도 알아볼 수 없는 걸 외계인들이 해석하길 바라는 거예요?"

아주 먼 미래의 외계 발견자들에게는 동굴 벽에 새겨진 모든 인류의 경전이 판독할 수 없는 기호에 불과할 것이다. 지금 그들이 맨 앞에 새겨져 있는 고대 상형문자와 설형문자를 이해할 수 없는 것처럼 말이다. 어쩌면 애초에 누군가 그걸 해석해주길 기대하지 않았을 수도 있다. 이곳을 지은 사람들은 시간의 위력을 깨달은 그 순간에 이미 멸망한 문명이 지질학적 연대만큼 먼 미래까지 뭔가를 남길 수 있다는 기대를 접었을지도 모른다. 뤄지도 이곳이 박물관이 아니라고 했다.

박물관은 남에게 보여주기 위한 것이고, 묘비는 자신을 위해 만드는 것이다.

세 사람이 계속 앞으로 걸어갔다. 뤄지의 지팡이가 바닥을 두드리며 리드미컬한 소리를 냈다.

"난 여길 산책하며 자주 재미있는 상상해."

뤄지가 걸음을 멈추고 갑옷 차림에 긴 창을 들고 있는 고대 군인의 부조를 지팡이로 가리켰다.

"이건 알렉산더의 원정이야. 그때 그가 동쪽으로 조금만 더 갔더라면 전국 시대 말기의 진(秦)나라를 만났을 거야. 만일 그랬다면, 어떤 일이 일어났을까? 지금 인류는 어떤 모습일까?"

조금 더 앞으로 걸어간 뒤 그가 다시 지팡이로 벽을 가리켰다. 벽에 새겨진 글자가 소전(小篆)*에서 예서(隸書)**로 바뀌어 있었다.

"음, 한(漢)나라 때로 넘어왔군. 이 무렵 중국은 두 차례 통일을 이루었지. 영토의 통일과 사상의 통일. 그런데 인류 문명 전체로 볼 때 그게 좋은 일일까? 특히 한나라 때는 유가(儒家)가 모든 사상 위에 군림했어. 만약 춘추시대의 백가쟁명(百家爭鳴)처럼 여러 사상이 자유롭게 발전했더라면 어떤 일이 일어났을까? 지금 인류는 어떤 모습일까?"

그가 지팡이로 허공에 커다란 원을 그렸다.

"이걸 보면 모든 역사의 단면에서 놓쳐버린 수많은 기회를 찾을 수 있을 거야."

청신이 나지막이 말했다.

"인생처럼요."

뤄지가 고개를 저었다.

"음. 아냐, 아냐. 적어도 내 인생은 그렇지 않아. 난 아무것도 놓치지 않았어. 킬킬."

그가 자상한 눈빛으로 청신을 보았다.

"얘야, 네가 많은 걸 놓쳤다고 생각하니? 그럼 앞으로 다시는 놓치지 마라."

"앞으로는 없어요."

AA가 냉랭한 말투로 내뱉듯이 말했다. 그녀는 이 노인에게 노망기가 있다고 생각했다.

통로 끝에 다다른 세 사람은 지하 묘비를 돌아보았다.

뤄지의 입에서 긴 한숨이 새어 나왔다.

"1억 년 동안 보존하려고 했는데 결국 100년도 못 가서 끝장이 났구나."

AA가 말했다.

---

* 옮긴이 주 : 진시황이 중국을 통일한 후 문자를 통일하면서 대전을 간소화해서 만든 서체.
** 옮긴이 주 : 소전을 간소화해서 만든 서체.

"혹시 알아요? 2차원 세계의 평면 문명이 이것들을 볼 수 있을지."

"하하하, 참 재미있는 생각이군. 부디 그렇게 되길……. 자, 여기가 유물 보관실이야. 이런 보관실이 세 개 있어."

청신과 AA가 몸을 돌리자 다시 시야가 탁 트였다. 그곳은 전시실이 아니라 창고였다. 모든 유물이 똑같은 크기의 금속 상자 안에 가지런히 담겨 있고, 상자마다 라벨이 붙어 있었다.

뤼지가 옆에 있는 상자를 지팡이로 툭툭 건드렸다.

"여긴 중요하지 않다고 말했잖아. 이것들 중 대부분은 길어야 5만 년이면 다 사라질 거야. 조각상은 100만 년은 버틸 거라고 하지만 조각상을 가지고 나가는 건 좋은 선택이 아니야. 가지고 나가는 건 쉽지만 부피가 너무 큰 게 흠이지……. 자, 아무거나 골라봐. 좋을 대로 가지고 가라고."

AA가 상기된 눈빛으로 주위의 상자들을 훑었다.

"책 같은 건 관두고 그림을 많이 가지고 가는 게 좋겠어요. 책은 아무도 읽을 수 없을 테니까."

AA가 상자 하나를 골라 스위치처럼 생긴 곳을 눌렀지만 상자가 자동으로 열리지 않았다. 청신이 다가가 상자 뚜껑을 힘껏 들어 올리자 AA가 상자 안에서 유화를 꺼냈다.

AA가 말했다.

"그림도 부피가 크네요."

뤼지가 상자 위에 던져놓았던 작업복에서 작은 칼과 드라이버를 꺼내 청신과 AA에게 건넸다.

"액자가 커서 그렇지. 액자를 뜯어내."

드라이버를 받아 들고 액자를 뜯으려다가 청신이 낮은 목소리로 외치듯 말했다.

"잠깐, 안 돼."

자세히 보니 그 그림은 반 고흐의 〈별이 빛나는 밤〉이었다.

청신이 놀란 건 귀한 그림이기 때문만은 아니었다. 그녀는 예전에 그 그림을 본 적이 있었다. 4세기 전 PIA에서 근무한 지 얼마 되지 않았을 때였다. 어느 주말 맨해튼에 있는 뉴욕 현대미술관에 갔다가 반 고흐의 작품을 몇 점 보았다. 그중에서 제일 인상 깊었던 건 공간에 대한 표현이었다. 반 고흐는 무의식 속에서 공간에도 구조가 있다고 믿었던 것 같았다. 그때 청신은 이론물리학에 대해 많이 알지 못했지만 끈 이론에 대해 들어본 적이 있었다. 끈 이론에 따르면 공간도 실체와 마찬가지로 진동하고 있는 수많은 끈으로 이루어져 있다. 그녀는 반 고흐가 그 끈들을 그려놓았다고 생각했다. 그의 그림을 보면 텅 빈 공간도 산이나 들판, 집, 나무처럼 미세하게 움직이고 있기 때문이다. 그런 특징이 가장 뚜렷하게 나타난 것이 〈별이 빛나는 밤〉이었다. 그녀는 4세기 후 명왕성에서 그 그림을 다시 보게 될 줄은 꿈에도 생각하지 못했다.

뤄지가 대수롭지 않다는 듯 지팡이를 흔들었다.

"뜯어. 뜯으면 많이 가지고 나갈 수 있잖아. 이것들이 아직도 한 도시만큼의 가치를 가졌다고 생각하는 거야? 지금은 아무리 큰 도시도 반 푼어치 가치도 없어."

500년은 족히 됐을 액자는 뜯었지만 그림을 옮기다가 훼손될지 몰라 캔버스는 남겨놓았다. 다른 유화들의 액자도 뜯었다. 금세 빈 액자가 수북이 쌓였다. 그때 뤄지가 다가와 그리 크지 않은 유화 한 점 위에 손을 올렸다.

"이 그림은 내가 가질게."

청신이 그 유화를 가져다가 벽 앞에 있는 상자에 올려놓았다. 몸을 돌리던 무심한 시선이 유화 위를 스치는 순간 그녀가 멈칫했다.

〈모나리자〉였다.

청신이 말없이 다시 액자를 뜯는데 AA가 속삭였다.

"약아빠진 노인네. 제일 비싼 그림은 자기가 갖네요."

"그 이유 때문은 아닐 거야."

"옛 애인 이름이 모나리자였을까요?"

뤄지가 〈모나리자〉 옆에 앉아 주름진 손으로 오래된 액자를 쓰다듬으며 중얼거렸다.

"당신이 어디 있는지 몰라. 안다면 자주 만나러 갈 텐데."

청신이 고개를 들어 뤄지를 보았다. 그런데 뤄지의 말은 〈모나리자〉를 보며 한 말이 아니었다. 그의 시선이 마치 세월의 깊은 곳을 바라보듯 똑바로 앞을 향하고 있었다. 착각인지 모르지만 청신은 움푹 파이고 주름진 그의 눈에서 눈물이 반짝이는 것을 보았다.

명왕성 지하의 거대한 묘실 속, 10만 년을 밝힐 수 있다는 불빛 아래에서 모나리자가 보일 듯 말 듯 희미하게 미소 짓고 있었다. 9세기 동안 사람들을 곤혹스럽게 했던 그 미소가 이 순간 더 신비롭고 기이하게 보였다. 모든 것을 다 포용하는 것인지, 아무 의미도 없는 것인지 알 수 없었다. 점점 다가오고 있는 그 사신처럼.

벙커의 세기 67년, 2차원 태양계

청신과 AA가 유물들을 지상으로 가지고 나왔다. 액자를 제거한 유화 10여 점, 중국 서주 시대의 청동솥 두 개, 고서 몇 권이었다. 1G의 정상 중력이었다면 두 사람의 힘으로 옮길 수 없겠지만 명왕성의 저중력 환경에서는 쉽게 옮길 수 있었다. 에어로크를 지날 때는 뤄지의 당부대로 안쪽 문을 먼저 닫은 뒤 외부로 향하는 문을 열었다. 그러지 않으면 문틈으로 쏟아져 나가는 공기에 휩쓸려 그들의 몸이 유물과 함께 허공으로 내던져질 것이다. 바깥쪽 문을 열자 에어로크에 있던 희박한 공기가 명왕성의 냉기를 만나 응결된 얼음 결정이 공중에서 빛을 받아 반짝였다. 헤일로호의 서치라이트 빛이라고 생각했지만 얼음 결정이 흩어진 뒤에 보니 헤일로호의 서치라이트가 꺼져 있었다. 얼음 결정을 비춘 건 명왕성 대지를 비추는 우주의 빛이었다. 헤일로호와 검은 비석이 흰 지면 위로 긴 그림자를 드리우고 있었다. 두 사람이 위를 올려다보다가 소스라치게 놀라며 뒤로 물러섰다.

우주에서 거대한 눈동자 두 개가 그들을 내려다보고 있었다.

사람의 눈처럼 흰자위와 검은자위로 나누어진 두 개의 타원이 밝게 빛났다.

AA가 하늘을 가리켰다.

"저건 해왕성, 저건 천…… 아니, 토성이에요!"

거대한 목성형행성 두 개가 이미 2차원으로 변해 있었다. 천왕성의 궤도가 토성보다 더 밖에 있지만 지금은 천왕성이 태양 너머 토성의 맞은편에 위치해 있어 토성이 먼저 2차원으로 변한 것이었다. 2차원으로 변한 거대 행성은 평면일 테지만 명왕성에서 보는 시선이 2차원 평면과 각도를 이루어 타원으로 보였다. 두 행성 모두 여러 층이 선명하게 나뉘어 있었다. 해왕성은 세 개 층으로 나뉘어 있었다. 푸른 아이섀도를 바른 눈꺼풀과 눈썹 같은 제일 바깥층은 수소와 헬륨으로 이루어진 대기층이고, 중간의 흰색 층은 두께가 2만 킬로미터에 달하는 해왕성의 맨틀이었다. 오래전 행성 천문학자들은 그것을 물-암모니아 바다라고 불렀다. 한가운데 중심에 있는 짙은 색 원은 암석과 얼음으로 이루어진 행성의 핵이었다. 이 핵의 질량만 해도 지구 전체와 맞먹었다. 2차원화된 토성도 제일 바깥의 파란색 층만 없을 뿐 비슷한 구조였다. 각 층마다 무수히 많은 미세층이 겹겹이 쌓여 있어서 자세히 보면 톱으로 잘라놓은 거대한 나무 단면의 나이테 같았다. 두 행성 주위에 떠 있는 10여 개의 작은 동그라미는 2차원화된 위성들이고, 토성 바깥쪽에 있는 연한 색의 커다란 원은 2차원화된 토성의 고리였다. 그것들보다 가까이에 있는 태양이 겨우 둥근 형체를 분간할 수 있는 누르스름한 빛무리로 보였으므로 태양 너머에서 2차원화된 두 행성의 면적이 얼마나 넓은지 가늠할 수 있었다.

하지만 두 행성은 두께가 0이므로 부피가 없었다.

청신과 AA는 2차원화된 두 행성이 은은하게 내뿜는 빛을 받으며 유물을 들고 흰색 착륙장을 가로질러 헤일로호로 향했다. 매끈한 유선형 선체가 요술 거울처럼 그 위에 비친 2차원 행성을 길쭉하게 잡아 늘렸다. 물방울을 연상시키는 선체의 리드미컬한 단단함이 기묘한 위안을 주었다. 명왕성으로 오는 동안 AA는 헤일로호의 선체에 강한 상호작용 소재가 일정 비율 섞여 있을 것 같다고 말했다. 우주선으로 다가가자 아래쪽에 있는 문이 소리 없이 미끄러지듯 열렸다. 두 사람이 유물을 들고 사다리로 올라가 우주선에 탑승한 후 헬멧을 벗었다. 작고 아늑한 세상에 도착하자 돌아왔다는 안도감에 저절로 긴 한숨이 새어 나왔다. 두 사람은 어느새 그곳을 집처럼 느끼고 있었다.

청신이 AI에게 해왕성과 토성에서 수신한 정보가 있는지 물었다. 그녀의 질문이 떨어지자마자 사방에서 눈사태가 난 것처럼 현란한 색채의 화면들이 그들을 덮쳤다. 두 사람은 첫 오경보가 발령되었던 118년 전을 떠올렸다. 그때 쏟아지듯 나타난 화면들은 대부분 매스컴 보도였지만 이번에는 매스컴 보도가 아니라 구체적인 내용이 거의 없는 화면들이었다. 형체를 알아볼 수 없이 흐릿한 화면, 격렬하게 흔들리는 화면 등등 무의미한 장면이 대부분이었다. 하지만 그중 일부 화면 속에서 무수히 많은 색깔이 물처럼 흐르다가 점점 복잡하고 정교한 구조를 갖춰가고 있었다. 2차원 평면을 촬영한 것 같았다.

AA가 AI에게 내용이 있는 화면만 남겨달라고 명령하자 AI가 어떤 정보를 원하는지 물었다. 청신이 우주 도시를 보고 싶다고 하자 사방을 가득 채우고 있던 화면이 순식간에 사라지고 10여 개 화면이 순서대로 나타났다. 그중 하나가 확대되며 제일 앞으로 나왔다. AI는 그것이 해왕성 클러스터에 속한 유럽 6호 우주 도시의 12시간 전 화면이라고 했다. 유럽 6호는 원래 도시 결합체에 속해 있었지만 경보가 발령된 뒤 결합체가 해체되었다.

화면은 흔들림 없이 시야가 탁 트여 있었다. 도시의 전경이 한눈에 들어오는 것으로 보아 우주 도시의 극점 부근에서 촬영한 것 같았다.

도시의 전기 공급이 끊어지고 맞은편 도시 구역을 향해 서치라이트 불빛 몇 개만 비추고 있었다. 도시 한가운데 중심축 위에 떠 있는 세 개의 핵융합 태양도 달로 변해 서늘한 은빛을 토해내고 있었다. 그건 조명을 위한 것일 뿐 도시에 열에너지를 공급하는 기능은 사라진 후였다. 전형적인 타원 구형의 대형 우주 도시로 건물의 형태가 반세기 전 청신이 보았던 것과 사뭇 달라져 있었다. 벙커 세계가 번영기에 있었음을 알려주듯 예전의 그 단조롭고 획일적인 건물들은 사라지고 다채로운 외관의 높은 건물들이 도시의 중심축과 맞닿을 듯 높이 뻗어 올라가 있었다. 나무 형태의 건물도 있었는데 지구에 있던 나무 건물과 규모는 거의 비슷하지만 잎사귀 건물이 더 촘촘하게 매달려 있었다. 모든 건물에 불이 켜진다면 얼마나 휘황한 야경을 이룰지 상상할 수 있었다. 하지만 지금 그 모든 것을 비추는 건 서늘한 달빛이었다. 나무 건물이 희붐한 달빛을 받아 거대한 그림자를 만들어내고 도시의 나머지 부분은 울창한 숲에 파묻혀 있는 화려한 폐허 같았다.

우주 도시가 자전을 멈추고 모든 것이 무중력상태가 되었다. 고정되지 않은 물체들이 떠올라 허공을 채웠다. 잡다한 물건과 쓰레기, 자동차도 있었고, 건물이 통째로 떠다니기도 했다.

검은 구름 띠가 도시의 중심축을 따라 양극으로 길게 이어졌다. 헤일로호의 AI가 화면 위에 작은 사각형을 그린 뒤 그 부분만 확대해서 새 창을 띄웠다. 확대 화면이 나타나는 순간 청신과 AA는 경악하고 전율했다. 그 검은 띠가 구름이 아니라 중심축 주위로 모여든 인파였던 것이다! 무중력 상태에서 서로 손을 잡아 긴 띠를 만든 사람들도 있지만 대부분은 혼자 공중에 떠 있었다. 모두 헬멧을 쓰고 우주복으로 보이는 밀폐형 옷을 입고 있었다. 청신이 지난번 동면에서 깨어났을 때 보았던 간이 우주복은 이제 외관상으로는 평범한 옷차림과 거의 구분할 수 없었다. 모두들 생명 유지 장치처럼 보이는 작은 배낭을 등에 메거나 손에 들고 있었지만 헬멧의 바이저가 대부분 열려 있고 약한 바람이 부는 것도 볼 수 있었다. 도시에 정상적인 대기가 유지되고 있다는 뜻이었다. 하지만 핵융합 태양은 환한 빛을 잃고 서늘한 은빛을 발산하고 있었다. 빛과 약한 온기를 찾아 모여든 사람들에게 겹겹이 둘러싸여 있기 때문이었다. 인산인해를 이룬 사람들 틈새로 조금씩 비어져 나온 은색 햇빛이 도시 구역에 빛과 그림자를 만들며 어룽졌다.

AI는 유럽 6호의 전체 인구 600여만 명 중 절반이 우주선이나 탐사정을 타고 도시를 떠났다고 했다. 나머지 300만 명 중 일부는 떠날 능력이 없어서 떠나지 못한 것이지만 그보다는 떠나기를 단념한 사람이 더 많았다. 어떤 방식으로 도망치든 빠져나갈 희망이 없다는 것을 알고 있기 때문이었다. 백 번, 아니 만 번 양보해서 2차원화 공간에서 도망쳐 외우주로 나갈 수 있다고 해도 대다수 우주선의 생태순환 시스템으로는 그리 오랫동안 생존할 수 없었다. 외우주에서 장기간 생존할 수 있는 항성급 우주선은 극소수의 전유물이었다. 그러므로 차라리 익숙한 곳에서 마지막 순간을 기다리기로 결정한 것이었다.

화면의 소리 기능을 켰지만 아무 소리도 들리지 않았다. 인파와 도시 전체가 정적에 휩싸여 있었다. 모두의 시선이 도시의 한 방향을 향하고 있었다. 시선이 모여든 곳도 아직은 도시의 다른 곳들과 마찬가지로 고층 빌딩 숲과 그 사이를 종횡으로 교차하는 도로가 전부였다. 별로 특별해 보이지 않았지만 사람들은 무언가를 기다리고 있었다. 햇빛인지 달빛인지 모를 사늘한 빛이 물처럼 흐르고 사람들의 낯빛이 유령처럼 창백했다. 청신은 126년 전 호주 대륙의 핏빛 여명이 떠올랐다. 그때처럼 높은 곳에서 개미굴을 내려다보고 있는 기분이었다. 새카만 인파가 허공을 가득 채우고 있는 개미 떼 같았다.

인파 사이에서 비명이 터져 나왔다. 우주 도시의 적도에 있는 한 점, 즉 사람들의 시선이 쏠려 있는 그곳에서 갑자기 빛점이 나타났다. 검은 집의 지붕에 작은 구멍이 뚫리며 햇빛이 새어 들어오는 것 같았다.

그건 유럽 6호에서 2차원 공간의 평면과 제일 먼저 닿은 부분이었다.

빛점이 빠르게 커지며 타원형 평면으로 변했다. 2차원 평면이었다. 그 평면에서 내뿜은 빛이 주위의 빌딩 숲에 부딪혀 수많은 빛기둥으로 쪼개진 뒤 중심축에 있는 사람들을 비추었다. 밑바닥에 구멍이 뚫린 거대한 바퀴처럼 우주 도시가 2차원 평면의 바다로 가라앉기 시작했다. 2차원 평면이 배 안으로 스며든 물의 수면처럼 빠르게 상승하며 평면에 닿는 모든 것을 순식간에 2차원으로 만들어버렸다. 빌딩 숲이 밑부터 나란히 잘리며 2차원 단면의 형태로 우주 도시 끝까지 뻗어나갔다. 밑에서부터 차오르며 빠르게 확장되는 2차원 평면 위에서 현란한 색채와 복잡한 구조가 번개처럼 사방으로 확 퍼져나갔다. 2차원 평면이 마치 빠르게 내달리는 형형색색의 짐승들을 들여다보는 거대한 렌즈가 된 것 같았다. 우주 도시 안에 아직 공기가 있어 3차원 세계가 2차원으로 떨어지면서 나는 소리를 들을 수 있었다. 빌딩 숲과 우주 도시 본체가 투명한 유리로 만들어진 것처럼 날카로우면서도 경쾌하게 바스러지는 소리가 들렸다. 거대한 롤러가 유리 도시를 짓누르고 지나가는 것 같았다.

2차원 평면이 올라올수록 중심축에 있는 사람들이 평면과 반대 방향으로 흩어지기 시작했다. 보이지 않는 손이 장막을 천천히 들어 올리듯 사람들이 위를 향해 도망쳤다. 청신은 예전에 보았던 수백만 마리의 새 떼 영상을 떠올렸다. 거대한 새 떼가 마치 하나의 생명체인 것처럼 석양이 드리운 하늘 위에서 몸을 뒤틀며 형체를 바꾸고 있었다.

2차원 평면이 순식간에 우주 도시의 3분의 1을 삼켜버렸다. 하지만 광기 어린 빛을 번뜩이며 중심축을 향해 기세등등하게 올라왔다. 이미 몇몇 사람은 평면으로 떨어지기 시작했다. 우주복의 추진기가 고장 나 아래쪽에 낙오되어 있었거나 도망치기를 포기한 사람들일 것이다. 그들은 물 위에 한 방울 떨어진 컬러 잉크처럼 평면 위로 퍼져나가며 갖가지 형태의 2차원 인체를 만들어냈다. 헤일로호의 AI가 확대한 화면에 연인 한 쌍이 꼭 끌어안은 채 평면으로 떨어지는 장면이 잡혔다. 2차원화된 두 사람의 인체가 평면 위에 나란히 배열되어 끌어안고 있는 모습을 알아볼 수는 있었지만 원근법을 모르는 아이가 서툴게 그린 그림처럼 기이한 자세였다. 한 아기 엄마는 갓난아기를 머리 위로 높이 들어 올린 채 떨어졌지만 그 아기도 3차원 세계에서 그녀보다 단 0.1초 더 살았을 뿐이었다. 그들의 형체가 거대한 그림 속에 생생하게 그려 넣어졌다. 평면이 차오를수록 그 위로 떨어지는 '인간 빗방울'이 점점 촘촘해지고, 정지된 형태의 2차원 인체가 평면 위를 미끄러지듯 우주 도시의 가장자리로 밀려났다.

2차원 평면이 중심축에 닿았을 때는 새카맣게 모여 있던 인파가 반대편 도시 구역으로 이동했다. 우주 도시의 절반이 이미 2차원 공간으로 사라진 뒤였다. 2차원 평면의 면적이 시야 범위를 넘어섰다. 고개를 들면 맞은편 도시 구역은 보이지 않고 어지러운 2차원 하늘이 3차원 세계에 남아 있는 도시 구역을 향해 다가오고 있었다. 북극의 주 출입구로 빠져나가는 것이 불가능해지자 사람들이 적도 부근으로 모여들었다. 그곳에 비상구 세 개가 있었다. 무중력상태의 사람들이 비상구 근처에 운집해 높다란 '인간 산'을 쌓고 있었다.

2차원 평면이 중심축을 통과해 공중에 떠 있는 핵융합 태양 세 개를 집어삼키자 2차원화되면서 번쩍이는 섬광에 나머지 세계는 더 밝아졌다.

낮게 횡횡거리는 휘파람 소리가 들렸다. 공기가 우주로 빠져나가는 소리였다. 적도상에 있는 세 개의 비상구가 모두 열려 있었다. 각각의 비상구가 축구장 하나만 한 크기로 아직 2차원으로 떨어지지 않은 우주를 향해 직접 뚫려 있었다.

헤일로호의 AI가 또 다른 화면을 제일 앞으로 이동시켰다. 외부에서 촬영한 유럽 6호의 모습이었다. 이미 2차원으로 떨어진 도시 구역은 보이지 않는 평면을 따라 넓게 퍼져 있고, 아직 3차원 세계에 남아 있는 구역은 평면을 향해 빠르게 가라앉고 있었다. 바다 위로 조금 올라와 있는 고래 등 같았다. 3차원 공간에 남아 있는 도시 구역 세 군데에서 검은 연기 같은 것이 새어 나오고 있었다. 자세히 보니 우주 도시 안에 있던 공기가 비상구를 통해 쏟아져 나오며 광풍으로 변해 사람들을 이리저리 날리고 있는 것이었다. 2차원 바다 위에 외롭게 떠 있는 3차원 섬이 계속 가라앉으며 녹아내렸다. 유럽 6호 우주 도시가 완전히 2차원화되는 데 걸린 시간은 10분이 채 되지 않았다.

2차원 우주 도시의 전경이 화면에 나다났다. 구체적인 면적을 가늠할 수는 없지만 웅장하고 광대하리라는 것을 짐작할 수 있었다. 하지만 그곳은 이미 죽은 도시였고, 도시의 1 : 1 도면이었다. 이 거대한 도면 위에 도시의 모든 부분이 세세하게 그려져 있었다. 나사 한 조각, 실오라기 한 가닥, 진드기 한 마리, 심지어 바이러스 한 마리까지 완벽하고 정확하게 그려져 있었다. 3차원 도시가 원자 수준의 정밀도로 2차원 평면 위에 투사되었다. 이 도면에는 절대로 겹쳐지지 않는다는 법칙이 존재했다. 어느 한 부분도 겹쳐지거나 가려지지 않고 도시의 모든 부분이 평면 위에 빠짐없이 배열되었다. 그러나 도면을 읽어내기가 쉽지는 않았다. 도시 전체의 거시적인 구조를 읽을 수는 있지만, 건물이 2차원화되는 과정에서 구조가 심하게 변형되어 2차원 도형을 보고 상상력만으로 원래의 3차원 형태를 짐작해내는 건 거의 불가능했다. 하지만 정확한 수학모델을 기반으로 한 이미지 처리 프로그램이 있다면 3차원 구조를 계산해내는 것이 충분히 가능했다.

다른 우주 도시 두 곳도 2차원으로 변해 있었다. 그것들은 두께가 없는 대륙으로 변해 빛을 완전히 잃은 채 암흑의 우주를 떠돌며 무형의 2차원 평면 위에서 서로 마주 보고 있었다. 하지만 카메라(아마 무인 탐사정에서 촬영했을 것이다)도 2차원 평면을 향해 떨어지고 있었으므로 잠시 후 2차원화된 유럽 6호가 화면 전체를 가득 채웠다.

유럽 6호의 비상구로 빠져나온 수많은 사람들도 보이지 않는 폭포에 휩쓸린 개미 떼처럼 3차원 우주를 따라 2차원 평면 위로 떨어졌다. 수많은 인간 빗방울이 평면 위로 흩어지자 2차원화된 사람의 형태가 빠르게 밀집되었다. 2차원화된 인체가 큰 면적을 차지하기는 했지만 광활하게 넓은 건물에 비하면 미세할 만큼 작았다. 그들은 이 거대한 그림 속에서 인간의 형태를 겨우 알아볼 수 있는 작은 기호들 같았다.

화면 속 3차원 우주 속에 그것들보다 더 큰 물체가 곳곳에 나타났다. 더 일찍 유럽 6호를 빠져나온 소형 우주선과 탐사정들이었다. 핵융합 엔진이 최대 출력으로 가속하고 있지만 역시 3차원 우주와 함께 2차원 공간으로 빠르게 추락했다. 그 순간 청신은 우주선과 탐사정에서 내뿜는 길고 파란 불꽃이 두께 없는 평면을 뚫지 않을까 하는 기대감을 가졌다. 하지만 불꽃이 제일 먼저 2차원화되면서 2차원 건물들이 불꽃에 녹아 변형되고 왜곡될 뿐이었다. 뒤이어 우주선과 탐사정들이 속속 거대한 그림의 일부가 되었다. 중첩되지 않는다는 절대 규칙에 따라 2차원 도시 전체가 그들을 위해 자리를 내어주고 물결처럼 밀려났다.

카메라가 계속 평면을 향해 떨어졌다. 청신은 점점 가까워지는 2차원 도시를 집요한 시선으로 응시했다. 그 속에서 움직임의 흔적을 찾아보려고 했지만 결국 실패하고 말았다. 방금 불꽃에 변형된 것 외에 2차원 도시의 모든 것이 정지 상태였다. 2차원화된 인체에서 한 가닥 생명의 기운조차 발견할 수 없었다.

그것은 죽음의 세계, 죽음의 그림이었다.

평면으로 다가가던 카메라가 어느 2차원 인체를 향해 떨어졌다. 사지를 벌리고 있는 인체가 빠르게 화면을 채운 뒤 복잡한 혈관과 신경, 근육의 섬유조직이 나타났다. 아마도 환각이었을 것이다. 청신은 2차원화된 혈관 속을 흐르는 붉디붉은 2차원 혈액을 본 것 같았지만 그 순간 화면이 암전되었다.

청신과 AA가 두 번째 유물들을 밖으로 가지고 나왔다. 그들은 이 일이 무의미하다는 것을 알았다. 공간이 2차원화될 때 3차원 세계의 모든 정보가 2차원 평면 속에 보존된다는 것을 알았기 때문이다. 설령 정보가 사라지더라도 그건 원자 수준에서 사라지는 것이었다. 서로 겹치지 않는다는 절대 규칙에 따라 명왕성의 지하 박물관에 보관되어 있는 유물들도 지층과 섞이지 않고 그대로 보존될 것이다. 하지만 마지막 임무를 끝까지 수행할 수밖에 없었다. 차오빈의 말대로 아무것도 하지 않고 기다리는 것보다는 뭐든 할 일이 있는 편이 훨씬 나았다.

우주선에서 나오자 하늘에 떠 있는 2차원 거대 행성의 빛이 훨씬 어두워져 있었다. 주위가 어두워지자 그 아래 새로 나타난 희미한 띠가 또렷하게 보였다. 수많은 작은 빛점이 모여 만들어진 띠가 태양계의 새 목걸이처럼 우주 전체를 관통하고 있었다.

청신이 물었다.

"소행성대겠지?"

AA가 말했다.

"아마도요. 다음은 화성 차례겠죠."

"화성은 지금 태양 너머 우리 쪽에 있어."

두 사람 모두 침묵했다. 그들은 2차원화된 소행성대에서 시선을 거두고 말없이 검은 비석 쪽으로 향했다.

다음 차례는 지구였다.

다시 박물관 유물실로 들어가자 뤄지가 밖으로 옮길 유물들을 정리해놓고 있었다. 둘둘 말려 있는 중국화가 여러 점 있었다. AA가 그중 한 장을 펼쳐 보고 담담하게 중얼거렸다.

"〈청명상하도〉네요."

이제 그들은 이 절세의 명작을 처음 보았을 때의 경외감과 기쁨을 느낄 수 없었다. 밖에 있는 거대한 파멸 앞에선 그저 보잘것없는 낡은 그림일 뿐이었다. 머나먼 미래의 관찰자들이 이곳에 왔을 때 2차원 태양계의 거대한 그림 속에 있는 폭 24센티미터, 길이 5미터의 그림이 그들에게 특별한 가치가 있으리라고는 상상할 수 없었다.

청신과 AA가 뤄지에게 헤일로호로 같이 가자고 하자 뤄지도 그럴 생각이었다며 우주복을 가지러 갔다. 박물관 내부에 근무 인력들을 위한 생활 구역이 잘 꾸며져 있었다. 박물관과 달리 장기간 보존을 염두에 두고 설계된 것이 아니므로 내부 시설은 현대적이었다.

유물을 가지고 밖으로 나온 그들 앞에 2차원화되고 있는 지구가 보였다.

고체행성 중에서는 처음으로 2차원으로 떨어지고 있었다. 해왕성과 토성에 비해 2차원 지구의 '나이테'가 더 또렷하고 정교했다. 노란색 맨틀이 안으로 들어갈수록 서서히 붉어지며 철과 니켈로 이루어진 새빨간 지핵으로 이어졌다. 하지만 면적은 해왕성과 토성에 비해 훨씬 작았다.

그들의 상상과 달리 파란색은 보이지 않았다.

뤄지가 물었다.

"바다는 어디에 있지?"

AA가 말했다.

"제일 바깥쪽에 있을 거예요. 2차원의 물은 완전히 투명해서 눈에 보이지 않겠죠."

세 사람이 말없이 유물 상자를 들고 헤일로호가 있는 곳으로 향했다. 슬픔이 채 닥치기도 전에 예리한 비수가 상처를 도려낸 듯 고통조차 느낄 수 없었다.

2차원 지구는 과연 기이한 절경을 만들어냈다. 지구의 가장 바깥쪽 가장자리에서 서서히 흰색 부분이 나타났다. 처음에는 보일락 말락 했지만 곧 선명해졌다. 아무것도 없는 희고 둥근 띠였지만 미세한 흰색 알갱이가 모여 있는 것처럼 표면이 고르지 않았다.

청신이 2차원 지구를 가리켰다.

"보세요! 바다예요!"

AA가 말했다.

"2차원 공간에서 바닷물이 얼어붙었나 봐요. 저기도 춥군요."

"아……."

뤄지가 수염을 쓰다듬으려 했지만 손이 헬멧에 가로막혔다.

세 사람은 헤일로호에 유물을 실었다. 뤄지는 헤일로호를 잘 알고 있는 것 같았다. 방향을 가르쳐주지 않았는데도 앞장서서 성큼성큼 걸어가 우주선의 화물칸을 찾아냈다. AI도 그를 알아보고 그의 명령을 수행했다. 유물을 화물칸에 넣은 뒤 우주선의 생활 구역으로 돌아왔다. 뤄지가 AI에게 따뜻한 차를 달라고 하자 청신과 AA는 본 적도 없는 작은 로봇이 그에게 차를 가져다주었다.

청신이 지구에서 수신한 정보를 보여달라고 하자 AI는 몇 안 되는 동영상과 오디오 파일이 전부이며 그중 식별할 수 있는 내용이 없다고 했다. AI가 보여준 몇 개의 화면 속에도 통제를 잃은 카메라가 찍은 흐릿한 이미지 몇 장이 전부였다. AI가 헤일로호의 관측 시스템으로 찍은 지구의 모습을 보여줄 수 있다면서 커다란 화면을 띄웠다. 2차원화된 지구가 화면에 나타났다.

그걸 보고 세 사람이 처음 느낀 건 비현실감이었다. 심지어 AI가 그들을 달래기 위해 제멋대로 합성해낸 영상이 아닌지 의심스러울 정도였다.

AA가 소리쳤다.

"세상에! 이게 뭐야?"

"일곱 시간 전 지구의 모습입니다. 50천문단위 거리에서 각배율 450배로 촬영했습니다."

망원렌즈로 촬영한 홀로그램 영상을 다시 자세히 들여다보았다. 2차원 지구가 선명하게 찍혀 있고 그 위의 '나이테'가 육안으로 볼 때보다 훨씬 세밀하게 보였다. 2차원화가 끝나고 점점 빛이 사그라지고 있는 중이었다. 그들을 전율하게 한 건 얼어붙은 2차원 바다였다. 2차원 지구를 제일 바깥쪽에서 감싸고 있는 그 백색의 얼음띠와 얼음띠를 이루고 있는 알갱이들이 또렷하게 보였다. 그건 눈송이였다! 상상할 수 없을 만큼 커다란 눈송이였다. 다른 것일 가능성은 없었다. 전체적으로는 규칙적인 육각형을 띠고 있지만 그 안의 가지들이 각기 다른 형태로 뻗어 나와 있었다. 지금껏 보았던 어떤 크리스털보다 더 영롱하고 아름다웠다. 50천문단위 밖에 있는 눈송이라는 것만으로도 비현실적이지만 그 거대한 눈송이가 전혀 겹침 없이 평면 위에 평행으로 배열되어 비현실감을 더했다. 그건 눈송이를 완벽하게 묘사한 작품이었고, 얼어붙은 2차원 바다 전체가 예술품으로 보일 만큼 화려했다.

AA가 물었다.

"저것들의 크기가 얼마나 되지?"

"지름이 4000~5000킬로미터쯤 됩니다."

AI의 목소리는 변함없이 단조롭고 사무적이었다. AI에는 놀라는 기능이 없었다.

청신이 경탄했다.

"달보다 더 크다고?"

AI가 여러 개의 눈송이를 비춘 화면을 몇 개 띄웠다. 눈송이의 크기를 더욱 실감할 수 없었다. 눈 내리는 날 나풀나풀 날아와 손바닥에 내려앉자마자 작은 물방울로 변하는 작은 요정을 돋보기로 들여다보는 기분이었다.

뤄지가 수염을 쓰다듬었다. 이번에는 헬멧에 가로막히지 않았다.

"음……."

"어떻게 만들어진 거야?"

AA가 큰 소리로 묻자 AI가 대답했다.

"모르겠습니다. 천문학적 규모의 얼음 결정 결합체에 관한 지식은 검색되지 않습니다."

3차원 세계에서 눈송이는 얼음의 결정성장 법칙에 따라 자라난다. 3차원 세계의 결정성장 법칙에 따르면 이론상으로는 눈송이가 무한대로 자라날 수 있다. 지름 38센티미터의 눈송이가 발견되었다는 기록도 있었다.

2차원 세계의 결정성장 법칙이 어떤지는 아무도 알 수 없지만, 그 법칙에 따라 지름 5000킬로미터의 2차원 결정 결합체가 만들어졌을 것이다.

청신이 물었다.

"해왕성과 토성에도 물이 있고, 암모니아도 결정이 있어. 그런데 왜 거기서는 커다란 눈송이가 보이지 않지?"

AI가 대답했다.

"모르겠습니다."

뤄지가 두 눈을 가늘게 뜨고 2차원 지구를 감상했다.

"바다가 저렇게 변하는 것도 괜찮잖아. 저런 화환은 지구에만 어울려."

청신이 천천히 말했다.

"정말 궁금해요. 저곳의 숲은 어떻게 변했는지, 초원은 어떻게 변했는지, 또 옛 도시들은 어떤 모습이 됐는지."

마침내 슬픔이 찾아왔다. AA는 어린아이처럼 소리 내어 울음을 터뜨렸고 청신은 2차원 지구의 눈송이 바다에서 시선을 거두고 눈에 눈물이 가득 고인 채 말없이 서 있었다. 뤄지는 고개를 저으며 긴 한숨을 한번 내쉰 뒤 차를 마셨다. 하지만 한없이 슬프기만 한 것은 아니었다. 하나의 차원이 줄어든 그 세계가 그들의 마지막 종착지이기도 했기 때문이다.

그곳에서 그들은 어머니별과 함께 영원히 같은 평면 위에 존재하게 될 것이다.

다시 유물을 가지고 오기로 했다. 헤일로호에서 나와 하늘을 올려다보니 2차원 행성 세 개가 조금 전보다 더 커지고 2차원 소행성대도 두꺼워져 있었다. 이번에는 환각이 아니라 현실이었다. 그들의 질문에 AI는 이렇게 대답했다.

"자동항법 시스템에서 태양계의 항법 참조물에 분열이 생긴 것을 확인했습니다. 참조물 1은 원형을 유지하고 있습니다. 태양, 수성, 화성, 목성, 천왕성, 명왕성과 일부 소행성대 및 카이퍼 벨트 등 참조물 1에 속한 항법 표지는 기준에 부합합니다. 하지만 참조물 2에는 대규모 변이가 일어났습니다. 해왕성, 토성, 지구 및 일부 소행성대가 항법 표지의 특징을 상실했습니다. 참조물 1이 참조물 2를 향해 이동하고 있기 때문에 이런 현상이 관찰되는 것입니다."

다른 방향의 하늘에서 뭇별을 배경으로 수많은 별이 이동하는 것이 목격되었다. 이동하는 별은 대부분 푸른빛을 내고 있으며 어떤 것은 긴 꼬리가 매달려 있었다. 태양계 밖으로 도망치고 있는 우주선이었다. 몇몇 우주선은 세찬 불꽃을 내뿜으며 명왕성 지면에 그림자를 만들고 지나가기도 했지만 그중 어느 한 대도 명왕성에 착륙하지 않았다.

하지만 추락 지역에서 도망치는 건 불가능했다. 조금 전 AI가 한 말은 태양계의 3차원 공간이라는 거대한 카펫이 보이지 않는 손에 의해 2차원 심연을 향해 떠밀리고 있다는 뜻이었다. 도망치고 있는 우주선들은 카펫 위에서 느릿느릿 기어가는 벌레일 뿐이며, 그들은 별로 남지 않은 생존 시간조차 얼마 연장할 수 없을 것이다.

"둘이 다녀와. 얼마 남지 않았으니까. 난 여기서 기다릴게. 그걸 놓치고 싶지 않아."

청신과 AA는 뤄지가 말하는 '그것'이 무엇인지 알고 있었다. 두 사람은 그 순간을 목도하기가 두려웠다.

청신과 AA가 지하 유물실로 들어가 유물들을 고르지 않고 대충 상자에 담았다. 청신이 네안데르탈인의 두개골을 담으려고 하자 AA가 빼앗아 한쪽으로 툭 던졌다.

"이 그림 위에 2차원 두개골은 차고 넘칠 거예요."

맞는 말이었다. 최초의 네안데르탈인도 지금으로부터 십수만 년 전에 살았던 이들이다. 낙관적으로 예측해도 2차원 태양계는 수백만 년 후에야 첫 번째 관찰자를 맞이하게 될 것이다. 그러므로 '그들' 눈에 네안데르탈인과 현대인은 동일 시대의 부류일 것이다. 다른 유물들을 둘러보았지만 청신은 의욕이 생기지 않았다. 지금의 자신에게든 먼 미래의 '그들'에게든 지금 눈앞에 있는 이것들이 멸망하고 있는 현실 세계보다 의미 있을 것 같지 않았다.

그녀들은 어두컴컴한 유물실을 마지막으로 둘러본 뒤 유물들을 가지고 나왔다. 그림 속 모나리자가 불길하고 기묘한 미소를 지으며 멀어지는 그들의 뒷모습을 조용히 응시했다.

밖으로 나오자 하늘에 2차원 행성이 또 하나 늘어나 있었다. 수성이었다(금성도 태양 너머 수성의 맞은편에 있었다). 2차원 지구보다 작아 보였지만 2차원화되면서 내뿜는 빛 때문에 더 화려했다.

청신과 AA가 유물을 우주선에 실어놓고 나오자 지팡이를 짚고 밖에서 기다리고 있던 뤄지가 말했다.

"이제 됐다. 그것들만 가지고 가. 더 옮겨봤자 의미도 없어."

청신과 AA도 의욕이 나지 않아 뤄지처럼 가장 웅장하고 아름다운 광경을 기다리기로 했다. 바로 태양의 2차원화였다.

명왕성은 태양에서 45천문단위 떨어져 있었다. 지금까지는 명왕성과 태양이 동일한 방향에서 2차원 평면을 바라보고 있었으므로 둘 사이의 거리에 변화가 없었지만 태양이 2차원 평면에 접촉하면 태양은 운동이 정지되고, 명왕성은 계속해서 주위의 3차원 공간을 따라 2차원 평면을 향해 떨어지게 되므로 명왕성과 태양이 급격히 가까워지게 될 것이다.

태양의 2차원화가 시작될 때는 육안으로 세부적인 것까지 보이지 않았다. 그저 멀리 있는 태양이 갑자기 번쩍이며 밝아지고 부피가 늘어난 것 같았다. 2차원으로 떨어진 태양 일부가 평면 위로 빠르게 퍼져나간 것이지만 멀리서 보면 항성 자체가 팽창하는 것처럼 보였다. 그때 헤일로호의 AI가 확대한 화면을 우주선 밖으로 비춰주었다. 망원렌즈로 촬영한 태양의 선명한 홀로그램 화면이었다. 하지만 명왕성과 태양이 빠르게 가까워지면서 육안으로도 항성이 2차원화되는 장관을 또렷하게 볼 수 있었다.

태양이 2차원 평면에 닿는 순간, 2차원으로 추락한 부분이 평면 위에서 둥근 형태로 빠르게 확장되었다. 평면에 닿은 뒤 불과 30초 만에 평면 위로 퍼져나간 2차원 태양이 3차원 태양보다 더 넓어졌다. 태양의 반경을 70만 킬로미터로 계산할 때 2차원 태양의 가장자리가 확장되는 속도가 초속 2만 킬로미터가 넘었다. 2차원 태양이 계속 커지며 평면 위에 드넓은 불바다가 펼쳐지고 3차원 태양은 그 핏빛 바다의 한가운데로 서서히 가라앉았다.

4세기 전 홍안 기지의 산꼭대기에서 예원제도 자기 생명의 마지막 순간에 이런 일몰을 보았다. 그녀의 심장은 곧 끊어질 현처럼 가까스로 뛰고 있었고 그녀의 눈앞에서 검은 안개가 가물거렸다. 서쪽 하늘 끝에서 태양이 구름바다 밑으로 녹아내리는 듯 흘린 피가 서서히 번지며 구름바다와 하늘 전체를 화려하고 웅장한 핏빛으로 물들였다. 그녀는 그것이 인류의 일몰이라고 했다.

지금은 태양이 정말로 녹아내리고 있었다. 태양이 녹으며 흘린 피가 2차원 평면 위로 퍼지고 있었다. 최후의 일몰이었다.

멀리 착륙장 바깥의 지면에서 흰 증기가 피어올랐다. 명왕성의 고체 질소와 암모니아가 증발하기 시작하며 새로 나타난 희박한 대기층에서 빛이 분산되었다. 하늘에서 칠흑 같은 어둠이 걷히고 은은한 보랏빛이 감돌았다.

3차원 세계의 태양은 떨어졌지만 2차원 평면 속의 태양은 점점 떠올랐다. 2차원 항성의 빛이 2차원 평면 안을 비추며 2차원 태양계에 처음으로 햇빛이 들었다. 2차원화된 해왕성, 토성, 지구, 수성에서 태양을 향하고 있는 쪽이 햇빛을 받아 황금빛 호를 그렸다. 햇빛을 받는 부분은 1차원 테두리뿐이었다. 지구를 에워싸고 있는 거대한 눈송이도 햇빛에 녹아 흰색 수증기로 기화된 뒤 2차원 태양풍에 실려 2차원 하늘로 밀려갔다. 그중 일부가 황금빛 햇빛을 흠뻑 머금고 2차원 지구의 긴 머리처럼 너울댔다.

한 시간 뒤 태양 전체가 2차원 평면으로 떨어졌다.

명왕성에서 보이는 2차원 태양은 거대한 타원형이었다. 그에 비하면 2차원 행성들은 작은 파편에 불과했다. 행성과 달리 2차원 태양에는 또렷한 '나이테'가 나타나지 않았고 대략 세 개 층으로 나뉘어 있었다. 강한 빛을 내뿜고 있는 중심 부분은 자세히 보이지 않지만 3차원 태양의 핵일 것이고, 핵을 둘러싸고 있는 넓은 부분은 3차원 태양의 복사층일 것이다. 펄펄 끓는 그 바다의 작열하는 붉은빛 속에서 세포 형태의 수많은 미세 구조가 빠르게 생성되고 소실되고 분열되고 결합되었다. 일부만 보면 혼란스럽고 불안하지만 전체적으로 보면 웅장한 질서와 방식을 갖고 있었다. 그다음 층은 3차원 태양의 대류층에 해당하는 구역이었다. 3차원 태양과 마찬가지로 이 구역은 항성 물질의 대류를 통해 2차원 우주로 열을 전달했다. 혼란스러운 복사층과 달리 대류층은 크기와 형태가 비슷한 고리 형태의 대류 회로가 질서 있게 겹겹이 배열되어 있었다. 제일 바깥쪽은 태양의 대기층이었다. 황금빛 기류가 태양의 테두리 밖으로 뻗어나가는 수많은 2차원 홍염을 만들어냈다. 그것들이 2차원 태양을 둘러싼 무용수들처럼 2차원 우주에서 자유분방한 춤사위로 춤을 추고 있었다. 어떤 '무용수'들은 태양을 벗어나 2차원 우주로 멀리 날아갔다.

"태양이 저기서도 살아 있을까요?"

AA의 물음은 세 사람의 공통된 소망이기도 했다. 그들은 태양이 2차원 태양계를 계속 비춰주길 바랐다. 비록 그곳에 생명이 없을지라도 말이다.

하지만 그건 소망일 뿐이었다.

2차원 태양이 어두워졌다. 핵 부분의 밝기가 급속히 어두워지자 더 많은 고리 구조가 눈에 들어왔다. 복사층도 어두워지고 있었다. 부글부글 끓던 복사층이 끈끈한 점액으로 엉겨 붙어 꿀렁대고, 대류층을 이루고 있는 겹겹의 고리들은 비틀리고 무너져 자취를 감추었다. 2차원 태양 밖으로 뛰쳐 나간 금빛 기체의 무용수들도 메마른 낙엽처럼 빛이 퇴색되며 활력을 잃었다. 적어도 2차원 세계에 아직 중력이 존재한다는 것을 알 수 있었다. 복사 에너지가 사라지자 하늘에서 날아다니던 홍염이 지탱할 힘을 잃고 2차원 태양의 중력에 이끌려 천천히 태양으로 되돌아가고 있었다. '무용수'들이 중력에 굴복해 하나둘씩 쓰러졌다. 태양의 대기가 마지막으로 가장 바깥쪽에 평평한 고리를 만들었다. 태양빛이 사그라지자 2차원 행성의 테두리에 나타났던 호선도 어두워지고, 2차원 지구의 증발하는 바다에서 자라난 긴 머리칼도 윤기를 잃었다.

3차원 세계의 모든 것이 2차원으로 떨어진 뒤 죽음을 맞이했다. 두께가 0인 그림 속에서 살 수 있는 건 아무것도 없었다.

2차원 우주 속에도 태양과 행성, 생명체가 있을지 모른다. 하지만 분명한 건 그것들이 3차원과는 완전히 다른 메커니즘에 따라 구성되고 운행될 것이라는 사실이다.

세 사람이 2차원으로 추락하는 태양에 시선을 빼앗기고 있는 동안 금성과 화성도 2차원 평면으로 떨어졌다. 하지만 태양에 비하면 두 지구형 행성의 2차원화 과정은 단조로웠다. 2차원화된 화성과 금성의 '나이테' 구조는 지구와 큰 차이가 없었다. 2차원 화성의 제일 바깥층은 투조 문양을 새겨놓은 듯 군데군데 비어 있었다. 화성의 지층 속에 물이 있던 부분이었다. 화성의 지층에 예상보다 많은 물이 있었던 것이다. 잠시 후 그 물이 얼어붙어 불투명한 흰색으로 변했지만 대형 눈송이는 나타나지 않았다. 2차원 금성의 바깥층에도 대형 눈송이가 나타났지만 2차원 지구만큼 많지 않았고 노란색을 띠는 것을 보면 물의 결정은 아니었다. 잠시 후 태양과 명왕성 사이에 있던 소행성대도 2차원화되어 태양계 목걸이의 나머지 절반이 채워졌다.

명왕성에도 눈송이가 나타나기 시작했다. 작은 눈송이가 연보라색 하늘에서 나풀거리며 떨어졌다. 태양이 2차원화될 때 증발했던 질소와 암모니아가 2차원 태양이 식으며 온도가 급격히 하강하자 공중에서 얼어붙어 눈송이가 된 것이다. 눈송이가 점점 굵어지며 비석과 헤일로호의 윗부분에 두껍게 쌓였다. 구름은 없었지만 펄펄 날리는 눈송이가 명왕성의 하늘을 가렸다. 눈의 장막이 2차원 태양과 행성을 몽롱하게 가려 세상이 갑자기 좁아진 것 같았다.

AA가 쏟아지는 눈을 맞으며 두 팔을 벌리고 몸을 한 바퀴 빙 돌렸다.

"집에 온 것 같지 않아요?"

청신이 고개를 크게 끄덕였다.

"나도 그 말을 하려고 했어."

AA와 마찬가지로 청신도 눈은 지구에만 내리는 것이라는 막연한 생각을 갖고 있었고 조금 전 2차원 지구에서 본 눈송이가 그런 생각을 더 분명하게 확인시켜주었다. 그 때문에 태양계 끝자락의 춥고 어두운 세상에서 내리는 눈을 보며 어머니별에 온 듯한 엷은 온기를 느꼈다.

그들이 날리는 눈송이를 만지려는 듯 손을 뻗자 뤼지가 걱정스럽게 말했다.

"설마 장갑을 벗으려는 건 아니겠지?"

청신은 정말로 장갑을 벗은 맨손으로 눈송이를 만지고 싶은 충동이 들었다. 눈송이의 시원한 청량감을 느끼고 포슬포슬한 눈송이가 자신의 체온에 녹는 것을 보고 싶었다. 물론 이성이 그녀의 충동을 억누르고 있었다. 정말로 그렇게 한다면 지구에 온 듯한 온기가 사라지며 그녀의 손도 함께 사라질 것이다. 질소-암모니아 눈송이의 온도가 질소의 어는점인 영하 210도이기 때문이다. 그 극한의 한기가 그녀의 가녀린 손을 순식간에 유리처럼 얼려버릴 것이다.

지팡이로 몸을 지탱하고 서 있던 뤼지가 고개를 저었다.

"얘들아, 이제 집은 없어. 집이 그림이 됐잖느냐."

질소와 암모니아 눈은 그리 오래지 않아 그쳤다. 나풀거리며 날아다니는 눈송이가 점점 줄어들고 질소와 암모니아의 보랏빛 가스가 사라지며 하늘도 다시 맑고 검게 변했다. 눈이 내리기 전에 비해 2차원 태양과 행성이 조금 커져 있었다. 하지만 그것들이 팽창한 것은 아니었다. 그것들은 이미 완전히 2차원으로 변해 면적이 고정되어 있었다. 그건 명왕성이 2차원 평면에 더 가까워졌음을 의미하는 것이었다.

눈이 완전히 그친 뒤 지평선과 가까운 하늘에 빛 덩어리가 나타났다. 빛이 나타나자마자 급속도로 강해지며 순식간에 2차원 태양보다 더 밝아졌다. 자세한 형태는 보이지 않았지만 그들은 그것이 목성의 위치라는 걸 알고 있었다. 태양계에서 가장 큰 행성이 2차원 평면으로 떨어진 것이다. 명왕성의 자전주기는 6지구일로 천천히 자전한다. 2차원 태양계의 일부가 이미 지평선 아래로 내려앉고 있었기 때문에 그들은 목성이 파괴되는 광경을 볼 수 없을 거라 예상했다. 2차원으로 떨어지는 목성을 볼 수 있다는 것은 태양계가 2차원으로 떨어지는 속도가 점점 빨라지고 있다는 뜻이었다.

AI가 목성의 정보를 수신했다. 이제는 전송되는 정보의 양도 적었지만 그나마도 내용을 식별할 수 있는 것이 거의 없고 대부분은 영상이 아닌 오디오 파일이었다. 모든 통신과 방송 채널이 소리의 바다로 변했다. 대부분은 사람 소리였다. 시끌벅적한 사람들이 태양계 전체를 와글와글 채우고 있는 것 같았다. 외침, 비명, 울음, 실성한 웃음소리…… 심지어 노래를 부르는 사람도 있었다. 소란스러운 소리가 뒤죽박죽 뒤엉켜 뭐라고 하는지 하나도 알아들을 수가 없었다. 유일하게 분간할 수 있는 것은 사람들의 합창 소리였다. 찬송가처럼 느리고 장엄한 노래를 부르고 있었다. 청신이 연방 정부의 공식적인 정보 방송을 수신할 수 있는지 묻자 AI는 지구가 2차원화될 때 정부의 공식적인 소식이 중단된 뒤 재개되지 않았다고 대답했다. 태양계 연방 정부는 마지막 순간까지 직무를 수행하겠다던 약속을 지키지 않았다.

태양계에서 도망치려는 우주선들이 명왕성 옆을 수없이 스쳐 지나가고 있었다.

뤄지가 말했다.

"얘들아, 떠날 시간이다."

청신이 말했다.

"같이 가요!"

뤄지가 고개를 저으며 웃고는 지팡이로 비석을 가리키며 말했다.

"그럴 필요가 있을까? 난 여기가 편해."

AA가 말했다.

"그럼 좀 더 함께 있다가 천왕성이 2차원화되면 떠날게요."

뤄지를 더 설득할 필요도 없었다. 설령 그가 헤일로호를 타고 떠난다 해도 마지막 순간을 한 시간쯤 미룰 수 있을 뿐이고 그 정도 시간에 연연할 사람이 아니었다. 맡은 임무가 없다면 청신과 AA도 그깟 시간에 개의치 않았을 것이다.

"아니야. 지금 당장 떠나!"

뤄지가 단호하게 말하며 지팡이로 세게 바닥을 두드리자 그의 몸이 붕 떠올랐다.

"앞으로 추락 속도가 얼마나 빨라질지 알 수 없어. 임무를 그르치지 마. 통신 채널을 열어두면 함께 있는 것 같을 게다."

청신은 망설이다가 고개를 끄덕였다.

"알겠어요. 떠날게요. 연락은 끊지 마세요."

"물론이지."

뤄지가 작별 인사 대신 두 사람을 향해 지팡이를 들어 보인 뒤 비석 쪽으로 향했다. 약한 중력에 그의 몸이 눈밭 위를 둥둥 떠서 날아가는 것 같았다. 지팡이로 땅을 짚어 속도를 늦추지 않으면 걸을 수가 없었다. 청신과 AA가 그의 뒷모습을 눈으로 배웅했다. 면벽자였고 검잡이였으며 인류 최후의 묘지기인 그의 노쇠한 그림자가 비석 안으로 사라졌다.

청신과 AA가 헤일로호에 탑승하자 우주선이 눈보라를 일으키며 이륙한 뒤 순식간에 초속 1킬로미터의 명왕성 탈출속도로 날아 우주 궤도에 진입했다. 선체의 창과 모니터 화면을 통해 명왕성의 검푸른 표면을 덮은 하얀 눈이 보였다. 여러 가지 언어로 새겨놓은 '지구 문명'이라는 글자도 눈에 파묻혀 거의 보이지 않았다. 헤일로호가 명왕성과 명왕성의 위성 카론 사이를 가로질러 빠져나갔다. 두 천체 사이가 가까워 협곡을 통과하는 것 같았다.

움직이는 별들도 이 '협곡'을 총총히 지나갔다. 태양계에서 빠져나가려는 우주선들이었다. 그들은 헤일로호보다 훨씬 빨랐다. 어떤 우주선이 100킬로미터도 안 되는 근거리에서 헤일로호를 빠르게 스쳐 지나갔다. 삼각형 선체와 추진기에서 뿜어져 나오는 10킬로미터 길이의 푸른 불꽃이 카론의 매끈한 표면 위에 선명하게 비쳤다.

AI가 말했다.

"저건 미케네호입니다. 생태순환 시스템이 탑재되지 않은 중형 행성급 우주선이라 태양계 밖으로 나가면 단 한 명만 타고 있어도 생존 가능 기간이 채 5년도 안 됩니다."

AI는 미케네호가 태양계를 빠져나갈 수 없다는 것을 알지 못했다. 도주하고 있는 다른 우주선들과 마찬가지로 미케네호도 3차원 세계에서 생존할 수 있는 시간이 세 시간도 채 남아 있지 않았다.

헤일로호가 명왕성과 카론 사이의 협곡을 빠져나가 춥고 어두운 세계를 뒤로하고 광막한 우주로 향했다. 2차원 태양의 전체 모습이 시야에 들어왔다. 목성의 2차원화도 완료되었다. 이제 천왕성을 제외한 태양계의 거의 모든 곳이 2차원으로 변해 있었다.

AA의 입에서 저절로 탄성이 튀어나왔다.

"세상에! 별이 빛나는 밤!"

청신은 AA가 말한 것이 반 고흐의 〈별이 빛나는 밤〉이라는 걸 알고 있었다. 비슷했다. 너무나도 비슷했다! 그녀가 기억하는 그 그림과 눈앞에 있는 2차원 태양계가 거의 완벽하게 겹쳤다. 거대한 성체들이 우주를 빼곡히 채우고 있었다. 성체들이 차지한 면적이 그들 사이의 우주 면적보다 더 넓었다. 하지만 그 넓은 면적도 그것들에 실재감을 부여하지는 못했다. 그것들은 마치 시공의 소용돌이 같았다. 우주 공간이 공포와 경악, 광기로 속속들이 채워져 타오르는 불꽃처럼 전율하듯 흔들리고 있었지만, 그곳에서 뿜어져 나오는 건 혹독한 한기뿐이었다. 태양과 행성을 비롯한 모든 실체와 존재가 그저 시공이 어지럽게 흐르며 만들어낸 환상 같았다.

청신은 〈별이 빛나는 밤〉을 두 번 보며 느꼈던 그 기이한 느낌을 떠올렸다. 타오르는 듯한 나무, 깜깜한 밤의 마을과 산맥 등등 밤하늘을 제외한 다른 것들은 모두 분명한 원근감과 깊이감이 나타났지만, 그 위쪽의 별이 빛나는 하늘은 마치 우주에 걸려 있는 거대한 그림처럼 전혀 입체감을 느낄 수 없었다.

별이 빛나는 하늘은 2차원이기 때문이다.

고흐는 어떻게 그걸 그렸을까? 1889년 두 번째 신경 발작을 겪고 있던 그가 착란과 섬망이 교차하는 의식 속에서 5세기의 시공을 넘어 바로 지금 이 순간을 보았던 걸까? 아니면 반대로 그가 진즉에 미래를 보았고 최후의 심판이 닥친 이날의 광경이 그의 정신적 붕괴와 자살의 진정한 원인이 되었던 걸까?

"얘들아, 잘 있느냐? 뭘 하고 있느냐?"

방금 나타난 화면 속에서 뤄지가 물었다. 우주복을 벗은 그는 물속에 있는 듯 백발과 흰 수염이 허공으로 붕 떠올라 있었다. 그의 등 뒤로 1억 년간 보존될 동굴이 보였다.

AA가 대답했다.

"우린 잘 있어요! 유물들을 우주로 던지려고요. 그런데 〈별이 빛나는 밤〉은 간직하고 싶어요."

"아무것도 버리지 마. 그걸 가지고 떠나."

청신과 AA가 어리둥절한 시선을 주고받았다.

AA가 물었다.

"떠나라고요? 어디로요?"

"어디든. 은하계 어디든 갈 수 있어. 살아 있는 동안 안드로메다은하도 직접 볼 수 있을 게다. 헤일로호는 광속 우주선이니까. 그 우주선에 세계에서 하나뿐인 공간곡률 추진 엔진이 탑재되어 있어."

경악에 가까운 전율이 청신과 AA의 말문을 막았다.

"웨이드가 죽은 뒤에도 헤일로시티에 남아 있던 사람들은 포기하지 않았어. 감옥에 들어갔던 사람들이 하나둘 석방된 뒤에 비밀리에 연구기지를 세웠지. 그게 어디냐고? 수성이야. 태양계에서 인적이 가장 드문 그곳에 4세기 전 면벽자 레이디아즈가 대형 수소폭탄을 터뜨려 거대한 구덩이를 파놓았지. 그 구덩이에 기지를 세웠어. 기지를 건설하는 데만 30년도 넘게 걸렸지. 마지막으로 구덩이 전체에 돔 지붕을 덮고 대외적으로는 태양 활동을 연구하는 곳이라고 했어. 헤일로 그룹이 재기한 뒤 자금을 지원했지."

밝은 빛이 창으로 비껴 들어왔다. 청신과 AA는 밖에서 무슨 일이 일어나고 있는지 내다보지 않았다. AI가 천왕성에 '형태 변화'가 나타났음을 알려주었다. 천왕성도 2차원 공간으로 떨어지기 시작했다는 뜻이었다. 태양 너머에 있는 해왕성은 이미 2차원화가 끝난 뒤였다. 이제 명왕성과 2차원 평면 사이에 천체가 하나도 없었다.

"웨이드가 죽은 지 35년째 되던 해에 드디어 수성 기지에서 공간곡률 추진 연구가 재개되었지. 3밀리미터짜리 네 머리카락을 2센티미터 이동시켰던 바로 그 단계에서부터 다시 시작한 거야. 그 후 반세기 동안 여러 가지 이유로 몇 차례나 중단과 재개를 반복하며 이론 연구 단계에서 기술 개발 단계로 발전했어. 그러는 동안 얼마나 많은 우여곡절을 겪었는지는 말할 필요도 없다. 기술 개발의 마지막 단계에서 대규모 곡률 추진 실험을 해야 했지만 수성 기지에서는 불가능했어. 첫째는 그런 대형 실험을 버텨낼 만큼 튼튼하지 못했고, 둘째는 실험으로 남긴 항적 때문에 수성 기지의 비밀이 탄로 날 수 있었으니까. 사실 그 50여 년 동안 기지의 인력이 수없이 바뀌면서도 연방 정부에 비밀을 들키지 않은 건 소규모 연구와 실험만 진행했기 때문이었어. 대외적으로 다른 명목을 붙여서 연구를 진행했기 때문에 연방 정부가 용인해주었던 거야. 하지만 대규모 실험을 진행하자면 정부의 협조가 필수적이었어. 그래서 우리가 연방 정부를 찾아가서 이 사실을 털어놓고 협력을 제안했지. 연방 정부는 우리 제안을 받아들였어."

청신이 물었다.

"광속 우주선 연구를 금지한 법률은 폐지되었나요?"

"아니. 정부가 우리와 협력한 건……."

뤄지의 지팡이가 규칙적인 간격으로 바닥을 똑똑 두들겼다. 그가 망설이고 있었다.

"그 얘긴, 일단 넘어가자. 1년 전 곡률 추진 엔진 세 대가 완성됐어. 무인 시험 항해를 세 차례 실시했어. 1차 실험 때는 1호 엔진이 태양에서 150천문단위 떨어진 구간에서 광속에 진입해 항해하다가 돌아왔어. 사실 엔진이 광속으로 항해한 시간은 10분밖에 안 되지만 우리에겐 우주선이 출항했다가 돌아올 때까지 3년이 걸렸지. 2차 실험에는 2호와 3호 엔진을 탑재한 우주선 두 대가 동시에 출발했어. 지금 그 우주선들이 오르트 구름

밖에 있지. 6년 뒤에 태양계로 돌아올 거야. 1차 시험 항해를 마친 1호 엔진이 바로 헤일로호에 탑재되어 있어."

AA가 소리쳤다.

"그런데 왜 우리 둘만 태웠어요? 최소한 남자 둘도 함께 탔어야죠!"

뤄지가 고개를 저었다.

"그럴 시간이 없었단다. 연방 정부와 헤일로 그룹의 협력은 비밀리에 진행되었어. 곡률 추진 엔진의 존재를 아는 사람도 많지 않지만, 태양계에 하나밖에 없는 그 엔진이 어디에 탑재되었는지 아는 사람은 극소수뿐이야. 하지만 그래도 안심할 수 없었지. 인류의 종말 앞에서 사람 마음이 어떻게 바뀔지 누가 알겠어? 헤일로호를 차지하기 위해 인간들끼리 싸우다가 결국 다 파괴될 수도 있었어. 그래서 공격 경보를 발령하기 전에 헤일로호를 서둘러 벙커 세계에서 피신시킨 거야. 상황이 급박했어. 차오빈이 나를 함께 태워 떠나게 하려고 너희를 명왕성으로 보낸 거야. 사실 헤일로호를 목성에서부터 광속으로 가속시켰어야 했어."

AA가 외쳤다.

"도대체 왜 같이 떠나지 않으신 거예요?"

"난 살 만큼 살았어. 도망쳐봤자 어차피 오래 살지 못해. 나는 여기서 묘지기로 있는 게 제일 어울려."

청신이 말했다.

"지금 모시러 갈게요!"

"경솔한 행동은 하지 마라. 시간이 많지 않아."

3차원 공간이 2차원 평면을 향해 빠르게 떨어지고 있었다. 우주선 창밖에서 2차원 태양이 이미 시야의 절반을 차지하고 있었다. 태양이 빛을 완전히 잃고 검붉은 죽음의 바다만 끝없이 넓게 펼쳐져 있었다. 이제 보니 2차원 평면의 표면이 절대적인 정지 상태가 아니라 물결치듯 움직이고 있었다! 끝이 보이지 않을 만큼 긴 파도가 2차원 평면 위에서 굼실거리며 흘렀다. 3차원 공간의 파동이나 비틀림과 비슷했다. 블루스페이스호와 그래비티호가 바로 그런 비틀린 점을 통과해 4차원 공간으로 들어갔던 것이다. 2차원 물질이 없는 곳에서도 2차원 평면의 파동이 나타났다. 이런 파동은 평면 면적이 충분히 넓을 때만 생겨났다. 추락 속도가 빨라지며 헤일로호에서도 공간 변형이 점점 뚜렷해졌다. 원형이었던 창이 타원형으로 변하고 날씬한 AA가 작고 뚱뚱하게 변했다. 공간이 떨어지는 방향을 잡아당겨지며 나타난 변화였다. 하지만 청신과 AA는 아무런 불편함도 느끼지 못했고 우주선 시스템도 모두 정상적으로 작동되었다.

"명왕성으로 돌아가!"

청신이 AI에게 명령한 뒤 화면 속 뤄지를 향해 말했다.

"돌아가겠어요. 아직 시간이 있어요. 아직 천왕성도 다 추락하지 않았잖아요!"

그때 AI가 사무적인 말투로 대답했다.

"현재 명령을 내릴 수 있는 최고 권한은 뤄지 박사님에게 있습니다. 헤일로호를 명왕성으로 되돌릴 수 있는 건 뤄지 박사님뿐입니다."

뤄지가 통로 앞에 선 채 웃으며 말했다.

"떠날 생각이었다면 아까 너희와 함께 떠났겠지. 난 장거리 항해를 하기엔 너무 늙었어. 내 걱정은 마라. 난 아무것도 놓치지 않았다고 말했잖아. 공간곡률 추진 엔진 시동 준비."

뤄지의 마지막 말은 헤일로호의 AI를 향한 명령이었다.

AI가 물었다.

"목적지를 말씀해주세요."

"일단 현재 항로대로 가지. 너희가 어디로 가고 싶은지 나도 모르니까. 지금은 너희도 아마 모를 거야. 어디로 갈지 결정되면 성도에서 목적지를 가리키기만 하면 돼. 반경 5만 광년 이내에 있는 대부분의 항성은 자동항법 시스템으로 찾아갈 수 있으니까."

AI가 말했다.

"명령을 수행하겠습니다. 30초 후 공간곡률 추진 엔진이 가동됩니다."

AA가 물었다.

"심해가속액에 들어가야 해?"

물론 정상적인 항해라면 이 정도 가속도에서는 어떤 액체에 들어가도 팬케이크처럼 납작하게 짓눌릴 것임을 그녀도 알고 있었다.

"아무것도 필요 없습니다. 곡률 추진 방식에서는 고중력이 발생하지 않습니다."

"곡률 추진 엔진 가동. 시스템 정상 운행. 공간 토크* 23.8. 추진곡률비 3.41:1, 64분 18초 후 광속 진입 예정."

엔진에 시동이 걸렸지만 청신과 AA는 우주선이 멈춘 것처럼 느꼈다. 주위가 갑자기 조용해지고 아무런 소음도 들리지 않았다. 핵융합 엔진이 멈추며 핵융합로와 추진기에서 나던 소음이 사라진 것이었다. 하지만 다른 소리가 공간을 다시 채우지 않았다. 지금 무언가가 작동되고 있다는 사실을 믿을 수가 없었다.

하지만 실제로 곡률 추진이 이루어지고 있음을 증명하는 현상이 나타났다. 가속으로 인해 변형되었던 공간이 점점 원래대로 돌아온 것이다. 선체의 창이 원형이 되고 청신도 다시 날씬해졌다. 창밖에서 우주선들이 여전히 헤일로호보다 더 빠르게 스쳐 지나갔지만 추월 속도가 눈에 띄게 느려졌다.

AI가 다른 우주선들이 주고받고 있는 음성 통신을 들려주었다. 헤일로

---

* 옮긴이 주: 토크(torque). 물체에 작용해 물체를 회전시키는 원인이 되는 물리량.

호에 관한 대화라고 판단하고 들려준 것 같았다.

한 여자가 날카로운 목소리로 외쳤다.

"저것 좀 봐! 갑자기 빨라졌어! 어떻게 가속했지?"

"오, 맙소사! 저 안에 있는 사람들은 종잇장이 됐을 거야."

한 남자의 목소리에 이어 다른 남자의 목소리가 들렸다.

"멍청하긴. 저 정도 가속이면 이미 다 눌려 죽었어야 된다고! 그렇지 않다는 건 저 우주선의 추진 방식이 다르다는 뜻이야. 핵융합 엔진이 아니라 공간곡률 엔진이 탑재된 게 틀림없어!"

"공간곡률 엔진이라고? 광속 우주선이란 말이야? 뭐, 광속 우주선?"

"그 소문이 사실이었어. 그들이 자기들만 도망치려고 비밀리에 광속 우주선을 만들고 있다는 소문을 들었어……."

"아아아악! 악! 악!"

처음 들렸던 그 비명의 주인공이었다.

"저걸 따라가! 앞을 가로막아! 들이받아!"

또 그 여자의 목소리였다.

"아아아! 저건 탈출속도에 도달할 수 있다는 거잖아. 쟤들은 여기서 도망칠 수 있어. 살 수 있다고! 아아아! 나도 광속 우주선을 가질 거야. 빨리 막아! 죽여버려!"

그때 또 다른 비명 소리가 들렸다. 이번에는 헤일로호 안에서 AA가 지르는 소리였다.

"세상에! 명왕성이 두 개가 됐어요!"

청신이 AA가 가리키는 화면 쪽으로 몸을 돌렸다. 헤일로호의 감시 시스템으로 촬영한 명왕성이었다. 조금 전보다 훨씬 멀어지기는 했지만 아직 또렷하게 볼 수 있었다. AA의 말처럼 명왕성과 명왕성의 위성인 카론이 각각 두 개가 되어 그리 멀지 않은 거리를 두고 나란히 떠 있었다. 복제된 것은 명왕성뿐만이 아니었다. 사각 프레임으로 일부 구역을 선택해 복제한 것처럼 2차원 평면이 포함된 그 배경까지도 복제되어 있었다.

뤄지가 말했다.

"헤일로호의 항적이 남은 곳에서 빛의 속도가 느려지기 때문이란다."

뤄지를 비추는 화면이 비틀어지기 시작했지만 목소리는 여전히 또렷했다.

"명왕성이 항적 구간을 지날 때는 영상 전송 속도가 느려지지만 그사이에 명왕성이 항적 구간을 벗어나면 다시 정상 광속으로 전송하게 되지. 그러니까 두 개의 영상이 함께 도착해서 너희에게는 명왕성이 두 개인 것처럼 보이는 거야."

"광속이 느려진다고요?"

청신이 뤄지의 말 속에 담긴 커다란 비밀을 예리하게 알아챘다.

뤄지가 말했다.

"너희가 비누 배로 곡률 추진의 비밀을 알아냈다지? 그런데 비누 배가 욕조를 한 번 건넌 뒤에 그걸 건져내지 않고 욕조 안에 둔 채 또 한 번 실험했느냐?"

물론 그러지 않았다. 지자에게 들킬까 봐 재빨리 배를 건져내 무심한 척 한쪽으로 툭 던져놓았다. 하지만 다시 실험을 했다면 어떤 결과가 나왔을지 짐작하는 건 어렵지 않았다.

청신이 말했다.

"다시 실험했다면 배가 움직이지 않았겠죠. 처음 물을 건너면서 물의 장력이 감소했으니까요."

"맞아. 광속 우주선도 마찬가지야. 곡률 추진의 항적 부분에서 공간의 구조가 바뀌지. 똑같은 곡률 추진 우주선이라도 첫 번째 우주선이 남기고 간 항적 구간에 들어가면 움직이지 못해. 더 강한 출력의 곡률 엔진을 사용하면 속도를 끌어올릴 수는 있지만 그래도 첫 번째 항해의 최고 속도에는 도달할 수 없지. 한마디로 항적 구간에서는 진공 중의 광속도 느려져."

"얼마나 느려지죠?"

"이론상으로는 0까지 내려갈 수 있지만 실제로는 거의 불가능해. 하지만 곡률 엔진의 공간 토크를 충분히 높인다면 항적 구간의 광속을 꿈의 속도인 초속 16.7킬로미터까지 늦출 수 있지."

AA가 화면 속 뤄지를 똑바로 응시하며 말끝을 흐렸다.

"그게 바로……."

청신이 말을 잇지 못하고 망설이자 뤄지가 그녀가 하려던 말을 대신 입 밖에 냈다.

"그게 바로 블랙존이지."

뤄지가 계속 말했다.

"물론 우주선 한 대로는 항성계 하나가 다 들어갈 만큼 거대한 블랙존을 만들 수 없어. 태양계를 감쌀 만큼의 블랙존을 만들려면 1000대 넘는 곡률 추진 우주선이 필요하지. 그 우주선들이 태양을 에워싸고 각 방향을 향해 출발해 광속으로 날아가는 거야. 그러면 방사형으로 흩어진 항적들이 하나로 합쳐지면서 태양계 전체를 감싸는 구체를 형성하게 될 거야. 이 구체가 바로 광속이 초속 16.7킬로미터인 저광속 블랙홀, 즉 블랙존이지."

AA가 말했다.

"광속 우주선으로 블랙존을 만드는군요!"

곡률 추진 항적은 위험한 표시가 될 수도 있고, 안전보장 성명이 될 수도 있다. 그것이 어느 세계의 옆에 있다면 전자가 되고, 그 세계를 감싸고 있다면 후자가 된다. 올가미를 손에 들고 있는 사람은 위험한 사람이지만, 그가 그 올가미를 자기 목에 쓰면 안전한 사람이 되는 것과 같다.

"그래. 하지만 너무 늦게 알았어. 곡률 추진을 연구할 때 이론보다 실험이 우선이었어. 너도 알다시피 그게 웨이드의 방식이야. 실험으로 새로 발견한 건 많았지만 그걸 이론적으로 해석할 수가 없었어. 이론이 바탕이 되지 않으면 중요한 현상도 쉽게 지나쳐버리거든. 연구 초기에, 네 머리카락을 움직이게 했던 그 단계에서 말이다. 그때는 관찰할 수 있는 곡률 추진 항적이 너무 적고 희미해서 그걸 간과했지만, 사실 그때도 여러 가지 힌트가 있었어. 항적이 확산되면서 광속을 늦추는 바람에 컴퓨터의 양자 직접 회로가 고장 나기도 했지. 하지만 컴퓨터 고장을 항적과 연결시켜서 생각한 사람이 없었어. 나중에 대규모 실험을 진행한 뒤에야 곡률 추진 항적의 비밀을 알게 됐단다. 그게 바로 연방 정부가 우리와 협력했던 이유지. 그 사실을 알게 된 정부가 광속 우주선 개발에 거액을 투자했지만, 이미 늦은 뒤였지……."

뤄지가 고개를 저으며 한숨을 내쉬고는 아무 말도 하지 않았다.

"헤일로시티 사건부터 수성 기지 건립까지 귀중한 시간을 35년이나 흘려보냈군요."

그가 하려던 말을 청신이 대신 하자 뤄지가 말없이 고개를 끄덕였다. 청신을 바라보는 그의 눈빛에서 자상함이 사라졌다. 그의 눈동자가 마지막 심판의 날에 타오르는 불길처럼 이글거리고 있었다. 적어도 그녀가 보기에는 그랬다. 그 준엄한 눈빛이 그녀에게 묻고 있었다. 네가 무슨 짓을 했는지 알겠느냐고.

청신은 이제야 알았다. 지구 문명이 살아남을 수 있는 세 가지 방법, 즉 벙커, 블랙존, 광속 우주선 가운데 광속 우주선만이 진정한 생존 방법이라는 것을.

윈톈밍이 그 길을 알려주었지만 그녀가 그 길을 막아버리고 말았다.

그녀가 웨이드를 저지하지 않았더라면 헤일로시티는 독립할 수 있었을 것이다. 일시적이고 제한적인 독립이라 해도 그들이 곡률 추진의 항적 효과를 더 일찍 발견할 수 있었을 것이고, 그랬다면 연방 정부의 전폭적인 지원을 받아 광속 우주선 1000여 대를 만든 뒤에 태양계를 블랙존으로 만들어 2차원 공격을 피할 수 있었을 것이다.

그때 인류는 우주로 나가고 싶은 사람들과 블랙존 안에서 편안하게 살고 싶은 사람들로 나뉘어 있었다. 전자에 속한 사람들이 광속 우주선을 타고 태양계를 떠나며 후자에 속한 사람들에게 블랙존을 만들어줄 수 있었다. 그것이 각자 원하는 삶을 사는 방법이었다.

그녀는 결국 두 번째 실수를 저지르고 말았다.

두 번 모두 그녀에게 신에 버금가는 권력이 쥐여졌지만 그녀는 사랑의 이름으로 인류 세계를 나락으로 밀어 넣었다. 이번에는 아무도 그녀의 잘못을 돌이켜줄 수 없었다.

청신은 그가 원망스러웠다. 웨이드. 자신과의 약속을 지킨 그를 증오했다. 그는 왜 약속을 지켰을까? 남자의 의리 때문에? 아니면 그녀를 위해? 물론 웨이드도 곡률 추진의 항적 속에 이런 비밀이 있음을 알지 못했을 것이다. 그가 광속 우주선 개발에 집착한 것은 어느 무명의 헤일로시티 자위대원의 말처럼 자유를 위한 싸움이었다. 우주의 자유인이 되기 위한 투쟁, 태양계 밖에 헤아릴 수 없이 흩어져 있는 아름다운 세계를 위한 투쟁이었다. 광속 우주선이 인류의 유일한 살길임을 웨이드가 알았더라면 그는 결코 청신과의 약속에 얽매이지 않았을 것이다.

하지만 책임을 전가할 수는 없다. 그녀가 정말로 신에 버금가는 존재든 아니든, 그런 권력을 가졌다면 남에게 책임을 전가할 수 없다.

명왕성에서 청신은 일생에서 가장 홀가분한 순간을 경험했다. 세계의 종말 앞에서는 누구나 홀가분할 수밖에 없다. 모든 책임과 부담, 걱정과 불안이 사라지고 어머니 배 속에서 태어날 때의 가장 단순한 상태로 돌아가는 것이다. 청신에게 필요한 건 조용히 기다리는 것뿐이었다. 시 같기도

하고 그림 같기도 한 이 파멸 속에서 태양계라는 거대한 그림의 일부가 되길 기다리는 것 외에 그녀는 아무것도 할 필요가 없었다.

그런데 지금 모든 것이 뒤집혔다. 초기 우주학에 이런 역설이 있었다. 만일 우주가 무한하다면 천체도 무한히 많을 것이고 그러면 수많은 천체의 중력 구간이 서로 겹치며 모든 천체가 사방에서 작용하는 중력을 견디지 못하고 부서질 것이라는 역설이었다.* 지금 청신은 자신이 정말로 무한한 중력에 끌어당겨지는 기분이었다. 우주의 수많은 방향에서 다가온 중력이 그녀의 영혼을 갈가리 찢고 있었다. 127년 전 검잡이로서 마지막 순간에 느꼈던 그 끔찍한 환상이 재연되었다. 40억 년의 세월이 차곡차곡 쌓여 그녀를 짓이겼다. 우주의 수많은 눈이 그녀를 노려보고 있었다. 공룡의 눈, 삼엽충과 개미의 눈, 새와 나비의 눈, 바이러스의 눈……. 지구에 살았던 인간의 눈만 해도 1000억 쌍이었다.

AA의 눈을 보았다. 청신은 그녀의 눈빛 속에 담긴 말을 읽을 수 있었다. 그녀는 이렇게 말하고 있었다.

'죽음보다 더 끔찍한 일이 닥쳤어요.'

청신은 살아남아야 한다는 걸 알고 있었다. 그녀와 AA가 지구 문명에서 유일하게 살아남은 두 사람이 될 것이다. 그녀가 죽는다는 건 지구 인류의 절반을 죽이는 것과 같았다. 살아남아야만 했다. 이것이 그녀의 잘못에 대한 응분의 벌이었다.

하지만 앞으로의 항해는 아무것도 없는 공백이었다. 그녀의 마음속에서 우주는 더 이상 암흑이 아니라 허무한 표정을 짓고 있었다. 어디로 가야 의미 있는 항해가 될 수 있을까?

청신이 중얼거리듯 물었다.

* 옮긴이 주: 1692년 영국의 신학자 벤틀리가 제기한 역설.

"이제 어디로 가야 하죠?"

뤄지가 말했다.

"그들을 찾아가."

화면이 흑백으로 변하고 더욱 흐릿해졌다.

그 말이 번개처럼 청신의 깜깜한 뇌리를 환히 밝혔다. 그녀와 AA가 서로를 응시했다. 뤄지가 말하는 '그들'이 누구인지 당연히 알고 있었다.

뤄지가 말했다.

"아직 살아 있어. 5년 전 그들이 발사한 중력파 신호를 수신한 적이 있어. 아주 짧은 신호였지만. 그들이 어디에 있는지는 몰라. 우주를 항해하면서 주기적으로 중력파 신호를 보내서 그들을 호출해봐. 너희가 그들을 찾을 수도 있고, 아니면 그들이 너희를 찾을지도 모르지."

흑백 화면마저 사라졌지만 뤄지의 목소리는 들을 수 있었다. 그가 마지막으로 말했다.

"음, 이제 그림 속으로 들어갈 시간이야. 잘 가거라."

명왕성의 신호가 완전히 끊어졌다.

감시 시스템의 화면 위에서 명왕성이 밝게 빛나며 2차원 평면 위로 퍼져나가기 시작했다. 박물관이 있는 곳이 제일 먼저 평면에 닿았다.

헤일로호의 항해 속도가 일으키는 도플러 효과*가 관측되었다. 앞에 있는 별들은 푸르스름하고 뒤에 있는 별들을 붉그스름한 빛을 띠었다. 이런 색의 변화는 뒤에 있는 2차원 태양계에서도 마찬가지로 나타났다.

더 이상 도주하는 우주선이 보이지 않았다. 헤일로호가 그들을 전부 따

---

* 옮긴이 주: 파동을 발생시키는 파원과 그 파동을 관측하는 관측자 중 하나 이상이 운동하고 있을 때, 파원과 관측자 사이의 거리가 좁아질 때는 파동의 주파수가 더 높게 관측되고, 거리가 멀어질 때는 파동의 주파수가 더 낮게 관측되는 현상.

돌린 것이다. 도망치던 모든 우주선이 빗방울처럼 2차원 평면 위로 떨어졌다.

태양계의 오디오 신호도 거의 끊기고 간간이 짧은 목소리만 들렸다. 도플러 효과 때문에 변형된 목소리가 노랫소리처럼 기이하게 들렸다.

"우린 가까이 왔습니다! 당신들 우리 뒤에 있나요?"

"안 돼! 이러지 마⋯⋯."

"내 말 잘 들어. 고통 없이 한순간에 끝나⋯⋯."

"아직도 날 못 믿는다니. 좋아. 믿지 마⋯⋯."

"그래, 아가. 아주 얇아질 거야⋯⋯."

"이리 와! 우리랑 같이 있자⋯⋯."

청신과 AA는 침묵하며 그 목소리들을 들었다. 신호가 점점 줄어들고 목소리가 아주 띄엄띄엄 들렸다. 30분이 흐른 뒤 두 사람은 태양계에서 전송된 마지막 사람의 목소리를 들었다.

"아⋯⋯."

그 외침이 뚝 끊긴 뒤 고요해졌다. 태양계라는 이름의 2차원 그림이 완성되었다.

헤일로호는 아직 2차원 평면을 향해 떨어지고 있었다. 아직은 탈출속도에 도달하지 못했지만 최고 속도로 가속해 2차원 평면과의 간격을 점점 벌리고 있는 중이었다. 그때 헤일로호는 태양계에서 유일하게 2차원 공간 밖에 남아 있는 인공적인 물체였고, 청신과 AA는 그림 밖에 남아 있는 단 두 사람이었다. 헤일로호와 2차원 평면이 가까운 거리에 있었다. 이 각도에서 보면 2차원 태양이 해안에 서서 보는 바다처럼 납작하게 보였다. 모든 빛이 사그라진 암적색 평면이 끝없이 펼쳐져 있었다. 조금 전 2차원화된 명왕성도 눈에 보일 정도로 빠르게 넓어지고 있었다. 2차원 명왕성의 정교한 '나이테' 속에서 박물관의 흔적을 찾고 싶었지만 너무 작아서 찾을 수가 없었다. 3차원 공간이 2차원으로 떨어지는 거센 홍수를 막을 수가 없었다. 청신은 곡률 추진 엔진이 정말로 이 우주선을 광속에 진입시킬 수 있을지 의구심이 들었다. 모든 게 여기서 끝나기를 진심으로 바랐다. 하지만 그때 AI의 목소리가 들렸다.

"180초 후 헤일로호가 광속에 진입합니다. 목적지를 정해주세요."

AA가 멍한 표정으로 말했다.

"어디로 갈지, 우리도 모르겠어……."

"광속에 진입한 후에 목적지를 정할 수도 있지만 아주 짧은 시간에 목적지를 넘어가버릴 수도 있으므로 지금 결정하는 것이 좋습니다."

청신이 말했다.

"어디로 가야 그들을 찾을 수 있을까?"

'그들'의 존재가 미래를 조금 밝혀주었지만 당장의 막막함은 그대로였다.

AA가 불쑥 청신의 손을 잡아당겼다.

"잊으셨어요? 우주에 그들 말고 그도 있잖아요!"

그렇다. 그도 있다. 청신의 가슴속에 강렬한 그리움이 왈칵 차올랐다. 지금껏 누군가를 이토록 간절하게 그리워했던 적은 없었다.

AA가 말했다.

"그와 약속하셨잖아요!"

"그래. 약속했어."

청신이 기계적으로 대답했다. 갑작스럽게 밀려온 감정의 격랑이 의식을 휘감아 아무것도 할 수 없었다.

"그럼 그 별로 가요!"

"좋아. 우리 별로 가자."

청신이 상기된 목소리로 AA에게 말한 뒤 AI에게 물었다.

"DX3906 항성을 찾을 수 있어? 위기의 세기 초에 붙여진 일련번호야."

"가능합니다. 그 항성의 현재 일련번호는 S74390E2입니다. 명령을 확인해주십시오."

태양계에서 반경 500광년까지 보여주는 커다란 홀로그램 성도가 두 사람 앞에 나타났다. 하얀 화살표가 나타나 그중 빨갛게 빛나고 있는 항성을 가리켰다. 청신은 한눈에도 그 별을 알아볼 수 있었다.

청신이 고개를 끄덕였다.

"그래. 바로 저 별이야. 저기로 가자."

"항로 초기화 완료. 50초 후 헤일로호가 광속에 진입합니다."

성도가 사라진 뒤 외부의 전경이 홀로그램으로 나타났다. 선체가 보이지 않자 두 사람이 우주에 떠 있는 것 같았다. 이런 홀로그램 방식은 처음 보여주는 것이었다. 항해 방향의 앞에 펼쳐진 은하수의 뭇별은 바다처럼 새파랗게 반짝이고, 뒤에 있는 2차원 태양계와 행성은 피웅덩이에 가라앉은 듯 새빨간 빛에 휘감겨 있었다. 갑자기 우주가 빠르게 변하기 시작했다. 전방의 별들이 일제히 한 방향으로 모여들었다. 우주의 절반이 검은 그릇으로 변해 뭇별이 그 안으로 쏟아져 들어가는 것처럼 수많은 별이 한 덩어리로 뭉쳐졌다. 찬연한 빛을 발하는 거대한 사파이어 같았다. 밖으로 떨어져 나온 별 몇 개가 어두운 우주 공간을 가르며 빠르게 뒤로 날아갔다. 그것들은 파랑에서 초록으로, 또다시 노랑으로 색이 계속 바뀌다가 우주선을 스치고 지나간 뒤에는 빨갛게 변했다. 우주선 뒤에 있는 2차원 태양계와 뭇별이 우주 끝에서 타오르는 모닥불처럼 붉은 덩어리로 뭉쳐져 있었다.

헤일로호가 윈톈밍이 청신에게 선물한 별을 향해 광속으로 날아갔다.

6장

은하의 세기 409년, 우리 별

헤일로호가 곡률 엔진을 끄고 광속으로 항해했다. 우주선이 항해하는 동안 AA는 계속 청신을 위로하려고 했다. 비록 자신의 말이 청신에게 위로가 될 수 없다는 것은 알고 있었지만.

AA가 말했다.

"선생님 잘못으로 태양계가 멸망했다고 생각하세요? 그건 정말 우스운 착각이에요. 물구나무서기를 하면서 자기가 지구를 들어 올렸다고 생각하는 것처럼 자신을 너무 과대평가한 거라고요. 설사 당시에 선생님이 웨이드를 저지하지 않았더라도 그 전쟁의 결과가 어땠을지는 아무도 몰라요. 헤일로시티가 정말 독립할 수 있었을까요? 그건 웨이드 자신조차 확신하지 못했을 거예요. 연방 정부와 함대가 반물질 탄약 몇 발에 겁을 먹었겠어요? 헤일로시티 자위대가 정부의 전함 몇 대를 폭파했을 수는 있겠죠. 어쩌면 우주 도시 하나를 날려버렸을 수도 있고요. 하지만 헤일로시티는 결국 연방 정부와 함대에 패배해 섬멸됐을 거예요. 그랬다면 훗날 수성

기지를 건립하는 것도 불가능했겠죠. 어디 그뿐이에요? 헤일로시티가 독립해서 곡률 추진 연구를 계속하다가 항적의 비밀을 발견한 뒤에 연방 정부와 손잡고 광속 우주선을 1000대도 넘게 만들었다 쳐요. 그렇다고 해서 인류가 정말로 태양계를 블랙존으로 만들었을까요? 그때 사람들은 벙커 세계에서 암흑의 숲 공격을 피할 수 있을 거라고 자신만만해했잖아요. 그들이 정말로 자신들을 블랙존에 가두고 우주와 완전히 단절된 세계에서 살려고 했을까요?"

하지만 AA가 무슨 말을 해도 연잎에 떨어진 물방울처럼 청신의 생각에 작은 흔적조차 남기지 못하고 미끄러졌다. 청신의 유일한 희망은 윈톈밍을 만나 그에게 이 모든 얘기를 털어놓는 것이었다. 그녀가 생각하는 287광년은 헤아릴 수 없이 긴 항해였지만, 헤일로호의 AI는 항해 시스템상으로 52시간 후 목적지에 도착할 예정이라고 했다. 청신은 이 모든 것이 비현실적으로 느껴졌다. 가끔은 자신이 죽어서 다른 세계에 와 있는 게 아닐까 의심스러울 정도였다.

청신은 창을 통해 광속으로 스쳐 가는 우주를 바라보았다. 앞에 펼쳐진 성단에서 푸른빛을 발산하고 있던 별이 헤일로호 옆을 스쳐 지나가 뒤로 보이는 붉은 성단을 향해 날아갔다. 헤일로호가 그 항성 옆을 지나갔다는 뜻이었다. 그렇게 스쳐 지나가는 별들을 하나씩 세어가며 푸르다가 붉게 변하는 별의 뒷모습을 눈으로 좇았다. 지나가는 별들이 최면 효과를 내며 청신은 자신도 모르게 깊은 잠에 빠졌다.

청신이 눈을 떴을 때 헤일로호는 목적지에 거의 도착해 있었다. 선체가 180도 회전해 곡률 엔진을 전방으로 향한 채 감속을 시작했다. 우주선이 항적을 밀고 가듯이 앞으로 나아갔다. 감속이 시작되자 앞에 있는 푸른 성단과 뒤에 있는 붉은 성단이 점점 흩어져 활활 타오르는 두 개의 불덩이로 변하더니 또 금세 흩어져 시야 전체를 가득 채우며 별바다를 이루었다. 속도가 줄어들자 도플러 효과로 나타난 푸른빛과 붉은빛도 점점 사그라졌다. 전방에 펼쳐진 은하수에서는 육안으로 느낄 수 있는 변화를 감지하지 못했지만 뒤를 보니 태양계는 보이지 않고 낯선 별들만 반짝이고 있었다.

AI가 말했다.

"태양계에서 286.5광년 떨어진 곳입니다."

AA가 꿈에서 막 깨어난 듯한 표정으로 말했다.

"그럼 우리가 286광년을 날아왔다는 거야?"

"그렇습니다."

청신이 가느다란 숨을 내뱉었다. 지금의 태양계에게 286년이든 286만 년이든 뭐가 다를까? 하지만 한 가지 일이 떠올랐다.

"태양계의 2차원 추락은 언제 끝나지?"

AA는 그 질문에 대답할 수가 없었다. 그래, 언제 끝나지? 처음 나타난 그 작은 종이쪽지에 2차원화가 어느 시점에 끝나도록 설정되어 있었을까? 청신과 AA는 2차원 공간과 3차원의 2차원화에 대해 이론적으로 아는 것이 하나도 없었지만, 2차원 공간 속에 주입된 중지 명령이나 어떤 프로그램이 불가능에 가까울 만큼 신비할 것이라고 직감했다.

설마 영원히 끝나지 않는 걸까?

지금 그들이 할 수 있는 가장 현명한 행동은 그 생각을 하지 않는 것이었다.

항성 DX3906은 태양과 비슷한 크기였다. 헤일로호가 감속을 시작했을 때 우주선에서 보이는 항성은 여느 별과 다를 것이 없었지만 곡률 엔진이 멈추자 태양보다 더 붉게 빛나는 원반 형태의 항성이 나타났다.

헤일로호가 곡률 엔진을 끄고 핵융합 엔진을 작동시키자 추진기의 웅웅거리는 소음과 미세한 진동이 우주선의 적막을 깨뜨렸다. AI가 감시 시스템을 통해 수집한 데이터를 분석해 이 성계의 기본적인 상황을 다시 확인했다. 항성 DX3906에는 두 개의 고체행성이 있는데 그중 하나는 화성과 비슷한 크기에 대기층이 없으며 잿빛 표면이 황량하게 펼쳐져 있었다. 두 사람은 그 행성을 회색별이라고 이름 지었다. 그보다 궤도 반경이 조금 작은 다른 행성은 크기와 표면의 특징이 지구와 흡사했다. 산소가 포함된 대기층이 있고 생명체가 살고 있는 것으로 보이는 뚜렷한 흔적도 있었다. 하지만 농업이나 산업 문명의 흔적은 찾을 수 없었다. 지구처럼 파란색을 띠었기 때문에 그 행성을 파란별이라고 이름 붙였다.

AA는 자신의 연구 성과가 증명되었다는 사실이 기뻤다. 400여 년 전 그녀가 바로 이 항성의 행성을 발견하고 그걸 주제로 박사학위 논문을 썼었다. 그때까지 사람들은 이 항성에 행성이 없다고 생각했다. AA가 청신을 알게 된 것도 바로 그 연구 때문이었다. 그 연구가 아니었다면 그녀의 인생은 지금과 완전히 달랐을 것이다. 운명은 정말 이상한 것이다. 4세기 전 그녀는 천체망원경을 통해 머나먼 세계를 수없이 관찰했지만 자신이 직접 그곳에 가게 될 줄은 꿈에도 상상하지 못했다.

청신이 물었다.

"그때 저 행성들을 관찰했어?"

"아뇨. 가시광선 주파수대에서는 보이지 않았어요. 태양계 경보 시스템의 망원경으로는 볼 수 있었겠지만, 저는 태양 중력 렌즈로 수집한 데이터를 분석해서 두 행성의 모습을 추측했어요. 그래도 지금 우리 앞에 있는 모습과 크게 다르지 않아요."

헤일로호가 태양계에서 286광년 떨어진 DX3906까지 가는 데는 52시간밖에 걸리지 않았지만 아광속으로 성계의 가장자리에서 60천문단위 떨어져 있는 지구형행성까지 가는 데는 꼬박 여덟 시간이 걸렸다. 우주선이 파란별에 가까워지자 청신과 AA는 그 별이 지구와 닮았다는 생각이 착각이었음을 알았다. 이 행성의 파란색은 바다의 파란색이 아니라 육지의 파란색이었다. 파란별의 바다는 아이보리색이었으며 면적은 전체 별 표면의 5분의 1밖에 되지 않았다. 파란별은 추운 세계였다. 파란별의 육지는 파란색 대지가 약 3분의 1을 차지하고 나머지는 대부분 하얀 눈으로 덮여 있었다. 바다도 얼음으로 덮여 있고 적도 부근의 좁은 면적만 녹아 있었다.

헤일로호는 파란별의 궤도로 들어간 뒤 점점 고도를 낮추기 시작했다. 그때 우주선 감시 시스템에 중요한 것이 포착되었다.

AI가 말했다.

"행성 표면에서 발사된 전파 신호가 잡혔습니다. 착륙 유도 신호입니다. 위협의 세기 초기 포맷입니다. 이 신호에 따라 착륙할까요?"

청신이 AA와 흥분된 시선을 주고받은 뒤 AI에게 명령했다.

"신호에 따라 착륙해!"

AI가 대답했다.

"4G의 고중력이 발생될 것입니다. 가속 좌석에 착석해주십시오. 준비가 완료되면 명령을 수행하겠습니다."

AA가 상기된 목소리로 물었다.

"그분일까요?"

청신이 가만히 고개를 저었다. 그녀의 인생에서 행운이었던 시간은 대재앙과 대멸종 사이의 짧은 시간뿐이었다. 그녀는 이제 행운이 두려웠다.

청신과 AA가 가속 좌석에 착석하자 의자가 오그라들며 커다란 손이 그들을 그러쥐듯 감쌌다. 헤일로호의 감속이 시작되며 궤도가 급격히 떨어졌다. 뒤이어 심한 진동과 함께 우주선이 파란별의 대기층으로 진입했다. 감시 시스템으로 촬영한 화면 속에서 파란색과 흰색이 뒤섞여 있는 대륙이 시야를 가득 채웠다.

20분 뒤 헤일로호가 적도 부근 육지에 착륙했다. AI는 지구와 동일한 파란별의 중력에 적응하기 위해 10분 정도 좌석에 그대로 앉아 있다가 일어나라고 안내했다. 착륙 지점은 푸른 초원이었고 그리 멀지 않은 곳에 흰 눈에 덮인 산등성이가 보였다. 초원이 산자락까지 이어져 있었다. 하늘은 우주에서 본 바다색과 같은 아이보리색이었다. 태양이 하늘에서 연한 붉은빛을 내며 떠 있었다. 정오 무렵이었지만 하늘과 태양빛은 지구의 해거름 녘과 비슷했다.

청신과 AA가 파란별의 환경을 자세히 살펴보기도 전에 착륙 지점에서 멀지 않은 곳에 있는 비행선 한 대가 그들의 눈길을 사로잡았다. 4~5미터 길이의 소형 비행선이었다. 암회색의 유선형 선체에 작은 꼬리날개가 달려 있었다. 대기층을 비행하는 비행선이 아니라 우주 궤도와 지면 사이를 오가는 왕복선과 비슷했다.

비행선 옆에 한 남자가 서 있었다. 흰색 재킷과 어두운 색 바지 차림이었으며 헤일로호가 착륙할 때 생긴 기류에 머리가 어지럽게 날렸다.

AA가 긴장된 표정으로 물었다.

"그분이에요?"

청신이 고개를 저었다. 멀리서 얼핏 보았지만 윈톈밍이 아니라는 건 확실했다. 남자가 바람에 흔들리는 풀밭을 가로질러 헤일로호를 향해 다가왔다. 조금 지쳐 보이는, 빠르지 않은 걸음걸이였으며 놀람이나 흥분은 조금도 느껴지지 않았다. 헤일로호의 출현이 일상적인 일인 것처럼 아무렇지 않아 보였다. 그가 우주선에서 10여 미터 떨어진 풀밭에서 멈추고는 무언가를 기다리는 듯 가만히 서 있었다.

AA가 말했다.

"잘생겼네요."

마흔쯤 되어 보이는 동양인이었다. AA의 말대로 윈톈밍보다 훨씬 잘생겼으며 이마가 넓고 지적이면서도 온화한 눈을 가지고 있었다. 영원히 생각에 잠겨 있을 것 같은 착각을 일으키는 눈빛이었다. 헤일로호를 포함해 그 어떤 것도 오직 그를 깊은 생각에 잠기게 할 뿐 절대로 놀라게 할 수 없을 것 같았다. 그가 두 손을 들어 올려 머리를 감싸는 자세를 취했다. 헬멧을 의미하는 것 같았다. 그가 다시 한 손을 흔들며 고개를 저었다. 밖으로 나올 때 우주복을 입을 필요가 없다는 뜻인 것 같았다.

AI가 말했다.

"대기 성분. 산소 35퍼센트, 질소 63퍼센트, 이산화탄소 2퍼센트, 미량의 불활성기체. 호흡은 가능합니다. 하지만 대기압이 지구 표준기압의 0.53밖에 되지 않으므로 격렬한 활동은 금물입니다."

AA가 물었다.

"우주선 옆에 서 있는 저 생물체는 뭐지?"

AI가 짧게 대답했다.

"인간입니다."

청신과 AA가 우주선 밖으로 나갔다. 몸이 중력에 적응하지 못해 걸음이 휘청거렸다. 밖으로 나가자 공기가 희박하다는 걸 느끼지 못할 만큼 숨쉬기가 편안했다. 얼굴을 스치는 바람이 차갑지만 살을 엘 정도는 아니었다. 바람에 섞인 풀 냄새가 싱그러웠다. 시야가 시원하게 탁 트였다. 파란색과 흰색이 섞인 대지와 산맥, 아이보리색 하늘과 붉은 태양, 이 모든 것이 색깔만 다를 뿐 지구와 똑같았다. 땅에서 자라고 있는 풀도 파란색이라는 것만 제외하면 지구의 풀과 생김새가 거의 비슷했다. 남자가 헤일로호의 사다리 앞으로 걸어왔다.

"잠깐. 사다리가 가파르군요. 부축해드릴게요."

남자가 재빨리 사다리로 올라와 먼저 청신을 부축해 내려갔다.

"더 쉬었다가 나오셨어야 해요. 급한 일도 없는데."

위협의 세기 때 말투였다.

그의 따뜻한 손에서 힘이 느껴지고 그의 건장한 체구가 찬 바람을 막아주었다. 태양계에서 200광년 넘게 떨어진 이 먼 곳에서 처음 만난 사람이었다. 그녀는 그에게 기대고 싶은 충동을 느꼈다.

남자가 물었다.

"태양계에서 오셨나요?"

"네."

청신이 고개를 끄덕였다. 남자의 손을 잡고 조심스럽게 사다리를 내려오며 그에 대한 신뢰가 생겨 그의 팔에 체중을 좀 더 실어 기댔다.

사다리 맨 위에 앉아 있던 AA가 말했다.

"태양계는 사라졌어요."

"알아요. 탈출한 사람이 더 있나요?"

청신이 바닥으로 내려와 보드라운 풀밭에 발을 디뎠다. 그녀는 우주선 사다리의 맨 아래 발판에 피곤한 몸을 기대고 앉으며 고개를 저었다.

"아마 없을 거예요."

"네……"

남자가 고개를 끄덕이며 AA를 부축하기 위해 사다리를 다시 올라갔다.

"저는 관이판이라고 합니다. 두 분이 오시길 기다리고 있었어요."

"우리가 올 줄 알고 있었다고요?"

AA가 관이판이 내민 손을 잡았다.

"중력파 신호를 받았어요."

"블루스페이스호 승선원이세요?"

"하하하, 조금 전에 떠난 사람들에게 그런 질문을 했다면 아마 이상하다고 했을 거예요. 블루스페이스호와 그래비티호 승선원들은 4세기 전 사람들이니까. 하지만, 맞아요. 전 옛날 사람이에요. 그래비티호에 탑승한 연구원이었죠. 4세기 동안 동면했다가 5년 전에 깨어났어요."

청신이 사다리 난간을 붙잡고 힘들게 몸을 일으키며 AA를 부축해 내려오고 있는 관이판에게 물었다.

"블루스페이스호와 그래비티호는 지금 어디에 있어요?"

"박물관에요."

AA가 물었다.

"박물관이 어디 있어요?"

그녀는 관이판에게 거의 안기다시피 그의 어깨에 기댄 채 내려왔다.

"1호와 4호 세계에요."

"세계가 몇 개나 있는데요?"

"네 개요. 다른 두 개는 지금 개척하고 있는 중이에요."

"그 세계들이 어디에 있죠?"

땅으로 내려온 관이판이 AA의 팔을 놓아주며 웃었다.

"두 분이 앞으로 누굴 만나든, 인간을 만나든 아니면 지능을 가진 다른 어떤 존재를 만나든, 그들의 세계가 어디에 있느냐고 묻지 마세요. 그건 이 우주의 기본 에티켓이니까. 마치 여성에게 나이를 묻지 않는 것처럼……. 하지만 묻고 싶군요. 두 분 나이가 어떻게 되시나요?"

"그냥 보이는 대로 생각하세요. 저 분은 700살이고 난 500살이니까."

AA가 대답하며 풀밭에 털썩 주저앉았다.

"청신 박사님은 4세기 전과 달라진 게 거의 없으시네요."

AA가 고개를 들어 관이판에게 물었다.

"박사님을 아세요?"

"지구에서 받은 영상에서 봤어요. 그것도 역시 4세기 전 일이죠."

청신이 물었다.

"여기 몇 사람이나 있나요? 이 행성에요."

"세 명이요. 우리 셋."

AA가 조금 놀라며 물었다.

"방금 말한 다른 세계들이 여기보다 더 좋은 곳인가 봐요?"

"자연환경을 말하시는 건가요? 물론 그렇지 않아요. 그곳들은 한 세기 동안 개조를 거쳐 대기층이 겨우 숨 쉴 만해졌어요. 여긴 좋은 곳이에요. 우리가 가본 그 어떤 곳보다도 좋아요. 다만 청신 박사님이 이곳에 오신 건 환영하지만 박사님이 이곳에 소유권을 갖고 있다는 건 인정할 수가 없어요."

청신이 말했다.

"난 오래전에 소유권을 포기했어요. 그럼 왜 여기로 이주하지 않죠?"

"여긴 위험해요. 외부인이 자주 오거든요."

AA가 물었다.

"외부인이라고요? 외계인이요?"

"네. 오리온자리 팔의 중심부에서 가까운 곳이라 분주한 항로 두 개가 이곳을 지나죠."

"그럼 여기서 뭘 하고 계셨어요? 우릴 마중하러 온 거예요?"

"탐사대와 함께 왔다가 탐사대는 떠나고 저만 남아서 두 분을 기다렸어요."

10여 시간 뒤 파란별에 밤이 내려앉았다. 밤하늘에 달은 뜨지 않았지만 별이 총총히 박혀 있어 지구의 밤보다 훨씬 밝았다. 은빛 불바다처럼 펼쳐진 은하수가 지면에 사람 그림자를 드리울 만큼 밝았다. 이곳이 태양계에 비해 은하계의 중심과 훨씬 가까운 것은 아니었다. 287광년의 공간에 떠다니는 성간 먼지 때문에 태양계에서 보는 은하가 훨씬 어두워 보이는 것 같았다.

밝은 별빛 아래에서 풀밭이 군데군데 움직이는 것처럼 보였다. 처음에는 바람이 만들어낸 착시라고 생각했지만 나중에 보니 정말로 발밑에서 땅이 슥슥 소리를 내며 움직이고 있었다.

관이판이 말했다.

"풀이 움직이고 있는 거예요. 풀에겐 뿌리가 발이에요. 계절이 바뀌면 풀이 위도를 따라 이동해요. 대부분 야간에 움직이죠."

AA가 손에 들고 만지작거리고 있던 풀잎 두 장을 홱 내던졌다.

관이판이 말했다.

"식물인 건 맞아요. 광합성으로 생존해요. 단순한 촉각을 가지고 있을 뿐. 이 세계의 다른 식물들도 움직일 수 있어요."

그가 멀리 보이는 산등성이를 가리켰다. 별빛 아래로 이동하는 나무들을 볼 수 있었다. 야간 행군을 하는 군대처럼 풀이 이동하는 속도보다 더 빨랐다.

관이판이 하늘에서 별이 듬성듬성 떠 있는 쪽을 가리켰다.

"저길 보세요. 며칠 전까지만 해도 저쪽에 태양이 있었어요. 지구에서 보는 것보다 여기서 볼 때 더 또렷하게 보였어요. 물론 287년 전의 태양이긴 했지만요. 탐사대가 떠나던 날 태양이 사라졌어요."

AA가 말했다.

"태양이 더 이상 빛을 발산하지 않을 뿐 면적은 더 넓어졌어요. 여기서 망원경으로 보면 보일 거예요."

관이판이 고개를 저으며 텅 빈 하늘을 가리켰다.

"아뇨. 아무것도 안 보여요. 지금 저곳으로 돌아가도 아무것도 볼 수 없을 거예요. 그곳은 이제 텅 빈 우주가 됐어요. 아무것도 없어요. 두 분이 본 2차원 태양과 행성은 2차원화된 후 3차원 물질의 에너지가 방출되면서 일으킨 효과예요. 2차원화된 물질에서 방출된 전자파가 2차원과 3차원 공간의 경계면에서 굴절된 거예요. 에너지 방출이 끝난 뒤 아무것도 보이지 않게 됐죠. 2차원 태양계는 3차원 세계와 영원히 단절됐어요."

청신이 말했다.

"어떻게 그럴 수가 있죠? 4차원 공간에서도 3차원 세계를 볼 수 있잖아요."

"그렇죠. 저도 4차원에서 3차원을 보았어요. 하지만 3차원에서는 2차원이 보이지 않아요. 3차원은 두께가 있어서 4차원에서 내뿜는 광선을 막거나 분산시킬 수 있지만 2차원에는 두께가 없어서 3차원 세계의 광선이 뚫고 지나가기 때문이에요. 2차원 세계는 완전히 투명해서 눈에 보이지 않아요."

AA가 물었다.

"볼 수 있는 방법은 없나요?"

"없어요. 이론적으로도 불가능해요."

청신과 AA가 말없이 침묵했다. 태양계가 완전히 사라졌다는 건 그들을 지탱하고 있던, 노세계에 대한 한 가닥 희망마저 사라졌음을 의미했다. 하지만 관이판이 그들에게 작은 위안이 될 이야기를 했다.

"3차원 세계에서 2차원 태양계의 존재를 확인할 수 있는 한 가지 근거는 있어요. 바로 인력이죠. 2차원 태양계의 인력은 여전히 3차원 세계에 작용하고 있어요. 그러니까 저 텅 빈 우주 공간에 보이지 않는 인력원이 존재할 거예요."

청신과 AA가 생각에 잠긴 눈빛으로 서로를 바라보았다.

"뭔가 떠오르는 게 있으시죠?"*

---

* 암흑물질(우주를 구성하는 물질의 23퍼센트 이상을 차지하고 있고, 중력을 통해서만 존재를 인식할 수 있는 물질)의 성질과 비슷하다.

관이판이 웃으며 묻고는 곧바로 화제를 돌렸다.

"이제 두 분이 여기에 온 이유를 물어도 될까요?"

AA가 물었다.

"윈텐밍을 아세요?"

"몰라요."

청신이 물었다.

"삼체 함대는요?"

"알긴 하지만 아는 게 많진 않아요. 삼체 제1함대와 제2함대는 아마 서로 만나지 못했을 거예요. 60여 년 전 황소자리 근처에서 대규모 전쟁이 벌어졌어요. 시신의 잔해가 떠다니며 새로운 우주 진운을 만들 만큼 비참한 전쟁이었죠. 그 전쟁 중 한쪽이 삼체 제2함대였을 거예요. 상대가 누구였는지 전쟁의 결과가 어떻게 되었는지 아무것도 몰라요."

"제1함대는요?"

청신의 애틋한 눈동자가 별처럼 반짝였다.

"그건 모르겠어요. 아무런 소식도 듣지 못했어요……. 여기서 오래 있을 수 없어요. 안전한 곳이 아니에요. 저와 함께 우리 세계로 가세요. 개척시대가 끝나서 점점 살기 좋아지고 있어요."

AA가 청신의 팔에 팔짱을 꼈다.

"좋아요! 관 박사님을 따라가요. 여기서 평생 기다려봤자 헛수고예요. 언제까지 기다리고 있을 수만은 없잖아요."

청신이 말없이 고개를 끄덕였다. 자신이 꿈을 좇고 있다는 걸 그녀도 알고 있었다.

그들은 파란별에서 하루 더 있다가 출발하기로 했다.

관이판의 소형 우주선이 파란별의 정지궤도에 떠 있었다. 이름도 없이 일련번호만 있는 소형 우주선이지만 관이판은 그걸 '헌터호'라고 불렀다. 400여 년 전 그래비티호의 그 친구를 기리기 위한 것이었다. 헌터호에는 생태순환 시스템이 없기 때문에 장거리 항해를 해야 할 때는 탑승자가 동면해야 했다. 크기는 헤일로호의 수십 분의 1밖에 되지 않았지만 역시 곡률 추진으로 항해하는 광속 우주선이었다. 관이판도 헤일로호에 함께 탑승하고 헌터호는 무인 항해로 이동시키기로 했다. 청신과 AA는 항로도 항해 시간이 얼마나 걸리는지도 묻지 않았으며, 관이판도 말하지 않았다. 인류가 살고 있는 세계의 위치를 함부로 노출하지 않기 위해 조심하고 있는 것 같았다.

세 사람은 떠나기 전 하루 동안 헤일로호 근처를 둘러보기로 했다. 사라진 태양계의 인류인 그들에게는 모든 것이 처음이었다. 인류 최초로 태양계 밖 항성계까지 항해한 것이고, 인류 최초로 태양계 밖 행성에 발을 디딘 것이며, 인류 최초로 생명이 살고 있는 태양계 밖 세계에 온 것이었다.

지구에 비하면 파란별의 생태계는 무척 단순했다. 스스로 이동할 수 있는 파란색 식물 외에 바다에 어류 몇 종이 살고 있었으며 육지에도 고등 동물은 없고 작은 곤충만 있었다. 지구의 식물이 이 세계에서 생장할 수 있기 때문에 지구의 인류도 특별한 기술 없이도 이 세계에서 생존할 수 있었다.

관이판이 헤일로호에 탑승했다. 그는 이 정교한 항성급 우주선을 둘러보며 감탄을 금치 못했다. 그는 은하계의 인류가 태양계의 인류에게서 닮을 수도 없고 배울 수도 없는 한 가지가 바로 높은 삶을 즐길 줄 아는 고상함이라고 말했다. 그는 잘 꾸며진 정원들을 한참 동안 돌아다니다가 지구를 재연해놓은 대형 홀로그램 앞에서 생각에 잠긴 듯 멈춰 섰다. 그의 눈가가 금세 축축해졌다.

AA가 옆에서 그런 그를 은근한 눈빛으로 바라보았다. 그날 그들의 관계에 미묘한 진전이 생긴 것 같았다. 주위를 둘러보러 다니는 동안 AA는 계속 관이판 곁을 맴돌며 관이판이 말할 때마다 미소 짓고 고개를 끄덕이며 경청했다. 그녀는 지금껏 남자 앞에서 그런 적이 없었다. 청신과 알게 된 후 몇 세기가 흐르는 동안 AA는 수많은 남자를 사귀었고 대부분 두 명 이상을 동시에 만났다. 그 시대에는 지극히 정상적인 연애 방식이었다. 하지만 청신은 AA가 남자를 진심으로 사랑한 적이 없다는 걸 알고 있었다. 그런데 지금 AA가 위협의 세기에서 온 이 우주학자를 사랑하게 된 것 같았다. 새로운 세계에 도착하면 AA가 행복한 삶을 새롭게 시작할 수 있을 것 같다는 생각에 청신은 속으로 흐뭇했다.

청신 자신은 정신적으로 이미 죽은 상태였다. 그녀의 정신이 계속 살아 있도록 지탱할 수 있는 유일한 희망은 윈텐밍이었지만 이제 그 희망도 물거품이 되었다. 286광년 밖에서 만나기로 한 4세기 전 약속은 이미 물거품이 되었다. 물론 육체적으로는 계속 살아가겠지만 그건 그저 책임감 때문이었다. 남아 있는 지구 문명의 인구가 절반으로 줄어드는 것을 막아야 했다.

파란별에 밤이 찾아왔다. 그들은 이튿날 날이 밝으면 출발하기로 했다.

깊은 밤 헤일로호에서 깊이 잠들어 있던 관이판이 왼팔에 부착한 통신기의 요란한 경보음에 잠에서 깼다. 정지궤도에 있는 헌터호에서 온 호출 신호였다. 헌터호가 감시 위성의 정보를 그에게 전달해주었다. 탐사대가 소형 감시 위성 세 개를 남겨두고 갔는데 그중 1호와 2호 위성이 파란별 궤도에 있고, 3호 위성은 또 다른 행성인 회색별의 궤도에서 운행하고 있었다. 경보는 3호 위성에서 발신된 것이었다.

35분 전, 정체를 알 수 없는 우주 비행선이 회색별에 착륙했다. 총 다섯 대로 이루어진 비행 편대였다. 다시 12분 뒤 비행선들이 동시에 이륙해 순식간에 자취를 감추었다. 심지어 행성 궤도로 진입하는 것도 관찰되지 않았다. 위성이 강한 간섭을 받았는지 전송된 영상이 흐릿하게 떨렸다.

관이판이 속한 탐사대의 임무가 바로 외계 문명이 이 성계에 남긴 흔적을 찾고 연구하는 것이었다. 관이판은 헌터호를 타고 회색별로 가보기로 했다. 청신이 함께 가겠다고 고집하자 처음에는 강하게 반대하던 관이판이 AA의 한마디에 동행하기로 결정했다.

AA가 말했다.

"같이 가게 해주세요. 윈텐밍과 관계된 일인지 알고 싶으실 거예요."

출발하기 전 관이판은 긴급 상황이 아니면 헌터호에 통신 신호를 보내지 말라고 AA에게 신신당부했다. 이 성계 어딘가에 숨어 있을지 모를 외계의 존재에게 위치를 들킬 수 있기 때문이었다.

세 사람밖에 없는 이 적막한 세계에서는 잠깐의 헤어짐도 특별한 감정을 불러일으켰다. AA가 청신과 관이판을 각각 안아주며 무사 귀환을 기원했다. 왕복선에 탑승하기 전 청신이 뒤를 돌아보니 AA가 물처럼 흐르는 별빛을 받으며 그들에게 손을 흔들고 있었다. 파랗게 펼쳐진 풀밭이 그녀 주위를 빠르게 스쳐 지나가고, 찬 바람이 그녀의 단발머리를 흩날리며 풀밭 위에 한겹 한겹 파문을 만들었다.

왕복선이 이륙했다. 추진기 불꽃이 넓은 풀밭 위를 비추자 불꽃에 놀란 풀들이 사방으로 흩어졌다. 왕복선의 고도가 높아질수록 환하게 밝혀졌던 지면이 점점 어두워지고 대지가 별빛 속으로 가라앉았다.

한 시간 뒤 왕복선이 정지궤도에 있는 헌터호와 도킹했다. 헌터호는 작은 피라미드 형태로 내부가 좁고 아무런 장식품도 없었으며 동면 탱크 네 개가 대부분의 공간을 차지하고 있었다.

헤일로호와 마찬가지로 헌터호도 곡률 엔진과 핵융합 엔진이 모두 탑재되어 있었으며 행성 간 항해에는 핵융합 엔진만 사용했다. 곡률 엔진은 감속할 겨를도 없이 작동과 동시에 목표 행성을 지나쳐버리기 때문이다.

핵융합 엔진이 작동되며 헌터호가 파란별 궤도를 떠나 회색별을 향해 날아갔다. 아직 회색별은 작은 빛점으로만 보였다. 관이판이 청신을 배려해 가속 중력을 1.5G 이내로 제한했지만 청신이 최대한 속도를 내도 괜찮다고 했다. 관이판이 속도를 높이자 추진기의 푸른 불꽃이 두 배로 길어지며 중력이 3G까지 올라갔다. 고중력 때문에 그들은 가속 좌석에서 꼼짝 못하고 앉아 있어야 했다. 관이판이 홀로그램 화면을 켜자 비행선 내부 모습이 사라지고 사방으로 우주가 펼쳐졌다. 청신은 점점 멀어지는 파란별을 말없이 응시했다. 3G의 중력이 마치 파란별이 끌어당기는 중력인 것 같았다. 우주에 위아래 방향 감각이 생기고 머리 위에 있는 은하를 향해 날아가는 것처럼 느껴졌다.

고중력 상태에서도 두 사람의 대화는 계속되었다. 청신이 관이판에게 그렇게 긴 시간 동면한 이유를 묻자 관이판은 블루스페이스호와 그래비티호가 정착할 수 있는 세계를 찾아다니는 동안 과학 연구가 불필요했기 때문이라고 대답했다. 인간이 거주할 수 있는 1호 세계를 발견한 뒤에는 개척과 건설에 주력했다. 정착지는 오랜 옛날 농경 시대의 작은 마을 같았다. 과학 연구를 할 수 있는 환경과 조건이 갖춰지지 않았기 때문에 새로운 정부는 기초 연구에 필요한 환경이 조성될 때까지 모든 기초과학자들을 동면시킨다는 결의를 통과시켰다. 그래비티호에는 기초과학자가 관이판 한 사람뿐이었지만 블루스페이스호에는 일곱 명이 타고 있었다. 그는 동면에 들어간 과학자 중에서 가장 늦게 동면에서 깨어났다. 두 우주선이 1호 세계를 발견한 지 2세기 가까이 되었을 때였다.

관이판이 인류 세계의 현재 상황을 들려주었다. 그런데 1호, 2호, 4호 세계에 대한 이야기만 할 뿐 3호 세계에 대해서는 아무 얘기도 하지 않았다.

청신이 3호 세계에 대해 묻자 관이판이 대답했다.

"아무도 3호 세계에 가지 않아요. 거기 가면 돌아올 수 없다는 얘기도 있고요. 그 세계는 빛무덤 속에 있어요."

"빛무덤이라고요?"

"광속 우주선의 항적이 만들어낸 저광속 블랙홀이죠. 3호 세계는 블랙홀이에요. 어떤 사건으로 그 세계의 좌표가 노출되는 바람에 그곳 사람들이 어쩔 수 없이 자기 세계를 블랙홀로 만들 수밖에 없었어요."

"우린 그걸 블랙존이라고 불러요."

"그 이름이 더 어울리네요. 3호 세계 사람들은 그곳을 빛의 장막이라고 불렀어요. 빛무덤이란 이름은 나중에 외부에서 붙인 거예요. 바깥에서는 그곳을 무덤으로 여겼지만 3호 세계 사람들은 안락한 천국이라고 생각했어요. 그들이 지금도 그렇게 생각하고 있는지는 모르겠지만. 빛무덤이 완성된 후 그 세계의 소식을 전혀 듣지 못했어요. 하지만 그곳 사람들이 잘 지내고 있을 거라고 믿어요. 안전을 행복의 최고 조건으로 생각하는 사람도 있으니까요. 사람들마다 지향하는 바가 다르죠."

새로운 세계가 언제부터 광속 우주선을 만들게 되었느냐는 청신의 질문에 관이판은 1세기 선부터라고 대답했다. 윈톈밍의 정보 덕분에 태양계의 인류가 은하계의 인류보다 2세기 가까이 일찍 광속 우주선을 개발할 수 있었던 것이다. 새로운 세계가 개척 단계에 있음을 감안하더라도 최소한 1세기는 일찍 개발한 셈이었다.

"위대한 사람이군요."

윈톈밍에 대한 얘기를 들은 뒤 관이판이 말했다.

하지만 태양계 문명은 그 기회를 붙잡지 못했다. 35년, 태양계의 존망이 걸려 있던 그 35년을 헛되게 흘려보내고 말았다. 그리고 그렇게 만든 사람은 바로 그녀였다. 이제 그녀는 그 일을 떠올려도 죽은 사람처럼 아무 고통도 느낄 수 없었다.

관이판이 말했다.

"인류에게 광속 항해는 이정표 같은 사건이에요. 제3차 계몽운동 또는 제3차 르네상스라고 할 만해요. 광속 항해가 인간의 사고방식을 근본적으로 변화시키고 문명과 문화를 변화시켰으니까요."

"맞아요. 광속으로 진입한 순간 나도 변했어요. 내가 살아 있는 동안 시공을 초월하는 게 가능하다는 걸 알았죠. 공간적으로는 우주 끝까지도 갈 수 있고, 시간적으로는 우주 최후의 날까지도 갈 수 있어요. 지금까지는 철학적인 차원이었던 것들이 갑자기 구체적인 현실이 됐어요."

"그렇죠. 우주의 결말, 우주의 목적 등등 지금까지는 철학적이고 공허했던 문제들이 이제는 평범한 사람들도 생각하지 않으면 안 되는 문제가 됐어요."

청신이 물었다.

"그 세계에도 우주 최후의 날을 생각하는 사람이 있나요?"

"물론 있죠. 이미 최후의 우주선 다섯 대가 출발했어요."

"최후의 우주선이요?"

"둠스데이 우주선이라고도 부르죠. 그 광속 우주선들은 목적지가 없어요. 곡률 엔진을 최대로 가동시켜 미친 듯이 가속하고 있어요. 상대론적 효과를 이용해 시간을 뛰어넘어 우주 종말의 날로 가는 게 목적이에요. 그들의 계산으로는 10년 안에 500억 년을 뛰어넘을 수 있다고 해요. 사실 의도적으로 그렇게 하지 않아도 우주선이 광속으로 가속하고 있다가 곡률 엔진이 고장 나서 감속할 수 없게 되면, 박사님도 죽기 전에 우주 종말의 날로 갈 수 있어요."

"태양계의 인류는 참 불쌍하군요. 그 좁디좁은 시공 안에서 살다가 떠났잖아요. 서기 시대에 평생 산속에서만 살았던 노인처럼 우주는 끝까지 그들에게 수수께끼였어요."

관이판이 가속 좌석에서 고개를 들어 청신을 응시했다. 3G의 중력에서 그렇게 하는 것이 쉽지 않았지만 그는 한참 동안 청신을 바라보았다.

"안타까울 것 없어요. 정말이에요. 우주의 진실은 모르는 게 나아요."

"왜죠?"

관이판이 손가락을 들어 은하계의 별바다를 가리켰다. 그의 손이 잠시 버티다가 3G의 중력에 눌려 내려오며 그의 몸을 탁 쳤다.

"오직 암흑뿐이니까요."

"암흑의 숲 상태에 있다는 말인가요?"

관이판이 고중력에 저항해 몸부림치듯 고개를 저었다.

"암흑의 숲 상태가 우리에겐 생존의 전부이지만 우주 전체로 보면 아주 작은 일이에요. 우주는 거대한 전쟁터예요. 각 진지 사이에 있는 저격수들이 실수로 자기 위치를 노출한 적을 사살하죠. 통신병이라든가 취사병 같은. 그게 바로 암흑의 숲 상태예요. 전쟁 전체로 보면 작은 일이라고요. 태양계 인류는 진정한 행성 간 전쟁을 보지 못했어요."

"그걸, 봤나요?"

"아주 조금요. 그 외에는 다 추측이에요……. 정말 듣고 싶으세요? 그걸 알면 알수록 마음속에서 빛이 하나씩 꺼져가는데도?"

"내 마음속엔 이미 빛이 없어요. 듣고 싶어요."

마침내 뤄지가 추운 밤 얼어붙은 호수에 빠진 날로부터 6세기도 더 지난 뒤, 얼마 남지 않은 지구의 인류 앞에서 우주의 검은 베일이 또 한 겹 벗겨졌다.

관이판이 물었다.

"생각해보세요. 기술적으로 무한한 능력을 가진 문명에게 가장 위력적인 무기가 뭘까요? 기술적인 관점이 아니라 철학적인 관점에서요."

청신이 잠시 생각하다가 몸부림치듯 고개를 저었다.

"모르겠어요."

"직접 경험한 일을 생각해보세요."

직접 경험한 일? 그녀는 얼마 전 항성계 하나를 제거하기 위해 잔인한 공격자가 공간적 차원을 한 차원 낮추는 것을 목격했다. 공간적 차원. 공간적 차원이 뭘까?

청신이 말했다.

"우주의 법칙이요."

"예리하시네요. 바로 우주의 법칙이에요. 우주의 법칙이 가장 무서운 무기예요. 물론 가장 효과적인 방어 수단이기도 하죠. 은하계든 안드로메다은하든, 아니면 국부은하군이든 초은하단이든, 진정한 행성 간 전쟁에서는 신에 버금가는 막강한 위력을 가진 문명들이 서슴없이 우주의 법칙을 전쟁 무기로 삼죠. 무기로 삼을 수 있는 규칙은 아주 많아요. 제일 흔하게 사용하는 게 공간적 차원과 광속이에요. 보통 차원을 낮추는 건 공격 무기로 사용하고 광속을 낮추는 건 방어용으로 쓰죠. 그러니까 태양계는 가장 높은 수준의 방식으로 공격당한 거예요. 어떻게 말하면 지구 문명에겐 영광인 셈이죠. 차원 공격을 사용했다는 건 우릴 무시하지 않았다는 거니까. 이 우주에선 무시당하지 않는 것만도 쉬운 일이 아니에요."

"궁금한 게 있어요. 태양계의 2차원 추락은 언제 끝나나요?"

"영원히 계속될 거예요."

선득한 한기가 청신을 감쌌다. 그녀가 힘겹게 고개를 들어 관이판을 응시했다.

"놀라셨어요? 은하계와 우주 전체에서 2차원으로 떨어지고 있는 게 태양계뿐인 줄 아세요? 하하하……."

관이판의 차가운 웃음에 청신의 가슴이 또 한 번 철렁 내려앉았다.

그녀가 말했다.

"그렇다면 조금 전 얘기가 성립되지 않아요. 적어도 공간적 차원을 무기로 사용할 수 있다는 건 맞지 않아요. 길게 보면 그 방식은 곧 공멸을 뜻하니까요. 2차원 추락이 영원히 계속된다면 공간적 차원으로 공격한 쪽도 언젠가는 2차원으로 떨어지게 되잖아요!"

긴 침묵이 그들을 감쌌다. 한참 뒤 먼저 침묵을 깬 건 청신이었다.

"관 박사님?"

관이판이 낮은 목소리로 말했다.

"너무 착하시군요."

"무슨 말씀인지……."

"차원 공격자들에게는 공멸하는 걸 막을 수 있는 방법이 있어요. 그게 뭘까요?"

청신이 한참 생각에 잠겼다가 말했다.

"모르겠어요."

"그럴 줄 알았어요. 박사님은 너무 착해요. 아주 간단해요. 공격자가 먼저 자신을 바꾸는 거예요. 자기 자신을 저차원 존재로 바꾸는 거죠. 4차원에서 3차원으로 바꿀 수도 있고 3차원에서 2차원으로 바꿀 수도 있어요. 전체 문명이 저차원으로 들어간 뒤에 적에게 차원 공격을 가해요. 추호의 망설임도 없이. 가공할 규모의 광적인 공격을 개시하는 거예요."

청신이 다시 긴 침묵에 빠졌다.

관이판이 물었다.

"생각나시는 게 있나요?"

청신은 과거를 회상하고 있었다. 400여 년 전 블루스페이스호와 그래비티호가 우연히 4차원 조각에 들어갔을 때 탐사대와 마법 반지가 나눈 대화 중에 이런 말이 있었다. 당시 관이판이 탐사대의 일원이었다.

이 4차원 공간은 당신들이 만들었나?

당신들이 바다에서 왔다고 했는데 바다는 당신들이 만들었나? 당신에게 혹은 당신의 창조자에게 이 4차원 공간이 바다와 비슷하다는 뜻인가?

'물웅덩이다. 바다는 말랐다.'

이렇게 좁은 공간에 많은 우주선, 아니 무덤이 모여 있는 이유가 무엇인가?

'바다가 마르면 물고기가 물웅덩이로 모이고, 물웅덩이마저 마르면 물고기는 사라지지.'

모든 물고기가 여기에 있나?

'바다를 마르게 한 물고기는 여기에 없다.'

미안하지만 그게 무슨 뜻인가?

'바다를 마르게 한 물고기는 바다가 마르기 전에 뭍으로 올라갔다. 암흑의 숲에서 다른 암흑의 숲으로 옮겨갔다는 뜻이다.'

"전쟁에 승리하기 위해 그런 대가까지 치른단 말이에요?"

청신은 한 차원을 낮춘 공간에서 산다는 게 어떤 건지 상상도 할 수 없었다. 2차원 공간에서는 세상 모든 것이 제각각 다른 길이의 선으로 보일 것이다. 3차원 세계에 살던 사람들이 어떻게 스스로 얇은 종이 속에 들어가 살 수 있을까? 물론 4차원 세계에서 사는 사람들은 3차원 공간에서 사는 것을 상상할 수 없을 것이다.

청신에게 돌아온 대답은 아주 간단했다.

"죽는 것보단 나으니까요."

충격으로 굳어진 청신의 얼굴 표정에도 아랑곳하지 않고 관이판이 말을 계속 이었다.

"광속도 흔히 사용하는 무기예요. 하지만 자기 스스로 빛무덤이나 박사님이 말씀하시는 블랙존을 만드는 건 무기라고 할 수도 없어요. 그건 우리처럼 힘없는 벌레들이 목숨을 부지하기 위해 사용하는 고육지책이죠. 신들은 그렇게 하찮은 일은 하지 않아요. 전쟁에서 저광속 블랙홀을 만들어 적을 그 안에 가둬버리기도 하지만, 그보다는 방어용 성벽이나 함정으로 더 많이 사용해요. 저광속 지대 중 면적이 넓은 건 성계 하나를 통째로 에워쌀 수 있을 만큼 길어요. 항성이 밀집해 있는 곳에서는 수많은 저광속 블랙홀이 하나로 합쳐져 수천만 광년에 걸쳐 이어져 있죠. 그게 행성 간 만리장성이에요. 아무리 강력한 함대도 그 함정에 빠지면 영원히 빠져나올 수 없어요."

청신이 물었다.

"이대로 계속된다면 결국에는 어떻게 되나요?"

"차원 공격이 계속되면 우주에서 2차원 공간이 차지하는 비중이 점점 늘어나 결국에는 3차원 공간보다 많아지겠죠. 그러다 언젠가는 세 번째 차원이 완전히 사라지고 우주가 2차원이 될 거예요. 마찬가지로 광속을 이용한 공격과 방어로 저광속 지대가 계속 늘어나면 결국에는 저광속 지대끼리 하나로 연결되겠죠. 각기 다른 광속이 평균을 이루며 하나의 속도로 귀결되면 그 속도가 우주의 새로운 C값이 될 거예요. 그러면 우리처럼 유아기 수준의 과학을 가진 문명은 진공 중의 광속이 원래부터 초속 10여 킬로미터이고 이것이 불변의 우주상수라고 생각하겠죠. 지금 우리가 초속 30만 킬로미터를 불변의 광속이라고 생각하고 있는 것처럼. 물론 이건 두 가지 예일 뿐이에요. 무기로 사용되는 우주의 법칙들은 아주 많아요. 우리가 아는 건 이 두 가지뿐이지만 사실 모든 법칙이 무기가 될 수 있을 거예요. 그중에 이런 법칙도 있겠죠……. 물론 이건 그냥 추측이에요. 판타지 같아서 저도 믿기 힘들어요."

"어떤 법칙이죠?"

"수학의 법칙이요."

청신의 상상력으로는 그런 불가사의한 일을 도저히 상상할 수 없었다.

"그건…… 미친 짓이에요! 우주가 붕괴된다고요? 아니, 더 정확히 말하죠. 자연의 법칙이 붕괴된다는 거예요?"

"아마 이미 그렇게 되고 있을 거예요……. 지금 새로운 세계의 물리학과 우주학은 한 가지 연구에 몰두하고 있어요. 전쟁 이전의 자연 법칙을 회복시키는 거죠. 이미 이론모델을 거의 수립하고 전쟁으로 바뀌기 전의 우주에 대해 얘기하고 있어요. 그땐 아름다운 전원 시대였어요. 100억 년도 더 지난 일이지만. 그때를 우주의 전원 시대라고 불러요. 물론 그런 아름다움은 수학적으로만 묘사할 수 있을 뿐, 우리는 그 시대의 우주를 상상도 할 수 없어요. 우리 뇌가 생각할 수 있는 차원에 한계가 있으니까."

청신은 다시 그 대화를 떠올렸다.

이 4차원 공간은 당신들이 만들었나?

당신들이 바다에서 왔다고 했는데 바다는 당신들이 만들었나?

"전원 시대에는 우주가 4차원이었다는 얘긴가요? 그땐 진공 중의 광속이 지금보다 훨씬 빨랐고?"

"아니요. 전원 시대의 우주는 4차원이 아니라 10차원이었어요. 진공 중의 광속은 거의 무한대에 가까웠고요. 그때의 빛은 원격 작용이 가능했어요. 플랑크시간* 내에 우주의 한쪽 끝에서 다른 쪽 끝까지도 갈 수 있었죠……. 4차원 공간에 가보신다면 10차원 상태의 우주가 얼마나 아름다

* 옮긴이 주:광자가 빛의 속도로 플랑크 길이를 지나간 시간을 의미하며 물리적으로 유의미하게 측정할 수 있는 최소의 시간 단위.

울지 아실 거예요."

"맙소사. 그렇다면……."

관이판이 갑자기 꿈에서 깨어난 듯 말했다.

"전 아무 얘기도 안 했어요. 우린 아주 일부밖에 못 봤어요. 나머지는 모두 추측이고요. 추측이라고 생각하세요. 우리가 지어낸 암흑의 신화라고."

하지만 조금 전 그의 말이 청신의 머릿속을 맴돌았다.

"전원 시대가 지나고 전쟁 시대가 되면서 한 차원, 한 차원 거시에서 미시로 줄어들고, 광속도 계속 늘어진 거로군요……."

관이판의 목소리가 점점 낮아졌다.

"저는 아무 얘기도 안 했다고 말씀드렸어요. 이건 전부 추측이에요. 하지만 진실이 추측보다 더 어두운지도 모르죠……. 한 가지 분명한 건 우주가 점점 죽어가고 있다는 거예요."

우주선이 가속을 멈추고 중력이 사라졌다. 청신의 눈앞에 있던 우주와 별바다가 점점 희미해지며 악몽처럼 변했다. 지금 그녀에게 실재감을 주는 건 3G 고중력뿐이었다. 그녀를 두 팔로 꼭 끌어안은 듯 단단하게 감싸고 있는 힘이 암흑 신화의 전율과 공포에서 그녀를 지켜주고 있었다. 하지만 이제 중력이 사라지고 악몽만 남았다. 은하계는 핏자국으로 뒤덮인 거대한 빙퇴석 같았고, 가까이 보이는 항성 DX3906은 심연 위에서 타오르는 화장로 같았다.

청신이 물었다.

"홀로그램 화면이 꺼졌나요?"

관이판이 화면을 끄자 청신은 광활한 우주에서 달걀 껍데기처럼 좁은 우주선 안으로 돌아왔다. 하지만 그 좁은 공간이 그녀에게 안정감을 주었다.

"괜한 얘기를 한 것 같군요."

관이판의 자책하는 말투에서 진심이 느껴졌다.

"언젠가는 알게 될 일이에요."

청신의 목소리가 여전히 나지막했다.

"다시 한번 말씀드릴게요. 이건 순전히 추측이에요. 과학으로 증명되지 않았어요. 너무 깊이 생각하지 마시고 현재에 집중하세요."

관이판이 청신의 손 위에 자기 손을 얹었다.

"설령 제 얘기가 사실이라고 해도 수억 년 뒤의 일이에요. 우리 세계로 가세요. 거긴 박사님의 세계이기도 해요. 거기서 박사님의 인생을 사세요. 시간을 너무 많이 초월하지 마시고요. 10만 년의 시간과 1000광년의 공간으로 인생을 제한한다면 그런 일들은 박사님과 완전히 무관해요. 10만 년, 1000광년이면 충분하겠죠?"

"충분해요. 고맙습니다."

청신도 관이판의 손을 잡았다.

그 후 두 사람은 수면기의 강제 수면 상태로 나흘 동안 항해했다. 감속이 시작된 후 고중력의 압박에 깨어나 보니 회색별이 시야의 절반을 차지하고 있었다. 회색별은 작은 행성이었다. 돌로 된 구체같이 민둥민둥한 표면과 외관은 달과 비슷했지만 회색별의 표면에는 분화구 없이 황량한 평원이 펼쳐져 있었다. 헌터호가 회색별의 궤도로 진입했다. 대기층이 없어서 비행선의 운행 궤도를 아주 낮게 낮출 수 있었다. 감시 위성에서 받은 좌표 위치로 향했다. 미확인 우주선 다섯 대가 착륙했다가 이륙한 지점이었다. 원래 관이판은 왕복선을 타고 별 표면으로 내려가 우주선이 남기고 간 흔적을 조사하려고 했다. 하지만 신비한 방문자들이 남기고 간 것이 하늘에서도 보일 만큼 거대하리라고는 관이판도 청신도 예상하지 못했다.

청신이 회색별 표면을 가리키며 소리쳤다.

"저게 뭐죠?"

"죽음의 선이요."

관이판도 청신이 본 물체를 알아보고 급하게 소리쳤다.

"너무 가까이 가지 마!"

헌터호의 AI를 향해 외친 것이었다.

관이판이 말한 죽음의 선은 검은 선 다섯 개였다. 한쪽은 회색별의 표면에 연결되어 있고 다른 쪽 끝은 우주를 향해 뻗어 있었다. 육안으로 보기에 약 100미터쯤 되는 길이로 우주선 궤도보다 더 높이 올라갔다. 회색별에서 검은 머리카락 다섯 가닥이 자라난 것 같았다.

"저게 뭐예요?"

"곡률 추진의 항적이에요. 최대 출력으로 가속한 흔적이죠. 항적 안에서 광속이 0이에요."

두 사람이 왕복선으로 옮겨 타고 헌터호를 떠나 회색별의 표면에 착륙했다. 궤도가 낮고 대기층을 통과할 필요가 없기 때문에 빠르고 안정적으로 착륙할 수 있었다. 왕복선이 죽음의 선에서 약 3킬로미터 떨어진 곳에 착륙했다.

그들은 0.2G의 중력에서 죽음의 선을 향해 뛰듯이 걸어갔다. 회색별의 평원은 얇은 분진으로 뒤덮여 있고 군데군데 크고 작은 자갈이 흩어져 있었다. 대기의 분산 작용이 이루어지지 않아 햇빛 아래 그림자와 밝은 곳이 흑백으로 분명하게 나뉘었다. 곧 죽음의 선에서 100여 미터 떨어진 곳까지 다가갔다. 관이판이 멈추라는 신호로 청신에게 손을 흔들었다. 지름 20~30미터의 죽음의 선을 가까이에서 보니 죽음의 기둥이라고 하는 편이 더 정확할 것 같았다.

청신이 말했다.

"아마 우주에서 제일 검은 물체일 거예요."

죽음의 선은 짙디짙은 검은색이라는 것 외에 아무런 특징도 없었다. 광속이 0인 범위일 뿐이기 때문에 당연히 표면도 없었다. 칠흑같이 검은 우주를 배경으로 해도 우주보다 더 검은 죽음의 선이 또렷하게 잘 보였다.

관이판이 말했다.

"우주에서 제일 완벽하게 죽은 물체이기도 하고요. 광속이 0이라는 건 진정한 죽음이죠. 절대적인 죽음, 완전한 죽음. 저 안에 있는 기본 입자와 쿼크까지 다 죽었어요. 미세한 진동조차 없어요. 죽음의 선 안에 중력원이 없더라도 역시 블랙홀이에요. 중력이 0인 블랙홀이죠. 그 어떤 것도 저 안에 들어가면 빠져나올 수 없어요."

관이판이 돌멩이 하나를 주워 죽음의 선을 향해 던지자 돌멩이가 그 절대적인 검은색 안으로 사라졌다.

청신이 물었다.

"인류의 광속 우주선도 죽음의 선을 만들 수 있나요?"

"불가능해요."

"이런 걸 또 본 적이 있어요?"

"네. 많이 본 건 아니지만."

청신이 하늘로 뻗어 올라간 검은 기둥을 올려다보았다. 검은 기둥 다섯 개가 밤하늘을 떠받쳐 우주가 사신의 궁전이 된 것 같았다. 청신은 가슴이 서늘해지는 것을 느꼈다.

'저곳이 만물이 돌아갈 곳일까?'

청신이 하늘에 떠 있는 죽음의 선의 끝을 가리켰다.

"우주선이 저 지점에서 광속에 진입한 건가요?"

"네. 100킬로미터쯤 돼 보이네요. 예전에 보았던 건 이것보다 더 짧았어요. 거의 순간적으로 광속에 진입했죠."

"광속 우주선 중에서도 제일 발전한 형태인가요?"

"아마 그럴 거예요. 하지만 이런 방식이 흔하지는 않아요. 주로 복원자들이 죽음의 선을 만들죠."

"복원자?"

"리세터(Resetter)라고도 불러요. 지능을 가진 존재들일 수도 있고 하나 또는 여러 개의 문명일 수도 있어요. 정확히 어떤 것인지는 모르지만 그들이 존재한다는 건 확실해요. 복원자는 우주를 리셋해 전원 시대로 되돌리고 싶어 해요."

"어떻게요?"

"시곗바늘이 12시를 지나게 하는 거예요. 공간의 차원을 예로 들어볼게요. 이미 저차원으로 떨어진 우주를 다시 고차원으로 끌어올리는 건 불가능해요. 하지만 거꾸로 생각해서 우주를 0차원으로 낮추고도 계속 차원을 낮추면 시계가 재설정되면서 우주의 거시 차원이 다시 10차원으로 복원된다는 논리예요."

"0차원이라고요? 공간이 0차원으로 변하는 걸 봤어요?"

"아뇨. 2차원으로 떨어지는 것만 봤어요. 1차원화도 보지 못했어요. 하지만 어디선가 복원자가 그렇게 하고 있어요. 그들이 성공한 적이 있는지는 아무도 몰라요. 광속을 0으로 낮추는 게 상대적으로 더 쉬우니까 그렇게 해서 무한한 광속으로 되돌아가려고 계속 시도하고 있는 거죠."

"이론적으로 가능해요?"

"아직 알 수 없어요. 복원자의 이론으로는 가능하겠죠. 하지만 제가 보기에는 불가능해요. 한 예로 광속이 0이라는 건 그 어떤 운동도 있을 수 없다는 걸 의미해요. 넘을 수 없는 벽이자 모든 존재의 절대적인 죽음을 뜻하죠. 이런 상황에서는 주관이 객관에 아무런 작용을 미칠 수 없어요. 그런데 어떻게 '시곗바늘'을 앞으로 돌릴 수 있겠어요? 복원자가 하는 일은 종교의식이나 퍼포먼스에 더 가까워요."

청신이 죽음의 선을 바라보며 두려움을 넘어선 경외감을 느꼈다.

"이게 정말 항적이라면 어떻게 흩어지지 않을 수가 있죠?"

관이판이 긴장된 표정으로 청신의 팔을 잡았다.

"저도 그 얘길 하려고 했어요. 서둘러 여길 떠나야 할 것 같아요. 회색별이 아니라 이 성계를요. 여긴 위험해요. 죽음의 선은 곡률 추진 우주선의 항적과 달라서 건드리지 않으면 계속 이 상태를 유지하겠지만, 뭔가에 자극받는 순간 확산될 거예요. 아주 빠르게. 이 정도 규모의 죽음의 선이면 항성계 전체로 다 퍼져나갈 거예요. 학자들은 이런 걸 죽음의 선이 파열됐다고 말하죠."

"죽음의 선이 퍼져나간 곳은 모두 광속이 0이 되나요?"

"그렇진 않아요. 죽음의 선이 완전히 확산된 후에는 곡률 추진 항적처럼 그 내부의 광속은 0이 아니에요. 넓게 확산될수록 내부의 광속은 더 높죠. 하지만 그래도 초속 10여 킬로미터의 저광속이에요. 그러니까 죽음의 선이 확산되고 나면 이 성계가 저광속 블랙홀로 변할 가능성이 커요. 박사님이 말한 블랙존이죠……. 어서 가요."

청신과 관이판이 몸을 돌려 왕복선을 향해 뛰듯이 걸었다.

"어떤 것이 죽음의 선을 자극할 수 있어요?"

청신이 물으며 고개를 돌려 뒤를 보았다. 그들 뒤 평원 위에서 죽음의 선 다섯 개가 지평선을 향해 긴 그림자를 뻗고 있었다.

"아직은 몰라요. 이론적으로는 가까운 곳에 곡률 추진 항적이 생겨난다면 영향을 미치겠죠. 두 개 이상의 곡률 추진 항적이 일정 거리 안에 있을 경우 서로 영향을 미친다는 건 증명됐어요."

"그렇다면, 헤일로호가 가속할 때도……."

"그러니까 우선 핵융합 추진으로 멀리 간 뒤에 곡률 추진으로 전환해야 해요. 적어도 40천문단위는 떨어진 곳에서 곡률 추진을 해야 할 거예요."

왕복선이 이륙한 뒤에도 청신은 멀어져가는 죽음의 선에서 시선을 떼지 못했다.

그녀가 말했다.

"복원자에게 희망을 얻었어요."

관이판이 말했다.

"우주는 다채롭고 풍부한 곳이에요. 어떤 '사람'도 어떤 세계도 다 있죠. 복원자 같은 이상주의자도 있고 평화주의자나 자선가도 있고, 아름다움과 예술만을 추구하는 문명도 있어요. 하지만 그들은 주류가 아니라 우주 전체의 방향을 이끌 수는 없어요."

"인류 세계도 마찬가지예요."

"하지만 복원자의 목표는 결국 우주 자체로써 실현될 거예요."

"우주의 종말 말인가요?"

"네."

"우주학에서는 우주가 영원히 팽창하면서 점점 더 희박해지고 추워질 거라고 하던데요."

"그건 태양계 인류의 우주학이죠. 우린 그 결론을 부정해요. 암흑물질의 양을 과소평가한 추측이죠. 우주는 팽창을 멈춘 뒤 자신의 중력 때문에 붕괴하고 결국 특이점이 되어 다시 빅뱅이 일어날 거예요. 그러면 모든 게 0으로 돌아가겠죠. 최후의 승리자는 역시 대자연일 거예요."

"새로운 우주는 10차원이 될까요?"

"그건 알 수 없어요. 가능성이 무한히 열려 있어요. 완전히 새로운 우주에서 완전히 새로운 생활이 시작될 테니까."

파란별로 돌아갈 때도 올 때처럼 순조로웠다. 강제 수면 모드에서 대부분의 시간을 보낸 뒤 눈을 떠보니 비행선이 파란별 궤도에 진입해 있었다.

희고 파란 세계를 내려다보며 청신은 집에 돌아온 듯한 안도감을 느꼈다.

그때 AA가 그들을 호출했다.

관이판이 응답했다.

"여기는 헌터호. 무슨 일이에요?"

AA의 목소리가 다급했다.

"수없이 불렀지만 AI가 받아서 두 분을 깨울 수 없다고 했어요!"

"위급 상황이 아니면 연락하지 말라고 했잖아요. 무슨 일 있어요?"

"엄청난 소식이에요! 윈톈밍이 왔어요!"

마지막 말이 천둥처럼 청신의 의식 속에 남아 있던 잠을 쫓아냈다. 관이판도 눈이 휘둥그레지며 말문이 막혔다.

청신이 작은 소리로 물었다.

"지금 뭐라고 했어?"

"윈톈밍이 왔다니까요! 윈톈밍의 우주선이 착륙한 지 30시간도 더 됐어요!"

"아⋯⋯."

청신이 기계적으로 대답했다.

"그분도 아직 젊어요. 선생님처럼요!"

"그래?"

청신은 자기 목소리가 아주 멀리서 들리는 것 같았다.

"선생님한테 줄 선물도 가져왔어요!"

"선물은 이미 받았어. 우리가 지금 있는 곳이 바로 그의 선물이잖아."

"이 정도는 아무것도 아니에요. 새로운 선물이 훨씬 크고 멋져요⋯⋯. 마침 밖에 나가셨는데 모셔 올게요!"

관이판이 급하게 끼어들었다.

"그럴 필요 없어요. 우리가 곧 내려갈 거니까. 지금 통신하는 건 위험해요. 그럼 이만."

관이판이 그 말과 동시에 통신을 끊었다. 두 사람이 한참 동안 서로를 응시하고 있다가 동시에 웃음을 터뜨렸다.

청신이 말했다.

"설마 아직 꿈을 꾸고 있는 건 아니죠?"

설령 꿈이라고 해도 좀 더 머물러 있고 싶었다. 그녀가 홀로그램 화면을 켰다. 춥고 어둡기만 했던 밤하늘이 비온 뒤 구름이 걷히고 있는 하늘처럼 아릅답게 보였다. 심지어 별빛에서 봄의 새싹 같은 싱그러운 향기가 나는 듯했다. 청신은 새로 태어난 기분을 느꼈다.

관이판이 말했다.

"왕복선에 타요. 어서 내려갑시다."

두 사람이 왕복선에 탄 뒤 왕복선 분리가 시작되었다. 관이판이 화면을 띄워놓고 대기층에 진입하기 전 마지막 점검을 했다.

청신이 잠꼬대를 하듯 얼떨떨한 목소리로 말했다.

"왜 이렇게 일찍 왔을까요?"

그녀와 달리 관이판은 완전히 냉정을 되찾은 뒤였다.

"우리 추측이 맞았어요. 여기서 100광년도 떨어지지 않은 곳에 삼체 제1함대의 식민지가 있어요. 그들이 헤일로호의 중력파 신호를 포착했을 거예요."

왕복선이 분리된 뒤 감시 화면 속에서 피라미드 형태의 헌터호 선체가 점점 멀어졌다.

"항성계보다도 더 큰 선물이 뭘까요?"

관이판이 웃으며 청신에게 물었지만 그녀는 한껏 달뜬 표정으로 고개를 가로젓기만 했다. 왕복선의 핵융합 엔진이 가동되며 외부의 라디에이터가 붉게 달아오르고 추진기가 예열되었다. 제어 창에 30초 후 감속이 시작될 것이라는 표시가 나타난 뒤 왕복선의 궤도가 급격히 낮아지며 파란별의 대기층으로 진입했다.

그때 갑자기 고막을 찢을 듯한 굉음이 귓속으로 밀고 들어왔다. 예리한 칼이 왕복선을 머리부터 꼬리까지 가르고 들어오는 것 같더니 뒤이어 격렬한 진동이 찾아왔다. 바로 다음 순간, 기이한 일이 벌어졌다. 청신은 그것이 찰나의 시간이라는 걸 믿을 수가 없었다. 한없이 짧고 또 한없이 긴 시간이었다. 순간적으로 뭔가를 뛰어넘는 느낌이 들며 청신은 자신의 몸이 시간의 바깥으로 빠져나온 것 같았다. 잠시 후 관이판이 방금 그녀가 '시간의 진공'을 경험한 것이라고 알려주었다. 그 찰나의 길이는 시간으로 측량할 수 없는 것이었다. 그 순간의 시간이 존재하지 않기 때문이다. 몸이 오그라들어 특이점으로 변하는 듯하더니 순간적으로 그녀와 관이판, 왕복선의 질량이 무한대가 되며 모든 것이 암흑 속으로 들어갔다. 청신은 처음에는 자기 눈에 문제가 생긴 줄 알았다. 왕복선 내부가 한 치 앞도 보이지 않을 만큼 깜깜해질 수 있다는 걸 믿을 수 없었다. 관이판을 불렀지만 우주복의 이어폰에서 아무 소리도 들리지 않았다.

관이판이 어둠을 더듬어 청신의 머리를 감쌌다. 그녀는 자신의 얼굴이 그의 얼굴에 바싹 달라붙는 것을 느꼈지만 저항하지 않았다. 그녀는 그에게서 한없는 위안을 느꼈다. 관이판은 그녀에게 말을 하려고 다가간 것이었다. 우주복의 통신 시스템이 꺼져버려 두 사람의 바이저를 서로 단단히 붙여야만 상대에게 소리를 전달시킬 수 있었다.

"겁내지 말아요! 당황하지 말고 내 말대로 해요! 움직이지 말아요!"

관이판의 목소리가 헬멧을 타고 청신에게 전해졌다. 맞닿아 있는 얼굴의 진동으로 그가 크게 외치고 있다는 걸 알 수 있었지만 그녀에게 들리는 소리는 귓속말처럼 작았다. 그의 다른 쪽 손이 뭔가 찾고 있는 듯하더니 선실 내부가 금세 환해졌다. 관이판의 손에 들려 있는 담배만 한 길이의 막대기에서 빛이 나오고 있었다. 화학 발광체인 것 같았다. 헤일로호에도 위급 상황을 대비해 그것과 비슷한 발광체가 비치되어 있었다. 막대기를 구부리면 희푸른 빛이 나는 방식이었다.

"움직이지 말아요! 우주복의 산소 공급이 중단됐어요. 숨을 천천히 쉬어요. 선체 내부의 압력을 높일 거예요! 겁낼 것 없어요. 금방 끝나니까!"

관이판이 발광체를 청신에게 건넨 뒤 좌석 옆에 있는 상자에서 금속병을 꺼냈다. 소형 소화기처럼 생긴 병의 마개를 돌리자 백색 기체가 쏟아져 나왔다.

청신은 숨쉬기가 힘들었다. 우주복의 제어 시스템이 꺼지고 산소 공급이 중단되었다. 그녀가 호흡할 수 있는 건 헬멧 안에 조금 남아 있는 산소뿐이었다. 점점 숨이 가빠졌다. 급하게 숨을 들이마실수록 더 숨이 막혔다. 본능적으로 마스크를 들어 올리려고 했지만 관이판이 그녀의 손을 붙들며 저지했다. 그가 그녀를 세게 끌어안았다. 이번에는 그녀를 안심시키기 위한 것이었다. 청신은 그가 자신을 안은 채 깊은 물속에서 위로 올라가는 듯한 기분을 느꼈다. 발광체의 푸르스름한 빛이 그의 눈동자를 비추었다. 그의 눈빛이 그녀에게 수면에 거의 다 왔다고 말하고 있는 것 같았다. 청신은 우주복을 입은 채로도 외부의 기압이 올라가는 것을 느낄 수 있었다. 완전히 질식해 숨이 넘어가기 직전에 관이판이 그녀의 바이저를 홱 열어젖힌 뒤 자신의 바이저도 열었다. 두 사람이 헐떡이며 크게 숨을 들이마셨다.

호흡이 조금 안정된 후 금속병이 청신의 시야에 들어왔다. 병의 주둥이에 작은 계기판이 달려 있었다. 기압계였다. 바늘이 달려 있는, 오래전 아날로그 방식의 기압계였다. 바늘이 초록색 눈금까지 내려가 있었다.

관이판이 말했다.

"이 산소로는 오래 못 버텨요. 온도가 빠르게 내려갈 거예요. 어서 우주복을 갈아입어요."

그가 좌석에서 빠져나가 선실 뒤쪽에 있던 금속 상자 두 개를 꺼냈다. 상자를 열자 다른 우주복이 들어 있었다. 태양계와 마찬가지로 이곳의 우주복도 간편한 형태였다. 헬멧을 쓰지 않고 내부 압력을 높이거나 생존배낭을 메지 않으면 평상복과 다를 게 없었다. 하지만 지금 청신 앞에 있는 우주복 두 벌은 서기 시대의 우주복처럼 둔중해 보였다.

입에서 하얀 김이 나오기 시작했다. 청신이 입고 있던 우주복을 벗자 극한의 냉기가 뼛속으로 스며들었다. 우주복을 입는 것도 쉽지 않았다. 관이판이 도와주자 청신은 어린아이가 된 것 같았다. 그녀는 자신도 모르게 이 남자에게 든든한 위안을 느끼고 있었다. 오랫동안 그녀가 갈구하던 것이었다. 헬멧을 쓰기 전 관이판이 우주복 사용법을 자세히 알려주었다. 산소 공급 스위치, 가압(加壓) 스위치, 온도 조절 다이얼, 통신 스위치, 조명 스위치 등이 어디에 있는지 일일이 알려주었다. 자동으로 작동되는 것이 하나도 없고 모든 기능을 직접 손으로 조작해야 했다.

관이판이 말했다.

"이 안에는 컴퓨터 칩이 없어요. 전자 컴퓨터든 양자 컴퓨터든 어떤 컴퓨터도 작동시킬 수가 없으니까요."

"왜죠?"

"현재 광속이 초속 10킬로미터가 조금 넘을 거예요."

관이판이 청신에게 헬멧을 씌워주었다. 그녀는 몸이 얼어붙을 만큼 추웠다. 관이판이 그녀의 우주복에 달린 산소 공급 스위치를 켜자 보온 시스템이 작동되었다. 우주복 안이 점점 따뜻해졌다. 관이판도 우주복을 갈아입고 헬멧을 썼다. 한참 만에 두 우주복의 통신 시스템을 연결시켰지만 입술이 얼어 말을 할 수가 없었다. 두 사람은 조용히 몸이 녹기를 기다렸다. 1G의 중력 환경이었다면 이렇게 비둔한 우주복을 입고 움직이기가 힘들었겠지만 지금 청신은 우주복이 유일하게 자신을 보호해줄 수 있는 작은 방인 것 같았다. 선실 안에서 떠다니던 발광체의 빛이 꺼지자 관이판이 자기 우주복의 조명등을 켰다. 청신은 오랜 옛날 갱도 밑에 매몰된 광부가 된 것 같았다.

청신이 물었다.

"무슨 일이 일어난 거예요?"

관이판이 좌석에서 붕 떠올라 선실 벽에서 뭔가를 힘겹게 잡아당기자 투명 창이 나타났다. 자동 개폐식 블라인드를 손으로 직접 열기가 무척 힘들었다. 그가 또 다른 창의 블라인드를 열었다.

창밖으로 보이는 우주가 완전히 다른 세계로 변해 있었다.

제일 먼저 청신의 시야에 들어온 건 우주 양쪽 끝에 있는 두 개의 성단이었다. 앞에 있는 성단은 푸른빛을, 뒤에 있는 성단은 붉은빛을 내뿜었다. 헤일로호가 광속으로 항해할 때 보았던 것과 비슷했다. 하지만 지금보이는 두 개의 성단은 광풍에 흔들리는 불꽃처럼 쉬지 않고 형태가 변화하고 푸른 성단에서 빠져나온 별이 우주를 가르며 붉은 성단으로 날아가는 현상도 관찰되지 않았다. 그 대신 밝게 빛나는 두 개의 띠가 하늘 양쪽에서 우주의 양극을 연결하고 있었다. 양쪽 창으로 띠가 하나씩 보였다. 그중 더 넓은 띠가 창밖으로 보이는 우주의 절반을 차지하고 있었다. 띠의 양쪽 끝이 푸른 성단과 붉은 성단에 직접 붙어 있는 것이 아니라 어느 정도 떨어진 거리에서 끝이 가늘고 둥근 머리를 형성하고 있었다. 청신은 이 띠가 납작한 타원형이거나 극단적으로 잡아당겨진 원형이라는 것을 알았다. 크기와 형태가 다양한 조각들이 띠 안에서 빠르게 움직였다. 대부분 파란색, 흰색, 아이보리색이었다. 청신은 그 밝은 띠가 바로 파란별이라는 것을 직감적으로 알았다. 다른 쪽에 있는 띠는 그것보다 더 가늘고 밝았으며 표면이 눈부시게 빛난다는 것 외에 다른 특징은 없었다. 파란별과 달리

이 띠는 주기적으로 길이가 급격하게 변했다. 제일 길 때는 양 극단에 있는 푸른 성단과 붉은 성단을 잇는 밝은 선이 되지만, 제일 짧을 때는 작은 공처럼 오그라들었다. 작게 오그라들었을 때 정상적인 시공에서의 원래 모습이 나타났다. 바로 항성 DX3906이었다.

관이판이 말했다.

"지금 우리는 광속으로 파란별의 궤도에서 운행하고 있어요. 물론, 저광속으로요."

왕복선이 지금의 광속보다 빠르게 항해할 수 있지만 그 어떤 것도 광속을 초월할 수는 없기 때문에 왕복선의 속도가 저광속까지 떨어졌다.

"죽음의 선이 확산된 걸까요?"

"그럴 거예요. 항성계 전체로 확산돼서 우리도 갇혀버렸어요."

"윈텐밍의 우주선에 자극받은 걸까요?"

"확실한 건 알 수 없지만 그럴 수 있죠. 그는 이 성계에 죽음의 선이 있다는 걸 몰랐을 테니까."

청신은 더 묻지 않았다. 앞으로 어떻게 되는지 묻고 싶지 않았다. 할 수 있는 게 하나도 없을 거라는 걸 그녀도 알고 있었다. 초속 10여 킬로미터의 광속에서는 그 어떤 컴퓨터도 작동할 수 없다. 왕복선의 AI를 비롯해 모든 제어 시스템이 작동 불능 상태가 되었다. 우주선에 있는 작은 불조차 켤 수 없었다. 전기와 동력을 잃은 우주선은 금속 탱크와 다를 게 없었다. 헌터호도 죽었다. 그리 멀지 않은 곳에 있겠지만 헌터호에 가까이 간다 해도 탑승할 수가 없다. 제어 시스템이 작동하지 않으면 왕복선과 우주선의 문조차 열 수 없기 때문이다.

청신은 윈텐밍과 AA를 떠올렸다. 지면에 있는 그들은 안전하겠지만 연락할 수가 없었다. 그와 한 마디도 나눌 수가 없었다.

바로 그때 떠다니던 물체가 그녀의 헬멧에 가볍게 부딪혔다. 조금 전

관이판이 썼던 금속병이었다. 기압계의 바늘이 그녀의 시야에 들어왔다. 그녀는 자기 우주복을 가만히 더듬었다. 이미 꺼졌던 희망의 빛이 반딧불처럼 가물거리며 다시 반짝이기 시작했다.

청신이 작은 소리로 물었다.

"이런 상황을 대비한 조치는 없나요?"

"있어요."

관이판의 목소리가 청신의 우주복 이어폰을 통해 전달되었다. 아주 오래전에 쓰던 아날로그 통신 방식으로 소리가 약간 왜곡돼서 들렸다.

"물론 죽음의 선이 확산될 경우에 대비한 건 아니에요. 곡률 추진 항적에 잘못 들어갔을 때를 대비한 거죠. 어쨌든 비슷한 상황이잖아요. 저광속이고 모든 게 중단되었고…… 이제 뉴런을 작동시켜야 해요."

"뭐라고요?"

"뉴런 컴퓨터요. 저광속에서도 작동하는 컴퓨터예요. 왕복선과 우주선에 모두 두 가지 제어 시스템이 탑재되어 있어요. 그중 하나가 뉴런 방식이죠."

청신은 의아했다. 이렇게 느린 광속에서 작동하는 컴퓨터가 있다고?

관이판이 설명했다.

"중요한 건 광속이 아니에요. 시스템의 방식이죠. 인간의 뇌 속에서 화학 신호가 아주 느리게 전달되고 있어요. 초속 2~3미터밖에 되지 않죠. 사람이 걷는 속도와 비슷해요. 뉴런 컴퓨터는 고등동물의 대뇌에서 수행되는 병렬처리 방식을 본뜬 거예요. 저광속에서 작동할 수 있게 설계된 칩이 탑재돼 있어요."

관이판이 금속 패널을 열자 점들이 복잡하게 연결된 표시가 그려져 있었다. 각 점마다 문어처럼 여러 개의 촉수가 뻗어 나와 있고 그 앞에 있는 작은 제어판에는 모니터와 함께 버튼과 지시등 몇 개가 있었다. 위기의 세기 말에 거의 사라진 것들이었다. 관이판이 빨간 버튼을 누르자 모니터가 켜졌다. 이미지로 된 화면이 아니라 텍스트만으로 된 화면이 나타났다. 운영 시스템을 부팅시키는 절차인 것 같았다.

"아직 뉴런 병렬 모드가 시작되지 않아서 직렬 모드로 운영 시스템에 접속해야 해요. 저광속에서 직렬 데이터 통신이 얼마나 느린지 아마 상상도 못 할 거예요. 봐요. 초당 수백 바이트밖에 전송할 수 없어요. 1킬로바이트도 안 돼요."

"부팅하는 데 오래 걸리겠네요."

"네. 병렬 모드가 차츰 시작되면 속도가 점점 빨라질 거예요. 그래도 오래 걸리긴 하지만요."

관이판이 모니터에 나타난 글자를 가리켰다.

부트 모듈 남은 시간 68시간 43분(초를 가리키는 숫자 깜빡임), 전체 남은 시간 297시간 52분(초를 가리키는 숫자 깜빡임).

청신이 깜짝 놀랐다.

"12일이 걸린다고요? 그럼 헌터호는요?"

"헌터호에도 저광속 감시 장치가 탑재되어 있어서 자동으로 뉴런 컴퓨터를 부팅시킬 수 있어요. 지금쯤 부팅이 시작됐겠죠. 하지만 부팅이 완료되는 시간은 비슷할 거예요."

12일. 12일이 지나야 왕복선과 우주선에 탑재된 생존 시스템을 작동시킬 수 있다. 그때까지는 원시적인 형태의 우주복에 의지해 버텨야 했다. 우주복의 전원이 핵전지라면 오랜 시간을 버틸 수 있겠지만 산소는 턱없이 부족했다.

관이판이 말했다.

"동면해야 해요."

"왕복선에 동면 장치가 있어요?"

청신은 이것이 무의미한 질문이라는 걸 알았다. 동면 장치도 컴퓨터로 통제되는 것이므로 설령 동면 장치가 있어도 지금은 작동시킬 수 없다.

관이판이 조금 전 금속 산소병을 꺼냈던 상자에서 작은 상자를 꺼냈다. 그 안에 캡슐이 들어 있었다.

"단기 동면이 가능한 약이에요. 옛날 것과 달리 체외 유지 장치가 필요 없어요. 동면에 들어가면 아주 느리게 호흡하니까 적은 양의 산소로 버틸 수 있어요. 이거 한 알로 보름 정도 동면할 수 있어요."

청신이 바이저를 열고 동면 캡슐을 입에 넣었다. 관이판도 캡슐을 삼켰다. 그녀가 창밖으로 시선을 옮겼다.

파란별. 우주 양끝의 푸른 성단과 붉은 성단을 연결하고 있는 그 띠 위에서 빛이 더 빠르게 흐르고 있었다. 너무 빨라서 색 조각을 분별할 수가 없었다.

관이판이 창밖으로 시선도 주지 않고 눈을 반쯤 감은 채 가속 좌석에 몸을 파묻으며 물었다.

"저 조각들의 형태가 주기적으로 변하는 걸 봤어요?"

"너무 빨라서 모르겠어요."

"움직이는 조각들을 눈으로 따라가보세요."

그의 말대로 띠가 흐르는 속도에 맞추어 조각들을 눈으로 좇았다. 푸른 조각, 하얀 조각, 노란 조각이 순간적으로 또렷하게 보이기도 했지만 너무 빠르고 형태가 모호했다.

"역시 잘 안 보여요."

"너무 빠르죠. 초당 수백 번씩 바뀌고 있어요."

관이판의 입에서 작은 한숨이 새어 나왔다. 청신에게 자신의 슬픔을 감추려 했지만 들키고 말았다. 그녀도 그가 슬퍼하는 이유를 알고 있었다.

빛의 띠 위를 흐르는 조각들이 주기적으로 변하는 것은 왕복선이 광속으로 파란별 주위를 돌고 있다는 뜻이었다. 저광속에서도 특수 상대성 이론의 악마 같은 법칙은 여전히 유효해서 시간이 1000만 배의 속도로 번개처럼 흐르고 있었다. 마치 청신의 마음에서 흘러나오는 피처럼.

매 순간 억겁의 시간이 흐르고 있었다.

청신이 창밖에서 조용히 시선을 거두고 가속 좌석에 몸을 고정시켰다. 다른 쪽 창으로 비껴 들어오는 빛도 주기적으로 변했다. 이 세계의 태양이 길게 잡아당겨져 우주의 양끝을 잇는 눈부신 선이 되었다가 다시 오그라들어 빛점이 되더니 또 금세 잡아당겨졌다. 광기 어린 죽음의 무도를 보고 있는 것 같았다.

관이판이 그녀를 불렀다.

"박사님, 우리가 깨어났을 때 저 화면 위에 에러 메시지가 떠 있을 수도 있어요."

청신이 고개를 돌려 바이저 너머에 있는 그를 향해 미소 지었다.

"두렵지 않아요."

"그건 알아요. 다만, 해주고 싶은 얘기가 있어요. 박사님이 겁쟁이였다는 걸 알아요. 박사님에겐 잘못이 없어요. 인류가 박사님을 선택한 건 모든 생명을 사랑으로 대하길 바랐기 때문이에요. 비록 더 큰 대가를 치러야 했지만. 박사님은 그 세계의 바람을 실현시키고, 그 시대의 가치관을 구현해주었어요. 박사님에겐 아무 잘못도 없어요."

청신이 나지막이 말했다.

"고마워요."

"그 후에 어떤 일이 있었는지는 모르지만 박사님에겐 잘못이 없다고 믿어요. 사랑은 잘못이 아니에요. 누구도 한 세계를 멸망시킬 순 없어요. 이 세계가 멸망한다면 그건 살아 있는 사람과 이미 죽은 사람 모두가 함께 노력한 결과예요."

"고마워요."

청신의 눈에 눈물이 가득 차올랐다.

"앞으로 무슨 일이 생기든 나도 두렵지 않아요. 그래비티호에서 지낼 때는 하늘이 두려웠어요. 너무 지쳐서 우주에 대한 생각을 멈추고 싶었죠. 하지만 멈출 수가 없더군요. 마약에 중독된 것처럼. 드디어 멈출 수 있게 됐어요."

"난 당신이 두려워할까 봐 두려워요. 그게 내가 유일하게 두려워하는 거예요."

"나도 그래요."

두 사람은 손을 맞잡았다. 태양이 추는 광기의 무도 속에서 의식과 호흡이 서서히 잦아들었다.

시간이 시작된 후 약 170억 년, 우리 별

동면에서 깨어나는 과정은 아주 길었다. 청신의 의식이 서서히 조금씩 회복되었다. 그녀의 기억과 시력이 회복된 후 처음 알게 된 건 뉴런 컴퓨터의 부팅이 성공했다는 것이었다. 선실 내부가 부드러운 조명으로 채워지고 여러 장치가 윙윙 소리를 내며 돌아가고 있었다. 아늑한 분위기가 전체를 감쌌다. 왕복선이 되살아나 있었다.

하지만 선실 내 광원의 위치가 달라져 있었다. 저광속 환경을 위해 설계된 예비 조명인 것 같았다. 떠다니는 정보 창도 없었다. 저광속에서는 디스플레이를 작동시킬 수도 없었다. 뉴런 컴퓨터를 조작할 수 있는 건 작은 스크린 하나가 전부였다. 서기 시대 때처럼 스크린 위에 컬러 이미지가 나타났다.

관이판이 모니터 앞에서 장갑을 벗은 손으로 스크린을 터치하며 컴퓨터를 조작하고 있었다. 청신이 깨어난 걸 보고 그가 빙긋 웃으며 손가락으로 OK 사인을 해 보이고는 물 한 병을 건넸다.

"16일째예요."

청신이 물병을 받아 들다가 자기 손에도 장갑이 끼워져 있지 않다는 것을 알았다. 물병이 따뜻했다. 아직 무거운 우주복은 입고 있지만 헬멧은 벗겨져 있었다. 선실 내부의 기압과 온도가 모두 적당히 유지되고 있었다.

청신이 겨우 움직일 수 있게 된 손으로 안전벨트를 풀고 관이판 옆으로 가서 그와 함께 스크린을 보았다. 두 사람 모두 우주복은 입고 있지만 헬멧은 벗고 있었다. 스크린 위에 창이 여러 개 띄워져 있고 각 창마다 데이터 수치가 빠르게 지나가고 있었다. 왕복선의 각 시스템을 점검하고 있는 중이었다. 관이판이 헌터호와의 통신이 성공했으며 헌터호의 뉴런 컴퓨터도 부팅에 성공했다고 청신에게 말해주었다.

청신이 고개를 들어 창을 올려다보았다. 두 개의 창이 여전히 열려 있었다. 청신이 창으로 다가가자 관이판이 선실 조명을 어둡게 해주었다. 둘 사이에 일종의 묵계 같은 것이 생겨 마치 한 사람이 된 듯 말하지 않아도 생각을 알 수 있었다.

우주는 달라진 게 없었다. 파란별 궤도 위에서 저광속으로 돌고 있을 때 보았던 모습과 똑같았다. 푸른 성단과 붉은 성단이 형태를 바꾸어가며 우주의 양쪽 끝에 떠 있고, 태양도 직선과 구체 사이에서 미친 듯이 춤추고 있었다. 파란별의 표면에서 주기적인 색깔 조각들이 빠르게 흐르고 있는 것도 그대로였다. 그런데 눈으로 색깔 조각들을 따라가다가 변화를 발견했다. 색깔 조각들 중에 파란색과 흰색이 사라지고 보라색 조각이 보였다.

관이판이 스크린을 보며 말했다.

"엔진 시스템이 정상적으로 작동하고 있어요. 언제든 감속해서 광속에서 빠져나갈 수 있어요."

"아직도 핵융합 엔진을 쓸 수 있어요?"

동면하기 전에도 궁금했지만 물어보지 않았던 질문이었다. 절망적인 대답이 돌아올 거라고 생각했기 때문이다. 관이판을 난처하게 만들고 싶지 않았다.

"물론 쓸 수 없어요. 저광속에서는 핵융합 엔진의 출력이 너무 낮아요. 반물질 엔진을 작동시켜야 해요."

"반물질이라고요? 저광속에서……."

"문제없어요. 반물질 엔진은 저광속 환경에서 작동되도록 설계됐어요. 장거리 항해를 하는 우주선에는 모두 저광속 동력 시스템이 탑재되어 있죠……. 우리 세계는 저광속 기술에 대해 많은 연구를 했어요. 곡률 추진 항적에 들어갔다가 빠져나오기 위한 게 아니라 불가피하게 빛무덤 속으로 숨어야 하는 경우를 대비한 것이었지만. 블랙존 말이에요."

30분 뒤 왕복선과 헌터호의 반물질 엔진이 모두 가동되었다. 두 사람이 가속 좌석에 착석하고 블라인드가 모두 닫히자 감속이 시작되었다. 선체가 격렬하게 흔들리다가 점점 진동이 잦아들더니 평온해졌다. 10여 분만에 감속이 끝나고 엔진이 멈춘 뒤 다시 무중력상태가 되었다.

"저광속에서 빠져나왔어요."

관이판이 선실 벽에 있는 버튼을 누르자 블라인드가 열리고 바깥 우주가 보였다.

양쪽 끝에 있던 성단이 사라지고 태양이 나타나 있었다. 정상적인 태양이었다. 하지만 파란별 쪽으로 난 창문에 시선이 닿는 순간 청신이 깜짝 놀라 얼굴이 굳어졌다. 파란별이 보라색 별로 바뀌어 있었다. 아이보리색 바다를 제외하고 육지가 모두 보라색으로 뒤덮여 있고 하얀 눈도 보이지 않았다. 그녀를 가장 놀라게 한 건 하늘이었다.

청신이 소리쳤다.

"저 선들은 뭐예요?"

"별이겠죠."

관이판이 짧게 대답했다. 놀란 건 그도 마찬가지였다.

모든 별이 가늘게 빛나는 선으로 바뀌어 있었다. 청신은 그런 별을 본 적이 있었다. 장시간 노출로 별이 총총한 밤하늘을 찍으면 지구의 자전 때문에 사진 속 별이 선처럼 길게 늘어져 보였다. 그런데 지금 보이는 선들은 길이도 방향도 제각각이었다. 제일 긴 것은 거의 하늘의 3분의 1을 가로지를 정도였다. 선들이 여러 각도에서 서로 교차해 하늘이 예전보다 더 어지럽게 보였다.

관이판이 다시 말했다.

"별일 거예요. 별빛이 여기까지 도달하려면 두 개의 경계면을 통과해야 해요. 먼저 광속과 저광속의 경계면을 통과한 후에 블랙홀의 사건의 지평선을 통과해야 하죠. 그래서 저렇게 변한 거예요."

"우리가 블랙존 안에 있어요?"

"네. 빛무덤 안에 있어요."

DX3906 성계가 저광속 블랙홀로 변해 우주의 다른 부분과 완전히 단절되어 있었다. 은색 선이 복잡하게 얽혀 있는 하늘은 영원히 닿지 못할 곳이었다.

관이판의 말이 긴 정적을 깼다.

"내려가죠."

왕복선이 다시 감속해 빠르게 궤도를 낮추었다. 심한 진동과 함께 파란별의 대기층으로 진입하며 청신과 관이판이 일생을 보내게 될 세계로 착륙했다. 보라색 대지가 감시 시스템의 화면을 가득 채웠다. 보라색으로 보이는 건 식물의 색깔이 보라색이기 때문이었다. 파란별의 식물들이 파란색에서 보라색으로 바뀐 건 태양의 광복사가 바뀌었기 때문일 것이다. 새로운 햇빛에 적응하기 위해 식물들이 보라색으로 색을 바꾼 것이었다.

청신과 관이판은 이 세계에 태양이 존재한다는 사실이 혼란스러웠다.

질량-에너지 등가원리에 따르면, 저광속에서 핵융합은 아주 적은 에너지밖에 낼 수 없다. 아마도 태양 내부는 여전히 정상적인 광속이 유지되고 있을 것이다.

왕복선에 설정된 착륙 좌표가 파란별에서 이륙했던 그 위치였다. 헤일로호가 있는 곳이기도 했다. 지면에 가까워지자 착륙 지점에 울창한 보라색 숲밖에 보이지 않았다. 왕복선이 착륙할 공터를 찾으려는데 지면에 있는 나무들이 추진기에서 뿜어져 나오는 불꽃을 피해 뿔뿔이 흩어지며 숲 한가운데 공터가 생겼다. 왕복선이 공터 위로 순조롭게 내려앉았다.

외부 공기를 조사한 후 호흡이 가능하다는 표시가 스크린에 나타났다. 헤일로호를 타고 착륙할 때보다 대기 중의 산소 함량이 더 높고 대기층이 더 조밀했다. 외부 기압도 그때의 1.5배였다.

청신과 관이판이 왕복선에서 나와 파란별의 땅을 다시 밟았다. 따뜻하고 축축한 공기가 얼굴로 훅 끼쳤다. 낙엽토로 뒤덮인 땅이 폭신했다. 곳곳에 뚫려 있는 구멍은 방금 나무들이 뿌리를 뽑아 도망치면서 생긴 것들이었다. 보라색 나무들이 공터 주위를 빽빽이 둘러싸고 있었다. 활엽수 잎사귀가 바람에 나부끼며 귓속말을 속삭이는 거인들처럼 사각사각 소리를 냈다. 나무 그늘이 공터를 완전히 덮고 있었다. 처음 파란별을 보았을 때와는 완전히 다른 세계였다.

청신은 보라색을 좋아하지 않았다. 병적으로 억눌린 듯한 색깔이 심장병 환자의 입술을 연상시켰기 때문이다. 그런데 지금 그녀는 온 세상을 채운 보라색에 포위되어 있을 뿐 아니라 앞으로 남은 인생을 이 보라색 세계에서 살아야 했다.

헤일로호도 없고 윈톈밍의 우주선도 없고 인간의 그 어떤 흔적도 없었다.

두 사람이 숲을 빠져나가 주위의 지형을 살펴보다가 처음 착륙했던 곳과 지형이 완전히 다르다는 것을 알았다. 그들은 지난번 착륙 지점 근처에

굽이굽이 이어져 있던 산봉우리를 기억하고 있었다. 하지만 이곳은 평평한 땅에 너른 숲이 펼쳐져 있었다. 착륙 좌표가 잘못되었나 싶어서 왕복선으로 돌아가 확인했지만 지난번 헤일로호가 착륙했던 곳이 분명했다. 다시 밖으로 나와 주위를 샅샅이 찾아보았지만 아무런 흔적도 발견할 수 없었다. 인간의 발길이 한 번도 닿지 않은 땅인 것 같았다. 마치 그들이 보았던 파란별은 이곳과는 아무 관계도 없는, 다른 시공에 있는 다른 별인 것처럼.

관이판이 왕복선으로 돌아가 저궤도에서 돌고 있는 헌터호와 통신했다. 헌터호에 있는 뉴런 컴퓨터의 기능이 조금 더 우수하기 때문에 헌터호의 AI와 직접 대화할 수 있었다. 저광속 환경이라 몇 초 정도 통신 지연이 나타났다. 헌터호는 왕복선와 함께 광속을 벗어난 뒤 저궤도에서 파란별 표면에 대해 원격 탐사를 실시했고 행성의 육지 대부분에 대해 탐사를 마친 뒤였다. 하지만 역시 사람의 흔적을 발견할 수 없었고 지적 생명체의 흔적도 발견하지 못했다.

두렵지만, 할 수밖에 없는 한 가지 일이 두 사람에게 남았다. 현재 그곳의 연대를 확인하는 일이었다. 저광속 환경에서 연대를 측정할 수 있는 특별한 방법이 있었다. 정상 광속의 세계에서는 방사성붕괴가 발생하지 않는 원소들이 저광속에서 각기 다른 속도로 붕괴되기 때문에 저광속에서 지속되는 시간을 정확히 측정할 수 있다. 헌터호가 과학 탐사 우주선이므로 왕복선에 원소의 방사성붕괴를 측정하는 기계가 탑재되어 있었다. 하지만 뉴런 컴퓨터와 연결하는 작업이 필요했다. 관이판이 긴 실랑이 끝에 겨우 기계를 뉴런 컴퓨터에 연결해 정상적으로 작동시켰다. 두 사람은 측정 결과를 비교할 수 있도록 여러 곳에서 채집한 암석표본 10개를 차례로 측정했다. 검사가 완료되려면 30분이 소요되었다.

결과가 나오기를 기다리는 동안 두 사람이 왕복선에서 나와 숲의 공터를 서성였다. 나뭇잎 틈새로 햇빛이 가닥가닥 쏟아져 내렸다. 공터에 기이한 작은 생물들이 날아다니고 있었다. 헬리콥터 프로펠러처럼 돌면서 날아다니는 곤충이었다. 작고 투명한 풍선들도 무리 지어 공중에서 떠다니며 햇빛 아래에서 화려한 무지개색을 내고 있었지만 긴 날개가 달린 생물은 없었다.

청신이 중얼거렸다.

"수만 년은 흐른 것 같아요."

관이판이 숲속을 가리켰다.

"그보다 더 긴 시간이 흘렀을 수도 있어요. 하지만 이 상황에서 수만 년이든 수십만 년이든 뭐가 다르겠어요?"

두 사람이 말없이 왕복선 사다리에서 기대어 앉아 서로의 심장이 뛰는 걸 느꼈다.

30분 뒤 두 사람이 선실로 들어가 현실과 마주했다. 제어판의 스크린 위에 열 가지 샘플을 측정한 수치가 복잡한 표로 나와 있었다. 모든 샘플의 측정 결과가 거의 비슷했고 평균치가 간략하고 명료하게 도출되어 있었다.

샘플 1–10호 측정 원소의 평균 방사성붕괴 시간(오차 범위: 0.4퍼센트)
행성 간 시간: 6177906
지구 연대: 18903729

청신은 마지막 숫자의 자릿수를 세 번 반복해서 세어본 뒤 말없이 밖으로 나와 보라색 세계 위에 섰다. 거대한 보라색 나무들이 그녀 주위를 에워싸고 그 틈새로 내려온 한 가닥 햇빛이 그녀의 발 옆을 비추었다. 축축한 바람이 그녀의 머리카락을 날리고 작고 투명한 풍선들이 머리 위를 떠다녔다. 그녀 뒤에 1890만 년의 세월이 있었다.

관이판이 그녀 옆에 섰다. 서로를 향하고 있는 눈빛을 통해 둘의 영혼이 교감했다.

관이판이 말했다.

"청신, 우리가 지나쳐버렸어요."

DX3906 성계의 저광속 블랙홀이 형성된 지 1890만 년 후, 우주가 탄생한 지 170억 년 후, 한 여자와 한 남자가 서로를 꼭 끌어안았다.

청신이 관이판의 어깨에 기대어 목 놓아 울었다. 윈톈밍의 뇌와 몸이 분리되던 순간에도 그녀는 이렇게 울었다. 그건…… 18903729년 하고도 6세기 전의 일이었다. 그 6세기는 이 기나긴 지질학적 연대 속에서 무시해도 좋을 만큼 짧은 시간이었다. 하지만 지금 그녀가 우는 것이 윈톈밍 때문만은 아니었다. 이건 포기였다. 그녀는 마침내 알았다. 얼마나 큰 바람이 한 톨 먼지인 자신을 사방으로 흩날려버렸는지, 얼마나 거대한 강물이 한 조각 나뭇잎인 자신을 떠밀어 보냈는지. 완전히 포기했다. 바람이 몸을 다 흩어버리고 햇빛이 영혼을 다 꿰뚫고 지나가도록 내버려두었다.

그들은 푹신한 낙엽토 위에 앉아 말없이 서로 부둥켜안은 채 시간이 흘러가도록 내버려두었다. 나뭇잎 사이를 뚫고 내려온 햇빛이 그들의 옆을 천천히 지나갔다. 청신은 생각했다.

'또 1000만 년이 흐른 건 아닐까?'

그녀의 의식 속에서 이성을 가진 어떤 존재가 그녀에게 가만히 말해주었다.

'정말로 그럴 수도 있어. 아무렇지도 않게 1000만 년이 흘러버리는 세계가 있어. 죽음의 선을 생각해봐. 그게 조금만 퍼져나가도 내부의 광속이 0에서 극저치로 변해. 1만 년에 1센티미터씩 움직이는 대륙의 속도처럼. 그런 세계에서는 네가 연인의 품에서 빠져나와 몇 걸음 걷기만 해도 그와

1000만 년만큼 멀어져버려.'

그들은 지나쳐버렸다.

얼마나 시간이 흘렀을까. 관이판이 낮은 목소리로 물었다.

"이제 뭘 하죠?"

"다시 찾아보고 싶어요. 정말 작은 흔적조차 없을까요?"

"없어요. 1800만 년이 흘렀어요. 모든 게 사라졌어요."

"돌에 글씨를 새겨놓았을 거예요."

관이판이 알아들을 수 없다는 표정으로 청신을 보았다.

청신이 혼잣말처럼 중얼거렸다.

"AA는 돌에 글씨를 새겨야 한다는 걸 알고 있었어요."

"무슨 말인지 모르겠군요……."

청신이 더 이상 설명하지 않고 관이판의 어깨를 감싸 안으며 물었다.

"헌터호가 이곳을 원격 탐사 할 수 있나요? 지층 아래 뭐가 있는지."

"뭘 찾는 거예요?"

"글씨요. 글씨가 있는지 없는지."

관이판이 웃으며 고개를 저었다.

"심정은 이해하지만……."

"오랫동안 남을 수 있도록 아주 크게 새겨놓았을 거예요."

관이판이 알겠다는 뜻으로 고개를 끄덕였다. 하지만 그녀가 원하는 대로 해주려는 것일 뿐 다른 기대는 없어 보였다. 두 사람은 일어나 왕복선으로 향했다. 그 잠깐 사이에도 두 사람은 서로를 놓는 순간 세월에 쓸려 헤어질까 봐 두려운 듯 꼭 끌어안은 팔을 풀지 않았다. 관이판이 저궤도에서 돌고 있는 헌터호를 향해 이 좌표 지점에서 반경 3킬로미터 구역 내의 지하 5~10미터 지층에 글씨나 기호가 새겨져 있는지 원격 탐사를 실시하라는 명령을 내렸다.

15분 뒤 헌터호가 상공을 날아가고 다시 10분 뒤 탐사 결과가 도착했다. 아무것도 발견되지 않았다.

이번에는 지하 10~20미터 지층을 탐사하라는 명령을 내렸다. 다시 한 시간 남짓 시간이 흐르고 헌터호가 상공을 가로지르고 지나갔다. 하지만 여전히 아무것도 발견하지 못했다. 이 깊이에는 단단한 암석뿐 흙은 하나도 없었다.

관이판이 더 깊이 들어가 20~30미터 아래 지층을 탐사하게 했다. 그가 청신에게 말했다.

"이게 마지막이에요. 지층에 대한 원격 탐사는 최대 30미터 깊이까지만 가능해요."

다시 우주선을 기다리며 파란별을 한 바퀴 돌았다. 해가 점점 내려앉으며 하늘로 번진 노을이 보랏빛 숲을 금색으로 감쌌다.

이번엔 무언가 발견되었다. 왕복선의 스크린 위로 헌터호에서 보낸 이미지가 나타났다. 이미지의 해상도를 높이자 검은 암석 위에 흰색 글씨가 희미하게 나타났다. '리' '살았' '행' '복' '당신들' '작은' '붕괴' '새로운'. 가로세로 1미터 크기의 흰 글씨가 음각으로 네 줄 새겨져 있었다. 글씨가 새겨진 위치는 그들의 발밑 23~28미터 지점의 40도 경사면이었다.

헌터호의 AI는 원격 탐사로는 이 정도밖에 알아낼 수 없으며 더 자세하게 조사하려면 왕복선이 지층 위 지면에서 탐사파를 발사해야 한다고 했다. 청신과 관이판이 흥분된 마음으로 결과를 기다렸다. 날이 어두워지고 숲의 실루엣만 보였다. 하늘에 선으로 된 별이 나타났다. 그중 긴 별 몇 개가 검은 백조의 깃털 위로 떨어진 은발 같았다.

한 시간 뒤 그들이 받은 이미지 위에 1890만 년 전 글씨가 나타났다.

우리는 행복하게 살았어요

당신들에게 작은 선물을
붕괴를 피해
새로운

　AI가 지질 시스템을 이용해 탐사 결과를 판독한 뒤 몇 가지 사실을 알아냈다. 이 글자들은 원래 수성암으로 된 거대한 바위산의 130제곱미터 면적에 걸쳐 새겨졌지만 기나긴 세월의 지각변동을 거쳐 바위산이 가라앉으면서 현재의 위치로 내려갔다. 원래는 여러 줄이 더 있었지만 암석이 가라앉으면서 아랫부분이 깨져 아래 줄은 소실되었고 현재 남아 있는 줄도 한쪽 모서리가 깨져 두 번째 줄부터는 문장이 온전하지 않았다.
　청신과 관이판이 서로를 끌어안았다. AA와 윈톈밍의 메시지에 기쁨의 눈물을 흘리고 그들이 18만 세기 전에 누린 행복을 함께 누렸다. 가슴속 절망감이 걷히고 서서히 평온해졌다.
　청신이 눈시울을 반짝이며 물었다.
　"여기서 어떻게 살았을까요?"
　관이판이 고개를 들며 말했다.
　"뭐든 가능하겠죠."
　"아이도 낳았을까요?"
　"어떤 일도 다 가능해요. 어쩌면 그들이 이 행성에서 문명을 탄생시켰을 수도 있어요."
　청신도 그럴 가능성이 있다는 건 알고 있었다. 하지만 그 문명이 1000만 년을 유지하다가 멸망했더라도 그 후의 890만 년은 모든 흔적을 지워버리기에 충분한 시간이었다.
　시간은 가장 잔인한 것이다.
　그때 무언가가 그들을 상념에서 깨웠다. 희미하게 반짝이는 선으로 그린, 사람 키만 한 직사각형이 은은한 빛을 내며 공중에 떠다니고 있었다. 현실의 화면에서 마우스 커서로 선택해 확대시킨 창 같았다. 공중에 뜬 채 천천히 움직였지만 이동 범위가 좁고 조금 멀어졌다가도 금세 되돌아왔다. 계속 공중에 떠 있었지만 윤곽선이 가늘고 빛이 강하지 않아 낮에는 보이지 않았다가 해가 지면서 보이기 시작한 것 같았다. 그것이 자기장이든 실체든 지적 존재에 의해 만들어진 건 분명해 보였다. 직사각형의 윤곽선이 밤하늘의 가르는 선 모양의 별들과 신비롭게 연결되어 있는 것 같았다.

청신이 직사각형을 올려다보며 말했다.

"저게 바로 그들이 우리에게 남긴 선물이 아닐까요?"

"그럴 리 없어요. 어떻게 1800만 년이 넘도록 그대로 있을 수가 있어요?"

하지만 그의 생각이 틀렸다. 그건 정말로 1890만 년 동안 그곳에 있었다. 필요하다면 우주가 종말하는 날까지도 남아 있을 수 있었다. 그건 시간 밖에 있었기 때문이다. 처음에는 글자를 새긴 바위 옆에 놓여 있었고, 금속 틀도 있었다. 금속은 고작 50만 년 만에 먼지가 되어 사라졌지만 빛으로 된 테두리는 여전히 새것처럼 반짝였고 시간을 두려워하지도 않았다. 그 자체의 시간은 아직 시작되지도 않았기 때문이다. 원래 그건 30미터 아래 지층의 그 바위 옆에 있었지만 땅 위에 사람이 찾아온 것을 감지하고 지면으로 올라왔다. 그것은 마치 환영처럼 지층에 아무런 작용도 미치지 않고 지면으로 올라와 두 방문자가 자신이 기다리던 사람들이라는 걸 확인했다.

청신이 작은 소리로 말했다.

"문인 것 같아요."

관이판이 작은 나뭇가지를 주워 직사각형 안으로 던지자 나뭇가지가 그대로 통과해 날아가 다른 쪽 땅으로 떨어졌다. 형광 불빛을 내며 떠다니는 작은 풍선 중 몇 개가 직사각형을 뚫고 지나갔지만 아무렇지 않게 떠다녔다. 심지어 그중 하나는 반짝이는 윤곽선을 관통하고 지나가기도 했다.

관이판이 손을 뻗어 가느다란 테두리를 만졌다. 테두리가 손가락에 닿은 뒤 손가락을 가르고 지나갔지만 아무 느낌도 나지 않았다. 그가 무의식중에 직사각형 테두리 안으로 손을 뻗었다. 테두리 안에 아무것도 없는 것 같아 무심코 한 동작이었지만 청신이 비명을 질렀다. 차분한 그녀가 그렇게 비명을 지르는 걸 그는 처음 보았다. 관이판이 놀라 손을 움츠렸다. 그의 손과 손목은 아무렇지도 않았다.

청신이 직사각형 너머를 가리켰다.

"당신 손이 반대편으로 나오지 않았어요!"

관이판이 다시 한번 팔을 집어넣자 정말로 손과 손목이 반대편으로 나오지 않고 사라졌다. 반대편에 서 있던 청신은 그의 손목이 잘린 단면을 볼 수 있었다. 거울처럼 매끄러운 표면에 뼈와 근육의 단면이 선명하게 보였다. 그가 자기 팔 대신 나뭇가지를 주워 테두리 안으로 집어넣자 나뭇가지는 반대편으로 나왔다. 잠시 후 프로펠러처럼 생긴 날벌레도 테두리를 통과해 날아갔다.

관이판이 말했다.

"정말 문이군요. 식별 기능이 있는 문이요."

"당신을 위한 문이에요."

"당신을 위한 것이기도 해요."

청신이 조심스럽게 '문' 안으로 팔을 뻗었다. 건너편에 있던 관이판이 그녀의 팔이 잘린 단면을 보며 예전에 보았던 것 같은 낯익은 기분이 들었다.

"여기 있어요. 내가 들어가볼게요."

"같이 가요."

"안 돼요. 여기서 기다리고 있어요."

청신이 관이판의 어깨를 붙잡고 그의 눈을 똑바로 응시하며 말했다.

"우리 둘도 1800만 년만큼 멀어지고 싶어요?"

관이판이 말없이 청신을 보고 있다가 고개를 끄덕였다.

"뭘 가지고 들어갈 수 있을까요?"

10분 뒤 두 사람이 손을 잡고 문으로 들어갔다.

시간 밖, 우리 우주

혼돈이 걷히지 않은 암흑.

청신과 관이판이 다시 시간의 진공으로 들어갔다. 그들이 왕복선을 타고 저광속 구간을 넘을 때와 비슷했다. 이번에는 시간이 흐르는 속도가 0이었다. 아니, 시간이 없다고 할 수도 있었다. 시간 감각이 사라지고 시간을 가로질러 가는 것 같았다. 모든 것의 바깥에서 모든 것을 가로지르는 기분이었다.

어둠이 사라지고 시간이 시작되었다.

인류의 언어에는 시간이 시작되는 순간을 표현하는 단어가 없다. 그들이 들어간 후에 시간이 시작되었다고 말하면 옳은 말이 아니다. '후'는 시간 개념이지만 이곳에는 시간이 없고 전후도 없다. 그들이 들어간 '후'의 시간은 수억만 분의 1초보다 짧을 수도 있고, 수억만 년보다 길 수도 있다.

태양이 밝아지기 시작했다. 아주 서서히 빛이 강해졌다. 처음에는 원반처럼 생긴 태양의 형태만 보이다가 나중에는 햇빛으로 이 세계의 베일을 들추었다. 거의 들리지 않는 음에서 시작해 서서히 커지는 음악 같았다. 태양 주위에 나타난 파랗고 둥근 고리가 점점 퍼져나가 파란 하늘이 되었다. 파란 하늘 아래 들판이 생겨났다. 그것도 들판의 한 귀퉁이에 불과할 수도 있다. 씨를 뿌리지 않은 검은 땅이었다. 그 땅 옆에 잘 지어진 하얀 집 몇 채와 나무 몇 그루가 있었다. 유일하게 이국적인 색채를 풍기는 건 넓고 기이한 나뭇잎이 매달린 그 나무들이었다. 부윰하게 밝아오는 태양 아래에서 고요한 들판이 그들을 향해 두 팔을 활짝 벌리고 있는 것 같았다.

관이판이 먼 곳을 가리켰다.

"사람이 있어요!"

지평선 위에 두 사람이 있었다. 남녀 한 쌍이었다. 남자가 막 들어 올렸던 팔을 내렸다.

청신이 말했다.

"저건 우리예요."

그들 너머에 하얀 집과 나무가 있었다. 이곳과 완전히 똑같았다. 거리가 멀어 땅은 보이지 않았지만 그들의 발밑에도 이곳처럼 검은 들판이 펼쳐져 있을 것임을 짐작할 수 있었다. 그곳은 세상의 끝에 있는 이 세계의 복제품이자 투영된 화면이었다.

그들을 둘러싸고 있는 세계도 역시 복제품이자 투영된 화면이었다. 그들의 뒷모습밖에 볼 수 없었다. 두 사람이 고개를 돌리면 복제된 세계의 사람도 동시에 고개를 돌렸다. 뒤를 돌아보았다가 깜짝 놀랐다. 뒤에도 복제한 듯 똑같은 들판이 펼쳐져 있었다. 다른 방향에서 그 세계를 보고 있다는 것이 다를 뿐이었다.

이 세계로 들어왔던 입구는 흔적도 없이 사라져 있었다.

돌이 깔린 오솔길을 따라 걸었다. 사방을 둘러싸고 있는 복제 세계 속 그들도 동시에 걸었다. 시내가 길을 가로막았다. 다리는 놓여 있지 않지만 한 걸음 성큼 내디디면 시내를 건널 수 있었다. 그들은 그제야 이곳이 1G의 정상 중력을 가진 세계라는 사실을 깨달았다. 나무 옆을 지나 하얀 집 앞에 도착했다. 문이 닫혀 있고 창문에도 파란 커튼이 내려져 있었다. 모든 것이 티 하나 묻지 않은 새것이었다. 이곳의 시간은 이제 막 흐르기 시작하고 있었다. 집 앞에 삽, 갈퀴, 광주리, 물통 같은 단순한 농기구가 놓여 있었다. 생김새는 조금 달라졌지만 무엇에 쓰는 도구인지 한눈에 알 수 있었다. 제일 눈길을 끈 것은 농기구 옆에 세워져 있는 금속 원통들이었다. 사람 키만 한 길이에 매끄러운 표면이 햇빛을 받아 반짝였으며 금속으로 된 부품이 네 개씩 달려 있었다. 접을 수 있는 네 다리였다. 전원이 꺼진 상태의 로봇들이었다.

우선 주위 환경을 둘러본 뒤에 집에 들어가기로 하고 집 앞을 지나쳐 계속 걸었다. 얼마 안 가서 이 작은 세계의 끝에 도착했다. 지금 그들 앞에는 복제된 세계가 있었다. 처음에는 투영된 영상이라고 생각했지만 절반쯤 가다가 자신들의 생각이 틀렸다는 것을 알았다. 너무 현실적이었기 때문이다. 한 걸음 내딛자 아무 장애물도 없이 복제된 세계로 들어갈 수 있었다. 사방을 둘러보며 청신은 문득 무서워졌다.

모든 것이 그들이 막 들어왔을 때의 상태로 되돌아가 있었다. 그들은 조금 전과 똑같은 들판에 서 있고, 앞과 좌우 양쪽에 복제된 세계가 있었다. 복제 세계 속에 그들의 복제품도 그대로였다. 뒤를 돌아보니 방금 그들이 빠져나온 들판 너머에서 그들의 복제품이 뒤를 돌아보고 있었다.

관이판이 긴 한숨을 내쉬었다.

"됐어요. 그만 가요. 아무리 가도 끝이 없겠어요."

그가 하늘과 땅을 가리켰다.

"공간의 제약이 없었다면 위아래로도 똑같은 세계가 나타났을 거예요."

"이게 뭔지 알아요?"

"찰스 마이스너라는 사람을 알아요?"

"몰라요."

"서기 시대의 물리학자예요. 이런 걸 제일 먼저 상상한 사람이죠. 우리가 살고 있는 세계는 사실 아주 단순해요. 각 변의 길이가 1킬로미터쯤 되는 정육면체예요. 방을 상상해봐요. 사방이 벽으로 막혀 있고 바닥과 천장이 있어요. 그런데 그 방은 천장이 바로 바닥이고, 네 개의 벽 중에서 서로 마주 보고 있는 두 벽은 사실 하나예요. 그러니까 실제로는 벽이 두 개인 거죠. 한쪽 벽에서 출발해 맞은편 벽에 도착하면 또다시 출발했던 그 벽 앞으로 돌아오는 거예요. 천장과 바닥도 마찬가지예요. 한마디로 완전히 폐쇄된 세계죠. 끝까지 가면 다시 출발점으로 돌아와요. 지금 우리에게 보이는 저런 영상들도 단순해요. 세계의 끝에 도달한 빛이 출발점으로 되돌아오는 것뿐이에요. 우리도 다른 세계로 온 것 같지만 사실 그 세계에 그대로 있어요. 출발점으로 되돌아간 거죠. 하나의 세계밖에 없어요. 다른 긴 모두 영상이에요."

"그렇다면, 이건……."

관이판이 손을 휘 둘러 주위를 가리키며 말했다.

"바로 그거예요! 당신에게 별을 선물했던 윈톈밍이 당신에게 또 우주를 선물했군요. 청신, 이건 우주예요. 비록 작지만 이건 하나의 우주예요."

청신이 상기된 표정으로 우주를 둘러보는 동안 관이판은 조용히 밭두렁에 앉아 검은 흙을 한 줌 움켜쥐고 손가락 사이로 새어나가는 흙을 지켜보았다. 그의 마음도 함께 가라앉았다.

"그는 가장 위대한 남자군요. 사랑하는 사람에게 별과 우주를 선물할 수 있다니. 난, 당신에게 줄 수 있는 게 하나도 없어요."

청신이 옆에 앉아 그의 어깨에 기대며 웃었다.

"당신은 우주에 하나뿐인 남자니까 아무것도 줄 필요가 없어요."

관이판은 아무것도 줄 수 없다는 사실이 부끄러웠지만 이 우주에 경쟁자가 하나도 없다는 사실이 위안이 되었다.

그들이 우주에 단둘뿐이라는 감정에 휩싸여 있을 때 갑자기 문 열리는 소리가 둘 사이를 파고들었다. 하얀 집의 문이 열리며 흰옷을 입은 사람이 나와 그들에게 다가왔다. 어떤 거리에서도 상대를 또렷하게 알아볼 수 있을 만큼 작은 세계였다. 기모노를 입은 여자가 그들 시야에 들어왔다. 잔잔한 꽃무늬가 화려하게 수놓인 기모노가 움직이는 꽃다발처럼 우주에 화사한 봄빛을 뿌렸다.

청신이 놀라서 외쳤다.

"지자!"

관이판이 말했다.

"누군지 알아요. 지자가 조종하는 로봇이죠."

두 사람도 일어나 지자를 향해 다가갔다. 그들이 커다란 나무 아래에서 만났다. 지자가 틀림없었다. 비현실적으로 느껴질 만큼 아름다운 외모도 그대로였다.

지자가 두 사람에게 허리를 깊이 숙여 인사한 뒤 청신에게 미소 지었다.

"제가 말했잖아요. 우주도 넓지만 인생은 더 넓으니까 인연이 있다면 언젠가 다시 만날 거라고."

청신이 감격에 겨워 말했다.

"다시 만날 줄 몰랐어요. 정말 반가워요!"

지자와의 만남으로 청신은 과거로 다시 돌아간 듯했다. 지금 과거에 대한 모든 추억은 1800만 년 전의 기억이지만 그것도 정확하지는 않았다. 그들이 이미 다른 시간 속으로 와버렸기 때문이다.

지자가 허리 숙여 인사했다.

"647호 우주에 오신 걸 환영합니다. 저는 이 우주의 관리자입니다."

관이판이 놀라며 되물었다.

"우주 관리자라고요? 꿈같은 명칭이네요. 특히 저처럼 우주학을 연구하는 사람들에겐 더욱⋯⋯."

지자가 웃으며 손을 내저었다.

"별말씀을요. 두 분이 647호 우주의 진정한 주인이세요. 이곳에 있는 모든 것에 대해 절대적인 결정권을 갖고 계시고요. 저는 두 분을 시중드는 역할만 할 거예요."

지자가 안내하는 손짓을 하자 청신과 관이판이 그녀를 따라 밭두렁을 걸어가 하얀 집의 거실로 들어갔다. 중국풍으로 꾸며진 거실 벽에 고상한 족자 몇 폭이 걸려 있었다. 특히 청신은 그중에 혜일로호가 명왕성에서 가지고 나온 작품이 있는지 유심히 살폈지만 없는 것 같았다. 고풍스러운 목제 책상에 앉자 지자가 차를 따라주었다. 이번에는 복잡한 다도를 거치지 않았다. 용정차인 것 같은 찻잎이 풀처럼 찻잔 바닥에서 떠올랐다.

청신과 관이판의 눈에는 이 모든 것이 꿈처럼 보였다.

지자가 말했다.

"이 우주는 윈톈밍 선생님이 두 분에게 드리는 선물이에요."

관이판이 말했다.

"청신 박사님에게 주는 선물이겠죠."

"아니에요. 수신자에 관 박사님의 이름도 함께 있었어요. 그래서 식별 시스템에 관 박사님을 포함시켜놓았어요. 안 그랬다면 관 박사님은 이 세계에 들어오지 못했을 거예요. 윈톈밍 선생은 두 분이 이 소우주에 숨어 대우주의 종말의 날을 피하길 바랐어요. 빅크런치* 말이에요. 새로운 빅뱅

* 옮긴이 주: 우주 탄생의 대폭발과 반대로 온 우주가 블랙홀의 특이점과 같이 한 점으로 축소되면서 종말한다는 가설이다.

이 나타난 후 새로운 대우주로 들어가길 바랐죠. 그는 두 분이 새로운 우주의 전원 시대를 볼 수 있기를 바랐어요. 지금 우리는 독립된 타임라인 위에 있어요. 대우주의 시간은 빠르게 흐르고 있죠. 두 분이 살아 있는 동안 빅크런치가 나타날 거예요. 더 구체적인 계산으로는 대우주가 10년 내에 특이점 상태까지 수축될 거예요."

관이판이 물었다.

"만약 새로운 빅뱅이 나타난다면 우리가 그걸 어떻게 알 수 있죠?"

"초막(supermembrane)*을 통해 대우주의 상태를 알 수 있어요."

지자의 말에 청신은 윈톈밍과 AA가 암석에 새겨놓은 글씨를 떠올렸지만 관이판은 더 많은 걸 생각했다. 그는 지자가 말한 '전원 시대'라는 단어를 놓치지 않았다. 그건 은하계에 정착한 인류가 우주의 평화 시대를 부르는 말이었다. 여기에는 두 가지 가능성이 있었다. 우연의 일치로 삼체 세계도 똑같은 단어를 사용하는 것일 수도 있지만, 삼체 세계가 은하계 인류의 존재를 알아냈을 수도 있다. 비록 섬뜩한 상상이기는 하지만, 윈톈밍이 파란별에 금방 찾아온 걸 보면 삼체 제1함대의 세계가 은하계 인류에게서 아주 가까운 곳에 있었던 것 같다. 현재 삼체 문명은 소우주를 만들 수 있을 만큼 발전했으며 이것이 은하계 인류에게 큰 위협이 되고 있었다.

관이판이 갑자기 웃음을 터뜨리자 청신이 물었다.

"왜 웃어요?"

"내가 웃겨서요."

우습지 않은가. 소우주로 들어오기 전에도 그는 은하계 인류의 2호 세계와도 1890만 년 떨어져 있었고 그가 있던 대우주는 지금 이미 수억 년이 흘렀을 것이다. 그는 수억 년 전 사람들을 걱정하고 있었던 것이다.

* 옮긴이 주 : 초막 이론 중 우주를 이루는 11차원의 얇은 막.

청신이 지자에게 물었다.

"윈톈밍을 봤어요?"

지자가 고개를 저었다.

"본 적 없어요."

"그럼 AA는요?"

"지구에서 본 게 마지막이에요. 그 후에는 못 봤어요."

"그럼 당신은 어떻게 여길 왔어요?"

"647호 우주는 맞춤 제작 상품이에요. 제가 왔을 때는 이미 제작이 완료된 후였어요. 저는 어차피 디지털비트의 결합체일 뿐이니 얼마든지 복제할 수 있어요."

"윈톈밍이 이 우주를 파란별에 가져다놓은 게 아니에요?"

"저는 파란별이 뭔지 몰라요. 그게 행성을 의미한다면, 그가 647호 우주를 그곳에 가져다놓는 건 불가능해요. 647호는 대우주에 속하지 않은 독립된 우주이기 때문이에요. 그는 그 행성에 647호의 입구를 가져다놓을 수만 있어요."

관이판이 물었다.

"윈톈밍과 AA는 왜 여기에 오지 않았나요?"

청신도 궁금했지만 슬픈 대답을 듣게 될까 봐 묻지 못하고 있었다.

지자가 고개를 저었다.

"모르겠어요. 식별 시스템의 입장 허용 목록에 윈톈밍도 포함되어 있어요."

"그 목록에 또 누가 있나요?"

"없어요. 지금까지는 세 분밖에 없어요."

청신이 긴 침묵을 깨고 관이판에게 말했다.

"AA는 현재를 중요하게 생각했어요. 수백억 년 후의 새로운 우주에 관심이 없었을 거예요."

"난 관심이 많아요. 새로운 우주가 어떤 모습인지 보고 싶어요. 특히 생명과 문명에 바뀌고 비틀리지 않은 우주요. 가장 아름다운 모습일 거예요."

청신이 말했다.

"나도 새로운 우주에 가보고 싶어요. 특이점과 빅뱅이 이 우주의 모든 기억을 지우겠죠. 인류의 기억 중 일부를 새로운 우주로 가져가고 싶어요."

지자가 청신을 향해 고개를 끄덕였다.

"그건 위대한 일이에요. 이미 누군가 그 일을 하고 있지만, 태양계 인류 중에서는 청신 박사님이 처음이에요."

관이판이 청신의 귓가에 대고 속삭였다.

"나보다 훨씬 숭고한 목표를 가졌군요."

청신은 그가 놀리는 건지 진심인지 분간할 수가 없었다.

지자가 일어났다.

"647호 우주에서 두 분의 새로운 생활이 시작되었어요. 나가서 둘러보시겠어요?"

문을 열고 나가자 그들 앞에 봄갈이의 풍경이 펼쳐졌다. 집 앞에 있던 원통형 로봇들이 밭에서 일하고 있었다. 어떤 로봇은 삽으로 밭을 평평하게 고르고(흙이 부드러워 땅을 갈 필요는 없었다) 어떤 로봇은 평평한 땅 위에 씨를 뿌리고 있었다. 일하는 방식도 원시적이었다. 끌고 다닐 수 있는 넓은 가래가 없어서 작은 모종삽으로 조금씩 땅을 고르게 했다. 파종하는 기계도 없어서 로봇이 한 손에 종자 자루를 들고 다른 한 손으로 종자를 하나씩 집어 땅에 심었다. 아주 오래전 농촌 풍경이었다. 이곳에서는 로봇이 농부보다 더 자연에 가까워 보였다.

지자가 말했다.

"두 분의 2년치 식량만 비축되어 있어요. 그 후에는 직접 농사를 지어 생활하셔야 해요. 지금 뿌리는 씨앗은 모두 윈톈밍이 우주로 떠날 때 청 박사님이 함께 실려 보낸 종자의 후손들이에요. 물론 모두 개량을 거쳤고요."

검은 흙이 깔린 밭을 살펴보던 관이판이 말했다.

"여긴 무토양 재배가 더 적합할 것 같군요."

청신이 말했다.

"지구 사람들은 땅에 향수가 있어요. 『바람과 함께 사라지다』에서 스칼렛의 아버지가 딸에게 이런 말을 해요. '얘야, 이 세상에서 네가 목숨 걸고 싸우고 피를 흘릴 가치가 있는 건 오직 땅뿐이란다.'"

"태양계의 인류는 땅을 지키기 위해 마지막 남은 피를 흘렸어요. 결국 남은 건 두 방울의 피뿐이에요. 당신과 AA. 하지만 그게 무슨 의미가 있죠? 어차피 다 사라져버렸는데. 지금 그 대우주는 수억 년이 지났을 거예요. 정말로 그들을 기억하는 누군가가 있을 거라고 생각해요? 땅과 고향에 집착하는 건 다 큰 어른이 집을 떠나지 못하는 것과 같아요. 그게 당신들이 멸망한 근본적인 원인이에요. 기분 상했다면 미안하지만 사실이에요."

흥분한 관이판을 보며 청신이 미소 지었다.

"기분 나쁘지 않아요. 당신 말이 맞아요. 우리도 알지만 어쩔 수 없었어요. 당신도 어쩔 수 없을 거예요. 그래비티호의 승선원들도 은하계의 인류가 되기 전엔 포로였다는 걸 잊지 말아요."

관이판이 조금 시무룩해졌다.

"그건…… 나도 내가 이 우주에서 자격을 갖춘 남자라고 생각하지 않아요."

이 우주에서 자격을 갖춘 남자는 많지 않고, 청신도 그런 남자를 좋아하지 않았다. 자격을 갖춘 남자를 떠올리자 한마디 외침이 청신의 귓가를 울렸다.

'전진! 전진! 수단과 방법을 가리지 말고 전진하라!'

"옛날 일은 생각하지 마세요. 모든 게 새로 시작됐어요."

지자의 감미로운 목소리가 두 사람을 위로했다.

647호 우주의 1년이 지나갔다.

밭에서 밀을 두 번 수확하고 파란 보리 싹이 천천히 황금빛 물결로 바뀌는 것을 두 번 보았다. 그 옆의 채소밭도 싱싱한 초록으로 물들었다.

작은 농장이지만 필요한 생활용품이 완비되어 있었다. 모든 물건에 상표가 없었다. 삼체 세계에서 만든 것이지만 겉으로 보기에는 인류의 것과 똑같았다.

청신과 관이판은 밭에서 로봇과 함께 농사일을 하고 가끔은 소우주를 거닐며 산책을 했다. 그저 앞으로 걷기만 하면 무한한 세상이 나타났다. 지난번 산책 때 남긴 발자국에 신경 쓰지만 않는다면 끝없는 세상을 가로지르는 기분을 느낄 수 있었다.

하지만 그들은 컴퓨터 앞에서 제일 많은 시간을 보냈다. 이 세계의 컴퓨터 서버가 어디에 있는지는 알 수 없지만 소우주의 어떤 위치에서든 스크린을 활성화시킬 수 있었다. 컴퓨터에는 지구 인류의 문자와 영상 자료가 대량 저장되어 있었다. 대부분 전송의 세기 이전 것들로 당시에 삼체 세계가 수집한 인류 세계의 정보들인 것 같았다. 과학과 인문 모든 분야를 망라하는 다양한 자료들이었다. 물론 그보다는 삼체 문자로 된 정보가 훨씬 많았고 두 사람이 알고 싶어 하는 것도 그것들이었다.

컴퓨터에서 삼체 언어를 인류 언어로 번역해주는 프로그램을 찾을 수가 없어서 직접 삼체 언어를 배우기 시작했다. 지자가 그들의 선생님이 되었다. 하지만 얼마 가지 않아서 그게 몹시 어려운 일이라는 걸 알았다. 인류의 표음문자와 달리 표의문자인 삼체 문자는 언어와 무관하게 직접적으로 의미를 표현했기 때문이다. 인류도 아주 오랜 옛날 표의문자를 사용한 적이 있었다. 상형문자 중 일부도 표의문자였지만 세월이 흐르면서 표의문자는 사라지고 모두 표음문자로 바뀌었다. 하지만 처음에만 배우기가 어렵지 갈수록 점점 쉬워졌다. 힘든 두 달을 견디고 나자 실력이 빠르게 향상되었다. 표의문자의 가장 큰 장점은 읽는 속도가 빠르다는 것이었다. 표음문자에 비해 적어도 10배는 빠르게 읽을 수 있었다.

청신과 관이판이 삼체 언어로 된 문헌 자료를 더듬더듬 읽기 시작했다. 처음에 그들에게는 두 가지 목표가 있었다. 첫째는 삼체 세계가 자신들이 지구 문명과 조우했던 시기의 역사를 어떻게 기록해놓았는지 아는 것이고, 둘째는 이 우주가 어떻게 만들어졌는지 이해하는 것이었다. 후자의 경우 전문적인 기술을 이해하는 건 불가능하겠지만 우주 제작에 관한 기본적인 원리라도 알고 싶었다. 지자는 이 두 가지 목표를 이루려면 적어도 1년 동안 삼체 언어를 공부해야 하고 그 후 자료를 읽는 데도 1년이 걸릴 것이라고 했다.

과연 소우주를 만든 비밀은 그들의 상상을 뛰어넘는 것이었다. 수많은 자료를 읽었지만 1세제곱킬로미터의 공간 속에서 어떻게 생태순환이 이루어지는지, 태양은 무엇인지, 태양의 에너지는 어디에서 나오는지 같은 아주 간단한 원리조차 이해할 수가 없었다. 제일 이해할 수 없는 건 완전 폐쇄형 시스템인 소우주가 어디에서 에너지를 공급받느냐 하는 점이었다.

물론 그들의 최대 관심사는 소우주와 대우주 간에 통신이 가능한지였다. 지자는 소우주가 대우주에 신호를 전송하는 것은 불가능하지만, 대우주에서 발신된 신호를 수신하는 건 가능하다고 했다. 모든 우주는 초막 위에 있는 비눗방울이며(이것은 삼체 물리학과 우주학의 가장 기본적인 이론이지만 지자도 정확히 설명할 수가 없었다) 대우주가 초막 위에서 신호를 발사할 수 있는 에너지를 가지고 있기는 하지만 그러기 위해서는 엄청난 에너지가 필요했다. 은하계 전체만큼의 에너지를 순에너지로 바꿔야 가능한 일이었다. 사실 초막 위에 있는 다른 대우주에서 발사한 신호가 647호 우주의 감시 시스템에 종종 잡히곤 했다. 그중에는 자연적으로 생성된 것도 있고, 지적 존재가 만든 이해하기 어려운 메시지도 있었지만 그들이 살았던 대우주의 메시지를 받은 적은 없었다.

시간이 물처럼 잔잔하면서도 빠르게 지나갔다.

청신은 자신이 알고 있는 역사를 기록하는 회고록을 쓰기 시작했다. 그녀는 이 회고록을 《시간 밖의 과거》라고 이름 붙였다.

가끔은 새로운 우주에서의 생활을 계획하기도 했다. 지자의 말에 따르면, 우주학 이론으로 볼 때 새로운 우주는 4차원 이상일 것이고, 심지어 10차원 이상일 수도 있다. 새로운 우주가 탄생하면 647호 우주에 자동으로 출구가 생기고 바깥 환경을 검사하게 된다. 새로운 우주가 4차원 이상이면 소우주의 출구가 공간을 넘어 이동하며 그들에게 적합한 생존 환경을 찾아다니게 된다. 또한 삼체 세계의 다른 소우주에 있는 이민자들과도 연락할 수 있다. 물론 은하계 인류의 이민자들과도 연락할 수 있다. 새로운 우주에서 옛 우주의 이민자들은 거의 동일한 종족으로서 함께 세계를 세울 것이다. 지자는 고차원 우주에서는 생존 확률이 크게 높아질 것이라고 강조했다. 여러 가지 차원 중 시간적인 차원이 적어도 둘 이상일 것이기 때문이다.

"다차원의 시간이라고요?"

청신은 시간의 차원이라는 개념을 이해할 수가 없었다.

관이판이 말했다.

"시간이 2차원만 되어도, 그러니까 직선 형태가 아니라 평면 형태만 되어도 여러 개의 방향이 생기게 되죠. 그러면 동시에 여러 가지 선택을 할 수 있어요."

지자가 말했다.

"그중 적어도 한 가지는 옳은 선택이겠죠."

밀이 두 번째로 익은 뒤 어느 깊은 밤, 청신이 잠결에 눈을 떠보니 관이판이 없었다. 그녀가 일어나 밖으로 나왔다. 태양이 밝은 달로 변하고 작은 세계가 물 같은 달빛 속에 가라앉아 있었다. 관이판이 물가에 앉아 있었다. 달빛에 감싸인 그의 뒷모습이 우울해 보였다.

진정한 둘만의 세계에서 두 사람은 상대의 기분 변화에 예민해져 있었다. 청신은 관이판에게 뭔가 근심거리가 있다는 걸 알고 있었다. 그는 줄곧 밝은 모습이었다. 며칠 전에는 두 사람이 새로운 우주에서 정착한다면 그들의 아이들이 새로운 인류의 시조가 될 것이라고 말하기도 했다. 그런데 그날 이후 그가 혼자 깊은 생각에 잠겨 있는 일이 많아졌다. 가끔 컴퓨터 스크린 앞에서 계산에 몰두하기도 했다.

청신이 옆으로 다가가 앉자 그가 그녀를 가만히 품에 안았다. 작은 세계가 달빛 속에서 고즈넉이 잠들어 있었다. 졸졸 흐르는 물소리밖에 들리지 않았다. 잘 익은 밀밭 사이로 달빛이 조용히 내려앉았다. 내일 밀을 수확할 예정이었다.

관이판이 말했다.

"질량의 유실."

청신은 그가 설명해주길 기다리며 말없이 물 위에서 흔들리는 달빛을 바라보았다.

관이판이 말했다.

"요즘 삼체의 우주학을 읽고 있어요. 얼마 전에 우주 수학의 아름다움에 대한 증거를 봤어요. 우주의 질량은 아주 정교하게 설계되어 있어요. 삼체인들은 우주의 총 질량이 정확히 우주의 빅크런치를 일으킬 수 있는 질량이라는 걸 증명했죠. 총 질량이 조금만 줄어들어도 폐쇄 상태의 우주가 열리면서 무한히 팽창할 거예요."

청신은 그의 마지막 한 마디에 담긴 의미를 이해했다.

"그런데 지금 질량이 줄어들고 있군요."

"네. 질량이 유실되고 있어요. 삼체 세계가 만든 소우주만 해도 수백 개나 돼요. 우주의 다른 문명 세계가 빅크런치를 피하기 위해 또는 다른 목적 때문에 이런 소우주를 얼마나 많이 만들었겠어요? 이런 소우주가 대우주의 질량을 빼앗아가고 있어요."

"지자에게 물어봐요."

"물어봤어요. 647호 우주가 완성됐을 때 삼체 세계는 대우주에서 질량의 유실로 인한 영향을 발견하지 못했대요. 그때 우주는 완전히 폐쇄된 상태였고 반드시 빅크런치가 일어날 것이라고 예상되었죠."

"647호가 완성된 후에는요?"

"그건 지자도 알 수 없죠. 대우주에서 복원자 같은 지적 존재의 문명이 회귀 운동을 하고 있어요. 그들은 소우주를 만들지 못하게 저지하고 이미 만들어진 소우주의 질량을 대우주로 돌려줘야 한다고 호소하고 있었어요⋯⋯. 하지만 지자도 그다음 상황은 알지 못해요. 됐어요. 그만 생각합시다. 우리는 신이 아니니까."

"하지만 우린 신이 무슨 생각을 하고 있는지 생각해야 하는 임무를 지니고 있잖아요. 안 그래요?"

그들은 달이 태양으로 변할 때까지 물가에 앉아 있었다.

추수를 하고 사흘째 되던 날, 타작까지 마친 밀이 창고에 가득 쌓였다. 청신과 관이판이 밭두렁에 서서 다시 파종하기 위해 밭을 갈고 있는 로봇들을 바라보았다. 이미 창고에 곡식이 가득 차 밀을 또 수확하면 쌓아놓을 곳이 없었다. 예전 같으면 밭에 무엇을 심을지 상의하느라 여념이 없겠지만 이제는 그런 것에 관심이 없었다. 밀을 수확하고 타작하는 동안 그들은 줄곧 집 안에서 앞으로 닥칠 수 있는 미래에 대해 논의했다. 그들의 생활에 관한 모든 선택이 결국 우주의 운명과 결부된다는 사실을 알았다. 어떤 것들은 몇 가지 우주의 운명과 동시에 연결되어 있었다. 그들은 정말로 자신들이 신이 된 것 같았다. 숨 막히는 부담감에 잠시 바람을 쐬러 나오는데 밭두렁을 따라 빠른 걸음으로 걸어오고 있는 지자가 보였다. 지자는 지금까지 한 번도 그들의 생활에 간섭한 적이 없었고 그들이 그녀를 필요로 할 때만 나타났다. 그런데 지금 그녀의 걸음걸이가 평소와 달리 다급했고 얼굴에도 처음 보는 긴장감이 걸려 있었다.

"대우주의 초막 신호가 수신됐어요!"

지자가 재빨리 스크린을 활성화시켜 확대해서 보여주며 화면이 잘 보이도록 태양의 조도를 낮추었다.

수많은 기호가 스크린 위를 빠르게 지나갔다. 초막 발사를 통해 전송된 비트맵이었다. 기호의 형태가 기형적으로 비틀어져 알아볼 수가 없었다. 기호의 유형도 제각각이었다. 어지럽게 흐르는 급류처럼 수많은 기호가 정신없이 지나갔다.

지자가 스크린을 가리키며 말했다.

"5분 전부터 신호가 쏟아져 들어오고 있어요! 실제 메시지는 짧지만 수많은 언어로 전송되고 있어요. 지금까지 전송된 언어만 수만 종이에요. 이제 10만 종을 넘었어요!"

청신이 물었다.

"모든 소우주에 전송하고 있는 거예요?"

"그렇겠죠. 그렇지 않으면 또 누가 있겠어요? 이렇게 엄청난 에너지를 쓴다는 건 이게 중요한 메시지라는 뜻이에요."

"삼체와 지구 언어도 있었어요?"

"없었어요."

청신과 관이판은 이것이 우주에 존재했던 문명의 기록이라는 걸 알았다.

지금 대우주는 이미 수백억 년이 흘렀을 것이다. 전송된 메시지의 내용이 무엇이든 이 신호 속에 어떤 문명의 언어가 포함되어 있다는 건 두 가지 가능성이 있었다. 그 문명이 아직 존재하고 있거나, 과거에 상당히 오랜 시간 동안 존재하며 그 문화가 우주에 영구적인 흔적을 남겼다는 것이다.

기호의 거센 물결이 스크린 위를 휩쓸고 지나가며 언어의 수가 계속 늘어났다. 20만 종, 30만 종, 40만 종, 100만 종……

삼체 언어와 지구 언어는 아직 보이지 않았다.

"괜찮아요. 우리가 이 우주에 살았었다는 건 우리가 잘 알고 있으니까."

청신과 관이판이 서로를 끌어안았다.

지자가 갑자기 외치며 스크린을 가리켰다.

"삼체예요!"

전송된 언어의 수가 130만 종까지 늘어나 있었다. 스크린에 삼체 문자로 된 메시지가 빠르게 지나갔다. 청신과 관이판의 눈에는 어렴풋이 스쳐 지나갔지만 지자는 분명하게 보았다.

몇 초 뒤 지자가 또 외쳤다.

"지구도 있어요!"

157만 종의 언어가 전송된 뒤에야 신호가 멈추었다.

스크린 위를 지나가던 기호도 사라지고 삼체와 지구의 언어로 된 메시지 두 줄만 또렷하게 남았다. 눈물이 쏟아질 듯 차오른 청신과 관이판의 눈앞에서 글자가 흐릿하게 흔들렸다.

우주의 마지막 심판일에 지구 문명의 두 사람과 삼체 문명의 로봇 하나가 감격의 포옹을 나누었다.

언어와 문자는 빠르게 진화한다. 만약 두 문명이 오랜 시간 동안 존재했고 지금도 존재하고 있다면 그들의 문자는 지금 나타난 것과 완전히 다를 것이다. 하지만 소우주 사람들에게 전하는 메시지는 오래된 문자로 전송해야 했다. 대우주에 생존했던 문명의 전체 수에 비하면 157만도 아주 작은 숫자였다.

은하계 오리온 팔의 광막한 밤하늘을 가르고 지나간 문명의 별똥별 두 개. 우주는 그들의 빛을 기억하고 있었다. 흥분이 가라앉은 뒤 메시지를 읽었다. 두 언어로 쓴 메시지의 내용이 동일했다. 짧은 메시지였다.

회귀 운동 성명서: 우리 우주의 총 질량이 임계치 아래로 떨어졌다. 우주는 곧 열린 뒤 끝없이 팽창하며 죽어갈 것이고 모든 생명과 기억도 사라질 것이다. 당신들이 가져간 질량을 돌려주고 기억체만 새로운 우주로 보낼 것을 촉구한다.

청신과 관이판의 시선이 스크린에서 서로의 얼굴로 옮겨갔다. 그들은 서로의 눈에서 대우주의 암흑을 보았다. 끝없이 팽창하는 대우주 속에서 모든 성계가 각자의 시선 밖으로 흩어져 우주의 어느 지점에서 어느 쪽을 보든 암흑뿐일 것이다. 항성의 빛은 점점 사그라지고 실체가 있는 모든 물질은 해체되어 희미한 성운으로 변할 것이며 추위와 암흑이 모든 것을 지배할 것이다. 우주가 텅 빈 무덤이 되고 모든 문명과 기억이 이 끝없는 무덤 속에 영영 파묻혀 영원한 죽음으로 들어갈 것이다.

이 미래를 피하려면 여러 문명이 만든 소우주 속 물질을 대우주로 되돌려주는 수밖에 없다. 하지만 그렇게 하면 소우주에서 생존할 수 없으므로 소우주 사람들이 대우주로 돌아가야 한다. 이것이 바로 회귀 운동이다.

두 사람은 눈빛만으로 모든 것을 주고받고 최종 결정까지 내렸지만 청신에게는 하고 싶은 말이 남아 있었다.

"돌아가고 싶어요. 하지만 당신이 여기 남아 있겠다면 나도 남을 거예요."

관이판이 천천히 고개를 저었다.

"난 직경 160억 광년의 대우주를 연구하던 사람이에요. 가로세로 1킬로미터밖에 안 되는 우주에서 일생을 살고 싶진 않아요. 돌아갑시다."

지자가 말했다.

"그건 좋은 선택이 아니에요. 대우주에서 시간이 흐르는 속도를 정확히 측정할 수는 없지만 두 분이 파란별을 떠나 이곳으로 들어온 뒤 지금까지 대우주는 적어도 100억 년 넘게 흘렀을 거예요. 파란별은 이미 오래전에 사라졌을 거고 윈텐밍이 청 박사님에게 선물한 그 태양도 빛을 잃었을 거예요. 지금 대우주의 환경이 어떤지 우린 하나도 몰라요. 그 우주가 아직 3차원을 유지하고 있는지조차도 알 수 없다고요."

관이판이 물었다.

"소우주의 문이 광속으로 이동하면서 생존할 수 있는 환경을 찾아낼 수 있잖아요?"

"반드시 돌아가겠다면 찾아볼게요. 하지만 이곳에 남아 있는 게 최선의 선택이라는 제 생각에는 변함이 없어요. 소우주에 남아 있을 경우 두 가지 가능성이 있어요. 회귀 운동이 성공해서 대우주가 빅크런치를 거쳐 새로운 빅뱅이 일어난다면 두 분은 새로운 우주로 갈 수 있어요. 반대로 회귀 운동이 실패해 대우주가 죽더라도 두 분은 여기서 일생을 보낼 수가 있어요. 이 소우주도 괜찮은 곳이에요."

청신이 말했다.

"소우주에 사는 모든 사람이 그렇게 생각한다면 대우주는 죽고 말 거예요."

지자가 말없이 청신을 응시했다. 그녀의 생각의 속도로 보면 이 시간은 몇 세기만큼이나 긴 시간일 것이다. 소프트웨어 알고리즘으로 이렇게 복잡한 눈빛과 표정을 만들어낼 수 있다는 사실이 놀라웠다. 지자의 AI 프로그램이 처음 청신을 만난 순간부터 저장된 모든 데이터를 검색하고 있는 것 같았다. 거의 2000만 년을 뛰어넘는 방대한 양의 데이터가 그녀의 눈빛 속에 응집되어 나타났다. 슬픔, 존경, 놀라움, 원망, 안타까움…… 수많은 감정이 복잡하게 뒤엉키며 그녀의 눈동자를 휘감았다.

지자가 청신에게 말했다.

"박사님에겐 살아야 할 책임이 있어요."

《시간 밖의 과거》 발췌

책임의 계단

내 인생은 책임의 계단을 오르는 여정이었다.

어릴 적 내 책임은 부모님을 실망시키지 않기 위해 열심히 공부해서 모범생이 되는 것이었다. 중고등학교와 대학에 다닐 때도 내 책임은 사회를 실망시키지 않기 위해 열심히 공부해서 우수한 인재가 되는 것이었다.

박사과정으로 들어온 뒤 내 책임이 구체화되었다. 나는 소수의 인력과 물자를 지구 궤도로 올려 보낼 수 있는, 더 강하고 튼튼한 로켓을 만드는 데 힘을 보태야 했다.

나중에 PIA로 배치받은 뒤에는 삼체 함대를 맞이하러 1광년 밖 우주로 날아가 탐사정을 만드는 일이 내 책임이 되었다. 항해 거리가 내가 예전에 개발에 참여했던 로켓의 100억 배로 확장되었다.

그 후 나는 별을 선물받았다. 새로운 기원이 시작된 후 그 별이 내게 상상도 못 했던 책임을 지워주었다. 나는 암흑의 숲 위협의 검잡이가 되었다. 지금 생각해보면 그때 내가 인류의 운명을 손에 쥐고 있었다고 말하면 과장된 말이지만, 두 문명의 역사가 나아가는 방향을 쥐고 있었던 것은 분명하다.

그 후에는 책임이 더 복잡해졌다. 나는 인류에게 광속으로 날 수 있는 날개를 만들어주고 싶었지만 전쟁을 막기 위해 내 목표와 상반된 일을 할 수밖에 없었다.

그런 재앙들과 태양계의 멸망이 나와 얼마나 관계가 있는지는 모르겠다. 이건 영원히 증명할 수도 없는 일이다. 하지만 나와 관계가 있고 내게 책임이 있다는 건 분명하다.

지금 나는 책임의 꼭대기에 오르려 하고 있다. 우주의 운명을 책임질 것이다. 물론 우리 두 사람이 우주의 운명을 전적으로 책임지는 건 아니지만 그 책임에 우리의 몫이 있다는 건 분명하다. 예전에는 결코 상상도 하지 못했던 일이다.

신이 존재한다고 믿는 사람들에게 말하고 싶다. 나는 신에게 선택받은 사람이 아니라고. 유물론자들에게도 말하고 싶다. 나는 역사를 창조한 사람이 아니라고. 나는 평범한 사람이지만, 불행하게도 평범한 일생을 살지 못했다. 내가 걸어온 길은 사실 문명이 걸어온 길이다.

모든 문명이 작은 요람에서 깨어나 아장아장 걸어 나온 뒤 날아오르게 되고, 점점 빠르고 멀리 날다가 결국 우주의 운명과 하나가 된다는 사실을 지금 우리는 알고 있다.

모든 지적 존재의 문명은 결국 그들이 가진 생각의 크기만큼 발전한다.

지자가 647호 우주의 제어 시스템을 통해 대우주에 있는 소우주의 문을 조종했다. 대우주에서 문이 빠르게 이동하며 생존에 적합한 세계를 찾아다녔다. 문과 소우주의 통신으로는 극히 제한적인 정보만 주고받을 수 있었다. 이미지나 영상은 전송할 수 없고 환경 검사 결과만 -10에서 +10까지의 숫자 중 하나로 전송되었다. 환경의 생존 적합성을 수치화한 것으로 수치가 0보다 커야만 인류가 그곳에서 생존할 수 있었다.

문이 대우주에서 수없이 이동하며 생존할 수 있는 환경을 물색했다. 장장 석 달에 걸쳐 탐사했지만 유일하게 한 곳에서 나온 3등급의 결과가 가장 높은 수치였다. 지자는 그보다 더 높은 수치는 나올 수 없다는 결론을 내릴 수밖에 없었다.

지자가 두 사람에게 말했다.

"3등급은 열악하고 위험한 환경이에요!"

"두렵지 않아요. 거기로 가겠어요."

청신이 흔들림 없는 말투로 말하자 관이판이 그녀를 보며 고개를 끄덕였다.

647호 우주에 문이 나타났다. 청신과 관이판이 파란별에서 보았던 것처럼 가느다란 빛 선으로 그린 직사각형의 문이었다. 원활한 물질 이동을 위해서인지 파란별에 있던 것보다 훨씬 컸다. 처음 문이 나타났을 때는 대우주와 연결되지 않아 어떤 물질이든 직사각형 테두리를 통과할 수 있었다. 지자가 문의 매개변수를 다시 설정하자 물질이 문을 통과하지 못하고 사라졌다. 대우주로 건너간 것이다.

잠시 후 647호 우주가 대우주로 물질을 돌려주기 시작했다.

지자의 설명에 따르면, 소우주 자체는 질량이 없으며 소우주의 모든 질량은 대우주에서 가져온 물질에서 나오는 것이었다. 삼체 세계에서 만들어진 수백 개의 소우주 가운데 647호는 가장 작은 편에 속했다. 647호가 대우주에서 가져온 물질은 총 50만 톤이었다. 서기 시대 대형 유조선 한 척의 선적량에 해당하는 것으로 우주의 관점에서 보면 무시해도 좋은 양이었다.

제일 먼저 이동한 것은 흙이었다. 두 번째 수확 후 밭에 아직 아무것도 심지 않은 상태였다. 로봇이 농사지을 때 쓰는 손수레로 축축한 흙을 실어

나르면 로봇 두 대가 수레를 들어 문 너머로 흙을 쏟았다. 직사각형 테두리를 넘어가면 흙이 사라졌다. 흙 운반 작업이 순조롭게 진행되어 사흘 뒤에는 소우주에 흙이 한 톨도 남아 있지 않았다. 집 앞에 있는 나무들도 문 너머로 옮겨졌다.

흙을 치우자 소우주의 금속 지면이 드러났다. 광택이 나는 금속 패널을 이어 붙여 만든 것으로 거울처럼 태양이 거꾸로 비쳤다. 로봇이 지면의 금속 패널을 하나씩 뜯어내 문으로 밀어 넣었다.

작은 세계의 한쪽 지면이 사라지자 소형 우주선이 드러났다. 길이가 10미터 남짓밖에 되지 않지만 삼체 세계의 최첨단 기술이 집약되어 있었다. 지구 인류 세 명이 탑승할 수 있도록 인체공학적으로 설계되어 있으며 핵융합과 곡률 추진 두 가지 방식의 동력 시스템이 탑재되어 있었다. 또 인간에게 적합한 극소형 생태순환 시스템과 동면 장비도 설치되어 있어서 헤일로호처럼 행성에 직접적으로 이착륙할 수 있었다. 소우주의 문을 통과하기 쉽도록 선체는 좁고 긴 유선형이었다. 이 우주선은 원래 647호 우주의 인류가 새로운 우주로 들어갈 때 사용하도록 만들어진 것이었다. 새로운 우주에서 생존에 적합한 환경을 찾아내기 전까지 상당히 오랜 기간 동안 우주선 안에서 생활할 수 있었다. 지금 그들은 이것을 타고 대우주로 돌아갈 예정이었다.

금속 패널이 철거되자 지면 아래 있는 기계 장치가 드러났다. 이 소우주에서 삼체의 특징을 가진 물건을 처음 보는 것이었다. 청신이 예전에 보았던 것처럼 인류와 완전히 다른 설계 이념을 가지고 제작된 것 같았다. 얼핏 보면 기계가 아니라 괴상한 형태의 조각이나 자연적으로 생성된 지질 구조 같았다. 로봇이 이 기계들을 차례로 해체해 부품을 문 너머로 던졌다.

청신과 지자가 방에서 분주하게 무언가를 하고 있었다. 여자들만의 일이라며 나중에 깜짝 놀라게 해주겠다고 관이판도 방에 들어오지 못하게 했다.

지면 아래 있던 어떤 기계가 작동을 멈추자 소우주의 중력이 사라지고 하얀 집이 공중으로 떠올랐다.

로봇이 무중력상태에서 떠다니며 하늘을 해체하기 시작했다. 그들이 하늘이라고 알고 있던 건 파란 하늘과 흰 구름의 영상을 보여주는 대형 필름이었다. 마지막 남은 지면도 철거가 완료되었다.

물이 중력을 잃고 증발되면서 안개가 자욱하게 끼고 구름 뒤 태양이 몽롱한 안개를 비추며 우주 위로 화려한 무지개를 걸쳤다. 무중력상태에서 떠오른 크고 작은 물방울이 햇빛을 받아 반짝이며 무지개 주위를 떠다녔다.

기계 장치가 해체되고 생태유지 시스템이 작동을 멈추자 청신과 관이판이 우주복을 입었다.

지자가 눈의 매개변수를 다시 수정해 처음으로 기체 통과를 허용했다. 공기가 한꺼번에 문으로 빠져나가며 쿠르릉쿠르릉 소리가 낮게 깔렸다. 무지개 아래 흩어져 있던 하얀 안개가 문 근처로 모여들며 우주에서 보는 지구상의 태풍처럼 거대한 소용돌이를 만들었다. 얼마 안 가서 소용돌이가 회오리로 바뀌고 소리도 점점 날카로워졌다. 공중을 떠도는 물방울이 회오리 속으로 빨려들어간 뒤 산산이 부서지며 문 속으로 사라지고, 공중을 떠돌던 수많은 작은 물체들도 삼켜졌다. 태양, 하얀 집, 우주선 같은 커다란 물체도 문 쪽으로 서서히 끌려갔지만 추진기가 달린 로봇들은 고정된 위치에 떠 있을 수 있었다.

공기가 점점 희박해지며 무지개가 사라지고 시야가 트이자 소우주의 우주가 나타났다. 대우주의 우주와 마찬가지로 깜깜한 암흑뿐이었지만 별은 없었다. 태양, 집, 우주선만 우주에 떠 있고 로봇 10여 대가 무중력상태로 그 사이를 떠다녔다. 청신은 이 단순한 세계가 어릴 적 그렸던 유치한 그림 같다는 생각을 했다. 청신과 관이판이 무중력상태에서 우주복의 추진기를 이용해 우주 깊숙한 곳으로 날아갔다. 1킬로미터 날아가 우주 끝에 다다르자마자 순간적으로 우주의 다른 쪽 끝으로 돌아왔다. 우주에서도 모든 방향으로 복제된 영상이 끊임없이 나타났다. 마주 놓인 두 개의 거울 사이에 서 있는 것처럼 물체가 끝없이 이어졌다.

마지막으로 남아 있던 집도 빠르게 해체되었다. 오리엔탈풍으로 꾸며진 지자의 응접실이었다. 족자, 탁자, 방의 부서진 조각들이 모두 로봇에게 실려 문 너머로 던져졌다. 마침내 태양도 광채를 잃었다. 빛이 사그라진 태양은 금속 구체였으며 빛을 발산하는 쪽은 투명한 재질로 되어 있었다. 로봇 세 대가 태양을 통째로 들어다가 문 너머로 던졌다. 이제 소우주에 남아 있는 빛은 몇 안 되는 조명뿐이었다. 진공으로 변한 우주가 빠르게 냉각되며 남아 있는 물과 공기가 얼어붙어 불빛 아래에서 결정체가 반짝였다.

로봇들이 지자의 명령에 따라 일렬로 줄지어 문으로 들어갔다.

이제 소우주의 우주에 남은 건 유선형의 작은 우주선과 그 옆에 떠 있는 세 사람뿐이었다.

지자가 금속 상자를 들고 있었다. 유리병에 편지를 넣어 바다에 띄워 보내듯 그 상자를 소우주에 남겨두고 가기로 했다. 금속 상자는 마이크로컴퓨터였다. 그 컴퓨터의 양자 메모리 속에 소우주의 컴퓨터 서버에 있는 모든 정보, 즉 삼체 문명과 지구 문명의 거의 모든 기억이 저장되어 있었다. 새로운 우주가 탄생한 뒤 문에서 신호가 발신되면 금속 상자의 추진기가 작동해 문 너머의 새로운 우주로 들어갈 것이다. 그런 다음 그 정보가 누군가에게 발견되고 해독될 날을 기다리며 새로운 우주의 고차원 공간을 떠다닐 것이다. 그리고 만약 새로운 우주에 중성미자가 있다면 중성미자 빔을 이용해 컴퓨터에 저장된 정보를 계속 사방으로 전송할 것이다.

청신과 관이판은 다른 소우주, 즉 회귀 운동 성명서에 응답하는 다른 소우주들도 같은 일을 하고 있을 것이라고 믿었다. 새로운 우주가 탄생한다면 옛 우주에서 띄워 보낸 수많은 표류병들이 우주 공간을 떠다닐 것이다. 각각의 메모리 속에 그 문명에 속한 모든 개체의 기억 전체와 생각, 모든 개체의 생물학적 정보가 들어 있을 것이며, 새로운 우주의 문명이 그 정보를 바탕으로 문명을 복원할 수 있을 것이다.

청신이 물었다.

"5킬로그램만 더 남겨도 될까요?"

우주복을 입고 우주선의 다른 쪽에 떠 있는 그녀의 손에 환하게 빛나는 투명한 공이 들려 있었다. 지름 50센티쯤 되는 공 안에 커다란 물방울 몇 개가 떠다니고 있는데 어떤 것은 안에서 작은 물고기들이 헤엄쳐 다니고 어떤 것은 그 안에서 수초가 자라고 있었다. 파릇파릇한 풀이 자라는 작은 육지도 떠다녔다. 투명 공의 천장에 있는 작은 발광체에서 빛이 발산되고 있었다. 작은 세계의 태양이었다. 이 투명 공은 완전히 밀폐된 형태의 생태 구체로 청신과 지자가 열흘 넘게 매달려서 완성한 것이었다. 작은 태양이 빛을 내뿜고 있는 한 생태 시스템이 유지될 수 있었다. 이것을 남겨두고 간다면 적어도 647호 우주가 생명이 없는 암흑의 세계는 아닌 셈이었다.

관이판이 말했다.

"물론이에요. 5킬로그램 때문에 대우주의 빅크런치가 실패할 리는 없으니까."

하지만 그는 대우주가 원자 하나만큼의 질량 차이로도 닫힌 상태를 유지하지 못하고 열릴 수 있다는 걸 알고 있었다. 대자연의 정밀함이란 상상을 초월할 정도였다. 하나의 생명이 탄생하려면 모든 우주의 매개변수가 몇조 분의 1의 정밀도로 정확히 맞물려야 하는 것처럼 말이다. 하지만 청신은 그 투명 공을 그곳에 남겼다. 수많은 문명이 만들어낸 수많은 소우주 가운데 상당수가 회귀 운동에 동참하지 않을 것이고 결국 대우주는 최소한 수억 톤, 심지어 수억조 톤의 질량을 돌려받지 못할 것이라고 확신했기 때문이다.

대우주가 이 오차에 영향받지 않길 바랄 뿐이었다.

청신과 관이판이 우주선에 타고 지자가 마지막으로 탔다. 화려한 기모노를 벗고 위장복으로 갈아입은 그녀는 다시 날렵하고 유능한 전사로 변신해 있었다. 그녀는 여러 가지 무기와 생존 장비를 지니고 있었는데 그중에서도 등에 메고 있는 무사도가 가장 눈길을 끌었다.

지자가 말했다.

"걱정 마세요. 제가 살아 있는 한 두 분을 안전하게 지킬 테니까."

핵융합 엔진이 작동하고 추진기가 푸른 불빛을 내뿜자 우주선이 천천히 이동해 우주의 문을 통과했다.

소우주에는 메시지가 담긴 표류병 하나와 투명 공만 남았다. 표류병은 어둠에 파묻히고 1세제곱킬로미터의 작은 우주에서 투명 공 속 작은 태양만이 가물거리는 빛을 토해냈다. 이 작은 생명의 세계 속에서 물방울이 무중력 유영을 하고 있었다. 물방울에서 뛰쳐나온 작은 물고기가 다른 물방울로 뛰어 들어가 한들거리는 수초 사이를 유유히 헤엄쳐 다녔다. 작은 육지의 풀잎에서 굴러 떨어진 이슬 한 방울이 핑그르르 돌아 날아오르며 우주를 향해 한 가닥 투명한 햇빛을 반사했다.

광활한 우주만큼 하고 싶은 일이 많다

오랜 세월이 흘러도『삼체』의 마지막 책장을 덮던 그 가을밤을 잊을 수 없을 것이다. 문을 열고 나가 정원을 거닐었다. 상하이의 진회색 밤하늘엔 별이 몇 개 보이지 않았지만 내 마음속에는 수많은 별이 총총히 빛을 발하고 있었다. 기이한 느낌이었다. 나의 시각, 청각, 사고가 마치 무한히 확장되고 재구성되어 아득한 어딘가로 향하고 있는 것 같았다.

도시의 빌딩들이 뿜어내는 빛의 교란이 없더라도 북반구 중위도에 서 있는 내가 켄타우로스자리를 볼 수는 없었다. 하지만『삼체』를 읽은 후 나와 그 보이지 않는 성계에 있는 가상의 세 별 사이에 어떤 연관성이 있는 듯한 기분이 들었다.

류츠신은 등단했을 때부터 중국 하드 SF계를 대표하는 작가로 평가받았다. 하지만 그 자리는 노력만큼의 대가를 얻기 힘들다. 마이크로화, 펑키화, 판타지화가 난무하는 오늘날의 SF계에서 하드 SF는 한물간 것으로 치부되고 있다. 그렇지만 류츠신은 중국 SF계에 한 수 멋지게 가르쳐주듯 탄탄한 물리 법칙과 치밀한 스토리로 우리에게 완전히 새로운 세상을 보여주었다.

『삼체』는 다중 선율을 가진 작품이다. 차안(此岸)과 피안(彼岸), 홍안(紅岸), 과거와 현재, 미래가 교직되며 중국 문학계에서 보기 드문 입체감을 만들어냈다. 더욱 놀라운 것은 스토리의 핵심이 우리에게 익숙하면서도 낯선 문화대혁명이라는 사실이다. 주류 문학이 무거운 주제에서 점점 멀어지고 있는 요즘, 류츠신은 우주 서사시를 통해 역사의 현장으로 다시 돌아갔으며 광년의 척도로 그 영원한 상처를 다시금 가늠했다. 그는 초월적인 시야로 그 고통을 되새기고 구원하고 또 배반했다. 이 환상적이면서도 현실적이고 또 과학적인 중국판 『천로역정』은 열광적이면서 냉정하고, 무거우면서도 장엄하며, 절망적이면서도 초연하다.

문화대혁명은 『삼체』의 출발점일 뿐이다. 이 작품의 최고 백미는 삼체 세계의 역사를 시뮬레이션 게임 방식으로 전개했다는 점이다. 삼체 성계가 세 개의 태양을 가지고 있었고, 그 불규칙한 운동으로 인해 삼체 문명의 생존에 위기가 찾아왔다. 급변하는 환경에 적응하기 위해 그들은 언제든 체내 수분을 완전히 배출해 바싹 마른 섬유질 물체로 변하는 능력을 갖게 되었다. 생존이 불가능한 기후를 피하기 위한 방편이었다. 이렇게 신비한 상상의 세계를 만들어낸 류츠신은 자신의 과학 지식을 충분히 발휘해 이 세계에 탄탄한 물리적 특성과 진화의 규율을 부여했다. 컴퓨터엔지니어인 그는 삼체 프로그램을 설계함으로써 우주 문명 간의 상호 관계를 만들어냈다.

그것은 게임이었다. 게임의 배경에는 머나먼 성계 문명이 200번째 멸망했다가 부활한 전설이 깃들어 있지만 게임 속에는 공자, 묵자, 진시황, 갈릴레이, 그레고리 교황, 뉴턴, 아인슈타인 등 동서고금의 위인이 차례로 등장한다. 그것은 시공을 넘나드는 유희였다. 역사와 문화대혁명, 삼체가 복잡하게 뒤엉켜 또 다른 의미의 삼체 관계를 이루며 서로를 환하게 비추고 있다.

이 정도로 완성도 높은 작품을 썼다면 그것에 만족하며 안주하기 마련이지만 류츠신의 이야기는 이제 시작이었다. 『삼체 2부-암흑의 숲』에서는 지구, 삼체, 우주가 더 고급 문명으로 발전해 보다 큰 규모의 삼체 구조를 이루었다. 삼체인이 가진 믿기 힘든 과학기술과 지구를 멸망시키러 오고 있는 엄청난 규모의 함대에 저항하기 위해 지구상의 모든 인류가 머리를 맞대고 '면벽 프로젝트'를 수립한 뒤 '면벽자' 네 명을 선발해 각자 반격 방안을 구상하게 한다. 이 면벽자들이 고안해낸 독특하고 대담한 방법들에 감탄을 금할 수 없다. 네 가지 방법은 각각 한 편의 온전한 소설을 결말로 이끄는 해결 방안이 될 수 있을 만큼 훌륭하다. 하지만 류츠신에게 이것들은 그저 복선이나 지나가는 과정 중 작은 일부에 불과했다.

우주에 수많은 문명이 존재한다면 그것들은 어떤 관계를 맺고 있을까? 류츠신은 '우주사회학'이라는 분야를 탄생시켜 이 문제를 깊이 연구했다. 우주사회학에는 두 가지 공리(公理)가 있다. "첫째, 생존은 문명의 첫 번째 필요조건이다. 둘째, 문명은 끊임없이 성장하고 확장되지만 우주의 물질 총량은 불변한다." 얼핏 보면 평이하고 재미없게 보이는 '공리'이지만 그가 마지막 카드를 뒤집었을 때 나는 전율을 느꼈다. 『삼체 2부-암흑의 숲』의 결말 부분에서 나는 오랫동안 문학작품에서 느끼지 못했던 흥분과 충격, 충만한 만족감을 얻었다. '우주사회학의 공리'는 전혀 예상치 못한 방향으로 합리적인 전개를 보여주었을 뿐 아니라 소설의 첫머리와 절묘한 호응을 이루었다. 이것이 마르크스가 숭배하던 '논리와 역사의 통일'일 것이다. 중국 문단에서 이처럼 '논리와 역사의 통일'을 이룬 작품이 몇이나 있었던가?

『삼체 2부-암흑의 숲』이 출간되었을 때 삼체 마니아들에게는 모순된 감정이 생겼을 것이다. 거의 완벽한 작품이기 때문에 이 결말 이후 또 어떤 반전이 생길지 상상하기 어려웠지만, 또 한편으로는 류츠신이 또다시 사건과 갈등을 만들어내 스토리를 이어주기를 바랐다. 그 후 그에게 몇 가지 문제가 생겨 『삼체 3부-사신의 영생』의 집필을 포기할까 고민하고 있다는 소식을 듣고 걱정하며 마음을 졸였지만 결국 류츠신은 우주로 시야를 넓힌 대작을 우리 앞에 내놓았다. 이 사실 자체가 SF적인 일이다. 그가 숱한 난관을 이겨낼 수 있게 해준 신에게 감사하다.

류츠신이 내게 『삼체 3부-사신의 영생』의 서문을 써달라고 부탁했을 때 나는 벅찬 감격을 느꼈다. 이 훌륭한 작품에 서문을 쓰는 것이 엄청난 영광이기도 하지만 누구보다 먼저 이 작품을 읽을 수 있다는 사실이 더 기뻤다. 『삼체 3부-사신의 영생』은 용서받지 못할 죄를 저지른 시대의 이야기이기 때문에 무척 조심스럽다. 간단히 말해서 『삼체 3부-사신의 영생』은 여러 가지 점에서 앞의 두 편을 훌쩍 넘어섰다. 1부와 2부에서는 우주라는 암흑의 숲에 대해 겉에서만 간단히 언급했지만, 3부에서는 정면으로 강공(強攻)을 펼친다. 정말 쉽지 않은 일이다. 나는 먼저 류츠신의 용기에 감탄했고, 우주의 풍경을 묘사하는 그의 노련한 필력에 감동했다. 3부의 결말에서 아시모프의 『최후의 질문』을 떠올렸다. 『최후의 질문』에도 우주의 끝에 관해 묘사되어 있다. 두 작품 중 누구의 상상력이 더 풍부한지, 누가 더 디테일하게 파고들었는지, 누가 만든 우주가 더 광활한지 비교해볼 수 있을 것이다.

『삼체 3부-사신의 영생』은 정통 하드 SF다. 일반 독자들이 읽기에는 전편들보다 어려울 수 있다. 몇몇 부분(예를 들면 '신'에 관한 묘사)에서는 난삽하다고 느낄 수도 있다. 하지만 SF 마니아와 류츠신의 팬들은 디테일한 묘사와 치밀한 스토리가 전편들보다 훨씬 훌륭하다고 느낄 것이다. 류츠신의 작품은 하드 SF지만 허구와 사실이 타당한 논리로 긴밀하게 연결되어 있다. 비현실적인 상상과 초월적인 사고일수록 그 바탕에 탄탄히 짜인 디테일과 강력한 논리가 깔려 있는 법이다. 류츠신의 우주학은 기술을 기반으로 하지만 그 속에 따뜻한 마음이 깃들어 있다. 『삼체 1부-삼체문제』를 시작으로 류츠신은 점점 멀리 뻗어나갔지만 아무리 멀리 나아가도 인류에 대한 관심과 애정은 사라지지 않았다. 『삼체 3부-사신의 영생』은 로맨스 소설 같은 러브스토리로 시작된다. 한 사람이 짝사랑하는 상대를 위해 아득히 멀리 있는 별을 사들인다는 낭만적인 이야기다. 마지막에 이 별은 끝없는 암흑의 숲에 한 줄기 빛을 비추고, 절망적인 짝사랑은 우주를 가득 채우는 커다란 사랑이 된다.

『삼체』 3부작 중에서 1부가 역사감과 현실감이 가장 뛰어나고, 2부는 완성도가 가장 높고 완벽한 구성, 명확한 플롯, 화려함의 극치가 돋보인다면, 3부는 우주를 바라보는 시야와 본질적인 사고를 극한으로 끌어올렸다. 이 점에 있어서는 지금까지 이 소설을 따라갈 작품이 없다. 또 1부에서는 역사에 대해 반성하고, 2부에서는 도덕에 대한 초월을 보여주었다면, 3부에서는 우주사회학과 우주심리학, 우주생태학을 온전히 수립하는 단계로 발전했다. 이것이 과연 현실과 동떨어진 이야기일까? 스티븐 호킹의 마지막 경고를 생각한다면 우리는 '기우'라는 말을 완전히 새롭게 해석해야 할 수도 있다.

나는 가끔 이런 생각을 한다. 어느 날 갑자기 삼체인이 정말로 지구에 찾아온다면 인류는 류츠신을 지구 위기 위원회 일원으로 선발해야 할 것이라고. 삼체인과의 심리 게임이든, 방어와 반격이든, 우주와의 협상이든 그는 훌륭한 능력을 발휘할 것이다. 만약 삼체인들에게 살생부가 있다면 류츠신은 아마 가장 앞줄에 있을 것이다. 몸조심하라, 류츠신!

물론 이것은 그저 상상 속 이야기이고 신화다. 하지만 신화란 우리 시대의 사치품이 아닌가? 체계적인 서사시와 신화는 중국 문학에서 가장 취약한 부분이었다. 포스트모더니즘의 영향을 받은 후 중국 작가들이 서사시와 신화에 매료되어 약점을 보완하고자 했지만 그 때문에 거시적인 서

사와 종극(終極)에 대한 질문을 소홀히 하는 결과를 낳았다. 내가 류츠신을 높이 평가하는 것은 그가 이런 조류를 거스르고 이성주의와 인문 정신에 입각하여 중국 문단에 거시적인 사고와 초월적인 시야를 선사했기 때문이다. 그는 종극이라는 문제에 관심을 갖고 끊임없이 의문을 제기했으며 과학적인 논리와 사실적인 디테일을 작품에 불어넣었다. 이것이 바로 무한한 환상에 튼튼한 날개를 달아주는 역할을 했다.

니체가 세상을 향해 "신은 죽었다"고 선언했을 당시, 일부 가치는 해체되었지만 또 다른 가치는 여전히 존재하고 있었다. 과거의 신화는 사라졌지만 새로운 신화는 지금도 계속 탄생하고 있다. 인류는 신화를 좇는 발걸음을 한 번도 멈춘 적이 없다. 새로운 세기가 되었어도 저 무한한 우주는 여전히 신화로 가득 차 있다. 과거와 다른 점이 있다면 과학과 기술이 새로운 신화 속에서 점점 더 중요한 역할을 하고 있다는 사실이다. 류츠신의 세계는 특이점에서 우주의 경계선에 이르는 모든 거리를 포함하고, 백악기부터 억만 년 뒤 미래에 이르는 장구한 세월을 초월했으며, 사고의 속도와 폭은 과거의 모든 경계를 넘어섰다. 『삼체 3부-사신의 영생』에 펼쳐진 우주의 구조에 관한 상상은 이미 시간의 본질과 창세의 비밀에 도달하기 시작했다. 하지만 류츠신은 의식적으로 서양 신화와 거리를 유지하며 새로운 중국 신화의 길을 걷고 있다. 지금껏 그 누구도 하지 못했던 일이다. 우주의 시작과 끝, 진정한 모습에 대해 그는 과감하게 추측하고 생각하고 묘사했다. 그의 생각이 정확한지는 그리 중요하지 않다. 인간이 무슨 생각을 하든 조물주는 비웃을 테지만, 인간이 아무 생각도 하지 않는다면 조물주는 비웃음조차 짓지 않을 것이다.

옌펑(嚴鋒)

푸단(復旦)대학 중문과 부교수, 잡지 『신발견(新發見)』 편집장

옮긴이 ——————————————— **허유영**

한국외국어대학교 중국어과 및 동 대학 통번역대학원 한중과를 졸업하고 현재 전문번역가로 활동하고 있다. 옮긴 책으로『개처럼 싸우고 꽃처럼 아끼고』『길 위의 시대』『팡쓰치의 첫사랑 낙원』『적의 벚꽃』『햇빛 어른거리는 길 위의 코끼리』『검은 강』『나비탐미기』『화씨 비가』등 다수가 있다.

삼체
3부 사신의 영생

초판 1쇄 발행일   2020년 7월 6일
초판 13쇄 발행일   2024년 5월 24일

지은이 류츠신   옮긴이 허유영   펴낸이 정은영

펴낸곳 (주)자음과모음
출판등록 2001년 11월 28일 제2001-000259호
주소 (우10881) 경기도 파주시 회동길 325-20
전화 편집부 (02)324-2347, 경영지원부 (02)325-6047
팩스 편집부 (02)324-2348, 경영지원부 (02)2648-1311
이메일 munhak@jamobook.com

ISBN 978-89-544-4271-8 (04820)
     978-89-544-4268-8 (set)